文本诠释与思想传统

古代文学理论研究

第五十二辑

华东师范大学出版社·上海

胡晓明 主编

图书在版编目(CIP)数据

文本诠释与思想传统/胡晓明主编. —上海：华东师范大学出版社，2021
(古代文学理论研究；第五十二辑)
ISBN 978-7-5760-1672-7

Ⅰ. ①文… Ⅱ. ①胡… Ⅲ. ①中国文学—古代文论—研究 Ⅳ. ①I206.2

中国版本图书馆 CIP 数据核字(2021)第 078316 号

文本诠释与思想传统
——古代文学理论研究第五十二辑

主　　编　胡晓明
责任编辑　时润民
责任校对　唐　铭
封面设计　高　山

出版发行　华东师范大学出版社
社　　址　上海市中山北路 3663 号　邮编 200062
网　　址　www.ecnupress.com.cn
电　　话　021-60821666　行政传真 021-62572105
客服电话　021-62865537　门市(邮购)电话 021-62869887
地　　址　上海市中山北路 3663 号华东师范大学校内先锋路口
网　　店　http://hdsdcbs.tmall.com

印　　刷　上海昌鑫龙印务有限公司
开　　本　890×1240　32 开
印　　张　21
字　　数　521 千字
版　　次　2021 年 5 月第 1 版
印　　次　2021 年 5 月第 1 次
书　　号　ISBN 978-7-5760-1672-7
定　　价　98.00 元

出 版 人　王　焰

目　　录

◆ 诠释与思想之间 ◆

◆ 诗词与文 ◆

◆文　献◆

编辑部报告

董仲舒《春秋繁露·精华》云:“《诗》无达诂。”对于《诗经》的阐释,向来是没有标准答案的。苏轼《次韵王定国得晋卿酒相留夜饮》诗云“诗无定律君应将”,就诗律而言,也不必下绝对的限定。自古以来,就有“诗言志”与“诗缘情”的分歧,纷纷扰扰,争论不休;诗歌的意旨,亦不须求同。细绎而发皇之,由于阅读的差异化与释义的自由性,对于整个诗学的阐释,同样是具有多样性的。正是这种多样性造就了诗歌本身与诗学的丰富多彩。无论是诗的创作还是鉴赏,抑或是考证与编年,都充满着可能性的空间。

诗歌是一片沃土,我们可以发现不同的研究视角,提出不同的理论观点,即使开始于同一个起点,也可以向不一样的领域探索、深入。诗歌的多元阐释,成为了中国古典文学批评史上较为普遍的现象,传续至今。本辑中,我们欣喜地看到,以诗歌为主题的研究占了很大的比重,而其中研究方向与方法各有特色,不拘一格,为热爱诗歌的读者提供一场学术盛宴。

诗有所寓,对诗歌思想的研究是长盛不衰的主题。诗歌所寄托的思想情感不单是作者本人创作意图的体现,也是其所处时代思想背景的映射与缩影。本辑中的几篇文章,对于不同时代诗歌思想的研究颇有建树,各位作者视角独特、观点新颖。张金梅《〈诗大序〉之风喻批评与诗教传统》一文选择的是一个传统的研究课题,但是从“风”的音义阐释入手,切入风喻研究,从严谨的考据出发来观照思想,是有新意的;张侃宁《晋唐般若“物”观及其诗学意义》就“物色”与“意境”两个十分重要的文艺理论范畴探讨其背后的佛学思想,认为前人鲜有提及的般若学的观“物”方式在其中起到了至关重要的作用，丰富了我们对传统学术观点的理解。邱光华《理学、诗学的关系辨正与视域融合：方回的诗学观念及诗学话语建构论析》就方回对“诗人”概念内涵的重新界定及对“诗人之诗”创作传统的重构与阐扬，探究了其理学思想观念下诗学批评的现实针对性和价值旨趣，并将之投射到宋元之际诗学、理学的大环境下，对方回诗学进行了深入浅出的透彻分析，值得细读。

诗有其体，对于诗歌体式的研究也是老生常谈。我们曾在《古典诗文的经纬（古代文学理论研究第四十七辑）》中探讨过古典诗学长期“失声”的问题：其一，古典诗学在新文化运动的号角声中将很大一块阵地让与了新文学；其二，学术研究领域的“义理”已经完全压倒了“声调”。本辑所收录的文章之中，对于挽救古典诗学的“失声”也有关注，并对这一现象的现实意义有所思考。陈福康《谈中华诗文之用典和对仗——胡适对中华文化欠一个百年道歉》不仅从诗歌声律体式着眼，更关注到古典诗学“失声”的历史与反思，以文学发展过程中的经验教训反照当下。文爽《郝敬“雅郑”诗声观研究》关注到了晚明时期郝敬这位从经学立场出发的诗论家，深入剖析了其“辞义”与“声义”二分的解《诗》法，发掘了其“温柔敦厚”的诗声观念对后世解读《诗经》的独特价值。

诗有风格，故诗风诗派的研究，是我们研究诗学史绕不开的话题。陈莲香《宋代江西诗人群体文化研究》关注了江西诗派诗人复杂的身份构成，对于诗人的社会地位与家族研究有所创见。汪雯雯《论早期五言诗的趋同书写及其意境生成——从“揽衣起徘徊”说起》从《明月何皎皎》一诗切入，对早期五言诗写作进行共性分析，见微知著。宋佳俊、曹旭《萧道成的诗歌源流与宋齐诗风演变》聚焦到了萧道成在宋齐诗风转变中的关键作用——以其本身的诗歌创作和政治权威，改变了南朝宋诗歌的走向。关注诗歌发展史中的细节，有助于我们拨开迷雾，拎清要点，从而对诗歌的风格流派演变有更清晰的认知。

本辑收文内容丰富，关于诗歌的研究还有很多。如张慧玲、胡健、任声楠等作者之文，分别从诗话理论与诗歌选本等角度展开探究。另值得注意的是，本辑文章中有基于新材料的发掘而诞生的成果，如韩震军《一幅画与一首诗——陆游佚诗〈韩干马〉及相关诗画考辨》与苏鹏飞《稀见清代稿本〈文竹山人诗话〉辑录》等，都能令读者耳目一新。诗歌之外，其他文体与理论的研究也十分全面。如曹虹、丁红旗、李瑞卿等南朝文学理论研究诸文，皆以翻出新意的思路而探入传统命题。

去年是王元化先生诞辰 100 周年，追忆学术泰斗，追寻治学之路，在继承的基础上深入思考，我们在上一辑中特设了纪念专栏。本辑亦后续刊发韩立平《考据与诠释之间：王元化“子见南子”研究的意义》一文，在阐释的基础上有所发挥，可加深我们对于学术前辈研究成果的认识。

《古代文学理论研究》编辑部

魏初清谈述论（上）

龚　斌

On the Impractical Discussion in the Early Wei Dynasty（Part One）

Gong Bin

汉魏之际，是中国社会政治领域及思想文化领域都发生重大转变的时期。旧贵族的没落，新贵族的出现，人性的解放，经学的衰落和新变，共同构成了这个时代壮阔灿烂的历史画面。其中，经学的衰落和新变，形名之学及老庄思想继先秦之后的一度中兴，评论人物由道德、学问，转变为重情性，以《周易》、《老子》、《庄子》为中心内容的谈论、研究，正在形成魏晋玄学。人文领域的种种变动，催生出思想与精神的奇花异草。本文所要叙述和评论的，便是魏初这个历史阶段。那是魏晋学术史上承前启后的重要时期。

一、校练名理——以王粲、傅嘏为中心

任何事物都有由盛变衰的过程，学术同样如此。鼎盛于两汉的经学，自东汉中期之后开始衰落。至汉末，《易》学、《老子》依旧流行，儒学却大不如昔。沉寂数百年的形名家、法家、纵横家、兵家，则应着

新时代的政治现实的需要，复活而至兴盛。学术的辩论风气更趋活跃，谈论的题目更广泛，预示着新学术、新学风的到来。

魏初学术，以形（刑）名家为主。形名家是战国诸子百家之一。形名问题，即是名实问题，循名责实，与法家似殊道实同归。刘勰《文心雕龙·论说篇》说："魏武初霸，术兼名法。傅嘏、王粲，校练名理。"以为曹操兼用名家和法家，傅嘏、王粲是校练名理的代表。《魏志·武帝纪》陈寿评曰："太祖擥申商之法術，该韩白之奇策。官方授材，各因其器。"申商，指战国时申不害和商鞅，为法家代表人物。韩白，谓名将韩信、白起。陈寿以为曹操杂用法家和兵家。曹操术兼名法，用意是纠正汉代选拔人材名实不符的弊病，为统一天下网罗才智之士。

汉代取士制度有二途：察举和征辟。前者是乡里的评论和推举。某人品德优秀，乡论以为佳士，就由乡里荐之州郡，送上仕途。后者是朝廷或官府的征召。某人有令名，声达州郡或朝廷，就征召作官。不论察举、征辟，都须有乡里或士林的优誉。于是，名声就变得特别重要。正人君子也许会遵圣人之教，洁身自好。名利之徒则千方百计窃取名誉，由此滋生隐伪，假孝廉也不在少数。

东汉后期特重交游，盖通过交游，获得当世名流的品目，以求优评。一经品题，身价陡升。例如大名士李膺执品题士人之牛耳，"士有被其容接者，名为登龙门"（《后汉书·李膺传》）。郭太（林宗）游洛阳，见河南尹李膺，"膺大奇之，遂相友善，于是名震京师"（《后汉书·郭太传》）。许劭精于人伦识鉴，主汝南月旦之评，时人所谓"言天下拔士者，咸称许、郭（太）"。《魏志·和洽传》裴注引《汝南先贤传》说：许劭拔众贤于困阨之时，"凡所拔育，显成令德，不可殚记"。曹操微时，也曾求许劭为之品题，劭目之曰："乱世之奸雄，治世之能臣。"

正如智者千虑，亦有一失，题目人物也不可能百发百中。魏时蒋济《万机论》就说"许子将褒贬不平"，东晋初葛洪《抱朴子·自序》也诮"汝南人士无复定价，而有月旦之评"，意为任意臧否人物。蒋济、葛洪对许劭品题人物的批评或许言过其实，但其他"名知人"的荐拔人物名实不符的情况必定存在。名实相乖，势必贤愚不分，得不到真正的贤士和才士。汉末天下大乱，各方霸主需要英雄和才智之士收拾乱局，稳定人心，重构倒塌的社会政治结构。当此之际，循名责实，选拔真正的人才，就成为时代的迫切需要。形名之学的一度兴盛，是与汉末的选拔人才制度密切相关的。

《文心雕龙·论说篇》"魏武初霸，术兼名法"二句，指出了魏初学术主流。魏武初霸，时间当指建安十八年(213)，汉天子策命曹操为魏公，建魏国，置丞相以下群官百僚(详见《魏志·武帝纪》)。自此，汉王朝名存实亡，曹操成了事实上的皇帝。"魏武初霸，术兼名法"，标志着以经学为主流的汉代学术，开始转变为魏初名法家为主的新学术。之所以有此学术风气的转变且成功，原因一是经学因其自身的繁琐而衰落；二是以孝廉为名的汉代选拔人才制度产生流弊，名实不符；三是汉末呼唤英雄与才智之士，徒有虚誉的人才已不能担当历史的重任。

魏武术兼名法，主张举贤勿拘品性，崇奖跅弛之士，只要有治国用兵之实才，即便有不仁不孝之名，也予录用。刘勰标举王粲、傅嘏是魏初校练名理的代表人物。其实在魏国未建之前，有识之士已在校练名理了。这里举一例：建安十三年(208)曹操定荆州之后，和洽为丞相掾属。当时毛玠、崔琰选用人才先尚节俭。和洽说："天下大器，在位与人，不可以一节俭也。俭素过中，自以处身则可，以此节格物，所失或多。今朝廷之议，吏有着新衣、乘好车者，谓之不清；长吏过营，形容不饰，衣裘弊坏者，谓之廉絜。至令士大夫故污辱其衣，藏其舆服，朝府大吏，或自挈壶餐以入官寺。夫立教观俗，贵处中庸，为可继也。今崇一概难堪之行以检殊途，勉而为之，必有疲瘁。古之大教，务在通人情而已，凡激诡之行，则容隐伪矣。"(《魏志·和洽传》)和洽批评以节俭为先的用人标准，以为节俭过度，作为自身的修养可以，用来作为用人的标准则所失或多。今朝廷议论，以为穿新衣、乘好车就是不清，仪表不饰，衣服破败，就说是廉洁。于是作假的就来了：士大夫故意污辱其衣，藏其舆服，有的自带饮食进官寺。今推崇节俭，一概以此检验各种情况，若勉力实行，必有弊病。立法贵处中庸，务通人情，凡走向极端，矫枉过正，必定巧伪滋生。和洽这段话，即是名法家言。

刘勰举王粲为魏初校练名理的代表，恰如其分。《魏志・王粲传》裴注引《典略》说："王粲才既高，辩论应机。钟繇、王朗等虽各为魏卿相，至於朝廷奏议，皆阁笔不敢措手。"刘师培《中古文学史》说：《艺文类聚》所引王粲文，有《难钟荀太平论》、《安身论》，"观此二文，知粲工持论，雅似魏晋诸贤。其他所著，别有《儒吏论》、《务本论》、《爵论》，亦見《类聚》诸书所引，均於名法之言为近"。所谓"校练名理"之"校练"，谓考校精练；"名理"，谓辨名推理，校核名实二者之间的关系。兹以王粲《爵论》为例，说明如何校练名理：

> 依律有夺爵之法，此谓古者爵行之时，民赐爵则喜，夺爵则惧，故可以夺赐而法也。今爵事废矣，民不知爵者何也。夺之，民亦不惧；赐之，民亦不喜。是空设文书而无用也。今诚循爵，则上下不失实，而功劳者劝，得古之道，合汉之法。以货财为赏者不可供，以复除为赏者租税损减，以爵为赏者民劝而费省，故古人重爵也。

这一节论古时夺爵之法的合理，今之废爵之法的弊病。

> 爵自一级转登十级，而为列侯，譬犹秩自百石转迁，而至于公也。而近世赏人皆不由等级，从无爵封列侯。原其所以，爵废故也。司马法曰：赏不踰时，欲民速观为善之利也。近世爵废，人有小功无以赏也，乃积累焉。须事足乃封侯，非所以速为而及时也。上观古事高祖功臣，及白起、卫鞅，皆赐爵为五大夫客卿庶长，以至于侯，非一顿而封也。夫稍稍赐爵，与功大小相称而俱登，既得其义，且侯次有绪，使慕进者逐之不倦矣。（上引王粲《爵论》，见严可均校辑《全后汉文》卷九一）

这一节论古时赏爵，依等级施行。近世废爵，不由等级。古时赏爵，能使人与功大小相称而俱登，赏赐有序，人慕爵，不断上进。今废爵，人有小功，无由得赏，乃累积，须事足才能封侯。

王粲《爵论》的核心论点是赏赐须爵，有名有实，循名责实，爵法不能废。通过古时爵法之优，近世废爵后赏赐之无序，证明爵法的重要。由此可见形法二家同源。议论精辟，此所谓校练名理也。

《文心雕龙·论说篇》以傅嘏、王粲并列为校练名理的大家。以时代而论，傅嘏后于王粲。王粲卒于建安二十二年(217)，而傅嘏生于建安十四年(209)[①]。《魏志·傅嘏传》说："嘏弱冠知名，司空陈群辟为掾。"时在魏明帝太和初。《傅嘏传》裴注引《傅子》："嘏既达治好正，而有清理识要，好论才性，原本清微，尠能及之。司隶校尉钟会年甚少，嘏以明智交会。"《世说新语·文学》说："钟会撰《四本论》。"刘孝标注："四本者，言才性同，才性异，才性合，才性离也。傅嘏论同，李丰论异，钟会论合，王广论离。"傅嘏论才性不传，不知其详。他论才性的时间也不能确知。据《傅子》说，太和初荀粲、傅嘏、裴徽在京师清谈，很可能傅嘏就是谈才性问题。

傅嘏之文，留存至今的有《难刘劭考课法》、《对诏访征吴三计》(以上见《魏志》本传)、《请立贵妃为皇后表》、《皇初颂》(以上见《艺文类聚》)。刘师培《中古文学史》说："《难劭考课法》语语核实，近于名法家言，是知嘏言名理，实由综核名实为基。"

陈寅恪先生曾详论"才性四本"与魏末政治的关系[②]，故此处从略，而论《难刘劭考课法》。《魏志·刘劭传》说：明帝景初中，受诏作《都官考课》七十二条，又作《说略》一篇。《都官考课》不传，不知其详。傅嘏《难劭考课法》主张不宜先考课，而应选贤授能，此为根本。循名责实，乃是治末。他说："本纲末举而造制未呈，国略不崇而考课是先。惧不足以料贤愚之分，精幽明之理也。"什么是"本纲"？什么是"国略"？傅嘏以为"昔先王之择才，必本行于州闾，讲道于庠序，行

① 《魏志·傅嘏传》载：正元二年(255)，傅嘏卒，时年四十七。以此推算，傅嘏生于建安十四年。

② 详见陈寅恪《书世说新语文学类"钟会撰四本论始毕"条后》，载《金明馆丛稿初编》，生活·读书·新知三联书店，2001年。

具而谓之贤，道修则谓之能。乡老献贤能于王，王拜受之，举其贤者，出使长之，科其能者，入使治之，此先王收才之义也”。意思应该先重教化，兴办学校，培养具备德行与才能之士，然后由乡老献贤能于王，王择贤以用之。傅嘏赞美“先王收才之义”，好像又回到汉代的察举。他又指出当今未有乡举，选才专在吏部，“品状则实才未必当，任簿伐则德行未必叙”，品题人物未必与人才的真实相当，依凭先世官籍则德行未必合乎等级次序，二者都有名实不符的弊病。傅嘏《难劭考课法》称美从前的乡举制度，本意并不是重回老传统，而在指出“选才专在吏部”的不当，选拔人才有名实不符的问题，以为考课不是要务，应先兴办学校，重视讲道与修能。由此文可见所谓傅嘏校练名理，是分析、论述用人制度上的名实问题。

二、人物评论——以刘劭为中心

人物评论起源甚早，在汉代是察举和征辟的重要依据。汉末之后的人物评论渐由质实趋于抽象，由此成为中古美学发展的主流，深刻影响到政治、哲学以及文学艺术。

前已言及，汉末以许劭、郭太为代表的人物品题，是当时士人追逐声名的极致表现。其末流，必然产生名不副实的弊病，以至影响到选拔人材制度。魏国初建，出于网罗贤才，逐鹿天下，重建法律的现实需要，形名之学盛行，出现不少校练名理的著作，其中的大宗是人物评论，既评论历史人物，也评论当代人物。评论人物，也是当时谈论的主要题目之一。

魏文帝曹丕、魏明帝曹叡，论治国用兵之才远不如曹操，文采风流，在古代帝王中也不多见。尤其是曹丕，陈寿评曰：“文帝天资文藻，下笔成章，博闻强识，才艺兼该。”自建安十六年(211)为五官中郎将后，曹丕成为曹魏文士集团的中心人物。他自少爱好文学，以著述为务，所著《典论》、各种诗赋百余篇。又召集文士撰集类书《皇览》。《魏志·文帝纪》裴注引《魏书》，非常具体地记载了曹丕为中心的清谈和著述活动：“集诸儒于肃城门内讲论大义，侃侃无倦。常嘉汉文帝之为君，宽仁玄默，务欲以德化民，有贤圣之风。时文学诸儒，或以为孝文虽贤，其于聪明，通达国体，不如贾谊。帝由是著《太宗论》曰（下略）……以为‘贾谊之才敏，筹划国政，特贤臣之器，管、晏之资，岂若孝文大人之量哉’。”“他日又从容言曰：‘顾我亦有所不取于汉文帝者三：杀薄昭，幸邓通，慎夫人衣不曳地，集上书囊为帐帷。以为汉文俭而无法，舅后之家，但当养育以恩，而不当假借以权，既触罪法，又不得不害矣。’”又《魏志·王肃传》裴注引《魏略》说：魏文帝嘉薛夏之才，“帝每与夏推论书传，未尝不终日也”。“其后征东将军曹休来朝，时帝方与夏有所咨论，而外启休到，帝引入。坐定，帝顾夏言于休曰：‘此君，秘书丞天水薛宣声也，宜共谈。’”以上所说的“推论书传”、“咨论”、“共谈”，皆指清谈。读此，可见魏初文帝与文学诸儒清谈的具体场面。文帝所著《太宗论》，应该是与文学诸儒清谈之后再整理成文。由此我疑心当时的一些论文，为清谈之后的总结和系统整理。在许多情况下，清谈与著述是一体的，只是形式不同而已。《太宗论》评历史人物汉文帝与贾谊，发思古之幽情，其实有当代意义。《魏书》说：“三年之中，以孙权不服，复颁《太宗论》于天下，明示不愿征伐也。”曹丕赞美汉文帝，后又说我不取汉文帝者三，其意是“欲秉持中道，以为帝王者仪表如此”。仍有另外的现实用意。

刘桢《赠五官中郎将》诗说：“清谈同日夕，情盼叙忧勤。”应玚《公宴诗》说：“开馆延群士，置酒于斯堂。辩论释常结，援笔兴文章。”可与上引《魏书》所叙的清谈场面相印证，说明魏初曹丕为领袖的文学诸儒清谈及著述的风气之盛。

魏初有关人物评论的著述尚存的有曹丕《太宗论》、《论孝武》、《论周成汉昭》，曹植《汉二祖优劣论》、《成王汉昭论》，陈群《汝颖优劣论》，夏侯玄《乐毅论》。这些论文多数论历史人物的优劣长短，也有少数论不同地域人士的优劣，例如陈群《汝颖优劣论》当是评论汝颖二地的历代名士。人物评论的专书有：曹丕《士操》一卷，刘邵（同“劭”）《人物志》三卷，姚信《士纬新书》十卷、《姚氏新书》二卷，卢毓

《九州人士论》一卷，佚名《通古人论》一卷。今尚存刘劭《人物志》，其余皆亡。

卢毓《魏志》有传。他的奏论皆近名法家言。魏明帝时，"举中书郎，诏曰：'得其人与否，在卢生耳。选举莫取有名，名如画地作饼，不可啖也。'毓对曰：'名不足以致异人，而可以得常士。常士畏教慕善，然后有名，非所当疾也。愚臣既不足以识异人，又主者正以循名案常为职，但当有以验其后。故古者敷奏以言，明试以功，今考绩之法废，而以毁誉相进退，故真伪浑杂，虚实相蒙。'帝纳其言，即诏作考课法。……毓于人及选举，先举性行，而后言才。黄门李丰尝以问毓，毓曰：'才所以为善也，故大才成大善，小才成小善。今称之有才而不能为善，是才不中器也。'丰等服其言"(《魏志·卢毓传》)。盖魏明帝深知名实未必相符，故说"选举莫取有名，名如画地作饼"。《魏志·明帝纪》裴注引《魏书》说明帝"好学多识，特留意于法理"，可见，明帝与父祖相同，也注重名法家言。至于卢毓解释为什么"名不足以致异人，而可以得常士"，则是校练名理，而归结于考课。这再次说明，名法家的宗致相同。景初中，明帝下诏刘劭作《都官考课》，显然是采纳了卢毓考绩的建议。

更值得注意的是，卢毓论人及选举，"先举性行，而后言才"，再有他与李丰的对话的意义，说明他是魏初重要的才性论者。性行者，指人之本性及行为。才者，谓才力、才能。卢毓论人，先察其本性及行为，而后论其才力和才能，把人之性情置于第一位。由卢毓回答李丰数语看出，他是才性的统一论者，与傅嘏一样，主张才性同或才性合。由卢毓的才性论推断，至迟在魏明帝时，"才性四本"就已成为清谈家的重要论题。

刘劭(同邵)是魏晋玄学史上的重要人物。其他有关人物评论的著作皆不传，唯有《人物志》完整地留存天地间，无论对于刘劭本人，还是对于魏初学术，都是一种幸运。从学术意义而言，《人物志》是魏正始之前的研究人物才性的代表作，借此可以探知人物评论如何从具体进入精妙，更属宝贵的文献资料。

刘劭,《魏志》有传。劭生卒年不详[①]。著有《乐论》四篇、《法论》十卷、《人物志》三卷。今存《人物志》共十二篇,有凉刘昺注本。《人物志》写作年代不知。据刘劭生平行事,大致作于正始之前。约在魏明帝青龙中,诏书博求众贤。散骑侍郎夏侯惠荐刘劭,赞誉劭说:"故性实之士服其平和良正,清静之人慕其玄虚退让,文学之士嘉其推步详密,法理之士明其分数精比,意思之士知其沉深笃固,文章之士爱其著论属辞,制度之士贵其化略较要,策谋之士赞其明思通微。"又说:"臣数听其清谈,览其笃论,渐渍历年,服膺弥久。"夏侯惠所言"清静之人"如何,"文学之士"如何,"法理之士"如何,正是《人物志》所论的人之"流业",即性分各殊,材能有偏,各有志业,其语言形式也近于《人物志》。夏侯惠又说,数听刘劭"清谈","览其笃论"。"清谈"、"笃论"的内容,很可能就是《人物志》。《魏志·刘劭传》说,劭正始中,执经讲学,不久卒。此时刘劭大概已年老,不再著述。据刘劭生平行事及夏侯惠所言,《人物志》大概作于青龙、景初年间,时在正始之前。

关于《人物志》的内容、旨意以及在魏晋玄学史上的地位,汤用彤《读〈人物志〉》(载《魏晋玄学论稿》)一文论之甚详。今承汤先生所论,再简略评述《人物志》论人重情性、学术旨归以及思想渊源。

《人物志》第一篇《九征》,起笔就说:"盖人物之本出乎情性,情性之理甚微而玄,非圣人之察,其孰能究之哉! 凡有血气者,莫不含元一以为质,禀阴阳以立性,体五行而著形。"以为人的根本出于情性,情性之理非常精妙玄远,非圣人不能究之。情性之性,乃禀之自然而生。自然指元气(或言太一)及由此而生的阴阳五行。《易·系辞上》:"一阴一阳谓之道。继之者善也,成之者性也。"人含元气而生,元气是物质世界的生成之源,虽不可见其形状,但可理解为"有"。人

---

① 《魏志·刘劭传》说:建安中,劭为计吏,至许,在尚书令荀彧所。又说劭卒于正始中。按,荀彧卒于建安十七年(212),刘劭为计吏至许,必在建安十七年之前数年。假定刘劭此时年已及冠,则劭约生于中平至初平之间(185—190)。《刘劭传》又说劭同时缪袭,裴注引《文章志》,说袭正始六年(245)年六十卒。以此推知,刘劭或与缪袭卒年相近,年亦六十左右。

之情性，也就是人之个性、性情、气质、脾气。人之禀赋不同，情性也各不相同，或性急，或性缓，或性善，或性恶，或爽朗，或忧郁……何以致此？这个问题则精深玄妙，入于无形之域，极难解释。刘劭说是"非圣人不能究之"，意思就是子贡所说的"夫子性与天道，不可得而闻"。性与天道，关乎人性及宇宙，是最精微玄妙的领域，孔子不说，故亦不传。

刘劭之前的人物品题，大多根据人的品性及行为的有形而定。如东汉乡评及士林月旦题目，依据人物的孝廉行为，或者人物的学问、品格、能力而定。至汉末，人物评论开始进入审美之域，注意人的神情、气质、风度、韵致，不过仍属难言，只能以外物形容之，例如"似云中白鹤"、"松下清风"之比。至于不同情性与种种外在表现之间的关系，则等同于"性与天道"，难言而不可得而闻。

刘劭《人物志》详论人之情性，校练名实二者之间的关系，由有形入于无形，由无形解释有形。例如《九征》说："五常既备，包以澹味。五质内充，五精外章，是以目彩五晖之光也。故曰物生有形，形有神精，能知精神，则穷理尽性，性之所尽，九质之征也。然则平陂之质在于神，明暗之实在于精。"这段话最值得注意之处是揭示人之形与神的关系，形外神内，能知人的精神，才能穷理尽性。换言之，人的精神活动，才是人性显露的终极原因。汤用彤《读人物志》说："汉魏论人，最重神味。"指出汉魏鉴赏人物重人之神韵的特点，这是大体不错的，然有些笼统。汉末论人，仍以道德、才具、能力为依据的鉴赏为普遍，例如许劭目曹操"治世之能臣，乱世之奸雄"（《世说新语·识鉴》注引孙盛《杂语》），陈蕃目周子居"真治国之器，譬诸宝剑，则世之干将"（《世说新语·赏誉》），谢子微目许子政曰："若许子政者，有干国之器，正色忠謇，则陈仲举之匹；伐恶退不肖，范孟博之风。"（《世说新语·赏誉》）同时，论人开始注重人物的气质与神韵，譬如"世目李元礼，谡谡如劲松下风"（《世说新语·赏誉》）。此种人物品题简约、抽象，只可意会，难以言传，具有审美意义。但也只能欣赏这种品题的"神味"，却很难解释何以有这样的"神味"。刘劭《人物志》则探寻到了人物的神味的根本来源，即是情性。以人的情性各异，解释人之形神的种种差异，从而使人物评论上升到高度的理论概括，远非汉末只言片语的品题能比。

《人物志》第二篇《体别》论体性之不同。体，即性也。体别，是人性的别裁。此篇分析不同体性之人的长短、得失："是故厉直刚毅，材在矫正，失在激讦。柔顺安恕，每在宽容，失在少决。雄悍杰健，任在胆烈，失在多忌。精良畏慎，善在恭谨，失在多疑。强楷坚劲，用在桢干，失在专固。论辨理绎，能在释结，失在流宕。普博周给，弘在覆裕，失在溷浊。清介廉洁，节在俭固，失在拘局。休动磊落，业在攀跻，失在疏越。沉静机密，精在玄微，失在迟缓。朴露径尽，质在中诚，失在不微。多智韬情，权在谲略，失在依违。"条分缕析各种情性之人的长短得失。以下再分析"强毅之人"、"柔顺之人"、"雄悍之人"等十二种不同情性之人的长短，辨别何种性格的人，偏长于何事，偏短于何处，用其所长，避其所短。

《人物志》第九篇《八观》。刘昺题注说："群才异品，志各异归。观其通否，所格者八。"意谓群才个性不同，情志亦异，观察人物情性或通或否，由八个方面观之。这里仅举八观的第三观——"观其志质以知其名"，来看刘劭如何校练名理至精微的地步：

> 何谓观其至质以知其名？凡偏材之性，二至以上，则至质相发而令名生矣。是故骨直气清，则休名生焉；气清力劲，则烈名生焉；劲智精理，则能名生焉；智理强悫，则任名生焉；集于端质，则令德济焉；加之学，则文理灼焉。是故观其所至之多少，而异名之所生可知也。

以上一段分析观察人之气质。名由气生，气质不同，则名亦异样。"休名"、"烈名"、"能名"、"任名"、"令德"、"文理"等种种休名，皆由"偏才之性"相发而生。名由实生。实，情性也。刘昺注："寻其质气，览其清浊，虽有多少之异，异状之名断可知之。"只要寻人物之气质，察人物之气的清浊，则名之状及名之所由生，是可以察之的。

《人物志》属于名法家言，循名责实，校练名理，学术旨趣当与傅嘏《才性论》等相同。全书以名法家思想为主，兼用儒家、道家。《四库总目提要》说："盖其学虽近乎名家，其理则弗乖于儒者也。"

《人物志》原序，满篇都是赞美圣人之辞："是以圣人著爻象，则立君子小人之辞。叙诗志，则别风俗雅正之业。制礼乐，则考六艺祇庸之德。躬南面，则援俊逸辅相之材，皆所以达众善而成天功也。天功既成，则并受名誉。是以尧以克明俊德为称，舜以登庸二八为功，汤以拔有莘之贤为名，文以举渭滨之叟为贵。由此论之，圣人兴德，孰不劳聪明于求人，获安逸于任使者哉？……是以敢依圣训，志序人物。"以古代圣人选拔贤才对历史，论证评论人物的重要，并且标举《人物志》，是依从"圣训"而作。

《人物志》十二篇中，讲到儒家的不少。例如第九篇《八观》："何謂观其爱敬以知通塞？盖人道之极莫過爱敬，是故《孝经》以爱为至德，以敬为要道。《易》以感为德，以谦为道。《老子》以无为德，以虚为道。礼以敬为本，乐以爱为主。然则人情之质有爱敬之诚，则与道德同体，动获人心，而道无不通也。……何谓观其聪则以知所达？夫仁者德之基也，义者德之节也，礼者德之文也，信者德之固也。"《四库总目提要》说《人物志》虽出于名家，其理则弗乖于儒者。所说良是。

《人物志》也兼用道家。汤用彤《读人物志》说："卑弱自持为刘劭教人立身之要道……书末竟加有《释争》一篇，则其于《老子》之说深为契赏，可以知也。"汤先生所说亦是。在《人物志》中，儒道是融合的。《释争》一篇融合儒家的"谦德"与《老子》的处下不争。起笔就说："盖善以不伐为大，贤以自矜为损。是故舜让于德而显义登闻，汤降不迟而圣敬日跻。"文中又说："是以君子举不敢越仪准，志不敢凌轨等，内勤己以自济，外谦让以敬惧，是以怨难不在于身，而荣福通于长久也。""《老子》曰：'夫惟不争，故天下莫能与之争。'……彼君子知自损之为益，故功一而美二。小人不知自益之为损，故一伐而并失。由此论之，则不伐者伐之也，不争者争之也，让敌者胜之也，下众者上之也。"以儒家之谦德，合道家之不争，作为君子立身处世的要道。综上所述，《人物志》以名法家为主干，辅以儒道，很典型地反映出魏初各种传统思想的复活。

刘劭《人物志》是魏初学术与清谈的标本。由于傅嘏、王粲校练名理的论文不传，如果不读《人物志》，则对如何校练名理的学术形态仍会印象模糊。《人物志》完整地保存了当时校练名理原始面貌，后来的学者，可以借此推知傅嘏《才性论》校练名理的形态，一定同《人物志》相去不远。

《人物志》虽为现实政治而作，但已基本脱离具体人事的评价，由人之情性入手，进行抽象的概括、综合、分析、推理，进入精微的领域。魏初的清谈，也应该是这样的境界。夏侯惠说，数听刘劭清谈，览其笃论。清谈为口辩，笃论为著述。由此疑心，魏晋有些谈理之文或许经清谈辩论之后，整理而成。

（待续）

（华东师范大学中文系）

一代学人的集体记忆

吴承学

The Collective Memory of a Generation of Scholars

Wu Chengxue

杨阿敏先生发来书稿《学海沧桑：古典文学名家访谈录》，嘱我作序。我怀着强烈兴趣，一口气读完了十篇访谈。掩卷而思，感触纷涌。

这本书是古典文学名家系列访谈的第一集，书中采访了北京及周边十位古代文学的著名学者。他们治学的领域和路数各有不同，年龄差异亦颇大，但以1950年代生人为主；他们上大学的时间也先后不一，但以1970年代为主。总之，多数被访者皆为“文革”后进入高校的本科生和研究生。我喜欢《学海沧桑》这个书名，用“沧桑”二字来形容这四五十年间学术的发展变化，极为贴切。沧桑是这一代人的际遇，变革是这一代人的使命。四十多年来，作为投身这场变革的亲历者、受益者和见证人，他们对这段历史的回顾与叙述，无疑会更真切地透露出“沧桑”的意味。任何历史的书写，包括个人的回忆，无论有意无意，都是选择性的，有所彰显，有所遗忘，有所遮蔽。但当我们把同时代人的个体回忆放在一起，看到的，便是一个时代的集体记忆。就此而言，《学海沧桑》记录的，就是一部当代中国古代文学学术史的雪泥鸿爪，因而具有特别的意义。

1977 年中国恢复高考招生制度，到了 1980 年代初，开始形成从学士到博士的学位制度。这是中国高等教育划时代的变革，从此迎来数十年中国教育大规模的高速发展。而在当时，一切刚刚开始，百废待兴。高校条件落后，经费奇缺，文献资料残缺不全，很多基础的图书不易寻觅，更说不上对于海内外相关文献的检索收集了。尤为困难的是，当时不少学生的学术基础基本为零，他们从小没有受过完整连贯的教育，中学毕业就上山下乡，只有极少数人参军，当教师，当工人……高考一恢复，社会对人才的渴求如火山爆发，有些人没有读过或读完中学就直接考上大学，有些人没有读过大学（或刚上大学）就直接考上研究生。虽然这一代学人知识储备与知识结构存在一定缺陷，但幸运搭上了恢复高考的“头班车”。那是一个旧秩序刚被打破、新秩序尚未形成的年代，学术界洋溢着别样的乐观和自信，空气中弥漫着浓郁的理想主义和宏大抱负的气息。“自由之思想”和“独立之人格”，成为当时许多年轻学者的自我期许和强烈追求。而当时社会上和学术界也还没有那么多清规戒律，不问背景，不讲出身，甚至不管有没有读过或读完大学，只要有才华，只要肯努力，就能拿到迈进学术殿堂的通行证。

我有时翻阅八九十年代的报刊，对那时大学生、研究生的照片印象特别强烈，他们学习、生活的条件是那么的简陋，而眼神是那么的坚毅，又是那么的纯朴和干净，让人想起青藏高原那湛蓝纯净的天空。我很怀念这种熟悉而久已不见的眼神。

身逢其时，选择古典文学的这批学者，很多人纯粹就是发自内心喜爱，就是一种精神寄托。在未有学术规范之前，幸有这一代学人的学术热情与学术良知，加上曲折丰富的生活经历和人生体验，使他们具备独立思考能力，怀有强烈使命感和进取心。他们就像没有戴上笼头的野马，在不设疆界和樊篱的广袤大漠上恣意奔跑，也许不怎么规范，也许不那么缜密，甚至俨若“无知者无畏”，酣畅淋漓地展示了少有的自信和气魄，现在看来，这种无拘无束的形态很可能已是“后无来者”。至少，这种充满激情的学术，于今已难得一见。

如果以为那时的他们只是无知无畏，显然失之片面。他们从零起步，一直在探索、调适，在反思、进取。国门刚打开，睁眼看世界，西方传入的概念、理论与方法曾产生重大的影响，这对于开拓眼界、打破原有的理论禁锢，提高思辨能力具有积极意义。但很快，年轻的古典文学学者开始认识到学术的本土性，注重从文献、文体与文本中，考察文章与文心，尽可能在中国的语境里，探索中国文学的特殊性，追寻中国美感与中国智慧。这也是这一代学人数十年来经过迂回曲折的探索，逐渐得出的大概共识。当今古代文学研究的盛况与水平，包括存在的不足和问题，大致就是这批学者所开创和引领的结果。

回顾当时的研究生教育，古代文学一批老一辈的导师无疑是一大亮点。他们对于当时自由开放学风的形成，对于研究生的培养，起了很重要的作用。他们都经过民国学术与共和国初期的学术传统的陶冶，功力精深。但当时学位教育是新事物，除极少数人曾留学国外，绝大多数学者没有受过系统学位教育，如何培养博士，博士论文怎么写，导师们并不太清楚。但这不要紧，他们可以凭借自己的经验和感觉“摸着石头过河”，一切皆可探索。当时的学位论文也没有什么开题报告、预答辩，答辩前不需要发表论文，不需要查重，答辩后也没有层层抽查，年轻学者却都能平稳而迅速成长。

几十年来，我国研究生培养方式已经发生很大变化。回想当初，从零开始，没有规范，未立标准，但允许探索、不设樊篱，构成了特殊的环境和氛围。记得我们当年写论文，还没有学术规范的概念，比如引文不必标出什么版本，只简要地标出什么书第几卷。研究生的论文题目，也有微观、中观的，但不少题目相当宏大，这和现在差异甚大。以古代文学专业的博士论文为例，如马美信《晚明文学初探》(1984)、李从军《唐代文学思想史》(1985)、朱则杰《清代诗歌史》(1988)、马亚中《中国古典诗歌的最后历程》(1988，后以《中国近代诗歌史》为名出版）、邓小军《唐代文学的文化精神》、赵敏俐《汉诗综论》……都是开阔宏大的题目，其他学科的博士论文也大多如此。后来，一些学者开始提倡学术规范，倡导小题大做，风气开始改变。此后对于研究生培养的各种规定和标准陆续颁布。于是研究生的学术研究开始走向细密而精深，发展到现在，又演化为狭小而精致。论文能安全通过，便是"王道"。以前的许多博士论文，题目宏阔，论文格局和气魄都比较大。假如按照现在的标准，就研究综述之全面、文献收集之齐备、研究之精细、论证之严密而言，那时不少论文是不够规范的，可能存在问题，甚至严重的问题。但总体而言，当时的成就还是非常卓著的。衡量高校教育的标准不外乎两个，一是出人才，一是出成果。那个时代的研究生教育，在短短的时间内，就培养了一批又一批优秀的学术人才，出现了一些在海内外有重要影响的学术成果。一个时代有一个时代的文学，一个时期也有一个时期的学术风尚。杜甫诗云"王杨卢骆当时体"，学术研究也有"当时体"，当我们把当时的学术风气放到具体的政治、文化语境中，就更容易理解了。它们当然有不足，但自有一段不可磨灭的光彩。

这一代学者的所长与缺陷，成就和特色，都折射了时代的影响。从1970年代后期到今天，转瞬已经四十多年。这期间，中国学术史和政治文化史息息相关，只有站在这个高度才能真正领略"学海沧桑"的特殊意味。这是一个急剧转型又充满变化的历史阶段。从学术史与教育史上看，可以说是从追求个性、推崇启蒙的草创时代逐渐走向高度统一、严整有条的规范化与体制化时代。而这一代学人也在此进程中完成了他们的历史使命。

学术是一代接一代传承下来的。这一代学者中的许多人，虽然已取得杰出成就，却仍在坚持不懈地推进学术的发展，但总体而言，他们已完成了学术的开拓与传承。

作为过来人，读这本书感到亲切，真实，并由衷感动，也引发颇多感慨。这种心情，可以用陶渊明"欣慨交心"的诗句来形容。《学海沧桑》所记录的一代学人的足迹，已经深深印在历史记忆中。回忆的意义，不仅在于怀旧，更在于前瞻。这一代学者的经验和教训，应该成为未来学者的一笔财富。阮元说："学术盛衰，当于百年前后论升降焉。"(《十驾斋养新录序》)这一代学人数十年的学术成就、地位及影响，需要较长时段的历史检验，才能从学术史的角度给出恰当评价。不过，当他们回顾数十年的学术历程，我相信，是足可自慰平生的。

（中山大学中文系）

为一次"上书"的走访

邬国平

The Visit Experience for a "Petition"

Wu Guoping

这是 1996 年的一件事。

当时，我们教研室还保留着隔周星期二下午业务活动的习惯。老师们平时各上各的课，各做各的事，加上通信不如现在方便，即便是教研室同事，也不经常联系，有这样一种疏朗的定期活动，大家聚一聚，也挺让人乐意。

9 月 10 日下午，正是聚集活动时间。黄霖老师先说了些项目研究方面的安排，大家接着谈点自己近期的工作，讨论了一会儿。然后，像往常一般，开始随便聊见闻，所及话题以趣事居多，这意味愉快的下午行将结束，好像乐府已经演奏到了最后"乱曰"阶段。

可是，这次有点不同。

黄老师听大家说了一会儿开心事，带点忧虑地说，现在有一件事情对我们不利。国务院学位委员会将对《授予博士、硕士学位和培养研究生的学科、专业目录》做修改，已经把修改意见和新旧专业目录对照表的讨论稿发下来。对我们直接有影响的是，原来列在二级学科目录的“中国文学批评史”，被拿掉了，分别归入了二级学科“文艺学”和“中国古代文学”下面，成了三级学科。

大家听后，开始还不太明白其利害关系所在。这不难理解，平常大家只管做自己的事情，谁都不关心这些并不生动的专门名词，也不太清楚这些专门名词管着自己什么，对自己是友善还是不友善，会对自己产生怎样的影响。

真照这么做，中国文学批评史博士点、硕士点就没有了。黄老师说。

大家感到了事情严峻。既而，大家觉得此举大不合理。

中国文学批评史，以中国古代文学理论批评的内涵和发展为主要研究对象，从1920年代开始逐渐形成学科特点，经过七十年发展，几代人努力，可以说已经臻于成熟。1981年郭绍虞先生和他的学生杨明照先生成为第一批中国文学批评史专业的博士生导师。以后，中国文学批评史专业一直是独立的博士点和硕士点。怎么说拿掉就拿掉了呢？

作为复旦中文系中国文学批评史研究者，对这种做法不能理解，还有一层缘由。复旦是研究文学批评史的重镇，三位文学批评史权威郭绍虞先生、朱东润先生、罗根泽先生，两位在复旦，批评史是复旦中文系的一个特色专业，研究者薪火相传，没有中断。当时，王运熙先生、顾易生先生主编的《中国文学批评通史》刚刚全部出齐，影响在扩大，正处于生机勃勃时期，撤销其博士点、硕士点，岂非釜底抽薪？

这么想，大家越发感到委屈、不平。如果是专业不成熟，基础不牢，研究水平不够，或者研究者后继乏人导致专业荒芜，将其取消还有一点道理，纯粹是因为编制专业目录技术上的原因，让一个好端端的学位专业悄然消亡，这恰似陈旧的削足适履故事重演。然而这次不是故事，是一个真会出现的现实。

你一言，我一句，大家议论了一番。看看时间不早，就结束牢骚，各自回家了。

黄老师叮嘱我，写一份对取消中国文学批评史博士点、硕士点表示不同意见的材料。

我接下任务，感到此事的分量，思忖着如何将意见陈述好。我想到，最好先去向业师王运熙先生讨教，他如何看待这件事，有些什么具体的意见，对我写陈述意见一定会有帮助。于是，我在回家路上，顺道去了王先生家。

王先生仔细听我讲完事情。听的时候，王先生摘下深度眼镜，闭起眼睛。这是他听别人谈要紧一点的事情时，常见的一种姿态。然后，他问我大家有什么想法。又想了一会，说：作为一门专业，文学批评史还是要在文学史的基础上才能学好，研究好，就文学批评史而研究文学批评史，面比较窄。

接着，王先生从维护中国文学批评史博士点的必要性方面，谈了两条意见：第一条意见是，批评史本身是通史，包含的对象很大，只把它作为一个研究方向，不容易学好，而如果批评史是一个专业，博士生则可以选择其中的某个断代批评史来学习，比较实际，容易学得深入。所以，不宜把文学批评史与文学史的断代史如唐宋文学史、元明清文学史等放在一个层面上。第二条意见是，1950 年代，周扬同志开始组织探索如何形成具有中国特色的马克思主义文艺学理论，其中重要一环就是要总结中国传统的文学理论，显然至目前，这一任务还远远没有完成，因此中国文学批评史作为一个博士点而存在，对继续探索是有好处的。从这方面讲，如此调整中国文学批评史专业博士点是不够慎重的。

当时所提出的为何要调整专业，其中一条理由说是要考虑社会对二级学科的人才需求情况。对此，王运熙先生说，假如考虑到报考这门专业的人比较少，或者学生毕业后择业机会比较有限，可以在制订培养学生的数额上加以调控，而不一定要将这一专业并掉。

王先生说得简明、中肯。

我综合大家意见，略加归纳，按内容主次轻重，拟出了一份关于要求保留中国文学批评史原来博士点、硕士点的意见，列举了五条理由。稿子写成后，我在电话里念给黄霖老师听，他说很好。又说下周二交给中文系负责人，再逐级传递上去。

“可能是螳臂当车，但，总得努力一下。”黄老师的话有点悲壮。

隔了十来天，黄老师给我打电话，说章培恒先生告诉他，博士点调整的事情，北京一些名家意见甚大。钟敬文先生说自己搞了一辈子民间文学，结果却是民间文学的博士点给并掉了。这里插一句，按照专业调整讨论稿，民间文学一部分并入中国古代文学，一部分并入中国现代文学。钟敬文先生因此给教育部长写信，力陈不宜化解这个博士点。提其他不同意见的还有别的专家。章先生知道我们已经通过中文系和学校递交了一份意见书，建议我们是否也拟一份书信，陈述意见，请沪上几位中国文学批评史专家签名。黄老师接受了章先生建议，在电话里交代，让我具体去办这件事情，并提出，在这份意见书上，拟请王运熙、王元化、徐中玉、郭豫适四位先生签名。

为此，我又来到王运熙先生府上。他随即与王元化先生联系，但未能联系上，可能是元化先生出去开会了。与徐中玉先生联系，徐先生也不在家，大概出国探亲去了。王先生提出，那就另请陈伯海先生签名。

第二天，我对第一份陈述意见书做了部分修改，形成一份新的材料。为了便于阅读，我特意到华东师大我哥哥邬国义家，请他输入电脑、打印。当时个人电脑远没有普及，基本还处于手写时代。我哥哥用电脑比较早，他多次对我说起电脑的好处，而我当时还不大想花时间在学习电脑上，对电脑应用还懵懵懂懂的。记得他配的是一台针式打印机，纸上打印出来的字，墨色有点浅淡。

拿着打印件，我为此事第三次来到王运熙先生家，先请他审读这篇稿子，以便再作修改。王先生看后，没说什么，就在上面签了名。

这天来到吴兴路王元化先生府上，已经过了晚上八点。王先生腰部系着一条宽大的腰带，见面便说，自己腰不适，行动不便。听我告知来意，他说此事他也听说了，是一批人“瞎搞”。看过材料后，王先生说他同意所述意见，觉得语气还可以强硬一点，说完便寻笔签上了名。

元化先生很健谈。说他最近在杭州参加高校“211”工程评选，碰到一些校长，他们还不错，懂教育，也敢讲话。“我对他们说，我本来对教育已感绝望，现在又使我看到了一丝希望。”他说他 1950 年代曾在复旦上过文艺学课，后来看到唐弢先生一篇文章，方知道是由于郭（绍虞）先生的推荐。唐先生当时也被邀去复旦授课。当时学生中有章培恒，这是从一位当时参加听课的日本学生出的一本书中才知道的。

王先生还谈到，1980 年代他参加了在华东师大举办的中国文学批评史专修班讲课，说参加者有许多人是搞文艺学的，他在讲课时，主要讲的就是不要搬用文艺学的那一套来研究中国文学批评史，以免望文生义，望文生解，从条条框框出发，歪曲本来含意。说到这里，王先生又把话转到这次调整博士点专业把中国文学批评史的一部分归入文艺学上面来，说他当年竭力反对的事，现在居然又以一种新的形式出现了。对此，王先生非常愤慨，说：“这将会贻笑中外！”

王先生认为，曹道衡、沈玉成所著《南北朝文学史》写得很好，詹锳先生的《文心雕龙义证》也很有功力。批评史方面，他很赞同王运熙、顾易生先生那种搞法，对他们主编的《中国文学批评通史》很感满意，说花哨的文风有害无益。

王先生还回忆起第一届学位委员开会的情景。当时有朱东润、王瑶、钟敬文等，许多人已经过世。说他们当时对博士生导师的标准掌握很严，文学批评史方面，导师只有郭绍虞、杨明照二位。

那天，王元化先生谈话兴致高，真想再多听他说说。因为已经与陈伯海先生约好，恐怕去得太晚，让陈先生等着不礼貌，就只好向王先生告辞。临别，王先生特意要我转告王运熙先生：“我同意陈述意见，只是我自己现在不愿意与那些人去搞了，签名是乐意的。”

从王元化先生家里出来后，我骑着自行车去愚园路上陈伯海先生家。为了早点赶到，我用力蹬车，在我的骑车史上，可能这是车速最快的一次，身上都出了汗。

陈先生正在打电话，还有同事在家。

王运熙先生事先已经与陈先生通过电话，谈清了事情原委，故很快便能转入正题。陈先生阅过材料，签上名字，笑着说："理由讲得蛮充分，就是我的签名不顶用。"短短一语，显出陈先生风趣的性情。

我取出王运熙先生的《乐府诗述论》一书，是他赠给陈先生，托我带来面呈的。时间已晚，我告辞回家。陈先生又随意问了句："签名的还有哪些人？"

次日上午，我来到华东师大郭豫适先生寓所"半砖园"。之前，黄霖老师在电话里与郭先生已经谈过我要登门拜访并请郭先生签名。郭先生看了材料之后，先与我说了这样的意思：

他本人是国务院学位委员会学科评议组成员，也是中文学科组召集人之一，在这样的一份材料上签名，本来是不合适的。但是，一方面是王运熙先生嘱托，另一方面他自己原来对这样的调整也是怀着矛盾的心情，这份陈述意见也讲得有道理，从对学术负责的角度，所以，以个人的名义也就同意签名。

他说："我签了名，肯定会被产生一种印象，一会儿参加会议共同通过讨论稿，一会儿又签名表示不同意，变来变去。现在我也不去管那么多了，签就签吧。"

看得出来，这确实让郭豫适先生感到了为难。然而对这件事，郭先生的襟怀是磊落的。

接着，郭先生把话题延伸开去，谈到当时正在进行的专业学科调整，说：开始有人提出，把中国语言文学作为一个博士点，结果遭到大家否决。但是，上面对有人提出的"博士不博"的问题，印象比较深，所以要对专业进行调整，而对合并专业以后具体的问题则考虑得很少。

郭先生认为，其实，博不博的问题，一个有志向的学生在学习研究中他自己是会处理好的。如果他不努力，即使专业合并得再大，也博不起来。而且老实说，现在影响学生学习积极性的因素，不是专业博不博，而是如何让他们生活得安心一点，有些钱买几本书。但是，这些又不是学位委员所能解决的，所以只能按照上面意图，做一些有限的专业合并。

郭先生说，他本人对古典文献学并入中国古代文学曾表示不赞同。又说，像民间文学、中国文学批评史，让少数几个博士点存在也不影响什么，一定要并没有多大意思。他还说，这次调整，一个目的是要求规范化。现在将中国文学批评史部分归入文艺学，部分又归入古代文学，本身就是不规范。郭豫适先生作为"游戏规则"制订者之一，对问题看得比许多局外人更加清楚。

我起身告辞时，郭先生让我将材料复印一份寄给他，说便于将来开会时，对内容能够有印象。那天下午，我将复印件寄给了郭先生。

9 月 27 日，我用挂号信把陈述意见寄给国务院学位委员会。

以后的事情，可记者有二：

1997 年，《授予博士、硕士学位和培养研究生的学科、专业目录》正式发布，二级学科没有中国文学批评史，这似乎意味着我们所争无果。

尔后，国家允许学位授予单位按其一级学科授权权限，在二级学科目录外，可以自主增设二级学科，并最终于 2009 年、2010 年见诸文件，将这种做法肯定下来，强调二级学科的设置应该"有利于人才培养"，"有利于学科特色的形成"。这样就纠正了最初如果不在《授予博士、硕士学位和培养研究生的学科、专业目录》内，即没有博士点、硕士点的简单做法，解决了包括中国文学批评史在内的一大批专业的生存问题，使这些专业在人才培养、学科建设方面重现活力，发挥作用。

由此想到，做一件事，在还没形成建设性意见前，就把具有存在合理性的东西简单地破掉，为此付出代价，是不是真的值得？如果一定要认为"破字当头，立在其中"的思维方式也有几分道理，那么，是否应该同时引入成本的概念，以尽量减少这么做带来的扰攘和损失？

二十年前，诸先生支持中国文学批评史专业，其言谈举止，至今印象如鲜。谨以此文记述经过,以见他们在风中雨中,对春泥和花木的呵护。

2017年10月8日

(复旦大学中文系)

考据与诠释之间：王元化“子见南子”研究的意义*

韩立平

内容摘要：有感于海外汉学诠释中国传统文化“以己意为进退”的逞意妄说，以及“反五四”、“尊孔孟”的思潮，晚年王元化重新回到《四书》，梳理研究传统注疏的考据、训诂之学，在此过程中反思考据与诠释、情感与理性、逻辑与历史的关系。在王元化看来，“先信而后考”不仅是传统儒学存在的问题，也是一种20世纪普遍存在的观点，即态度决定意识，亦即马克思·韦伯所说的意图伦理(an ethic of intentions)，它使学术不再成为真理的追求，而变成某种意图的工具。王元化“子见南子”研究，不仅回溯、总结古代学术经验，更是对包括海外汉学在内的现代学术生态、思想观念的反思。

关键词：王元化；考据；诠释；子见南子

* 科研项目：国家社科后期资助课题“北宋士人文艺世界研究”(20FZWB078)；上海市哲学社会科学规划课题“‘诗余’视域下苏门文学与书画关系研究”(2020BWY014)。

Between Textual Research and Interpretation: The Significance of Wang Yuanhua's Research on "Zi Jian Nan Zi"

Han Liping

Abstract: In his later years, Wang Yuanhua returned to the four books to study the textual research and exegesis of traditional annotations, reflecting on the relationship between textual research and annotation, emotion and rationality, logic and history. In Wang Yuanhua's view, "believing before testing" is not only a problem of traditional Confucianism, but also a common view in the 20th century, that is, attitude determines consciousness, that is, an ethics of intentions, which Marx Weber said. It makes learning no longer a pursuit of truth, but a tool of some intentions. Wang Yuanhua's research on "Zi Jian Nan Zi" not only traces back and summarizes the ancient academic experience, but also reflects on the modern academic ecology and ideas, including Overseas Sinology.

Keywords: Wang Yuanhua; textual research; annotation; Zi Jian Nan Zi

一

王元化(1920—2008)先生是20世纪具有重要影响的思想者、学者,在中国古代文论研究、文艺理论研究、近现代思想文化研究等方面取得了杰出成就。晚年王元化说自己"一直赞同'独立之精神、自由之思想'的说法,并曾援用'为学不作媚时语'这样的格言"①。就其整体治学方法与格局而言,如果沿用汉学(考据、训诂)与宋学(义理、

① 王元化《关于现代思想史答问》,《清园论学集》,上海古籍出版社,1994年,第681页。

诠释)之分，可以说王元化的学术特点是在重视训诂、考据的基础上，将重点与结穴放在义理与诠释上，强调学术研究的思想与灵魂，以批判精神重估未经考察的观念与范畴，衡古知今，殷忧长抱，展现了知识分子关怀、反思现实的良心与勇气。

对于训诂、考据这类传统"小学"，王元化虽未投入主要精力，却也极为重视。他关于《文心雕龙》研究中的一些阐释，是建立在字词训诂、史实考辨的扎实基础之上的。又如他对《古文字诂林》、《王国维全集》等古籍文献的整理、出版工作都尽了不少心力。①

1980 年代初，王元化就思考过"回到乾嘉学派"的问题："近几年学术界已开始认识到清人的考据训诂之学的重要性"，"多年以来我们对乾嘉学派迄未作出应有的评价"，"目前有些运用新的文学理论去研究古代文论的人，时常会有望文生义、生搬硬套的毛病，就是没有继承前人在考据训诂上的成果而发生"。②

1990 年代初，王元化编学术论文自选集，回顾一生治学历程时也重提晚年回到考据训诂。他说对"五四"以来形成的种种既定观点"重新估价"后，因没有充分掌握材料并对材料作出仔细鉴别和考察，造成误差，遂回到传统的训诂考据，发现"过去所深信的所谓逻辑和历史一致性的说法其实只是理性主义的过分自信"，"清人钱大昕说训诂考据乃'义理所由出'，也就是阐明此义。可是长期以来，只有观点才是最重要的这种看法始终占据上风，而训诂考据则多遭藐视"，"我不同意把观点义理置于训诂考据之上"。③

然而，王元化对传统训诂考据也是不满意的，他曾多次以李善注《文选》为例指出传统注疏的不足之处，"不能止于乾嘉学派"，不能"绝不逾越前人的考据训诂之学，甚至在治学方法上也亦步亦趋，墨守成规"，"前人批评李善注《文选》释事不释义，已经感到不去阐发内

---

① 参看李圃《缘于〈古文字诂林〉的相识相知》、房鑫亮《王元化先生于〈王国维全集〉》，载陆晓光主编《清园先生王元化》，华东师范大学出版社，2009 年，第 323、330 页。

② 王元化《思辨随笔》第 108 条，上海文艺出版社，1994 年，第 162 页。

③ 王元化《〈清园论学集〉序》，《清园论学集》，上海古籍出版社，1994 年，第 6 页。

容底蕴，只在典章文物名词术语上作工夫是一种偏向”。[①] 又在1992年7月18日的日记中写道：“近日曾与晓明谈，前人注疏（汉人尤甚），以找出出处辄止。范（文澜）注《文心》，仍不离此习。但作者何以用前人此一说法，命意何在，是引申本意还是借喻取譬，而于旧说中寄寓新义如何？凡此种种，有千变万化之情况，皆须探索之，而不能因袭旧惯。”[②]

“底蕴”、“命意”为传统注疏之学所忽视，今人治学除了要揭示“底蕴”之外，还应该剖析其“义蕴”。1960年代撰写《文心雕龙创作论》，王元化借鉴阎若璩《古文尚书疏证》采用《释义》与《附录》分开的体例，“力求根柢无易其固，而裁断必出于己”，“在阐释原著时，首先需要以实事求是的态度揭示它的底蕴（meaning），弄清它的本来面目”，“另一方面，又需要以今天更发展了的文艺理论对它进行剖析，揭示其义蕴（significance）”。[③]

在已发表、出版的论著中，王元化真正致力于传统训诂、考据之学的主要有两篇论文，即发表于《中国文化》1992年第1期的《“达巷党人”与海外评注》与发表于《学术月刊》1992年第9期的《“子见南子”与前人注疏》。前一篇论文，王元化曾用以提交1992年哈佛大学举办的学术会议，得到海外学人林同奇、张隆溪的赞许，“以《论语》章句的解释为例，纠正了海外一些汉学家理解中国古代典籍的错误。那篇文章以具体例证说明，在学术研究中，文字训诂的基本训练是多么重要”[④]。而《“子见南子”与前人注疏》这篇论文自发表后，虽多次收入结集的王元化著作中，似乎并未在国内外学界引起必要的关注。其实，在考察训诂、考据的背后，隐含着王元化对于学术研究、文化思潮的反思。王元化在此经历了从反思海外汉学到反思传统训诂，从

① 王元化《思辨随笔》第108条，上海文艺出版社，1994年，第162页。

② 王元化《九十年代日记》，浙江人民出版社，2001年，第130页。

③ 王元化《思辨随笔》第74条，上海文艺出版社，1994年，第117页。

④ 张隆溪《有学术的思想，有思想的学术——王元化先生著作读后随笔》，载陆晓光主编《清园先生王元化》，华东师范大学出版社，2009年，第248页。

反思“诠释”到反思“考据”，进而反思情感与理性、逻辑与历史的关系。王元化原拟将研究《论语》注疏的数篇“柬释”结集为《走下神坛》(遗憾的是最终没有实现)。凡此种种，学界较少关注，以下略作探析。

二

1991 年除夕前后撰写《“达巷党人”与海外评注》一文的初衷，王元化在该文第一段有所说明。因读了海外学人牟复礼(Frederick W. Mote)所撰评史华兹(Benjamin Schwartz)《古代中国思想世界》(*The World of Thought in Ancient China*)一文，王元化认为史华兹虽学养深邃但“在文字训诂方面则多以己意为进退”，其对《论语》“达巷党人”的解释令人“难以苟同”，“海外汉学多尊宋学，据朱子《集注》解经，但是他们又自生枝节，把达巷党人说成是‘无知的乡下人’”，显然是“附会古人了”。[①]

稍后在 1991 年 8 月 10 日所撰《与友人谈古史辨书》中，王元化有更为详细的说明：“近读《四书》，曾参阅前人注疏多种。顷已草就《论语》柬释数则。今夏海外学人惠我牟复礼(Frederick W. Mote)所撰评史华兹(Benjamin Schwartz)《古代中国思想世界》(*The World of Thought in Ancient China*)。文中涉及‘达巷党人’章。牟氏与史氏俱将本应连读之‘达巷党’三字拆开，解党字为‘乡党’，并解释党为‘无知的乡下人’。又史华兹释孔子‘吾执御乎？吾执射乎？吾执御矣’，为孔子不喜‘军事技艺’之凭证。倘以诸如此类望文生解之训释，作为理解孔子思想之根据，岂能得其真谛？”[②]经王元化梳理旧注，“达巷党人”的确切含义应指聪颖之人，或指项橐。又达巷党人赞美孔子“博学而无所成名”，被海外学者解释为“博而不专”，是引申

① 王元化《“达巷党人”与海外评注》，《清园论学集》，上海古籍出版社，1994 年，第 537 页。

② 王元化《与古人谈古史辨书》，《清园论学集》，上海古籍出版社，1994 年，第 526 页。

了朱熹《集注》“美其学之博而惜其不成一艺之名”的观点。王元化通过梳理郑玄以来旧注，认为达巷党人实际是赞美孔子广大渊博，使人莫可名之，朱熹《集注》已渐疏原旨，进而批评“海外一些学者望文生义，再把朱子的‘不成一艺之名’拉扯到博和专的问题上来，则谬误尤甚”[①]。揆其望文生义之因，则在海外学人往往对中国文化缺少一种同情之理解，不顾历史背景而以今度古，即如学问的博与专，王元化认为在“孔子时代是否存在这个问题”是值得怀疑的。

除了字词训诂的问题之外，王元化也对海外学者偏重所谓“创造性诠释”的学术研究方法表示谨慎，认为学术研究的主体应该尽可能避免“强古人以从己意”的比附：“近又读海外友人 H 先生惠我其所撰关于创造性诠释学一书，书中分诠释学五个层次，最后两个层次，一为‘应谓’(即原作者应说而未说者)，一为‘必谓’(即原作者必须说出而未说者)。H 先生认为创造性诠释学的任务，即在于替原作者说出‘应谓’与‘必谓’两层次内容。我以为这项工作不是不可以做，但极易引出逞意妄说之风。如作为诠释者个人意见或诠释者的批判则可，而硬归派为原作者本身思想则勉强，倘进一步断定如此方得原作之真谛，则更不可以为训。”王元化“不仅不反对，而且还赞同以羼入海外新理论(只要是推动理论前进的)的新观点来诠释古人著述，但不可流入比附，强古人以从己意”。[②]

有感于此，为了寻求字词的确切含义，王元化由宋学上溯汉学，回到中国传统的考据、训诂之学。王元化发现宋学的诠释中存在很多臆断成分，且宋学的诠释直接影响了海外汉学的逞意妄说。这使王元化产生了重新系统梳理、研究古籍注疏的想法，1991 年 8 月 10 日致友人信中写道：“近有一想法，学人多钻研海外诠释学，而对两千年来前人注疏未加注意。倘将两千年来前人注释，爬梳整理，总结其

---

① 王元化《“达巷党人”与海外评注》，《清园论学集》，上海古籍出版社，1994 年，第 539 页。

② 王元化《与古人谈古史辨书》，《清园论学集》，上海古籍出版社，1994 年，第 527 页。

成败，对今后传统文化研究定有极大帮助。自然，此项工作非个人可就，亦非一时可就。”①

三

系统整理古籍注疏的工作虽非“非个人可就，亦非一时可就”，然九层之台起于累土，王元化还是抛出了一篇极有分量的论文《“子见南子”与前人注疏》。笔者最早读到这篇论文的断片，约在二十年前于华东师范大学读本科时，前期导师将王元化先生《思辨随笔》（上海文艺出版社，1994 年）②一书惠赠。当时书中“子见南子的行为准则”、“子见南子合于礼说”、“释孔子矢词”等数篇随笔，对笔者产生了很大的吸引力，但通读、理解整篇论文则是在很多年以后了。从《九十年代日记》中可知，王元化极为看重这篇《“子见南子”与前人注疏》，为这篇论文的写作投入大量精力，不厌其烦地修改，先后五易其稿，甚至除夕这天也丢不下此文：

> 一九九二年一月一日，（在白藤湖）将《达巷党人与海外评注》以挂号快件寄刘梦溪。
>
> 一月七日，下午为撰写《子见南子与前人注疏》作准备。

---

① 王元化《与古人谈古史辨书》，《清园论学集》，上海古籍出版社，1994 年，第 526 页。

② 按：王元化先生文章多有重复结集的情况，又其《思辨随笔》（初版为《思辨短简》、再版为《思辨发微》、三版为《思辨随笔》、四版为《思辨录》）中多数学术短札最终都形成完整的论文，公开发表并结集（如《清园论学集》等）。笔者曾一度认为与其读《思辨随笔》不如读完整论文更能把握作者的思想，实则不然。同样的材料，在《思辨随笔》与学术长文中，王元化解读、论述的角度、重点会有所不同。例如龚自珍《书汤海秋诗集后》提出“诗与人为一”的观点：“何以谓之完也？海秋心迹尽在是，所欲言尽在是，所不欲言而卒不能不言在是，所不欲言而竟不言，于所不言求其言亦在是。”在 1977 年 6 月撰写的《龚自珍思想笔谈》这篇长文中，以上材料被用来证明龚自珍主张文学要“达”，必须完整地表现个性。而在 1978 年的一则学术短札（《思辨随笔》第 139 条）中，这条材料被用来说明更为有趣的话题，即诗歌“表现深层意识和深层心理活动”，要注意“各种不同心理现象”，龚自珍“已涉及诗人的下意识和潜意识问题”，“是难能可贵的”。由此一例可见，王元化《思辨随笔》仍具有其已成型、发表的长篇论文所不能替代的价值。

一月二十二日，晴，今日完成《子见南子与前人注疏》一文（草稿）。

一月二十三日，（在白藤湖）晴暖。今日试成《子见南子与前人注疏》初稿。近来写作须先写草稿。再据以写成初稿，再据初稿写成定稿。如此周折，始能成文。

一月二十六日，晴。自十二日拟草稿开始，已历半月，费时费力如许，思维里衰退故。

一月三十一日，晴，有风。昨日再写《子见南子与前人注疏》文，已第三稿矣。

二月二日，小雨。长期处于希望、失望、再希望、再失望，交迭起伏中。

二月三日，先晕后晴，阳光遍地。辛未除夕。义、倬来此共度岁末。仍改《子见南子与前人注疏》文。

二月六日，倬如返香港。《子》文改竣。先后持续近一月，已四，得六千言。爱因斯坦说："不少新的知识正在跨越学术的疆界。"

二月八日，多云。早再读《子见南子与前人注疏》文，改数字，稿可定。

五月二十七日，《子》文嘱托晓明交《学术月刊》发表。

八月十二日，承义以快件寄来《法言》、《子见南子与前人注疏》稿费港币六百元。①

其实，在《"子见南子"与前人注疏》之外，王元化原始拟撰写一系列文章。前引《与友人谈古史辨书》言"顷已草就《论语》柬释数则"，《"达巷党人"与海外评注》与《"子见南子"与前人注疏》应属于这"《论语》柬释数则"中的两则，"数则"还有哪些呢？据笔者查阅，至少还包括两篇短文，即 1991 年 6 月 10 日所作《孔子最早的神圣化》与 1991 年 6 月 12 日所作《释"原壤夷俟"》（两篇文章均收入《清园夜读》，海天出

① 王元化《九十年代日记》，浙江人民出版社，2001 年，第 105—137 页。

版社，1993年）。

笔者近日恰于网拍平台收得王元化书信一通，始知王元化拟将这些文章"凑成小辑，共六、七篇光景"，名曰《走下神坛》。这封信是1991年6月21日王元化写给楼适夷的。湖北教育出版社2007年10月出版十卷本《王元化集》，是目前文字内容最全的王元化文集。其中第九卷"书信"收录了王元化致楼适夷十二通书信，笔者所收藏的这封信不在其中，因此可以说是一通"佚简"。此通"佚简"原文较长，故仅将相关段落迻录与此：

适夷大哥：

（略）

另外，我把生活调整一下，即对广州外边去开会，一概谢绝，上午也不会客，关起门来读书、写作。读什么？写什么呢？回答是《四书》，你一定惊讶！我主要是想和海内外那篇尊孔者抬抬杠。我反对尊孔，但我也反对批孔。（?）海外某些尊儒学者和国内某些领导似乎合流，共同去批五四，反五四，共同去大叫传统，尊孔孟。可是谁也不肯做点"识小"的探索工夫，只是信手拈来，让孔孟之道为我服务。对这种论调，这种气氛，谁也不为怪，谁也不讲话。一氓（同）志给蔡尚思的信，结果为人所用。这二老都是前辈、长者，我自然尊重。可是他们用简单化方式批孔，不可取。我已写就二篇，拟凑成小辑，共六、七篇光景，试投那（哪?）个刊物发表。题目暂定《走下神坛》。可惜不去你身边，不能先向你请教。传台湾南怀瑾赞助（……）出版社……于是出了他的……。此书已成热门畅销书，青年纷纷购阅。还有人赠我一套（二本），我觉得其议论较五四时之国粹派更为迂腐落后。不知兄见过此书否？匆匆已尽三纸，不一一。

祝好　问候大姐

王元化　六月二十一

王元化所谓的"已写就二篇"，应是指《孔子最早的神圣化》与《释"原壤夷俟"》，均作于 1991 年 6 月。前文言"今夏海外学人惠我"牟复礼评论文章的"今夏"即 1991 年夏天。此通佚简说："我主要是想和海内外那篇尊孔者抬抬杠。"我们大致可以确信，王元化自 1991 年夏开始重读《四书》，重新梳理、研究《论语》注疏并撰写文章的主要动机，应是海外汉学诠释中国传统文化"以己意为进退"的谬误以及"反五四"、"尊孔孟"的思潮，令王元化不得已不予以正面的回应。然而遗憾的是，王元化所说的"共六、七篇光景"似乎并没有完成，计划中出版的《走下神坛》小辑也未能如愿。

四

《"子见南子"与前人注疏》是王元化对"两千年来前人注释，爬梳整理，总结其成败"以助于传统文化研究的一篇力作，也是仅有的一篇内容完整、篇幅较长的论文。何以选中"子见南子"这个题目，因为王元化认为它是《论语》研究中"最难理解的"①，擒敌先擒王，故首先从最难最复杂的题目着手。该文的主要内容与论证过程，简述如下。

除导言外，论文分为四个部分："考证孔子未见南子或南子不是卫夫人"，"考证孔子见南子是合于礼的"，"考证孔子见南子的行为准则"，"关于孔子矢词的训诂"。

第一部分，王元化认为子高推断孔子未见南子，属于一种"交互反证"，不具有说服力。汉代记载"子见南子"的典籍颇多，如《史记·孔子世家》、《孔子家语》、《法言》、《淮南子》、《盐铁论》、《论衡》等，可证"子见南子"确有其事。宋孙奕《示儿编》认为南子不是卫夫人，而是南蒯，其后何孟春《余冬序》、陈绛《金罍子》、焦竑《焦氏笔乘》等皆宗其说，近人程树德《论语集释》已有力反驳了南子为南蒯之说。

第二部分，《孔丛子》提出"子见南子"合于礼："古者大飨，夫人与焉，于时礼仪虽废，犹有行之者。意卫君夫人飨夫子，夫子又弗获已

① 王元化《"子见南子"与前人注疏》，《清园论学集》，上海古籍出版社，1994 年，第 544 页。

矣。”王元化指出此说是一种“构画虽精”的推测，“未经论证遽作断语”。朱熹也主张合于礼说，其《论语集注》云“古者仕于其国，有见其小君之礼”，又云“圣人道大德全，无可不可”。清人毛奇龄对朱熹的说法提出反驳，“遍考诸《礼》文，及汉、晋、唐诸儒言礼者，亦并无此说”。王元化赞扬毛奇龄“是个顶真的学者，他做了细致功夫，查考了《春秋》经与三传之文，指出《集注》以觌礼为见礼，以大夫之妇入觌为大夫入觌之误，并考明古时除交爵飨献之礼外，男女无相见礼，亦无觌礼。从而从根本上推翻了合于礼说”。王元化进而对毛奇龄考证的“未尽之意”予以补充，引《礼记正义》相关记载论证“交爵飨献相见礼”的限制，推翻了《孔丛子》称南子以大飨之礼飨献孔子之说。

第三部分，何晏《论语集解》对孔安国以“子见南子”为孔子“欲因而说卫灵公使行治道”之说表示“义可疑焉”。清人刘宝楠《论语正义》认为孔子见南子是出于“诎身行道”，“圣人达节，非俗情所能测”。王元化肯定了刘宝楠批判旧注的“严厉”与见解的“通达”，肯定他“作了严密的爬梳，几乎不放过一字一义”，同时又惊叹于刘宝楠对传统观点指责之激烈。针对刘宝楠视“诡道求仕”说为“辱圣”，王元化评价道：“不知刘氏是否怀着学术思想上的门户之见，才对异我者加上这样一个重大罪名？‘侮圣’是越出学术之域的人身攻击，为历来气盛理穷者所惯用。今竟出之于这样一位注疏家之口，使人不得不为之扼腕。”

第四部分，孔子矢词：“予所否者，天厌之，天厌之。”历来注疏歧义最多。王元化将历代注疏归为两大端，一训“矢”为誓，为旧说；一训“矢”为陈，为新说。在训“矢”为陈的学者中，王元化比较了毛奇龄《论语稽求篇》与赵翼《陔余丛考》，认为毛奇龄不免以推理作意度，而赵翼则更为谨慎，在诸家中为胜解，但赵翼不免“增字解经”。王元化进而总结说，对于孔子矢词，历代注疏“莫不增字为训”。不得不增字为训的原因，王元化认为是《论语》原文有省略，记载者清楚子路不悦的原因，觉得不必多说，然此一省略却使原义变得扑朔迷离。在《“达巷党人”与海外评注》中，王元化也提及了省略情况：“孔子的话在当时都是容易理解的。他的弟子与再传弟子都清楚那些话是在什么背景下与针对什么情况而发的，也许由于太熟悉了，也由于古人‘尚简用晦’的传统表述方式，所以这些背景与情况往往略而不述。可是，这种简略往往成了后人理解孔子言行的难以克服的障碍。我觉得，我们对于这些难寻文证的地方，与其强作解人去穿凿附会，还不如让它们存疑为好。”①对于孔子矢词“所否”究竟何所指，王元化认为“无法妄拟”，“只可阙疑”，“这几个字恐将成为千古疑义了”。

五

通过对“子见南子”历代注疏的研究，王元化用具体事实证明了一种学术研究中普遍存在的现象，即考据、训诂中带有先入为主的偏见：“胡适曾评崔述《考信录》为‘先信而后考’。其实，注疏家往往难免此弊。后代儒生一旦以理想中的圣人为标准去诠释‘子见南子’，无形之中就会使自己的考据训诂变成一种弥缝补漏的工作。这种情况有时连一些学养深厚的注疏者也在所难免。”②王元化所谓的“后代儒生”，当不止于宋代至清代的传统学者，应包括近现代学者及海外学者。

近现代学者在这方面的代表是熊十力。王元化虽然肯定并敬服熊十力“根柢无易其固，裁断必出于己”的治学原则，但也直言不讳地指出熊十力“诠解古书，往往强古人从己意，以致其文虽颖脱迥拔，却因难寻文证，而终遭非议”③。在对“东西文化问题论战”的研究中，王元化指出一种20世纪普遍存在的“态度决定意识的观点”，“解决思想问题，不是依靠理性的认识，而是先要端正态度，先要解决爱什么，

① 王元化《“达巷党人”与海外评注》，《清园论学集》，上海古籍出版社，1994年，第541页。

② 王元化《“子见南子”与前人注疏》，《清园论学集》，上海古籍出版社，1994年，第545页。

③ 王元化《与友人谈海内外学风书》，《清园论学集》，上海古籍出版社，1994年，第566页。

恨什么，拥护什么，反对什么的问题”，这“正是马克思·韦伯所说的意图伦理(an ethic of intentions)”，它“使学术不再成为真理的追求，而变成某种意图的工具。这种作为意图工具的理论文章，充满了独断和派性偏见”。[①] 这其实是“先信而后考”的另一种表现形式。“先信而后考”中的主观偏见，发展到一定程度就是“逞意妄说”乃至“越出学术之域的人身攻击”，与学术乃天下公器的理性背道而驰。

对于海外汉学的指摘，王元化还一度将其与教条化、强制性相提并论：“我觉得，在治学上无论是我们喜欢搬弄僵化的教条，或是过去德国思想家喜欢构造强制性的大体系，或是现在某些海外学者喜欢用材料去填补既成的理论图式，都是不足取的。”[②]王元化曾对杜维明诠解孟子表达不同意见，认为“孟子思想与杜先生所主张的多元化相违”，“孟子不及庄子”，“孔子在容忍异见上似乎更要好一些，并不像孟子拒杨墨那样偏激”。[③] 由杜维明进而谈及海外学者“好作高屋建瓴、把握全局、统观整体之论，因此常用概括方法”。概括方法“要求普遍性能将特殊性与个体性涵盖于自身之内”，只是黑格尔哲学的幻想。它又与“抽象继承法”相似，“抽象继承法是从形式上借用前人的说法，舍其原有的本义，使之成为一种比喻”，“势必会模糊原来对象的本来面目，以至篡改了它的本义”。[④]

王元化对“子见南子”历代注疏的研究，不仅回溯、总结古代学术经验，更是对包括海外汉学在内的现代学术生态、思想观念的反思。从王元化辞世至今的数十年中，国内外学术交流愈加频繁了，更多的海外汉学成果被译介到国内，但王元化所批判的“以己意为进退”、“门户之见”、学术“变成某种意图的工具”等问题，在当今的学术界似

---

① 王元化《杜亚泉与东西文化问题论战》，《清园论学集》，上海古籍出版社，1994 年，第 659 页。

② 王元化《论传统与反传统》，《清园论学集》，上海古籍出版社，1994 年，第 455 页。

③ 王元化《与友人谈海内外学风书》，《清园论学集》上海古籍出版社，1994 年，第 565 页。

④ 王元化《与友人谈海内外学风书》，《清园论学集》上海古籍出版社，1994 年，第 566 页。

不仅没有减缓,反而时有加重的情况。当然,我们知道人文科学的学术研究很难完全不带入任何主观偏见,甚至有些时候偏见往往能生成一些有价值的创见。但无论如何,学术主体的主观偏见是必须要受到约束的,是要“关在笼子里”的,只能在一定的、合理的范围内保持张力。当代学术界继承王元化先生的思想遗产,如何在治学中把控好“考据”与“诠释”之间的关系,如何在面对缺少材料支撑的论题时采取“阙疑”态度,如何实现学术乃天下公器,实现学术乃追求真理,还有很多方面需要我们一起努力。

(华东师范大学中文系)

北美唐代文学研究概述

吴琦幸

内容摘要：近年来，北美唐代文学学界在翻译、论述、断代史研究等领域呈现丰富的成果。细观其研究路径与方法，与本土的唐代文学研究不同。由于其具备西方视角研究文学的特点，在对于文本的处理和理解、新理论新方法的运用以及诗学比较研究途径和理论框架的域外特点等方面，都与传统的中国唐代文学研究有别。如何评价和定位北美唐代文学研究，始终是海内外学人关注的课题。本文即从北美汉学研究领域中，将唐代文学研究作为一个对象进行纵横考察，勾勒出北美唐代文学研究的历史与现状。

关键词：北美汉学；唐文学；文本解释；书写文化

General Introduction to the Study of Tang Dynasty Literature in North America

David Q. Wu

Abstract: In recent years, the literary study circles of the Tang Dynasty in North America have shown rich achievements in the fields of translation, discourse, and dating history. A closer look at its research path and method is different from the local Tang Dynasty literature study in China. Because of its characteristics of studying literature from a western perspective, its processing and understanding of texts, the application of new theories and methods, and the methods of comparative poetic research and the theoretical framework are different from those of traditional Tang Dynasty literature study. How to evaluate and locate North American Tang Dynasty literature study has always been a topic of concern to overseas scholars. This article takes the Tang Dynasty literary study as an object from the field of North American Sinology study, and outlines the history and current situation of the Tang Dynasty literature study in North America.

Keywords: North American Sinology; Tang literature; text interpretation; writing culture

综述北美的唐代文学研究，应将这门学科置于整个北美汉学研究（也称为“中国学研究”——Chinese Study 或 China Study）领域中来考察，而非如中国所习用的古代文学或文学史领域。也即，北美的唐代文学研究较少传统研究路径，没有严格的文学史规划，也并非在教科书中以作家、作品的诠释为其目的。这门专业往往与其他领域相交叉，教学者具有非常自由而灵活的选择，通常以自己的学术背景和兴趣爱好来择取其中有兴趣的课题进行研究和教学，从而使这门学科在更大的背景中进行研究，形成一个极为自由和松散的专业群体。

在北美具规模的研究型大学中，唐代文学往往与中古文学交叉在一起，并有以中古文学研究涵盖唐文学的趋势。跨学科研究唐代文学、比较研究等也是目前北美唐文学研究者所关注的。宏观研究中的通史研究近年来也取得较大成果。一言以蔽之，北美研究唐代文学的学者，正像唐代诗人诗作百花齐放、多姿多彩之个性一般，他们选取不同视角，分别从各自的学术背景、个人兴趣出发，极为个性化地进行唐诗研究。这种与传统的唐代文学研究的不同风格，奠定了现代北美唐代文学研究的多元性和独特风格，要从中找出标准、规律和秩序是非常困难的。

一、从汉学到北美唐代文学

从理论上来说，北美唐代文学研究应该从这一学问的发生地及主要研究基地——中国本土学界的研究接续而来。但北美研究及传承的路径最早却来自欧洲。

中国古代文学研究(包含了语言、文字、历史、文学、哲学等学科)自中国本土发生后，在向北美拓展的过程中走了一条由近及远、自东到西的传播道路。先是向东亚诸邻国，以日本为代表，兼及韩国、越南、马六甲海峡诸国等地，然后从海路向欧洲传播。最后流传到北美。由此可说，北美的汉学研究是海外汉学研究最年轻的一个地域。

欧洲研究中国学问一向是中规中矩地在中国传统的语言文化基础上发展而成。最早的传教士从学习中国本土语言①开始，其中的部分人士对语言背后的文化发生了浓厚的兴趣，继而深入阅读中国的传统文献，再专注于文本的研究，逐步形成了以中国文史、语言文字等传统学问作为研究对象的学科，产生了“汉学”(Sinology)。该词的前缀 Sino 是希腊语“中国”，后借为英语“中国”一词的前缀。

最早的“汉学”一词在汉语中却并非指所有的中国学术，而是中

① 这个本土语言指的是传教士到达中国某一个地方的方言。

国传统学术中的一种治学方法。严格说来，是经学研究(文献语言学)中的一个流派，由汉代学者倡导使用，后为清代学者继承发扬，成为校勘训释古籍文献的一种朴学传统，简言之为考据训诂之学。此种治学方式与宋代学者解读古代经籍的讲究义理之学相对。“汉学”的复兴来自清初学者，始提倡者为吴门学派领袖、经学家惠栋(1697—1758)，专以汉代学者为法，在经学研究校勘中追索文字本义，讲究一字不敢出入，背师说即不用，疏通古文则言必有据，无征不信。也称之为古文经学之法，摒弃宋代学者的义理分析、改字解经的今文学派方式，以反对宋明理学空疏穿凿的长期影响，从此汉学在清朝乾嘉年代蔚为大观。日本最早从中国传承汉学，并在海外首用“汉学”指称学习中国语言文字、经学诗词的学问。后传到欧洲，遂以此定义为传统的中国学问。① 早期海外学者对于中国文化传统的研究均称为“汉学”，奠定欧洲汉学基础的是19世纪中叶自中国回去的传教士，如理雅各(James Legge，1815—1897)、卫礼贤(Richard Wilhelm，1873—1930)等，这批人在中国习汉语，通语法，精古典，擅考据，回欧洲后带回去很多关于中国的经典和资料，同时也开始了专门的研究，在汉籍向海外转化为他语种的过程中发表了不少成果。② 中文取“汉学”为名，传统意味十足。后扩展为对中国全方位的历史、地理、考古、政治、经济等进行研究，其汉学精神一以贯之。

19世纪到20世纪初的欧洲汉学相当发达之时，美国汉学研究不过是欧洲的一个支派或附庸而已。由于语言和文化的传承关系，美国初期的汉学与英国汉学有密切的渊源关系。同样以基督教、天主

---

① 至今在美国凡研究传统中国的学问，例如文字训诂、历史考据、古典文学或经学小学也沿用汉学一词。已故的哈佛大学考古人类学系主任张光直教授称为“老派的欧洲汉学”。研究当代中国问题则习用中国学。

② 理雅各，英国苏格兰汉学家，牛津大学教授，曾在香港主持英华书院，法国汉学儒莲奖得主。1861年至1872年出版英译本《中国经书》(*The Chinese Classics*)五卷八本。包括《论语》、《大学》、《中庸》、《孟子》、《书经》、《诗经》及《春秋左传》。1870年完成《十三经》英译。卫礼贤在20世纪初将《论语》、《道德经》、《列子》、《庄子》、《孟子》、《易经》、《吕氏春秋》、《礼记》等译成德文。

教的海外传播为己任的英美传教士19世纪赴中国传教渐渐成为常态，也是美国人接触中国语言和文化的重要纽带。这些传教士回到美国之后，由于长期生活在中国，对中国语言和文化有深入了解，又相继带回丰富的汉籍，遂成为美国东西部大学建立东亚语言文明系所或东亚图书馆的基本资源。美国高校中出现第一个汉学讲座的是耶鲁大学，即由到中国传教多年的卫三畏(Samuel W. Williams, 1812—1884)创办并任教。汉学研究的西部重镇加州大学柏克莱校区的第一任东亚图书馆馆长傅兰雅(John Fryer, 1839—1928)，同样在中国传教多年，1896年回美，带回大批中文图书，成为该校东亚图书馆的种子图书收藏，后设立东亚语言文化系，开设中文课程。在这一普及古老东方文明的过程中，引起后学者之兴趣，循此进行语言学、音韵学、地理学、文学、历史等领域的研究，均为欧洲中国学问的特色，从而成为老派汉学研究的基础。19世纪末，一些欧洲汉学家来到北美发展，设立了汉学的基础教学、研究项目，北美汉学直接承继了欧洲汉学传统。

第二次世界大战改变了世界的格局，也改变了汉学的格局。新兴的美国面对的是对当代中国研究的急迫性，特以社会、政治、经济、历史等学科为重，于是发展出新的中国学研究。学者一开始从传统的地域研究视角而并非专科性的视野出发，用老派汉学的治学内容和方法进行研究，既有继承也有扬弃。故有“美国的中国研究受惠于传教与通商，也多出于实用的目的”[①]之说。因此，美国的汉学研究在早期虽有语言文字等纯学术性之考证，但是影响不大。

下列两个重要事件吸引了更多的学者开始关注中国研究。19世纪末至20世纪初，北美与中国的贸易通过太平洋商船进行得如火如荼，大批中国劳工从中国搭乘美国商船来到旧金山一带淘金修铁路，带来了中国文化和传统的直接传播因子，由于贸易日益增加，双方来往交流日益增多。但是加州居民对华人移民的态度却从欢迎到

① 许倬云《北美中国学研究·序》，中华书局，2015年，第3页。

排斥，导致加州州议会和美国国会有关华人移民的一系列排华法案通过，造成了相当大的反华排华的政治事件。引起学界和政界的关注，开始对于中国政治、文化、传统等进行各方面的研究，以提供文化传统和政治背景的资源。二战中，美国与中国同为盟国，最高决策者需要大量有关中国的资讯。紧接着中华人民共和国成立，中美之间断绝了外交来往，美国突然面对一个无法了解的亚洲大国，更加刺激了对于中国研究的需求。

质疑中国学研究局限在区域研究并与欧洲汉学作切割的关键性事件发生在 1960 年代。从国家层面上来说，美国成为“世界领袖”，作为新的世界秩序的维持者，急需在全球扩展其实力，尤其需要在东亚地区扩张其国际影响，急于开拓对当代中国的政经法及外交关系等全方位的研究，并运用西方人类学、社会学的研究方法来探讨中国的社会结构、地理条件、劳动力、自然资源，等等。与老派欧洲汉学的切割成了势所必然。1964 年，《亚洲研究学刊》(*Journal of Asian Studies*)组织了一批中国学研究者进行有关汉学和中国学研究的概念、功能及范围的大讨论，对第二次世界大战之后的中国研究进行了全面评述，许多学者达成共识，认为传统意义上的汉学研究，特别是二战之前的汉学已经不再适合新的时代，需要用更新后的中国学来代替。在当代美国汉学界有较大影响的加州大学历史系教授列文森(Joseph R. Levenson)认为，“把无所不包的汉学当成一个专门研究领域”的看法是“早已过时的西方中心视角”的副产品，应改变这种传统的研究方法。当然他不否定文本研究的重要性：研究汉语的文本是一个有用的方法，但中国研究必须进一步拓展其范围。“汉学意味着文本的透彻研究确实是重要手段，但其弱项也在斯。”“仅仅是满足精神上需要的文本研究的时代已经过去了，虽然忠实于文本和透彻了解其抽象意义是非常重要的。但我们需要的不仅是在文学方面了解其真实的对与不对的文本意义。”他认为老派汉学缺乏思想和理论深度，仅仅专注于文本研究和个体研究，已经不符合当代的需要。主张在各个主要系科中重视宏观研究，并加大专业人才讲授中国历史、文化、哲学、社会、经济，等等。[①]

二、汉学与唐代文学

如果说中国学研究在北美是一个包罗研究对象各个方面的学科的话，唐代文学研究则是在这个大伞之下的一个分支——一个比较重要的文学史断代及作家作品研究的个性化研究门类。因此有学者宁可将其称为“汉学”，并归入中古文学研究，既与政治、地理、经济、历史等的综合式的中国学研究切割，又凸显了文献、考据、解释方面的研究。也有现代学者从另一个角度反思，认为老派汉学已经无法涵盖唐代文学的范畴，而应该突出其文学性和现代研究的独立性。曾获得唐奖汉学奖（2018）的宇文所安（Stephen Owen，1946— ）[②]认为他从事唐代文学研究并不属于汉学。他强调说明之所以不用“汉学”术语的策略性考量：“我绝不会用汉学这个词来表达我的所作所为。在英语用语上，我终身用‘中国文学研究’（Chinese literary studies），而不是‘汉学’来自我表述。使用‘中国文学研究’这个词，并不意味着我比那些使用‘国学’或‘汉学’术语者，对历史、经典或文字学的兴趣来得小。而是试图将‘中国文学研究’从其他学术领域中分离出来。其原因只是战略性的，而非终极性的。”而他所要对抗的，就是把所有领域和类型的研究都不明就里地一律集中，将所有的一切都视为代表“中国研究”。他说：“我读到一些国（汉）学论著，将文学中一切都视为服务于一个宏大叙事，特别是一个政治的、社会的叙事，但文学不总是这样运作的。文学有时是为了满足不同的需要。”[③]

---

① Joseph R. Levenson. “The Humanistic Disciplines: Will Sinology Do?”. *Journal of Asian Studies*. Vol. 23(1964). pp. 507 - 512.

② 宇文所安，美国唐代文学研究专家。耶鲁大学文学博士，哈佛大学詹姆斯·布莱恩特·柯南德特级教授，美国人文与科学学院院士，美国哲学会会士。

③ 刘苑如《冬访宇文所安——“汉学”奇才/机构“怪物”的自我剖析》(2018.12.28)，《中国文哲研究通讯》第28卷第1期。

三、中古文学与唐代文学

由于唐代文学在中国文学史上无可代替的独特地位并拥有灿若群星的诗人，与中古文学中的魏晋南北朝和五代文学已经有了明显的分野，但不可否认，这两者之间有着无可分割的前后继承关系，北美的研究者在很多的专业课题及研究领域中将两者合并为一。

从学理上来说，西方的文学或艺术理论研究自诗歌而起。当西方学者面对以诗歌为代表的唐代文学时，便具有了艺术和历史的双重性，但对于非母语的人士来说，却用相当大的难度。研究唐代文学的诗歌，要求研究者必须先掌握古代汉语及其独特的声韵格律，并依序对历史有精深的了解，或史实、或典故的考证，才能进行富于学理性的艺术欣赏。至于从文学史角度的总体把握，艺术风格的把握，属于宏观的研究。在还没有掌握文本的基础上对唐诗贸然作东西文化艺术比较研究或评判，是无法真正触摸到其真谛的。这一点与任何研究汉学各个分支的规律一样，即先要掌握古代汉语的载体——文字、声韵、训诂。但是早期的北美中国学问的研究者却并没有顾及这点，常常依据西方的艺术标准，率尔为论。谙熟汉语的弗利尔美术馆的约翰·亚历山大·波普(John Pope)就曾质疑在尚未熟稔汉语前进行艺术研究尝试的有效性。他在《汉学还是艺术史——中国艺术研究方法笔记》(*Sinology or Art History*: *Notes on Method in The Study of Chinese Art*)中，针对有些学者在艺术品研究领域中，存在着仅从型器方面断定艺术风格的特点，他认为这种研究是"将中国的青铜器作为一个整体，试图建立其时间序列而不去关注制作它们的中国的部分"，也即，仅仅从艺术品本身的视觉演变来勾勒其整体的发展是不可靠的。必须还原作品的时代语境和文化特征，包括了对相关的古籍文献的论证，这需要艺术史家具有熟练的文献阅读与梳理能力。此案例不仅用于研究青铜器的艺术史家，同时也可用于早期研究中国文学尤其是古典文学的汉学家。

北美唐代文学研究的一开始，对于唐诗的形式和意境的研究往往重于其内涵。比较重要的文学史断代及作家作品研究，由于唐诗整体的研究者之数量和研究范围和规模无法与其母国相比，并未形成一种具有多方面多层次的梯队式研究队伍，因此很难以唐代文学作为专业名称，为此，选用“中古文学”作为这一研究的范围而广为学界接受。中古文学包括了魏晋南北朝和隋唐文学。因此，在北美的中古文学成为一种专业而被接受。这种专业分类的方式与另一位殷商甲骨专家吉德炜(David N. Keightley, 1932—2017)①创办《早期中国》(*Early China*)期刊，后形成“早期中国研究”专业有异曲同工之妙。中国的历史研究，传统上以朝代作为断代的纵向研究，沿袭独一无二的综合性文献史料“二十四史”作为叙事结构。习惯上将秦、汉断代，秦以前则为先秦，西周和东周处于文献学的最早年代，周以前则为夏商两代。殷墟甲骨的发现，使商代成为有文献可证的年代。海外汉学研究或中国学研究，通常也参照中国本土研究历史的方法，将中国古代历史的研究以断代方式进行学科分类，按照朝代来研究并设置学科。秦汉有时候并称，有时候分开研究。与中国传统的殷周文字研究的断代不同的是，吉德炜通过创办《早期中国》学术期刊，推动了“早期中国”成为独立的研究领域，开创了以甲骨卜辞、殷商社会、周、秦以及两汉为研究对象的早期中国的研究。② 而中古文学从其文学形式的传承、作家作品的风格演变递嬗乃至文本的同质性都有着一脉相承的渊源。唐代文学则是这一研究门类中的一个大类而已。

---

① 吉德炜，曾任加州大学伯克利分校历史系主任、东亚图书馆馆长、中国研究中心主任等。1975年，他创办《早期中国》学术刊物。在他以前，学界很少使用“早期中国”这个概念来指称从史前时代到商周秦汉连续四代的时期，“早期中国”的概念随着这份学术刊物的诞生而诞生，并成立了早期中国研究学会，他任会长。后形成历史学科中的一门专业。详见吴琦幸《北美中国学期刊略述》，《澳门理工学报》2016年第3期。

② 笔者1989年到1991年在加州大学伯克莱分校中国研究中心联合培养并撰写博士论文，吉德炜教授时任中心主任，对笔者指导颇多，并邀笔者上他的先秦史料研究生课程，其谦逊、认真的学风，使笔者受益匪浅。

四、文本的解释之学

早期的唐代文学研究者,从发现这个系统与西方拼音文字是一个完全不同的语言文字系统开始,即遇到了文本的解释之学。方块汉字以其六书构字法使欧洲传统学者进入了一个陌生但是非常吸引人的世界,汉字造字系统的有理性和形象性,至今还保留着其独特的、有别于拼音文字的独特性。一旦进入这个世界,掌握了一些基本的要领,就会发现这是另一个迷人的境界。早期的汉学家几乎都有过这么一个学习过程,在渐入佳境的汉字学习中了解了汉语言文字的某些规律。唐代是一个中外交流的辉煌时期,从政治、经济、军事、文化方面引进了大量的外来词。早期的汉学家用中国传统的考据训诂方法,在对鸟兽虫鱼、草木植物、器皿物品、征伐战争的外来语对唐代生活的影响进行考据中,看到一个全新的文化交流天地,他们用母语——瑞典语、英语、法语等,来研习唐代的外来语,用的方法恰是古代中国的训诂考据之学。在这种研究或介绍中,文学不再是研究者的终极研究目标,而只是工具和手段而已。

用这种方式引进到唐代文学的研究,在北美的开拓者可以爱德华·谢弗(Edward Hetzel Schafer, 1913—1991)[①]为代表。他深受传统欧洲汉学影响,充分发挥他的语言功夫(熟悉汉语等十几种古今语言),重视文献语言的研究,加之他在民族学、民俗学和人类学方面的丰厚学养,使他的唐代文化研究呈现出开阔的视野与多视角融合的特点。他最具影响力的著作《撒马尔罕的金桃:唐代舶来品研究》(*The Golden Peaches of Samarkand: A Study of T'ang Exotics*),[②]主

---

① 也作薛爱华,美国著名汉学家和语言学家,20世纪下半叶美国唐代研究乃至整个西方唐代研究的领军人物。1938年获伯克利加州大学学士学位,攻读人类学;1947年获哈佛大学东方语言学博士学位。之后一直任教于柏克莱加州大学,直至1984年退休。曾出任美国东方学会会长,长期主编《美国东方学会会刊》(*JAOS*)。

② *The Golden Peaches of Samarkand: A Study of T'ang Exotics*, *University of California Press*, *1963*.

要研究了唐代的 170 余种对中土人士来说非常陌生、新奇的外来语，进行文字意义、声韵、历史及其他方面的溯源，这是一种比较文化的研究方法，也即从唐代史书中的汉语记载，一一考证其出自西方语言的源头，以印证大唐盛世时代如何频繁地与海外交流。

例如："随着狮子的传入，狮子的两个词也在中国出现了，一个词是'狻猊'，这个词的读音相当于 *suangi*。这是在公元前由印度传到中国的一个词。到了唐代，这个词已经不再使用了。第二个词就是'狮子'，它的读音相当于 *sisak*，这个词是在'狻猊'传入若干世纪以后从伊朗传入中国的，这也是中世纪时常用以称呼这种动物的一个名称。"（第 191 页）

又如地名的翻译考证："【罗马】唐朝人已经了解了一些东罗马帝国的情况，它们是根据'Rome'的讹字来称呼罗马帝国的。唐朝人对罗马的讹称来源于某种东方语言。在这种语言中，'Rome'的发音大概相当于'Hrom'。我们在本书中使用'Hrom'来称呼罗马帝国，但是有时也使用'Rūm'或者是'Rome'。中国古代将'Hrom'译作'拂林'，这两个字现代的读音是'Fu-lin'，它与唐朝人的读音已经有了很大区别，尽管'Fu-lin'这种读音在习惯上已经得到了认可，但是我们在书中一直没有使用这个译音。"（第 36 页）

谢弗的唐代文学研究开创了早期北美唐代研究的领域。除了在考证唐代的舶来品领域具有开创之功外，其他的研究领域包括唐代诗歌、唐代道教及妇女研究，在中外史学界均享有盛誉。不过也有学者认为他对于唐代诗歌的研究兴趣只是来自对于道教兴趣的延伸，他关注唐代的道教诗人，例如吴筠、曹唐之类具有明显道教信仰的诗人。[①] 但对于兼有道教倾向或受道教思想影响的诗人如三李（李白、李贺、李商隐）就很少涉笔了。他主要研究唐代社会文化史的其他方面，尤其是物质文化（名物）研究、唐代的外来文明（而非词语解释）、

① 1985 年出版了《时间之海市蜃楼：曹唐的道教诗》(*Mirages on the Sea of Time: The Taoist Postry of Ts'ao T'ang*, University of California Press, 1985)。

中原汉文化与周边民族文化的融合、道教与文学的关系等。

如果说谢弗在美国西部汉学界自成一格，并具有开创之功的话，与谢弗相近年代的海陶玮（James Robert Hightower, 1915—2006）[1]则代表了美国东部汉学界的开发者，而且在唐诗的研究和翻译方面有很大的成就。他出生于1915年的俄克拉荷马州，两岁丧母，跟随父亲回到科罗拉多州。刚进校的时候主修化学，业余时间读到艾兹拉·庞德（Ezra Pound, 1885—1972）翻译的中国古诗之后，萌发了对中国古典诗歌的强烈兴趣，于是转系学习中文。彼时庞德还是一个热衷于介绍中国古典诗歌和哲学的翻译家，他自称为"儒者"。经他改编并翻译了《神州集》、《诗经》、《论语》等儒家经典。1936年他从科罗拉多大学博尔德分校获得文学士学位后，游历欧洲数年，在那里进入法国巴黎的索邦大学和德国海德堡大学研究中国古典文学，并结识了庞德和另一位学者乔伊斯（James Joyce, 1882—1941）。1937年末返美之后进入哈佛大学修读比较文学，包括中国古典文学、亚洲历史等，在汉学家叶理绥（Serge Elisseeff, 1889—1975）[2]的指导下进行东亚研究，并向当时的汉语教授方志彤（Achilles Chih-t'ung Fang，本名金淳谟，1910—1995）[3]请益。博士毕业后留校，1946年担任哈佛大学远东系讲师、助理教授、副教授，1958年升为教授。他的专业主要在中古时期，编辑翻译中国文学专题的教学纲要及书目[4]。后出版《陶潜诗选》（*The Poetry of Tao Ch'ien*）翻译本，

---

① 海陶玮，美国汉学家、中国文学评论家、哈佛大学教授，专攻中国古代诗歌与文艺批评及其翻译。

② 叶理绥，法国汉学家伯希和的得意门生。日文名英利世夫，法国籍俄国人，汉学家，在伯希和的推荐下担任哈佛燕京学社首任社长，倡建哈佛大学东亚语言系并任系主任。精日语、法语、英语、德语、俄语，可阅读汉语古籍。

③ 方志彤，中韩混血的韩国裔人，哈佛大学学者，汉学家和比较文学家。通晓多种语言，除中、英文外，还包括希腊文、拉丁文、德文、法文、意大利文和日文。长年在哈佛讲授古代汉语、中国文学理论和文艺批评课程。1977年以"资深讲师"（senior lecturer）的职称退休。

④ 《中国文学专题：纲要与书目》（载 *Harvard-Yenching Institute Series*, Volume III. Cambridge, Mass.: Harvard University Press, rpt. 1953）。

是西方陶诗译本中较有影响的一部，此书前有海陶玮所撰的《导言》，向西方读者介绍了陶渊明诗的特色以及陶集的版本。该译本除了译诗之外，还有不少注释，对诗中的典故和背景加以解释，对西方读者理解陶诗有较大的帮助。学界一致公认其译作流畅优美，解析文本的时代背景和意境均有独到之处，对于陶诗的理解较为深刻。① 他的博士论文为研究《韩诗外传》(1952)，后充实了资料，并进行了笺注，成为专著，由哈佛大学出版社出版。② 他在哈佛大学任教时，与来访的诗词学专家叶嘉莹教授共同翻译《中国诗歌论集》(*Studies in Chinese Portry*)，时在1969年。③ 他对于唐诗在中国文学史上的地位推崇备至，并将之与世界各国的诗学进行比较，认为："中国文学的最高成就是抒情诗歌。诗歌的传统始于公元前数百年，一直流传到现在，从来不曾间断，虽然其全盛时期远在唐宋二代。从量的方面来说，没有任何欧洲诗坛能出其右；从质的方面来说，也可以同欧洲同类形式文学作品相颉颃而无愧色。"④在唐诗方面，海陶玮对于元稹的研究较深，曾在《哈佛学报》发表《元稹和〈莺莺传〉》论文⑤，至今影响极大。

另一位同时代的唐代文学研究大家为傅汉思(Hans Frankel)。他的中文名原为傅汉斯，"思"由其妻张充和所改，"汉"意为汉朝，"思"意为"思想"。傅汉思对于古典语言的兴趣从年轻时候就萌发了，但却并非是古老的中文，而是西班牙语和古拉丁语(罗曼语)，他先后在加州大学柏克莱分校获得这两种语言的硕士和博士学位，他

---

① 《陶潜诗选》(*The Poetry of Tao Ch'ien*, Oxford: Clarendon Press, 1970)。

② 《韩诗外传》(*Han Shih Wai Chuan*: *Han Ying's Illustration of the Didactic Application of the Classic of Songs*, Cambridge, Mass.: Harvard University Press, 1952)。

③ *Studies in Chinese Poetry*, Cambridge, Mass.: Harvard University Press 1998.

④ 《中国文学在世界文学中的地位》(*Chinese Literature in the Context of World Literature*, *Comparative Literature*, University of Oregon. 5. 1953. 117 - 124)。

⑤ *Yuan Chen and 'The Story of Ying-ying'*, *Harvard Journal of Asiatic Studies* (*HJAS*), 33(1973): 90 - 123.

的主攻方向则是文艺复兴时期的西班牙语文学，博士论文为研究西班牙诗人、小说家克维多（Francisco de Quevedo）的《克维多正经诗中的喻像语言》（*Figurative Language in the Serious Poetry of Quevedo：A Contribution to the Study of Conceptualism*）。二战之后，傅汉思做出了人生中最重要的决定，应胡适的邀请来到中国。对语言敏感的傅汉思在中国学习汉语，并被古老的汉语之魅力所吸引，因此结识了在北京大学教授昆曲和书法的张充和。两人结婚后于1949年一起回到美国，从此开始了傅汉思最重要的学术活动——研究中国古典诗歌。他先后在加州大学柏克莱分校和斯坦福大学从事汉学研究和教学，1961年应聘到耶鲁大学任教。虽然他并不是专治唐代文学的专家，但是他在古典诗歌领域研究的杰出贡献，使他成为北美最早进行唐诗或中古诗歌领域研究的一代人，并与谢弗、海陶玮一起，形成一个古典诗歌研究鼎足而三的梯队。

傅汉思研究古典诗歌的代表作为《梅花与宫闱佳丽》（*The Flowering Plum and the Palace Lady*）①。此书选取中古时期106首诗词曲赋，进行精心的翻译、分类和详尽的文本解析，他从中国古典诗歌中的"人与自然"、"拟人化"、"回忆与反思"、"情诗"、"寂寞女子"、"乐府"、"离别"、"怀古"、"平衡与对仗"等几个范畴选录古诗，与其他汉学家不同的是，傅汉思将之前对于罗曼语言的了解溶入书中的中国古典诗词的研究，熟练地运用英语、法语、德语、西班牙语以及古拉丁语诗歌的各种个例进行对比和说明，他的著作中最广泛的比较研究是中国古典诗歌与西班牙和德国诗歌作比较研究，得出了非同一般的结论，当时还没有比较文学之专业，从今天的眼光看来，堪称比较文学之杰作。耶鲁大学东亚语言文学教授张孙康宜（Kang-I Sun Chang）评价他的杰出在于"将西方文学中的相关理论与汉学研究相结合"，还认为《梅花与宫闱佳丽》一书已成了这一领域的标准教材。

---

① *The Flowering Plum and the Palace Lady：Interpretation of Chinese Poetry*, New Haven：Yale University Press，1971.

傅汉思的最大贡献还不止于此，与同时代人相比，他的研究方法突破了汉学的传统方法局限，使中国古典诗歌研究跳出仅仅显示博学的互训研究，他认为，仅仅靠中西语言的考证、互相印证，是无法深入古典诗歌的内核研究。傅汉思将中国古典诗歌的研究置于西方文学研究同样的一个平台，使中国古典诗歌具有了世界性。他的这种研究启发了一代人。北美著名的历史学家史景迁说他“在中国传统研究上有很深的造诣，但同时也对西方文学有着惊人的理解力”。他的学生宇文所安在 1995 年的《唐研究》学术期刊中称其老师是一个“温雅的革命家”，“他使他的学生们认识到，这个研究领域除了重要的汉学家之外，也是由欧洲和美国的主要文学批评家和理论家所构成的”，使中国古典诗歌的研究首次在诠释学以外成为与西方古典诗歌并行的研究对象。开拓了后来北美唐文学（包括中古诗歌）比较研究的领域。

五、唐诗的翻译之学

北美早期汉学家往往从诗歌翻译入手研习汉典。早在 20 世纪初，美国意象派诗人艾滋拉·庞德（Ezra Pound，1885—1972）用一种臆想和猜测翻译“中国诗歌”，促进了当时的青年人学习汉语。庞德最初不懂中文，他旅居日本的好友费诺罗萨（Ernest Fenollosa），是研究东方文学艺术的先驱，常用日文读中文书。费氏去世后，其日语版“汉书”笔记转到了庞德手中，庞德深为着迷。庞德利用日文的中国诗词笔记，以他超乎寻常的想象天分翻译、创作出所谓的“中国诗歌”。1915 年，庞德出版了中国古诗英译本《中国》，共收录 317 首诗词，大部分是李白的作品，其中包括古诗《青青河边草》。诗集扉页上，庞德注明其译作是以费诺罗萨的笔记，以及莫列和埃列加两教授对笔记的解释为根据。庞德借助日语笔记读汉诗，其译作与原文的出入和穿凿附会便在所难免。比如《青青河边草》的英文标题成《美丽的梳妆台》。他还开创了用美国民歌的文风来阐述《诗经》，并将《四书》、《大学》、《中庸》、《论语》、《孟子》译成英文，向西方介绍中国哲学的价值观。庞德的中国古典诗歌翻译影响了20世纪中的一代人。并形成了两种翻译风格。总的说来，早期的北美汉学家出于对汉籍汉语的着迷，所采用的方式大都率尔附会和牵强生硬。

传统的学问派汉学家基于学术研究的需要，在掌握汉语字词义的基础上，对文本进行翻译时，运用大量详尽的考证和笺疏，推敲字词的本义，基本忠于原著。当时的风格是，在将诗歌翻译成英文时，所用语词尽量保持与古雅的汉语相仿，学术含金量比较高。这种学术性的翻译方法可以康达维（David R. Kenchtges）[①]的《文选》翻译为代表。在西方学者中，公认为最佳之译本。他在翻译中，遇到无法用相应的古雅英语来翻译，宁可用考证笺疏来通达其意，也不将之用通俗语言表达。他广泛引用书证（包括当代的学者研习成果），传统的汉学意味比较强，足见研究者的汉学功力和广博的学识。

另外一种翻译则类似汉语文本中的白话文翻译，是为通俗普及的目标或表达翻译者的某种翻译理念而进行的翻译，可以戴维·欣顿（David Hinton，1954— ）[②]为代表。出生于犹他州的欣顿对古代中国诗歌的兴趣源于青年时期对生态平衡、东方宗教和美国西海岸风景的痴迷。1981年，他在康奈尔大学获得诗歌艺术硕士学位，后在台湾学习过中文。同时，他也是一位著名诗人，在忙于自己的诗歌创作时，偶然在纽约公共图书馆东方馆发现一本书，其中收了杜甫三十六首诗的英译，被深深打动。进而找来唐代其他诗人的作品，进一步阅读研究后，被其中的意境深深吸引，他认为唐诗山水诗中有一种生态平衡的生生不息的宇宙观。以此为开始，他重新翻译了以山水诗作为主题的《杜甫诗选》（*The Select Poems of Tu Fu*，*New*

① 康达维擅长汉赋和六朝文学，对于这一长期被西方学者忽视的领域做出了极大的贡献，致使这一方向重新引起西方学者的兴趣。康达维最著名的成就是首次全英文翻译了中国早期的文学选集《文选》。2006年被选为美国文理科学院院士。2014年荣获第八届中华图书特殊贡献奖。

② 又作大卫·亨顿，20世纪第一位将中国古代最著名的四部哲学典籍《论语》、《孟子》、《道德经》和《庄子》独自全部译成英语的西方翻译家。2003年因翻译中国古典诗歌而荣获古根海姆奖（Guggenheim Fellowship）。

Yourk: *New Directions*, 1989)、《李白诗选》(*The Select Poems of Li Bo*, New York: New Directions, 1996)、《陶潜诗选》(*The Select Poems of T'ao Ch'ien*, Port Townsend, WA: Copper Canyon Press, 1993)、《谢灵运诗选》(*The Mountain Poems of Hsieh Ling-yun*, New York: New Directions, 2001)、《孟郊诗选》(*The Late Poems of Meng Chiao*)等,并且都一以概之地以山水诗作为主体,采用的方式是从山水诗中挖掘其中的"荒野宇宙观",他坚持用一种直译方式来呈现原始的诗歌本义,尤其是山水的刻画和荒野中的野趣,并不将诗歌的意境及其背后的某种中国式的韵味作为翻译的主旨。这种近乎直译的方式对传统方式是一种反叛,也是他追求译诗不仅要追求学术性,同时也照顾到一般读者的阅读习惯的理念。

巴顿·华兹生(Burton Watson, 1925—2017)[①]则代表另一种汉学家的背景——在第二次世界大战的从军经历中接触到中国文化之后,遂选择汉学作为终身的专业。这种情况在美国汉学家中并非少数。二战中,很多美国青年参军,奔赴东亚前线(日本、菲律宾、中国等),同时也接触了独特的亚洲文化。战争结束之后,其中的一部分人就通过政府资助进入大学或研究机构深造,选择中国研究专业进行深造,有少数人成为某个领域的专家。巴顿·华兹生可以说是这批人的代表。他 1925 年出生于美国纽约,但在他的各种文章或书籍中很少介绍到他的家庭(父母、姐弟)。也许由于家庭原因,他曾在美国不同的地方上学,高中毕业即二战期间,像其他很多年轻人一样去

---

① 华兹生出生于纽约州新罗谢尔市(New Rochelle, New York),是 20 世纪美国汉学界和翻译界代表人物之一,也是继韦利(Arthur Waley)之后,译介中国古典文学最多的翻译家之一。他的汉学译著囊括了中国古代典籍、诗歌、传记、佛经等诸多类别,多部专著、译著入选联合国教科文组织(UNESCO)《中国代表性著作选集系列丛书》。1979 年获哥伦比亚大学翻译中心金奖(The Gold Medal Award),1981 年与 1995 年两次获得"美国笔会翻译奖"(The PEN Translation Prize)。2005 年,美国艺术与文学研究院授予其"文学奖",以表彰其多年翻译亚洲文学的努力与贡献。2015 年,美国笔会中心为表彰华兹生一生致力于亚洲文学传播及其翻译成就,授予其"拉夫·曼海姆翻译终身成就奖"(The PEN/Ralph Manheim Medal for Translation)。

服兵役，驻扎在美国停泊于日本附近的军舰上。这是华兹生接触东亚文化的开始。退役后选择在美国著名的哥伦比亚大学学习汉语，研究中国文化，1956 年在哥伦比亚大学获文学博士学位。后得福特基金会海外学人研究项目的资助，到日本京都大学从事汉学研究。

华兹生在唐诗研究方面以其大量的翻译著作为代表。[①] 同其他研究者一样，他并非以唐代诗歌为唯一的研究对象，而是将古典文学（从《史记》到现代诗歌）作为他翻译和研究的内容。华兹生开创性的著作以 1971 年出版的《中国抒情：公元 2 到 14 世纪的诗歌》(*Chinese Lyricism, Shih Poetry from the Second to the Twelfth Century*)为最重要。在该书中，作者介绍了中国古典诗歌从汉代到宋代的流变，其中有两章介绍唐代诗人李白和杜甫（第八章），韩愈、李贺、李商隐、白居易（第九章）等。在唐代诗人中，他对于白居易的诗情有独钟。另外一部比较重要的专著为《汉魏六朝赋选》(*Chinese Rhyme-Prose: Poems in the Fu Form from the Han and Six Dynasties Periods*)，介绍了“赋”这一特殊的中国诗歌文体，它是海外汉学研究的必读书之一，收入纽约著名评论家 Eliot Weinberger

---

① *Cold Mountain: 100 Poems by the T'ang poet Han-Shan*（《寒山诗 100 首》，1962）；*Su Tung-po: Selections from a Sung Dynasty Poet*（《宋代诗人苏东坡选集》，1965）；*An Introduction to Sung Poetry*（《宋词入门》，1967）；*Chinese Rhymed Prose: Poems in the Fu Form from the Han and Six Dynasty Periods*（《汉魏六朝赋选》，1971）；*Chinese Lyricism, Shih Poetry from the Second to the Twelfth Century*（《中国抒情诗：从 2 世纪到 12 世纪》，1971）；*Lu You, The Old Man Who Does as He Pleased*（《陆游诗选》，1973）；*The Columbia Book of Chinese Poetry*（《哥伦比亚中国诗选》，1984）；*Po Chu-i: Selected Poems*（《白居易诗选》，2000）；*Selected Poems of Du Fu*（《杜甫诗选》，2003）等。除了译诗以外，他还翻译中国古代哲学著作 *Xunzi: Basic Writings*（《荀子》，1963），*Mo Tzu: Basic Writings*（《墨子》，1963），*Zhuangzi*（《庄子》，1964）等；佛学著作 *The Vimalakirti Sutra*（《维摩经》，1993），*The Lotus Sutra*（《法华经》，1997），*The Zen Teachings of Master Lin-Chi*（《临济路》，1999）等；史学著作 *Records of the Grand Historian*（《史记》，1961），*Courtier and Commoner in Ancient China: Selections from the History of the Former Han by Pan Ku*（《汉书》，1974），*The Tso Chuan: Selections from China's Oldest Narrative History*（《左传》，1989）等。

主编的 Calligrams 书系。[①] 华兹生的翻译工作在同时代的古代文学研究者中具有突出的贡献。在 1970 年的《寒山诗 100 首》再版前言中，该项目的主持人狄百瑞（William Theodore de Bary）便开宗明义地对该项目的翻译目的作了说明："我们（狄百瑞和华兹生）的意图（虽然）是提供基于学术研究的译本，但希望它是为大众读者，而不仅仅是为专业人士而译。"他采用的翻译形式是对语言的涵义进行逐词翻译法，并不顾及其中的典故、史实，从而形成了形式上的古典既视感。其语法简约、时态简单、句子简易，使读者容易忘记中国古典的历史沉淀，而从现代意义上欣赏其中荒野宇宙观念。

最能够说明 21 世纪北美唐诗英译成果的，堪推宇文所安费时八年完成的全译《杜甫诗》（*The Poetry of Du Fu*），由全球语言学领域领先的出版机构德古意特（De Gruyter）2016 年出版。一百多年以来，西方对杜甫诗的选译并不少，很多选集中都收录有杜甫的诗作，如 19 世纪詹姆士·理雅各翻译的《汉文经典》（*The Chinese Classics*）中就选译有杜甫的《春望》和《秋日夔府咏怀奉寄郑监李宾客一百韵》，此后的《古今诗选》（*Chinese Poetry in English Verse*）、《松花笺》（*Fir-flower Tables: Poems from the Chinese*）等英美汉学家的译著中都曾选译杜甫的诗作。西方首部杜甫诗的全译本是德国汉学家查赫（Erwin Von Zach）的德译本《杜甫诗集》，英译本则仅有选集，如美国诗人汉米尔（Sam Hamill）的《对雪：杜甫的视域》、华兹生的《杜甫诗选》等。与以往的英译本最大不同是，该译本全部中（繁）英文对照，这样有助于掌握一定汉语知识的读者更好地阅读杜甫原作，并进行比较研究，而不是如以前的翻译者只出现英文的译本，使读者无从索解其汉语原始含义。宇文所安强调，兼通双语的华侨是一个正在不断壮大的群体，也是这部书的读者。对于中文世界的其他读者，这部书可以成为唐诗翻译技巧的经典。当然针对纯粹

① 该书系由香港中文大学出版社和 New York Review Books 联合出版，美国兰登书屋发行。

的英语读者他已经做了很多工作，完成了诸多杜甫诗选的英文翻译。该全译本内容按照明末清初学者仇兆鳌的经典著作《杜诗详注》顺序编排，包括基本脚注、尾注，以及对一些问题的简单讨论等。

加拿大汉学家白润德（Daniel Bryant，1942—2014）是哥伦比亚大学（University of British Columbia）叶嘉莹的博士生，他有很强的搜集资料并在此基础上提出新的观点的能力，并甚有洞见。他的博士论文为《盛唐诗人孟浩然：生平和文本历史的研究》（*High T'ang Poet Meng Haoran：Studies in Biography and Textual History*，1977），资料详尽，是北美唐代文学研究中聚焦孟浩然的厚实之作。他出版的《李煜和冯延巳的词》，以详细注释和优美的文笔，翻译了这两位词人的主要作品。其最后的一本著作是研究明朝诗人何景明的《伟大的再创造：何景明（1483—1521）及其世界》。

六、唐诗的宏观研究

在早期唐代文学研究领域，学者大都围绕着某位作家或某个时期的作品进行研究。很少有纵论型也即宏观的史的专著。唐代文学史的研究一直是北美学者进行唐代文学研究的重要目标和课题。过去数十年来，这一领域发端于傅汉思、谢弗和海陶玮，经过宇文所安、柯睿（Paul W. Kroll，1948—　）[①]和倪豪士（William Nienhauser）等诸多学者的努力，已经逐渐形成一个重要的研究门类。宇文所安的《初唐诗》、《盛唐诗》、《晚唐》以及《剑桥中国文学史》的唐朝部分等著作晚出转精，最为学术界肯定。

宇文所安在 1977 年出版了《初唐诗》（*The Poetry of the Early*

① 柯睿，美国科罗拉多大学波德分校（University of Colorado，Boulder）荣休教授，2018 年入选美国哲学学会（American Philosophical Society），曾任美国东方学会主席（American Oriental Society），普林斯顿高等研究院历史研究所（Institute for Advanced Study，School of Historical Studies）研究员，《通报》（*T'oung Pao*）、《美国东方社会杂志》（*Journal of the American Oriental Society*）、《唐研究》（*T'ang Studies*）等国际杂志主编。

Tang, *Yale University Press*)，1980年出版了《盛唐诗》(*The Great Age of Chinese Poetry*: *the High Tang*, Yale University Press)这是北美唐代文学研究的重要成果。而无论从著作本身所达到的学术水准还是从它们在国际汉学界所获得的声誉来看,《初唐诗》和《盛唐诗》二书都堪称是近二十年来美国汉学家同类著作中的佼佼者。从该书的结构和论述来看,都有比较新颖的论点和详实的资料。在研究视角、理论框架乃至具体结论等方面都有新意。例如《初唐诗》中对曾任中书侍郎的张说在唐诗由初转盛过程中重要作用的论述,弥补了此前中国文学史论著中的不足。关于类书对诗歌的影响,此前研究稍嫌不足,该书将虞世南《蝉》诗与《初学记》有关蝉的条目进行了细致的比较,说明了初唐的类书对诗歌的影响,发人所未发。在唐诗人和作品的发展历程上,以十年或二十年为一个阶段,使唐诗艺术的发展变化更为细腻。也有学者指出其不足之处,例如在一些字句、诗意的理解以及某些历史典故的误解、曲解都有些瑕疵。当然,这也是北美唐诗学者的比较常见的问题。

除了上述重要学术著作之外,宇文所安的一本篇幅不大的演讲集《中国"中世纪"的终结:中唐文学文化论集》(*The End of the Chinese "middle Ages": Essays in Mid-Tang Literary Culture*),也许可以作为晚近北美唐代文学研究从早期的翻译、笺注转型为通论兴起的标志。这本集子关注的焦点是变化纷纭的中唐时代(虽然对中唐时代这一时段的界定学者有各自不同的习惯)。七篇论文分别讨论了文学写作在中唐时代如何成为营造私人领域的工具、文学的游戏性、浪漫传奇文化的勃兴和阅读社群的关系等关键而有趣味的主题。演讲集中的一些论断当然值得进一步的探讨,但作者对8至9世纪间微妙而意义深远的文化转型有敏感的捕捉,提供了一个远比仅以古文运动和儒学复兴为主题的叙说来得丰富的研究。这一研究风格在他近年发表的《晚唐》一书中得到延续。虽然这部著作是以晚唐四十年间有代表性的诗人群体和个人的作品为分析对象,但他相当注意晚唐的官僚文化及其氛围对诗人及其创作的影响。

唐代文学研究学界另一位具有极大贡献的学者柯睿主要研究领域为中国汉后期至唐代的文学、语言、历史与宗教。曾出版《学生古典和中世纪汉语字典》(*A Student's Dictionary of Classical and Medieval Chinese*, 2014)、《中国古代诗歌欣赏：文字、内容与文化》(*Reading Medieval Chinese Poetry：Text，Context，Culture*，2014)。他所研究的唐代文学和文化也是多方面的。柯睿一直强调要通过唐代文化的方方面面，从整体上来观察研究唐代文学。他提出的一个重要论点是：要从唐时代的人的眼光来观察唐代的文化，而非现代人的眼光。那就需要结合当时的社会历史情境来了解当时的文学作品，需要了解写本文化(与刻本文化相对)的唐诗。人们很容易忽略写本文化对文本制作与传播的意义，当时的社会与之后几个世纪、乃至与当今社会大相径庭，研究者总是在不经意间把这些现代特征强加给中古社会。要准确了解唐代文学，就必须要注意这些问题。他特别指出"赋"在唐代文学创作中的中心地位，这对纠正西方唐学界过渡将注意力集中在诗歌而造成的对唐代文学认知上的偏差。在这点上，柯睿与其前辈谢弗的风格是相类似的。虽然他不像谢弗那样着力于唐与域外物质文化的交流，却在谢弗开拓的唐代道教文学的领域里多有创获。他在唐代文学和道教文学方面的论作新近编成了两部文集：《中古道教与李白诗作研究》(*Studies in Medieval Taoism and the Poetry of Li Bo*)和《中国中古文学与文化史论集》(*Eassays in Medieval Chinese Literature and Cultural History*)，在宏观研究唐代文学的著作中颇值得留意。柯睿也是《哥伦比亚中国文学史》(*Columbia History of Chinese Literature*)中"唐诗史"一节的撰写者。

其他学者例如孙广仁(Graham Sanders)[①]试图将唐代诗歌创作

① 孙广仁在多伦多大学获得学士之后，直接到哈佛大学攻读博士学位。博士伦文是《叙事诗：孟棨(841—886)与〈本事诗〉》(*Poetry in Narrative：Meng Qi(841－886) and True Stories of Poems [Pen-shi shi]*, 1996)。2001年，他协助米列娜主编《文化资本的挪用：中国的五四计划》。他的研究兴趣集中于古典诗。

放在一个具有表演性的文化行为的框架下分析，他的研究兴趣集中于古典诗，2006 年出版专著《绝妙好辞：中国传统中的诗才视野》(*Words Well Put: Visions of Poetic Competence in Chinese Tradition*)，以《左传》、《汉书》、《世说新语》和《本事诗》为例，旁征博引，阐明中国诗歌传统中诗的鉴赏准则，以及具有特殊意义的诗赋之才能又如何在唐代的社会文化空间里获得表现的机缘和接受评估的。

七、唐代书写文化研究

近年来学者们对于唐代文学史和文化研究颇有兴趣。为了避免重复研究，各人的课题往往选择独特的角度观察。有学者开始试图摆脱前人以现实主义或浪漫主义的艺术风格来品评作品，更多考虑的是作品在读者中的影响力。如何选取新的视野，以期在唐代文学研究的泱泱大国——中国唐代文学研究之外开辟新的领地？这是所有海外唐代文学研究者所关注的。例如，近年来唐代文学研究界对于物质文本的流传和过程颇有兴趣，或不再仅仅满足刻板地叙述诗人的生平、时代、作品，而是从文化的角度探讨个案中的文化史意义。例如唐宋文化之交的重大转折点是从唐代的写本转向刻印本。中国学者已经在写本的出土整理和研究方面成果丰硕。唐代文学研究者渐渐地认识到这一课题的重要性，也开始对于文本在流传中曾经带来鲁鱼亥豕、人为之谬之外的课题进行多方面的考证，从中发现了以前较少为人注意的文化现象。最近十多年来，唐代文学的研究已经不再囿于作品的解析品读，风格的审美分析以及与作者生平的联系，而是愈发转向唐代文学书写的文化史研究，这一转型尤其以宇文所安及其培养的学者为代表。这种变化受到几重因素的促动，其一是大量唐代典籍在中国得到重新整理和出版，以及像傅璇琮主编的《唐五代文学编年史》这些通史类著作的出现，为欧美学者重构唐代文学的语境和交互关联的系谱提供了前所未有的便利；另一个原因是对保存在敦煌文献中的唐代文集选本的研究，使西方特别是美国的唐文学研究者认识到只有重新考虑文学书写的性质和特点、文本流传和影响的方式和渠道等文化和无知的面相，才能对重要作品的产生背景和影响做更精确的判定。近年来在这一方面的研究尤其受到徐俊的重要著作《敦煌诗集残卷辑考》的启发。徐俊在这部书的前言里首次明确指出宋以前的中古时代属于“写本时代”，这一时期文本的特征在很大程度上受到“写本”制作和传播方式等介质的制约。这些提示加上该著作中提供的文献分析为进一步研究唐代文学意识和传播提供了坚实的基础。另外美国学者苏珊·切尔尼雅克（Susan Cherniack）在 1994 年发表的关于宋代印刷文化影响下的文本传播的研究也对西方的唐代文学史很有启发。

从写本文化这一角度进行的唐代文学的研究，比较集中体现在宇文所安和倪健（Christopher Nugent）的专题论文上。宇文所安发表了《论唐代写卷之孑遗对文学史研究之影响》（“The Manuscript Legacy of the Tang: The Case of Literature”）一文。文中指出要真正了解唐代文学的面貌，就不能不注意其在唐宋之际以写卷方式得以流传的过程和后果。唐诗等文学作品和儒家及释道经籍的一个显著的不同之处就是，唐代文学作品的复制也没有一定的规范可言，这和宋敏求之类学者在宋代所做的工作相比，差别甚大。在唐五代，各种写本被大量制造出来，也遭到大量的损毁，无论某个作家的文集还是具体的作品到 11 世纪都还少有今天所谓的“定本”可言。但宋代以来所形成的种种文学史的判断，往往就是在这类断片残简的基础上做出的。了解这些情况使文学的研究者可以推测文集保存情况和文学判断之间的可能联系。宇文所安的弟子倪健发表了《唐代文集之考察》，探讨唐代文人创作的习惯和文本流通的特点，倪健的不少看法几乎和宇文所安一致，认为唐代社会对文本的不确定性习以为常，这和宋代以后印刷文化影响下的阅读态度迥然不同。正如宇文所安强调唐代缺乏学术性的文集校订工作，倪健进一步指出唐人编订文集并不强调文献保存的完整，而是为了满足某种特殊的审美目的，所以往往在编订他人文集过程中删削作品，有时删削的目的是塑造或强化其心目中该文集作者的固有形象。应该说，宇文所安和倪健的这些研究代表的是新的唐文学史研究的趋向之一，今后，物质条件和读者圈对文学制作的影响、文学评价与文献传承的联系、经典形成的过程以及唐代精英圈的人际关系对文学声誉的奠定等课题，都将会继续为新一代的唐学者所关注。

八、唐诗研究中的比较之学

刘若愚(James J. Y. Liu，1926—1986)是美国斯坦福大学东亚语言文学系中国语言文学与比较文学教授。精通中国文学与西方文学，对中国诗词文化有特别精深的研究。他1948年获辅仁大学学士学位，1952年获布里斯托尔大学硕士学位。毕业后，即在伦敦和香港两地任教。1961年赴美，先后执教于夏威夷、匹兹堡、芝加哥和斯坦福等大学，研究的重点是中国古典诗歌、古典文论以及中西比较文学、比较诗学。其弟子有余宝琳(Pauline Yu)、林理彰(Richard J. Lynn)、胡志德(Theodore D. Huters)等。主要著作有《语言·悖论·诗学：一种中国观》(*Language Paradox Poetics：A Chinese Perspective*，1988)、《李商隐诗歌》(*The Poetry of Li Shang-yin*，1969)、《北宋主要词人》(*Major Lyricists of the Northern Sung*，1986)、《中国文学艺术精华》(*Essentials of Chinese Literature Art*，1979)、《中国文学理论》(*Chinese Theories of Literature*，1975)等。刘若愚治学不拘一格，倡导中西结合，曾引进巴罗克、新批评、语言与意象分析、比较文学等多种研究方法，立论多所创见，他的专著《中国文学理论》推动了这一研究的发展。刘若愚深谙欧洲文学研究传统，是从西方文学理论的角度出发研究中国文学，敏锐地察觉到中西文学在历史与文化上的不同，认为不能盲目地将西方理论运用于中文文本。事实上，他一生的宏愿便是能建构出一个不仅能包括中国文学同时也能涵盖其他国家文学的健全系统的理论框架。正如他在《中国文学理论》结尾处所述："对于不同文化和不同时代之间不同的信仰，假定，偏见和思考方式，给予适当考虑之后，我们必须致力于超越历史和超越文化，寻求超越历史和文化差异的文学特点和性质以及批评的概念和标准。否则我们不应该再谈论'文学'，而只谈分立的'各种文学'；不谈'批评'，而只谈'各种批评'。"他在比较诗学上用功甚勤，以建立自己的体系。直至晚年，仍然念念不忘诗学比较。他明确指出，两种诗学互相并置，可获相得益彰、深入细微之效，有利于突现两种理论的特质，有利于明辨两种传统的潜理论和前理论，并能借以"摆脱欧洲中心主义和中国中心主义的干扰"。刘若愚还希望进而从中西文论中寻求共同诗学，譬如提出诗歌乃语言与境界的双重探索，但没来得及做更多的思考。刘若愚的比较诗学理论体系在西方汉学界产生了重大的影响，同时对中国文学理论走向国际化也有不可忽略的借鉴意义。

孙康宜(Kang-i Sun Chang, 1944—)，美国普林斯顿大学文学博士，耶鲁大学东亚语文系讲座教授。研究领域为中国古典文学、比较诗学等，有中英文著作多种，她的主要研究范围是晚唐、六朝文学及词学，出版了《抒情与描写：六朝诗歌概论》、《晚唐迄北宋词体演进与词人风格》(北京大学出版社修订版为：《词与文类研究》)、《陈子龙柳如是诗词情缘》(北京大学出版社修订版为：《情与忠：陈子龙、柳如是诗词因缘》)以及英文著述《传统中国女性作家：诗歌批评选集》(*Women Writers of Traditional China*: *An Anthology of Poetry and Criticism*)、《中国帝制晚期的女作家》(*Writing Women in Late Imperial China*)等。从她所处的学术氛围看，可谓面临现代西方批评的前沿阵地，是很容易被新理论新术语轰炸得晕头转向的。在她的两本论诗之作中，她对自己并不陌生的西方理论在使用上始终十分谨慎和节制，并特别注意到与传统文论的结合。她的古典诗词研究将刘勰的"通变论"赋予了现代的阐释，不但从史的角度理清了文体与风格的密切关系，而且有助于对诗歌的抒情性作更深入的理论探讨。

与晚唐诗歌有密切关系的五代词学，演进到北宋词体的过程以及词人的创作风格，是孙康宜在其重要的学术著作《晚唐迄北宋词体演进与词人风格》一书中探讨的主要范围。她在该书中运用了西方现代语言学分析的方法，研究作品的细读，辨析了由此而涉及的雅与俗、含蓄与直率等概念。交叉比较的方法进一步在该书中得到了富有成效的发挥。早期的文人词的传统是作者关注的重要元素，文人词从一开始就是填词的产物，而文人的填词最初与唐代近体诗有着密切关系，这也是孙书一再论证的文学现象，它被确定为一种不同于民间俗词行歌曲，其句读不葺的形式固然受到曲调的限制，但作为一种新兴的抒情诗，以五七言句式为主的早期文人令词毕竟更接近唐人的绝句。并且从一开始即走上了有别于民间俗词的诗化之路。诗词之间的这种过渡关系在孙康宜此书中得到了非常细腻而又恰切的叙述。她对西方文艺理论的把握和谨慎的运用，特别注意与中国传统文论的结合，使源自《文心雕龙》中的"通变"概念得到现代阐释，而赋予此书以很大的新意。

近百年的北美唐代文学研究，往往重在从文学的角度入手，结合诗人、写作诗歌的时代和社会背景条件，以及诗人本人的身世经历、思想感情等，对其作品作解说和评价，或者用文学欣赏的眼光对诗人在诗歌创作中所展示的艺术表现手法作具体的分析解剖，很少从文学以外的角度去看问题。美学家高友工（Yu-kung Kao, 1929—2016）[①]和语言学者梅祖麟（Tsu-Lin Mei, 1933—　）[②]1968年至1978年的十年间合作撰写的论文集《唐诗三论——诗歌的结构主义批评》，由下列三文组成：《唐诗的语意、隐喻和典故》（*Meaning, Metaphor, and Allusion in Tang Poetry*）[③]、《唐诗的句法——用字

① 高友工1952年台湾大学中文系毕业后赴美，1962年获哈佛大学博士学位。同年9月起执教于普林斯顿大学东亚研究学系，至1999年6月荣休。

② 梅祖麟，汉语语言学家。1956获哈佛大学（Harvard University）数学硕士学位，1962年获耶鲁大学（Yale University）哲学博士学位。1962—1964年在美国耶鲁大学任哲学讲师；1971起在美国康奈尔大学任教。

③ *Harvard Journal of Asiatic Studies*, 38(2), 281 - 355. Yu-kung Kao, Tsu-lin Mei. (1978).

与意象》(*Syntax, Diction, and Imagery in Tang Poetry*)[①]、《杜甫的〈秋兴〉——语言学批评的实践》(*Tu Fu's Autumn Meditations: An Exercise in Linguistic Criticism*)[②]。这三篇论文分别围绕语言、句法、语意、隐喻等,从语言学的角度,运用结构主义的批评方法研究唐诗,对诗歌的语意变化、节奏变化、繁复意象及错综语汇等方面作了细致详实的分析,并在论述过程中将中西方诗歌作了精湛的比较研究。其观察点和解剖方法都与传统唐诗研究方法不一,打破了人们习惯的文学批评概念,从语言结构的批评角度来解析杜甫的诗,令人耳目一新。在北美唐诗研究学史上开创了跨学科比较研究的范例,开了唐诗批评和研究的新生面。

特别要指出的是,高友工的中国抒情美学间架,呈共时态理论建设与历时态体类批评的纵横交错展开。他先从理论搭架,借西学之力,说明中国抒情传统的美学意义,确立抒情传统言说的基本途径,并在此过程中,营构出一个似乎可以统贯中国美学主流,甚至兼容西方艺术概要的普适性的框架。在此基础上,他发展出抒情论的核心观念——象征,并以此为范式,推衍中国美学史上各个艺术体类的抒情理想:先秦乐论和汉魏六朝文论因其象征意义而被视为抒情传统的萌芽;唐代律诗和书法被认为是意境和气势的各自体现,分别代表了两类不同的抒情美典;宋代的山水画继承了律诗的意境美学,水墨画延续了草书的气势美学,而文人画则被看成是意境与气势的结合,代表了抒情传统的合流。经过高友工精心改造之后的结构语言学,以此作为核心组织,容纳各派学说,并作为中国美学研究的技术手段,在整体上很好地显示了中国美学相较于西方美学的特殊性质,并对相关艺术现象做了行之有效的解释;但与此同时,理论的先在性和立史的预设性导致他在美学史的许多具体细节上产生偏差:譬如,

① *Harvard Journal of Asiatic Studies*, 31, 49 - 136. Yu-kung Kao, Tsu-lin Mei. (1971).

② *Harvard Journal of Asiatic Studies*, 38(2), 44 - 80. Kao, Yu-kung, Tsu-lin Mei. (1968)

先秦乐论虽然论及象征，但此象征主要涉及统治者的集体意志而非个人的创作经验，并不符合以保存个人经验为目的的抒情美典；又如，律诗是一种音乐性艺术，最杰出的七律作品带有强烈的历史情境，在形式中展开时空想像，并不指向抽象内涵的象征；再如，山水画的散点透视是为了消除个人的视限，在意识中还原现象，而不是在心理空间中重构意象。由此可见，理论方法和比较视野固然重要，但材料考证和还原历史语境是美学史研究更基本的要求，高友工的研究成果于此并不完善，在他的基础上革故鼎新而超越之，可以推进中国美学史研究的进一步发展。

九、综合研究及其他

对唐代文学的最新综合性通论是《剑桥中国文学史》由宇文所安执笔的第四章《文化唐朝(The Culture Tang, 650—1020)》。在分期方面，以武则天的统治作为“文化唐朝”的开端，以 11 世纪范仲淹、欧阳修一代人的崛起作为“文化宋朝”的真正开始。在唐诗通论方面，除了前面提到的《初唐诗》、《盛唐诗》之外，宇文所安 1996 年在斯坦福大学出版社出版了《中国中世纪的终结：中唐文学文化论集》(*The End of the Chinese 'Middle Ages': Essays in Mid-Tang Literary Culture*)，2006 年在哈佛大学东亚中心出版了《晚唐诗》(The Late Tang: Chinese Poetry of the Mid-ninth Centure, 827 - 860).

近年来值得提到的初唐文学研究，则有康奈尔大学的丁香(Ding Xiang Warner)利用了 20 世纪八十年代初期新发现的《王绩集》五卷本对王绩诗歌进行的论述：《野鹿与翔凤：王绩的对立诗学》(*A Wild Deer amid Soaring Phoenixes: The Opposition Poetics of Wang Ji*)；田晓菲的论文《错置：中古诗人王绩集的三种清代抄本》(*Misplaced: Three Qing Manuscripts of the Medieval Poet Wang Ji*)通过分析了王绩集版本流变探讨庾信对王绩的深刻影响和中唐文学口味的改变；陈威(Jack W. Chen)在哈佛东亚出版中心出版的论著《中古中国的帝治诗学：唐太宗、皇家意识形态与宫廷文学》

(*The Poetics of Sovereignty in Medieval China*：*Tang Taizong*，*Imperial Ideology*，*and Court Literature*，2011)通过对太宗诗的分析探讨诗歌和帝国以及君主统治的关系。

十、作家专题研究

从1970年代开始，北美的作家专题研究进入一个繁荣时期。叶维廉(Wai—Lim Yip，1937—　)在1972年发表了《王维与纯粹经验美学》(*Wang Wei and the Aesthetics of Pure Experience*)一文，并将其作为前言收进自己翻译的王维诗集。接下来的1975至1979年的五年间，出现了四篇以王维为题目的博士论文：魏玛莎(Marsha Lynn Wagner)在加州大学伯克利分校完成《王维诗歌艺术》(*The Art of Wang Wei's Poetry*)，陆润棠(Thomas Yuntong Luk)在密歇根大学完成《从比较文学的角度研究王维的山水诗》(*A Study of the Nature Poetry of Wang Wei in the Perspective of Comparative Literature*)，余宝琳(Pauline Yu)在斯坦福大学完成《王维的诗歌世界：象征主义诗学的阐释》(*The World of Wang Wei's Poetry*：*An Illumination of Symbolist Poetics*)，James Vincent Feinerman在耶鲁大学完成《王维的诗歌》(*The Poetry of Wang Wei*)。随后，魏玛莎、余宝琳、陆润棠都陆续将自己博士论文中的部分内容发表在北美以及台湾的英文期刊。魏玛莎更以自己的研究为基础，在1981年出版了《王维》(*Wang Wei*，Boston：Twayne Publishers1，981)，列于"Twayne世界作家系列"丛书之中。在此期间，还有其他学者的各种相关论文，比如R. A. Juhl关于王维诗歌语言的研究(Juhl，R. A.，"Patterns of Assonance and Vowel Melody in Wang Wei's Yueh-fu Poems，" *Journal of the Chinese Language Teachers Association* 12. 2 (May 1977)：95 - 110；"Vowel Mergers in the Literary Dialect of Wang Wei，" *Tsing Hua Journal of Chinese Studies* 12. 1 - 2 (Dec 1979)：135 - 177.)，等等。

余宝琳完成的以王维为题的博士论文试图证明王维诗中体现的

美学思想和象征派诗学以及现象学是相通的。可以看出，她深受其指导老师刘若愚的影响，在根本观点上，全盘接受了刘若愚的想法，认为王维诗歌追求主客之间的融合，体现了中国文学理论中的形而上观念，这和法国象征派诗学以及现象学是一致的。同时，余宝琳的文章也受到魏玛莎文章的极大影响。虽然余宝琳没有明确宣称运用新批评的理论，但她的论文同样很重视文本细读。她介绍论文的基本构想时说："当中国和西方的批评家谈到王维，一般都认为他的作品中有一种静谧的特质以及与自然和谐共处的特质，但是他们都没有具体讨论其中的原因。我也接受对于王维诗歌的这种归纳，但是我的目的是要探究这种印象是如何通过意象、句法、措辞和主题的重复作用产生出来的。"

丁香 2005 年发表的《辋川集中的两个声音：王维与裴迪的诗歌唱和》，可以说是近年来王维研究的最具创新性的文章。《辋川集》是王维和裴迪两人的唱和诗集，但是，批评家们长期以来总是贬低裴迪的作品，认为裴迪的作品在艺术和思想成就上都远低于王维的作品。丁香的文章推翻了这种传统的偏见，她提出《辋川集》是王维与裴迪合作的成果，里面的每一首诗都不应该作为独立的作品来读，而是应该作为两位诗人相互回应的结果来阅读。从这个立场出发，丁香指出，裴迪在《辋川集》中并不是仅仅在附和王维的声音，而是"作为一场谈话的完全参与者，提出了很多看待物质世界和哲理世界的不同方式，甚至提出了与王维的意象和思想相反的观点"。这场对话不是单向的，王维也在积极地做出反应，他的作品总是在针对和回应裴迪的前一首作品。

近年其他关于王维的博士论文有：Hsien-hao Liao，"The Poetics of Nonself：The Poetry of Presence of Li Po and Wang Wei，" Thesis (Ph. D.)，Stanford University，1988。硕士论文有：Regina Wai Kwok Chui，"Wang Wei：Road to Emptiness：The Buddha Poet's Chan Belief and Vimalakirti，" Thesis (M. A.)，University of Toronto，2003；Hui Lun Lee，"The Aesthetics of

Wang Wei's Poetry and Chan Buddhism," Thesis (M. A.), California State University, Long Beach, 2007。

除王维研究之外,其他的一些论文集专著:杨晓山 2003 年出版的《私人领域的变形:唐宋诗歌中的园林与玩好》(*Metamorphosis of the Private Sphere: Gardens and Objects in Tang-Song Poetry*),从园林与玩物的角度出发探讨唐宋诗歌中"私人领域"。哈佛大学东亚出版中心出版了安娜·希尔兹(Anna M. Shields,中文名田安)的《缔造选本:〈花间集〉的文化语境与诗学实践》(*Crafting a Collection: The Cultural Contexts and Poetic Practice of the Huajian Ji*[*Collection from Among the Flowers*]),把《花间集》放在西蜀宫廷文化的语境中以及晚唐浪漫文化的语境中进行检视,指出传统上从单一文体的角度把《花间集》仅仅作为宋词之源和词史上的里程碑加以研究,忽视了唐代文化对《花间集》的多方面的影响。倪健的《唐代中国的诗歌生产与传播》(*Manifest in Words, Written on Paper: Producing and Circulating Poetry in Tang Dynasty China*),探讨了唐代社会中诗歌文本的生产与传播。萨拉·艾伦(Sarah M. Allen,中文名艾文岚)对唐传奇中同一个故事的不同"版本"的比较研究,指出唐代同一个故事往往有数种笔录的版本,这就意味着故事在写下来之前往往作为传闻和闲言碎语在口头流传,现代学者应该重新思考"小说"概念是否适用于唐传奇研究。

作家研究方面,有劳泽对温庭筠的研究《说他人梦:温庭筠的诗》(*Writing Another's Dream: The Poetry of Wen Ting-yun*);麦大伟(David R. McCraw)的杜甫研究《杜甫在南方的咏叹》(*Du Fu's Laments from the South*);周杉(Eva Shan Chou)论述杜甫的《重读杜甫:伟大的文学与文化语境》(*Reconsidering Du Fu: Literary Greatness and Cultural Context*);还有方葆珍(Paula M. Varsano)论述李白的《追寻谪仙:李白诗及其批评接受》(*Tracking the Banished Immortal: The Poetry of Li Bo and Its Critical Reception*),

等等。[①]

从上述资料中可以看到，北美的唐代文学研究领域，以作家作为主线，介绍其生平和时代背景，进而分析其作品，这种最基本的研究方式仍占了绝大多数。尤其是在博士论文或专著中，这都是最容易获得成功的研究方式，也是长期以来北美中国古代文学研究者的起步领域。

（美国加州大学圣地亚哥分校中国研究中心 Center for China Studies，University of California，San Diego）

① 据田晓菲《关于北美中国中古文学研究之现状的总结与反思》，《北美中国学——研究概述与文献资源》，中华书局，2000 年，第 614 页。

谈中华诗文之用典和对仗

——胡适对中华文化欠一个百年道歉

陈福康

内容摘要：中国传统文学是传统文化最重要的组成部分。由于中国历史悠久的特点和汉字的特点，中华诗文也就具有了世界上最突出甚至独有的两个重要特点，一是讲究引用典故，一是讲究音韵骈仗。这正是中国人喜闻乐见和无比自豪的文化财富。用典就是对历史的重温和致敬，对仗乃人类与生俱来的美学追求。然而百年前胡适名文《文学改良刍议》直接精准针对中华诗文这两大特点，试图进行破坏，实属无理，造成了恶劣的影响和损失。胡适对中华文化欠一个百年道歉。

关键词：中华诗文；特点；胡适；典故；对仗

On the Use of Allusions and Antithesis in Chinese Poetry: Hu Shih Owes Chinese Culture a Centennial Apology

Chen Fukang

Abstract: Traditional Chinese literature is the most important part of traditional culture. Due to the long history of China and the characteristics of Chinese characters, Chinese poetry and parallel prose have two important features that are most prominent and even unique in the world. One is to cite allusions, and the other is to pay attention to phonological antithesis. This is the cultural wealth that Chinese people love to see and are extremely proud of. Allusion is to review and pay tribute to history, and antithesis is the innate aesthetic pursuit of human beings. However, a hundred years ago, Hu Shih's famous article "On Literary Reformation" directly and accurately targeted the two characteristics of Chinese poetry and parallel prose, and attempted to destroy it, which is really unreasonable and caused bad influence and loss. Hu Shih owes Chinese culture a centennial apology.

Keywords: Chinese poetry and parallel prose; characteristics; Hu Shih; allusions; antithesis

我们国家现在非常强调，要提高国人的文化自信。为什么要特别强调这点呢？当然因为有一个无可讳言的事实：在一些国人中，确实存在对自己国家、民族的文化缺乏自信的现象。那么，这就有一个严肃的问题需要我们思考：究竟从什么时候起，以什么人为代表，一些国人对自己国家、民族的传统文化开始缺乏自信了呢？有人说，是从晚清时西方列强战胜中国时开始的。但实际上，当时一些文人对自己的文化还"自信"得很（当然多是一种盲目的自信）。笔者认为，一部分国人对中华文化丧失自信，是从百年前胡适开始的；或者说，胡适是一个最有代表性的人物。胡适当年的错误言论很多，这里就只谈他对中华诗文传统的破坏，最厉害的就是他说不能用典和不能用对仗。

用典，是与历史特点有关的。对仗，是与文字特点有关的。

中华传统文化（主要是汉文化）最伟大的特点，就是历史特别悠久，而且其悠久历史又是基本上不间断地、完整地、系统地被文字所记录下来的。我们不仅有他国绝无的连续完整的大规模的纪传体、编年体、纪事本末体等国史，而且还有很多“野史”、“杂史”、“稗史”等，更有各种郡国史、大小地方志，还有族谱、家谱以至个人的年谱等，其系统性、完整性、丰富性是无与伦比的。只要试看我国的东邻日本，其有文字记载的最早的上古史，不过就是由中国的“正史”《二十四史》的“前四史”的最后一部史《三国志》的“魏书”的最后一卷“乌丸等传”的最后一篇“东夷传”的最后一节“倭人”的两千多字所记述的。（按，排在《三国志》前的我国“正史”的第三部《后汉书》中也有“东夷传·倭”的记叙，但《三国志》成书早于《后汉书》百年。）这难道不值得国人自豪吗？

当然，这完全是托福于我们伟大祖先所创造的极高智慧的音形意相结合的方块独立汉字。而中国传统文学是传统文化最重要的组成部分。（按，本文有意用“传统文学”而不取“旧文学”、“旧体文学”一类词，是不想依从胡适等人的概念，因为后者的“旧”字易有歧义和误会。其实早在新文学运动初期，就有人提出：“自新文化运动以来，顺应世界潮流之声浪，……因有旧文学皆死文学等谬论，岂知文学之可贵，端在其永久性，本无新旧之可分。”[①]又有人指出：“旧诗的生命，果真已经消灭吗？……新旧两字之范围，不当以时间分。其思想如果新，虽用文言用韵，我们不妨名之为新诗。思想若是旧，虽属用了许多新诗标点符号，堆砌了许多新名词，……我们依然不能认他做新

① 缪凤林《文德篇》，载《学衡》第三期，1922年3月。

诗。”[①]笔者认为当时这些被人忽略的意见是有道理的。)正是由于历史的特点和汉字的特点,我们的传统文学也就具有了世界上最突出甚至也是独有的两个最重要的特点,一是讲究引用典故,一是讲究音韵骈仗。而这正是我们中国的文化财富。试想,如果没有这两大特点,中国传统文学将丧失何等深远的历史意义、何等美妙的艺术趣味,又将如何地黯然失色!

“用典”,其实就是对历史的回顾、重温和致敬。西方文学也有典故,不过远没有我们这么丰富多彩,也没有我们这样悠久相传,被广泛引用。至于“对仗”,可以说由于人类本身的形体就是由双目、双耳、双手、双脚等构成,因而与生俱来就有对称的、合理的、自然的美学追求。不过西方人用的是“蟹行文字”,在写诗文时当然难以写出中文这样美妙的对仗来。而同在东亚的日本,其用假名写的所谓“和文学”,也没法创造出对仗来。由于种种原因,“和文学”也几乎没有创造出什么典故。如要说日本文学也有典故的话,主要是在其“汉文学”;但“汉文学”中使用的典故,基本上就都是中国的。[②] 日本汉文学倒也是有对仗的,当然也因为它用的正是汉字。(其实,日本及中国周边其他一些国家的“汉文学”,笔者认为从某种意义上来说,仍然可

---

① 薛鸿猷《一条疯狗》,载《文学旬刊》第二十一期,1921年12月1日。

② 日本于和铜五年(712)撰成其第一部史书《古事记》,序是汉文写的,文中不少用语出自中国古籍《诗经》、《尚书》、《周易》、《论语》、《老子》、《列子》等,还用了“放牛息马”等中国典故,但也用了日本“典故”,如“参神”、“二灵”、“吐珠”、“吃剑”、“切蛇”、“化熊”、“觉梦”、“望烟”,等等(后者虽然字面上有的可能仍是借用了中国典故成语,但其内容则是日本的)。由于后者全是出自作者太安万侣“杜撰”,并无历史传承,因此不仅中国人看不懂,日本人也同样看不懂,从而也就失去了生命力。这在日本汉文学史上是第一次出现,似比此前的“汉典和用”进了一步,开始“和制汉典”(即以日本古事创制汉语“典故”)了(按,这两个词是笔者“杜撰”的)。其后,日本天平胜宝三年(751)编成最早的汉诗总集《怀风藻》,其序中又出现了这种“和制汉典”,如“征坎”,但也是谁也看不懂,据日本学者研究,“坎”指北方(据说依八卦云),“征坎”就是神功皇后侵略三韩。这种生造的“典故”当然也是没有生命力的(更不说是被用以赞美侵略了)。这是日人“和制汉典”的第二次尝试,又失败了。这以后,在千余年日本汉文学史上,除了引用中国典故或“汉典和用”外,这类“和制汉典”是很少见到的。参见陈福康《日本汉文学史》,上海外语教育出版社,2011年。

视作中华文化的一部分，或可称为中华文化的延伸。）至今，日本仍有很多人都对中国古诗文的音韵对仗和成语典故欣赏赞叹、倾倒不已；而西方人只要是学了一点汉语和中国古诗文的，也都感到此间魅力无穷。

然而，一百年前中国五四新文学运动伊始，胡适发表的名文《文学改良刍议》在所谓的“从八事入手”中，竟然就有两件事针对此——正是所谓的“不用典”和“不讲对仗”。这种“入手”，完全精准针对了中华传统文学的两大特点，可以说，中华传统文化与文学中越是独特的、优秀的东西，胡适竟然越是反对、越要破坏。虽然，从一开始似乎就并没有什么大学者大作家对这两条公开赞成，然而这篇《文学改良刍议》，包括所谓“八事”，却长期被某些国人所盲从，认为是正面的、正确的言论。

但是有一个历史的真实我们也必须看到：紧接着胡适《文学改良刍议》后，陈独秀就发表了《文学革命论》，提出了“三大主义”（曰“推倒雕琢的阿谀的贵族文学，建设平易的抒情的国民文学”，曰“推倒陈腐的铺张的古典文学，建设新鲜的立诚的写实文学”，曰“推倒迂晦的艰涩的山林文学，建设明了的通俗的社会文学”），那并列的三句不就用了对仗吗？（或可称“三仗”？）不正是对胡适“不讲对仗”的一种反拨吗？

而鲁迅后来在他的作品中，更是特别地“讲对仗”，甚至在他作品的书名和篇名上都用了工整的对仗。如书名《热风》对《野草》，《呐喊》对《彷徨》，《朝花夕拾》对《故事新编》（而且“朝花”对“夕拾”，“故事”对“新编”），《三闲集》对《二心集》，《伪自由书》对《准风月谈》，等等，多妙！再如《故事新编》的篇名，《补天》、《奔月》、《理水》、《采薇》、《铸剑》、《出关》、《非攻》、《起死》等，又是对得多好！

特别应该提到的是胡适的好友陈寅恪，后来甚至在清华大学的招生试题中也专门考对仗，并参用苏东坡以“韩退之”对“卢行者”（“韩卢”还是狗名），而特意用“胡适之”来对“孙行者”（“胡孙”即猿猴），不也仿佛正是对胡氏及其一些尾随者开的极大玩笑吗？当然，陈寅恪是严肃的，他当时还专门从理论上阐明了“考对仗”这一方法的学理性，因为“其形式简单而涵义丰富，又与华夏民族语言文学之特性有密切关系者，以之测验程度，始能于开卷定分之时，有所依据，庶几可使应试者无甚侥幸，或甚冤屈之事。阅卷者良心上不致受特别痛苦，而时间精力俱可节省”[①]。他当时还在一封信中说“清华对子问题乃弟最有深意之处”，并斥责非议他的人“皆痴人说梦、不学无术之徒”。[②] 实际上，胡适要求国人“不用典”和“不讲对仗”，无乃即“痴人说梦、不学无术”。

再说胡氏自己。现今台湾的胡适纪念馆，就多处挂着他人为其写的对联，还有他自己抄写的古人的对联和他自己撰的对联，那岂非自承其“不讲对仗”乃“胡说”矣！

继而还要说楹联。笔者认为楹联就是中国独有的两句型的诗（当然，很长的楹联则又可视作文章了）。楹联流传千余年，作品众多，明清时达到极高的艺术水平，完全应该登上文学、诗歌的最高殿堂。然而竟一直没有正式被载入权威的文学史书，亦一怪事。笔者不由想起，像日本“和文学”的古典短诗形式“俳句”，据说是由中国的绝句体诗经过日本化发展而来的，仅仅十七个音（非字），只讲究所谓“季语”，也不用什么典故，却在彼邦被视为重要的文学品类，也有不少中国人对此十分欣赏，还有人热衷于创作“汉俳”。但这与中华诗词相比，甚至与楹联相比，未免显得“小儿科”了。如此，为什么楹联就不可以登文学史之大堂呢？何况试想，在中华传统建筑的厅堂上，又能少得了楹联吗？

无情的事实还有一个：胡适反对“用典”和“对仗”，但现在中国各地都有正式登记或未曾注册的创作传统诗词的学会和楹联学会，数量之多远超出人们的想象。每年春节各电视台的“春晚”节目也都

① 陈寅恪《与刘叔雅论国文试题书》，陈美延编《陈寅恪集·金明馆丛稿二编》，生活·读书·新知三联书店，2001年，第257页。

② 陈寅恪《致傅斯年(二十二)》，陈美延编《陈寅恪集·书信集》，生活·读书·新知三联书店，2001年，第42—43页。

几乎都有对联展示的环节。只是现今大量的“旧体诗”和对联的水平不高，甚至味同嚼蜡，其中一个重要的原因就正是“不用典”或不会用典，“不讲对仗”或不会对仗。而这正可谓是胡适倡言“不用典”和“不讲对仗”所致的后果。

胡适本人不善用典，不擅对仗，自不必说。至于他本人能不能真的做到“不用典”，则其实是不可能的。胡适自己的名与字（名“适”，字“适之”，本人所取，非父母所定），就正用了“物竞天择适者生存”之“典”。只不过是“近典”、“洋典”而已。自己既然可用“洋典故”，又为何倡言不用中国传统典故呢？

因此，笔者认为，胡适的“不用典”和“不讲对仗”，至少是对中华文化欠一个百年道歉。对胡适的“不用典”和“不讲对仗”，似乎学界至今还没有认真批驳过。笔者在此想强调的是，我们现在反顾百年前新文化运动中的偏激言行，使传统文化遭受损坏的历史，痛定思痛，追根溯源，绝不能回避这一事实。

顺便想谈谈笔者对中华诗文的一个看法。中国传统文学是传统文化重要的组成部分。传统文学也是“学”，即“国学”之一种。因此，不仅包括诗歌、散文、小说、戏曲等所谓“纯文学”作品，自然还应该包括与文学有关的史传类作品和评论研究类作品等。而所有这些中国传统文学，不仅其内容，而且其形式，都富有鲜明的中国特色，都自成独特的体系。从总体上说，不比世界上其他国家的文学逊色，甚至还遥遥领先。例如，曾经有人提出过中国历史上为何缺少西方那样的长篇史诗的问题，好像这是中国传统文学的一个不足或缺陷，有不少学者还对此做出了种种解释。例如有从哲学观念、宗教思想的不同来论说的，又有从抒情、叙事的不同美学倾向来论说的，也有从社会环境、地理环境、采诗制度等不同来论说的，还有人借中国少数民族中有“四大史诗”来强调我们其实也有史诗，甚至还有人提出中国的长篇说唱弹词也可以说是史诗，等等。但这些辩说似乎都没有真正说到点子上。笔者认为，中国古代汉民族文学缺少西方那样长篇史诗的最主要原因，是与中华传统文化（主要指汉文化）最伟大的特点之一——最早发明文字，以及最早发明记录文字的甲骨、金石、竹帛、纸张等载体并延续使用至今——密切相关的。而西方世界正因为缺少这些，故而对上古历史多靠口耳记诵相传，所以产生了长篇史诗；而中华诗词却不必承担过分的纪史之功能，这恰巧不能说是中华传统文化的缺失，而是反映出中华传统文化的卓然。

现在所谓要提高国人文化自信，当然绝不是恢复盲目的自信，也绝不是没有根据地拔高。笔者认为，首先应该认识到中华文化本身的伟大与优秀，是足以独立于世界文化之前列的。中华传统文化本身从整体上看，或者说从传统文化中的主要部分来看，也是具有大量进步的、杰出的、领先于其他国家和民族文化，或为其他国家和民族文化所无之内容的。国人完全没有必要过于谦虚，更不能自卑，相反，应充分感到自豪。我们应无比敬畏和深切感恩我们的祖先和前辈，感谢为我们创造和传承了优秀传统文化的一代又一代先贤。

（福州外语外贸学院）

论《世说新语》的对句之美

曹 虹

内容摘要:《世说新语》一书因其“简约玄澹”之风的突出,往往遮蔽了其并非脱逸于中古骈文发展进程的意义。书中的对句表现,依托于语言生态因复词流行而增进以四六为基调组织文句的倾向,由此也有助于理解骈文在中古时期开花结果的语言生活土壤。《世说新语》中分布的对句,扩大了对万物与人世间“事不孤立”的观察范围,其背后的认知拓展与反思,还与魏晋玄学时代价值多元化的思想历练有关。清谈的眼界、旨趣与方法等方面,直接或间接地影响于对句生成的时代特色和修辞内涵。

关键词:《世说新语》;对句;玄学;清谈

Discussion on the Aesthetic Quality of Parallel Sentences in *Shishuo Xinyu*

Cao Hong

Abstract: The prominent writing style of “simplicity, abstrusity and

indifferent blandness" of *Shishuo Xinyu* often obscures the significance of this book to the development of parallel prose in medieval China. The parallel sentences presented in the book depend on the tendency of language ecology to organize sentences based on four-character sentence and six-character sentence because of the popularity of compound words. This is also helpful to understand the language environment in which parallel prose blossomed and fruited in the medieval times. The parallel sentences distributed in *Shishuo Xinyu* enlarge the scope of observation of "things are not isolated" between all things and the world, and the cognitive expansion and reflection behind them are also related to the diversified values in the period of arcane learning in the Wei and Jin Dynasties. The vision, purport and method of pure conversation directly or indirectly affect the characteristics of the times and the rhetorical connotation of the formation of parallel sentences.
Keywords: *Shishuo Xinyu*; Parallel sentences; Arcane learning; Pure conversation

《世说新语》以"简约玄澹"(胡应麟《少室山房笔丛》卷十三)的风格著称,并成为对应于晋人精神风度的史料而为世所重,但此书究竟是脱逸还是融入了中古骈文衍进的历程?学界似乎未予深究,即使是欣赏其修辞,也正如明代学者王世贞《世说新语补序》所言:"至于《世说》之所长,或造微于单辞,或征巧于只行,或因美以见风,或因刺以通赞,往往使人短咏而跃然,长思而未罄。"①人们的审美惯性往往被其意味盎然的"单辞"、"只行"之美所吸引和强化。其实,《世说新语》中分布的偶辞、双行之美亦值得关注。从本文形态上看,《世说新语》是一部衍生性文本,编述者是刘宋宗室刘义庆,他本人爱好文义,喜招聚文学之士,《世说新语》应是他和宾客

① 王世贞《世说新语补小序》,《弇州四部稿》卷七一,《景印文渊阁四库全书》第1280册,台湾商务印书馆,1986年,第219页。

文人采缉旧文编述而成。无论是编述者于“采掇综叙”之际附加了审美用心①，还是“采缉旧文”的始源性材料中自然葆有审美的时代印痕，总之，《世说新语》中存在的对句之美，既体现汉末至晋宋文学修辞琢炼雕饰的演进方向，也折射对偶形式的思辨法则与认识功能，因而是中国骈文发展史上需要深化研讨的一环。

一、《世说新语》与语言生态

诚如刘应登所论：“晋人乐旷多奇情，故其言语文章别是一色，《世说》可睹已。《说》为晋作，及于汉、魏者，其余耳。虽典雅不如左氏国语，驰骛不如诸国策，而清微简远，居然玄胜。”②《世说新语》所载述的主体多为晋人，也上涉至汉末，其“言语文章”自成特色，尤以“清微简远，居然玄胜”为风格标志。所谓清简，也可以说是不求繁复，作为其极致性的表达，有时是不言之妙，有时是一言半句。举两例：

> 阮宣子有令闻，太尉王夷甫见而问曰：老、庄与圣教同异？对曰：将无同？太尉善其言，辟之为掾。世谓三语掾。卫玠嘲之曰：一言可辟，何假于三？宣子曰：苟是天下人望，亦可无言而辟，复何假一？遂相与为友。（文学 18）
>
> 符宏叛来归国，谢太傅每加接引，宏自以有才，多好上人，坐上无折之者。适王子猷來，太傅使共语。子猷直孰视良久，回语太傅云：亦复竟不异人！宏大惭而退。（轻诋 29）③

阮宣子“将无同”三字句关涉清谈中名教与自然关系的重大命题，王子猷的“亦复竟不异人”六字句让自负的叛人感到无地自容，且具显

---

① 袁褧《世说新语序刻》认为《世说》采缉旧文的特点是“采掇综叙”。王先谦校订本《世说新语》，上海古籍出版社，1982 年，卷首第 4 页。

② 刘义庆著，刘孝标注，余嘉锡笺疏《世说新语笺疏（修订本）》，上海古籍出版社，1993 年，第 931 页。

③ 以下引《世说》原文皆出于此本：刘义庆著，刘孝标注，余嘉锡笺疏《世说新语笺疏（修订本）》，上海古籍出版社，1993 年。不再注明。

口语风。自矜于“无言而辟”或“一言可辟”,是晋朝清谈之士敢于傲人之处,但如果将这种简约语风看得笼罩一切,也是有失客观的。这就要从语言生态上估量晋人“言语文章别是一色”的内涵与条件。

在名士的清谈玄辩中,甚至脱口而出訾骂之意时,可以观察到巧妙的骈语对句。如《世说新语·轻诋》的如下一则:

> 庾元规语周伯仁:诸人皆以君方乐。周曰:何乐?谓乐毅邪?庾曰:不尔。乐令耳!周曰:何乃刻画无盐,以唐突西子也。(轻诋2)

周顗不喜舆论把他与名士乐广相比拟,这里的“刻画无盐”与“唐突西子”,组词搭配上是平行匀称的,两句的形态在对句平行之外,还能做到没有平板感,“刻画无盐”是因,“唐突西子”是果,句意上下纵贯。这种句意表达的方法更早出现于东汉之末,孔融《汝颍优劣论》引“陈群曰:颇有芜菁,唐突人参”。到了骈文更为成熟的齐梁之时,任昉写《到大司马记室笺》有曰:“惟此鱼目,唐突玙璠。”[①]三例比较而言,《世说新语》所载周伯仁语,对句既富有横向的动宾搭配上的平行感,又有纵向的上下因果意的贯穿,所以其遣言达意是相当富于修辞功力的。

魏晋时期以来,汉语词汇史正发生着较为强烈的变化,吕叔湘《中国文法要略》指出:“复词的逐渐增多是近代汉语的一贯趋势。”[②]吉川幸次郎注意到《世说新语》中助字增加的新现象,甚至说它“是助字过剩的文章”,其中也有“复合助字”,这与“二音复合语的流行”的中国语发展大方向相吻合。又精辟地指出“《世说》的文章中四字句、以及作为其延长的六字句极多,以四音与六音为表现观念,某种程度上也是中国语的自然要求”。[③] 志村良治从更具体的角度,认

---

① 刘义庆著,刘孝标注,余嘉锡笺疏《世说新语笺疏(修订本)》,上海古籍出版社,1993年,第825—826页。

② 吕叔湘《中国文法要略》,商务印书馆,1982年,第8页。

③ 参吉川幸次郎《世说新语の的文章》,载《吉川幸次郎全集》第7卷,东京筑摩书房,1968年,第467—470页。

为这一时期语言现象的新变中，就体现为“复音节词的增加”，以及“以复音节词为单位，确立了四六的基调”，他在归纳分析这一现象时，特别提到了《世说新语》：

> 骈文就建立在四字、六字的基调之上。舍去骈文绮丽的外观不谈，把它底层潜在的四六基调作为问题提出很有必要。因为连乍一看似乎正相反的《世说新语》中，已经可以看出同样的以四六为基调调整文句的倾向。[①]

关于骈文的四六基调，刘勰《文心雕龙·章句》所说“四字密而不促，六字格而非缓。或变之以三五，盖应机之权节也”[②]，就是指四六基调的稳定的表现力，决定了六朝骈文的盛行[③]。通常骈文是少不了整饬绮丽的外观的，以至于使人觉得是远离现实语言的修辞性的文体。在这个标准的作用之下，《世说新语》“乍一看似乎正相反”，书中呈现的简澹鲜活的语体语风，很容易误将它脱逸于中古骈文发展进程之外，多数骈文史论著对于《世说新语》在骈文进程史中的意义还评价得不够充分。吉川幸次郎举出了堪为《世说新语》文章理想的一例：“道壹道人好整饰音辞，从都下还东山，经吴中，已而会雪下，未甚寒，诸道人问在道所经，壹公曰：风霜固所不论，乃先集其惨淡，郊邑正自飘瞥，林岫便已皓然。”（言语 93）[④]“整饰音辞”具有时尚之力。志村良治提醒说《世说新语》中四六句调随处可找。

---

① 志村良治《中国中世语法史研究》，江蓝生、白维国译，中华书局，1995 年，第 7 页。

② 刘勰著，范文澜注《文心雕龙注》，人民文学出版社，1958 年，第 571 页。

③ 案：刘勰对复词及其延伸的四六句调的敏感与总结，也体现在《文心雕龙》的写作实践中。王元化先生论到《文心雕龙》体例的一个特点，即“创作论诸篇的篇名，往往把两个具有不同意蕴的字组合成为一个词。单独来看，每个字具有特定的含义。合起来看，则两个字组合成为一个完整的新概念”。他列举“体性”、“风骨”、“通变”、“情采”、“镕裁”、“章句”、“隐秀”诸篇之例，并言：“刘勰把两个具有不同（有时甚至相反）的词组合成为一个新的概念，说明他已经认识到其间的辩证关系。尽管这还仅仅是一种朴素的观点，在当时却是难能可贵的。我认为《比兴篇》篇名亦从此例。”（王元化《再释〈比兴篇〉拟容取心说》，载《文心雕龙创作论》，上海古籍出版社，1979 年，第 162、163 页）可参。

④ 吉川幸次郎《世说新语の文章》，载《吉川幸次郎全集》第 7 卷，东京筑摩书房，1968 年，第 471 页。

《世说新语》不仅可以看出以四六为基调组织文句的倾向，而且句意表达中的对偶现象也反映了语言生态的丰富性。由于《世说新语》既具有保存口语的文献属性，又体现知识群体的雅趣，所以通览其中的对句表现，有助于理解骈文在中古时期开花结果的生活土壤。这里还想指出，骈文固然是向着美文的方向发展，但也不应忘记，俪语偶句也与语言生态相胶着，在某种意义上也能约略反映口语化的底蕴。王锳《韩愈散文中的一些口语成分》一文作出了有趣的考察，他认为韩愈古文追求的是一种仿效秦汉、脱离当时口语的“超语体”，但他的书面语不可能完全摆脱口语的影响，典型的例子是他一方面写了刻意仿古求雅的《平淮西碑》，一方面又写了解决现实问题的《论淮西事状》，如文中论从外乡调集兵员不如本乡之便：“所在将帅，以其客兵难处使，先不存优恤。待之既薄，使之又苦，或被分割队伍，隶属诸头。士卒本将，一朝相失，心孤意怯，难以有功。又其本军各须资遣，道路辽远，劳费倍多，士卒有征行之艰，闾里怀离别之思。”此文就属于口语成分较多的代表，文中使用了大量双音词，客观上反映了中世汉语生态的一种趋势，“道路辽远，劳费倍多，士卒有征行之艰，闾里怀离别之思”这类的四六基调与语体感的结合，应是我们考量文体和修辞时所应顾及的。[①]

二、对句生成与清谈时代

刘勰《文心雕龙·丽辞》总结骈俪文体的生成原理时指出：“造化赋形，支体必双；神理为用，事不孤立。夫心生文辞，运裁百虑，高下相须，自然成对。”[②]论证骈文的理法意义，以自然法则作为文辞偶对的终极依据，带有玄学本体论的色彩，并由此而赞赏偶对技巧的顺势而成，不落于过度雕琢。

所谓“造化”，意指大自然，也意味着孕育化生之道，这是由道家

① 王锳《近代汉语词汇语法散论》，商务印书馆，2004 年，第 70—72 页。

② 刘勰著，范文澜注《文心雕龙注》，人民文学出版社，1958 年，第 588 页。

哲学强化起来的概念,《庄子·大宗师》即谓“今一以天地为大炉,以造化为大冶”[①]。刘勰从自然之道所得到的启示表明,无论是道的形质外化,还是道内在于万物的法则,现象或事物间的关系是根源性的。人们或许会质疑刘勰,毕竟“支体必双”也存在反证,刘勰在这里对师法自然所作的“支体必双”的举证,似乎陷于偏颇。诚然,这确实涉及师法自然的哪些特征和理法,其实刘勰的深意在于看重万物或自然事件之间的关系,可以是彼此感应、共鸣,抑或对比、转化,所以,神理所关,没有孤立存在的事相,即刘勰所谓“事不孤立”。早期儒家哲学也强调关系,但它的关系较重于或限于人事与社会层面。而道家哲学则更为宽泛,涵盖了所有事物,即万物之间的关系。经历了魏晋玄学的熏染,道家哲学以及《易》学所主导的这种思维框架更为深入人心,延展到人格层面与文学层面。不难想到,老子《道德经》列举过一长串对反概念,如高下、有无、善恶、重轻、静躁、雄雌、白黑、弱强、巧拙等,这些矛盾对子不仅带来对照效果,而且对反双方也是相互依存的,这种矛盾相济的关系在“高下相须”一语中可加体会。所以,刘勰有理由认为,作为偶辞俪句的存在依据,是“高下相须”这样的万事万物之间既相互对比对反、又相互依存转化的关系所支撑的。

《世说新语》中分布的对句,颇多“自然成对”之妙。这首先表现在扩大了对万物与人世间“事不孤立”的观察范围。《老子》提到“万物负阴而抱阳”[②],如果说超越的“道”是无形无名的,那么通过认识蕴含在万物中的二元对反之理,应该有助于体悟所谓道真。可以理解,《老子》为什么津津乐道各种矛盾相济的对子,老子甚至说:“故善人者,不善人之师;不善人者,善人之资。”[③]这种观察视野和思想方法,对于惯常的善恶或邪正的界限就有所打破,并推动认识视野的多元,以及认知局限的突破。《世说新语·德行》篇中的如下五条可资举证:

---

① 郭庆藩撰,王孝鱼点校《庄子集释》,中华书局,1961年,第262页。

② 王弼注,楼宇烈校释《老子道德经注校释》,中华书局,2008年,第117页。

③ 王弼注,楼宇烈校释《老子道德经注校释》,中华书局,2008年,第71页。

陈仲举言为士则,行为世范……(德行1)

陈元方子长文有英才,与季方子孝先,各论其父功德,争之不能决,咨于太丘。太丘曰:元方难为兄,季方难为弟。(德行8)

王戎、和峤同时遭大丧,俱以孝称。王鸡骨支床,和哭泣备礼。武帝谓刘仲雄曰:卿数省王、和不?闻和哀苦过礼,使人忧之。仲雄曰:和峤虽备礼,神气不损;王戎虽不备礼,而哀毁骨立。臣以和峤生孝,王戎死孝。陛下不应忧峤,而应忧戎。(德行17)

王平子、胡毋彦国诸人,皆以任放为达,或有裸体者。乐广笑曰:名教中自有乐地,何为乃尔也!(德行23)

晋简文为抚军时,所坐床上,尘不听拂,见鼠行迹,视以为佳。有参军见鼠白日行,以手板批杀之,抚军意色不说。门下起弹,教曰:鼠被害,尚不能忘怀;今复以鼠损人,无乃不可乎?(德行37)

陈仲举能在言行合一上彰显德性,叙述者正是有见于"言"与"行"其实是有张力的一个对子。有时一个人的仪态与内心也有反差,《谗险》篇就称:"王平子形甚散朗,内实劲侠。""散朗"是玄学时代所孕育和崇尚的一种风度,在《世说新语》中就有以"林下风气"著称的贤媛谢道蕴获得过此誉。这里王平子外表的"散朗",因与内在的"劲侠"素质构成了太大的反差,使人观察到一种伪饰感。当然,像"散朗"这样的风度表现,也应显示为一定的立体内涵,个性的复杂性可以提供各种形态的剖面。《言语》篇中如下的例子,又利用形表与内心的反差关系的多元,以及兄弟二人应变的言语机智,相映成趣:

钟毓、钟会少有令誉。年十三,魏文帝闻之,语其父钟繇曰:可令二子来!于是敕见。毓面有汗,帝曰:卿面何以汗?毓对曰:战战惶惶,汗出如浆。复问会:卿何以不汗?对曰:战战栗栗,汗不敢出。(言语11)

"汗出如浆"与"汗不敢出",是两种相反的身体状态,却可以同样指向惶恐紧张的精神状态。两位少年的答语本身也构成了对句，前半的“战战惶惶”与“战战栗栗”可谓“言对”或“正对”，后半的“汗出如浆”与“汗不敢出”可谓“反对”，完成了共同的指向，消解了来自最高权威者的问难。在这段叙事中，二钟言语之机敏，调动出多重的对比关系，形成对句修辞，为开脱情境服务。写骈文或文中寓骈，通常都是一人撰作。像这样的机智应答，由两人或三人之间的对话而形成对句修辞，是《世说新语》所载“言语”之所擅。再如：

> 顾悦与简文同年，而发早白。简文曰：卿何以先白？对曰：蒲柳之姿，望秋而落；松柏之质，经霜弥茂。（言语57）

顾悦借用自然界植物的质性之异来解释人与人的体质表现上的差异，可谓善用生活智慧，且字句对偶的凝练本身也自具理趣与美感。《论语·子罕》载孔子的名言：“岁寒，然后知松柏之后凋也。”不过，这是散语单句，到了清谈时代的人们就更善于融炼对句了。

《世说新语》中分布的对句背后的认知反思，还与魏晋玄学时代价值多元化的思想激荡有关。例如，名教中的“孝”历来受到提倡，到了玄学时代，却出现了“生孝”与“死孝”的对比考量，关键在于形式上的“备礼”或“不备礼”，刘仲雄的观察是具有玄学洞鉴力的：“和峤虽备礼，神气不损；王戎虽不备礼，而哀毁骨立。”这一观察涉及名教与自然的关系形态，打开了种种对比视野。“鼠被害，尚不能忘怀；今复以鼠损人，无乃不可乎？”字句虽不十分工整，却足称妙对，将“人害鼠”与“鼠损人”加以比对，即鼠从遭害对象到害人主体的转化，刺激原有心态立场而达成省悟，也以特殊方式呼应了孔子关怀“伤人乎，不问马”的人道情怀。

汉代儒术独尊局面打破后，名教的价值标准不是唯一的，而且往往需要重新审视和解释，尤其在乱世，仕隐的价值观必然产生碰撞，《世说新语》所载下例实是仕隐价值观的一种论战：

> 南郡庞士元闻司马德操在颍川，故二千里候之。至，过德操采桑，士元从车中谓曰：吾闻丈夫处世，当带金佩紫，

焉有屈洪流之量，而执丝妇之事。德操曰：子且下车，子适知邪径之速，不虑失道之迷。昔伯成耦耕，不慕诸侯之荣；原宪桑枢，不易有官之宅。何有坐则华屋，行则肥马，侍女数十，然后为奇？此乃许、父所以慷慨，夷、齐所以长叹。虽有窃秦之爵，千驷之富，不足贵也！士元曰：仆生出边垂，寡见大义。若不一叩洪钟，伐雷鼓，则不识其音响也。（言语 9）

这是书中字句偶对偏于全体工整的段落[①]。所拟庞士元以“屈洪流之量，执丝妇之事”来唐突司马德操的丈夫情怀，但对方却以高隐的价值观为更值得坚守，从“邪径之速”与“失道之迷”的重重判断，到古代高隐之士的人事验证，令发难者服理认输。

《世说新语》有所谓“是真名士自风流”之宣言，据冯友兰《论风流》一文概括，真风流的构成条件是必有玄心、洞见、妙赏和深情。[②] 兹从对句生成的角度稍加举证引申：

庾公造周伯仁。伯仁曰：君子何欣说而忽肥？庾曰：君复何所忧惨而忽瘦？伯仁曰：吾无所忧，直是清虚日来，滓秽日去耳。（言语 30）

张玄之、顾敷是顾和中外孙，皆少而聪惠。和并知之，而常谓顾胜，亲重偏至，张颇不恢。于时，张年九岁，顾年七岁，和与俱至寺中。见佛般泥洹像，弟子有泣者，有不泣者。和以问二孙。玄谓：被亲故泣，不被亲故不泣。敷曰：不然，当由忘情故不泣，不能忘情故泣。（言语 51）

孝武将讲《孝经》，谢公兄弟与诸人私庭讲习。车武子难苦问谢，谓袁羊曰：不问则德音有遗，多问则重劳二谢。袁曰：必无此嫌。车曰：何以知尔？袁曰：何尝见明镜疲于屡照，清流惮于惠风！（言语 90）

---

① 二人间的问答，余嘉锡据人物时代、风度德望而断其并非实事，案曰：“此必晋代文士所拟作，非实事也。”

② 冯友兰《三松堂学术文集》，北京大学出版社，1984 年，第 609—617 页。

孙子荆年少时欲隐，语王武子当枕石漱流，误曰漱石枕流。王曰：流可枕，石可漱乎？孙曰：所以枕流，欲洗其耳；所以漱石，欲砺其齿。（排调6）

王司州至吴兴印渚中看。叹曰：非唯使人情开涤，亦觉日月清朗。（言语81）

王恭始与王建武甚有情，后遇袁悦之间，遂致疑隙。然每至兴会，故有相思时。恭尝行散至京口谢堂，于时清露晨流，新桐初引。恭目之曰：王大故自濯濯。（赏誉153）

以体道之心自处的周伯仁，自释瘦是因为“清虚日来，滓秽日去”，表明了一种玄心，代表对道家生存典范的倾心，因为道家认为“为学日益，为道日损。损之又损，以至于无为”[①]，“虚”也是道的品格，老子称：“天地之间，其犹橐籥乎？虚而不屈，动而愈出。”王弼注谓：“橐籥之中空洞，无情无为，故虚而不得穷屈，动而不可竭尽也。”[②]顾和给孙辈的一道设问，外孙张玄之与孙子顾敷的回答构成了语句与意思上的对应，当然顾敷能归因于“忘情”，富有玄心，不意小小年纪谈吐，与当时清谈中讨论圣人是否有情的玄学议题也起了关涉[③]。

袁羊对于执掌清谈牛耳的二谢心生钦佩，他对车武子烦劳二谢的担心加以慰释时，用了一组巧妙的对句：“何尝见明镜疲于屡照，清流惮于惠风!”既符合事理，同时也寓有对谢氏如“明镜”与“清流”般识度魅力的暗誉。

晋宋之时士人形成了以玄心赏咏山水的爱好，孙子荆对“枕石漱流”口误为“漱石枕流”的解释，虽属谐谑之言，可表对自然山水的亲近。而王胡之沉浸于吴兴印渚风景的审美感受，更表现出受到玄风

---

① 王弼注，楼宇烈校释《老子道德经注校释》，中华书局，2008年，第127—128页。

② 王弼注，楼宇烈校释《老子道德经注校释》，中华书局，2008年，第14页。

③ 据《三国志·魏志·钟会传》注引何劭《王弼传》，何晏、王弼就“圣人有情”与否展开争论：“何晏以为圣人无喜怒哀乐，其论甚精，钟会等述之，弼与不同，以为：‘圣人茂于人者神明也，同于人者五情也。神明茂，故能体冲和以通无；五情同，故不能无哀乐以应物。然则圣人之情，应物而无累于物者也。今以其无累，便谓不复应物，失之多矣。’”

洗礼后的妙赏。

在“王恭始與王建武甚有情”这一段记事中，“清露晨流，新桐初引”既是王恭所寓目的风景，又引发了他内心情感的“开涤”，使他豁然化解了对故人的嫌隙。正是在破除了私愤之后，相思情深，心平如镜，他由衷地给予王建武一个品题：“王大故自濯濯。”“濯濯”是一种清朗如洗的风神，是魏晋风流之所尚，这一品题的呼之而出，不得不说是对应于大自然“清露晨流，新桐初引”所带来的某种觉醒作用，使人荡涤情感障碍，拥抱超迈境界。这么说来，“清露晨流，新桐初引”两个工整的四言正对之句，好像“道生一，一生二”的孕生过程，带来充沛的原动力，引动了高朗超迈的“濯濯”之思。

刘勰注意到魏晋玄风影响于文学演进的事实，称“因谈余气，流成文体”[①]。以《世说新语》来考察，清谈的眼界、旨趣与方法等方面，都直接或间接地影响于文章对句表达的时代特色和修辞内涵，就此而言，可以看出刘勰的这个判断也是适用的。

三、“事对”与“反对”

《文心雕龙·丽辞》将对偶的类型总结为四种：“故丽辞之体，凡有四对：言对为易，事对为难；反对为优，正对为劣。”[②]对应于骈文创作上的举证，是相当有合理性的。兹从《世说新语》的对句表现，也可看出“事对”因难见巧、“反对”合力显优，从而印证刘勰的对偶理论。

“事对”意味着对历史典故或古人成语的随意驾驭，来为当下的语境服务，既需意思贴合，还求字句清丽。后来的文体理论家也有一些表述可资参照，如元代祝尧《古赋辩体》卷六《三国六朝体下》提到“用事”之忌是“为事所用”[③]，清代程杲《四六丛话序》认为“以事对者

① 刘勰著，范文澜注《文心雕龙注》，人民文学出版社，1958年，第675页。

② 刘勰著，范文澜注《文心雕龙注》，人民文学出版社，1958年，第588页。

③ 祝尧《古赋辩体》，《景印文渊阁四库全书》第1399册，台湾商务印书馆，1986年，第799页。

尚典切，忌冗杂；尚清新，忌陈腐”[①]。从这些崇忌通则中也可感事对的难度。

> 邓艾口吃，语称艾艾。晋文王戏之曰：卿云艾艾，定是几艾？对曰：凤兮凤兮，故是一凤。（言语 17）
>
> 蔡洪赴洛，洛中人问曰：幕府初开，群公辟命，求英奇于仄陋，采贤俊于岩穴。君吴楚之士，亡国之余，有何异才，而应斯举？蔡答曰：夜光之珠，不必出于孟津之河；盈握之璧，不必采于昆仑之山。大禹生于东夷，文王生于西羌，圣贤所出，何必常处。昔武王伐纣，迁顽民于洛邑，得无诸君是其苗裔乎？（言语 22）

邓艾与晋文王司马昭之间的对答，虽语出两人之间，但在字句上近于对句结构，“凤兮凤兮”是利用了楚狂接舆在孔子面前歌曰：“凤兮凤兮，何德之衰”云云，大约有以灵鸟拟人之意。邓艾并不是简单地推拒嘲讽之言，而是利用古事古语作算法，且不意间又隐将自己所落地步与圣贤孔子相联类，非常巧妙。吴楚之人蔡洪入洛后的地域人才论辩，其中引到了“大禹生于东夷，文王生于西羌”的古例，也增加了雄辩性。

> 刘琨虽隔阂寇戎，志存本朝，谓温峤曰：班彪识刘氏之复兴，马援知汉光之可辅。今晋阼虽衰，天命未改。吾欲立功于河北，使卿延誉于江南。子其行乎？温曰：峤虽不敏，才非昔人，明公以桓、文之姿，建匡立之功，岂敢辞命！（言语 35）
>
> 挚瞻曾作四郡太守、大将军户曹参军，复出作内史，年始二十九。尝别王敦，敦谓瞻曰：卿年未三十，已为万石，亦太早。瞻曰：方于将军，少为太早；比之甘罗，已为太老。（言语 42）
>
> 殷仲堪当之荆州，王东亭问曰：德以居全为称，仁以不

① 孙梅著，李金松校点《四六丛话》，人民文学出版社，2010 年，卷首第 7 页。

害物为名。方今宰牧华夏，处杀戮之职，与本操将不乖乎？殷答曰：皋陶造刑辟之制，不为不贤；孔丘居司寇之任，未为不仁。（政事 26）

苏峻时，孔群在横塘为匡术所逼。王丞相保存术，因众坐戏语，令术劝酒，以释横塘之憾，群答曰：德非孔子，厄同匡人……（方正 36）

王右军与谢太傅共登冶城。谢悠然远想，有高世之志。王谓谢曰：夏禹勤王，手足胼胝；文王旰食，日不暇给。今四郊多垒，宜人人自效。而虚谈废务，浮文妨要，恐非当今所宜。谢答曰：秦任商鞅，二世而亡，岂清言致患邪？（言语 70）

从三代贤圣到秦汉人物故事，都可以入对句用事。一般而言，用典隶事可以使言约意丰，意思婉转，有时也适当掩抑锋芒。刘琨以东汉班彪、马援明辨天命的事迹自励，引古自证，增强个人意志的合理性。挚瞻如此回复王敦，刘孝标引《挚氏世本》曰："瞻高亮有气节，故以此答敦。"[①]甘罗为少年时，就在秦朝建功受封，载于《史记》，挚瞻用来抵驳刚愎自用的王敦，用古却不掩锋芒，尽显个性。魏晋名士喜以孔子的某些境遇自比，前举邓艾化解"艾艾几艾"的尴尬时，用到孔子生平中被质问"凤兮凤兮"的一幕；殷仲堪本具玄学素养（"本操"），但他在政事中未忘孔子为大司寇诛乱法大臣少正卯的故事；孔群在王导的酒席上，碰到从前使自己难堪的敌手匡术，恨心再燃，便说"德非孔子，厄同匡人"，用孔子在宋国厄于匡简子，来类比自己"厄"于匡术。两人恰好同姓，匡人之可鄙，尽在言中，而圣人有时也受制于小人，故其困厄遭遇也可聊慰常人。

所谓"反对为优"，往往更见缀言敷意的熔裁之功。刘勰为什么会提出"正对为劣，反对为优"的理论？或许应该与他担心"骈赘"之

① 刘义庆著，刘孝标注，余嘉锡笺疏《世说新语笺疏（修订本）》，上海古籍出版社，1993 年，第 103 页。

弊相关。相对来说，“正对”滥用就较易表现为“一意两出，义之骈枝也；同辞重出，文之肬赘也”①。而“反对”则通过对反概念或视野的矛盾统合，得到文义丰足无滥之境。这种对句的奇妙，有时巧夺天工，有如神来之语：

> 桓公北征经金城，见前为琅邪时种柳，皆已十围，慨然曰：木犹如此，人何以堪！攀枝执条，泫然流泪。（言语 55）
>
> 羊秉为抚军参军，少亡，有令誉。夏侯孝若为之叙，极相赞悼。羊权为黄门侍郎，侍简文坐。帝问曰：夏侯湛作《羊秉叙》，绝可想。是卿何物？有后不？权潸然对曰：亡伯令问夙彰，而无有继嗣。虽名播天听，然胤绝圣世。帝嗟慨久之。（言语 65）

桓温感动千古的名句“木犹如此，人何以堪”，句构中的实词主体“木”与“人”，一为无情物，一为有情者，再加上助词对应，对比写来，富有抒情的魔力。后一例的“名播天听，胤绝圣世”强化出一种对比，名望无非身外虚誉，胤嗣却属血脉实传，羊秉如此表述，“善敷者辞殊而意显”（借用《文心雕龙·镕裁》语），将幸与不幸各表到极至而相映，产生了令人“嗟慨久之”的情感效果。

不可否认，“反对为优”的眼光历练，存在于清谈风气曼衍之中。名士社会在对人物或学风文格加以品鉴之际，往往通过有差异度的两人或两事合论，字句形成“反对”，在意味揭示上“情周而不繁，辞运而不滥”（借用《文心雕龙·镕裁》语）②。

> 褚季野语孙安国云：北人学问，渊综广博。孙答曰：南人学问，清通简要。支道林闻之，曰：圣贤固所忘言。自中人以还，北人看书，如显处视月；南人学问，如牖中窥日。（文学 25）
>
> 孙兴公云：潘文烂若披锦，无处不善；陆文若排沙简

---

① 刘勰著，范文澜注《文心雕龙注》，人民文学出版社，1958 年，第 543 页。
② 刘勰著，范文澜注《文心雕龙注》，人民文学出版社，1958 年，第 544 页。

金，往往见宝。（文学 84）

孙兴公云：潘文浅而净，陆文深而芜。（文学 89）

或问顾长康：君《筝赋》何如嵇康《琴赋》？顾曰：不赏者，作后出相遗；深识者，亦以高奇见贵。（文学 98）

世称庾文康为丰年玉，穉恭为荒年谷。庾家论云是文康称"恭为康称恭为荒年谷，庾长仁为丰年玉"。（赏誉 69）

时人目夏侯太初朗朗如日月之入怀，李安国颓唐如玉山之将崩。（容止 4）

戴安道既厉操东山，而其兄欲建式遏之功。谢太傅曰：卿兄弟志业。何其太殊？曰：下官不堪其忧，家弟不改其乐。（栖逸 12）

谢遏绝重其姊，张玄常称其妹，欲以敌之。有济尼者，并游张，谢二家。人问其优劣，答曰：王夫人神情散朗，故有林下风气。顾家妇清心玉映，自是闺房之秀。（贤媛 30）

《世说新语》立有"品藻"篇，似专着意于作对比性的评鉴，如：

汝南陈仲举，颍川李元礼二人，共论其功德，不能定先后。蔡伯喈评之曰：陈仲举强于犯上，李元礼严于摄下。犯下难，摄下易。仲举遂在三君之下，元礼居八俊之上。（品藻 1）

明帝问周伯仁：卿自谓何如庾元规？对曰：萧条方外，亮不如臣；从容廊庙，臣不如亮。（品藻 22）

简文云：何平叔巧累于理，稽叔夜俊伤其道。（品藻 31）

刘尹至王长史许清言，时苟子年十三，倚床边听。既去，问父曰：刘尹语何如尊？长吏曰：韶音令辞，不如我；往辄破的，胜我。（品藻 48）

简文问孙兴公：袁羊何似？答曰：不知者不负其才；知之者无取其体。（品藻 65）

有人问袁侍中曰：殷仲堪何如韩康伯？答曰：理义所

得，优劣乃复未辨；然门庭萧寂，居然有名士风流，殷不及韩。故殷作诔云：荆门昼掩，闲庭晏然。（品藻 81）

桓玄为太傅，太会，朝臣毕集。坐裁竟，问王桢之曰：我何如卿第七叔？于时宾客为之咽气。王徐徐答曰：亡叔是一时之标，公是千载之英。（品藻 86）

多例可见，人物品评之风炽盛，当时在名士间喜欢发出的问题是，某甲何如某乙？这样的两厢评鉴比照而出，怎样才能语简意丰？怎样才能警悟动人？在此调动“反对”的修辞力量，正是耐人寻味的。《世说新语·品藻》中还有一条：“王夷甫以王东海比乐令，故王中郎作碑云：‘当时标榜，为乐广之俪。’”两名士组成了俪偶之目，载入碑文，刻石长存。另外，《贤媛》篇载：“王浑妻钟氏生女令淑，武子为妹求简美对而未得。”佳耦美对存在于生活与人们的向往中，在清谈时代有其富有内涵的时代自觉。总之，《世说新语》中丰富的对句之美，有其哲学与时风底蕴，有其语言修辞上的天成与琢炼。

（南京大学文学院）

中医学“藏象”理论与古代文论“体性”理论的相通性研究

李　立

内容摘要：中医学“藏象”理论以藏于人体内的脏腑与其表现于外的生理病理征象之间的表里关系为本，古代文论的“体性”以作家内在的性格、人格、品德、情志与其外化于文学作品的风格、体貌、格调、形式之间的表里关系为核心：二者都强调内与外的对应与相符，由此即可知彼。中医学认识、诊治疾病的基本原则是辨证论治、由表及里，即通过望闻问切收集有关疾病的资料，运用中医理论进行分析、综合，辨清疾病的原因、性质、部位以及发展变化趋向等，再根据辨证的结果，确定相应的治疗方法和手段；古代文论注重辨体明性，认为作者之“性”必然会在作品之“体”中有所体现，作者之“人”必然会在其“文”中有所流露，强调文如其人、人如其文，故以人格和风格互相推论，形成了因文观人、因人观文的传统。具体而言，中医学辨证的总纲是“八纲”，古代文论有“八体”等风格分类理论；“脏”作为人体内在决定因素指以肝、心、脾、肺、肾为主的五脏系统，“性”作为作家主体因素指才、气、学、习、胆、识、力等；中医学由表及里的诊视方式是“四诊”，古代文论披文入情的鉴赏方式是“六观”。“藏象”与“体性”理论共同体现了中国文化的整体思维及生命观。

关键词：中医理论；中国古代文论；藏象；体性

A Study of Interlinkage Between the Viscera-State Doctrine in Traditional Chinese Medicine and the Style-Character Doctrine in Classical Literary Theory

Li Li

Abstract: Both traditional Chinese medicine and classical literary theory emphasize that internals conform to externals, the internal organs and the physiology and pathology of the body, or the writer's character and the style of the work. Treatment according to syndrome differentiation is one of the major features in traditional Chinese medicine, and Chinese classical literary theory lays great stress on distinguishing the genre and style of the works, and believes that the writing mirrors the writer. Specifically, the general principle of syndrome differentiation in traditional Chinese medicine is Eight Principles, as well as the theory of style classification in Chinese classical literary theory is Eight Styles. The five zang-organs, including the liver, heart, spleen, lung and kidney are the internal determinants of human body, as well as the talent, courage, insight, knowledge, wisdom, character and temperament form the inborn quality and the acquired habits of the writer. Looking, smelling, listening, inquiry and feeling the pulse are the four ways of diagnosis, as well as content, form, rhyme, allusion, inheritance and innovation, orthodoxy and novelty are the six aspects of literary appreciation. The traditional Chinese medicine along with the classical literary theory common embody the holistic thinking and outlook on life of Chinese culture.

Keywords: traditional Chinese medicine; Classical literary theory; the Viscera-State Doctrine; the Style-Character Doctrine

钱锺书先生曾指出,中国文学批评固有的一个特点就是"把文章通盘地人化或生命化。……我们把文章看成我们自己同类的活人"[①]。在古代文论中,将"文"比作"人"的"人化文评"俯拾皆是,不胜枚举。如刘勰《文心雕龙·附会》:"必以情志为神明,事义为骨髓,辞采为肌肤,宫商为声气。"又如颜之推《颜氏家训·文章》:"以理致为心肾,气调为筋骨,事义为皮肤。"在这个意义上,"文"与"人"相类,二者都是有生命的完整有机体。因此,这就使得以"文"作为对象的古代文论和以"人"作为对象的中医理论从本质上相通。如中医理论认为"气"是人的身体和生命的根本,古代文论则认为"文以气为主";中医理论辨析人体的阴阳,古代文论则指出文章"清浊有体",有阳刚与阴柔两类基本风格;在中医理论中,人体有经脉、络脉循行联系周身,在古代文论中,作品则有脉络、意脉贯穿全文。可以说,古人将自己对身体的认知和理解投射到作品上,移情到文章中,形成了一种"近取诸身"的文学理论,并与中医理论在根本上相通。更进一步,具体到表里关系的层面,"人之体"和"文之体"都被看作是各个层次与部分相互联系的有机统一整体。如中医学即有"藏象"理论,人体表现于外的生理、病理现象与藏于内的脏腑相表里;古代文论中则有"体性"理论,作品风格与作者性格相表里。此二者具有诸多相通性。

一、"以象测藏,以表知里"与"因内符外,表里必符"——中医理论与古代文论中的表里关系

"藏象"和"体性"分别是中医学和古代文论各自特有且十分重要

① 钱锺书《中国固有的文学批评的一个特点》,《文学杂志》第1卷第1期,1937年8月。

的理论范畴。其相关性首先在于二者都将研究对象区分出了表里，并认为这两个层次之间存在着对应关系。

（一）**“有诸内者，必形诸外”**

中医学强调藏象的表里关系。藏象，又作“脏象”，是指藏于体内的内脏及其表现于外的生理病理征象。“藏象”二字，首见于《黄帝内经・素问・六节藏象论》：“帝曰：‘藏象何如？’岐伯曰：‘心者，生之本，神之变（处）也，其华在面，其充在血脉，为阳中之太阳，通于夏气。’”这里论述了藏于体内的五脏之一“心”及其在各个层面的外在表现及征象，如心理活动、形体官窍、阴阳五行、自然环境等，涉及了人体结构和生命活动规律的主要内容。明代张介宾《类经・藏象类》注云：“象，形象也。藏居于内，形见于外，故曰藏象。”藏，是指藏于体内的脏腑，包括“五脏”（即肝、心、脾、肺、肾）、“六腑”（即胆、胃、小肠、大肠、膀胱、三焦）和奇恒之腑（即脑、髓、骨、脉、胆、女子胞）。象，是指表现于外的生理、病理现象，如“肝病者，两胁下痛引少腹，令人善怒”（《黄帝内经・素问・藏气法时论》）等。

中医学注重以表知里、由象测藏，通过观察外在征象来研究内脏的活动规律，认识内脏的实质，推测内脏的状况，即所谓“视其外应，以知其内脏”（《黄帝内经・灵枢・本藏》）。《黄帝内经》已有“司外揣内，司内揣外”（《灵枢・外揣》）的思想，孟子亦云“有诸内，必形诸外”（《孟子・告子下》），元代朱震亨进一步阐述：“欲知其内者，当以观乎外；诊于外者，斯以知其内。盖有诸内者，必形诸外。”（《丹溪心法》）换言之，内在脏腑的病症必然会表现于外；而通过外在的症象，又可以推知内脏的实质；二者表里相符。

除了“藏象”，中医理论中的表里关系其实渗透在各个层面，如脏与腑之间：心与小肠相表里，肝与胆相表里，脾与胃相表里，肺与大肠相表里，肾与膀胱，三焦与心包络相表里，而刘勰多次以肝胆之切近为喻——“诗人比兴，触物圆览，物虽胡越，合则肝胆”（《文心雕龙・比兴》），“故善附者异旨如肝胆，拙会者同音如胡越”（《文心雕龙・附会》），实质上就是运用了肝与胆的表里关系；又如八纲辨证中的表证与里证；再如中医学将“气”分为元气、宗气、营气、卫气四种，其中，行于血脉中的“营”与行于脉外的“卫”亦形成表里关系，等等。不同层次的表里关系共同形成了中医学进行诊断的依据。

（二）**“各师成心，其异如面”**

古代文论中的“体性”包含了多个层面的含义：“体”既可以指文学作品的风格，又可以指文学作品的品质格调之高下，还可以泛指文学作品的外在形式；“性”既可以指作家的个性气质，又可以指作家的人格品德之优劣，还可以泛指作家表现在作品中的情性内容。总体而言，内在的因素是“人”，外在的表现是“文”。

1. “体貌”与“性格”

在这个意义上，“体”指作品呈现出来的风格体貌，“性”指作者的性格，前者是后者的外化表现，后者则是前者的内在决定因素，这就意味着，有什么样的作者性格便有其相应的作品风格特征，而作品风格的差异归根结底也可以追溯到作者的性格差异。对此，刘勰如是说：“夫情动而言形，理发而文见，盖沿隐以至显，因内而符外者也。”（《文心雕龙·体性》）换言之，文学创作活动是“人”之“性情”外显为“文”之“体貌”的过程，具体而言，即是作者性格通过一定的思想情感外化为语言文字之风格的过程。在这里，“性”是“内”、是“隐”，“体”是“外”、是“显”，二者相符合、相对应。所谓“各师成心，其异如面”（《文心雕龙·体性》），不同的作者便会有不同的风格，而风格的差别实来源于“成心”亦即本性的殊异。如李贽指出：“故性格清澈者，音调自然宣畅；性格舒徐者，音调自然疏缓；旷达者，自然浩荡；雄迈者，自然壮烈；沉郁者，自然悲酸；古怪者，自然奇绝。有是格，便有是调，皆情性自然之谓也。”（《读律肤说》）作品的体貌和作者的性格“表里必符”。

2. “文章”与“道德”

除了作品风格与作家个性形成表里关系外，文章品格之高下与作家道德之优劣亦形成表里关系。“文如其人”，“道德文章”，“有德者必有言”，“道高即文美”，“声画形，君子小人见矣”（扬雄《法言·问神》），“无高尚伟大之人格，而有高尚伟大之文学者，殆未之有也”（王国维《文学小言》）等，这些贯穿中国古代文论的命题，本质上都揭示了作家内在德性品质与外在言辞文章的表里对应。譬如韩愈认为文章要以道德为根本，作家的文采是内在德行的必然表现，提高文学才能必须以修德为基，指出“夫所谓文者，必有诸其中，是故君子慎其实。实之美恶，其发也不掩。本深而末茂，形大而声宏，行峻而言厉，心醇而气和”（《答尉迟生书》），“道德之归也有日矣，况其外之文乎？”（《答李翊书》），强调“养其根而俟其实，加其膏而希其光，根之茂者其实遂，膏之沃者其光晔，仁义之人，其文蔼如”（《答李翊书》）。可见在韩愈看来，“道”与“文”是“中”与“外”，“本”与“末”，“根”与“实”的关系。在这里，“仁义”之道德修养对应于“体性”的“性”，其表现出来“蔼如”的语言风格则对应于“体性”的“体”。通过比喻，韩愈还认为“气盛言宜”：“气，水也；言，浮物也。水大而物之浮者大小毕浮。气之与言犹是也，气盛则言之短长与声之高下者皆宜。”（《答李翊书》）这实际上是一种“宏于中而肆于外”的表里关系，即作家有了深厚的道德修养和文学积累，就会拥有自如的思维能力、创造能力和语言驾驭能力。又如白居易《读张籍古乐府》亦云：“言者志之苗，行者文之根。所以读君诗，亦知君为人。”这是从孟子“知人论世”和司马迁“余读孔氏书，想见其为人”以来一脉相承的传统。欧阳修也反复强调人格与文章之间的因果关系，“道纯则充于中者实，中充实则发为文者辉光”（《答祖择之书》），“其充于中者足，而后发乎外者大以光”（《与乐秀才第一书》），“浩然修乎其外，而辉然充乎其内，以发乎文辞，则又辩搏放肆而无涯”（《章望之字序》）。这类似于中医学所说的“正气存内，邪不可干”（《黄帝内经·素问·刺法论》）。直到清代薛雪《一瓢诗话》仍讲：“具得胸襟，人品必高。人品既高，其一謦一咳，一挥一洒，必有过人处。”强调主体人格的力量。

3.“内质”与“外文”

这些表里关系，其实都可以追溯到孔子。子曰：“质胜文则野，文胜质则史。文质彬彬，然后君子。”（《论语·雍也》）这里的“质”原本指对“仁义”的道德修养，是内在品质；“文”指对“礼乐”的学习，是外在仪表；二者要并重、适均。后世运用到文学理论与批评上，“质”则是指文学作品的内在思想情感内容，“文”指文学作品的外在表现形式、文辞藻采和风格体貌。如王充强调“文—质”的表里关系：“有根株于下，有荣叶于上；有实核于内，有皮壳于外。文墨辞说，士之荣叶皮壳也。实诚在胸臆，文墨著竹帛，外内表里，自相副称，意奋而笔纵，故文见而实露。”（《论衡·超奇》）文墨与精诚外内表里、自相副称。《乐记·乐象》亦云：“情深而文明，气盛而化神，和顺积中，而英华外发。”和顺之情积于中与英华之文发于外相对应。刘勰又将“质—文”表述为“情—采”与“骨—风”等，认为：“夫水性虚而沦漪结，木体实而花萼振，文附质也。虎豹无文，则鞟同犬羊；犀兕有皮，而色资丹漆，质待文也。”（《文心雕龙·情采》）这实际上也是一种表里关系，作者之情、意为里质，作品之采、辞为表文。如《文心雕龙·宗经》中“圣文之殊致，表里之异体”的“表里”便分别是指形式与内容。在更深一层的意义上，刘勰则将这种表里关系推广到“文—道”上，认为一切“文”都是“道”的外在显现，“道”是“文”的内在依据。

综合以上三个方面，“体”与“性”的表里在根本上是“文”与“人”的表里，“人”是“文”的内在决定因素。在文学创作过程中，作家的生理、心理等主体因素综合发挥作用，由血气、心性等形成情志，并最终呈现于作品。

因此，总体而言，中医学“藏象”理论以藏于人体内的脏腑与其表现于外的生理病理征象之间的表里关系为本，古代文论的“体性”则以作家内在的性格、人格、品德、情志与其外化于文学作品的风格、体貌、格调、形式之间的表里关系为核心。二者都强调内与外的对应与相符，由外即可知诸内，由内亦可知诸外。

二、“辨证论治”与“辨体明性”

中医学“藏象”之表里实际上包含两重相反的双向关系与过程：其一是发病，是由内在脏腑到外在病理现象的外化表现；其二是诊治，是根据外在病证探求内在脏腑病变的实质与原因。相应地，古代文论“体性”之表里亦涵括了这两组关系与阶段：其一是文学创作，是由作家内在的性格、人格、品德等因素到作品的风格、体貌、格调等的外化表现；其二是文学鉴赏，是由作品的外在表现形式入手来把握作家的气性与情志。因此，医者的诊治其实如同在“阅读”病人的身体，而文论家的鉴赏就好像是在捕捉作品的“证候”，二者异曲同工。

（一）审察内外，辨证求因

辨证论治是中医学认识、诊断和治疗疾病的基本原则。证，是机体在疾病发展过程中某一阶段或某一类型的病理概括，包括病变的部位、原因、性质以及邪正关系。辨证，是将四诊（望、闻、问、切）所收集的有关疾病的所有资料，包括症状和体征，运用中医学理论进行分析、综合，辨清疾病的原因、性质、部位、邪正之间的关系以及发展变化趋向，然后概括、判断为某种性质的证。古代中医典籍载述的“辨证”，包括辨病名、辨症状、辨脉证、辨病因、辨病位、辨证候、辨病性、辨证型等八种形式。[①] 论治，即根据辨证的结果，确定相应的治疗原则和方法，选择适当的治疗手段和措施。

在《黄帝内经》产生之前，人们已逐渐掌握“五脏分证”的原则，即把某一组在某一定部位和器官出现的特定症状，归结为五脏中某一脏的功能失调，把活的机体外部呈现的生理病理征象与内部的脏器统一起来；在治疗时，调理这一脏的生理失常，就能治愈疾病或使病情缓解。[②] 这一原则在《黄帝内经》中得到了总结，并在长期的诊治实践中得到了运用与完善。此外，《黄帝内经·素问·至真要大论》还提出“病机十九条”：

> 诸风掉眩，皆属于肝；诸寒收引，皆属于肾；诸气膹郁，皆属于肺；诸湿肿满，皆属于脾；诸热瞀瘛，皆属于心；诸痛

---

① 刘佳缘、王宇、陈艳焦、杨永清《“辨证论治”词语源流考》，《上海中医药杂志》2016年第6期。

② 孙广仁主编《中医基础理论（第七版）》，中国中医药出版社，2002年，第4页。

痒疮，皆属于心；诸厥固泄，皆属于下；诸痿喘呕，皆属于上；诸禁鼓栗，如丧神守，皆属于火；诸痉项强，皆属于湿；诸逆冲上，皆属于火；诸胀腹大，皆属于热；诸躁狂越，皆属于火；诸暴强直，皆属于风；诸病有声，鼓之如鼓，皆属于热；诸病胕肿，疼酸惊骇，皆属于火；诸转反戾，水液浑浊，皆属于热；诸病水液，澄彻清冷，皆属于寒；诸呕吐酸，暴注下迫，皆属于热。

这自然让我们联想到皎然《诗式》的“辨体一十九字”。东汉末年，张仲景运用望闻问切四诊来分析病情，确立了辨证论治的基本原则，被后世尊称为“辨证之宗”。其《伤寒杂病论·序》提出了“平脉辨证”，《伤寒杂病论·卷第六·辨太阳病脉证并治上》又提出了“观其脉证，知犯何逆，随证治之”。具体而言，张仲景在《伤寒论》中创立了“六经辨证”，并在《金匮要略》中奠定了“脏腑辨证”的基础，确立了中医辨证论治体系。南宋陈言《三因极一病证方论》强调中医诊断的“脉、病、证、治”四科：“故因脉以识病，因病以辨证，随证以施治，则能事毕矣。”每一科又各自依次以四字类明之，即“名、体、性、用”。以“脉”为例：“如脉，浮则为名，举有余按不足为体，为风为虚曰性，可补可汗曰用。”此外陈言还强调“因”，提出了辨病因的外因、内因、不内外因的“三因论”。明代陶节菴《伤寒六书》申述“辨证法”：“表虚自汗者，为风伤卫气，宜实表。表实无汗者，为寒伤荣血，宜发表。”明代汪机《外科理例》亦揭示：“按脉辨证，审时制方，分经络，别表里，此医之处乎常也。”

辨证论治区别于见痰治痰、见血治血、见热退热、头痛医头、脚痛医脚的局部对症疗法，以及不分主次、不分阶段、一方一药对一病的治病方法。因此中医学注重在诊治疾病时掌握“同病异治”和“异病同治”的原则。同病异治，指同一种病，由于发病的时间、地域不同，或所处疾病的阶段或类型不同，或病人的体质有异，故反映出的证候不同，因而治疗也就有异。如感冒可因其病因病机和病人体质的不同而出现风寒、风热、风湿、风燥、气虚等不同的证候，因而有辛温解表、辛凉解表、辛润解表、益气解表等相应的不同治法。这就像是苏轼一人却可兼有“大江东去，浪淘尽，千古风流人物”的豪放与“千里孤坟，无处话凄凉”的哀婉这两种不同的词风。异病同治，指不同的疾病，在其发展变化过程中出现了大致相同的病机，大致相同的证，故可用大致相同的治法和方药来治疗。如胃下垂、肾下垂、子宫脱垂、脱肛等不同的病变，在其发展变化过程中，可能出现大致相同的“中气下陷”病理机制，故皆可用补益中气、升提中气的方法来治疗。这就像是陶渊明、王维两位不同诗人可同具清新、冲淡的诗歌风格体貌。因此，中医学诊断疾病的着眼点是对“证”辨析和因“证”而治。

（二）文如其人，觇文见心

“文如其人”是中国古典文论的传统命题，由来已久。所谓“缀文者情动而辞发，观文者披文以入情”（《文心雕龙·知音》）因为作者进行文学创作是本于自己的气性情志，所以其文辞中必然内含其情性，那么读者在鉴赏作品时，便能从文辞把握作者的情性，这一过程“沿波讨源，虽幽必显”（《文心雕龙·知音》），“波”是言表，是文体，是显，“源”是心内，是情性，是幽，“世远莫见其面，觇文辄见其心”（《文心雕龙·知音》），辨体明性正是“推见至隐”及“本隐以之显”的双向过程。

《周易·系辞下》就有：“将叛者其辞惭，中心疑者其辞枝，吉人之辞寡，躁人之辞多，诬善之人其辞游，失其守者其辞屈。”这是将人的言辞和其内在心理、性格联系起来看待，前者为表，后者为里，譬如，言表之惭，可以透露出内心之将叛，相应地，若中心之将叛，则会外在地表现出言辞之惭。《左传·昭公九年》亦有：“味以行气，气以实志，志以定言，言以出令。”如果说“气”和“志”是人的内在主体因素，那么“言”和“令”这些外化的呈现则必然由其来充实和决定。扬雄提出“心画心声”之说：“言，心声也；书，心画也。声画形，君子小人见矣。”（《法言·问神》）“心”是里，或君子或小人之品德是里，“言”和“书”即语言、言辞、文字、书辞等是表，后者是前者的表征。由“心”到“言”

"书"的过程,是声、画"成形"、"显形"、"现形"的过程,也是或君子或小人之品德"外现"、"外显"的过程。通过外在的声画之形,可以窥见中心之人品。在这个意义上,语言、言辞就像是心的传声筒一样,文字、书辞就如心的显影器一般,人的品德由之全然尽显、表露无遗。陆机《文赋》则指出:"故夫夸目者尚奢,惬心者贵当。言穷者无隘,论达者唯旷。"尚奢、贵当、言穷、论达是言论、文辞呈现出来的风格,夸目、惬心、隘、旷则是作者的性格。陆机前后交错论之,更加表明二者表里对应相符,由此即可知彼。刘勰发挥这一脉思想,在《文心雕龙·体性》中进一步论证作品之"体"与作家之"性"的关系问题:

> 吐纳英华,莫非情性。是以贾生俊发,故文洁而体清;长卿傲诞,故理侈而辞溢;子云沉寂,故志隐而味深;子政简易,故趣昭而事博;孟坚雅懿,故裁密而思靡;平子淹通,故虑周而藻密;仲宣躁锐,故颖出而才果;公干气褊,故言壮而情骇;嗣宗俶傥,故响逸而调远;叔夜俊侠,故兴高而采烈;安仁轻敏,故锋发而韵流;士衡矜重,故情繁而辞隐。触类以推,表里必符。岂非自然之恒资,才气之大略哉!

刘勰排比列举了十二个例子,用"故"字所含带的明确因果关系一再强调文辞英华与血气情性必然表里相符,并用"触类以推"表明"体"和"性"之间的规律是可以辨析和推导的,如同公式或定理。

对于以风格和人格互相推论的说法,元好问质疑道:"心画心声总失真,文章宁复见为人。高情千古闲居赋,争信安仁拜路尘。"(《论诗三十首》)认为确实存在着风格与人格不一致、表里不相符的情况。纪昀评点"体性"曰:"此亦约略大概言之,不必言确。百世以下,何由得其性情,人与文绝不类者,况又不知其几耶?"[①]否定"文"与"人"、与性情之间有相通性,故不可推论。钱锺书先生则指出:"心画心声,本为成事之说,实少先见之明。然所言之物,可以饰伪:巨奸为忧国

① 刘勰著,詹锳义证《文心雕龙义证》,上海古籍出版社,1989年,第1034页。

语，热中人作冰雪文，是也。其言之格调，则往往流露本相：狷急人之作风，不能尽变为澄淡，豪迈人之笔性，不能尽变为谨严。文如其人，在此不在彼也。”[①]强调“文”只能反映一个人的性格，而不能说明一个人的品格。黄侃先生亦认为：“以言观人，其来旧矣。惟是人情万端，文体亦多迁变，拘者或执一文而定人品，则其说又蹇碍而不同。……今谓人之贤否，不系于文之工拙，而因文实可以窥测其性情。”[②]所谓“因文见人”，此“文”不是指文之工拙优劣妍媸高下，而是指文体风格，此“人”也不是指人品道德，而是指性情。在这个意义上，“‘体’斥文章形状，‘性’谓人性气有殊，缘性气之殊而所为之文异状”，因此，在鉴赏文章时，“须综其意言气韵而察之”[③]。通过文章的外在表现考察人的内在气性情志，是即因文观人，得其大端也。

综而言之，作者之“性”必然会在作品之“体”中有所体现，作者之“人”必然会在其“文”中有所流露。因此，辨析体性逐渐成为人们品诗论文的重要赏析方式。

隋代王通《文中子·中说·事君》有：“子谓文士之行可见：谢灵运小人哉！其文傲，君子则谨。沈休文小人哉！其文冶，君子则典。鲍照、江淹，古之狷者也，其文急以怨；吴筠、孔珪，古之狂者也，其文怪以怒；谢庄、王融，古之纤人也，其文碎；徐陵、庾信，古之夸人也，其文诞。或问孝绰兄弟，子曰：鄙人也，其文淫。或问湘东王兄弟，子曰：贪人也，其文繁；谢朓，浅人也，其文捷；江总，诡人也，其文虚。皆古之不利人也。子谓颜延之、王俭、任昉有君子之心焉，其文约以则。”王通将“文”的风格与“人”的性格一一对应，犹如图绘文士群像，作家内在的人格于文字栩栩然可见。明人冯时可《雨航杂录》云：“永叔侃然，而文温穆；子固介然，而文典则。苏长公达，而文遒畅；次公恬，而文澄蓄。介甫矫厉，而文简劲。文如其人哉，人如其文哉！”于

① 钱锺书《谈艺录》，中华书局，1984年，第162—163页。
② 黄侃《文心雕龙札记》，上海古籍出版社，2000年，第96—97页。
③ 黄侃《文心雕龙札记》，上海古籍出版社，2000年，第96页。

其人其文、其性其体，若辨苍素。清代沈德潜《说诗晬语》曰："性情面目，人人各具。读太白诗，如见其脱屣千乘；读少陵诗，如见其忧国伤时。其世不我容，爱才若渴者，昌黎之诗也。其嬉笑怒骂，风流儒雅者，东坡之诗也。"一位诗人的诗歌风格，就像是他的面目一样清晰可辨、不容混淆，这其实由他的内在性情德行所决定。明代方孝孺《张彦辉文集序》道："司马相如有侠客美丈夫之容，故其文绮曼姱都，如清歌绕梁，中节可听；贾谊少年意气慷慨，思建事功而不得遂，故其文深笃有谋，悲壮矫讦；扬雄龊龊自信，木讷少风节，故其文拘束懿原，模拟窥窃，蹇涩不畅，用心虽劳，而去道实远。"不同的人格呈现于文字自然形成相应的风格。清人徐增《而菴诗话》云："诗乃人之行略，人高则诗亦高，人俗则诗亦俗，一字不可掩饰，见其诗如见其人。"诗人的人格决定了诗的格调之高俗，诗则如同诗人的行略，因此诗中可以见人。清代薛雪《一瓢诗话》："畅快人诗必潇洒，敦厚人诗必庄重，倜傥人诗必飘逸，疏爽人诗必流丽，寒涩人诗必枯瘠，丰腴人诗必华赡，拂郁人诗必萎靡。"诗人之"性"与诗语之"体"甚至可以形成固定的推论。

文如其人，人如其文，所以人格和风格可互相推论，形成了因文观人、因人观文的传统，这就像中医理论所讲的"欲知其内者，当以观乎外；诊于外者，斯以知其内"。

三、"八纲"、"五脏"、"四诊"与"八体"、"四性"、"六观"

"体性"与"藏象"理论既然相通，那么进一步的问题是，二者的"表"如何辨析？即依靠什么原则纲领来"辨证"和"辨体"？二者的"里"各由哪些因素构成？即"脏"和"性"具体包含哪些成分？如何"由表及里"？即如何诊察疾病、如何阅读作品？

（一）"要归八纲"与"数穷八体"

为辨析、察识疾病，中医学有一系列辩证方法，其中总纲是"八纲"。相应地，古代文论辨析文体，形成了风格分类理论，其中最富体系性的是"八体"。

1. 中医八纲辨证

中医临床常用的辨证方法主要有：八纲辨证、气血津液辨证、脏腑辨证、六经辨证、卫气营血辨证、三焦辨证、经络辨证。其中，八纲是各类辨证的总纲，在诊断疾病的过程中，有执简驭繁、提纲挈领的作用。八纲，即阴、阳、表、里、寒、热、虚、实，是辨证论治的理论基础之一。它是通过四诊，掌握辨证资料之后，根据病位的深浅，病邪的性质及盛衰，人体正气的强弱等，加以综合分析，归纳为八类证候，称为八纲辨证。[①]

早在先秦，《黄帝内经》已奠定八纲辨证的基础。至东汉末年，张仲景以望闻问切四诊来分析病情，确立了辨证论治的基本原则，更将其运用于伤寒与杂病的诊疗，其《伤寒杂病论》便已赅括了八纲的内容。明代张介宾《景岳全书》中有《阴阳》、《六变辨》等篇，对八纲有进一步阐发，如《景岳全书·传忠录》有："凡诊病施治，必须先审阴阳，乃为医道之纲领。"又："六变者，表里寒热虚实也。"李时珍《本草纲目》则引寇宗奭曰："有八要，一曰虚，二曰实，三曰冷，四曰热，五曰邪，六曰正，七曰内，八曰外也。"明代张三锡《医学六要》言："治病大法有八，曰阴，曰阳，曰表，曰里，曰寒，曰热，曰虚，曰实。"清代程钟龄《医学心悟》云："病有总要，寒、热、虚、实、表、里、阴、阳八字而已。"近代祝味菊《伤寒质难》则正式总结提出八纲辨证的内容。

中医学认为，疾病的表现尽管极其复杂，但基本上都可用八纲加以归纳。如疾病的类别，可分阴证与阳证；病位的深浅，可分表证与里证；疾病的性质，可分寒证与热证；邪正的盛衰，邪盛为实证，正虚为虚证。这样，运用八纲辨证就能将错综复杂的临床表现，归纳为表里、寒热、虚实、阴阳四对纲领性证候，从而找出疾病的关键，为治疗指出方向。其中，阴阳两纲又是八纲的总纲，它可概括其他六纲的内容，即表、热、实证属阳；里、寒、虚证属阴，因此，"八纲"又被称作"二

---

① 邓铁涛《中医诊断学》，上海科学技术出版社，1989 年，第 79 页。

纲六要”。[①]《黄帝内经·素问·阴阳应象大论》即有:“善诊者,察色按脉,先别阴阳。”

八纲辨证典型地体现出中医学的基本思维特点。譬如感冒,由于致病因素和机体反应性的不同,常表现为风寒和风热两种不同的证;那么,只有把感冒所表现的“证”是属于风寒还是风热辨别清楚,才能确定用辛温解表还是辛凉解表的治疗方法。又如被誉为神医的华佗曾诊视军吏二人,俱身热头痛,症状相同,但华佗所开的处方却大不一样,一用发汗药,一用泻下药,二人颇感奇怪,但服药后均告痊愈。原来华佗诊视后,已知一为表证,用发汗法可解;一为里热证,非泻下难于为治。

八纲,是辨证论治的纲领。综合分析疾病进而掌握其要领,必须运用八纲辨证。其中有单纯证候出现,也有错杂证候同时并见,更有真象与假象的分别,须细心鉴别,灵活掌握。

2. 文论八数辨体

古代文论中对文学风格的划分大致始于曹丕。《典论·论文》提出:“文以气为主,气之清浊有体,不可力强而致。”这里的“气”指作家与生俱来的气质个性,表现在文学作品中,必然形成独特的艺术风格,有“清”与“浊”两大类,“清”是清刚,即阳刚,“浊”是重浊,即阴柔,因此,曹丕实际上区分了文学作品的阳刚与阴柔两种风格。这种二分法亦为后世划分文学风格提供了最基本的参照,开后世以阳刚之美、阴柔之美论文学风格的先河,直到清代,姚鼐都仍将风格划分为阳刚与阴柔两大类。一如中医学中阴阳两纲是八纲辨证的总纲,古代文论中阳刚、阴柔也是文学风格划分的主线和纲领。

刘勰则将所有的风格分为八类,认为:

> 若总其归途,则数穷八体:一曰典雅,二曰远奥,三曰精约,四曰显附,五曰繁缛,六曰壮丽,七曰新奇,八曰轻靡。故雅与奇反,奥与显殊,繁与约舛,壮与轻乖,文辞根叶,苑

① 邓铁涛《中医诊断学》,上海科学技术出版社,1989年,第79页。

囿其中矣。(《文心雕龙·体性》)

可以看到,刘勰将“八体”又两两一组地归纳为四类:就“辞理”而言,“繁缛”与“精约”相对;就“风趣”而言,“壮丽”与“轻靡”相对;就“事义”而言,“远奥”与“显附”相对;就“体式”而言,“典雅”与“新奇”相对。这不可谓与中医八纲形成的阴阳、寒热、表里、虚实四对不相似。中医八纲辨证完全可以按照刘勰的语言表述为:“若总其归途,则数穷八纲:一曰阴,二曰阳,三曰表,四曰里,五曰寒,六曰热,七曰虚,八曰实。故阴与阳反,表与里殊,寒与热舛,虚与实乖,辨证之法,苑囿其中矣。”相应地,阴证与阳证之分,是就疾病的类别而言;表证与里证之分,是就病位的深浅而言;寒证与热证之分,是就疾病的性质而言;实证与虚证之分,是就邪正的盛衰而言。甚至壮丽轻靡和阴阳、远奥显附和表里、繁缛精约和虚实、典雅新奇和寒热可以直接相对。童庆炳先生提出进一步的追问:“这里的问题是,刘勰为什么不说七体,也不说九体,而说‘八体’? 讲‘八体’是偶然的还是必然的? 其意义在哪里?”①童庆炳先生指出:“刘勰认为把风格分为八体犹如《易》中的八卦,八卦囊括了整个宇宙,那么他的‘八体’如果加以变化,也就包括了全部文学的风格了。所以他得意地说‘文辞根叶,苑囿其中矣’。”②换言之,正如由阴阳爻构成的八卦可以“通神明之德”、“类万物之情”,可以弥纶天地、包举万变一样,“八体”及其搭配、变化也可以穷尽、归结所有文学风格,得其环中。可见,阴阳两纲、四对八体是中医辨证和文论辨体的共同划分方法。同时,“八分法”又契合事理本身,是最好的分类方法。童庆炳先生强调:“刘勰的风格形态分类,的确是一种发现,至今为止,我们还不能寻找出一种比刘勰更好的分类的方法。司空图的《诗品》把风格分为二十四类,带有很大的随意性。清代姚鼐把风格分为阳刚与阴柔,则又太简略,很难形成一个风格的形态系统。”③所以直到现代,著名语言学家陈望道在《修

①②③　童庆炳《〈文心雕龙〉“因内符外”说》,《福建论坛(人文社会科学版)》2001 年第 5 期。

辞学发凡》一书中仍然参酌刘勰的风格分类提出“四组八体”的说法：(1)由内容和形式的比例，分为简约和繁丰；(2)由气象的刚强和柔和，分为刚健和柔婉；(3)由于话里辞藻的多少，分为平淡和绚烂；(4)由于检点工夫的多少，分为谨严和疏放。[①] 其道理就在于“八体”本身能构成系统，穷尽变数。

此外还有李峤《评诗格》提出诗有十体：形似，质气，情理，直置，雕藻，映带，飞动，婉转，清切，菁华；王昌龄《诗格》认为诗有高格、古雅、闲逸、幽深、神仙之“五趣向”；皎然《诗式》提出诗辨体有一十九字：高、逸、贞、忠、节、志、气、情、思、德、诫、闲、达、悲、怨、意、力、静、远；被称为“辨体尤为伟观”的《二十四诗品》体貌二十四种意境风格，等等。但是这些划分的方法和刘勰的“八体”相比都带有相当的随意性。《文镜秘府论·南卷·论体》则提出“凡制作之士，祖述多门，人心不同，文体各异。较而言之：有博雅焉，有清典焉，有绮艳焉，有宏壮焉，有要约焉，有切至焉。”[②]王利器先生将此六体与刘勰“八体”相比较，指出：“盖博雅与远奥相等，清典与典雅相类，绮艳与繁缛、轻靡相值，宏壮与壮丽相埒，要约与精约相侔，切至与显附相俦也。”[③]换言之，刘勰的“八体”其实可以作为辨体的基本纲领，所有风格划分的错综变化都可以在八体的基础上实现。

（二）“五脏”与“四性”

在“藏象”和“体性”理论中分别作为内在决定因素的“脏”和“性”，各具体包含什么内容？如何产生作用？这涉及中医学的五脏系统理论和古代文论对作家主体因素的探讨。

1. 人体的五脏系统

中医藏象学说认为，人体是以五脏为中心的复杂有机整体。五

---

① 陈望道《修辞学发凡》，上海教育出版社，第256—257页。

② 弘法大师原撰，王利器校注《文镜秘府论校注》，中国社会科学出版社，1983年，第331页。按：王利器先生谓此《论体》一篇为刘善经《四声指归》中的文字。

③ 弘法大师原撰，王利器校注《文镜秘府论校注》，中国社会科学出版社，1983年，第332页。

脏代表人体的五个生理系统，涵盖了所有的组织器官。五脏的平衡协调与相互为用，是维持人体生理机能的重要保证。

古代医家又借助五行学说(木、火、土、金、水)，运用取象比类、推演络绎、察外知内、整体观察的方法，将五脏与六腑、五官、九窍、五体、五志、五声等相联系，体现了人体整体功能及形神的统一；将五脏系统与外部自然界的五方、五时、五气、五化、五音、五色、五味等相联系，体现了人与自然环境的统一性；并由此来推断病情，作出诊断。[①]

五脏与人的精神情志活动密切相关。《黄帝内经·灵枢·本神》曰："肝藏血，血舍魂……脾藏营，营舍意……心藏脉，脉舍神……肺藏气，气舍魄……肾藏精，精舍志。"人的精神情志活动由五脏藏寓、化生、充养及主宰。所谓"人有五脏化五气，以生喜怒悲忧恐。"(《黄帝内经·素问·阴阳应象大论》)具体而言，人的情志活动分属五脏所司，"心在志为喜"，"肝在志为怒"，"脾在志为思"，"肺在志为忧"，"肾在志为恐"；而五情过激，又反伤五脏，"怒伤肝"，"喜伤心"，"思伤脾"，"忧伤肺"，"恐伤肾"(《黄帝内经·素问·阴阳应象大论》)。如《儒林外史》中著名的故事"范进中举"，范进喜极而疯，是因为心主神明而过喜有伤于"心"，导致思维紊乱；老丈人胡屠户装成凶神并打骂范进最终使得范进清醒，则是因为心属火、肾属水，水克火，恐胜喜，惊恐异常缓解了过喜导致的疯症。

具体而言，心的主要生理功能是主血脉，主藏神，被称为"君主之官"。心在体合脉，其华在面，在窍为舌，在志为喜，在液为汗；心与小肠相为表里；心在五行属火，与自然界夏气相通应。

肺的主要生理功能是主气司呼吸，主行水，有"华盖"之称。肺在体合皮，其华在毛，在窍为鼻，在志为悲(忧)，在液为涕；肺与大肠相为表里；肺在五行属金，与自然界秋气相通应。

脾的主要生理功能是主运化，统摄血液，被称为"后天之本"。脾

---

① 孙广仁主编《中医基础理论(第七版)》，中国中医药出版社，2002年，第69页。

在体合肌肉而主四肢，其华在唇，在窍为口，在志为思，在液为涎；脾与胃相为表里；脾在五行属土，与自然界长夏之气相通应。

肝的主要生理功能是主疏泄和主藏血，被称为“将军之官”。肝在体合筋，其华在爪，在窍为目，在志为怒，在液为泪；肝与胆相为表里；肝在五行属木，与自然界春气相通应。

肾的主要生理功能是主藏精，主水，主纳气，有“先天之本”之称。肾在体合骨，生髓，通脑，其华在发，在窍为耳及二阴，在志为恐，在液为唾；肾与膀胱相为表里；肾在五行属水，与自然界冬气相通应。[①]

五脏系统在人体内连接机体所有的脏器、组织与脉络，向外又与自然界相应相通，在更高的层次上形成“人”与“天”的统一整体，拓宽了“脏”之“象”的呈现维度。

2. 作家的主体因素

具体而言，作家之“性”包含哪些方面的内容呢？或者说，是什么构成了作家的主体因素并对其外化为文辞产生影响呢？

曹丕认为“文以气为主”，作家与生俱来的气质个性是文章的决定性因素。换言之，曹丕较为笼统地将作家主体因素归结为“气性”。刘勰也反复强调文学创作根源于人的血气和生命，认为“才力居中，肇自血气”（《文心雕龙·体性》），“声合宫商，肇自血气”（《文心雕龙·声律》）。在此基础上，刘勰将作者之“性”区分为才、气、学、习四种，指出“才有庸俊，气有刚柔，学有浅深，习有雅郑”。其中，才、气为先天因素，属“情性所铄”，学、习为后天因素，系“陶染所凝”（《文心雕龙·体性》），是“才自内发，学以外成”、“才为盟主，学为辅佐”（《文心雕龙·事类》），这一比喻和中医学“五脏”理论中“君主之官”、“将军之官”、“先天之本”、“后天之本”等的喻称颇为类似。正因才、气、学、习“四性”的不同，才有文学创作风格的丰富多样，才有“笔区云谲，文苑波诡”。此外，刘勰还指出：“故立文之道，其理有三：……三曰情

① 参见孙广仁主编《中医基础理论（第七版）》，中国中医药出版社，2002 年，第 69—92 页。

文，五性是也。……五性发而为辞章。”(《文心雕龙·情采》)强调从人体五脏即肝、心、脾、肺、肾产生出来的五种性情乃是辞章的内在根本。

其后，对于创作主体，严羽认为“以识为主”，李贽则提出“盖才、胆实由识而济，故天下惟识为难”，公安派也主张“以识为主”，如袁宗道指出“识先矣，而识尤要焉”[①]，并以此来标举“性灵”，反对模拟、剽窃古人。叶燮则将“天分”、“人力”等因素综合划分为“才、胆、识、力”，其中“识”为核心，“以识充其才，则质具而骨立”。叶燮认为，“识”既表现为诗人之见识、学识、理论之水平，又表现为对客体理、事、情之观察、分析之能力，是诗人的判断力、鉴别力、审察力、取舍力，尤其关系到对前人诗作的优劣判断以及取舍弃用；“才”指诗人先天禀赋的才华，也指驾驭创作的具体能力；“胆”为突破樊篱、独立思考、开拓创新之胆略；“力”指诗人表现其才思识见的能力，它决定了诗人的笔力，以及诗作的表现力、影响力、流传力，是诗人在创作中独树一帜、自成一家的关键。此外叶燮还强调，诗人的首要条件是“胸襟”，认为“诗之基，其人之胸襟是也。有胸襟，然后能载其性情、智慧、聪明、才辨以出，随遇发生，随生即盛”[②]。

除“文才”之外，“德行”亦是作家主体的重要因素，由此形成了“文以载道”、“文以明道”、“先德行而后文才”等观念。“道”、“德”的获得和积养需要通过思想、知识、修养工夫等，这使得“学”、“识”等因素同样被重视。不仅如此，宋明理学的发展及其对“心”、“性”、“情”、“志”等的辨析，亦使得作家主体因素的分析愈加精细。如章学诚指出：“人因禀气不同，故才性不齐，各有分限。情为性之动，才为气之用，情本于性，才率于气也，累于阴阳之闻者，不能无盈虚消息之机。”(《文史通义·内篇三》)

正是以上这些因素决定了文学创作主体的创作能力、创作特色与创作成就，它综合了才性、血气、德行、情性等诸方面的内容，因而

① 袁宗道《论文》，郭绍虞主编《中国历代文论选》(三)，上海古籍出版社，2001 年，第 197—198 页。

② 叶燮著，霍松林校注《原诗》，人民文学出版社，1998 年，第 17 页。

“体性”之“性”既可以指作家之性格又可以指其人品，有多重内涵。

（三）“四诊合参”与“先标六观”

不同于西医通过解剖、放射、影像、手术等介入人体，中医学基于保持人体的完整性，有着独具特色的由表及里的诊视方式，即四诊。不同于西方文学理论将 text 分析为 logical structure 与 local texture，中国古代文论基于作品的生命性，有着别具匠心的鉴赏方式，即六观。

1. 诊察疾病的基本方法——四诊

早在战国时期，四诊法便已由扁鹊基本奠定，并在后世中医学的长期诊断实践中得到了广泛运用。四诊，指望、闻、问、切：望诊，是运用视觉观察病人全身和局部的神色形态的变化；闻诊，是运用听觉和嗅觉以辨别病人的声音和气味的变化；问诊，是仔细询问病人或陪诊者，了解疾病发生和发展的过程、症状及其他有关情况；切诊，是切按病人脉搏，按病人身体部位。中医学讲究“四诊合参”，也就是综合运用四诊，收集材料，辨析证候，而不是只偏重一二、或偏废一二。正如刘勰说文学作品的创作是“写气图貌”“属采附声”，那么鉴赏阅读也应圆照各个方面。

望诊，包括望神、望面色、望形态、望头颈五官九窍、望皮肤、望络脉、望排泄物与分泌物、望舌。望人体的各个方面实际上就像阅读文学作品的风神体貌。兹以望面色为例。望面色，是医生观察病人面部颜色与光泽，又名面部色诊。古人把颜色分为五种，即青、赤、黄、白、黑，称为五色诊。《素问·脉要精微论》曰：“夫精明五色者，气之华也。”《四诊抉微》云：“夫气由脏发，色随气华。”《望诊遵经》说：“光明者，神气之著；润泽者，精血之充。”可见面色与内脏具有内在联系，色泽是脏腑气血经脉之外荣，望面色能够了解内脏的相应情况。面部的各部位分属脏腑，是面部望诊的基础，而五色又与五脏相互对应，更能进一步了解病情。《望诊遵经》云：“大凡望诊，先分部位，后观气色，欲识五色之精微，当知十法之纲领。”汪宏提出望色十法：浮沉、清浊、微甚、散抟、泽夭，可从总体上辨表里、阴阳、虚实、久近、成败。

闻诊，包括听声音、嗅气味。以听声音为例，是指诊察病人的声音、语言、呼吸、咳嗽、呕吐、呃逆、嗳气、太息、喷嚏等各种声响。例如听发声，《素问·阴阳应象大论》首次提出了五音、五声应五脏理论，五音是角、徵、宫、商、羽，五声是呼、笑、歌、哭、呻，分别与肝、心、脾、肺、肾相对应，在病理情况下，则能反映出五脏的病变。若病中发声高亢有力，声音连续，前轻后重，多属实证、热证；若感受风寒湿诸邪，则常有鼻塞、声音重浊；若病中发声低微细弱，声音断续，前重后轻或语声轻清，多属虚证、寒证。[①] 这有类于“聆听”文学作品的宫商、声律以及声口。明代屠隆《抱桐集序》：“襄阳萧远，故其声清和；长吉好异，故其声诡激；青莲神情高旷，故多闳达之词；少陵志识沉雄，故多实际之语。”诗人的性格与其诗作的口吻语调相应。屠隆《王茂大修竹亭稿序》又云：“士之寥阔者语远，端亮者语庄，宽舒者语和，褊急者语峭，浮华者语绮，清枯者语幽，疎朗者语畅，沉着者语深，谲荡者语荒，阴鸷者语险。读其诗，千载而下如见其人。”有什么样的内在性格便会有什么样的声音证候。

问诊，包括问一般情况、问生活史及生活习惯、问家族病史和既往病史、问起病、问现在症状。《素问·疏五过论》有：“凡欲诊病，必问饮食居处。”《素问·征四失论》云：“诊病不问其始，忧患饮食之失节，起居之过度，或伤于毒，不先言此，卒持寸口，何病能中？”都强调了问诊的重要意义。明代中医张景岳在总结前人问诊要点的基础上写成《十问歌》（《景岳全书·传忠录·十问篇》），清代陈修园又将其修订为：“一问寒热二问汗，三问头身四问便，五问饮食六问胸，七聋八渴俱当辨，九问旧病十问因，再兼服药参机变，妇人尤必问经期，迟速闭崩皆可见，再添片语告儿科，天花麻疹全占验。”（《医学实在易·问证诗》）文学作品的读者虽不易与作者直接对话询问，但“知人论世”、“以意逆志”等后来亦成为文学鉴赏的原则。如：“颂其诗，读其书，不知其人，可乎？是以论其世也。”（《孟子·万章下》）当孟子的这

① 邓铁涛《中医诊断学》，上海科学技术出版社，1989年，第42—43页。

句话被用作重要的文学批评方法时，它指的是，要真正理解作品，就必须了解作者的身世、经历、思想、情感、人品等，同时还要了解作者所处的时代环境和文化背景。这与英美新批评切断作品与作者、与社会之间的联系而作独立细读的方式是完全不同的。而“知人论世”的过程，实接近于中医的问诊，是对作品、对病人各方面情况的综合了解，是读者与作者、医与患之间的互动交流。

切诊，包括脉诊和按诊两部分，脉诊是按脉搏，按诊是对病体的肌肤、手足、胸腹及其他部位的触摸按压。以脉诊为例，脉诊古有遍诊法、三部诊法和寸口诊法，后世以寸口诊法为主，并从脉的位、数、形、势分为二十八种脉象，以察知身体内部的病变。如滑脉，脉象往来流利，如珠走盘，应指圆滑，主病为痰饮，食滞，实热；另外，妇女妊娠亦常见滑数，是气血充盛而调和的表现。又如弦脉，脉象端直而长，如按琴弦，主病为肝病。再如芤脉，脉象浮大中空，如按葱管，主病为失血。尽管脉与病之间的关系十分复杂，但在一般情况下，脉与症是相应的，清代医学家周学海就曾强调：“有是病即有是脉。”脉诊尤其类似于严羽所说的“辨家数如辨苍白，方可言诗”（《沧浪诗话·诗法》），辨别诗歌的各种风格体制就如同区分苍青色与素白色一样清晰，毫不混淆，甚至认为“诗之是非不必争，试以己诗置之古人诗中，与识者观之而不能辨，其真古人矣”（《沧浪诗话·诗法》）这就好比中医里的悬丝诊脉一般。

望、闻、问、切各有其独特作用，不能相互取代，因此要有机结合，四诊合参，无遗巨细，才能全面而系统地了解病情，作出正确的判断。就像阅读文学作品，读者要调动感官与理性的各个方面。如刘勰所云：“故立文之道，其理有三：一曰形文，五色是也；二曰声文，五音是也；三曰情文，五性是也。五色杂而成黼黻，五音比而成韶夏，五性发而为辞章，神理之数也。”（《文心雕龙·情采》）那么观文与诊病也要合参各个方面的文采与表现。

2. “披文入情”的鉴赏途径——六观

如果说，作品八体是表，作家四性是里，那么鉴赏者应如何分析作品、由表及里呢？刘勰指出：

> 是以将阅文情，先标六观：一观位体，二观置辞，三观通变，四观奇正，五观事义，六观宫商。斯术既行，则优劣见矣。夫缀文者情动而辞发，观文者披文以入情，沿波讨源，虽幽必显。世远莫见其面，觇文辄见其心。（《文心雕龙·知音》）

“六观”涉及了文学作品的体裁、风格与主题、结构，遣词用字与修辞，传统与创新，正统与新奇，典故与素材，平仄声律与音乐美感等，囊括了作品从形式到内容以及与其他作品的比较、在文学史上的定位等各个方面，形成一个周遍而又可行的体系。刘勰还曾说过：“必以情志为神明，事义为骨髓，辞采为肌肤，宫商为声气。”（《文心雕龙·附会》）这实际上是将“六观”中除去“通变”、“奇正”之外的四观都比喻成了人体。那么，鉴赏者“观文”便和医者“观人”并无二致。在更广的意义上，刘勰所说“摛神性，图风势，苞会通，阅声字，崇替于时序，褒贬于才略，怊怅于知音，耿介于程器，长怀序志”其实也是对人体和文体的“面面观”。刘勰又常常将作品内容即文义方面的因素比喻为骨髓，将作品形式即文辞方面的因素比喻为肌肤、毛发，并对举言之，如“辞为肌肤，志实骨髓”（《体性》），“观其骨鲠所树，肌肤所附”（《辨骚》），“轻采毛发，深极骨髓”（《序志》），“骨制靡密，辞贯圆通”，“树骨”、“选言”（《封禅》），“吹毛取瑕，次骨为戾”“虽有次骨，无或肤浸”（《奏启》），“腴辞弗剪，颇累文骨”（《议对》），“辞之待骨，如体之树骸”（《风骨》），“响浃肌髓”（《乐府》），等等。这无疑说明刘勰在观阅文情时是将作品当作一个有表有里、有血有肉的鲜活人体来看待，并最终要“悬识腠理”（《附会》），以及“擘肌分理”、“割情析采”（《序志》），如同中医学辨析人体的肌肤、腠理、骨髓等。刘勰更强调文学作品的有机统一性，认为文章应和人的身体与生命一样，要“外文绮交，内义脉注，跗萼相衔，首尾一体”（《附会》），要制首通尾，尺接寸附，原始要终，疏条布叶，形成一个相互联系、贯通的整体。这与中医学的整体思维异曲同工。

那么，进一步的问题是，“六观”何以能够由表及里？王运熙先生指出，刘勰用“缀文者情动而辞发”、“观文者披文以入情”扼要地说明了文学创作过程与文学阅读欣赏过程的不同：创作者是内在先有“情”，然后把它外化体现在一定的“文”中；而鉴赏批评者首先接触的却是显在的“文”，然后通过它来理解作者隐于其内的“情”。[①] 这就像是疾病之发，先有内在脏腑的病变，然后才体现为外在的证候；而中医的诊疗，则是首先接触显在的证候，再加以辨证分析，然后来把握疾病的关键，从而施治。刘勰论文，特重情志，“六观”虽不提情志，而主要着眼于作品的形式和艺术表现，亦即作品的“文”，但鉴赏批评者应该而且必须通过“六观”沿波讨源，披文入情，来探求作者的情志，通过仔细考察文辞形式，来理解作者的思想情感深度，并判断作品的优劣。[②] 这和中医学参合四诊、收集资料、辨证论治的过程在本质上是一致的。所以韩泉欣先生指出：“刘勰当然并没有从理论上去区分言意两个层面和两种结构，但他提出‘披文入情’的阅读策略和‘将阅文情，先标六观’的分析理路，却正是由‘言’入‘意’，找到了文学鉴赏和文学批评的正确途径和方法。”[③]

不仅如此，刘勰还指出：“故辞理庸俊，莫能翻其才；风趣刚柔，宁或改其气；事义浅深，未闻乖其学；体式雅郑，鲜有反其习：各师成心，其异如面。”（《文心雕龙·体性》）也就是说，当“观”作品“事义”时，其实可以看到作者“学”之深浅；当“观”作品“置辞”、“宫商”时，其实可以看到作者“才”之庸俊；当“观”作品“位体”时，其实至少包含了风格和体式两方面，因而可以看到作者“气”之刚柔与“习”之雅郑。外在的言表和内在的质性一一对应，虽幽必显，故可“观”也。

饶宗颐先生《文心雕龙探原》指出：“六观之术，按刘邵《人物志》

---

① 王运熙、杨明《魏晋南北朝文学批评史》，上海古籍出版社，1996年，第484—485页。

② 王运熙、杨明《魏晋南北朝文学批评史》，上海古籍出版社，1996年，第484页。

③ 李壮鹰、李春青主编《中国古代文论教程(第二版)》，高等教育出版社，2012年，第156页。

有《八观》篇，此参其说。”[①]“八观”是刘邵品藻人物的纲领，其要旨如下：

> 群才异品，志各异归。观其通否，所格者八。八观者：一曰，观其夺救，以明间杂。二曰，观其感变，以审常度。观其愠作，则常度可审。三曰，观其志质，以知其名。徵质相应，睹色知名。四曰，观其所由，以辨依似。察其所安，昭然可辨。五曰，观其爱敬，以知通塞。六曰，观其情机，以辨恕惑。七曰，观其所短，以知所长。八曰，观其聪明，以知所达。

刘邵说的是评鉴人才的方法，但与刘勰的共通之处仍在于由表及里，如第二观里讲到“观人辞色而知其心”，认为“及其动作，盖并言辞，色既发扬，言亦从之”，内心感情必然对应言辞、面色、表情、动作等外在表现，那么观辞便能知心。

无论是观人还是观文，都强调经验的积累与综合的分析，因此刘勰指出要文学鉴赏要“圆照博观”，在创作构思准备上则相应地要“积学以储宝，酌理以富才，研阅以穷照，驯致以怿辞”。而中医学的审察内外、辨证求因也强调熟练掌握各类证候的特点，灵活运用，注重理论的钻研、医案的精读和临床实践经验的积累。如果说文学鉴赏如同“操千曲而后晓声，观千剑而后识器”，那么中医论治则是“辨千证而后晓因识病”。

结语

中国古代文论与中医学生长于共同的文化土壤，因而具有共同的思维方式、价值取向、观念形态与基本范畴，如整体思维、类比思维、注重经验归纳等。“体性”理论与“藏象”理论更有着相似的表里关系与由表及里的途径、方式。通过中医藏象理论，我们能更好地理解古代文论体性理论以及“文如其人，人如其文”的传统。可以看出，

---

① 刘勰著，詹锳义证《文心雕龙义证》，上海古籍出版社，1989 年，第 1853 页。

在古代文论的视域中,“其文”与“其人”密切联系、不能割裂,作品的内在因素根源于作家,作家的人格与性格构成作品的内质。一如脏象相互关联而以五脏为中心的人体是一个完整的有机体一样。

(武汉大学文学院)

中国文论中“礼”的形态及其现代价值[①]

王守雪

内容摘要：“礼”作为中国上古文化制度的核心，对同在这个制度体系中发育的文艺具有重要的影响，传统的中国文学渗透了礼的精神，乐教和诗教就包含在广义的“礼教”之中。家庭、亲情、故土、祖国、圣贤、友爱等伦常理念是中国文学的永恒主题，给人提供了有力的精神依托，让人的生命得到妥善的安放和良好的伸展。文学中的礼义观念褒善贬恶，扬善惩恶，伸张正义，树立正确的价值导向，可以熏陶培养正确的世界观、人生观、价值观，发挥文学的正能量。“礼”的节制精神可以纯化端正文学的思想情感，“礼”的宗教因素与敬畏意识可以提升文学的品位，对物质主义、消费主义方向下的文学具有对症治疗的意义，应该成为中国文论建设的重要资源。

关键词：文学中的“礼”；文学的节制；文学的宗教因素

---

① 基金项目：国家社科基金社科学术社团主题学术活动项目“中国特色文论体系研究”(编号 20STA027)。

The Form and Modern Value of "Rites" in Chinese Literary Theory

Wang Shouxue

Abstract: As the core of ancient Chinese cultural system, the rite has an important influence on the literature and art developed in this system. Traditional Chinese literature permeates the spirit of rite, music education and poetry education are included in the broad sense of rite. Family, affection, homeland, motherland, sages, friendship and other ethical concepts are the eternal themes of Chinese literature, which provide people with strong spiritual support, and make people's lives properly placed and well extended. In literature, the concept of propriety and justice praises good and disparages evil, promotes good and punishes evil, upholds justice and establishes correct value orientation, which can edify and cultivate correct world outlook, outlook on life and values, and give full play to the positive energy of literature. The limit spirit of rite can purify the thoughts and feelings of literature, and the religious factors and awe consciousness of rite can improve the taste of literature, which is of symptomatic treatment significance to literature under the direction of materialism and consumerism, and should be an important resource for the construction of Chinese literary theory.

Keywords: the rite of literature; the limit spirit of literature; the religious factors of literature

在中国文学的古今之变中,"礼"作为传统文化的重要分支,受到严重的冲击和消解,批判"封建礼教"成为文学启蒙的重要目标,也成为新文学的类型主题。直到当下,一些似乎很庄重的文学作品仍立意于此,着力表现传统礼教文化对于家庭、乡村及种种群体的束缚和扭曲,以此作为传达"中国形象"的惯用手段。世界在了解中国时,也习惯于这种文化图像的轮廓，认为中国从文化的基因中就缺乏个性、平等、民主等元素，传统文化中的“礼”文化，似乎成为中国人走向世界文明最大的拖累。即使在文化保守主义者看来，中国的“礼”文化意味着尊重等级制度和崇拜权威，虽然有许多“历史”的合理性，但若发扬它的现代价值，仍然需要细致的梳理甚至现代转化，其中包含太多的曲折。不过，在古代礼乐文明的大背景下，中国文学与礼之间有一种天然的联系，是不可回避的。

一、伦常：文学的永恒主题

“礼”表示人的行为规范，如何成为文学理论的范畴？这要放在中国文化的大系统中加以理解，中国文学的传统与“礼”的传统皆从这个大的文化系统生长出来，有共同的大本大源，因而发生互相涵摄互相依存的关联性。按照中国传统的理解，礼不但是具体的规范，具体的仪式，在它的背后还有“礼之本”；放在广阔的历史空间来看，有“礼之序”、“礼之运”，有礼的发展变化损益因革的规律性，这些内容是历史的轨迹，是世界的存在，也是文学内容的基本来源，形成文学世界的基本图像。

在追究礼的逻辑根源时，儒家往往追究到天地人的本体。《礼记·礼运》云：“是故礼，必本于大一，分而为天地，转而为阴阳，变而为四时，列而为鬼神。”《礼义正义》云：“夫礼者，经天地理人伦，本其所起，在天地未分之前。故《礼运》云：‘夫礼必本于大一。’是天地未分之前已有礼也。礼者，理也，其用于治则与天地俱兴。”这里所说的“大一”就是《易》、《中庸》所云的“道”。“形而上者谓之道，形而下者谓之器。”（《易传·系辞》）“天命之谓性，率性之谓道，修道之谓教。”（《礼记·中庸》）。不过，从大端来说，道是根源性的，礼是具体的，而文学是生动的，如果说“道”也有具体生动的轨迹性的一面的话，它必然要靠社会生活来展现，必然要靠自然万物的生命形态来展现，而这一切正是文学内容的来源。作为社会生活规范的“礼”，成为文学表现“道”的过程中重要的中间承载环节。

在追究礼的根本原则时，传统儒家极为重视天地精神和人情人义，后人试图从中抽绎出永恒的伦常理念，作为礼的代表。《礼记·礼运》云："故圣人参于天地，并于鬼神，以治政也，处其所存，礼之序也；玩其所乐，民之治也。"又云："何谓人情？喜、怒、哀、惧、爱、恶、欲，七者弗学而能。何谓人义？父慈、子孝、兄良、弟弟、夫义、妇听、长惠、幼顺、君仁、臣忠，十者谓之人义。讲信修睦，谓之人利；争夺相杀，谓之人患。故圣人之所以治人七情，修十义，讲信修睦，尚辞让，去争夺，舍礼何以治之？"后来的纲纪观念、纲常观念与此一脉相通。然而，礼的根本原则的恒久性与具体礼节的因革损益应该是相即相制又相成的关系，不能不加分析地理解为一团模糊，不能将原则性之下的内容理解为一成不变。张之洞《劝学篇》号称调和新旧，提出保国家、保圣教、保华种以挽救当时的民族危机与政治危机，但在涉及礼教的范畴时，他的保守思想就有些本末不分，《劝学篇·明纲第三》云："君为臣纲，父为子纲，夫为妻纲，此白虎通引礼纬之说也。董子所谓道之大原出于天，天不变，道亦不变之义，本之论语。殷因于夏礼，周因于殷礼。注：所因谓三纲五常。此集解马融之说也。朱子集注引之。礼记大传：亲亲也，尊尊也，长长也，男女有别，此其不可得与民变革者也。五伦之要，百行之原，相传数千年更无异议，圣人之所以为圣人，中国之所以为中国，实在于此。"[①]所谓的纲常观念出现在汉代以后，与孔子没有直接的关系，孔子论天道的恒久是超越性的理念，《礼运》中所论人情、人义也是大的原则，三纲五常是具体的规则，规定太具体就显得僵硬。规则本来应该因时代因人情而变，如果将具体的规则与抽象的原则混同起来，势必引发僵化的理解，产生一系列流弊。

当然，如果忽视传统文化中礼的恒久稳定性也是一种历史的隔膜，尊天命、重人性、立人义是礼文化背后的超越性理念，这是中国历史文化基因所遗传的，与世界文化也不缺乏可沟通性。康有为误解

---

① 张之洞《劝学篇》，《张之洞全集》第十二卷，武汉出版社，2008 年，第 163 页。

《礼运篇》的原意，认为孔子意在逾小康而进大同，并且认为："中国已小康矣，而不求进化，泥守旧方，是失孔子之意，而大悖其道也，甚非所以安天下乐群生也，甚非所以崇孔子同大地也。"[①]孔子的感叹，是因为夏商周"三代之英"及以前的"大道之行"都无法详考，他有志于此。大道之行虽然美好，但微茫难求；"三代之英"虽然以"礼"建设小康天下小安，但切实可考。孔子为了考查夏礼，亲自至杞，但文献不足征；为了考查殷礼，亲自到宋，但文献亦不足征；据鲁国的文史资料才得以考知周礼的内容，对礼的历史深有所知，对礼的本原确有所悟，这里并没有轻视礼轻视小康之意，而是将小康作为追求大同的必要基础。康有为著《大同书》，高自标置，提出一系列的空想，既割裂了历史文化，又离开了社会现实，客观上对传统文化具有一定的破坏作用。康有为逾小康而慕大同，主要是将小康所代表的"礼"看作"旧方"，缺少自由平等的因素，而大同意味着"进化"，意味着"平大地"，超越各种界限，走向自由平等的"太平世"。在这一套空想中，反映了近代主流思潮下的一般心态，即迫切希望向往西方所代表的自由平等的现代文明，蔑弃中国文化中一些僵化腐朽的因素，"礼"也在被厌弃之列。国粹派号称发扬传统文化，但对儒家文化也采取了分割的态度和方法，有"真孔子假孔子"之分，章太炎、黄节、邓实等皆对礼教文化进行抨击，认为秦汉以后的儒家文化与专制制度裹结在一起，失去了传统文化的真义。这一切都给后来新文化运动"覆孔孟、铲伦常"[②]做了一定的铺垫。

---

① 康有为《礼运注序》，《康有为全集》第五卷，中国人民大学出版社，2007年，第553—554页。

② 见林纾、蔡元培两人著名的公开信讨论。林纾原信："晚清之末造，慨世者恒曰：去科举，停资格，废八股，斩豚尾，复天足，逐满人，扑专制，整军备，则中国必强。今凡百皆遂矣，强又安在？于是更进一解，必覆孔孟，铲伦常为快。呜呼！因童子之羸困，不求良医，乃责其二亲有隐瘵逐之，而童子可以日就肥泽，有是理耶？外国不知孔孟，然崇仁，仗义，矢信，尚智，守礼，五常之道，未尝悖也，而又济之以勇。"蔡元培在答信中对林纾的指责予以否认。胡适编选《中国新文学大系·建设理论集》，上海良友图书印刷公司，1935年，第16—173页。

在整个五四新文化运动的反传统浪潮中，“覆孔孟、铲伦常”应该说是一条主线，这不可否认。由此也确立了新文学的思想方向，取得了一定成绩，这同样不可否认。但问题是，中国传统文化“礼”的理念，以及长期扎根于中国历史中的伦常观念，究竟是不是反平等、反个性、反自由，与现代价值格格不入？蔡元培《答林琴南书》没有正面回答这个根本问题，他否认了林纾的指责，甚至辩解当时的北京大学及教育界仍然对儒家思想及伦常观念是肯定的，这固然并不太符合实情，但也从侧面反映了当时思想界的复杂情况。即使在主流的激进的知识人那里，如胡适、鲁迅等，虽然在公开言论公众场合对“封建礼教”加以抨击，但在私人生活层面，仍然恪守传统文化“礼”的观念，特别是对“家庭”的价值非常重视，从某种程度上显示一种“双重人格”。在整个20世纪中，这种“双重人格”的现象很普遍，虽然反传统、反礼教的呼声很高，但中国人的家庭观念、伦常观念仍然很强。在当下重新认识传统文化的背景下，甚至有“野火烧不尽春风吹又生”的迹象。

著名文化保守主义大师史华慈认为，孔子所论述的礼的内容，终极目的是要赋予等级制与权威以人情的魅力：“对于许多现代人来说，从直觉上讲，要坦率地将这种把权威与等级制作为一种文明而又和谐的社会的必要组成部分，甚至当做优良的部分接受下来，对于韦伯所说的意义上来理解儒家的任何努力造成了巨大障碍。”①既然是具体的内容，就要从具体的历史逻辑来理解。他不主张如一些研究者那样，认为孔子所论述的礼强调的是平等的相互性而不是等级制，他认为《论语》中更强调的是下属的恰当行为，而不是当权者的行为，认为孔子当时所关心的焦点，是颠覆权威造成的危害，而不是当权者对权威的滥用。所以，孔子所论述的礼确实具有维护当时特有的等级制度与权威的初衷。但这种具体的内容并不是礼的“精神”。他认为，礼的精神实质是对个人的内在生活的关注和提升，是对欲望的节

---

① 史华慈《古代中国的思想世界》，程钢译，江苏人民出版社，2004年，第69页。

制，他举《论语·里仁》："能以礼让为国乎？何有？不能以礼让为国，如礼何？""假如一个人可以依靠礼以及（与之相应的）忍让精神来治理国家，他还会有什么困难？要是不能以礼及忍让精神来治理国家，礼又有什么用呢？"①这里接通了孔子的整体思想系统，"礼"的具体内容虽然与当时的政治制度结合在一起，可以说是维护等级制度，但它的精神，却是指向人性的追求，指向对物欲的克制，指向"道"的大方向，这并不是对个性的抑制，而是对个性质量的提升。

二、礼义：文学的价值核心

在儒家文化中，礼和义本来皆有具体的内容，皆根源于西周时期的"文武之政"。在孔子的论述中，礼作为人的行为的高标，作为政治的骨干内容，义作为正义的代表，作为人的合理性追求，已经具有普遍的意义。以礼义为中心，体现出强烈的价值理性，形成一种文化思想体系。这种文化思想后来成为中国文学书写的重点，成为一种价值标准，也成为一种著作精神。而这种著作精神的确立，是从孔子作《春秋》开始的。

就人的行为来说，礼的表现往往以"义"为内质，义内而礼外，共同构成人的行为的高标。孔子在不同场合论及"礼义"一体的重要性。"子曰：君子义以为质，礼以行之，孙以出之，信以成之，君子哉！"（《论语·卫灵公》）这里孔子论君子的品质，义为内质，礼为行为，谦逊与诚信则是态度的保证。"子曰：文武之政，布在方策，其人存，则其政举，其人亡，则其政息。人道敏政，地道敏树，夫政者，蒲卢也。故为政在人，取人以身，修身以道，修道以仁。仁者，人也，亲亲为大；义者，宜也，尊贤为大。亲亲之杀，尊贤之等，礼所生也。"（《中庸》）此处孔子论政，强调政在人的努力，但在人的具体努力的过程中，首先在于人格的强大，而人格的内质则在于仁、义，由内在的仁义产生外在的行动——礼。就仁义二者来说，仁偏重于内在情性，是心

---

① 史华慈《古代中国的思想世界》，程钢译，江苏人民出版社，2004年，第74页。

灵的全德，义偏重于社会关系，在事务关系中方能显现，仁为义的根本，二者虽然共同构成礼的基础，但从礼的社会关系特征来说，义才是礼更为直接的内质。《礼运》篇中讲得更为系统一些："故圣王修义之柄，礼之序，以治人情。故人情者，圣王之田也。修礼以耕之，陈义以种之，讲学以耨之，本仁以聚之，播乐以安之。礼也者，义之实也，协诸义而协，则礼虽先王未之有，可以义起也。义者，艺之分，仁之节也；协于艺，讲于仁，得之者强。仁者，义之本也，顺之体也，得之者尊。"（《礼记·礼运》）仁者义之本、礼者义之实二语最为切要。

孔子作《春秋》的精神，由司马迁发扬光大，成为中国文学主体精神的典范。在《史记·太史公自序》中，司马迁反复申述继孔子作《春秋》的思想。"先人有言：自周公卒五百岁而有孔子，孔子卒后至于今五百岁，有能绍明世，正《易传》，继《春秋》，本《诗》、《书》、《礼》、《乐》之际？""夫《春秋》，……王道大者也。""《春秋》以道义。""故《春秋》者，礼义之大宗也。""《春秋》采善贬恶，推三代之德，褒周室，非独刺讥而已也。""孔子厄陈、蔡，作《春秋》。"（以上皆见《史记·太史公自序》）这里值得特别注意的是《春秋》与礼义的命题，《春秋》以道义，礼义之大宗，既点出了《春秋》的书写中心，也点出了它在六经文化系统中的独特意义和价值。现代学者徐复观认为：

> 史公于此，则提"《春秋》以道义"的义，或称礼义，或称仁义，以为人类在变中的立足点。因而即以此为变中的常道。义见于行为的合理形式，即是礼；义后面的精神动力，即是仁。内心克制自己的私欲，外以趋赴大多数人的共同利益，使个人生活于群体利益之中，群体生存于个人精神之内。这在古今之变中，不能不承认它可以作任何人的立足点，它可以在变中端正变的方向，发生救衰起敝、去腐生新的意义。所以在"通古今之变"的后面，即含有"得古今之常"的意思在里面。……仁义或礼义，是良心的具体内容。[①]

① 徐复观《两汉思想史》卷三，九洲出版社，2013年，第305—306页。

徐复观将义、仁义、礼义融通一体的解释方法，是一种概括和抽象，能够从整体上传达孔子的精神。特别是他拈出“良心”一语，以与现代史学文学精神沟通，更能显出一种激活传统的力量。然而需要注意的是，“义”虽然是《春秋》的核心，但司马迁似乎同时极为注重《春秋》的“行事”的意义，引孔子语“我欲载之空言，不如见之于行事之深切著明也”。又云：“《礼》经纪人伦，故长于行。”复云：“故《春秋》者，礼义之大宗也。夫礼禁未然之前，法施已然之后；法之所为用者易见，而礼之所为禁者难知。”（皆见《史记·太史公自序》）司马迁从“礼”的行为特征引出了《春秋》的生动性和图像性，由思想通向文学的写作，只有这样，也许才可以真正显出“仪表”的功用。司马迁并不否认“空言”的意义，孔子讨论仁义、褒贬是非多是“空言”；司马迁举“盖西伯拘而演《周易》”，一直到左丘明、孙子，皆是“退论书策以舒其愤，思垂空文以自见”（司马迁《报任安书》）壶遂称孔子作《春秋》也是“垂空文以断礼义，当一王之法。”（《史记·史史公自序》）然而，只有空言与行事结合起来才能发挥更为直观的作用，更大的功用。司马迁在“行事”方面作了大力的开拓，《史记》比《春秋》更广泛更生动地展开了历史图像，成为中国叙事文学的经典。

《春秋》以礼义为中心的文化思想对中国文学的重要影响，突出表现在对善与恶、忠与奸、贤良与不肖、崇高与低下等道德观念的重视。在历史文学中，正与邪、忠与奸的斗争往往成为叙事的主线；翻开中国的史籍，历史的兴衰成败往往是善恶斗争的结果。在陶渊明、李白、杜甫、苏东坡的诗中，让人感受到深厚无穷的德性之美；在小说与戏剧中，有众多的忠臣义士英雄豪杰令人神往，《水浒传》突出“忠义”，《三国演义》拥刘反曹，戏台上的黑白脸谱，无不突出强烈的道德意识。在这里，上层的“雅”文化与民间的“俗”文化是一致的，上层的士大夫与民间的老百姓一样重视道德的传达，形成一种传统。有人认为这种道德观念的突出表现是一种标签化程式化，其实远远没有这样简单。道德角色的显明不能代指文学艺术的浮浅低下，而是价值取向的明确；对邪恶的抑制，对正义的弘扬，就应该是明确的。善恶观念显明不显明是一个问题，善恶观念表现得成功不成功是另一个问题。古今中外伟大的文学，虽然表现各异，其中往往都包含着道德的内容。然而，近代以来，中国文学向域外学习的时候，往往认为中国固有文学的道德观念是落后的，表现方式是拙劣的，从根本上表示厌弃，甚至进入各种误区。

一，官能刺激的误区。

梁启超有《告小说家》(1915)一文，对"小说界革命"后的误区加以指责：

> 十年前之旧社会，大半由旧小说之势力所铸成也，忧世之士，睹其险状，乃思执柯伐柯为补救之计，于是提倡小说之译著以跻诸文学之林，岂不曰移风易俗之手段莫捷于是耶？……而还观今之所谓小说文学者何如？呜呼！吾安忍言！吾安忍言！其什九则诲盗与诲淫而已，或则尖酸轻薄毫无取义之游戏文也，于以扇诱举国青年子弟，使其杰黠者濡染于险诐钩距作奸犯科，而摹拟某种侦探小说中之一节目，其柔靡者浸淫于目成魂与窬墙钻穴，而自比于某种艳情小说之主人翁，于是其思想习于污贱龌龊，其行谊习于邪曲放荡，其言论习于诡随尖刻，近十年来，社会风气，一落千丈，何一非所谓新小说者阶之厉。①

"小说界革命"虽然取得了一些成绩，但梁启超所批评的现象也是存在的，当时并没有引起人们的重视，反而将梁氏的反思视为落伍甚至倒退。20世纪以来的主流文学，极为重视文学的审美娱乐功能，强调个性解放，文学成为现代性思潮的重要载体。在此大方向之下，一些末流文学仅追求官能刺激，迎合低级口味，便堕入梁氏所批评的行列之中。

二，灰色书写的误区。

现实主义文学思潮对中国20世纪文学的影响极大，其中有种种

---

① 梁启超《告小说家》，《梁启超全集》第九卷，北京出版社，1999年，第2747页。

分歧，虽有不少理论家反复进行辨别清理，但还是有不少人堕入自然主义灰色书写的误区。一些作家以批判现实为名，将批判的矛头指向“庸众”，笔下没有正面人物，没有令人崇敬的对象，让读者感受不到丝毫正面的精神力量。一些作家号称尊重生活的本来面目，不拔高也不减低，专门书写人的双重人格，错综复杂的复合体，刻意放弃价值判断，实际上堕入猎奇和文字游戏。一些作家追求所谓艺术上的超越境界，沉醉于文体实验，远离价值领域，实际上陷入的也是一种灰色书写。

三，政治宣传的误区。

20 世纪以来的文学与政治多有关联，这也是中国文学的大传统，如果将二者的关系处理好，政治可以强化文学的现实精神，文学可以成为社会实践一种力量。但是，政治不能宰制文学，文学也不能代替政治的功能，二者各有疆域。20 世纪中国文学中多有政治宰制文学的现象，以政治意图代替文学的价值导向，以政治的命令控制代替文学的自由创造，最为典型的是文革时期的“三突出”文学，谬种流传，影响极坏。

文学中的是非善恶是具体的，是按特定的社会生活“礼义”标准得出的价值评判；但同时也是历史文化“河床”上生长出来的结果，有历史的延续性，有特别的稳定性。只有站在人类整体存在的制高点上，方能突破局限，为人树立价值的方向与标杆。

三、礼乐共生与文学的节制

在中国古老的礼乐文明系统中，“礼”大体上属于道德、政治制度的范畴，“乐”大体上属于文学艺术的范畴，从表面上看，二者似乎是平行并列的关系，但实际上，二者相互渗透、相互规约，是互补互生的关系，在各自的性格中，灌注了对方的精神。《乐记》云：

> 凡音者，生于人心者也。乐者，通伦理者也。是故知声而不知音者，禽兽是也，知音而不知乐者，众庶是也，唯君子为能知乐。……是故乐之隆，非极音也；食飨之礼，非致味

也，清庙之瑟，朱弦而疏越，一唱而三叹，有遗音者矣。大飨之礼，尚玄酒而俎腥鱼，大羹不和，有遗味者矣。是故先生之制礼乐也，非以极口腹耳目之欲也，将以教民平好恶，而反人道之正也。（《礼记·乐记》）

这里的“乐”，也许专指与“礼”相配合所演奏的乐舞，它虽然是生于人心，却要求通伦理，指向人心之正，指向天地间正当的秩序。这里特别强调“乐”不能沿着“音”的方向放纵，因为“音”的方向代表“众庶”的一般趣味，这种趣味的背后往往是感官的低级娱乐。子夏指出魏文侯所偏爱的音乐为“溺音”，魏文侯不懂，“文侯曰：敢问溺音，何从出也？子夏对曰：郑音好滥淫志，宋音燕女溺志，卫音趋数烦志，齐音敖辟乔志，此四者，皆淫于色而害于德，是以祭祀弗用也”（《礼记·乐记》）。子夏所指出的几种“溺音”，也许并不是不好听，也许听起来更富有刺激性，魏文侯那么喜欢听，说明有动人之处。但是，这类“溺音”，不在隆重的祭祀礼仪中演奏，因为它们不符合“雅乐”的标准。真正的雅乐，要求简约，疏越，一唱三叹，有深厚的意味。在这里，雅乐与俗乐决不是平等区分的两种风格，而是价值的高低之分，甚至是从“乐”的本原上对乐的歧途加以否定。儒家究竟为什么要礼乐并举？为什么要将礼的精神渗透于乐？固然可以从礼乐同源，可以从共同的天地精神来解释，但在《乐记》的作者看来，其中有更为细致的内在逻辑：

乐者，动于内者也，礼也者，动于外者也。故礼主其减，乐主其盈，礼减而进，以进为文，乐盈而反，以反为文。礼减而不进则销，乐盈而不反则放。故礼有报，而乐有反，礼得其报则乐，乐得其反则安。礼之报，乐之反，其义一也。（《礼记·乐记》）

关于这一节，《礼记正义》疏云：“进谓自勉强也，反谓自抑止也，文犹美也善也。此一节论乐之体或减或盈其事各异，王者当依其事而和节之也。故礼主其减者，行礼在于困匮，主在减损，谓人不能行也。乐主其盈者，作乐人所欢乐，言乐主于盈满，人皆欲得闻也。礼减而进，以进为文者，礼既减损，当须勉励于前进，文谓美善之名，若能前进则为美善也。乐盈而反，以反为文者，乐主其盈，当须抑退而自反则为美善也。礼减而不进则销者，覆明前经，礼须进之意，礼既减损，若不勉强自进则礼道销衰也。乐盈而不反则放者，言乐主盈满，若不反自抑损则乐道流放也。"[①]这里从礼与乐的内质分别来说，礼的内质是对生命的节制和约束，也许本身就意味着忍受艰难，这就是对自我的"减"。此时若不"进"，如果不调动理性的力量，让生命发动毅力继续下去，那么"礼"势必走向消亡。"乐"本来就是生命自身的发动，是情感力量的抒发，从内质上说是对生命的放开和展现，也许本身就意味着快感的享受，这就是生命的"盈"。此时若不"反"，如果不调动理性的力量，让生命发出节制的毅力，那么"乐"势必沿着生命本能的方向流荡不归，也会走向精神的死亡。"是故君子反情以和其志，广乐以成其教，乐行而民乡方，可以观德矣。德者，性之端也，乐者，德之华也。金石丝竹，乐之器也。诗言其志也，歌咏其声也，舞动其容也，三者皆本于心，然后乐器从之。是故情深而文明，气盛而化神，和顺积中，而英华发外，唯乐不可以为伪。"(《礼记·乐记》)诗乐舞诸艺术皆本于"心"，皆是生命的展开，但作为艺术家，作为"君子"的艺术家，必然有一颗能够"反情"的心，才能真正开出"德之华"——伟大的艺术。

"诗言其志"决定了艺术基于生命精神的情感力量，"反情和志"决定了艺术领会宇宙精神的理性力量，前者表现为一种开放，后者表现为一种节制，本来是相互渗透相互生发的，根本上构不成矛盾与冲突。《毛诗正义》云："其名曰诗，未知何代，虽于舜世始见诗名，必不初起舜时也。名为诗者，《内则》说负子之礼云：诗负之。注云：诗之言承也。《春秋说题辞》云：'在事为诗，未发为谋，恬淡为心，思虑为志。诗之为言志也。'《诗纬含神雾》云：'诗者，持也。'然则诗有三训：承也，志也，持也。作者承君政之善恶，述己志而作诗，为诗之所以持

---

① 《礼记正义》卷三九，《十三经注疏》，浙江古籍出版社，1998年，第1544页。

人之行使不失队，故一名而三训也。”[①]这里的解释应该是比较圆通的，一名三训分别概括了诗的言志传统、言政传统、教化传统，特别是对礼乐文化体系中诗对情感的节制意义加以突显，对中国诗学的发现具有重要的意义。然而，此理论观念在中国近现代受到了极大的挑战。鲁迅在《摩罗诗力说》中提出：“盖诗人者，撄人心者也。”又云：“中国之诗，舜云言志；而后贤立说，乃云持人性情，三百之旨，无邪所蔽。夫既言志矣，何持之云？强以无邪，即非人志。许自繇于鞭策羁縻之下，殆此事乎？然厥后文章，乃果辗转不逾此界。”在中国历史的全部诗人中，鲁迅仅肯定了屈原一人，但也不是十分肯定：“然中亦多芳菲凄恻之间，而反抗挑战，则终其篇未能见，感动后世，为力非强。”[②]鲁迅以一个斗士的眼光来审视中国诗史，呼唤一种破坏“旧世界”的“摩罗诗力”，充满了一种特有的现代精神，以他的眼光来看观照中国诗歌的历史，传统诗歌一片暗淡，只好别求新声于异邦，在现代和传统之间产生了极大的隔阂。将言志视为“自由”，将持人情性视为“鞭策羁縻”，其中的不切是明显的；将言志与持人情性完全对立起来，则是在曲解基础的推理，无法解释源远流长的诗歌传统。对此，钱锺书从学理上进行了清理和反驳。[③] 然而，鲁迅所代表的是一种强大的现代思潮，这种传统与现代之间的隔阂已经形成，并且日渐牢固。社会生活中各种运动、各种斗争，风起云涌，风云变幻，广大的人群在呼唤力量，呼唤情感的爆发，文学成为狂飙突进的号角。

鲁迅强调的“撄人心”与古人所论“持人情性”的理论方向颇不一

---

① 《毛诗正义·诗谱序》，《十三经注疏》，浙江古籍出版社，1998 年，第 262 页。

② 相关引文见鲁迅《摩罗诗力说》，《鲁迅全集》第一卷，人民文学出版社，1981 年，第 68—69 页。

③ “夫‘长歌当哭’，而歌非哭也，哭者情感之天然发泄，而歌者情感之艺术表现也。‘发’而‘止’，‘之’而‘持’，则抒情通乎造艺，而非徒以宣泄为快有如西人所嘲‘灵魂之便溺’（seelisch auf die Toilene gehen）矣。”钱锺书《管锥编》（一），生活·读书·新知三联书店，2007 年，第 100 页。

致。所谓的“撄人心”，语出《庄子》：“老聃曰：‘女慎无撄人心。’”“昔者，黄帝始以仁义撄人之心，尧舜于是乎股无胈，胫无毛，以养天下之形；愁其五藏，以为仁义；矜其气血，以规法度。”[①]《广雅》云：“撄，乱也。”“撄”在《庄子》中出现多次，《大宗师》中有“撄宁”之说，大义说人心本宁，皆因人的搅乱，然后才不宁。鲁迅认为“老子书五千言，要在不撄人心”，认为这是老子一书最大的缺点，致使向往古朴平和的才智之士，大多成为良懦不可为的高蹈之人。因而反其义而变通用之，要借助诗歌把平和宁静的人心搅乱。鲁迅不相信天地间有所谓的“平和”，从根本上否定了“唯天下至诚，为能尽其性”的人生观，颠覆了“致中和，天地位焉，万物育焉”的传统认知，也从根本上抽空了“持人情性”的逻辑根据。他强调“平和为物，不见于人间。”将人间看作一个从古到今无休止的战场。所谓平和，不过是战争的间隙或酝酿之时，表面上平和，实际上不平。自然万物是竞争选择的世界，人间连空气也是争夺的对象，“二士室处，亦有呼吸，于是生颢气之争，强肺者致胜”。既然动乱是世界的本来属性，“撄人心”之说才有了逻辑上的根据。这一套思想观念明显受到进化论的巨大影响。

从理论根源上说，鲁迅的“撄人心”之说仍然与中国文论有极大的关联。撄人心从广义上也是动人心，从基本逻辑上说，儒家诗学“经夫妇，成孝敬，厚人伦，美教化，移风俗”一样要通过动人心才能实现，《文心雕龙·原道》：“易曰：鼓天下之动人存乎辞。辞之所以能鼓天下者，乃道之文也。”一样强调文学对社会政治的鼓动引导作用。鲁迅虽然也承认“纯文学”的作用——“使观听之人兴感怡悦”，但他并不重视在此处立论，他更重视的是文章的特殊之用：“盖世界大文，无不能启人生之閟机。……所谓閟机，即人生之诚理是已。”“以诗为人生评骘……若读鄂谟（Homeros 荷马）以降大文，则不徒近诗，且自与人生会，历历见其优胜缺陷之所存，更力自就于圆满。此其效力，有教示意；既为教示，斯益人生；而其教复非常教，自觉勇猛发扬

① 钟泰《庄子发微》，上海古籍出版社，2002 年，第 222—223 页。

精进，彼实示之。”①他仍然重在以“教”立论，这是中国文论的大传统。他所强调的撄人心仍然属于中国文论教化传统的大方向。只不过他所强调的教，在于发动人的现实关怀，在于发现人生的缺陷，从而使文学发挥批判的力量。如果仅立足于进化论甚至曲解进化论的中的竞争现象，将人类的存在等同于自然界的优胜劣汰，推崇丛林法则，必然导致世界观的偏颇，根本不能发现他所重视的“人生的诚理”。如果将诗与人生接通的时候，仅仅着眼于人生的缺陷，那么诗所发出的也许只是缺乏节制的情感宣泄，对社会秩序仅有破坏的意义。

四、礼乐共建与文学的宗教因素

中国礼乐文明有古老的历史渊源，究竟起于何时，今人很难准确论定。据徐复观综合考证《礼记·表记》、《说文解字》、《尚书》以及王国维甲骨文“礼”字研究等材料，认为“礼”经过了从宗教性质向人文性质的过渡，殷周易代之际是一个重要的过渡阶段：“殷人虽有祭祀之仪节，但其所重者在由仪节所达到的‘致福’的目的，而不在仪节之本身，故礼之观念不显。……凡先秦典籍中所谓‘殷礼’、‘夏礼’者，皆系后来追加上去的观念。到了周公，才特别重视到这种仪节本身的意义，于是礼的观念始显著了出来。礼的观念的出现，乃说明在周初的宗教活动中，已特注重到其中所含的人文的因素，但此人文因素，是与祭祀不可分，这是礼的原始意义，而为周初文献所可证明的。”②徐复观论述的重点在于礼的人文精神的弘扬，在于对春秋时期以礼为中心的文化体系的论述。这里，可以做进一步的推论：其一，礼的人文性固然在春秋以后逐渐强化，但它的宗教性并没有从根本上消失，而是在形态上有所变化，并且形成中国人文化宗教的特征；其二，礼是西周到春秋时期礼乐文化体系的中心，礼的性质往往影响到乐上；礼的宗教性与人文性兼备特征也影响到乐上，中国早期文学

---

① 鲁迅《摩罗诗力说》，《鲁迅全集》第一卷，人民文学出版社，1981年，第71—72页。

② 徐复观《中国人性论史·先秦篇》，九州出版社，2013年，第38页。

特别是诗歌的宗教性特征应该受到重视。

从《诗经》基本上可以印证以上的推论。《毛诗序》云:“颂者,美盛德之形容,以其成功告于神明者也。”明确是祭祀的典礼上用诗。除颂诗之外,其他诗与礼相关的内容极多,康有为有《毛诗礼征》,虽是粗略的抄录统计,也可以见其梗概,在序传中涉及婚礼的26篇,涉及丧礼的3篇,涉及祭礼的21篇;涉及天地高禖的11篇,涉及明堂的1篇,涉及日月星辰的12篇,涉及山川五祀的2篇,涉及祈谷大雩的7篇,涉及宗庙的25篇,涉及禘祫的3篇,涉及时享的1篇,涉及荐新的2篇。[①] 另外涉及乡、射、燕飨、朝聘、会盟、巡狩、田猎、吊唁、军旅的极繁多,整个《诗经》,与礼的关系至为密切,基本可以推断,《诗经》中的诗本来就是礼乐一体的遗留或进一步整理。就所涉及“礼”的性质与诗歌的内容来说,其宗教性与人文性浑然一体的特征,对中国后世文学的影响不容忽视。

中国文学中有中国人的“宗教”。不过,这是人文化的“宗教”,与西方纯粹意义上的宗教固然不同。在中国早期文学经典《诗经》、《楚辞》、《左传》、《史记》等作品中,有大量关于天地日月、山川草木、神仙灵异、英雄人物、行业百工、节气时令的神话故事和民间传说,大概皆是上古礼乐巫史文化的遗留。在后来的中国历史中,这些内容并没有消失,仍然成为文学书写的对象。更值得注意的是,此类内容随着历史的发展,还不断有新的内容增加,比如一些佛教故事传说,一些人物故事的传说,《西游记》中的取经故事,《三国演义》中关羽显圣,都是宋元之后逐渐兴盛起来的。这些内容已经成为中国文化的有机组成部分,也成为中国文学的重要内容。在儒家思想中,虽然孔子说过不语“怪乱力神”,连“性与天道”这些具有抽象意味的话题也少讲,表现出向人文教建设的努力,但在古老礼乐文明的综合作用下,孔子后的儒家,特别是《礼记》的作者一系,还是能够显出一种“宗教性”关

---

① 康有为《毛诗礼征》,《康有为全集》第一卷,中国人民大学出版社,2007年,第113—142页。

怀的。比如对“天”、“地”、“君”、“亲”、“师”的信仰和敬礼，就是从儒家思想中发育出来的。《荀子·礼论》：“礼有三本，天地者生之本也；先祖者类之本也；君师者治之本也。无天地恶生？无先祖恶出？无君师恶治？三者偏亡焉无安人。故礼上事天，下事地，尊先祖而隆君师，是礼之三本也。”①诸子百家显出不同的知识形态，如道家、阴阳家的思想中，宗教性的成分和意味也是相当深厚的。汉代之后的中国文化，在儒道释相融合的宏大体系中，对超越性的宗教内容进行了大力的改造和兼容。天地君亲师的礼拜在民间也表现出一定的变通，对天地的敬礼扩展到对天帝、土地神、山神、水神甚至诸神道仙佛的礼拜，以适应不同的人群；对君师的敬礼似乎更有所转变，民间对帝王没有太多的崇敬，对圣贤甚至英雄豪杰人物倒是崇拜的，所以民间读书的人拜孔子，出门做生意的人拜义气的关羽倒更普遍一些。至于祖先，一直是中国人最为敬礼的对象，因为这是每个人的生命通向超越的神灵境界的中介。这些宗教性观念的传播，与其说是借助思想学术的传播，不如说更借助文艺的传播。思想学术虽然是理论的起源，但真正将影响力传播到民间的，是丰富多样的文艺形式，小说、戏剧、诗歌、词曲、杂艺以及种种故事传说，都是民众信仰的重要载体。

近代蔡元培有“以美育代宗教说”，其中的基本观点广为人知，但具体的理解常有分歧，引发的问题非常复杂，学界至今仍有不同的讨论。蔡元培认为：其一，宗教不合科学，宗教的一些功能一些因素可以通过其他方式得到实现。“昔之宗教，本初民神话创造万物末日审判诸说，不合科学，在今日信者盖寡。而所谓与科学不相冲突之信仰，则不过玄学问题之一假定答语。……既为聊相慰藉之一假定答语，吾必取其与我最契合者，则吾之抉择有完全自由也，且亦不能限于现在少数之宗教。故曰信仰自由也。”②其二，宗教的知识、意志两

① 《荀子·礼论第十九》，《百子全书》第一册，浙江人民出版社，1984年。标点为引者所加。

② 蔡元培《在清华学校高等科演说词》（一九一七年三月十九日），《蔡元培全集》第三卷，中华书局，1984年，第28—29页。

方面的作用已脱离宗教，其情感作用可能通过美育得之。“宗教之原始，不外因吾人精神作用而构成。吾人精神上之作用，普通分为三种：一曰知识；二曰意志；三曰感情。……知识、意志两作用，既皆脱离宗教以外，于是宗教所最有密切关系者，惟有情感作用，即所谓美感。……鉴激刺感情之弊，而专尚陶养感情之术，则莫如舍宗教而易以纯粹之美育。”其三，所谓“纯粹的美育”，强调脱离宗教，追求美的普遍性、超功利性，指向“高尚纯洁”：“纯粹之美育，所以陶养吾人之感情，使有高尚纯洁之习惯，而使人我之见、利己损人之思念，以渐消沮也。”①一般认为，蔡元培将宗教与科学对立起来，扬科学而抑宗教，是反对宗教的，对文学艺术中的宗教因素，采取的也是一种疏离扬弃的态度。这符合 20 世纪现代思潮的大方向，应该没有疑义。其中的理解不能脱离当时的语境，当时思想学术界提出种种“代宗教”说，都有“反宗教”的色彩，一是针对殖民文化理论将西方宗教移植中国的声音，二是以袁世凯为代表的以“孔教”复辟的政治诉求。蔡元培提出的“以美育代宗教说”，虽然在大体上“反宗教”，但他强调的“美育”载体——“美术”以及后来扩充的广义的文化艺术，并不能从根本上断绝其中宗教的因素，他所举的《小雅》、《离骚》、《西厢记》、《红楼梦》等文艺作品，哪一种没有深深的教化意义呢？所以一些学者认为：“蔡元培‘以美育代宗教’观念的提出具有标志性意味，其不仅与中西方文化交合和碰撞的特殊语境紧密相关，显示了跨文化的视野和寓意，而且承袭了中国本土化的诗教传统。”②“蔡元培的贡献在于：他一方面将‘纯粹之美育’从宗教中剥离出来；另一方面则成功保留了美育之于人类精神的神圣价值。”③这些观点无疑对蔡元培“以美育代

① 以上相关引文见蔡元培《以美育代宗教说——在北京神州学会演说词》（一九一七年四月八日），《蔡元培全集》第三卷，中华书局，1984 年，第 30—34 页。

② 殷国明《从‘诗教’到‘美育代宗教’——关于近代中国文学教育思想的嬗变与转型》，《华东师范大学学报（哲学社会科学版）》2020 年第 1 期。

③ 刘成纪《蔡元培“以美育代宗教说”的历史语境和现代价值》，《美术》2018 年第 1 期。

宗教说”提供了更深入的，或者可以说多视角的解释。

然而，再反过来说，“以美育代宗教说”所强调的“纯粹”、“美的普遍性”、“美的超利害”还是应该引起人们足够的警惕。中国文学孕育于礼乐文明的传统之中，文艺的宗教因素极为深厚，如果以一种偏执的心思来理解蔡元培的“纯粹”，来对待中国文学美善兼顾的融合特质，也就根本接受不了中国文学的优秀作品，那么还谈什么“诗教”呢？近现代中国文学有两个误区，一是执着于说教，试图以所谓理论形态的“信仰”代替具有超越精神意义的宗教因素；二是以所谓“纯粹”之美作为最高价值，或流于玄虚，或流于感官的娱乐。这当然都不符合蔡元培“以美育代宗教说”的本意，只是理论理解的误区。

结语

“礼”作为中国上古文化制度的核心，对同在这个制度体系中发育的文艺具有重要的影响，传统的中国文学渗透了礼的精神，乐教和诗教就包含在广义的“礼教”之中。中国文学中所书写的家庭、亲情、故土、祖国、友爱，给人提供了有力的精神依托，让人的生命得到妥善的安放和良好的伸展。文学褒善贬恶，扬善惩恶，伸张正义，树立正确的价值导向，其中包含礼义的内核，可以熏陶培养正确的世界观、人生观、价值观，发挥正能量。“礼”的精神特质是节制，对人的生命中动物性本能的一面进行节制，以期达到更健康更理想的，超越动物性的真正的“人生”。然而，近现代以来，现代性思潮的整体方向是个性解放，甚至沿着物质主义、浪漫主义一路狂奔，因此引起不少有识之士的忧虑。史华慈去世前表达了对物质主义的隐忧：“物质主义者的看法——主张经由明确的、固定的技术手段来矫正我们所有的失误——可能减少人类的痛苦，但也可能使得自己削弱人的力量并导致自己自身的堕落：诸如对于立即快感的疯狂崇拜、对于成名（无论大小）的渴望以及经由不断扩大财富的累积以便达成对于更高名声的崇拜等。到头来，我们终将无法使用这些手段增进我们作为人的独立性。”[①]王元化对此解读道：“据我粗浅的理解，这篇遗笔的意思是说，在当前突飞猛进的‘新科技、经济社会’中，人们可以得到越来越多的物质享受，而形成一种消费主义与物质主义。但是，在这种单纯的物质享受与纯粹的个人满足中，许多人并没有想到，科技与经济的进步必将带来各种伦理后果。”[②]面对物质主义长期在中国的发展，思考其中的起因与过程，固然是千头万绪，然而对于文学，我们不能不进行一定的反思：再也不能对物质主义消费主义推波助澜了！传统文学中“礼”的精神，节制、敬畏、超越关怀，应成为中国文论建设的重要资源。

（湖北师范大学文学院）

---

① 史华慈《中国与当今千禧年主义——太阳底下的一桩新鲜事》，林同奇、刘唐芬译，林毓生校订，载陆晓光主编《人文东方：旅外中国学者研究论集》，上海文艺出版社，2002年，第13—14页。

② 王元化《史华慈遗笔中的人文关怀》，陆晓光主编《人文东方：旅外中国学者研究论集》，上海文艺出版社，2002年，第15页。

《诗大序》之风喻批评与诗教传统

张金梅

内容摘要：《诗大序》"风"凡17处，在古代共两种读音，读作平声，13处；读作去声，3处；平去兼读，1处。现代则分别对应为三种读音，读作fēng，13处，解为风诗、风俗；读作fěng，3处，解为劝告、讽谏；读作fèng，1处，解为风化、教化。它们水乳交融，自为一体，形成了"风——风诗——风用"整体的风喻。无论是"缘风喻诗"，还是"托风喻用"，都以"风"为喻体，借"风"丰富的美学内涵形成了关于诗之源、诗之体和诗之用整体的风喻批评。它基于人与自然的一种天人合一的理念，建立在比喻和类比的生成机制上，自《诗大序》明确建立后，逐步演变为一种融审美和教化为一体的文学批评现象和范式，将中国的诗教传统发挥得淋漓尽致。

关键词：《诗大序》；风喻批评；诗教传统

Wind Metaphorical Criticism and Poetry Teaching Tradition in *The Great Preface to The Book of Songs*

Zhang Jinmei

Abstract: There were 17 "wind" words in *The Great Preface to the Book of Songs*, which had two kinds of pronunciation in ancient times, 13 for Pingsheng, 3 for Qusheng and 1 for Pingsheng or Qusheng. In modern times, there are three pronunciations in turn. Reading as fēng, 13 times, interpreting as folk songs, custom; reading as fěng, 3 times, interpreting as irony, satire; reading as fèng, 1 time, interpreting as morals and manners; they were blended, self-integration, forming a system of wind metaphor through "wind—folk literature—the function of wind" as a whole. Whether it was "the metaphorical poems by the wind" or "the metaphorical use by the wind", they all took "the wind" as the metaphorical body, and formed the metaphorical criticism on the origin of poetry, the body of poetry and the use of poetry by virtue of the rich aesthetic connotation of "the wind". It was based on the idea of harmony between man and nature, on the generating mechanism of metaphor and analogy. Since the establishment of *The Great Preface to the Book of Songs*, it had gradually evolved into a literary criticism phenomenon and mode that integrated aesthetics and education, and had brought the Chinese tradition of poetry teaching into full play.

Keywords: *The Great Preface to the Book of Songs*; wind metaphorical criticism; poetry teaching tradition

《诗大序》是儒家《诗》论发展史上继孔子、孟子、荀子文艺思想而后的一篇经典性论述，作为先秦至汉代儒家诗说的集大成之作，显示了汉代诗论的最高水平。《诗大序》不仅创建了“诗经学”的文学与美学理论范畴，为《诗经》研究作为一门独立的学科奠定了基础，在中国诗论史上起到了提纲挈领的作用，而且提出了文学干预政治的理论原则，使得儒家的政教文艺观得以强化，追求美刺讽谏的社会功利目的的“正统”文艺观深入人心，在中国文学批评史上具有深远的影响。古文论界历来对此一致公认，几无质疑。对其研究，代不乏人，从作者考证到历史地位，从年代考察到美学内涵，层出不穷，俨然一部《诗大序》学术研究史。然而，短小精悍的《诗大序》，却出现了17处“风”。[①] 其音义多元，内涵丰富，一直未引起学界足够的重视。更为重要的是，其蕴含的风喻批评和诗教传统既与汉代经学的兴盛密切相关，又与中国文论的自身发展圆融契合，是汉代经学与文论会通化成的重要结晶，值得深入审视和探讨。

一、《诗大序》“风”之辨析

《诗大序》是我国较早也较为完备的诗歌理论文本，陈良运称之为“我国古代第一篇专论诗的理论文章”[②]。对于一个诗的国度来说，其在诗论史上的地位与作用不言而喻。而《诗大序》更是汉学系统《诗经》阐释的义疏中心，汉字作为华夏文化传承的重要载体，对于文化的发展有着彪炳史册的作用，“风”字在《诗大序》中尤其起着重要作用。

（一）“风”之音义

现代汉语中，“风”字有三种读音：阴平、上声和去声，《辞源》、《辞海》、《汉语大字典》、《汉语大词典》均有所记载。

其一，“风”现代汉语普通话读作 fēng，古亦读平声。《广韵》：方戎切，平东非；《玉篇》甫融切；《集韵》方冯切。本义指自然界中一种

---

① 《诗大序》是《毛诗故训传》在《诗经》首篇《国风·关雎》题下的一篇序言。自陆德明率先提出“大序”、“小序”之分后，纷争不断。陆氏认为，自“《关雎》，后妃之德也”至“用之邦国焉”，为《关雎序》，是小序；自“风，风也”至“是《关雎》之义也”通论全书，为大序。参见陆德明《经典释文》，中华书局，1983年，第53页。本书将《关雎序》中出现的“风”加在一起进行考究，凡17处。

② 陈良运《中国诗学批评史》，江西人民出版社，1995年，第37页。

由于空气流动而形成的自然现象。常与“气”并提，虽无色无形，却如影随形，无处不在。此音义古今习见，古人注书时多不注。随着历史的进步和社会的发展，引申出流行、流传的社会现象，即由自然风演变为社会风(如风俗、风气)。段玉裁注《说文解字》“风”曰：“凡无形而致者，皆曰风。”①自然风与社会风都有无形而致的特点。后经过发展演变，人们又将收集地方的民歌、民谣称之为“采风”。于是以“风”代诗，便有了“风”这种文体。如《左传·隐公三年》“风有《采蘩》、《采苹》”的“风”即指诗。

其二，“风”现代汉语普通话读作 fèng，是由“风”读作 fēng 的本义演变而来的。在《汉语大字典》中有两种含义：第一种，吹拂、纳凉，如《孟子·公孙丑下》“有寒疾不可以风”；《说苑·贵德》“吾不能以春风风人”；民国 25 年修《牟平县志·方言》“纳凉曰风”。第二种，教育、感化，如颜师古注《汉书·武帝纪》“导民以礼，风之以乐”曰：“风，教也。《诗序》曰：‘上以风化下。’”②不过，“风”作“教育、感化”义解时，在古代则有两种读音。一种，仍被注为平声，如《广韵》：“风，教也，佚也，告也，声也。《河图》曰：‘风者，天地之使。’《元命包》曰：‘阴阳怒而为风。方戎切。’”③《玉篇》风部亦未收去声一读。另一种，被注为去声。如颜师古注《汉书·食货志》“布告天下，以风百姓”为“风读曰讽”。(此处“讽”读去声，但不表“讽”义，下文详论，不赘。)至于“风”作“吹拂、纳凉”义解时，在古代是被注为平声还是去声，则找不到明确的证据。

其三，“风”现代汉语普通话读作 fěng，与“讽”相通。大体有三个义项：讽诵；用委婉含蓄的语言暗示或劝告；讽刺、讥讽。第一个义项现在已不常见，后两个为现在使用的主要义项。然而，“讽”字在古代的使用却较为复杂：第一，“讽”字虽在上古就已经出现，如《说文》

---

① 许慎撰，段玉裁注《说文解字注》，上海古籍出版社，1988 年，第 677 页。

② 《汉书·武帝纪》，中华书局，1962 年，第 171—172 页。

③ 周祖谟《广韵校本》，中华书局，1960 年，第 28 页。

言部:"讽,诵也。从言,风声。"段注曰:"芳奉切,古音在七部。"[1]但其本义"讽诵"——口中生风,可能是从风之"吹拂"一义引申而来,且旧读为去声,即"芳奉切"(《集韵》方凤切),直到《中原音韵》、《正字通》,现代汉语普通话读作 fěng,是例外音变。[2] 第二,作为委婉含蓄的劝告、讽谏义的"讽",虽在传世的先秦古籍中偶有使用,如《庄子·外物》云"已而后世辁才讽说之徒,皆惊而相告也",却不排除后人改字的可能性。因为《诗经》、《尚书》、《左传》等先秦典籍中都没有出现"讽"字,而以"讽"字载录"讽谏"义,大约在曹魏时代出现。如《广雅·释诂》四:"讽,谏也。"第三,在"讽"字载录"讽谏"义之前,凡表示"讽谏"义的都以"风"字代替。如颜师古注《汉书·艺文志》:"大儒孙卿及楚臣屈原离谗忧国,皆作赋以风。"《汉书·卫青霍去病传》:"于是长公主风白皇后。"李贤等注《后汉书·文苑列传》:"琦以言不从,失意,复作《白鹄赋》以为风。"都注为"风读曰讽"。第四,大约近古开始,"讽"又由委婉含蓄的劝告、讽谏义引申发展为"讽刺、讥讽"义。如苏轼《送李公恕》:"酒酣箕坐语惊众,杂以嘲讽穷诗骚。"

综上,在现代汉语普通话中,"风"字有三种读音,读作 fēng 时(古读平声),意义最多,有本义、引申义,既指自然界的风,也指国风、风俗、风气等;读作 fěng 时(古读去声),指委婉含蓄地讽谏;读作 fèng 时(古兼读平去),指教化。而《诗大序》中的 17 处"风"在古代虽只有平、去两种读音,但因其语义场的不同尚需略作考辨。如颜师古《匡谬正俗》卷一"风"字条:"《毛诗序》云:'《关雎》,后妃之德也,风之始也,所以风天下而正夫妇也。'今人读'风'为'讽天下'。案《序》释云'上以风化下,下以风刺上',此当言'所以风天下',不宜读为'讽'。又云'风,风也,教也。风以动之,教以化之'。今人读云'风以动之',不作'讽'音。案此盖《序》释'风'者训讽训教,风此谓自下而上,教化

[1] 许慎撰,段玉裁注《说文解字注》,上海古籍出版社,1988 年,第 90 页。

[2] 案,"奉"是全浊上声字,用来给读去声的"讽"注音,反映了后代全浊上声变去声;又"芳"为敷母字,作帮母"讽"之切上字,反映了后代帮敷合流,均不合于古。参见孙玉文《汉语变调构词考辨》,商务印书馆,2015 年,第 255—256 页。

谓自上而下，今当读云'讽以动之'，不宜直作'风'也。"[①]颜师古之所以不厌其烦地辩证分析《毛诗序》中"风"之读音，乃是因为"风"之变调构词在《毛诗序》中表现得最为明显。风作为"变调构词"的一个重要范例，宋人贾昌朝和当代语言学与音韵学家周祖谟、唐纳、周法高、唐作藩均有著录，且贾氏《群经音辨·辨字音清浊》"上化下曰风，方戎切；下刺上曰风，方凤切"为各家所本。有鉴于此，下文便以现代汉语普通话三种读音和古代两种读音一一辨析之。

（二）读作 fēng（旧亦读平声）

"《关雎》，后妃之德也，风之始也。"《诗大序》开篇之"风"现代汉语普通话读作 fēng[②]（旧亦读平声）。《国风》是十五个诸侯国的诗歌之总称，简称为风。《诗经》有"四始"之说，《关雎》为《国风》之始。《关雎》录于《国风·周南》，位于《诗经》之先、《周南》之始，即为风诗之始。风"指风诗，读作 fēng（旧亦读平声）。

"风，风也，教也。"第一个"风"读作 fēng（旧亦读平声），紧承上文"《关雎》，后妃之德也，风之始也"提出，它与"风之始也"中的"风"都指风诗，此处对风之所以称诗或者诗之所以为风进行解释，突出说明风诗之教化作用，故读作 fēng（旧亦读平声）。

"先王以是经夫妇，成孝敬，厚人伦，美教化，移风俗。"这里在前文点明诗之教化作用之后，进一步将风诗的政治教化作用具体化。即诗歌可以稳定家庭夫妇关系，实现长幼人伦孝敬，促进社会风俗美好。因此，此处"风"指风俗和风气，读作 fēng（旧亦读平声）。

"故诗有六义焉：一曰风，二曰赋，三曰比，四曰兴，五曰雅，六曰颂。"虽然紧承《周礼》"六诗"而来的"六义"说仁者见仁，智者见智，但孔颖达将其分为诗歌体制和表现手法两类，学界比较认可。郭绍虞先生释此"风"为《诗经》中的国风，认为它比较广泛地反映了人民的

---

① 颜师古《匡谬正俗》，文渊阁《四库全书》本，上海古籍出版社，1989 年，第 221 册，第 477 页。

② 后文所注汉语拼音，凡未注明，皆指现代汉语普通话读音。

生活、感情和愿望，基本上是人民的诗歌，具有地域的特征。这是它跟雅、颂有地方乐歌和朝廷乐歌的区别。[①] “风”既然是作为一种诗歌体制，自然是读作 fēng(旧亦读平声)。相应地，雅、颂也是风诗中的一种体制。

“上以风化下，下以风刺上，主文而谲谏。”此句两个“风”歧义最多，涉及三种读音和五种读法。第一种，两处“风”都读作 fěng(旧读去声)，“风化”为两个词，“风刺”为一个词，即在上的统治者通过诗对臣民进行讽谏和教化，在下的臣民通过诗对统治者进行讽谏。显然，这种读法不大符合古代汉语表达习惯。因为上句中“风”为讽谏义，与“化”之教化义构成互补；而下句“风”为讽谏义，与“刺”之讽谏义却构成同义反复，这在词义与语法上都极不工整，欠当。第二种，两处“风”都读作 fèng(旧兼读平去)，着重突出诗的教化作用，即统治者和臣民可以通过诗来达到互相教化的目的。但是“风化”一词为教化义无可厚非，“风刺”一词亦表示教化义则有所牵强，故舍弃。第三种，前一处“风”读作 fèng(旧兼读平去)，表示上层对下层的教化或指风诗；后一处“风”读作 fěng(旧读去声)，表示下层对上层的讽谏。如陆德明就颇为赞同此种读法，其《经典释文》对前一处“风”不注，对后一处注曰：“下以风，福凤反。注‘讽刺’同。”此种读法初看似乎有理，但是联系紧承其后的“主文而谲谏”，则明显不通。因为“主文谲谏”所言说的并非一个对象，而是要以诗歌为载体、譬喻为技巧进行教化和劝谏，因此必然涉及另一个对象。换言之，无论是“上化下”，还是“下刺上”都是“譬喻，不斥言”，都得有凭借物——即“风诗”。与此恰好相反，还有第四种读法，即前一处“风”读作 fěng(旧读去声)，后一处“风”读作 fèng(旧兼读平去)。这种让上层讽谏下层和让下层教化上层的方向旨趣与古代森严的等级制度和时代背景明显不合，故舍去。有鉴于此，我们认为这两处“风”都应读作 fēng(旧亦读平声)，理由有二：其一，“以”在古代汉语中作连词、介词和副词皆可。显然这里是

① 郭绍虞主编《中国历代文论选》(一)，上海古籍出版社，2001 年，第 65 页。

介词，表示“用”义，其后的宾语是讽谏、风化的工具——风诗，即上用风诗来教化民众，下用风诗来美刺君王。这样的解读既符合古汉语表达习惯，又与历史时代背景相合。其二，联系后文“主文而谲谏”的风诗的美学要求，把“风”理解成风诗更合文意。在上的人君用诗歌来风化、教化在下的臣民，以维护统治秩序；在下的臣民用诗歌来讽谏、讽刺在上的人君，以改良社会政治。这是对孔子“兴观群怨”中“观”（观诗知俗）和“怨”（赋诗讽谏）的社会作用的继承和发扬，突出强调了诗的政教意识形态功能，将发源于西周的工具主义文论观发展到了顶峰。

“言之者无罪，闻之者足以戒，故曰风。”此处“风”在古代亦有分歧。陆德明音义：“故曰风，福凤反，又如字。”陆氏将此处“风”平去兼注，留下了多种解读的可能。若读平声，则是对风诗的一种定义。若读去声，则有两解，一曰“教化”，其“上化下”的意涵与“言之者无罪，闻之者足以戒”语意不合，故舍弃；一曰“讽谏”，意指讽谏时所达到的自我保护与行为目的。单就字义看，似乎风诗和讽谏两种音义皆可。但是“曰”作为训诂术语，被释之词一般放在其后，所以这句话的前面部分是在对“风”进行解释。结合前文，可知全句既说明了风诗的上下沟通作用——“上以风化下，下以风刺上”，又规定了风诗的美学要求——“主文而谲谏”，更对风诗产生的效果——“言之者无罪，闻之者足以戒”做了强调，整句话都在说明“风诗”。兼之，后文提到“变风”，此处应指“正风”，故读作 fēng（旧亦读平声）。

“至于王道衰，礼义废，政教失，国异政，家殊俗，而变风变雅作矣。”此句“变风”读作 fēng（旧亦读平声），与前面的“正风”相联系且对照而来。“正风”指雍容典雅代表“安以乐”的风雅传统的诗篇，要求“主文而谲谏”，如国风中“二南”。它产生在社会稳定、经济繁荣的和谐社会，符合儒家的礼乐精神。“变风”是以怨刺为主调（或兼有美刺）的风诗，主要产生于周王政治衰败之时，即上文“乱世之音”、“亡国之音”，是诗人慷慨悲歌、不平则鸣的忧愤之言。

“故变风发乎情，止乎礼义。”这里的“变风”与上文之“变风”同义，指十五国风中的部分作品，自然是读作 fēng（旧亦读平声）。着重强调了“变风”、“发乎情”的缘由和“止乎礼义”的作用。按郭绍虞先生所注，十五国风中，以邶风为界，其下十三国风皆为与“正风”相对的“变风”。[1] 由此可知，“变风”不仅与“礼崩乐坏”社会政治状况直接相关，还是不同地域、风俗的反映。

“是以一国之事，系一人之本，谓之风；言天下之事，形四方之风，谓之雅。”这里两处“风”都读作 fēng（旧亦读平声）。前一处“风”指上面提到的风诗，是对国风的进一步解释。国风虽出自一人之口却反映了一个诸侯国的风貌，从而让统治者通过观风察俗以实现风化于诸侯国内。后一处“风”是风俗的意思，同时也是对“雅”的解释。诗人所表达的是关乎王朝统治的天下大事，行王政之教于四方各地，形成习俗，这样的诗篇称为“雅”。

“然则《关雎》、《麟趾》之化，王者之风，故系之周公。”《关雎》和《麟趾》是《诗经·国风·周南》的首篇和末篇，周公在其封地施行仁政教化，效果显著，遂产生了这些可以用来教化民众的风诗。“《鹊巢》、《驺虞》之德，诸侯之风也，先王之所以教，故系之召公。”《鹊巢》和《驺虞》则是《诗经·国风·召南》的首篇和末篇，是召公在其封地感化百姓而产生的诗篇。显然，这两处“风”都是风诗之义，都读作 fēng（旧亦读平声）。

（三）读作 fěng（旧读去声）

风是讽的古字，现代汉语普通话读作 fěng，旧读去声，表委婉含蓄的讽谏，在《诗大序》中有三处。

“风，风也，教也；风以动之，教以化之。”此处出现的第二、第三个“风”，自古就存在着音义分歧。陆德明音义曰：“‘风，风也’，并如字，徐上如字，下福风反。崔灵恩集注本下即作‘讽’字，刘氏云：‘动物曰风，托音曰讽’；崔云：‘用风感物，则谓之讽。’沈云：‘上风即《国风》，即《诗》之六义也；下风即是风伯鼓动之风，君上风教能鼓动万物，如

① 郭绍虞主编《中国历代文论选》（一），上海古籍出版社，2001 年，第 66 页。

风之偃草也’。今从沈说。又，‘风以动之’，如字，沈福凤反，云：‘谓自下刺上，感动之，名变风也。’今不用。”[①]陆氏在这里共梳理了徐邈、崔灵恩、沈重三种代表性意见，其中，第二个“风”，有“如字”（指风教义）、“福凤反”、“讽”三种音义；第三个“风”，有“如字”、“福凤反”（指讽谏义）两种音义。经过比较分析，陆氏认定第二、第三个“风”字都为“如字”，指风教义。

然而，在孔颖达看来，“风”和“教”的关系十分复杂。一方面，“风”和“教”大体同义，或者说，“风”是一种特殊的“教”，“风训讽也，教也”。另一方面，“风”和“教”又略有差异。其一，两者的程度深浅不同，“讽谓微加晓告，教谓殷勤诲示”，其二，两者的先后顺序有别，“风”之与“教”是“始末之异名”，故王者施行教化，“先依违讽喻以动之，民渐开悟，乃后明教命以化之”。[②] 这里“风”和“教”的混同和区分，说明诗对于人的教化，既不是干巴巴地叙说，也不是冷冰冰地讲礼，而是以艺术形象去感染和启迪，使受教者在受教过程中得到一种自由且自愿的教育和感化。按照这种解释理路，第二、第三处“风”既可以解作讽喻，也可以解作教化。如李春青先生在《中国古代文论新编》中便将此处“风”解释为“讽喻，教化”。[③] 以“风”、“教”并举，构成互文结构，作为一种同义反复，起双重强调作用，也有一定合理性。但是从上下文看，这一句话是对风诗的一种解释。而风诗的活动范围不会仅仅限于上层统治者对下层百姓（即下文“上以风化下”），其意义也不会仅仅局限于教化，它也有劝谏、讽谏的作用（即下文“下以风刺上”）。如魏源在《毛诗大序义》一文中，便明确指出《诗大序》中“风，风也，教也。风以动之，教以化之”的后两个“风”字，均应读作“讽”，并将此句的第三处“风”直接改为“讽”，还补充解释：“《序》言‘讽以动之’，匡其情之过也；‘教以化之’，归于情之正也。”[④]在这里，

①② 《十三经注疏·毛诗正义》，上海古籍出版社，1997 年，第 269 页。

③ 李春青主编《中国古代文论新编》，北京师范大学出版社，2010 年，第 46 页。

④ 魏源《诗古微·毛诗大序义》，《魏源全集》第一册，岳麓书社，2004 年，第 192 页。

魏源虽未明言“讽”作劝谏、讽谏解，但其对“讽”和“教”关于“情”的严格区分，则值得重视。我们认为此两处“风”字应是讽喻、讽谏义，现代汉语普通话读作 fěng（旧读去声），与“教”之教育、教化义共同构成风诗的两大作用。“风”是下对上，而“教”是上对下。两者前后构成并列互补关系，下“风以动之”，上“教以化之”，上下齐力共达和谐文明，从而完整地再现风诗的政治教化作用，凸显汉儒强烈的政治批评意识。

“国史明乎得失之际，伤人伦之废，哀刑政之苛，吟咏情性，以风其上。”史官们源于礼崩乐坏的社会现实，感伤人伦的沦丧，哀痛刑政的残酷，于是作诗讽谏天子诸侯。这既是一种处异求变的策略，又是对传统风俗的怀念。以复古为通变，有一定的积极意义。如春秋战国时期的法家代表人物商鞅、韩非和李斯等在不同的斗争境遇中，曾异口同声地批判《诗经》，认为它讽刺了新兴地主阶级，危害了新兴的政治经济制度。而这种讽刺和危害当然，也应该首先是由《国风》中的讽刺诗来落实的。因此“风”是讽谏、讽刺之义，现代汉语普通话读作 fěng（旧读去声）。

（四）读作 fèng（旧兼读平去）

风作动词，作为“教化”这一义项，现代汉语普通话读作 fèng，旧兼读平去，在《诗大序》中仅有一处。

“《关雎》，后妃之德也，风之始也，所以风天下而正夫妇也。”这里第一处“风”上文已辨析，读作 fēng（旧读平声），指风诗。第二处“风”自古也存在读音分歧。如陆德明音义曰：“‘风之始’，此‘风’谓十五《国风》，风是诸侯政教也。下云‘所以风天下’，《论语》云：‘君子之德风’，并是此义。‘所以风’，如字，徐福风反。今不用。”[①]魏源《毛诗大序义》则曰：“‘风天下’之‘风’，刘献、崔灵恩皆从徐读为‘讽’，是也。……《广韵》、《集韵》皆‘风’、‘讽’连文同用。”[②]徐邈、刘献、崔灵

① 《十三经注疏·毛诗正义》，上海古籍出版社，1997 年，第 269 页。

② 魏源《诗古微·毛诗大序义》，《魏源全集》第一册，岳麓书社，2004 年，第 192 页。

恩、魏源以为“福风反”（讽谏义）；陆德明认定“如字”（风教义）。从上下文看，此处“风”与其视为讽喻或讽谏，不如视为风化或教化，更有说服力。因为这句话旨在说明《关雎》是周王朝用来教化民众，使其正天下夫妇之道的，突出诗歌对于民众的教育感化作用。虽然今人多将其题解为抒写男恋女之情[①]，但古人则不同。《毛诗》认为其赞后妃之德；鲁诗、齐诗、韩诗认其为刺诗；而新出土的《孔子诗论》和帛书《五行》则认为其“礼色兼美”。虽然各家论诗主旨不同，但都认同《关雎》的政治教化作用。所以这里的“风”是教化之义，现代汉语普通话应读作 fèng。体现的是上对下的次序，即借“后妃之德”感化教育普通百姓。

为使其音义辨析更显直观、明了，现按行文顺序，将 17 处“风”简表略示：

<table>
<tr><th rowspan="2">序号</th><th rowspan="2">文本位置</th><th rowspan="2" colspan="2">读音歧义</th><th rowspan="2">音义辨析</th><th colspan="2">辨后读音</th></tr>
<tr><th>今读</th><th>古读</th></tr>
<tr><td>1</td><td>风之始也</td><td colspan="2">无，fēng</td><td>风诗</td><td>fēng</td><td>平声</td></tr>
<tr><td>2</td><td>风天下而正夫妇也</td><td>有</td><td>① fěng
② fèng</td><td>① fěng：讽喻、讽谏
② fèng：风化、教化</td><td>fèng</td><td>兼读平去</td></tr>
<tr><td>3</td><td>风，风也，教也</td><td colspan="2">无，fēng</td><td>风诗</td><td>fēng</td><td>平声</td></tr>
<tr><td>4</td><td>风，风也，教也</td><td rowspan="2">有</td><td rowspan="2">① fěng
② fèng</td><td rowspan="2">① fěng：与教互补
② fèng：与教反复</td><td rowspan="2">fěng</td><td rowspan="2">去声</td></tr>
<tr><td>5</td><td>风以动之，教以化之</td></tr>
<tr><td>6</td><td>移风俗</td><td colspan="2">无，fēng</td><td>风俗</td><td>fēng</td><td>平声</td></tr>
<tr><td>7</td><td>故诗有六义焉：一曰风</td><td colspan="2">无，fēng</td><td>风诗</td><td>fēng</td><td>平声</td></tr>
<tr><td>8</td><td>上以风化下</td><td rowspan="2">有</td><td rowspan="2">① fēng
② fěng
③ fèng</td><td rowspan="2">① fēng：风诗
② fěng：讽谏
③ fèng：风化</td><td rowspan="2">fēng</td><td rowspan="2">平声</td></tr>
<tr><td>9</td><td>下以风刺上</td></tr>
</table>

① 余冠英《诗经选》，人民文学出版社，1979 年，第 15 页。

续 表

序号	文本位置	读音歧义		音义辨析	辨后读音	
					今读	古读
10	闻之者足以戒,故曰风	有	① fēng ② fěng ③ fèng	① fēng:风诗 ② fěng:讽谏 ③ fèng:教化	fēng	平声
11	变风、变雅作矣	无,fēng		风诗	fēng	平声
12	吟咏情性,以风其上	无,fěng		风谏	fěng	去声
13	变风发乎情	无,fēng		风诗	fēng	平声
14	系一人之本,谓之风	无,fēng		风诗	fēng	平声
15	形四方之风	无,fēng		风气	fēng	平声
16	王者之风	无,fēng		风诗	fēng	平声
17	诸侯之风	无,fēng		风诗	fēng	平声

二、《诗大序》之风喻批评

《诗大序》中,"风"屡次繁现,似乎零散,但是把它们综合为一个整体,就不难发现这并非随意巧合,而是反映了一种极富民族特色的思维引向和文学观念。"风"一身多任,诗之本源、诗之体制乃至诗之作用,都由一个"风"字囊括其中。对此,钱锺书先生曾在《管锥编》中总结出"风"之"一名三训":(一)言其本源(origin and provenance),为土风、风谣,今语所谓地方民歌;(二)言其作用(purpose and function),为讽谏、风教;(三)言其体制(mode of existence and medium of expression),为风咏、风诵,今语所谓口头歌唱文学。即所谓"风之一字而于《诗》之渊源体用包举囊括,又并行分训之同时合训也"。[①] 不过,在我们看来,钱先生的解释有待圆融。其一,将"土风"(钱先生解释为"土地风俗")和"风谣"混为一体,都视为"今语所

① 钱锺书《管锥编》(一),中华书局,1986 年,第 58—59 页。

谓地方民歌”，有欠公允。其二，“今语所谓口头歌唱文学”——风咏、风诵，侧重“喉舍唇吻”的动作，与“今语所谓地方民歌”——风谣，都是就诗之体制而言。其三，诗之本源与作用应是自然之风（包括在此基础之上形成的土地风俗，即钱先生所说的“土风”）和讽谏、风教。也是在这个意义上我们说，《诗大序》中的17处“风”都不可缺少。它们水乳交融，自为一体，形成了“风——风诗——风用”整体的风喻。

（一）缘风喻诗

“风”本指自然风，在传统农业社会，对于人们生产和生活都至关重要，人们对其感知也最为强烈。风，由空气的流动而形成。它飘忽不定，给人以神秘感。同时又无处不在，无孔不入。无论何时何地，都可寻见它的身影。用风作喻，也不会使人们产生时代隔阂和地域差异。而且，不得不承认，“风”字本身也散发出一种独特的美感。它，和煦，让人神清气爽；它，清凉，让人心旷神怡；它，强劲，让人充满力量。由于风本身所具有的自然流动性、广为传播性等特点，使其从自然物质层面向人文精神层面提升具备了坚实基础。所以风可以由自然风发展到社会风，由社会风发展到采风，由采风发展成为具有地方民族情感、群体文化风致的风诗的代称。

《礼记·乐记》云：“昔者舜作五弦之琴，以歌《南风》。”其中“风”就指诗，既有南方的诗之义，又有《诗经》中的国风之义。而其以“风”代诗不仅因为舜首次以“风”入诗，更主要在于“采风”是形成《诗经》的重要一环，且其中的精华部分又被命名为《国风》。自周之后，人们不仅以“风”代《诗经》，也用“风”言诗人，更把采风的官员称作“风人”，《诗经》和《楚辞》也被简称为“风骚”。质言之，以“风”代诗成为说诗者不言自明的规则。诚然，风诗以自然风和社会风为基础，不断引申、扩展而变得日趋灵活和复杂。但以风代诗，缘风喻诗，却是植根于中国浓厚的农耕文明沃土而形成的一种文化积淀。

首先，从产生看，自然风和风诗都是自然而然发生的，不是有意识地矫揉造作。自然风自由地运行天地之间，不受万事万物的束缚，它无孔不入，无处不在，无所不能。而诗歌是由情感引发的，“思风发于胸臆，言泉流于唇齿”（陆机《文赋》），情感流荡无形，恰如风的吹拂流行。在这个意义上说，诗和风的确是相通的。换句话说，情由心生使诗具有与自然风一样自然而然，无所不能的特点。所以陆时庸《诗镜总论》云：“诗之佳，佛佛如风。”将风的自然力量和诗的力量直接比况，认为如风之诗即是好诗。苏轼《答谢民师书》亦有“求物之妙，如系风捕影”这种喻文行自然的经典说法。以风喻文喻诗，都是基于风与诗、文的这个类似点。

其次，从特点看，自然风与诗歌也有相似之处，都是含蓄迂曲，妙不可言的。自然风无形无状，飘忽不定，让人难以切实估料。而中国诗歌的含蓄蕴藉，往往如风一样让人摸不着头脑，但又因其最切近生命的言说而给人舒服的感觉，如《大雅·生民》“穆如清风”那般美好。也正缘于此，海外汉学家宇文所安在研究中国诗歌时，认为中国人正是以风不断出没世界而又难以把握的特点设计了诗歌的语言。[①] 众所周知，诗人在进行诗歌创作时常常会被言意之间的矛盾所困惑，其一，语言不能准确传达出“意”的内涵，即陆机所谓“文不逮意”；其二，“意”本身不可言说也言说不尽，甚至只可意会不能言传，即陶渊明所谓“此中有真意，欲辨已忘言”；其三，那些先于个人而存在的语言及其所特有的语法习惯也会对人的表情达意产生限制。正是由于言与意之间的这几种矛盾，人们才需要“立象以尽意”。而“风”那飘忽不定的特性也正与“意”的特性相符，自然会格外受到诗人们的青睐。

再次，从流传看，自然风和风诗也有着相似的传播功效。殷墟发掘的甲骨卜辞中有“帝其另风”、“帝风”的记录[②]，作为“帝史”，“风”是上帝和人类之间相互沟通的媒介，具有相通六合的传播功用。诗歌流传也如风。一方面，诗歌流传像风一样不受时空限制，如“风恢恢而能远”（《文心雕龙·议对》），最终实现“歌谣文理，与世推移，风动于上，而波震于下”（《文心雕龙·时序》）的理想效果。另一方面，诗

---

① 宇文所安《中国文论：英译与评论》，王柏华译，上海社会科学出版社，2003 年，第 38—42 页。

② 姚孝遂《殷墟甲骨刻辞类纂》，中华书局，1989 年，第 660—663 页。

歌流传又像风一样极具感染力，如《新唐书·虞世南传》载：唐太宗喜好宫体诗，自己创作一首后，便命虞世南唱和，虞世南却婉拒曰："上之所好，下必有甚者，臣恐此诗一传，天下风靡。不敢奉诏。"[①]而袁枚《随园诗话》更以"风传一时"评价流行的诗歌。

正是基于上述自然风和诗歌的相似之处，在《诗大序》17处"风"中，表示"风诗"之义的就达13处之多。以"风"代风俗、风气、风诗，即"缘风喻诗"，形象生动地表明了诗之特点。具体而言，其表现有三：

首先，《诗大序》中"风"多喻为国风，是统治者用来实现教化的工具。一方面，《诗大序》对国风诗篇做了解释，如"上以风化下，下以风刺上，主文而谲谏，言之者无罪，闻之者足以戒，故曰风"。这里既指出了风诗抑扬顿挫、声律和谐的形式美，又表明了它具有教化作用的突出特点。另一方面，正因为风诗能被解读出教化之意，所以风诗不再仅仅被作为一种诗歌体制，人们对它的认识也已不再是单纯地停留在审美层面，特别是统治者，他们会有意地把风诗作为一种教化的工具，以确立有利于自身统治的意识形态。

其次，在"风"多喻为国风中，《诗大序》首次提出了一种特殊现象，即"变风"（"变雅"）。"变风"（"变雅"）是相对于"正风"（"正雅"）而言的。"正风"（"正雅"）中的主人公大多都是正面的人物，所以"正风"（"正雅"）对他们是满满的赞美与歌颂。如《生民》记录周朝始祖后稷充满传奇的人生经历；《关雎》描绘美好纯洁的爱情。无论是始祖英雄还是平民百姓，我们从这些主人公身上感受到的始终是一种中正、平和的美学情怀。而"变风"（"变雅"）的出现无疑是对这种传统的一种挑战。面对礼崩乐坏，王纲解钮，诸侯称霸的社会环境，"变风"（"变雅"）的作者们不再以歌咏赞美为主题，不再以粉饰太平为基调，而是大胆地抒发内心的忧愤之情。也正是在这个意义上，我们说"变风"（"变雅"）就其本质而言是"春秋文学的精神之变，是传统风雅

① 《新唐书·虞世南传》，中华书局，1975年，第3972页。

精神向新的风雅精神的转变。摆脱了西周强大政治统治和思想控制的诗人们，带着怀疑和自信的复杂心理走上历史舞台，以新的眼光审视世界。一种自然的而不是骄矜的、个人的而不是集体的、忧伤的而不是和乐的、写实的而不是夸饰的新的文学不断发展、成熟”①。

第三，风也喻为一种社会风气、风俗。“先王以是经夫妇，成孝敬，厚人伦，美教化，移风俗。”这里为我们描绘了一幅祥和的社会生活图，人们生活其乐融融，社会秩序安稳，人伦关系和睦，是人们对“安以乐”的和谐社会的向往。这里的“风”既喻为一种民风，是淳朴的风俗，也是良好的社会风气的代表。而“变风”则为我们展现了一种礼崩乐坏的社会风貌，社会秩序不稳，人伦关系混乱，社会风气也变得浑浊不堪，喻为一种不良的社会风气。也正缘于此，清人陈启源便总结说:“风俗之风，正当国风之义矣。然必有风教，而后风俗成，有风俗，而后风刺兴，合此三者，《国风》之义始备。”②

（二）托风喻用

“风”既指自然风，又指社会风，从风土到风情，风的影响力和主观性逐渐增强。因此在《诗大序》中，“风”不仅喻诗之体，还喻诗之用。换句话说，《诗大序》在“缘风喻诗”的同时，还“托风喻用”，以整体风喻的形式，将“风”及“风诗”所具有的巨大政治作用发挥得淋漓尽致。而“风”在《诗大序》中之所以具有风教之用，或者说以风喻教，亦渊源有自，且意涵丰富。

首先，“托风喻用”渊源于古人对自然的依恋和崇拜。自给自足的农耕文明和生产力低下有限使古人一直以来都对自然怀有敬畏之心。他们崇尚亲近自然，渴望与自然融合，希冀达到一种天人合一的境界。而“风”由空气流动形成，是自然的代表，人们对风的喜爱亦是对自然的珍视。如《周易》就宛如一个“风”的大集合，不少卦象都以

① 傅道彬《“变风变雅”与春秋文学的精神转向》，《文艺研究》2016 年第 2 期。

② 陈启源《毛诗稽古编》，《儒藏(精华编)》(二九)，北京大学出版社，1999 年，第 695 页。

"风"来描述。《周易·巽》解释巽卦云:"随风,巽。君子以申命行事。"[①]即把君子遵命行事,不自作主张的行为比作"风"。其他如"小畜"(风天)、"姤"(天风)、"蛊"(山风)、"观"(风地)、"涣"(风水)、"中孚"(风泽)、"家人"(风火)等卦则分别表现出"风行天上"、"天下有风"、"山下有风"、"风行地上"、"风行水上"、"泽上有风"、"风自火出"的区别。另有"大过"(泽风)、"恒"(雷风)、"益"(风雷)、"升"(地风)、"井"(水风)、"鼎"(火风)、"渐"(风山)等。它们亲和自然的趋向既是对原初生命力的一种彰显,也是对自然的依恋和崇拜。

其次,受先秦比德说的影响,"风"多用来形容人的高尚道德所具有的力量。《论语·颜渊》云:"君子之德风,小人之德草。草上之风,必偃。"[②]孔子将君子之德比喻为风,将子民之德比喻为草,风行草上,草必然会顺着风的方向倒去。孔子的意思是有德之君子教化百姓万民犹如风吹草偃一样自然而然。也正缘于此,刘向《说苑·君道》就直接化用孔子之语:"夫上之化下,犹风靡草,东风则草靡而西,西风则草靡而东,在风所由,而草为之靡。是故人君之动,不可不慎也。"[③]在这里,"风"之道德义已被提升为政教义。而风诗对社会和人们情感的感染力量和教化力量,与风对自然界和人们的无形影响力量相似。这就为《诗大序》中风教——"上以风化下"的孕育和产生奠定了坚实的基础。

第三,从各自的作用本身看,自然风和风诗都有利于规范、秩序的建立。自然风媒合天地万物,促进影响万物生长,形成四时周期变化,在维护宇宙平衡、促进生态和谐等方面发挥着重要作用。而风诗既来源于民众生活,又高于民众生活。风诗在民众之间,上可以观风知政,以风行教;下可以赋风达情,因风美刺,对于整个社会的和谐和秩序的维护亦有着重要作用。如《商书·说命下》云:"四海之内,咸

---

① 《十三经注疏·周易正义》,上海古籍出版社,1997年,第69页。

② 朱熹《四书章句集注·论语集注》,中华书局,2012年,第139页。

③ 刘向撰,向宗鲁校证《说苑校证·君道》,中华书局,1987年,第3页。

仰朕德，时乃风”。孔安国传：“风，教也。”[①]即是说天下之所以都敬仰商王武丁的德行，乃是因为其贤臣傅说的教化所致。此篇真伪虽无定论，但“风”作为一种具有强大政教作用的观念却在后来的《诗大序》中确立并集大成。这样，重视诗教的力量与上古信仰风的传统，不仅因涉及秩序建立而相通，而且在风诗的意义上因自然风的信仰而使风教神圣化。

正是在以上诸种因素的综合作用下，《诗大序》首次构建了“托风喻用”的诗教理论体系。如孔子说“君子之德风”，即把风比喻成君子的美好品行，以无形的自然之风来比喻抽象的美好品德，既贴切，又形象。而《诗大序》则把“风”神圣化，借“风”代表君子的美好德行来教化民众。风是自由飘浮的，它无处不到且无孔不入。因而可以将美好的品行带给每一位百姓，让他们受到熏陶和感染。同时，风也能够传播各种正能量，让社会成员之间的关系更加和谐稳定，从而最终实现统治者的愿望。具体而言，《诗大序》着重从三个方面对风教进行了论说。

首先，《诗大序》开门见山地描述了风诗的教化作用。“《关雎》，后妃之德也，风之始也，所以风天下而正夫妇也。”郑玄笺曰：“风之始，此风谓十五国风，风是诸侯政教也。”[②]显然，“风教”是一种国家行为。而在儒家“修齐治平”的理想建构中，“家”是一个非常重要的环节。正因为如此，《诗大序》将《关雎》释为歌咏后妃之德。封建社会里对于女子有着诸多要求，作为天子之妻则更应该规范自身言行，树立典范。当然，《关雎》中的君子和淑女并不仅仅专指天子和他的配偶，我们完全可以把他们和一切有美好品行的男女相联系。翻检《诗经》可以发现，“淑人”与“君子”错出者屡见。以“君子”配“淑人”，在一定程度上可以看作是一对道德意义相当的特定语汇。所以无论是君王夫妇还是君子淑女，他们都可以看作是一种美好模范的化身，用

① 《十三经注疏·尚书正义》，上海古籍出版社，1997年，第176页。
② 《十三经注疏·毛诗正义》，上海古籍出版社，1997年，第269页。

他们可以来教化民众，改善夫妻之间的关系，提升人们的道德修养，从而形成良好的社会风气和稳定的社会秩序。

其次，《诗大序》方向鲜明地区分了风诗的教化途径。“风，风也，教也；风以动之，教以化之”；“上以风化下，下以风刺上”。风诗的确具有这样的向上讽谏和向下风化的风教作用。风诗活动于民众之间，在上下层形成沟通，表现为上对下的风教和下对上的讽喻。一般情况下，这两个方面（层面）是一个双向互动的过程。如对于《郑风·萚兮》的解读，毛传和郑笺都认为，诗人是以风吹草木脱落的皮叶来比喻君臣唱和。这说明诗用即诗对人的影响就像风对万物的育养，风吹万物使之变动，一如诗歌使人感动。风变世界悄无声息，一如诗歌潜入人心兴发感动于无形。诗歌可以如风一般潜移默化地润物细无声，在君臣之间兴发感动，达到某种默契，以改变社会风气。就从上而下的教化而言，《诗大序》还对《国风》中的“二南”给予了充分的肯定与高度的评价，认为它们才是“正始之道，王化之基”，是“正风”的代表。这种评价既“官宣”了它们的地位，也在无形中拔高了“正风”的教化作用。

第三，《诗大序》雷厉风行地规范了风诗的教化方式。其一，“主文而谲谏”。这是《诗大序》对“上以风化下，下以风刺上”的共同要求。何谓“主文而谲谏”，自古以来学界对其解读众说纷纭，但无论哪种解释，都可归结为“中和”，有思想和艺术两方面的要求。思想上，有利于维护封建统治秩序；艺术上，要求含蓄委婉，不直接说出。其二，“发乎情，止乎礼义”。这是《诗大序》对“变风”感情抒发所做的符合人性和时代特点的规定。一方面，承认“变风”是出于人自身的情感而作，是“民之性”；另一方面，又认为“变风”的情感抒发不能毫无节制，必须“止乎礼义”。用“礼义”对诗人情感进行引导、规范和抑制，实则也是对普通百姓感情和行为的一种规范。汉儒要求的是一种中和有度的感情，即孔子所谓“乐而不淫，哀而不伤”。

总之，《诗大序》中，无论是“缘风喻诗”，还是“托风喻用”，都以“风”为喻体，借“风”丰富的美学内涵形成了关于诗之源、诗之体和诗之用整体的风喻批评。从风诗、风俗、风化和讽谏的关系看，风俗必定会渗透在风诗中，风诗也反过来会潜入在风俗里。风俗对于风诗，可以算是孕育孵化之母；而风诗对于风俗，亦有敦厚提纯之功。在风诗与风俗相互作用的同时，也产生了风化和讽谏作用。不仅风诗具有风化和讽谏之功，风诗影响下的风俗或者产生风诗的风俗，对风教也有很大的抟合作用。这样，在《诗大序》里，从自然风到风俗、风诗、乃至于其作用风化和讽谏，皆用一个“风”字表示，既形成了风喻，又丰富了风用。自此，“风”便自然而然成为教化的代名词，被纳入了政治、伦理的教化系统，并借助后代士人关于诗文的形象言说，寓政教和审美为一体，形成了富有中国特色的风喻批评。

三、风喻批评与诗教传统

风喻批评是我国古代文学批评中的一种源于中国原初生态和宇宙观念，又触及文学根本问题以及功能意义和具有华夏民族特色的一种文学批评。它基于人与自然的一种天人合一的理念，建立在比喻和类比的生成机制上，自《诗大序》明确建立后，逐步演变为一种融审美和教化为一体的文学批评现象和范式，将中国的诗教传统发挥得淋漓尽致。

（一）风喻作为教化

在中国文学批评史上，风喻批评兼有审美和教化两大功能。而《诗大序》以“风”为喻体，通过对“风”丰富的美学内涵的隐喻，揭示了风诗之本质、特征、功能及其意义。短小精悍的五百多字中，“风”一词出现最多，其意义也最为厚重。风喻了风诗似“风”一样的美文学的特点以及情感所具有的道德伦理教化作用，后世以风代诗成为一种传统，以风言教延续至今。这种以“风”整体性象喻诗之特征以及诗之作用的批评方式为汉代首创，在中国文学批评史上是个特殊又重要的存在。

《诗大序》中，风一词形成了自然风、社会风、风诗与风用之间相互转换作用的柔和中介，在某种意义上，诗的特点和“风”的特点、诗的作用与“风”的作用不分轩轾。《诗大序》将诗本身理解为“风”，《诗》分三体，“风”首先是种诗歌体裁，这种体裁之所以名为“风”，就在于它本身就像风一样具有风的力量，这是一种潜移默化的无形无色的感化、鼓动力量，雅颂亦有，所以风雅颂的合集《诗经》也被称为为风。“温柔敦厚，诗教也。”诗更具有一种和风一样具备感化人性的力量，是一种能够潜在地、非直接地发生作用的东西。所以风诗构成政治生活中一种“迂回的艺术”，因其“主文而谲谏”的美学特色而在政教上成为柔性中介。不仅人君能以之感化百姓于无形，而且臣子可咏歌依违风谏其上。这种融审美和政教为一体的风喻就构成了风教的基本内涵。

然而，发人深思的是，先秦以降的诗教、乐教怎么发展到《诗大序》就骤然变成了“风教”？换言之，《诗大序》的“风教”与先秦以降的诗教、乐教到底有何关联？

在甲骨文中，“风”和“凤”是同形字。对于两者的关系，郭沫若先生曾明确指出古人以凤为风神，并解释说：“盖视凤为天帝之使，而祀之以二犬。”①过常宝先生亦云：“在甲骨文时代，自然风与拥有神性的凤，并不是两种东西，而是二而一；也就是说，自然风本身就具有莫大的神性，而‘凤’在一开始就是自然风和神性的复合体。用鸟形来表明无形而有神性之风，正与初民的思维能力相称。”②也正缘于此，在后世文献中，神“凤”的出现往往伴随着歌舞，与音乐密切相关。如《山海经·大荒西经》云：“有弇州之山，五采之鸟仰天，名曰鸣鸟。爰有百乐歌舞之风。”③不过，具体地说，“风”和乐的关联主要表现如下：

首先，“风”乃乐之源。如《淮南子·主术训》云：“乐生于音，音生于律，律生于风，此声之宗也。”④而早在距今七千多年前的新石器时

---

① 郭沫若《卜辞通纂》，科学出版社，1983年，第376页。

② 过常宝《“风”义流变考》，《北京师范大学学报（社会科学版）》1998年第2期。

③ 袁珂校译《山海经校译·大荒西经》，上海古籍出版社，1985年，第271页。

④ 刘文典撰，冯逸点校《淮南鸿烈集解·主术训》，中华书局，2013年，第356页。

代，原始人用飞禽腿骨做成骨笛的考古发现，也为音乐起源于“风”的观念做了绝妙的注脚。《吕氏春秋·古乐》亦云：“惟天之合，正风乃行，其音若熙熙凄凄锵锵。帝颛顼好其音，乃令飞龙作效八风之音，命之曰《承云》，以祭上帝。”①将音乐看成是对“风”声的模仿。也正是在这个意义上，高亨先生说：“乐曲为什么叫做风呢？主要原因是风的声音有高低、大小、清浊、曲直种种的不同，乐曲的音调也有高低、大小、清浊、曲直种种的不同，乐曲有似于风，所以古人称乐为风。”②

其次，“听风”以成乐。《国语·郑语》载：“虞幕能听协风，以成乐物生者也。”③所谓“协风”，即“和风”。这种依据季候合理安排农业生产的行为是早期人类对自然规律的自觉总结，虽不乏神秘之嫌，但亦有科学的成分。如李纯一先生便推测说：“古人由于长期的社会实践，逐渐意识到四时各有来自不同方向的四方之风，这些风各自具有不同的特点，如湿度、温度特别是强度的差异，表现为音高不同的风声。于是产生了用不同音高的乐音或音律来表示乃至测知四时四方之风的想法，并使之服务于农事。”④

第三，“省风”以作乐。《左传·昭公二十一年》载：“夫乐，天子之职也。夫音，乐之舆也。而钟，音之器也。天子省风以作乐，器以钟之，舆以行之。”杜预注曰：“省风俗作乐以移之。”⑤也就是说，“省风作乐”可以起到移恶风易恶俗的作用。这是一个良性循环，天子省察各地风俗，既可以依据各地风俗作乐，又可以对各地风俗起美化作用。也正因为此，所以陆德明在《经典释文》中引王肃注《大雅·崧高》八章“其诗孔硕，其风肆好”中的“风”为“音也”。王引之在《经义述闻》中则更直接将“八风”（八方之风）解释为“八音”。他说：“乐之有八

---

① 许维遹《吕氏春秋集释·古乐》，中华书局，2009年，第123页。

② 高亨《诗经今注·诗经简述》，上海古籍出版社，1980年，第4页。

③ 邬国义《国语译注·郑语》，上海古籍出版社，1994年，第488页。

④ 李纯一《先秦音乐史》，人民音乐出版社，2005年，第97页。

⑤ 《十三经注疏·春秋左传正义》，上海古籍出版社，1997年，第2097页。

音，以应八方之风也。……八风与七音、九歌相次，则是八音矣。八音皆人所为，故曰‘为九歌、八风’，若八方之风，具是天籁，不得言为矣。”①

结合古代社会的生产水平和思维水平看，以效仿自然界的风声而作乐，无论是“听风”，还是“省风”，都使“风”和音乐形成了妙合无垠的关联，这就为《诗经》称十五地乐歌为十五“国风”奠定了坚实基础。而《诗大序》以风教代言诗教、乐教也就不是无源之水，无本之木。现将《诗大序》和《礼记·乐记》两文本列表对读，以示印证。

<table>
<tr><th>《诗大序》</th><th>《礼记·乐记》</th></tr>
<tr><td rowspan="3">诗者，志之所之也。在心为志，发言为诗。情动于中而形于言，言之不足，故嗟叹之；嗟叹之不足，故咏歌之；咏歌之不足，不知手之舞之足之蹈之也。</td><td>凡音者，生人心者也。（《乐本》）</td></tr>
<tr><td>故歌之为言也，长言之也。说之，故言之；言之不足，故长言之；长言之不足，故嗟叹之；嗟叹之不足，故不知手之舞之足之蹈之也。（《子贡》）</td></tr>
<tr><td>是故君子反情以和其志，广乐以成其教。（《乐象》）</td></tr>
<tr><td>情发于声，声成文谓之音。</td><td>情动于中，故形于声；声成文，谓之音。（《乐本》）</td></tr>
<tr><td>治世之音安以乐，其政和；乱世之音怨以怒，其政乖；亡国之音哀以思，其民困。</td><td>治世之音安以乐，其政和；乱世之音怨以怒，其政乖；亡国之音哀以思，其民困。（《乐本》）</td></tr>
<tr><td rowspan="2">故正得失，动天地，感鬼神，莫近于诗。先王以是经夫妇，成孝敬，厚人伦，美教化，移风俗。</td><td>乐也者，圣人之所乐也，而可以善民心。其感人深，其移风易俗，故先王著其教也。（《乐施》）</td></tr>
<tr><td>故乐行而伦清，耳目聪明，血气和平，移风易俗，天下皆宁。（《乐象》）</td></tr>
</table>

由上表可知，从诗、乐发生论到诗、乐的教化责任；从诗、乐通乎政到诗、乐的政教性质，《诗大序》和《礼记·乐记》的论述基本上都是相同或相通的。也正缘于此，我们说先秦以降的乐教传统、孔子的诗教传统以及《诗大序》中的风教传统从本质上看是相通的。它们在一

① 王引之《经义述闻》卷十八，台北世界书局，1975年，第442—443页。

定程度上说，都是依据“风”的原型而建构的。在文学尚未独立，又重视教化的封建社会，“风”的丰富内蕴使得儒家的诗学观念和政治理想达到一种完美的内在的统一。“风”对那个时代有着不可忽略的重要作用，一个地域一个时期的价值取向、道德风尚、文化风俗、审美偏好全与之联系，自然界的天然风于是含有了政治层面、伦理层面、心理层面、社会层面和美学层面的意蕴。而汉儒说诗多附以政教义，认为诗歌即“风”，具有一种风一样的自然而然的力量，在这里也就找到了合理的诠释和说明。风教正是这样一种可以无形之中使世界自由且自然地趋于和谐的力量，既不付诸具体工具，也不形式化外在事物，如乐教和诗教那种以情感人、以文化人的美育传统一样，润物细无声。

对于“风”和诗，汉儒正是抓住了其共同的不诉诸具体的规范的形式，不可把握而又潜移默化的特点才将两者合二为一。自然风所具有的这样一种潜移默化、无影无踪的神奇力量，也只有诉诸情感的诗歌（文学）中可以做到。“风”和诗的同一性表明在中国古代文化中，政治学、伦理学、美学是一个统一体，政治的力量、伦理的原则和美学的效果通过“风”这一概念得到统一。这种统一在于它们都能将一种潜在的、柔性的、自然而然的力量作为人与事物得以有效作用的根本性力量，而这种力量恰恰是儒家诗教的一种理想。

（二）风喻作为审美

诚然，以风喻诗是以风之特征来比喻诗之性质。但是比喻只是一种参照，实质是将“风”作为一种范式来批评文学。所谓范式，即典范性或曰经典性的方式。“风”就是这样一种文学批评的范式。“古代文学批评术语往往用以表达自己审美理解中的感受印象，因此，往往使术语带上具象比喻的色彩。批评术语的具象性是批评文本具有隐喻的特点，如果这种具象比喻贴切中肯，便能超出批评家一己之感受，为后世的批评家所用。”[①]而“风”的模糊性，多义性和具象性特点，

① 赖力行《中国文学批评的传统与转化》，湖南师范大学出版社，2008 年，第 118 页。

决定了其被后世广为接受的必然性。

作为儒家诗论的总结，一方面，《诗大序》以"风"喻诗，风的"主文而谲谏"的美学要求与《礼记·经解》中提出的"温柔敦厚，诗教也"一同构成了汉儒的意识形态诗学。"风化"、"风谏"、"发乎情，止乎礼义"等汉代诗学话语，都奠基在儒家主流意识形态之上，有着深层的文化逻辑和内在发展理路。故我们在阐释"风喻批评"时，于审美性之外尤其强调其政教性，否则就如清代学者魏源所说："《国风》以'讽'为谊，《雅》以'正'为谊，后人不知'讽谏'为'风'之谊，而《大序》即不可读矣。"①而这也是《诗大序》之"风教"与先秦以降乐教、诗教相融相通的根本原因。但是，另一方面，"以风喻诗"是先秦由来已久的传统，而"托风喻用"则被汉儒发扬光大。从其所处的文化语境——"大一统"的政治局面与推崇儒学的文化氛围所带来的矛盾的现实条件——君权空前膨胀来看，士大夫们不得不采取"迂回表达的艺术"来获得存在的"自由"。② 换言之，汉代儒生们普遍的意识形态阐释或者说政教化批评都必须借助于一种艺术性的外衣来实现自我保护。而这种"艺术性的外衣"从本质上说，也就是一种审美。就《诗大序》本身而言，其审美则是借助风喻实现的。

现代认知语言学认为隐喻不仅仅是一种修辞的手段，更是一种思维的机制和认知的力量，对人的思想观念的形成有着一种引导性作用。在直接的语言表达存在缺陷的时候，人们往往需要用隐喻来描述关于世界的经验和感受，通过意象象征来实现意思的转换与传达。因此，隐喻被看做文学语言言说的本质。在《诗大序》中，风喻就是这样一种典型的隐喻。其"风——风诗——风用"整体的隐喻，实现了自然、社会、艺术三种不同世界的自由穿越与转换。

首先，《诗大序》以风喻诗发挥了汉语的隐喻功能。古人不但作诗惯用比兴，说诗、评诗亦喜用比兴。这种借象说诗的审美策略源于

① 魏源《诗古微·毛诗大序义》，《魏源全集》第一册，岳麓书社，2004年，第192页。

② 于连《迂回与进入》，杜小真译，生活·读书·新知三联书店，2003年，第226—231页。

人类远祖与自然之间相依相成的关系，认为一切要顺应自然，自然的就是极好的。古人认为诗歌发自胸臆，如《诗大序》所云“情动于中而形于言”，因此以自然风为喻。又因为诗之作用犹如自然界之风，诚如孔颖达《正义》所云：“风之所吹，无物不扇，化之所被，无往不沾。”[①]诗歌对于人的教化作用，像风吹动万物一样，摇荡人们的性情；像风化育万物一样，入人也深，化人也速，让人们在不知不觉之中，潜移默化地受到教育感化，因此又以风来喻具有风一样特点的诗歌的作用。诗歌的本质、特征以及功用是难以用语言具体描述的，但是以风为喻，不仅巧妙破解了“书不尽言，言不尽意”的问题，而且借一个可以使人产生无限想象的喻体将诗的本质、诗的特点、诗的功用传达得可感可思，真正达到了“言已尽而意无穷”的境界，切实再现了汉语丰富的隐喻功能。

其次，《诗大序》以风喻诗体现了士人的审美理想。因风所具有的生机勃勃、灵动自由、神气远出的特点，而将其隐喻为风诗；因风所具有的无孔不入，无所不在，潜移默化的特点，而将其隐喻为风用，使《诗大序》中的风喻在丰富诗歌教化作用的同时，也具备了审美意蕴，体现了古代士人的审美追求。黑格尔“生气灌注”说也是这个道理，只有灵动如风的艺术才会使人有如沐春风的感觉。艺术高于自然物的根本“靠心灵所灌注给它的生气”[②]。“在心为志，发言为诗”的诗作为艺术应该具有兴发感动、触及人心的作用。德国批评家G·缪勒和H·奥贝尔特别重视“艺术作品同活的生物体之间的相似之处”[③]，即如《诗大序》中的风诗和自然界的天然风，都体现着自然美和生气美。而这也是《诗大序》以风喻诗所追求的诗歌本质。

第三，《诗大序》以风喻诗倡扬了士人的审美追求。一方面，无论“上以风化下”的教化，还是“下以风刺上”的劝谏，都必须以“主文而谲谏”的委婉、不直言为创作宗旨，这虽是古代士人在特定的政治生

① 《十三经注疏·毛诗正义》，上海古籍出版社，1997年，第269页。

② 黑格尔《美学》第一卷，朱光潜译，商务印书馆，1979年，第37页。

③ 勒内·韦勒克《批评的诸种概念》，罗钢等译，上海人民出版社，2015年，第70页。

态中为实现自己远大抱负或政治理想而采取的一种规避风险的策略，体现了他们的生存智慧，但与此同时也为后世诗歌含蓄蕴藉美的孕育与培植奠定了坚实基础。另一方面，“变风”既要“达于事变而怀其旧俗”，又要“发乎情，止乎礼义”，则分别成为后世诗歌继承与革新理论、陆机“诗缘情”说、宋明理学家“为文害道”说的理论渊薮。

总之，风喻批评在魏晋以前主要是与诗教相联系的。虽然其中也不乏审美因子，如上文所述，《诗大序》中的风喻批评也追求诗歌“真”和“美”的审美特性，如风诗的自然生发美、生气灌注美、情感真挚美、含蓄蕴藉美等，但那终究仍是为了以一种美的方式而服务于“善”，即政教。而这正是汉代经学和文论的共同特质。

“文变染乎世情，兴废系乎时序。”汉代之后，文学进入“自觉时代”，风喻批评亦由内蕴审美外向教化渐次走向审美一路。不过，诚如宗白华先生所说：“中国美学竟是出发于‘人物品藻’之美学，美的概念、范畴、形容词，发源于人格美的评赏。”[①]具体到风喻批评，魏晋南北朝兴起的“人物品藻”则延承《论语·颜渊》的“君子之德风”和《诗大序》的“王者之风”“诸侯之风”，将人物的品格和风姿融为一体，出现了令后世知识分子广为艳羡倾慕的“魏晋风度”。这在《世说新语》和《颜氏家训》中都有集中表现。《世说新语》以风品藻人物，比比皆是。如《容止》赞嵇康“风姿特秀”；《任诞》赞阮浑（阮籍之子）“风气韵度”，赞周伯仁“风德雅重”；《德行》赞李元礼“风格秀整”；《方正》赞王恭“风流秀出”；《雅量》赞庾亮“风仪伟长”。《颜氏家训》则专设《风操》一文，希冀“学达君子，自为节度，相承行之，故世号士大夫风操”[②]。还为士大夫们分别树立了“清风”、“仁风”、“贞风”、“直风”的榜样人选：“且劝一伯夷，而千万人立清风矣；劝一季札，而千万人立仁风矣；劝一柳下惠，而千万人立贞风矣；劝一史鱼，而千万人立直风矣。”[③]

---

① 宗白华《美学散步》，上海人民出版社，2003 年，第 102 页。

② 檀作文译注《颜氏家训·风操》，中华书局，2007 年，第 46 页。

③ 檀作文译注《颜氏家训·名实》，中华书局，2007 年，第 170 页。

受以风品藻人物的影响，魏晋南北朝时期以风喻审美风格几近成为文坛通识。如曹植赞吴季重书信“文采委曲，晔若春容，浏若清风”(《与吴季重书》)；陆机赞王粲有“风飞而飚竖”之气(《文赋》)；刘勰以“风清而不杂”倡文风(《文心雕龙·宗经》)，并赞刘琨“雅壮而多风”(《文心雕龙·才略》)；钟嵘赞范云诗“轻便婉转，如流风回雪”(《诗品》)。除文学以外，风喻批评在六朝书法、绘画中也运用得不少。如西晋成公绥《隶书体》以“漂若清风厉水，漪澜成文”喻书法飘逸自然；南朝梁袁昂《古今书评》赞索靖书法如“飘风忽举，鸷鸟乍飞”；南朝齐谢赫《古画品录》评陆绥画作“体韵遒举，风彩飘然”。正是在人物、文学、绘画、书法的广泛风喻中，刘勰的“风骨”、钟嵘的“风力”等具有理论品格的审美范畴得以正式形成。

魏晋以降，风喻批评的审美化之路越来越宽广。《二十四诗品》[①]以风喻诗，极具代表性。如以“寥寥长风”喻雄浑；以“犹之惠风”喻冲淡；以“月出东斗，好风相从”喻高古；以“御风蓬叶，泛彼无垠”喻飘逸；以“巫峡千寻，走云连风”喻劲健；以“天风浪浪，海山苍苍”喻豪放；以“大风卷水，林木为摧”喻悲慨。唐代李嗣真《续画品录》以风喻画，认为郑法士“气韵标举，风格遒俊”；刘乌“不少风格，但未遒耳”。宋代郭若虚《图画见闻志》以“吴带当风，曹衣出水”喻两种画风。金代赵秉文以风喻文，认为欧阳修之文“如春风和气，鼓舞动荡，了无痕迹”(《翰林学士承旨文献党公碑》)。明代徐上瀛《溪山琴况》以“松之风而竹之雨”喻琴。明代茅坤《刻汉书评林序》以风评史，认为《史记》以“风神”胜于《汉书》。

作为汉代经学与文论会通化成的经典篇章，《诗大序》以频繁出现的 17 处“风”承续了先秦以来的“缘风喻诗”传统，生发出汉代特有

---

① 关于《二十四诗品》作者的争论，始于 1994 年陈尚君、汪涌豪先生在中国古代文论年会上提交的文章《司空图〈二十四诗品〉辨伪》(后刊于《中国古籍研究》1996 年创刊号)。该文认为是著非唐代司空图所作，并初步认定乃明人据《诗家一指》所伪造。是文一出，引起强烈关注，是之，非之，众说纷纭。其具体争议，参见张少康《中国文学理论批评史教程》，北京大学出版社，2011 年，第 142 页。

的“托风喻用”诗教。在“风——风诗——风用”的整体性风喻中，《诗大序》完成了风喻批评内蕴审美外向教化的整体建构。既附载了汉代深厚的社会文化内涵，又开启了后世丰富的审美批评意蕴。

（中南财经政法大学新闻与文化传播学院）

论《文选》在隋唐时期的经典化历程*

丁红旗

内容摘要：《文选》编成后，直到隋末萧该、曹宪将之展示在舞台上，其间有近五十余年的空白。在北方表现出对南方文化的倾慕和艳羡的同时，在南方江都一带，因曹宪的孜孜努力，也蕴育出江南的第一个《文选》学圈。《文选》受到了学者们持久的关注，且已引起了高层的注意，即初唐时太宗及其周围人的追摹、取法。重要的是，随着《文选》的读习渐趋向普通士子蔓延，这一摘句模拟的思维方式得到了后代的认可，最终形成了摘句赏析的时代风尚。这直接促使了科举试题对《文选》的借重，并用在了最高的省试——进士科试中。由这一更强大、更持久稳定的助力，最终从稳定的制度层面，彻底完成了《文选》对时人或者说大众的普及，进而确定了其经典地位。之后，《文选》进一步普及、渗入，甚且沉潜、凝定成了更广泛意义上的生活常识，在唐传奇中广泛传播。

关键词：传播历程；摘句传统；科举的借重；普及

* 本文为2014年度国家重大社科项目"《文选》汇校汇注"（项目编号：14zdb067）的阶段性成果。

Discussion on the Classic Course of *Wen Xuan* in Sui and Tang Dynasties

Ding Hongqi

Abstract: After the compilation of *Wen Xuan* until Xiao Gai and Cao Xian, who displayed the book on the stage until the end of Sui Dynasty, it had a gap of nearly 50 years. The north shows its admiration and envy for the southern culture. In Jiangdu area in the south, due to Cao Xian's diligent efforts, the first study circle of *Wen Xuan* in Jiangnan emerged. It has attracted the attention of scholars for a long time and has attracted the attention of high-level officials. In the early Tang Dynasty, Taizhong and the people around him chased and copied the works. What is important is that with the reading of *Wen Xuan* gradually spreading to ordinary scholars, this way of thinking simulated by excerpts has been recognized by future generations. Finally, the trend of the times was formed. This directly prompted the imperial examination questions to rely on *Wen Xuan*, and used it in the highest provincial examination, the Jinshi examination. With this stronger, more lasting and stable boost, finally, from a stable system level, *Wen Xuan* has completely popularized people by people, and then determined its classic status. After that, *Wen Xuan* was further popularized and infiltrated, and even became a common sense of life in a broader sense, widely spread in Tang legends.

Keywords: communication course; sentence picking tradition; borrowing from imperial examination; popular

“千淘万漉虽辛苦，吹尽黄沙始到金”，经受住了大浪淘沙，《文选》在隋唐时期的接受、发展过程，其实也就是一种经典化的历程。这一历程，早在民国时期，骆鸿凯先生《文选学》已有些许提及；之后，研究《文选》的著名学者傅刚先生《〈文选〉的流传及影响》也有一些陈述,郭宝军兄《试论〈文选〉经典化之可能与生成》[①],更直接切入了这一论题。但实际上,因李唐一代289年间弘大的跨度,且其间各种史料又不无纷繁、复杂,甚且歧异而难以统系,一些史实又沉湮在历史的茫茫流光之中,而有较大的难度。而今,随着《文选》学研究的不断深入,这一问题又浮出水面——毕竟,唐代是《文选》学的一个重要繁盛期,由此是一个《文选》学研究中不能跨越而不得不审视的重要问题。今即据一些史料,从更详细、宽广的层面试加概述、拓展,以求能有助于对这一问题的深入探究。

一、北齐、隋、初唐时期《文选》的浮出

《文选》的编纂成书,一般认为在梁普通(520—526)初年至中大通(529—534)年间[②],下限是昭明太子卒的中大通三年(531)。但直到《北史》卷八二《儒林下》,以及《大唐新语》卷九《著述》才载有隋萧该、曹宪二人传习《文选》的情形,这中间约有五十余年空白。这一时期,今能见到的应该是唯一直接关涉《文选》的史料,就是《太平广记》卷二四七"石动筩"条,其载北齐高祖高欢尝令人读《文选》。高欢武定五年(547)去世,说明这之前《文选》已传至北朝。就是说,仅十余年,《文选》就已传到了北齐的邺都(今河北临漳),这个速度是很快的。本来,高欢等北齐最高层是以六镇军人崛起立国,又鉴于北魏的衰落,本就倾心复兴业已衰落的鲜卑文化中的尚武风习,清人赵翼就讥讽其"适还其为猴"[③],"源其指归而不好辞彩"[④]。周围奔走之人的文化水平也往往较低。因此,高欢令人读《文选》,当主要是学习南方文化的需要。

---

① 以上两文分别见《中国典籍与文化》2000年第1期、《文学遗产》2016年第6期。又,笔者本文与郭兄大作虽题目较切近,但视角基本不同。

② 曹道衡、沈玉成《有关〈文选〉编纂中几个问题的拟测》,见《沈玉成文存》,中华书局,2006年。

③ 王树民校证《廿二史札记(增补本)》卷十四,中华书局,1984年,第307页。

④ 《北齐书》卷六《孝昭纪》,中华书局,1972年,第79页。

这也不是孤例，因北齐一直保持着对南方文化的倾心和思慕。“（济阴王元）晖业尝大会宾客，有人将《何逊集》初入洛，诸贤皆赞赏之。”[①]这是武定（543—550）之前的事（当时都城在洛阳）。《何逊集》约编集于大同三年（537）[②]，其传播的速度同样很快，亦是十余年间，“皆赞赏之”，也说明了北齐对南方文化的渴慕。元晖业此举并非一时心血来潮，其文学水平较高，史称其“涉子史，亦颇属文”。还有一事，即《北齐书》卷三九《祖珽传》所载抄写、盗取《华林遍略》一事。文襄指高澄，当时领中书监，武定五年（547）高欢死后继掌朝政，但两年后即遇刺身亡。而《华林遍略》是在普通四年（523）编成[③]，这样看来，其从扬州传入北方的洛阳，最多是二十年。这些典籍快速的转播，只能是当日对南方文化极度渴求、南北交流频繁的结果。如何逊，当日在梁朝就有重名，一代名流沈约曾备赞何逊，“吾每读卿诗，一日三复，犹不能已”[④]。《华林遍略》六百二十卷，作为皇皇巨著，是梁武帝特意纠集一班人马编撰以压倒刘孝标《类苑》的大型类书，天下三教九流、六艺七略自然是无所不包。[⑤] 有此一本，尽可囊括天下知识，高澄焉得不喜。其重视也是自然。因此，高欢尝令人读《文选》，就不再是一件孤立的事，而是渴求背景下《文选》至少已受到了北方高层的关注。

还值得一提的是，今人所熟知的魏收、邢邵倾慕、学习南方的任昉、沈约，魏、邢都是北齐的文人。以上四例，都出自黄河中下游一带，这不是巧合，而是事出有因：一，北齐所居地域，原本就是北魏时代政治、经济和文化最为发达的黄河中下游地区，自汉以来，就有深

---

① 《北齐书》卷三十八《元文遥传》，中华书局，1972 年，第 503 页。

② 据《梁书》卷四十九《何逊传》，何逊“服阕，除仁威庐陵王记室，复随府江州，未几卒。东海王僧孺集其文为八卷”。（中华书局，1973 年，第 693 页）则其文集为死后编撰。又据《梁书》卷三，大同三年庐陵王萧续为安南将军、江州刺史，则何逊当卒于此年。

③ 《南史》卷七二《何思澄传》：“天监十五年，敕太子詹事徐勉举学士入华林撰《遍略》，……八年乃书成，合七百卷。”（中华书局，1975 年，第 1782—1783 页）

④ 《南史》卷三三《何逊传》，中华书局，1975 年，第 871 页。

⑤ 《续谈助》卷四引唐杜宝《大业杂记》载。

厚的文化传统。北魏孝文帝实施汉化，也主要在这一地域。二，北齐所居之地，毗邻南朝（大体以淮河为界），更易于接纳、濡染和传播南朝文化。

至于南方，更难觅一丝读习《文选》的痕迹；原因也很简单，梁陈时期，宫体诗风甚嚣尘上（当日何逊清雅的诗风被排斥，亦可窥一斑），旖旎、艳情诗风大行其道，无时不在挤占、压缩典雅诗风的空间；这样，以典雅、庄重为选文特色的《文选》自然会因不合时人口味而被弃置巾箱。

这一切，都有待于另外的机缘。

《文选》首先受到了一些学者们持久的关注，这就是萧该、曹宪。从学者传播的视角看，这二人功不可没。二人的传记极其简略（即前所提到的《北史》与《大唐新语》），但透过简洁的话语，仍能捕捉到背后的一些情形。萧该，梁鄱阳王萧恢的孙子，这一支脉有习文的传统。[①] 西魏恭帝元年（554）九月，宇文护等率兵攻破了梁元帝占据的江陵，萧该被俘北上。开皇（581—600）初，赐爵山阴县公，拜国子博士。无论是社会地位，还是著述条件（能接触到国子监中大量的国家藏书），萧该都有机会沉潜于述作。或者说，丧乱之后，可能是痛感于先人事业的凋零、书籍散落，出于对家族长辈（萧统为其叔父）文化事业的敬重而潜究、注释《文选》。

曹宪，至少在大业七年（611），就已回到了阔别已久的故乡江都（今扬州市）。[②] 此际，曹宪已七十岁左右。或许已致仕，或许是感于世道的衰乱，曹宪潜心教授学子，以此度过余生。其教授《文选》，估计有地域影响的因素，毕竟，扬州毗邻帝京、以及昭明太子时时读书的镇江，同属于京畿文化圈。睹物思人，进而重其著述，也是很自然的事。但是，如与北方的萧该相比，曹宪明显处于一种优势——即处在一个宽广、深厚的文化土壤之中。江都，这时已因特别的历史机缘

① 丁红旗《唐宋〈文选〉学史论》，上海人民出版社，2015 年，第 32—33 页。

② 丁红旗《唐宋〈文选〉学史论》，上海人民出版社，2015 年，第 41 页。

而迅速走向繁盛，这一人物就是杨广。开皇八年(588)十月，晋王杨广率军攻打陈朝。平陈后，任扬州总管，镇江都，每岁一朝。直到二十年(600)十月被立为太子(前太子杨勇被废)，杨广一直驻守在江都，十余年的悉心经营，自然非同一般，也为此一再游幸江都。在他眼中，江都是一个美轮美奂、值得时时淹留的都市，其《江都宫乐歌》就充分表现了这一无限倾赏的心态意绪。文化上也在日益繁兴。这种背景下，曹宪教授的弟子"句容许淹、江夏李善、公孙罗相继以《文选》教授"，前后相承，无疑开始光大了《文选》的读习阵容，"于是其学大兴"，并最终形成了第一个江南《文选》学圈。

但在北方，据《北史》卷二六《杜正玄传》，隋开皇十五年(595)策试秀才时，掌管考试的杨素轻视举子，"志在试退"杜正玄，"乃手题使拟司马相如《上林赋》、王褒《圣主得贤臣颂》、班固《燕然山铭》、张载《剑阁铭》、《白鹦鹉赋》"，并限时完成。在杨素一意刁难的题目中，除《白鹦鹉赋》为临时借题外，赋、颂、铭三种体裁的文章均见于《文选》，可证实此际的《文选》，在高层(如杨素)、世家士子(如杜正玄[①])中都有人比较熟悉；否则，杨素也不会一时兴到，在神圣、严肃的策试场面拈出《文选》来一考秀才；至于杜正玄，更须习知甚且熟背《文选》，否则谈不上准确拟作。杜正玄，出京兆杜氏，如再结合开皇初萧该在北方注释《文选》的事实，能看出至少在隋时，《文选》已在一些学者和高层中间慢慢流衍开来。

这迈出了《文选》被经典化的第一步，即已在一些学者的注释中，在一些特定的地域内传播。

但是，"其学大兴"，恐怕只能是史臣事后的一种追忆，因这一时节还远没这般繁盛，至少在隋末还只是局限于江都一地，仅在一些学者，如曹宪、许淹、公孙罗等中间传习、阅读与注释《文选》。不过，这一批后来发扬光大《文选》学的弟子们的最终走向却值得深入考察。

---

① 杜正玄，出京兆杜氏，杜预之后。同卷载其父"裕，字庆延，虽官非贵仕，而文学相传"。

据《旧唐书》卷一八九上《儒学上》所载，许淹所居，就在建康周围一带，不曾远离。公孙罗也是在江南一带停留、居止。这都在江南以江都为中心的《文选》学圈的范围，例外的就是李善。应当说，李善的遭际比较坎坷。显庆中，已累官补太子内率府录事参军、崇贤馆直学士（正七品上，见《通典》卷三〇“太子庶子”条），兼沛王李贤侍读，已快步踏上了中层的清望官系列，凭借沛王侍读的阶梯，自会有一个美好的前程。李善也在孜孜努力，甚至结交了当日炙手可热的权贵贺兰敏之（即武敏之，武则天姐的儿子）。但宦途险恶，武敏之后被赐死，李善竟以此惹祸，“配流姚州。后遇赦得还”。但要回何地，却也颇费一番心思：故乡江都，已离开有二十多年了，早已生疏；再回到帝京长安，但以一曾经的罪人身份，想要东山再起，又谈何容易？时人恐怕避之都来不及。重要的是，调露二年（680）八月，因受正议大夫明崇俨为盗所杀一事的牵连，李善昔日所依附的旧主李贤在残酷的争斗中，被武则天借机废为庶人，永无出头之日了。李善的希望只能随之破灭。这时，李善也可能感到有些力不从心了，不得已，滞留在东都洛阳附近——汴、郑间以讲《文选》为业[①]，度过了余生；这是因这一时节的神都洛阳，已因武则天的原因，而日渐显露出大唐盛世的气象。

这样，如果从遇赦的上元二年算起，李善郑、汴间讲学的时间为十四年。应当说，这是一个在《文选》学传播史上关键的十四年。显庆三年（658）九月十七日，李善《上〈文选〉注表》谈到一己注释《文选》的情形：“故勉十舍之劳，寄三余之暇，弋钓书部，愿言注辑，合成六十卷。”“十舍”是“驽马十舍”，出自《淮南子·齐俗训》，意谓即便是驽马，只要奋力拉车十日，亦可至远。“三余”出自《三国志·魏志·董遇传》。又说“握玩斯文，载移凉燠”，则持续了很长的时间。这都足以见出李善的努力、勤奋。同时，也可想见，在专职教授《文选》之余，肯定会与诸生一起讨论《文选》的一些问题，碰撞、激发，或一己偶有

① 调露二年（680），武则天虽仍为皇后，但已与高宗并称“二圣”，东都洛阳的地位在急遽上升。

心得，都会提升注释、研究《文选》的水准。最终“诸生四远至”，就直接促使了《文选》学在这一毗邻帝京、文化厚重地域的迅速传播。可以说，这一时节，《文选》已开始渐趋向普通的士子蔓延。这是在北方的第二个《文选》学圈。

再从文风的角度看，南齐以来，时人摘句嗟赏的风尚已较为流行，萧子显《南齐书·文学传论》指出：“张眎摘句褒贬……各任怀抱，共为权衡。”“褒贬”与“权衡”相提并论，说明文学批评史意义上的“摘句褒贬”业已形成。这也是实际情况的概述，如南齐时，时人以江淹诗“绝无美句”，而谓为“才尽”①；“宋孝武殷贵妃亡，灵鞠献挽歌诗三首，对‘云横广阶暗，霜深高殿寒’，帝摘句嗟赏”②；萧悫曾秋夜赋诗，“‘芙蓉露下落，杨柳月中疏’，为知音所赏”③。对此，《文心雕龙·隐秀》更直接提出秀句“所以照文苑”，即能辉映文苑、烛照出彩的文学观念。可以想见，积久下去，为方便，势必会将一首诗中能相对独立、精彩警醒的句子摘出，加以品评、标榜；持续下去，也自会模拟写作。这是因倾赏之余，也可藉此时时锻炼、提升写作技巧。从隋时的一些作品来看，逯钦立辑《全隋诗》卷四王胄《白马篇》（显系模拟、铺陈曹植的同名作）、诸葛颖《赋得微雨东来应教诗》（源自陶渊明《读山海经诗》“微雨从东来，好风与之俱”）；卷六孔德绍《赋得涉江采芙蓉诗》（源自《古诗十九首》，但文意、语词倒近于陆机《拟古诗·拟涉江采芙蓉》）、刘斌《送刘员外同赋陈思王诗得好鸟鸣高枝》（源自曹植《公宴诗》）；卷七李巨仁《赋得方塘含白水》（源自刘桢《杂诗》）等，这么集中，都当是模拟《文选》中诗作的结果；因为这两卷，题目标明“赋得”二字且为诗句的，仅此七首。这当然不是巧合，而是时人有意模拟《文选》诗句的结果。而一部编著欲成为经典，核心就在于其不断地被追摹、取法。

从作者的地域来看，王胄，仕陈，大业初为著作郎，后亡匿江左，

① 《南史》卷五九《江淹传》，中华书局，1975年，第1451页。

② 《南齐书》卷五二《丘灵鞠传》，中华书局，1974年，第889页。

③ 《北齐书》卷四五《萧悫传》，中华书局，1972年，第628页

是地道的江南人;诸葛颖,丹阳建康人,侯景之乱奔齐,待诏文林馆;孔德绍,会稽人,窦建德称王,署为中书令;刘斌,南阳人,梁时名士刘之遴之孙。除李巨仁籍贯不详外,其余四人实际上都生长在江南,或者一生多数时光在江南度过,受江南文化的滋养。与北方比较,南方就厚实多了。这也是第一个《文选》学圈在江南形成的根本原因和文化土壤。

但是,不管怎样,《文选》在隋末已渐次浮出了水面。

二、唐时摘句赏析的兴盛与《文选》走进科举

但《文选》的进一步广泛传播,还势必需其他的助力;这是因为由个别学者带来的兴盛并不表现在比较稳定的制度层面,而无久长、持续不断的可能。

初唐以来,沿袭宋齐以来已蔚为兴盛的极端重视"美句"、摘句赏析的传统,进一步发展,就是编集各种秀句、名篇丽藻以供揣摩、仿效,切实提高一己的写作水平。《文镜秘府论·南卷》"论文意"条引王昌龄论诗,就说当时"凡作诗之人,皆自抄古人诗语精妙之处,名为随身卷子,以防苦思;作文兴若不来,即须看随身卷子,以发兴也",可见秀句在当日运用的普遍和切实功效。这种汇编诗中佳句的"秀句集"、"摘句图"的集子,现在还能考见一些:如贞观中褚亮等编的《古文章巧言语》;元兢《古今诗人秀句》二卷①;张为《诗人主客图》;"《古今诗人秀句》二十卷,元兢编;《文场秀句》一卷,王起编"②,等等。王起,贞元十四年(798)中进士,长庆二年(822)曾为吏部侍郎主持进士科考试③,当日声望甚隆。这也看出从初唐直到中晚唐,编集秀句都

① 学者一般认为,日人遍照金刚《文镜秘府论·南卷·集论》部分为元兢《古今诗人秀句序》。

② 胡应麟《诗薮·外编》卷三《唐上》"唐人好集诗句为图"条,中华书局,1962年,第164—165页。

③ 赵璘《因话录》卷三载:"李相国程,王仆射起,白少傅居易兄弟,张舍人仲素,为场中辞赋之最,言程式者,宗此五人。"《文苑英华》共载王起赋作49篇,李程赋作21篇,张仲素赋作17篇,白行简赋作15篇,白居易赋作14篇。

一直络绎不绝，是一个时代的风尚。某种程度上，《初学记》的编撰，也不妨视为此种风尚下的产物，毕竟，唐玄宗为教育诸子的作文，所选亦是当日公认的名篇丽藻。

而且，时人品评，也多有从佳句着眼的，如一代诗人杜甫就明言一己"清词丽句必为邻"（《戏为六绝句》），"为人性僻耽佳句"（《江上值水如海势聊短述》），在辞藻、佳句上苦下功夫；并评王维"最传秀句寰区满"，说李白"李侯有佳句"（《与李十二白同寻范十隐居》）。重要的是，唐时仍旧沿袭六朝以来摘句赏析的传统，肯定、颂扬他人诗作中的名句，如李白言说"张翰黄花句，风流五百年"（《金陵送张十一再游东吴》），郑谷谈"何如'海日生残夜'，一句能令万古传"（《卷末偶题》）。再如开元二十六年（738），郑曙以一联"夜来双月满，曙后一星孤"而得通籍[①]；中唐时，徐凝以"千古长如白练飞，一条界破青山色"而夺得杭州取解的机会[②]；贞元中，周存则以一联"倘若从龙去，还施润物功"得中进士[③]，等等。极度推重之下，兼带功名利禄，诗人们也自是潜心琢磨，尽可能写出一些佳词秀句，至如唐末贾岛《送无可上人》自注所说的"二句三年得，一吟双泪流"，就道出了这一极端的情形。

这是初唐以来一个影响深远的倾向。

但也显然，这种推重、倾赏秀句的风尚，还不一定能落实到《文选》身上；《文选》地位的进一步上升与经典化，还需借助其他的机缘。

武德七年（624）九月十七日，欧阳询等编撰《艺文类聚》成（历时三年），在实际的编撰中，《文选》是其选文的重要蓝本之一。又，今检《全唐诗》，仅从诗题看，太宗时，引用《文选》诗句的就已较多，如太宗《白日半西山》、《置酒坐飞阁》、《采芙蓉》、《赋秋日悬清光赐房玄龄》，褚亮《赋得蜀都》，李白药《赋得魏都》，刘孝孙《送刘散员同赋陈思王

---

① 《太平广记》卷一九八引《明皇杂录》。

② 王定保《唐摭言》卷二，上海古籍出版，1978年，第17—18页。

③ 陶宗仪《说郛三种》第七册《林下诗谈》，上海古籍出版社，1988年，第3889—3890页。

诗游人久不归》，许敬宗《送刘散员同赋得陈思王诗山树郁苍苍》，杨师道《侍宴赋得起坐弹鸣琴二首》，李百药《赋得班去赵姬升》、《鹦鹉赋》、《笙赋》，岑文本《藉田颂》、《拟剧秦美新》等。这些的众多的"赋得"诗，虽不乏戏作、随意的成分，但也见出模拟秀句的兴盛。《文选》在初唐的影响亦可略见一斑。可以说，此际的《文选》已进入了高层知识界关注的视野。

或者说，不管基于何种原因，初唐政治最高层及其周围已在关注《文选》，并倾注了更多模拟、取法的目光。在一个帝国政治就是帝王政治的社会中，帝王的导向性无疑具有较大的社会影响力；或者说，这足以或明或暗地加速世人对《文选》的接受。这是初唐时期《文选》传播的一个重要变迁。因此，显庆三年（658）九月李善上《文选》注，就是一个标志性的事件，其语气也敢说的大，"后进英髦，咸资准的"。李善当已看到了《文选》开始兴盛的种种迹象。或者说，与前些年唐太宗亲率一帮文臣模拟《文选》写作的旨趣不谋而合，李善凭借一己所长，在潜究《文选》的典章故实之余，不失时机地顺应了这一来自高层的时尚，并推波助澜——让《文选》在更广阔的范围内获得认可，并发展。

从这一时期能够考知的关涉《文选》的一些记载看，大体上以开元中期为界，这些不同角度的史实勾勒出了一个《文选》在整个社会渐次发展、兴盛的网络——在一百一二十年间，一方面，重视《文选》的范围日渐扩大，已从政府高层、高官下移、蔓延至普通文人，甚至方外之人、隐士等，发展自是比较迅速；另一方面，重视的方式多样，除了高层不辞辛苦地细细抄写，作为经典被赐行域外等，地方上《文选》的讲授，甚且有隐士一再注释、编续、拟作《文选》等，都见出《文选》在当日整个社会的器重。重要的是，一代诗人李白①、杜甫、韩愈等模拟、化用《文选》，更让我们看到《文选》在写诗中的典范作用。而标榜、提倡的人属于何种领域和层次，往往更直接决定了其经典的价值

① 李白"三拟《文选》"，可参周勋初《李白"三拟〈文选〉"阐微》，《郑州大学学报（哲学社会科学版）》2006 年第 1 期。

和在文化场域中的高度，特别是帝王的高度肯定，使得《文选》更具有了文学典范的意义。

不过，个人的力量毕竟有限，最高统治者太宗的爱好也可能转移——一切都还不稳定，都不无偶然的因素，还需要更强大、更持久稳定的助力。这一助力，就是在武则天之后日趋兴盛和稳定的科举制度。也能想象，在这样一个热烈读习的氛围中，借鉴时下兴盛的摘句赏析传统，但又增添新的内容，即与仕途衔接，上升到国家层面，就势必会在《文选》中摘录一些秀句而构成了唐时进士科杂文试诗赋的题目（作五言排律六韵或八韵，称“试帖”或“试律”），如贞元十年（794）的“春风扇微和”、咸通七年（866）的“新蒲含紫茸”等，都是择取名句来命题。这也能举一个例证，如太宗所作《赋秋日悬清光赐房玄龄》，这一诗题，正是贞元中一次省试的试题[①]；这说明，正是这一摘句模拟的思维方式，得到了后来掌贡举者的青睐和认可，即迎合时代摘句的风尚，并在最高的省试中——进士科试中得到了确认，并以名句为题目的方式考核。这一点甚为重要，可说它直接决定了此后进士科命题的一种基本方式——摘句，以及进士科与《文选》的密切关系。

就现今所能考见的进士科试杂文的试题[②]，最早出自《文选》的题目是垂拱二年（686）的《朝野多欢娱》（出自张协《咏史》）；此后，是开元九年（721）的《清如玉壶冰》（《文选》卷二八鲍照《白头吟》）、开元二十六年（738）的《拟孔融荐祢衡表》（《文选》卷三七）。再后，就是在大历至贞元时期（766—805）出现了一个借《文选》诗命题的高峰。[③] 诚然，现存的进士科试题有脱漏，不能一一排列；但就这已能大体看出，在进士科考试诗赋基本定型的开元时期：之前，已有零星的采用；之后，则是一个命题的高峰。这种情况充分说明，中唐以来，《文选》已

---

① 陶拱（一作陶洪）、王维均有同名作，见《文苑英华》卷一八一《诗》，中华书局，1982年，第886页。

② 陈铁民先生《梁玙墓志与唐进士科试杂文》，《北京大学学报（哲学社会科学版）》2006年第6期。

③ 丁红旗《唐宋〈文选〉学史论》，上海人民出版社，2015年，第144页。

深入地融合到了进士科的考试之中(省试试题没有出自唐人诗句的)。或者说,之前是靠芸芸众生的努力推动,之后则是从稳定的制度层面推进、加强了这一稳健势头,并互相促进。可以说,唐时进士科的这种考试,实际上正有其时代背景和社会基础,绝不是突然爆发、一蹴而就的。

就在天宝末年,出现了一件在当日极其有名的事件:

> (会昌四年,844年)时左仆射王起频年知贡举,每贡院考试讫,上榜后,更呈宰相取可否。……帝曰:"我比闻杨虞卿兄弟朋比贵势,妨平人道路。昨杨知至、郑朴之徒,并令落下,抑其太甚耳。"德裕曰:"臣无名第,不合言进之非。然臣祖天宝末以仕进无他伎,勉强随计,一举登第。自后不于私家置《文选》,盖恶其祖尚浮华,不根艺实。然朝廷显官,须是公卿子弟。"[①]

取士时如何对待贵势子弟,固不必论;但李德裕"不于私家置《文选》"却需发明。不管怎样,开元、天宝时试诗赋业已盛行;因此,其祖李栖筠所为——"仕进无他伎,勉强随计"(这当然是李德裕在武宗面前的谦辞),凭借《文选》"一举登第"[②],确实说明了《文选》在科举中的重要作用。但这种作用,更多的当是偷工减料、走捷径的结果,即诵读、记忆、融汇一些词句来应付科考,这从进士所作文章隶事的雷同,以及对《文选》词句的采摘中能清楚地看出,如大历八年(773)周存、员南溟《禁中春松》,以及元和二年(807)白行简《贡院楼北新栽小松》、李晔《尚书都堂尾松》、李胄《文宣王庙古松》等对左思《咏史》语词、诗意的化用和沿袭——这当然是"祖尚浮华,不根艺实"了,难怪李德裕几近要深恶痛绝了。这一点在一代诗人韩愈的身上也有表现,"退自取所试读之,乃类于俳优者之辞,颜忸怩而心不宁者数月"。又说:"使古之豪杰之士,若屈原、孟轲、司马迁、相如、扬雄之徒进于是选,仆必

① 《旧唐书》卷十八上《武宗纪》,中华书局,1975年,第602—603页。

② 其祖父李栖筠,《新唐书》卷一百四十六有传,但只言"始,居汲共城山下,华固请举进士,俄擢高第"中华书局,1975年,第4735页。

知其辱焉。”（韩愈《答崔立之书》）因此，会昌年间李德裕再次提及时，就更多的有独逆众流的意味，“此盖有激而说也”[①]。实际上，这只是一种举止，一种姿态。再一个事实就是，这之前的大历、贞元年间正是运用《文选》极其兴盛、风靡的时期。

总之，中唐时期，李德裕的言行，特别是其所言说的“私家置《文选》”，足以标志着这一时期《文选》借助于稳定的科举，最终从制度层面，彻底完成了《文选》对时人或者说芸芸众生的普及。至此，《文选》已被世人完全接受和认可——也自然完成了经典化的历程。或者说，它直接意味着，面对贤才，不论你何种出身，都可以凭借这一稳定、规范的制度以及《文选》的助力，持续努力敲开仕进的大门，进而参与到国家的治理洪流之中，在理政中实现那一时节一个士人的远大抱负和理想。这从制度上保证了有一个宽广的发展前景。

这也有一个例证。宝应元年（762），寒家士子李郱“年十四五，能闇记《论语》、《尚书》、《毛诗》、《左传》、《文选》，凡百余言”[②]。李幼时即丧父，由姑姑代为养育，而发愤以学。其所读，《左传》为大经，《毛诗》为中经，《尚书》为小经，则为通三经，其能“闇记”，正可应对明经中重要的一项测试——帖经。据《墓志》，李郱的才能传到了“诸父”的耳朵，致使其感泣泪下，“吾兄尚有子耶”，“迎归而坐问之，应对纵横无难”，都清楚显示伯父们的期待，以及借科举弘扬门庭的意图。其后，李郱所走的正是这一条路，“以朝邑员外尉选，鲁公真卿第其所试文上等，擢为同官正尉。……其后，以书判拔萃，选为万年尉”。万年，为京师的赤县，从八品下[③]，比其他四个赤县（洛阳、河南、太原、晋阳）更紧要，有较好的仕途前景，一般为中制举后，且由畿县尉迁转而

① 胡仔纂集，廖德明校点《苕溪渔隐丛话·前集》卷九，人民文学出版社，1981年，第56页。

② 韩愈《中大夫陕府左司马李公墓志铭》，见《全唐文》卷五百六十三。案：李郱卒于长庆元年（821），时七十三岁，逆推则生于天宝八年（749）。

③ 《唐六典》卷三十“京县”条，中华书局，2017年，第750页。又，关于唐代县尉的级别，以及入仕条件、仕途前景等，可参赖瑞和《唐代基层文官》第三章《县尉》一节，中华书局，2008年，第99—155页。

来，极为不易。

三、《文选》对中晚唐社会、文化的进一步深入影响

在《文选》业已经典化的中唐时期，其对社会的渗入在日益深入，向纵深发展。范摅《云溪友议》卷上《古制兴》载，开成二年(837)，高锴司贡籍，诏曰：

> 夫宗子维城，本枝百代，封爵所宜，无令废绝。……所试赋则准常规，诗则依齐梁体格。乃试《琴瑟合奏赋》、《霓裳羽衣曲》诗。主司先进五人，一诗最佳者乃李肱也。

高锴在进五人诗时，奏曰：

> 其次沈黄中《琴瑟合奏赋》，又似《文选》中《雪》、《月》赋体格，臣与第三人。①

高锴所评诗赋，虽有主观因素，但与诏书的原则性规定相比，还是能看出一些问题。“齐梁体”是一个从开元、天宝直至晚唐都比较流行的语词。当然，“齐梁体”并不等同于《文选》；但某种程度上，《文选》却可作为“齐梁体”诗歌的范文，因为这一时期的名作名篇，《文选》大都收罗进来了，下引《宣室志》中，唐人陆乔把《文选》中“不拘音律”的诗句视为“齐梁体”，就能充分证实这一点。总之，文宗、高锴的做法至少能说明，沿袭到唐末，还是在看重《文选》，齐梁体格甚至在一个时期内还上升为国家选士、拔擢的钦定标准。如再结合大历、贞元年间是《文选》运用较为兴盛、风靡的时期，就能说文宗的做法固然有一己喜好的因素在，更多的却可说是这之前《文选》兴盛的延续，即明确以法令的形式加以肯定。

这不能不对士子有深远、巨大的影响，“草上之风必偃”，时风所至，士子不能不诵读《文选》，深深浸润其间。《文选》正借科举的力量在整个社会的进一步普及、渗入，除一般意义上的名人士子韩愈、白

---

① 《全唐文》卷七二五高锴《先进五人诗赋奏》，中华书局，1983年，第7466—7467页。

居易外，甚且宫女都在自觉读习《文选》——作为女性必备的基本技能之一，贞元（785—805）中，翠筠宫奉恩院王才人的养女凤儿曾言“初从母学《文选》、《初学记》，及慕陈后主孔妃嫔为诗，数日前临水折花”[①]。更重要的是，甚至还被编入了变文、鬼怪故事，在广为流传：

乾元（758—760）前后，处士萧旷赞扬《洛神赋》“真体物浏亮，为梁昭明之精选耳”[②]。这说明《文选》已进入了传奇的关注视野，并作为其间一个真切的知识背景。

唐末张读《宣室志》卷四《陆乔》载：元和（806—820）初，有进士陆乔自言：“某常览昭明所集《文选》，见其编录诗句皆不拘音律，谓之‘齐梁体’。”一个“常”字，道出了陆乔时时读习的情形。

约在太和、开成年间（827—840）以后，《秋胡变文》中出现了秋胡携《文选》应“明五经”的故事。[③]

这三则故事都出现在中唐偏后的一段时期，也是其全面渗入社会、普及到芸芸众生的一个重要表现。这都表现了《文选》的深远影响与典范地位，也自然走进了唐人的心里深处。

《大唐新语》卷十一《惩戒》载：

> 张由古，有吏才而无学术，累历台省。尝于众中叹班固有天才，而文章不入《文选》。或谓之曰：“《两都赋》、《燕山铭》、《典引》等并入《文选》，何为言无？”由古曰：“此并班孟坚文章，何关班固事！”闻者掩口而笑。

张由古虽没弄清班固、班孟坚的等同，确实值得掩口而笑；但一无学术之人，竟能脱口说出《文选》所选班孟坚的文章，并振振有词地加以辩驳，则其必定熟悉《文选》。这是唐高宗显庆年间的事。[④] 此也正吻

---

① 《补侍儿小名录》，见《全宋笔记》第九编第二册，大象出版社，2018年版，第8页。

② 《太平广记》卷三百一十一“萧旷”条。

③ 丁红旗《唐宋〈文选〉学史论》，上海人民出版社，2015年，第144页。

④ 刘肃撰，许德楠、李鼎霞点校《大唐新语》卷十一《惩戒》，中华书局，1984年，第97页。按：《唐会要》卷六十二《御史台下》“知班”条载，“显庆四年，侍御史张由古知班”，知当为显庆年间的事。（《唐会要》下册，上海古籍出版社，1991年，第1278页）

合显庆三年(658)李善《上〈文选〉注表》所说的“后进英髦,咸资准的”。而《文选》浸润之广泛这个因素——早在高宗时期,就到了一无学术之人都加以关注、学习的地步,五代人丘光庭《兼明书》中也不得不承认“盖以时有王张,遂乃盛行于代”。曹道衡认为,“王张”当为“王章”,即国家的制度,“把‘五臣注’作为法定的《文选》注本”[1],这种阐释就颇合情理、洞达一间,确实是切入肯綮之见。

(华东师范大学中文系古籍研究所)

① 曹道衡《论〈文选〉的李善注和五臣注》,《江海学刊》1996年第2期。

《文心雕龙》意象论的易学阐释

李瑞卿

内容摘要：刘勰引入易道模式来建构心物关系，在情志领域里建立起了自己的乾坤世界；将文学世界看作是在一定伦理秩序和自由天地之下的自然化生，而在这化生过程中又渗透着感物体道的理性色彩。《周易》意、象、言系统中“意”具有神圣性与理性，言、象、意具有一体性，“象”、“言”共同来完成对“意”的阐释，这一阐释系统在刘勰的意、象、言诗学话语系统中隐性存在并衍化变形，这使得文道的神圣性和理性得以延续和贯彻；在处理言意问题时，刘勰几乎成为语言本体论者，以语言来表达情志，呈现和建构艺术世界；而意、象、言阐释系统背后的数学和逻辑模型，也成为刘勰诗学中“数”理念的基石。形神分离与佛至象应之观念进入刘勰诗学创作之中，丰富了其心物关系的易学模式，形成了中国感物论的重大变局；佛学色彩的“神”与易学中的“阴阳不测之谓神”融合为一，在意象思维中共同发用。

关键词：神理；易道；比兴；感悟

The Explanation by Yi-ology on the Imagery of *The Literary Mind and the Carving of Dragons*

Li Ruiqing

Abstract: Liu Xie introduced the "Yi Tao" pattern to construct soul-matter relationship and established his own system in the field of emotion; he regarded the literary world as a natural growth under a certain ethical order and free world. It was a rational process with impression of the world and Tao practice. The meaning, image, and speech system of *The Book of Changes*, "meaning" has Spirituality and rationality, and speech, image and meaning are integrated. "Image" and "speech" complete the interpretation of "meaning" together. This interpretation system as a recessive existence is always changing in Liu Xie's system in the meaning, image and speech poetics, which makes the spirituality and rationality of "Wen" and "Tao" to continue. About the problem of words and meaning, Liu Xie almost became a language ontology, and express emotions by language, present and construct the art world; and the mathematical and logical model behind the interpretation system of meaning, image and speech also became the foundation for "number" concept in Liu Xie's poetics. Liu Xie introduced the separation of physique and vitality and the idea that pursue truth the whole appearances will reflect it into his poetic creation. It enriched his Yi-ology mode of soul-matter relationship, and formed a major change in China's theory of feeling things. The combination of "God" in Buddhist and so called "unexpected Yin and Yang" in Yi-ology has been used in visual thinking.

Keywords: Shenli; Yi Tao; Bi and Xing; Sensations

刘勰意象概念涉及的理论问题主要有三个，其一，形神问题；其二，易学模式之下的意、象、言关系问题[①]；其三，“神用象通”问题。张少康师在论及《文心雕龙》的构思与想象时，首先厘清的即是刘勰的形神论，他说：“当我们深入考察刘勰这种‘神思’论的哲学思想基础时，可以看到它仍然是以形神分离说的有神论思想作为其立论支柱的。”[②]“宗炳在《明佛论》中认为，神是始终不灭的，它虽然要藉形以生，但是，神与形合，乃是因缘会而有，所以虽合而并不同灭。宇宙万物之有神从根本上说是一样的，然而，神与形合的过程，则是随缘迁流，各不相仿，粗妙不同，故而就人来说，则有圣愚之别。神之游因缘会而与物合，故物正是‘畅神’之工具耳！由于强调神不随形灭而灭，故可离形而遨游。所以，宗炳之‘神思’论正是建立在形神分离说的基础上的。刘勰在这一点上和宗炳是完全一致的。”[③]

正是基于形神分离的畅神观念为刘勰的神思论、意象论提供了理论前提。形神问题在刘勰那里转化为创作中的复杂的心物关系问题，刘勰以“拟容取心”及“物以貌求，心以理应”来阐释心物关系，并提出意象论时，我们发现刘勰引入了易道模式来建构心物关系，在情志领域里建立起了自己的乾坤世界[④]。易学理论嵌入到创作论的意义在于，其一，强化了“情志”或“意”的使命感，将道家或玄学家的“神”纳入儒学体系中。其二，不仅申发了自然外物的存在感，更重要者在于收编了“畅神”论中的自然物，而聚合为审美“意象”。其三，借助易学理论，在诗学领域渗入了意、象、言话语体系。

---

① 朱志荣《〈文心雕龙〉的意象创构论》（《江西社会科学》2010年第1期）一文讨论了《文心雕龙》中言、象、意的结构关系，他认为刘勰通过对《周易》和魏晋玄学等意象观的继承和改造，把意象问题放在言、象、意和道所组成的整体框架中加以探讨，发展了意象范畴的审美内涵。不过朱先生对言、象、意的结构模式是如何在易学框架下运行的并未明确揭示。

② 张少康《刘勰及其〈文心雕龙〉研究》，北京大学出版社，2010年，第112页。

③ 张少康《刘勰及其〈文心雕龙〉研究》，北京大学出版社，2010年，第113页。

④ 刘勰《神思》篇有“志气统其关键”、“辞令管其枢机”之喻，《镕裁》篇有“情理设位，文采行乎其中”之论，由此可见刘勰是在情志领域建构其乾坤世界，以易学模型来阐释创作过程。下文有详细论述。

当然，刘勰神思论或意象论中遗留着佛学的一抹色彩，一方面，刘勰以易学模式来阐释传统比兴论，以建构情志与言辞关系，与之同时，又将佛家“寂灭无心”、“万象并应”的玄妙智慧引入到“神思”与“感物”的现场中，给创作主体提供了更为鲜活的思维动力，进一步丰富了刘勰意象论繁复的思维谱系和文化肌理。

一、易道模式与意象发生

讨论刘勰意象论需要纳入其易道模式中。易道模式是刘勰内置于创作过程中的处理心物关系、言意关系核心的话语形式。它给予“吟咏情性”以先天的本体地位，将语言表达、意象呈现与整个世界一体化，从根本上保证了创作过程与自然化生一样，产生的是一个新质的艺术的世界。刘勰《熔裁》篇说：“情理设位，文采行乎其中。刚柔以立本，变通以趋时。”“情理”如同乾坤，是产生变化的前提，而情感的阴阳或刚柔是其根本，情采文字流行于其中。在此，不仅有乾坤定位、刚柔变化的观念，而且还强调变通趋时，有着明显的易学“时位”观。“时”与“位”是《周易》中的观念，《系辞上》说：“天尊地卑，乾坤定矣。卑高以陈，贵贱位矣。动静有常，刚柔断矣。”“天尊地卑”是乾坤定位的根据，而乾坤定位是易道流行的前提，在易道流行中体现出不同的时位关系，可以在卦象中的六爻表达出来，如《乾·彖》云：“大明始终，六位时成，时乘六龙以御天。”六爻各有位，也各有时机，时即是位，位也是时，但刘勰在创作中强调了“位”的发端，首先设置心体化生赖以启动的秩序感。

易道变化中的时和位不仅是时间与空间、时机与情态，其中还包含着浓厚的伦理观念。《系辞下》说：“刚柔者，立本者也。变通者，趣时者也。”也强调了爻位刚柔乃是易道之本。王船山有论：“阴阳具于太虚絪缊之中，其一阴一阳，或动或静，相与摩荡，乘其时位以著其功能，五行万物之融结流止、飞潜动植，各自成其条理而不妄，则物有物之道，人有人之道，鬼神有鬼神之道，而知之必明，处之必当，皆循此以为当然之则，于此言之则谓之道。”[①]认为自然变化各成条理，需要阴阳、动静在恰当的时位中发挥功能。刘勰在重视情感时位变化——即在不同的情势与时机之下心体的自由的同时，更重视心体如何返回到理想的初始的秩序中。

具体而言，《熔裁》所谓“情理设位”是套用《周易·系辞上》之语“天地设位，而易行乎其中”。金景芳说：“‘天地设位而《易》行乎其中矣’，这个‘天地设位’不是指自然界中的天地，而是指《易》中的天地，亦即乾坤二卦。‘《易》行乎其中’是指乾坤二卦的变化发展。”[②]因为天尊地卑，乾坤两卦的关系就确定了，刘勰在此以《易》论文，将“情理”比作乾坤，“文采”比作变易，文采由情理的错综变化而来，这种对文采的描述是符合情理与文采关系的，同时也给予情理以天然的合理性。既然有乾坤，必然有刚柔变化，即刚柔相摩，八卦相荡，《周易·系辞下》曰：“刚柔者，立本者也。变通者，趣时者也。”韩康伯注：“立本况卦，趣时况爻。”[③]金景芳说：“每一卦六爻，有位有德。初二三四五上是位。阳爻阴爻是德。阳爻是刚，阴爻是柔，这是立本。穷则变，变则通。变通了，那就是趣时。”[④]卦的根本从刚柔阴阳而来，其中有变化，有变化必然有时间性，所以《周易略例》有论：“夫卦者，时也。爻者，适时之变者也。”刘勰“刚柔以立本，变通以趋时”直接来源于此，他借助《周易》结构来讨论文采的生成与变化。那么，在刘勰观念中什么是刚柔呢？郭晋稀注：“《体性》：‘气有刚柔’，是刚柔本指气而言的。又‘风趣刚柔，宁或改其气’，是作者认为气之动在文辞中则为风情。”[⑤]刘勰巧妙地将《周易》模式中抽象的刚柔之性与实在的刚柔志气结合，一语双关，既借用了《周易》理性模式，也引入了志气刚柔等诗学内容。情理设位是文采得以产生的本原，而在产生过程中又

① 王夫之《张子正蒙注》卷一，中华书局，1975年，第17页。

② 金景芳讲述，吕绍刚整理《周易讲座》，广西师范大学出版社，2005年，第41页。

③ 王弼撰，楼宇烈校释《周易注校释》，中华书局，2012年，第246页。

④ 金景芳讲述，吕绍刚整理《周易讲座》，广西师范大学出版社，2005年，第62页。

⑤ 刘勰著，郭晋稀注释《文心雕龙》，岳麓书社，2004年，第323页。

有刚柔之气作为行文运思之根本，就如同易变中刚柔阴阳为卦的根本一样；而在此过程，也存在着变通趣时，就好象六爻在卦变的时间之内各适其变。

这种处理情志和辞令关系的易学模式在《神思》篇中也运用得颇为突出，并成为"意象"发生的基本机制。《神思》篇曰："神居胸臆，而志气统其关键；物沿耳目，而辞令管其枢机。枢机方通，则物无隐貌；关键将塞，则神有遁心。"在构思中，需要调节志气、驱使辞令，志气统辖关键，辞令管制枢机，两者都是重要因素。枢机原指门的转轴，在门打开的过程中，它是不停地转动的，"关键"原指门闩，门闩开启时枢机运动，门闩关闭时枢机无效，可见门闩又是枢机之本，用以表达志气和辞令的作用及两者关系是确切的，因为志气直接与思想情感相关，辞令则发生在志气发动之后。刘勰借用门户开合来表达情理变化、文采流行的理论前提是"门户开合"，这是一个易道之喻。韩康伯注"天尊地卑，乾坤定矣"曰："乾坤其易之门户，先明天尊地卑，以定乾坤之体。"[①]可见，将乾坤变化比作门户开合也有先例[②]。具体而言，有门必然有门闩，也有门转，门闩以开合为用，可以比喻刚柔阴阳，门转以旋转为用，可以比喻六爻的变通，也就是说，以门可以比喻易变道理。刘勰"关键"、"枢机"之论沿袭于此。另外，"枢机"与"辞令"相关也是渊源有自，《周易・系辞上》中有"言行，君子之枢机"，韩康伯注曰"枢机，制动之主"[③]，即"枢机"是言语行为发动或默处的关键。

刘勰《神思》篇所建构的"易道模式"足以使"神与物游"，"物无隐貌"，然后，"使元解之宰，寻声律而定墨；独照之匠，窥意象而运斤"，

---

① 王弼撰，楼宇烈校释《周易注校释》，中华书局，2012 年，第 232 页。

② 朱熹、吴澄都以"机"论易道变化，朱熹有"太极者，本然之妙也；动静者，所乘之机也"之论（黎靖德编，王星贤点校《朱子语类》卷九十四，中华书局，1986 年，第 2370 页），吴澄有"太极无动静，动静者气机"之论（吴澄《答王参政仪伯问》，《吴文正集》卷二，《四库全书》本），这里的"机"都有开关之意。

③ 王弼撰，楼宇烈校释《周易注校释》，中华书局，2012 年，第 239 页。

即情志与外物感动，而有意象和辞令纷至沓来。这也是“情理设位，文采行乎其中”(《熔裁》)的另一种说法。所谓声律、辞令、文采与意象又是同时共在的，因为刘勰讨论道本体，“象”即是“道”的原初呈现。《原道》篇曰“玄黄色杂，方圆体分；日月叠璧，以垂丽天之象；山川焕绮，以铺理地之形”，即是说道以“象”的形式出现和存在；论及人文时，刘勰说“人文之元，肇自太极，幽赞神明，易象惟先”(《原道》)，即是说，神明或道通过易象来体现，易象是人文话语产生的最初源头，所以，刘勰将创作中文采流行的过程上溯到意象之发生也是其理论的内在逻辑。当然，刘勰创作论中的“意象”发生也带上了易学的色彩。刻镂自然，比兴情思，组织辞令都蕴含着易学的理性精神与观照智慧。《比兴》篇中有“依微拟议”之论。其文曰：“故比者，附也；兴者，起也。附理者，切类以指事，起情者，依微以拟议。起情故兴体以立，附理故比例以生。”这里的“附理”与“依微”都指“意”之表达，切类指事与依微拟议，都与刻画物象有关，刘勰在此灌注的是易学阐释系统中的意、象、言逻辑。从文的发生角度来讲，主张依微取象，情貌兼备；从主体情志表达方面而言，就是以形象来喻写事理意义，所谓“兴之托喻，婉而成章，称名也小，取类也大”(《比兴》)。

刘勰将比兴论阐释为了“拟议”说，其易学逻辑非常清晰，《比兴·赞》说：“诗人比兴，触物圆览。物虽胡越，合则肝胆。拟容取心，断辞必敢。攒杂咏歌，如川之澹。”“拟容取心”化自“拟诸形容”。“拟诸形容”出现在《系辞》中，《系辞上》曰：“圣人有以见天下之赜，而拟诸其形容，象其物宜，是故谓之象。”圣人立象是在窥测天下奥秘的前提下，观物取象的结果，其基本原则便是“拟诸其形容，象其物宜”，也就是说，既获取外物形态，也表达其规律性，从而让天下之赜表达出来。这是一个圣人体悟而见理并由理而感物/象物的过程。孔颖达《周易正义》解释曰：“‘圣人有以见天下之赜’者，赜谓幽深难见，圣人有其神妙，以能见天下深赜之至理也。‘而拟诸其形容’者，以此深赜之理，拟度诸物形容也。见此刚理，则拟诸乾之形容；见此柔理，则拟诸坤之形容也。‘象其物宜’者，圣人又法象其物之所宜。若象阳物，宜于刚也；若象阴物，宜于柔也，是各象其物之所宜。六十四卦，皆拟诸形容，象其物宜也。”[①]此论诚然，卦象的产生至少有三个元素，一是天下至理，二是物的形貌，三是物之所宜，也即物之规定性。在这里，“形容”和“物之所宜”相对于“至理”是象征性的，是“至理”的表达。《周易·系辞上》：“拟之而后言，议之而后动，拟议以成其变化。”“拟”是指立象，“议”是指系辞，“拟议”就是立象后用言语表达思想，也即语言和卦象共同构成了话语，圣人借以尽变化之道。可见，“拟议”的目的还在于贯通天地之幽微。刘勰以“拟容取心”来阐释比兴，将易学中的意、象、言之间的逻辑巧妙地嵌入到诗学体系中，无论是比还是兴，可看作是触物圆览，起情附理，断辞必敢的过程。

刘勰《隐秀》篇也以易道模式来阐释意象问题。正如张少康先生所认为的，刘勰《隐秀》论受“《周易》象征方法的启发”[②]，确乎如此，刘勰是以易道模式重新建构了复义与秀象之间的相互关系。《隐秀》篇说：“夫隐之为体，义主文外，秘响旁通，伏采潜发，譬爻象之变互体，川渎之韫珠玉也。故互体变爻，而化成四象；珠玉潜水，而澜表方圆。”“旁通”、“互体”是易学术语，表达卦象的变化关系，《易·乾·文言》曰：“六爻发挥，旁通情也。”后来“旁通”是指两个阴阳爻完全相反的卦之关系，如《比》卦与《大有》卦旁通，《小蓄》卦与《豫》卦旁通；而“互体”是指《易》卦上下两体相互交错取象而成之新卦，如《观》为《坤》下《巽》上，取其二至四爻则为《艮》，三至五爻则为《坤》，刘勰借助旁通与互体所描述的卦变可能，来比喻文外义旨的多重交互。“夫心术之动之远矣，文情之变深矣”（《隐秀》），意谓文外重旨是“心术之动”后的产物，而“心术之动”后，与之伴随的是作为“关键”的“辞令”的涌现，而这个辞令/语言是本体性的，它先天地存在于文意、意象的生成过程中，这也就是刘勰注目“义主文外”、“文外重旨”的重要原因。换句话说，让潜在的丰赡的语言意蕴自然化生、交错变化乃是文

---

① 《十三经注疏·周易正义》，北京大学出版社，1999年，第274页。

② 张少康《刘勰及其〈文心雕龙〉研究》，北京大学出版社，2010年，第216页。

章大道，也正是这样的易变中，才有“万虑一交”的逸响秀句或意象超拔而出，正如在解卦过程中推导卦变、拓展思理界域是为了获得显豁的真谛一般，这也即《隐秀·赞》中所说的：“深文隐蔚，余味曲包。辞生互体，有似变爻。言之秀矣，万虑一交。动心惊耳，逸响笙匏。”

《情采》篇有“五情发而为辞章，神理之数也”之论，“五情发”是“心”体发动的状态，是“心”体之用，心体情用而成就易道，符合神理之数。不过，刘勰在强调情感自由、与道偕行的同时，也将伦理观念渗透其中，即所谓“若择源于泾渭之流，按辔于邪正之路，亦可以驭文采矣”(《情采》)，特别强调性情的邪正善恶之分，为创作领域展开的易道变化注入秩序和伦理。这虽然讨论的是《情采》与易道关系，但与意象也不无关联。另外，刘勰在《丽辞》篇通过易学思想论证了文章对偶修辞的先天必然性，《丽辞》曰：“造化赋形，支体必双；神理为用，事不孤立。夫心生文辞，运裁百虑，高下相须，自然成对。”在刘勰看来，作为造化和神理的体现，任何事物都是两两相生、不相孤立的，文章修辞作为心体之表现也是如此，有韵偶行体现着情感世界中的乾坤变化。《丽辞》篇讨论的是辞令问题，但从构形抒情的角度讲就是意象问题，足以成为《神思》篇之补充。

刘勰意象论是根植于其易学理论的，他创造性地将情志、辞令纳入易道模式中，将文学世界看作是在一定伦理秩序和自由天地之下的自然化生，而在这化生过程中又渗透着感物体道的理性色彩。因此，这就决定了刘勰意象的加工方式和哲学底蕴的独特的文化气质，与西方形象或意象的形成方式判然有别。正是在易道模式中讨论意象，其实也就不言自明地自证了意象在创作中的必不可少，而且它的存在应该与语言、意旨同生共长①。基于这样的意象论，刘勰的美学追求也必然不是象外之意，缥缈之境，而是风骨或隐秀。

① 赵宪章在其《“文学图像论”之可能与不可能》(《山东师范大学学报(社会科学版)》2012年第5期)一文中说：“文学作为语言艺术就是语言的图像化，语言的图像化就是语言艺术化的主要表征；这也就意味着，文学作为语言艺术，必然是通过‘语象’而不是通过‘概念’和世界发生联系。”

二、意、象、言系统

将意、象、言关系作为哲学问题来专门讨论，大概自王弼始。王弼《周易略例·明象》说：

> 夫象者，出意者也。言者，明象者也。尽意莫若象，尽象莫若言。言生于象，故可寻言以观象；象生于意，故可寻象以观意。意以象尽，象以言著。故言者所以明象，得象而忘言；象者所以存意，得意而忘象。犹蹄者所以在兔，得兔而忘蹄；筌者所以在鱼，得鱼而忘筌也。然则言者，象之蹄也；象者，意之筌也。是故，存言者，非得象者也；存象者，非得意者也。象生于意而存象焉，则所存者乃非其象也；言生于象而存言焉，则所存者乃非其言也。然则忘象者，乃得意者也；忘言者，乃得象者也。得意在忘象，得象在忘言。故立象以尽意，而象可忘也；重画以尽情，而画可忘也。①

按照王弼的观点，言者明象，象乃尽意，言生于象，象生于意，意、象、言之间存在着一个圣意或圣道得以表达的符号链条。但是，他在这里将象看作了意的表达工具，将言看作了象的表达工具，故而认为，意无法存于象，象无法存于言，欲得真意必须抛弃工具，就如得兔忘蹄、得鱼忘筌一般，因此，他提出了“得意在忘象，得象在忘言”的理论。在王弼看来，不落言象之筌的意是独立的，也是无法言说的，只有忘言不辩，才能接近真旨。这可以看作是王弼对“立象尽意”说的解读，其目的在解除卦象及其所象征万象与世界之联系，超越具体事理而直接进入到言外与象外的玄理。

不能否认王弼将意、象、言关系作为哲学问题来讨论对刘勰存在的影响，但是，刘勰所阐释的言、象、意关系与王弼大异其趣。刘勰承认易道中的意、象、言阐释模式。《原道》篇曰：“人文之元，肇自太极，幽赞神明，易象为先。庖牺画其始，仲尼翼其终。而《乾》、《坤》两位，

① 王弼撰，楼宇烈校释《周易注校释》，中华书局，2012 年，第 284—285 页。

独制《文言》。言之文也，天地之心哉！若乃《河图》孕八卦，《洛书》韫乎九畴，玉版金镂之实，丹文绿牒之华，谁其尸之？亦神理而已。”这段文字内涵丰富，分两个层次。其一，圣人幽赞神明、庖牺画卦、仲尼十翼（包括系辞、文言）构成的意、象、言符号体系中象可表达意，言可阐释象。其二，神理与《河图》、《洛书》、玉版金缕、丹文绿牒（文字符号）也构成了意、象、言的阐释体系。总之，刘勰所理解的“文”本身就是内蕴了《周易》意、象、言体系的存在。那么，重视语言文字的神圣性与象征性就在情理之中。

刘勰通过易学模式来规范构思行文方式，处理志气和辞令之关系，其意象就是在类似于易变模式的诗学活动中形成的有意的象，因为体现了意（情志）并通过象来表达，所以叫意象。而这意象又是与语言同步的。“意象”一词的成立有赖于刘勰阐释的意、象、言关系。本体地讲，道或心体由“象”来体现或其初始状态即是“象”；从主体角度而言，文章构形经由“意授予思，言授于意”（《神思》）的过程，而运思、修辞也是“规矩虚位，刻镂无形”的兴“象”方式。但是，我们从这种诗化的意、象、言关系模式中，不难发现《周易》意、象、言模式的内核。因为当刘勰将构思行文过程建构为易道变化模式时，其意、象、言关系模式也必然笼罩在易学的光晕之中。那么，这一系统或模式会给刘勰的意象论产生什么样的影响呢？作为刘勰意象论的潜体系，有必要澄明其本质，辨析其肌理。

《周易》中的意、象、言系统是卦象系统、话语系统，也是教化系统，更是语言与行动的机制。一方面具有某种神圣和使命的遗迹，另一方面又内蕴着理性的内容。《系辞上》有言：“子曰：‘书不尽言，言不尽意；然则圣人之意，其不可见乎？’子曰：‘圣人立象以尽意，设卦以尽情伪，系辞焉以尽其言，变而通之以尽利，鼓之舞之以尽神。’”这是出现在《系辞》中的“立象尽意”说，实际上在整个《周易》中都贯穿了这一思想。其核心内容是：“意”具有神圣性与理性；言、象、意一体，“象”、“言”共同来完成对“意”的阐释；这一阐释系统具有天然的合理性。《周易》意、象、言系统的这些文化基因在刘勰的意、象、言诗学话语系统中隐性存在并衍化变形。

首先，圣人之意具有的神圣性和理性在刘勰诗学中得以延续和贯彻。在《系辞》建立的意、象、言系统中，存在着所谓圣人"意"，并且强调圣人之意与天象数理的密切关系，即所谓圣人"仰以观於天文，俯以察於地理，是故知幽明之故"（《系辞上》），"天地变化，圣人效之。天垂象，见吉凶圣人象之"（《系辞上》），等等；同时，也指出圣人对人间万象的理性把握，即所谓观象于天，观法于地，"近取诸身，远取诸物"（《系辞上》）——一方面"通神明之德，类万物之情"（《系辞下》），另一方面又能"范围天地"，曲成万物，在模仿自然大化的前提下为天地立法。此种圣人的使命和事功，体现出对政教合一的政治期待。"立象以尽意"是历史的必然，也是圣人之使命。《系辞》中的这一体系是占卜体系、教化体系，更是易道本体的现实内容。《系辞上》云：

> 圣人设卦观象，系辞焉而明吉凶，刚柔相推而生变化。是故，吉凶者，失得之象也。悔吝者，忧虞之象也。变化者，进退之象也。刚柔者，昼夜之象也。六爻之动，三极之道也。是故，君子所居而安者，易之序也。所乐而玩者，爻之辞也。是故，君子居则观其象，而玩其辞；动则观其变，而玩其占。是故自天佑之，吉无不利。

圣人设卦观象，观其吉凶悔吝，玩其辞占，这一整体过程就是一个与天地同步的易道过程。作为易道主体，圣人在与自然天地、人事物理的互动中建构生生不息的世界。刘勰《原道》篇有"道沿圣以垂文"之论，强调了圣人在人文教化与文道推行中的使命，文心、道、文一体化地存在。在《征圣》篇中表彰圣人德行文章，所谓"征圣"就是要以圣人为验证。圣人之功在于陶铸性情、礼乐教化，而圣人的思想情感则从文辞中表现；他们无论是政治教化，还是出处进退、修身养性，都离不开文章，而圣人之文是其"鉴周日月，妙极机神"的结果。在刘勰《文心雕龙》中诗人吟咏情性，不仅是感物而动的诗人情怀，更有着"鼓天下之动者存乎辞"（《原道》）的圣人情怀，在写气图貌、比兴文字的过程中，诗人之情志都体现着某种理性的精神，"拟容取心"（《比兴》），“物以貌求，心以理应”（《神思》），这些理念指引诗人们要忠实描述自然，体察万物，同时要如同圣人探赜索隐、立象尽意一般，借助意象来展现事理。

其次，《周易》意、象、言系统的一体性，影响着刘勰对意、象、言关系的建构以及他在言意关系方面的理论思考。成中英先生在其《易学本体论》中精彩地论述了《周易》的象数系统。他说：“《系辞传》上下可综合了名言、彖象、文言所做的大系统性的诠释。在《系辞传》生之前，我认为有《说卦》、《序卦》和《杂卦》，它们都是对易象和易数所做的整体考察。”①他认为《系辞》属于后起，但与《说卦》、《序卦》、《杂卦》依然构成了一体化的意、象、言系统，共同完成着对世界的阐释。《易》中之象可称作易象，主要包括卦象、爻象以及卦爻辞中涉及的种种物象，他们构成一个意、象、言的系统。《周易·系辞上》说：“圣人有以见天下之赜，而拟诸其形容，象其物宜，是故谓之象。”此处的“象”当指表达圣人之意的卦象与语言符号系统，圣人可以设卦观象，神道设教。江永在其《河图精蕴·卦象考》中对卦爻辞中所涉及的易象作了系统整理，分为天文类、地理类、人道类、人品类、人事类、身体类、饮食类、甲衣服类、宫室类、器用类、国典类、师田类、运动类、植物类、杂类等诸多类卦象。分类固然不全部合理，但表达了将整个世界纳入象数体系的愿望。汉代易学家很早就将《周易》中的象数紧密地与天象、气候变化联系在一起。杨万里在易学上再一次论证了意、象、言的一体性，他说：“君子学易者，因辞求象，象不能外乎辞，因象求道，道不能外乎象。”②显然，强调了道不外象，辞外无象，因辞求象的言、象、意彼此依存的阐释路径——这里的“道”也即“意”；并在其《易论》中对意、象、言系统作出了精彩的阐释③。尚秉和在《周易尚氏学》中更是将这一观念推向极端，他以象说易，“首释卦爻辞之从何象

---

① 成中英《易学本体论》，北京大学出版社，2006 年，第 73 页。

② 杨万里《诚斋易传》卷十七，《四库全书》本。

③ 笔者有详细论述。见李瑞卿《杨万里‘去词去意’论发微》，《文学遗产》2013 年第 2 期。

而生，辞与象之关系既明，再按象以求其或吉或凶之故，还易辞之本来”，“易辞皆观象而生”。[①] 尚秉和先生在寻找辞与卦爻象的对应关系时，主要是通过建立物象与卦爻象的象征关系来完成的。尚氏网罗种种对应关系，形成了一个颇为完备的解释群组，来证明《周易》意、象、言系统的一体性。当刘勰将文、道、文心、神理当作世界之本体时，其文心与道、神理、文本来就是一体的。当这一思想进入到创作论并形成意象论时，意象就是意、象、言的结合，就是在情志、情理形成的乾坤中生生不已的具体存在。它可以指单一的比兴之象，也可以指整篇文章中全部的形象系统，但都借助语言表达出来。

《总术》篇说“执术驭篇，似善弈之穷数”，刘勰以弈棋为喻来说明驭文有术，而且需要穷极其变，掌握其数。他说：“夫善弈之文，则书有恒数，按部整伍，以待情会，因时顺机，动不失正。数逢其极，机入其巧，则义味腾跃而生，辞气丛杂而至。”与其说是以弈术，倒不如说是刘勰以易道的态度来处理辞气、义味以及情感、外物之间的关系。他这里试图以易道模式“因时顺机，动不失正”地建构诗学中的意、象、言之关系，而使三者一致和谐。《物色》说：“是以诗人感物，联类不穷；流连万象之际，沉吟视听之区。写气图貌，既随物以宛转；属采附声，亦与心而徘徊。”在这段文字中，同样体现出诗人俯仰天地之间，与万物感应，并试图用语言将万物形貌与精神，也即意象，笼圈条贯于笔端的信心。“情以物迁，辞以情发”（《物色》），不仅是诗人与外物形成感应关系，而且是一种与世界为一的、彼此创生的易道关系，成就的是意、象、言系统。

基于这样的理论根基，刘勰在处理言意问题时，并没有落入玄学家的老套，相反，他是个语言本体论者，在创作过程中，语言即是诗心也即是诗道，他以语言来表达情志呈现和建构这个世界万物。《章句》曰：“设情有宅，置言有位；宅情曰章，位言曰句。”刘勰认为，“章”和“句”作为文章中的基本单位是安顿情感和言语的空间，而它们的

---

① 尚秉和《周易尚氏学·说例》，中华书局，1980 年，第 1 页。

渐次生成与人情感表达是时刻同步、由微而著的，即“夫人之立言，因字而生句，积句而成章，积章而成篇”(《章句》)。而刘勰也非常精彩地描述了语言和意义彼此相依的亲密关系，其文曰：“启行之辞，逆萌中篇之意，绝笔之言，追媵前句之旨；故能外文绮交，内义脉注，跗萼相衔，首尾一体。”(《章句》)因为文意与言辞是在交错中同生共长的，所以，必然是一体的。另外，在《情采》篇也表达了对辞藻与情志同步关系的理论努力，《情采》曰：“夫能设模以位理，拟地以置心，心定而后结音，理正而后摛藻；使文不灭质，博不溺心，正采耀乎朱蓝，间色屏于红紫，乃可谓雕琢其章，彬彬君子矣。”意思是说，情志是辞令表达的前提，“心”、“理”或情志定位以后，才可“结音”、“摛藻”，并于行文中遵循文质彬彬的美学理想。而在《熔裁》篇，刘勰为情志、事类、辞令，也即意、象、言建构其一个近乎科学的关系模式，来避免“辞采苦杂”、“委心逐辞”(《熔裁》)的言意矛盾。其文曰：“凡思绪初发，辞采苦杂，心非权衡，势必轻重。是以草创鸿笔，先标三准：履端于始，则设情以位体；举正于中，则酌事以取类；归余于终，则撮辞以举要。”(《熔裁》)“履端于始”、“举正于中”、“归余于终”是指古人制定历法时，推定朔旦、平气、置闰的方法，因为古代中国通用的是阴阳合历，上述方法目的在于调整太阳和月亮之关系，故而计算非常精密。刘勰在此以历法为喻，体现了他对意、象、言一体化关系的理性思考和阐释。

由此看来，在言意关系方面，刘勰是主张以言尽意的。需要指出的是《周易》的意、象、言阐释系统中的“言不尽意”并非抽象地讨论言意问题，这与庄子的“不可以言传”、魏晋玄学中的“言不尽意”是截然不同的。更不能将“立象以尽意”与后代学者基于“言不尽意”的“诗意地说”或“负的方法”等同起来。赵建章认为，“从冯友兰到当前的学者都把‘不可说’解释为不能通过日常语言或逻辑语言来言说，而认为对不可说的东西可以诗意地说或采用‘负的方法’去说”，“意识和思想是语言的建构，而不是在语言之前已经存在的现成物。‘言不尽意’论暗示存在一种私有语言，但脱离公共语言规则的私有语言并不能产生意义”。[①] 此论切中“言不尽意”论之弊端。在诗学上，如果企求以“诗意”的语言来表达一种“不尽”的“意”，这极可能是一种幻象，是将表达思想的现实困难寄托于一种诗意表达，是一种可以达到心理满足的替代，是提前交付了读者所谓不尽之意，而不是历经语言和思想的辛勤跋涉后的无限审美空间。“言不尽意”作为一种诗学观念无可厚非，但如果将其当作中国诗学的图腾，视若珍宝并悉心呵护，就是舍本逐末了。《周易》中的意、象、言系统对中国诗学的影响是极具正面意义的，内蕴着强烈的表达意志和情感，贯穿了观物取象、体察吉凶的理性意识，而这意志、情感抑或理性与“象”和“言”是一体的。在刘勰诗学中表现得尤其突出。

其三，意、象、言阐释系统背后还存在一个数学和逻辑模型。从上述论证中可以发现刘勰对意、象、言系统是颇为笃信的，这源于他对易道中的意、象、言阐释体系的信赖与坚守，这一体系作为一个文化模式内置于刘勰的哲学与诗学，而易道模式也是刘勰重要的带有理性色彩的方法论。尽管刘勰没有去证明易道模式中具有的某种科学性，但他坚信以易道模式运思是符合大道规律的。在《文心雕龙》多个篇章中都反复出现“数”的理念，这个“数”就是指存在于文章或存在于创作过程中的某种定律或规律。《神思》篇鉴于“情数诡杂，体变迁贸”，主张“至精而后阐其妙，至变而后通其数”，即是通过精妙入神的创作实践而入于文道。《体性》篇则通过数“八”厘定出八种典型的风格，意谓“八体”正如八卦一样存在着无穷的变化可能，在研习这些文章风格时，提出“八体虽殊，会通合数，得其环中”的数理方法。所谓“会通合数”就是在自然之数中协调其阴阳之数。《情采》篇则直接认为文章的生成是神理之数，其文曰，“五色杂而成黼黻，五音比而成韶夏，五性发而为辞章，神理之数也”;《章句》篇则将文体变化与人类情感的周期或规律，所谓“情数运周，随时代用”(《章句》)相联系。

---

① 赵建章、赵迎芳《‘言不尽意’论的传统误区及出自语言哲学观的修正》，《文艺理论研究》2017 年第 4 期。

《养气》篇则讲“性情之数”,《通变》篇则有“文理之数”的说法。

现代易学研究证明,阴阳二分,爻位六布,变易而成的六十四卦,可以建立起一个完美的表达阴阳变化的数学模型,而这样的阴阳变化是可以比类宇宙中的盛衰流变的。关于卦序的排列中国现当代著名的逻辑学家沈有鼎先生《周易序卦骨构大意》、《周易卦序分析》两篇短文从逻辑学角度深刻剖析了卦序骨构与建构原则,是关于周易卦序科学意义上的研究。[①] 有学者也论述了卦序的科学性,认为:“易卦是一类古老而又神奇的符号,可以有种种解释。采用内涵格解释,把卦的交错和交综解释成内涵格中的代数运算,由此引出错综不变组的概念并用于分析周易卦序结构。”[②]关于《周易》中的象数哲学体系,有不少论者给出了有力的论证,有论者说:“《周易》对于客观世界的认识有着一个完整的图式,其基本结构是象数,其中象是认知经验的形象化和象征化,数是形象和象征符号的关系化以及在时空位置上的排列化以及应用化与实用化。”[③]即是说《周易》通过一系列数字及图示的进入,与象一体,模仿宇宙变化的过程,并将这一过程导向了理想化的、数理化的境地。一言以蔽之,易道哲学中的意、象、言系统具有着先天的合理性。

三、“神”之用

刘勰“意象”论的提出可谓是天才式的理论建构,其文化内涵深潜繁复,谱系交错,不仅囊括了感物吟志的比兴之象,也将情志变化、心物感应纳入生生不息的易象逻辑中,以《周易》的意、象、言模式来阐释,并构建形象、遣词造句的创作过程。《神思》篇《赞》语中以“神用象通,情变所孕”,描绘了情志变化、心神发用,神与物游,而意象翩然的创作情景。那么,在比兴或感物过程中“神”之用,该如何解释呢? 在刘勰这里,“神”之用,具有哲学意味与文化内涵。我们不禁要

① 见《沈有鼎集》,中国社会科学出版社,2006 年,第 271—273 页。

② 张靖宇《周易卦序结构分析》,《毕节学院学报(综合版)》2011 年第 9 期。

③ 倪南《易道象数之维的图式结构》,《孔子研究》2004 年第 3 期。

问，“神”从何而来？

刘勰意象论的提出有其历史的必然性。刘勰“比兴”合称，是因为“比”与“兴”都可称为“喻”；而兴与比又有分殊，比义或比类建立在相似性之上，而兴不必形似，引起相关的联想也可，这是毛公、郑玄已有的看法[①]，确实如此，刘勰区分比兴，称之为“比显而兴隐”，但又将二者都纳入“情”、“理”与外物的关系之中。“比”即是“附理”，也是“切类以指事”——以类似的事物为喻，强调“写物以附意”（《比兴》）；而“兴”则是微妙的感发和比喻，故曰“兴者，起也”，“起情者，依微以拟议”，“兴之托喻，婉而成章”。但无论是“比”还是“兴”，刘勰以“触物圆览”、“拟容取心”来阐释。即在创作过程中强调“心”、“物”二分，突出诗人窥测物理、表达情志的本性，认同诗人之意与外物的融合，更体现了以语言、意象自觉构建精妙逼真的诗意世界的理论勇气。刘勰对比兴论的继承和发扬，使其在创作中必然转向对“物”与“意象”的关注。

不过，与此同时，刘勰将感物兴情放置了一个更加突出主体意志与理性的审美模式中，他在传统心物感应论的基础上，又突出着超然物外的主体情思。《物色》篇中认为心物之感随阴阳变化乃是自然而然，即“春秋代序，阴阳惨舒，物色之动，心亦摇焉”。这一观念与《礼记・乐记》、陆机《文赋》中的感物而动一脉相承，但此处的“物色”则以自然物为主[②]。《物色》篇曰：“诗人感物，联类不穷，流连万象之际，沉吟视听之区；写气图貌，既随物以宛转；属采附声，亦与心而徘徊。”意思是说，诗人以“写气图貌”为要务，目的在于模拟自然物的情状，正如文中所说：“‘灼灼’状桃花之鲜，‘依依’尽杨柳之貌，‘杲杲’为日出之容，‘瀌瀌’拟雨雪之状……”即规模物色形状，以达到“情貌无遗”的境地；而在求得“形似”的同时，重视情志的表达，即所谓“吟咏所发，志惟深远；体物为妙，功在密附”。需要指出的是，刘勰感物并

---

① 毛《传》、郑《笺》都是以“喻”释“兴”，都认为兴的位置灵活多变，章章处处皆可兴。参见鲁洪生《论郑玄〈毛诗笺〉》对兴的认识》，《文学遗产》2006 年第 1 期。

② 杨明《〈文心雕龙〉精读》，复旦大学出版社，2007 年，第 195 页。

停留在“情貌”兼备中，他还突显了超拔的主体追求。他一方面强调心物往来，彼此酬答的一体性——“情往似赠，兴来如答”（《物色》）；另一面又强调心物互动结束后的情思意愿，即所谓“物色尽而情有余”。因而，在刘勰感物论中，心与物彼此委蛇，但又超然于自然物之上，披上了玄学与佛学的色彩，他的感物观念中可见到支遁的影子，但他又超越了这影子，显示出自己别样的光泽。

支遁有“物物而不物于物”之论，刘勰感物观念中的玄学色彩与之颇为类似，其佛学观念与支遁也有异曲同工之妙。据《世说新语·文学》刘孝标注引，支遁有《逍遥论》：“至人乘天正而高兴，游无穷于放浪，物物而不物于物，则遥然不我得，玄感不为，不疾而速，则逍然靡不适。此所以为逍遥也。若夫有欲当其所足，足于所足，快然有似天真。犹饥者一饱，渴者一盈，岂忘烝尝于糗粮，绝觞爵于醪醴哉？苟非至足，岂所以逍遥乎？”[①]这是以虚无之心的“玄感不为”来阐释逍遥至足。在其《大小品对比要钞序》中则提出一套“无其所以无，忘其所以存”而通向绝对无心的路径[②]，也正是因为“无有冥尽”，方能有般若智慧；“诸佛因般若之无始，明万物之自然”，这是以佛学的空寂来阐释玄学中的虚无智慧。确实如此，支遁还讲色空，《妙观章》曰：“夫色之性也，不自有色，色不自有，虽色而空。故曰，色即为空，色复异空。”[③]正如如汤用彤先生所言，支遁讲即色空，是为了证明本无之

① 余嘉锡笺疏《世说新语笺疏（修订本）》，中华书局，1993年，第220页。

② 严可均校辑《全上古三代秦汉三国六朝文》（3），中华书局，1958年，第2366页。《大小品对比要钞序》：“夫般若波罗密者，众妙之渊府，群智之玄宗，神王之所由，如来之照功。其为经也，至无空豁，廓然无物者也。无物于物，故能齐于物，无智于智，故能运于智。……理冥则言废，忘觉则智全。若存无以求寂，希智以忘心，智不足以尽无，寂不足以冥神，何则？故有存于所存，有无于所无；存乎存者，非其有也；希乎无者，非其无也。何则？徒知无之为无，莫知所以无，知存之为存，莫知所以存，希无以忘无，故非无之所无，寄存以忘存，故非存之所存。莫若无其所以无，忘其所以存，忘其所以存，则无存于所存，遗其所以无，则忘无于所无。忘无故妙存，妙存故尽无，尽无则忘玄，忘玄故无心。然后二迹无寄，无有冥尽，是以诸佛因般若之无始，明万物之自然。”

③ 严可均校辑《全上古三代秦汉三国六朝文》（3），中华书局，1958年，第2366页。

旨[①]，由此可见，这里的“本无”与玄学家的“本无”是有区别的。

刘勰《灭惑论》中也体现了“寂灭无心”而有“玄智秘照”的佛学理论。他说：“至道宗极，理归乎一；妙法真境，本固无二。佛之至也，则空玄无形而万象并应，寂灭无心而玄智弥照。幽数潜会，莫见其极；冥功日用，靡识其然。”[②]与支遁的不同之处在于，刘勰不仅承认“寂灭无心”而有智慧，而且强调了“佛之至”时，因其“空玄无形”，必然有“万象并应”的胜境。需要指出的是，刘勰以宗极于一的“至道”观念来阐释佛家境界，却又保留了宗教气息——关于儒佛融合，谢灵运在《辨宗论》中业已完成[③]，故而，这里的“万象”之应与“至道”、“真境”的关系不仅是“理一分殊”的体用关系，而且存在着佛家“神道无方，触象而寄”的神秘色彩[④]。

行文至此，我们可以知道，刘勰感物观念或其心物关系模式的思想内涵是极其丰富的，它是在漫长的历史过程和复杂的思想交融中形成的。它叠印着儒玄佛的思想因素。其中佛至（神理）而万象并应是其心物关系的一个层面。而这一逻辑可以在创作中置换为“神用象通”。那么，这个“神”如何而来？有必要在形神论的背景与刘勰的哲学体系的视野下来观察此问题。根据李小荣的研究，汉晋之际，《牟子理惑论》说明了佛教神不灭思想与，中土思想无二；晋宋之际《正诬论》、罗含《更生论》、郑道子《神不灭论》、惠远《形尽神不灭论》，都主张神不灭论，接着有何承天与宗炳的论争，何承天主张形生则神

---

① 汤用彤《汉魏两晋南北朝佛教史》，北京大学出版社，1997 年，第 183 页。

② 僧佑撰，李小荣校笺《弘明集校笺》，上海古籍出版社，2013 年，第 427 页。

③ 谢灵运《辨宗论》论就吸融合孔、释，开辟新论。他说：“同游诸道人，并业心神道，求解言外。余枕疾务寡，颇多暇日，聊伸繇来之意，庶定求宗之悟。释氏之论，圣道虽远，积学能至，累尽鉴生，方应渐悟。孔氏之论，圣道既妙，虽颜殆庶，体无鉴周，理归一极。有新论道士以为，‘寂鉴微妙，不容阶级，积学无限，何为自绝？’今去释氏之渐悟，而取其能至；去孔氏之殆庶，而取其一极。一极异渐悟，能至非殆庶。故理之所去虽合各取，然其离孔、释矣。”（见李运富编注《谢灵运集》，岳麓出版社，1999 年，第 305—306 页）该段文字中包括了顿悟、渐悟，以及儒佛思想之间的彼此会通观念。

④ 慧远《万佛影铭并序》，见严可均辑《全上古三代秦汉三国六朝文》(3)，中华书局，1958 年，第 2403 页。

生，形灭即神灭，宗炳有《明佛论》、《神不灭论》与之论难；到齐梁之际，范缜主张神灭论，沈约、萧琛、梁武帝均有反驳，刘勰则有《灭惑论》，主张神不灭。[①] 刘勰认为《三破论》是“辞体鄙拙”、“委巷陋说”[②]，也批驳道家之说，其文曰：“夫佛法练神，道教练形。形器必终，碍於一垣之里；神识无穷，再抚六合之外。明者资於无穷，教以胜慧；暗者恋其必终，诳以飞仙。”[③]意谓修练佛法可以神识无穷，而道家仙术，依赖饵药，形器必终。刘勰还描绘了神通变化、灵应感会的状态，《灭惑论》曰：“神化变通，教体匪一；灵应感会，隐现无际。若缘在妙化，则菩萨弘其道；化在粗缘，则圣帝演其德。夫圣帝菩萨，随感现应，殊教合契，未始非佛。”[④]圣帝、菩萨可以随感现应，“缘应而像现”，也因为“隐现无际”，所以借像以显示真谛，便随时成为可能。如果说支道林注重寂灭与色空观念，那么刘勰重视在空玄无心之下的智慧产生以及万象并应的状态。

当刘勰的形神分离与佛至象应之观念进入到诗学创作之中，就超越了原有的感应论，也丰富了其心物关系的易学模式，可谓形成了中国感物论的重大变局。那么，在理论上刘勰又是如何弥合佛学色彩之“神”与玄理、儒道的呢？根据张少康先生的统计，“神理”一词在《文心雕龙》中出现七次，“刘勰所说的‘神理’显然与此不同，而是一种哲学和宗教意义上的‘神理’，它与‘道’的含义实际上是一致的，指的是一种事物内在的本质与规律，而它又是由神明所启示给人类的”[⑤]。确实如此，作为有神论者、受佛教思想的影响，刘勰“神理”具有神秘性。但是，它又是儒、道、佛哲学理论会通的结果，刘勰佛学色彩的“神”与易学中的“阴阳不测之谓神”“成变化而行鬼神”融合为一，称之为“神理”毫无违和之感，从而将神秘感应的宗教体验与易道

---

① 李小荣《〈弘明集〉〈广弘明集〉述论稿》，巴蜀书社，2005 年，第 486—561 页。

② 僧佑撰，李小荣校笺《弘明集校笺》，上海古籍出版社，2013 年，第 415 页。

③ 僧佑撰，李小荣校笺《弘明集校笺》，上海古籍出版社，2013 年，第 416 页。

④ 僧佑撰，李小荣校笺《弘明集校笺》，上海古籍出版社，2013 年，第 426 页。

⑤ 张少康《刘勰及其〈文心雕龙〉研究》，北京大学出版社，2010 年，第 67 页。

变化之神彼此呼应，并且纳入易道的数理精神中（比如《情采》篇有“神理之数”、《神思》篇有“玄智弥照，幽数潜会”的说法），使得“神理”概念天然地具有神通感应能力与数理精神。

刘勰意象论中的传统感应论、易学模式、佛学因素构成了其审美的文化形式，成为王国维所谓“形式之美之形式之美”①。王国维强调美的形式中的形式化或文化模式，来补足审美距离说、审美非功利论是现代美学史上的中国话语。不过，这样的审美文化品质可能在后现代者的美学视野中是无法看到的。后现代美学试图消解生活与艺术的界限，强调“物性”以及其背后的生产过程和情境，比如“达达主义将废弃物和画面拼贴在一起。以‘物品’充当艺术品摧毁了本雅明所说的传统艺术品的韵味，消除了艺术品与生活的距离，以及观众的静观态度”，“戴维斯反对把艺术视为静态的、固定的‘物’的载体，认为它是一种动态的、由创造性的施为活动体现出来的‘过程’”②，等等，显然对静观式、文化观照式的古典审美是一种挑战和超越。但刘勰意象论中所蕴含的复调式的文化模式依然昭示着人类精神、情志、格调的高度，依然具有普遍的价值，而“意象”作为表达人类与世界之哲学关系、审美关系、艺术关系的概念，始终立足在人类与世界的初始性遭遇中，具有着无比的活力。

（北京语言大学中华文化研究院）

---

① 这里借用王国维《古雅之在美学上之位置》对“古雅”之美的描述，古雅之美是美经过其第二形式而愈增其美，具有独立的价值。其文曰：“夫然故古雅之致存于艺术而不存于自然。以自然但经过第一形式，而艺术则必就自然中固有之某形式，或所自创造之新形式，而以第二形式表出之。即同一形式也，其表之也各不同。”见姚淦铭、王燕编《王国维文集》第三卷，中国文史出版社，1997 年，第 32 页。

② 汪正龙《艺术与物性——对一个海德格尔引发的争论的考察》，《文艺理论研究》2018 年第 1 期。

晋唐般若"物"观及其诗学意义

张侃宁

内容摘要：佛教般若学将"物"分为"物色"与"物性"两个层次，启发人们透过变动不居之"物色"而证悟空空之"物性"。魏晋南北朝，随着般若学的流行，"物色"演变为诗学范畴。中唐诗学从般若中观思维出发，努力探寻诗的"象外"之意，从而促进了意境理论的成熟。可以说，对"物性"的证取，是意象理论向意境理论发展的关键。

关键词：般若；物色；物性；意境

The "Property" of Prajna from Jin Dynasty to Tang Dynasty and Its Aesthetic Meaning

Zhang Kanning

Abstract: Buddhism Prajna divides "property" into two aspects, namely, "phenomenon" and "essence". This division inspires us to look through the constantly changeable "phenomenon" to comprehend the unreal and unsteady "essence". During the Wei Jin Southern and Northern Dynasties, with the development of Prajna, "phenomenon" has evolved into a poetic concept. Based on Prajna, Mid-Tang poetics has sought the

meaning "beyond the images", which promotes the maturity of the theory of the artistic conception. That is to say, the understanding of "essence" is crucial to the evolution from the image theory to the theory of the artistic conception.
Keywords: Prajna; phenomenon; essence; artistic conception

物色与意境,是中国古代两个十分重要的文艺理论范畴,前者形成于六朝,后者成熟于中唐,前者以刘勰为代表,后者以皎然为代表,这两种理论都与佛教有着密切关系。对此,学界似乎没有太大争议。至于佛学的什么思想促进了这两种理论的形成,可谓众说纷纭、莫衷一是。本文认为,般若学的观"物"方式在其中起到了至关重要的作用,这一重要因素至今鲜为学界所提及,本文意欲在这方面做些尝试,以求教于方家。

一、六朝"迁逝"氛围与般若"物"观的流行

汉魏以降,社会的动荡,生命的无常,使整个社会弥漫着一层浓厚的悲观色彩。时序的更迭,江水的流逝,都会引惹命如朝露、人生如寄的感慨,这就是魏晋南北朝文学所热衷歌咏的"迁逝"主题。这种浓重的伤感,来自个体以有限的生命去追求无限的宇宙大化而不可得所形成的巨大心理落差。为了消除"迁逝"带来的悲感,魏晋玄学试图启发人们以有限的生命去玄合无限的宇宙大化,在大化流衍之中去体验生命的永恒之感。郭象的"性"本体论是其代表。[①]

郭象把世界分为现象("物")与本体("性")两个层面。现象层面,万物"相因""相为"而形成一个庞大的关系网络;本体层面,万物各自依据自己的本性而"独化于玄冥之境"。"独化"之"性"是"相因"之"物"存在的根据。由于"性"之特质与功能是"自然","任性之自

---

① 王晓毅说:"从不同角度称谓,本性被称之为'真性'、'性分'、'玄冥'、'所以迹'、'天理'等等,揭示了本性与现象世界的各种关系,建立了'性'本体论。"见王晓毅《儒释道与魏晋玄学形成》,中华书局,2003 年,第 286—287 页。

然"便成了现象界的绝对法则。[①] 郭象双重世界的划分,为任性逍遥的人生态度提供了理论依据,同时也启发人们透过变动不居的现象而领悟不变之性。在这种思想影响下,东晋士人把对生命的珍惜之情移入山水草木,在自然审美中完成对生命的体认。

然而,郭象的理论在事实上并没能引导士人走出"迁逝"之痛。问题的关键在于,他虽然把世界分为现象与本体两重,启发人们立足于现象而体证本体,但他并没有否定现象界的真实性,其本体"性"的设定实质上还是一种变相之"有",因此,他不但未能使人在山水自然之中找到永恒的感觉,反而更加重了他们对现实世界的执着,更加重了由于在永恒自然面前所显示的渺小所带来的痛苦。所以,王羲之等兰亭名士,"仰观宇宙之大,俯察品类之盛",企图在有限自然中追求与无限宇宙大化的玄合,但终不免"俯仰之间,已为陈迹"、"修短随化,终期于尽"之叹。[②] 可以说,玄学形塑了晋宋士人更加浓重的"深情"品格。

为了消除"迁逝"之痛,东晋人把目光转向了佛教。佛教的根本目的,在于帮助人消除内心痛苦,实现精神的解脱,般若是其引导众生转迷为悟的最高智慧。自东汉末年支娄迦谶译出《般若道行品》后,般若类经籍陆续传入中国,后秦鸠摩罗什系统翻译印度龙树、提婆的中观派学说,使般若学达到高潮。此时的般若学与玄学合流形成六个派别,即所谓"六家七宗"。鸠摩罗什弟子僧肇,在帮助其师翻译佛经的同时,先后写出《般若无知论》、《不真空论》、《物不迁论》、《涅槃无名论》四论,把般若学推至巅峰。

在般若学视域中,"物"分为可见之"物色"与可证而不可见之"物性"两个层次。"物色"是中国传统文化固有的词汇,早在先秦时期就已经出现,最初是指牲畜的毛色,后来引申为物的形状与人的形貌,

---

① 郭象说:"夫相因之功,莫若独化之至也。故人之所因者,天也;天之所生者,独化也。……况乎卓尔独化,至于玄冥之境,又安得而不任之哉!"见郭注《庄子·大宗师》,《南华真经注疏》(上),中华书局,1998年,第142页。

② 王羲之《兰亭序》,严可均辑《全晋文》(上),商务印书馆,1999年,第258页。

魏晋南北朝以后增加了“自然景色”义涵。[①] 般若经典中的“物色”，除了保存原有的“形状”、“色彩”之意外，又增加了虚幻、不实之意。鸠摩罗什译《大智度论》卷七十九曰：“诸法实相是般若，能种种利益众生爱念故，作种种名。……是故佛说如意珠譬喻，随前物色变为名。”[②]“物色”即指因缘和合而成之“物”，这种用法在汉译佛经中十分普遍。又如《尊婆须蜜菩萨所集论》卷六：“色欲因缘合会，更乐色味香根。如是无数物色之根本，处母胞胎。”[③]

般若学中的“物色”，其最基本的内涵是指万物的假象，所以佛教常有“幻身梦宅，空中物色”之说。弘赞解释这两句话：“梦宅、物色，俱喻幻身。然梦宅因寐而有，物色由翳而生。业系本虚，四大妄有，故名为幻。……空中既无物色，梦里岂有华堂？良由迷真执妄，故长夜寐而不觉。为爱见病之所翳，故见空中有诸花相。”[④]“物色”，这种假象之色彩、形状及动静、屈伸变化，都是由人“眼翳”所造成的，都是虚幻不实即“空”的。与“物色”相近的概念还有“色相”，也指一切物质显现于外的可以眼见的形相。

般若学中，与“物色”相对的概念是“物性”。“性”为本性、本质之意，指诸法本来具足、真实不变的体性，与“色”、“相”对举。“性”属于“体”的层面，在“有情”方面称佛性，在“无情”方面称法性、物性。《佛说菩萨行方便境界神通变化经》上卷云：“得不迷摩尼，空无物性相。”[⑤]摩尼，即摩尼珠，又称如意珠、如意宝珠等，佛教常用来比喻佛性、法性或物性。这句话指出“物性”的本质特征——空。《大乘入楞伽经·偈颂品第十》：“观诸法自性，迷惑不待遣。物性本无生，了知即解脱。”[⑥]这里，“自性”与“物性”是两个内涵完全相同的概念，都具

---

① 《辞源(修订本)》(三)，商务印书馆，1979年，第1984页。

② 《大正藏》第25册，第620页下。

③ 《大正藏》第28册，第767页下。

④ 《沩山警策句释记》卷下，《卍新纂续藏经》第63册，第257页上。

⑤ 《大正藏》第9册，第304页上。

⑥ 实叉难陀译《大乘入楞伽经》卷六，《大正藏》第16册，第625页上。

有空、无之特性。

在以“缘起性空”为基本内核的般若学中，“物色”为假有，“物性”为真空，两者是不一不异的关系。一方面，世间万法都是因缘合和而成，因此为“有”，称“假有”，这是俗谛，即凡夫所见的世间相；另一方面，由因缘合和而成的万法并没有独立不变的自性，因此为“空”，称“性空”，这是真谛，即圣智所见的真实理性。俗谛之“有”，是世间万事万物的现象；真谛之“空”，是世间万事万物的本性。真俗二谛的正观应是，说“有”不住“有”，谈“空”不落“空”，即有即空，空有无碍。依此“二谛”法，“物色”为假有，“物性”为“真空”，两者是一而二，二而一的关系，也即支道林《即色论》所谓：“色之性也，不自有色。色不自有，虽色而空。”①

般若“物”观，启发人们透过变动不居之“物色”，而证悟如如不动之“空性”，从而消除“迁逝”带来的痛苦，以达精神的解脱。被誉为“解空第一”的僧肇，在《物不迁》中分析当时“迁逝”之痛产生的原因说：“生死交谢，寒暑迭迁，有物流动，人之常情。”②凡夫俗子因迷情妄执，不悟真理，为眼前瞬息万变的“物色”所迷惑，于是“感往者之难留”，伤逝之感油然而生。僧肇进一步揭示“人情之惑”的症结：“近而不可知者，其唯物性乎？”③指出众人迷惑的根源在于不知“物性”，即不明白万物性“空”之理。生死交谢，寒暑迭迁，这些都是虚幻不实的假象，而从体上来看，万物性“空”，是无所谓动静去来的，所谓“物不迁”即是此意。僧肇说，消除“迁逝”之痛的唯一方法是“即动而求静”④，即透过纷纭变幻的“物色”而证悟如如不动之“物性”。

僧肇与郭象，虽然都将“物”分为现象与本体两重，启发人们在“物色”之“动”中体证“物性”之“静”，但两者又有实质性的区别：郭

① 严可均辑《全晋文》(下)，商务印书馆，1999年，第1718页。

② 僧肇著，张春波校释《肇论校释》，中华书局，2010年，第11页。

③ 僧肇著，张春波校释《肇论校释》，中华书局，2010年，第12页。

④ 僧肇著，张春波校释《肇论校释》，中华书局，2010年，第14页。

象肯定“物色”的真实性，主张在现实之中与作为本体的自然“物性”合一，从而实现“任化”的人生态度；僧肇否认“物色”与“物性”的真实性，主张“即万物之自虚”，在刹那生灭的“物色”之上观悟永恒寂灭的空性本体。与郭象相比，僧肇哲学更加凸显了“物色”的空性内涵，因此在栖神冥累、抚慰“迁逝”心理方面要高出一筹。般若学的这种观“物”方式对晋唐诗学产生了重要影响。

二、“物色”的诗学生成

六朝时期，随着般若学的流行，“物色”一词也流行起来。如萧统《同泰僧正讲诗序》：“大正以贞俗兼解，郁为善歌。琎师以行有余力，缘情继响。余自法席既阑，便思和寂，杼轴二年，濡翰两器。大正今春复为同泰建讲，法轮将半，此作方成。所以物色不同，序事或异。”[①]这是萧统在与僧人讲诗时所写，显然是与佛教有关系的，此处之“物色”指诗中描写的自然景色或社会内容，即僧肇所谓的“生死交谢，寒暑迭迁”。萧统编《文选》，专列“物色”一类，从所收《风赋》、《秋兴赋》、《雪赋》、《月赋》四文来看，“物色”意为自然景色。“自然景色”是“物色”一词在魏晋获得的新义涵，这是与当时般若学的影响分不开的。

此期，“物色”一词也大量出现在诗歌创作之中。如：

枯桑叶易零，疲客心易惊。今兹亦何早，已闻络纬鸣。回风灭且起，卷蓬息复征。怆怆簟上寒，凄凄帐里清。物色延暮思，霜露逼朝荣。临堂观秋草，东西望楚城。白杨方萧瑟，坐叹从此生。[②]

麦候始清和，凉雨销炎燠。红莲摇弱荇，丹藤绕新竹。

① 逯钦立辑校《先秦汉魏晋南北朝诗》(中)，中华书局，1983年，第1796页。

② 鲍照《秋日示休上人》，逯钦立辑校《先秦汉魏晋南北朝诗》(中)，中华书局，1983年，第1287页。

物色盈怀抱，方驾娱耳目。零落既难留，何用存华屋？[①]

以上两首诗，所描绘的都是“生死交谢，寒暑迭迁”的自然景象，所表达的都是“迁逝”之痛，“物色”一词也都具有“空幻”色彩。因此可以说，尽管“物色”一词早在先秦就已经出现，但它在魏晋南北朝的流行及对文学领域的渗透是在佛教的强烈刺激之下而发生的，这应该是没有问题的。

六朝时，“物色”一词也开始进入文学理论领域，成为一个诗学范畴，这集中体现在刘勰《文心雕龙》之中：

春秋代序，阴阳惨舒，物色之动，心亦摇焉。

若夫珪璋挺其惠心，英华秀其清气，物色相召，人谁获安？

是以四序纷回，而入兴贵闲；物色虽繁，而析辞尚简。

物色尽而情有余者，晓会通也。

以上引文均出自《物色》篇[②]，“物色”概念都指自然景色，从表面上看并无佛教的“虚幻”色彩，但不能因此就说它与般若学没有关系。

刘勰对般若学及其“二谛”观“物”法极其熟悉。他在《灭惑论》中说：“大乘圆极，穷理尽妙，故明二谛以遣有，辩三空以标无”；“佛之至也，则空玄无形而万象并应，寂灭无心而玄智弥照。幽数潜会，莫见其极；冥功日用，靡识其然。但言万象既生，假名遂立”。[③] 就真谛而言，万法“空玄无形”；就俗谛而言，“万象并应”。万象虽生，但空无自性，只是因缘而生，假名而有。与僧肇一样，刘勰在这里也是既反对滞于“物色”之“有”，又反对沉于“物性”之“空”，而主张即空即有、空有不二，于变动不居之“物色”体悟如如不动之“物性”。立足于般若“中观”思维方式，刘勰还对魏晋玄学进行批评。《文心雕龙·论说》：“然滞有者，全系于形用；贵无者，专守于寂寥：徒锐偏解，莫诣正理；

① 谢朓《出下馆》，谢朓著，曹融南校注《谢宣城集校注》，上海古籍出版社，1991 年，第 259 页。

② 刘勰著，范文澜注《文心雕龙注》（下），人民文学出版社，1958 年，第 693—694 页。

③ 僧祐编撰《弘明集》，中华书局，2011 年，第 274、288 页。

动极神源，其般若之绝境乎！”[①]他对“滞有者”与“贵无者”各执一端、有失“中道”的观点进行批评。“滞有者”执着于现象之“形用”，而不知本体之“空”，“贵无者”执着于本体之“无”，而不知现象之“有”，双方各执一端，偏解偏信，不明正理，只有“般若中观”才是无上圆融之妙境。刘勰写《文心雕龙》的目的是为了“敷赞圣旨”，因此有意避开佛教思想与概念，但在这段引文中，他却运用了般若学的“中观”思维，甚至直接使用“般若”一词，由此可见他对般若学的谙熟与推崇。[②]

在般若学的影响下，刘勰把“物色”概念引入文学理论，但他又有意抽去此概念的佛学内涵，这是由其预先设定的儒家立场所决定的。从般若学的“二谛”思维来看，刘勰只是在“俗谛”上使用“物色”一词，而没有在“真谛”上探讨“物色”背后的“物性”，这使其文学理论具有以下三个方面的特点：

一，在心物关系上，坚持儒家传统的“物感”说。刘勰说：“春秋代序，阴阳惨舒，物色之动，心亦摇焉”；“物色相召，人谁获安”。与《乐记》“人心之动，物使之然”的说法相比，虽然一个说“物色”而另一个说“物”，其实都是在强调自然景色对人心的感召作用，两者并无实质性区别。

二，不否定“物色”与情感的真实性，而强调两者之间的双向交流。他说：“目既往还，心亦吐纳。……情往似赠，兴来如答。”[③]“物色”感召人心，人带着特定情感去感受“物色”，情感与物色之间循环往复、密不可分。

三，未开出意境理论之花。刘勰故意避开本体层面“物性”的追问，而只是在现象层面论述“心”与“物色”，即情与景之间的关系，这

---

① 刘勰著，范文澜注《文心雕龙注》、《文心雕龙注》(上)，人民文学出版社，1958年，第327页。

② 参见张勇《刘勰论儒佛道三教关系——以〈灭惑论〉为中心》，《文心雕龙研究》第九辑，河北大学出版社，2011年。

③ 刘勰著，范文澜注《文心雕龙注》、《文心雕龙注》(下)，人民文学出版社，1958年，第695页。

种致思理路使他只形成了相对完整的意象理论，却没有沿此继续探讨“象外”之“象”，而把意境理论留给了后人。

三、“物性”与意境

上文说，刘勰虽然对般若学的“二谛”观“物”法相当熟悉，但为了坚持儒家立场而故意避开真谛层面“物性”的证取，只是在俗谛层面撷取“物色”一词，这导致其诗学理论缺少“象外”追求，而最终未能开出意境之花。对于般若“物”观而言，假如进入真谛层面来体证“物性”的话，必然导致对眼前“物色”真实性的否定，从而把触角延伸至“象外”。如孙绰《游天台山赋》：

> 散以象外之说，畅以无生之篇。悟遣有之不尽，觉涉无之有间。泯色空以合迹，忽即有而得玄。……浑万象以冥观，兀同体于自然。①

这段文字表达的即是般若“物”观，勘破“物色”（“泯色空”）而体证“物性”（“得玄”），此时主体破除了“物执”、“我执”而与自然完全合一。此处之“象外”，即是于眼前“物色”而体悟到的“物性”或“空性”。

孙绰以后，大约与刘勰同时期的画家谢赫，把“象外”概念引入文艺理论领域。他在《古画品录》中说：“若拘以体物，则未见精粹；若取之象外，方厌膏腴，可谓微妙也。”②认为绘画的微妙之处不在“物”中而在“象外”。谢赫的“象外”论可视为意境理论的滥觞，而此理论的发展成熟是在中唐时期。

唐代是中国佛教发展的第二个高峰期，与此同时，般若学也获得长足发展，尤其是禅宗，融会发展了般若性空理论与涅槃佛性学说，以“本心”或“自性”为基石，建构其舍离文字义解而直彻生命本源的禅学体系。在观“物”方式上，唐代禅宗秉承六朝般若学的“二谛”法，认为“物色”为“俗谛”之假有，而“物性”为“真谛”之真空，参禅悟道就

---

① 萧统编《文选》（二），上海古籍出版社，1986年，第499—500页。

② 北京大学哲学系美学教研室编《中国美学史资料选编》（上），中华书局，1980年，第191页。

是勘破“物色”、证取“物性”从而获得解脱，正如明建文帝《宿永庆寺》所云：“杖锡南游岁月深，山云水月傍闲吟。尘心消尽无些子，不受人间物色侵。”①

作为禅宗学人，皎然也是这样看待“物色”与“物性”之间关系的。他在《诗式》中说：“如释氏顿教，学者有沈性之失，殊不知性起之法，万象皆真。”②世间万法都是因缘合和而成，都是虚幻不实的存在，在这生生灭灭、变化万端的“物色”背后，有一个永恒寂灭的“物性”，因此，参禅悟道者，一方面不能执虚为实，执幻为真，把眼前之“物色”当作真实，否则会犯“滞有”之病，另一方面也不能执着于“物性”之空，离色而求空，否则会犯“沉性”之病。③ 正确的观“物”方式应是，于眼前“物色”而悟其当体之空性。这就是皎然所说的“性起之法，万象皆真”。

立足于这种观“物”方式，皎然认为，诗歌可以通过描写自然“物色”而引人领悟其“空性”。他说：“诗情缘境发，法性寄筌空。”④这里，“境”即“物色”，“法性”即“物性”，这两句话交代了“物色”、“诗情”与“物性”之间的关系：外界“物色”引起主体的创作冲动，主体通过艺术构思而创设诗歌意象，但与一般意象不同，皎然所强调的意象要能引人证悟“物色”背后的空空之“物性”。如《送清凉上人》：“何意欲归山，道高由境胜。花空觉性了，月静知心证。永夜出禅吟，清猿自相应。”⑤这首诗中，“月”、“花”意象的创设，都是为了引人“证心”、“觉性”。又如《闻钟》：“古寺寒山上，远钟扬好风。声余月树动，响尽霜天空。永夜一禅子，泠然心境中。”⑥月夜，一位茕茕孑立的禅子立于

---

① 《禅宗杂毒海》卷四，《卍新纂续藏经》第 65 册，第 76 页下。

② 张伯伟《全唐五代诗格汇考》，凤凰出版社，2002 年，第 331 页。

③ 参见张勇、荣梅《禅宗自然观的美学意蕴》，《中国文论的思想与主体（古代文学理论研究第三十五辑）》，华东师范大学出版社，2013 年。

④ 《秋日遥和卢使君游何山寺宿敭上人房论涅槃经义》，《昼上人集》卷一，《四部丛刊初编》第 111 册，上海书店出版社，1989 年。

⑤ 《昼上人集》卷四，《四部丛刊初编》第 111 册，上海书店出版社，1989 年。

⑥ 《昼上人集》卷六，《四部丛刊初编》第 111 册，上海书店出版社，1989 年。

寒山之上，听着远处顺风飘来的古寺的钟声，这个凄清的意象并没有给人凄凉、孤独之感，相反却使人体验到洞彻宇宙真相的禅者所特有的那种宁静而平和的心境。再如组诗《南池杂咏五首》中的“水月”、“溪云”、“虚舟”、“寒山”、“寒竹”，这些“物色”已不是纯然外界之物，而是禅者本心、自性的外化。

作为诗僧，皎然为了实现“以诗安禅”之目的，在诗歌创作中总是努力消除世俗情感，把它过滤为“水月”、“溪云”、“虚舟”等意象，以此启发人们领悟“色即是空”之理。[①] 对“物色”背后之“物性”的追问，使皎然没有像刘勰那样停留于现象层面之情与景关系的讨论，而是深入到意象背后去探讨“象外”之象，从而促进了意境理论的发展、成熟。

与刘勰意象理论重点探讨心物关系不同，皎然重点探讨意象的虚实问题。他在《诗议》中说：“夫境象不一，虚实难明。有可睹而不可取，景也。可闻而不可见，风也。虽系乎我形，而妙用无体，心也。义贯众象，而无定质，色也。凡此等，可以对虚，亦可以对实。”[②]这里，“境象”并不是纯客观的自然物色，而是经过主体之心浸润过的意中之色，即诗歌的意象，其特点是“无定质”，“虚实难明”，可睹而不可取，可闻而不可见，是象外之象、境外之境。

皎然在《诗式》中提倡诗要有“重意”，即“文外之旨”。他说：“两重意已上，皆文外之旨。若遇高手如康乐公，览而察之，但见情性，不睹文字，盖诗道之极也。向使此道尊之于儒，则冠六经之首。贵之于道，则居众妙之门。精之于释，则彻空王之奥。”[③]“空王”即般若。他把“但见情性，不睹文字”看作“诗道之极”，并认为这种思维方式可以用于证悟般若性空之理。在《诗议》中，皎然又说：“大抵而论，属于至解，其犹空门证性有中道乎。……可以神会，不可言得，此所谓诗家

① 参见张勇《诗情与道性》，《安徽师范大学学报（人文社会科学版）》2010 年第 2 期，第 159 页。

② 张伯伟《全唐五代诗格汇考》，凤凰出版社，2002 年，第 205 页。

③ 张伯伟《全唐五代诗格汇考》，凤凰出版社，2002 年，第 233 页。

之中道也。”[①]“诗家之中道”与般若之“中观”在思维方式上是一致的，都具有可见不可取，只可意会不可言传之特征。

皎然在《诗式》中把诗体分为十九种，对其中“静”与“远”的解释鲜明地体现了他对“物色”与“物性”关系的思考。他说：“静，非如松风不动，林狖未鸣，乃谓意中之静；远，非如渺渺望水，杳杳看山，乃谓意中之远。”[②]李壮鹰对此二句有很好的解释：

> “如松风不动、林狖未鸣”者，具体物色之静也；“意中之静”者，诗整体意境之静也。按：意境之静虽与诗中所描写的物色之静有关，但二者并不是一回事。第一，诗的整体意境虽为诗中具体形象所构成，但它却在具体形象之外，此即司空图所谓“象外之象，景外之景”。第二，构成诗之意境者不只是对客观物象的描写，还有诗人的主观情志，故诗中有时不描写物色之静，亦可在意境上构成静谧之情味，此即权德舆所谓“其心不待境静而静”(《送灵澈上人序》)。……所谓“意中之远”者，并非单指诗中所描写的具体景物之遥远，而主要指诗所体现的整体意境之高远，亦指诗人通过物色描写而在诗中所寄托的超然远引之情。[③]

皎然对“意中之静”与“意中之远”的解释，集中体现了他对“象外”的追求。他评价其最为钟爱的诗人谢灵运的名句曰：“且如‘池塘生春草’，情在言外；‘明月照积雪’，旨冥句中。”[④]像在禅修中透过变动不居的“物色”而证悟如如不动的“物性”那样，皎然要求诗人在诗歌创作中要善于启发人突破具体物象而把目光移向“象外”，这其实是在强调诗歌意境的整体性、不确定性与无限性。意境最突出的特征是“象”与“象外”的统一，皎然在《诗议》中直接提出“采奇于象外”

① 张伯伟《全唐五代诗格汇考》，凤凰出版社，2002年，第209页。

② 张伯伟《全唐五代诗格汇考》，凤凰出版社，2002年，第242页。

③ 皎然著，李壮鹰校注《诗式校注》，人民文学出版社，2003年，第88、90页。

④ 张伯伟《全唐五代诗格汇考》，凤凰出版社，2002年，第261页。

命题[①],尔后刘禹锡提出“境生于象外”[②],司空图提出“象外之象”[③],这些命题都是在提倡“象”与“象外”的统一,有限与无限的妙合。

为了更好地实现其以诗“安禅”目的,皎然大力倡导“高”、“逸”风格,这两种风格在《诗式》所列十九种诗体中,分别排在第一、第二位。他说:“风韵朗畅曰高;体格闲放曰逸。”[④]这正是参禅悟道者的心态表现,正如其《送王居士游越》所云:“野性配云泉,诗情属风景。爱作烂熳游,闲寻东路永。何山最好望,须上萧然岭。”[⑤]“高”、“逸”风格的实现要以“取境”为手段,因为“取境偏高,则一首举体便高;取境偏逸,则一首举体便逸”[⑥],而在“取境”过程中,对那些能够“证性”之“物色”的择取是十分重要的一环。可见,皎然“高”、“逸”风格的提倡及“取境”理论的提出,背后都有一个“物性”在起着决定性的作用。

结语

在中国古代诗学理论中,意境与意象是一对联系密切而又各有侧重的范畴。意象是情与景的融合,为实,为有限;意境是“象”与“象外”的融合,为虚,为无限。意象理论正式形成于刘勰,意境理论正式形成于皎然,两者都是在一定的佛学背景之下形成的。

刘勰生活于中国佛教发展的第一个高峰期,对佛教有着真诚的信仰,对佛学有着很深的理解。佛教般若学出于助人解脱精神痛苦之目的,将人们日用而不知的“物”,分为可见之“物色”与不可见之“物性”两个层次,进而启发人们透过变动不居之“物色”而证悟如如不动之“物性”,以此消除人们对外物的执着,从而获得心灵解脱。刘

① 张伯伟《全唐五代诗格汇考》,凤凰出版社,2002年,第208页。

② 刘禹锡著,瞿蜕园校点《刘禹锡全集》,上海古籍出版社,1999年,第135页。

③ 《与极浦书》,郭绍虞主编《中国历代文论选》(二),上海古籍出版社,1979年,第201页。

④ 张伯伟《全唐五代诗格汇考》,凤凰出版社,2002年,第242页。

⑤ 《昼上人集》卷四,《四部丛刊初编》第111册,上海书店出版社,1989年。

⑥ 张伯伟《全唐五代诗格汇考》,凤凰出版社,2002年,第241页。

勰从“二谛”思维出发，只在“俗谛”层面上撷取“物色”概念，而没有进入真谛层面进行“物性”的追问，这种致思理路使其理论侧重于现象层面之“物色”与情感关系的论述，而很少涉及“象外”的问题，因此他缔造了较完整的意象理论却把意境留给了后人。

皎然生活在中国佛教发展的第二个高峰期，僧人、诗人、诗论家“三合一”的身份使他获得推动刘勰意象理论向前发展的资格。与刘勰不同的是，皎然从般若中观思维出发，主张透过“物色”而证悟“物性”，这种致思理路在诗学理论上表现为对“象外”之意的追求与对“高”、“逸”品格的向往，从而促进了其意境理论的成熟。可以说，对“物性”的证取是皎然推动刘勰意象理论向意境理论发展的关键。

（南京大学图书馆）

杜诗"集大成"说之一解*

张慧玲

内容摘要：杜诗"集大成"说的前形态见于元稹和两《唐书》，正式由苏轼提出、秦观阐述、严羽补充完整。本文从学力和性情二端对这一理论作了新的解读，认为在宋人那里，杜甫是以极强的学习本领，全面学习、消化了前代文学遗产，充分吸取了前人的优秀成果，学力深厚，终成诗国巅峰。同时，杜诗的整体高度、其创作姿态的潇洒自由，表明杜诗以发抒自我情感、张扬主体情性为本的鲜明特征。"集大成"说昭示了学力和性情在杜诗中的互补共生作用。

关键词：杜甫；杜诗；集大成；学力；性情

Views on the "Integrated Poetry" by Dufu

Zhang Huiling

Abstract: The early form of the "integrated poetry" by Dufu was found

* 基金项目：2016 年度国家社会科学基金青年项目"宋元明杜诗学理论嬗变研究"(项目编号：16CZW026)。

by Yuanzhen and in *The Book of Tang Dynasty*, then put forward by Su Shi, further elaborated by Qinguan and completed by Yanyu. From a new standpoint focused on academy and character, this essay considers that Dufu, because of his strong ability of learning, had an all-round study on the works of precedents and fully drew on the essence from that, thus reaching the peak of poetry. Meanwhile, his natural and unrestrained character showcases the features of his poetry, which is giving an expression of himself and advocating the subjectivity. The theory of "integrated poetry" reveals that academic attainments and character are complementary to each other in the poetry of Dufu.
Keywords: Dufu; Du Fu's poetry; integrated poetry; academic attainments; character

将孟子评价孔子的"集大成"概念移用来评价杜诗,并由此形成丰厚的"集大成"说理论,是杜诗学领域的重要内容。程千帆、莫砺锋、马承五、杨胜宽等人有专论分别对这一理论的基本内涵作了阐述。其他学者在对相关问题的研究中也对此有所涉及,其中邹进先《宋代杜诗学述论》一书提出"诗歌之集大成者,是集众家之长和个人独创性的有机统一",并从"集众家之长"、"独得之妙"、"诗备众体"、"沾丐后人"四方面予以阐释"集大成"的丰富内涵[①],对前此各家的研究有所总结,认识较为全面。但是,"集大成"说与杜诗学其他命题的关系似有进一步阐论的空间,特别是对于"集大成"说所涉及的学力问题,各家研究未能结合宋代诗学的全面文献来加以审视,而对其中所含的性情问题则基本未予关注。本文用学力与性情这一对概念来重新审视"集大成"说,试图对此说作出新的解读。

一、"集大成"说前形态中的意涵

正式以"集大成"概念评杜,现有的文献始于北宋苏轼和秦观。

① 邹进先《宋代杜诗学述论》,中国社会科学出版社,2016 年,第 120—132 页。

但是这种意识的发源很早，全面梳理唐宋诗学文献，“集大成”说的前形态昭然可见。此说的逻辑起始似为李杜比较，孟棨《本事诗》有谓：

白才逸气高，与陈拾遗齐名，先后合德。其论诗云：“梁陈以来，艳薄斯极。沈休文又尚以声律，将复古道，非我而谁与？”故陈李二集律诗殊少。尝言：“兴寄深微，五言不如四言，七言又其靡也，况使束于声调俳优哉。”故戏杜曰：“饭颗山头逢杜甫，顶戴笠子日卓午。借问何来太瘦生，总为从前作诗苦。”盖讥其拘束也。①

所引李白戏杜之诗，真伪莫辨，不见于太白集。该诗嘲笑杜甫为诗受制于声律、偏倚于学力，潜台词似为嘲笑杜甫在创作方式上不是因内在性情的伸展而为诗，而是苦吟为诗、从前人经典中贩卖陈货为己作。这条文献在《旧唐书·文苑传下·杜甫传》的末尾转述为很简短的几句话：

天宝末诗人，甫与李白齐名，而白自负文格放达，讥甫龌龊，而有饭颗山之嘲诮。②

在这里，李白因“文格放达”而自负，其意也即自认是伸展了主体性情，突出了创作者情感。以此讥嘲杜甫，针对的自是杜甫的“拘束”，也即“龌龊”，而“龌龊”的原因是创作的内在驱动非主体性情而是前人经典。

《旧唐书·杜甫传》在上引简短文字之后，大段征引了元稹于元和八年(813)应杜甫裔孙杜嗣业之请所作的墓铭，引文最终落到李杜比较。看来是与孟棨《本事诗》在史料上相关而被连类征引。孟棨是扬李抑杜，元稹则反是。史家在引述之后，以历史的眼光叙述道：“自后属文者，以稹论为是。”为了便于分析，现特将《旧唐书》所引元文摘抄于后：

予读诗至杜子美而知小大之有所总萃焉。

---

① 孟棨《本事诗·高逸第三》，丁福保辑《历代诗话续编》，中华书局，2006 年，第 14 页。

② 《旧唐书》卷一百九十下，中华书局，1975 年，第 5055 页。

> 唐兴，官学大振，历世之文，能者互出。而又沈、宋之流，研练精切，稳顺声势，谓之为律诗。由是之后，文体之变极焉。然而莫不好古者遗近，务华者去实，效齐、梁则不逮于魏、晋，工乐府则力屈于五言，律切则骨格不存，闲暇则纤秾莫备。至于子美，盖所谓上薄风、骚，下该沈、宋，言夺苏、李，气吞曹、刘，掩颜、谢之孤高，杂徐、庾之流丽，尽得古今之体势，而兼人人之所独专矣。使仲尼考锻其旨要，尚不知贵其多乎哉！苟以为能所不能，无可无不可，则诗人已来未有如子美者。
>
> 是时山东人李白，亦以文奇取称，时人谓之李杜。予观其壮浪纵恣，摆去拘束，模写物象，及乐府歌诗，诚亦差肩于子美矣。至若铺陈终始，排比声韵，大或千言，次犹数百，词气豪迈，而风调清深，属对律切，而脱弃凡近，则李尚不能历其藩翰，况堂奥乎！①

元稹的这一阐述，有两个要点：一是强调杜诗具有“总萃”性质。作者站在诗史演进的立场，认为杜甫将前代的文学遗产作了全面吸收，集于一身，这与他家往往偏于独专，得其性所近之一体，大有区别。二是认为杜甫达到了诗史上最崇高的水平。同时代具有天才的李白，也只能部分诗体、某些方面与杜诗比肩，而在更见功力的近体诗尤其是长律方面，杜诗却把李白和所有同代人远远抛在了后面。其观点客观上说明了杜甫对前代文学遗产用功之勤、所得之深，也即说明杜甫学力的深厚广博。

元稹评杜所确立的学力视角，在宋人修撰《新唐书》时得到了发扬，《新唐书·文艺列传·杜甫传》末尾的“赞曰”较值得关注：

> 唐兴，诗人承陈、隋风流，浮靡相矜。至宋之问、沈佺期等，研揣声音，浮切不差，而号“律诗”，竞相袭沿。逮开元间，稍裁以雅正，然恃华者质反，好丽者壮违，人得一概，皆

① 《旧唐书》卷一百九十下，中华书局，1975年，第5055—5057页。

自名所长。至甫，浑涵汪茫，千汇万状，兼古今而有之，它人不足，甫乃厌余，残膏剩馥，沾丐后人多矣。故元稹谓“诗人以来，未有如子美者。”甫又善陈时事，律切精深，至千言不少衰，世号“诗史”。昌黎韩愈于文章慎许可，至歌诗，独推曰：“李、杜文章在，光焰万丈长。”诚可信云。[①]

这里对唐诗史的描述既着眼于历时的演进，又加上共时的比较，比元稹更为细致。以“浑涵汪茫，千汇万状，兼古今而有之”几句对杜诗成就所作的评价，观点与元稹一脉相承，但更突出了杜诗萃取前代艺术精华、包罗万象的特点。与元稹不同之处有二：一是从李杜比较的视角中走出。因为元稹、韩愈二人对李杜的比较有不同意见[②]，《新唐书》将此分歧撇开，只突出了元、韩对杜甫的高度评价这一共同之处，凸显了杜诗本身的崇高地位。二是更突出了杜诗“沾丐后人”的意味。程千帆、莫砺锋在《杜诗集大成说》一文认为：“杜甫之‘集大成’与孔子之‘集大成’一样，最重要的意义不在于承前而在于启后。”[③]那么，《新唐书・杜甫传》的评价虽未使用“集大成”概念，却隐然已预示着“集大成”说的正式出现。

约而言之，从元稹到两《唐书》的杜甫传，虽然并未用“集大成”概念，然其表述已隐含有后来“集大成”说的不少意涵，因此它们实为“集大成”说的前形态文献。

二、苏轼和秦观“集大成”说的视角

正式以“集大成”评杜应始于苏轼。虽然在流传本的苏轼各种集子中，并未见到苏轼提及“集大成”的正式文字，但陈师道《后山诗话》却有以下两条记述：

苏子瞻云：“子美之诗，退之之文，鲁公之书，皆集大成

① 《新唐书》卷二百一，中华书局，1975年，第5738—5739页。

② 参看谢思炜《李杜优劣论争的背后》，载《北京大学学报(哲学社会科学版)》2009年第2期。

③ 程千帆、莫砺锋《杜诗集大成说》，《文学评论》1986年第6期，第106页。

者也。”

子瞻谓杜诗、韩文、颜书、左史，皆集大成者也。[①]

这两条记述，前者引用，后者撮述，都明确使用了“集大成”一词，两者互相参证，加上陈师道作为苏门弟子的身份，文献的可靠性应该没有问题。不过，陈师道记述的苏轼观点只是将杜诗与韩文、颜书、左史并列为集大成，其具体涵义为何，尚付阙如。所以，为了弄清楚苏轼提出“集大成”说的旨趣所在，需要全面了解苏轼的文艺思想。

苏轼是宋代博古通今且个性鲜明的大学问家，他曾多方面表述过诗文书画创作中如何实现学古而变古出新、因任自然而遵从自我的观点。他敏锐意识到各种传统艺术是彼此相通的，所以不仅称赞杜诗是“无形画”[②]，强调“赋诗必此诗，定非知诗人。诗画本一律，天工与清新”[③]，抵制摹拟之陋，崇尚自然之风，而且站在文化发展史的高度来评判古今艺术至境及生成原理：

智者创物，能者述焉，非一人而成也。君子之于学，百工之于技，自三代历汉至唐而备矣。故诗至于杜子美，文至于韩退之，书至于颜鲁公，画至于吴道子，而古今之变，天下之能事毕矣。道子画人物，如以灯取影，逆来顺往，旁见侧出，横斜平直，各相乘除，得自然之数，不差毫末，出新意于法度之中，寄妙理于豪放之外，所谓游刃余地，运斤成风，盖古今一人而已。[④]

在这里，苏轼认为“古今之变”、“天下之能事”都是“非一人而成”，又“自三代历汉至唐而备”，那么杜诗、韩文、颜书、吴画能取得至高成就都来自对前代深厚艺术积累的“学”，却又不限于“学”。具体而言，从

---

① 陈师道《后山诗话》，何文焕辑《历代诗话》，中华书局，1981年，第304、309页。

② 苏轼著，王文诰辑注，孔凡礼点校《苏轼诗集》卷四十八《韩干马》：“少陵翰墨无形画，韩干丹青不语诗。此画此诗真已矣，人间驽骥漫争驰。”中华书局，1982年，第2630页。

③ 苏轼著，王文诰辑注，孔凡礼点校《苏轼诗集》卷二十九《书鄢陵王主簿所画折枝二首(其一)》，中华书局，1982年，第1525—1526页。

④ 苏轼撰，孔凡礼点校《苏轼文集》卷七十《书吴道子画后》，中华书局，1986年，第2210—2211页。

吴道子画人物种种“出新意”、“寄妙理”的手法看来，“法度”这种规范来自学习，“新意”却是自我之见；“理”来自学习，“妙理”则又出于自我，“豪放”更是自由、挣脱常规法度。因此，妙绝古今的吴画也好，“作诗如作画”的杜诗也罢，都既具有充分吸纳古今一切优秀作品的品质，又能透过深厚的文化底蕴，彰显出个性创造的新变。这段表述与苏轼另外一处的观点是一致的：“颜鲁公书雄秀独出，一变古法，如杜子美诗，格力天纵，奄有汉、魏、晋、宋以来风流，后之作者，殆难复措手。”[①]强调了颜书和杜诗一样，都能继承六朝风流，而又有所超越，以“变古”的能力表现出适应新时代的面貌和自我精神个性的“雄秀”之类的风采。以一般常人的眼光看，这种超越和它所表现的“格力”简直不可思议，只好说是出自“天纵”。归纳起来，苏轼充分肯定了杜诗、韩文、颜书、吴画的至高地位及其潇洒自由的艺术极境。同时，认为它们都根自于传统的深处(源于古)，具体表现为：充分尊重、遵守并汲取前人丰富的艺术经验积淀而成的一系列法则。但是，却不是传统的一般复现和回归，颜、柳辈的书法“始集古今笔法而尽发之”却又“极书之变”，同样，“李太白、杜子美以英玮绝世之姿，凌跨百代，古今诗人尽废”[②]，都是“变法出新意”[③]，即以“变古”的方式对传统作了新的提高、新的发展，因此，结出了新的丰硕成果。

苏轼以上观点，其推论的逻辑前提源自《易传》的通变思想，但又表现出鲜明的重学力的时代文化和重才情的苏轼个人特色。所以，他的通变思想表达形式是：“学足以通古，才足以御今，智足以应变。”[④]话语的立足点在艺术家的主体之“学”、“才”、“智”。这里，“学”

---

① 苏轼撰，孔凡礼点校《苏轼文集》卷六十九《书唐氏六家书后》，中华书局，1986年，第2206页。

② 苏轼撰，孔凡礼点校《苏轼文集》卷六十七《书黄子思诗集后》，中华书局，1986年，第2124页。

③ 苏轼著，王文诰辑注，孔凡礼点校《苏轼诗集》卷八《孙莘老求墨妙亭诗》，中华书局，1982年，第372页。

④ 苏轼撰，孔凡礼点校《苏轼文集》卷三十八《鲜于侁可太常少卿》，中华书局，1986年，第1069页。

显然不是指学习态度，而是学习能力，而这必然与其“才”和“智”相联系。而“才”、“智”又与主体的禀赋相关。苏轼重视艺术家主体精神、自我情性的话就更多，如他甚喜《世说新语·品藻》中殷浩的“我与我周旋久，宁作我”①的话，曾凝练为“为我周旋宁作我”②并试图找一个对句相配。所以，南宋周紫芝《竹坡诗话》载有人向苏轼求作诗捷法，得一颂曰：“冲口出常言，法度法前轨。人言非妙处，妙处在于是。”③苏轼这里所说的“冲口”之言，若理解为诗人的心里话或者性情语，似亦无不可。这一颂语，可以解读为苏轼把诗人的性情和传统法度关合起来，因传统法度显然与学习也即学力有密切联系。所以，苏轼的观点涉及了学力和情性关系，而对抒发情感、张扬自我情性的呼唤，更是苏轼文艺思想的重要特色。

苏轼与门人弟子交流中正式以“集大成”概念评价过杜诗，联系他的文艺思想，我们对苏轼的“集大成”说的内涵与理论逻辑作了简单的梳理。他的门弟子接受了他的认识，陈师道记录了他的这一评价，而秦观则在论韩愈的文章中具体阐述了“集大成”理论，这意味着杜诗学的一个重要理论以完整、清晰的面貌正式确立。秦观的原话是：

> 昔苏武、李陵之诗长于高妙，曹植、刘公干之诗长于豪逸，陶潜、阮籍之诗长于冲淡，谢灵运、鲍照之诗长于峻洁，徐陵、庾信之诗长于藻丽。于是杜子美者，穷高妙之格，极豪逸之气，包冲淡之趣，兼峻洁之姿，备藻丽之态，而诸家之作所不及焉。然不集诸家之长，杜氏亦不能独至于斯也。岂非适当其时故耶？
>
> 孟子曰：“伯夷圣之清者也，伊尹圣之任者也，柳下惠圣之和者也，孔子圣之时者也。孔子之谓集大成。”呜呼，杜

① 刘义庆撰，余嘉锡笺疏《世说新语笺疏》卷上，中华书局，1983 年，第 521 页。

② 阮阅编，周本淳校点《诗话总龟》前集卷九，人民文学出版社，1987 年，第 104 页。

③ 周紫芝《竹坡诗话》，何文焕辑《历代诗话》，中华书局，1981 年，第 348 页。

氏、韩氏，亦集诗文之大成者欤！[①]

从论证逻辑看，秦观按照孟子所用“集大成”的原初思路来做类比，伯夷、伊尹、柳下惠或清、或任、或和，各得圣人之一体，孔子后出，却能集清、任、和于一身，并将三者整合为有机的适合时代需要的新结构、新形态，构成为一种思想体系，又能随具体社会情形的变化而作出动态的调整、变化，使其思想体系成为具有高度灵活性的动态结构。这就是“圣之时者”的意义。杜甫也是如此，他把前此各家已取得的高妙、豪逸、冲淡、峻洁、藻丽的诸多成果，全部备于一身，杜诗不仅以集合优势超越了杜甫所学习的各家，而且在消化、综合各家之后，充分利用时代条件，呼应时代需要，创造了符合他的时代特点的新面貌。与孔子的“圣之时”相近，秦观也强调了杜诗的“适当其时”的重要特点。

秦观抓住杜诗“适当其时”的特点，实际上突出了“集大成”说的两大要义：第一，用秦观的原话是：“然不集诸家之长，杜氏亦不能独至于斯也。”强调杜甫对前人优秀成果的学习，以及在学习、继承中杜甫所表现出来的刻苦精神和深厚功力，简单说就是强调了“学力”的重要。第二，杜诗达到“诸家之作所不及”的高度成就与“大成”之境，“己”是主体，综合消化前代资源，并根据时代条件，以最适合个性的方式表现出“创变”是必备过程。这与“孔子集先圣大道以成己之圣德一样”[②]，是前代文化积淀与诗歌自身发展演进的时运所致。或者说，杜诗体现了作者自身的内在因素（精神、情性、修养）、外在条件（社会条件、家族环境、时空因素）的综合作用。

王水照先生在《宋代文学通论·绪论》中指出：“宋人之所以适时地提出‘集大成’的文学思想，从深层意义上讲，也是时代风云际会所酝酿而成的。它一方面折射出宋代文明的高度发展和定型化，才促

① 秦观撰，徐培均笺注《淮海集笺注》卷二十二《韩愈论》，上海古籍出版社，1994年，第751—752页。

② 邹进先《宋代杜诗学述论》，中国社会科学出版社，2016年，第117页。

使像苏轼这样的本人就是‘百科全书’式的集大成人物，得以概括出这一文艺概念；另一方面也预示着宋代文学已处于中国文学发展的一个转型时期，传统的诗和文（包括宋代开始兴盛的词）已经高度成熟、定型、完美，达到了再造辉煌和艺术危机并存的境地。”[①]这是对秦观阐述的“集大成”理论第一项要义的深刻解读。然而，根据上文的分析，我们认为秦观继元稹、两《唐书》、苏轼之后，实际上肯定了杜甫个人创变，即学古而变古的“大成”境界，隐含着对杜甫本人性情的充分凸显。杜甫自言“为人性僻耽佳句，语不惊人死不休”[②]的性情自矜及艺术追求，应是这一要义的基本依据。对照胡仔《苕溪渔隐丛话》所引秦观之言：“人才各有分限，杜子美诗冠古今，而无韵者殆不可读；曾子固以文名天下，而有韵者辄不工：此未易以理推之也。”[③]此所谓“分限”的“分”，即性分，是天赋秉性。这一说法，可以佐证“集大成”说的此项要义。相对而言，一直到秦观，“集大成”说的两大要义中的后一义仍处于融而未明的形态。

三、秦观之后对“集大成”说两大要义的展开

“集大成”说自苏轼提出、秦观阐述之后，旋即成为宋人的普遍共识，南宋后期吕午感慨：“唐诗惟杜工部号‘集大成’，自我朝数巨公发明之，后学咸知宗师，如车指南，罔迷所向也。”[④]说明了“集大成”说的影响。到宋末，陈必复结合自己的学诗经历谈及“集大成”说：“余爱晚唐诸子，其诗清深闲雅，如幽人野士，冲澹自赏，要皆自成一家。及读少陵先生集，然后知晚唐诸子之诗尽在是矣。所谓诗

---

① 王水照主编《宋代文学通论》，河南大学出版社，1997年，第32—33页。

② 杜甫著，仇兆鳌注《杜诗详注》卷十《江上值水如海势聊短述》，中华书局，1979年，第810页。

③ 胡仔纂集，廖德明校点《苕溪渔隐丛话》前集卷九，人民文学出版社，1962年，第55页。

④ 吕午《竹坡类稿》卷三《书题紫芝编唐诗》，《续修四库全书》集部第1320册，上海古籍出版社，2002年，第235页。

之集大成也。"[1]这是从《新唐书》强调杜诗"沾丐后人"这一面来说的，认为晚唐人的"清深闲雅"、"自成一家"，符合宋末诗坛风尚，但实为杜诗所涵盖，不过是杜诗之一体。根据"集大成"理论，宋人更早就认识到：杜诗的高度是整体的高度，是从人的精神境界中生长出来的一种境界。故陈师道《后山诗话》云：

> 诗欲其好，则不能好矣。王介甫以工，苏子瞻以新，黄鲁直以奇。而子美之诗，奇常、工易、新陈莫不好也。[2]

这是说：第一，最好的诗不是刻意追求达到的。第二，杜诗不是艺术的偏诣，而有巨大的整全性、兼容性。学杜者，如果从某个方面刻意追求，则只能是偏诣，与杜诗的整体高度必然有巨大的落差。

"集大成"说在严羽《沧浪诗话》中又有较精准的概括，曰：

> 少陵诗，宪章汉魏，而取材于六朝；至其自得之妙，则前辈所谓集大成者也。[3]

他这里的"宪章汉魏，而取材六朝"是元稹、秦观等人阐述的继续，而"自得之妙"一解则比前述诸家有所发展，因为他更加明确地强调了诗人主体的作用，"自得"是性情所发，"妙"字则突出了自然偶得之机。如果说在秦观的阐述中，"集大成"说的两大要义中，"学力"这一端得到了较充分的阐述，"性情"这一端还较隐含，那么到了严羽，"集大成"说所体现的"学力"和"性情"这两大要义都得到了凸显。但是，从秦观到严羽，宋人论杜都隐然指向这两端。如吕本中在《童蒙诗训》中总结江西诗派的学诗创作经验，以"杜诗自然雕琢均到极至"[4]，而提出"诗词高胜要从学问中来。后来学诗者虽时有妙句，譬如合眼

---

① 陈必复《山居存稿·自序》，汲古阁景宋钞南宋群贤六十家小集，群碧楼藏本，第1页。

② 陈师道《后山诗话》，何文焕辑《历代诗话》，中华书局，1981年，第306页。

③ 严羽著，郭绍虞校释《沧浪诗话校释·诗评》，人民文学出版社，1961年，第171页。

④ 吕本中《童蒙诗训》，郭绍虞辑《宋诗话辑佚·附辑》，中华书局，1980年，第586页。

摸象，随所触体，得一处，非不即似，要且不足。若开眼，全体也，之合古人处，不待取证也”[①]。既肯定了学力在杜诗中的全局意义，又认为“作诗不应只规摹古人”：

> 老杜诗云：“诗清立意新。”最是作诗用力处，盖不可循习陈言，只规摹旧作也。鲁直云：“随人作诗终后人。”又云：“文章切忌随人后。”此自鲁直见处也。近世人学老杜多矣，左规右矩，不能稍出新意，终成屋下架屋，无所取长。独鲁直下语，未尝似前人而卒与之合，此为善学。如陈无已力尽规摹，已少变化。[②]

吕本中这里主要谈的是学力问题，他从正反两方面突出了“善学”的重要性。不善学即亦步亦趋式仿效，其结果不仅是陈陈相因，而丢失了自我。杜甫和黄庭坚的善学，则达到“未尝似前人而卒与之合”，也就是能有新意，能突出主体的性情。叶梦得《石林诗话》观点与吕本中相近而表述有所不同，曰：

> 诗人以一字为工，世固知之，惟老杜变化开阖，出奇无穷，殆不可以形迹捕。如“江山有巴蜀，栋宇自齐梁”。远近数千里，上下数百年，只在“有”与“自”两字间，而吞纳山川之气，俯仰古今之怀，皆见于言外。……此皆工妙至到，人力不可及，而此老独雍容闲肆，出于自然，略不见其用力处。[③]

在叶梦得看来，杜诗“吞纳山川之气，俯仰古今之怀”，气象不凡，是学力深厚所致，却非主观刻意所至，亦不见用力之迹，相反却以“雍容闲肆，出于自然”为基本面貌。杜甫创作的雍容潇洒、自由自然，是学力

---

① 吕本中《童蒙诗训》，郭绍虞辑《宋诗话辑佚·附辑》，中华书局，1980年，第595—596页。

② 吕本中《童蒙诗训》，郭绍虞辑《宋诗话辑佚·附辑》，中华书局，1980年，第596页。

③ 叶梦得《石林诗话》卷中，何文焕辑《历代诗话》，中华书局，1981年，第420—421页。

达到最高程度的结果，也是主体性情得到充分凸显的表现。近似的评语还有陈普的跋语：“少陵、康节，信手挥洒，任意纵横，不愁浅俗，不畏讥诮，而卓绝之奇，自出其中宏大之局，自见其首尾也。”[①]说明杜诗对“浅俗”等遭人“讥诮”的风格与“宏大之局”的兼容，实际上是杜甫“卓绝之奇”的外显。质言之，杜甫的性情之高，以及杜诗的整全性、兼容性，自是其能进入自由挥洒的创作状态的根本原因。

总之，正如清人潘德舆《养一斋李杜诗话》云：“‘集大成’之说，首发于东坡，而少游和之。然考元微之《工部墓志》曰：‘余读诗至杜子美，而知小大之有总萃焉。上薄风、骚，下该沈、宋，言夺苏、李，气吞曹、刘，掩颜、谢之孤高，杂徐、庾之流丽，尽得古今之体势，而兼人人之所独专。能所不能，无可无不可，诗人以来，未有如子美者。’此即‘集大成’之义，特未明言耳，则亦非东坡、少游之创论也。”[②]“集大成”之说首见于苏轼，第一个正式阐述的是秦观，而根据本文的研究，其前形态则可在元稹、两《唐书》中可见，到了严羽，此说的全部内涵得到完整凸显。归纳他们的观点，元稹以来，尤其是宋人认为杜甫以超越常人的学习能力对前代文学遗产作了艰苦卓绝的学习，在充分消化融通诸家之后，又以自我为主，匠心独运，求新生变，从而创造出适应时代需要而又超越时代的经典。杜诗的整体高度、其创作姿态的潇洒自由，表明杜诗以发抒自我情感、张扬主体情性为本的鲜明特征。杜诗作为经典是学力深厚和主体性情高扬两端共同作用的结果。宋人“集大成”说昭示了学力和性情在杜诗中的互补共生作用，极力高扬杜诗的典范价值，足见宋诗学追求学力和性情相协调、相统一的双重意味。

（浙江越秀外国语学院中国语言文化学院）

---

① 陈普《石堂先生遗集》卷十三《曾雪笠诗跋》，《续修四库全书》集部第 1321 册，上海古籍出版社，2002 年，第 481 页。

② 潘德舆《养一斋李杜诗话》卷二，郭绍虞编选，富寿荪校点《清诗话续编》第四册，上海古籍出版社，1983 年，第 2183 页。

类编诗话与文学史权力

——以《唐宋名贤名贤诗话》和《诗话总龟前集》的传抄、分门为例*

胡　健

内容摘要：宋代类编诗话通过选取、删改、对比、分门等方式，汇集和整合众多的诗话文献，重新建立知识秩序，形成了文学史权力。成书于南北宋之际的《唐宋分门名贤诗话》与《诗话总龟》是其中典型。二书在分门类目及其内容上具有一定的可比性。它们在材料归类上的一致，体现了宋人认识论上的趋同，分门的偏差则体现了二书的权力较量。类编诗话的文学史权力体现在三方面：一是划定门类归属引导了诗学文献性质的解读，二是编者在传抄过程中的主观删节，三是制造和固定诗歌异文本。这对诗学的知识秩序和结构产生了巨大的影响，在文献文化学和诗学史上具有重要的意义。

关键词：类编诗话；文学史权力；《名贤诗话》；《诗话总龟》；传抄；分门

* 基金项目：2020年安徽省教育厅高校人文社会科学研究重点项目“宋代类书与诗学关系研究”(SK2020A0083)。

Poetry of Classified Compilation and the Power of Literary History: Take *Tangsong Mingxian Fenmen Shihua* and *Shihua Zonggui* (*Part 1*) as Examples

Hu Jian

Abstract: By selecting, deleting, comparing and classifying poems in Song Dynasty, numerous poems were collected and integrated, the knowledge order was re-established and the power of literary history was formed. Among them, *Tangsong Mingxian Fenmen Shihua* and *Shihua Zonggui* (*Part* 1) are typical. The two books are comparable in terms of categories and contents. Their consistency in material classification reflects the convergence of epistemology in Song Dynasty, while the deviation in classification reflects the power contest between the two books. The power of literary history of compiling poems is embodied in three aspects: first, the classification of poems guides the interpretation of the nature of poetic documents; second, the editors' subjective abridgement in the process of copying; and third, the creation and fixation of different versions of poems. This has a great influence on the knowledge order and structure of poetics, and is of great significance in the history of literature culturology and poetics.

Keywords: poetry of classified compilation; *Tangsong Mingxian Fenmen Shihua*; *Shihua Zonggui*; copy; categorization

中国古代的知识生产及其秩序建立,受到各种力量的支配。在文学史发展过程中,话语权力广泛地渗透在文学文本和知识的生产、整理、传播中。程章灿教授称之为"文学史权力"[①],并以《文苑英华》

---

① 按,"权力"一词是西方学者关于人文科学中的话语理论。戴燕在此基础上提出"文学史权力"(《文化史权力》,北京大学出版社,2002年)概念,讨论的是中国文学(转下页)

删改诗题为例，具体的阐释了总集中文学史权力运作的过程，颇具启发性。当然，这种权力不仅表现在诗文总集中，也明显地表现在分类编录的诗话中。类编诗话通过对比、删节和分门的方式，选取前代文献，建立起知识秩序。它不同于诗歌总集的地方，在于其不仅针对诗歌，而且针对诗歌本事与理论，同样具备了文学批评的性质。以前学界研究这类诗话，也重视材料的来源和文本异同问题，但是，仅限于引书考证、辑佚等。[①] 对于类编诗话如何传抄与分门，建立新的知识秩序，则关注不够。本节以《唐宋分门名贤诗话》(以下简称《名贤诗话》)和《诗话总龟前集》[②](以下简称《诗话总龟》)的传抄、分门情况为例，通过对比研究，具体考察类编诗话编纂中所蕴含的文学史权力及其运作形态。

一、《名贤诗话》和《诗话总龟》的特殊性

本文选取《名贤诗话》和《诗话总龟》为例，主要出于以下三个方面的考虑。

第一，二书是现存最早的两部类编诗话，汇编了唐代和北宋以来的诗学文献。从诗话发展史看，北宋诗话大都自撰，且内容量小。到了北宋末、南宋初，出现了一些汇编性质的诗话著作，如《古今类总诗话》、《诗海遗珠》等，但流传下来的分门汇编的唯有《名贤诗话》和《诗话总龟》。比起前贤所撰诗话，它们收罗详尽，卷帙繁多。《名贤诗话》二十卷，《诗话总龟》五十卷，皆规模较为庞大。从门类上看，前者分三十四门，后者分四十六门，引用前人笔记、小说、诗话达百种以

(接上页)史在知识秩序中展示的话语权和文化影响力。程章灿借用此概念，考察的是文学史内部发展形成过程中的规律。(程章灿《总集与文学史权力——以〈文苑英华〉所采诗题为中心》，《南京大学学报(哲学·人文科学·社会科学)》2011年第1期)本文借用程教授的用法。

① 较突出的是郭绍虞《宋诗话辑考》与《宋诗话考证》、罗根泽《两宋诗话年代存佚残辑表》与《两宋诗话辑校》及其《叙录》等著作。

② 《诗话总龟》有前、后两集。《前集》基本是阮阅原貌，与《名贤诗话》关系密切，《后集》则为后人所增。本节仅讨论《前集》。

上。类编诗话虽为抄撮之作，但有汇集收罗之功。其最大程度上建构了作为知识的诗歌的内容和范围，这是一个进步。郭绍虞先生说："诗话之体既为论诗开一方便法门，于是作者日众。作者既多，则汇纂之作自不可少，而《唐宋名贤诗话》、《古今诗话》一类之书遂相继而出。……阮氏之书创为分门别类之法，则于采集诗话之外，虽益以小说笔记之作，材料加多而不觉其乱，故能适合读者需要而流行于时。"[①]适应读者需要产生的类编诗话，最佳地反映当时人们对于知识的渴求心理，其编纂的形态也最能反映有关诗歌方面的知识结构及其传播方式。两部诗话在设立门类的同时，也打破了原书的分类体系，如《本事诗》、《大唐新语》、《梦溪笔谈》等都是分类的，其材料被诗话编者选取后，都有了新的归类。两部诗话一方面是对唐代以来的知识的继承，另一方面，与诗歌相关的材料被重新分配，又是一个知识重组的过程。

第二，二书在整个诗话发展史中具有过渡性质。在真正意义的诗话体出现之前，谈诗论事的笔记、小说已经大量出现。北宋中期以来，诗话体勃兴，诗话应运而生。对于宋代诗话的发展，郭绍虞先认为，北宋诗话多是"以资闲谈"、论事为主，至于北宋末期便开始有偏重理论倾向，到了南宋，这种倾向更为明显，变成以论辞为主。[②] 将诗话分为"论诗及事"、"论诗及辞"[③]两种，是章学诚的观点。前者汇集的主要是与诗歌相关的掌故事迹，后者则主要谈论诗艺，甚至发表个人对于诗学的独特见解。郭先生的意思是，从北宋到南宋，诗话的主要内容有一个从诗事逐渐到诗艺的转变过程。这个判断是可信的。北宋的《六一诗话》、《温公续诗话》、《中山诗话》等都是论事为主，南宋的《石林诗话》、《岁寒堂诗话》、《白石道人诗说》、《沧浪诗话》皆是

---

① 郭绍虞《宋诗话考》，复旦大学出版社，2015 年，第 26 页。

② 郭绍虞《〈清诗话〉前言》，《宋诗话考·诗话论集新编》，复旦大学出版社，2015 年，第 313 页。

③ 章学诚著，仓修良编注《文史通义新编新注》，浙江古籍出版社，2005 年，第 290 页。

谈艺为主。因而，产生于北宋末年的《分门诗话》和《诗话总龟》正处于从论事到论辞的过渡时期，具有特殊性。[①] 可以说，二书具有论事与论辞的双重特征。从门目上看，二书大部分都是论事，关涉诗歌的背景本事、创作心态、典故制度、作家交游等，但也涉及论辞，有诗歌主旨、诗句优劣、诗病诗法、功能教化等。前者众多，如"寄赠"、"纪实"、"感事"、"故事"等，一望便知，不必赘举。后者主要的门类，《名贤诗话》有"品藻"门，《诗话总龟》有"评论"、"警句"、"诗病"、"琢句"等门，以讨论诗句优劣、语言工拙、字句考证为主。当然，从总体看，两部诗话主要还是论事为主，其综合了唐代以来各类有关诗歌的材料，具有集成性质。论事为主的材料，在被传抄删削时，很容易造成意义的变化。

第三，二书在内容及其分门上具有一定的可比性。《名贤诗话》原书有二十卷，现仅存朝鲜本十卷。张伯伟教授做了点校，收入《稀见本宋人诗话四种》一书中。《诗话总龟》现存五十卷，基本是阮阅《诗总》原貌。对于二者的关系，郭绍虞先生有一个基本判断："《诗总》引书有《古今诗话》，而《古今诗话》引书有《名贤诗话》。"[②]这个说法有两点值得注意：一是认为《名贤诗话》与《古今诗话》是两种书，二是《诗话总龟》间接引用了《名贤诗话》的材料。关于第一点，张伯伟教授曾申论道："就今存十卷本内容考之，与郭绍虞所辑《古今诗话》大同小异。十卷本共二百九十五则，不见郭辑本者约一百则，其余约三分之一同于《古今诗话》。这可以作两种解释：一是《唐宋分门名贤诗话》全部被《古今诗话》所采录；二是《唐宋分门名贤诗话》与《古今诗话》同书异名。我个人比较倾向于接受后一种解释。"[③]《名贤诗话》卷帙较大，不太可能被另一部诗话全部采录，且《名贤诗话》又作《唐宋诗话》，以"古今"指"唐宋"也合乎情理，故同书异名的可能性

---

① 关于《分门诗话》的成书时间上看，学界众说不一，但基本肯定是在宣和年间，且早于阮阅《诗总》。阮阅《诗总》成书于北宋宣和五年(1123)，刊刻于南宋孝宗年间。

② 郭绍虞《宋诗话考》下卷，复旦大学出版社，2015 年，第 30 页。

③ 张伯伟《读稀见本宋人诗话札记》，《文史》2002 年第 3 期，第 179 页。

较大。关于第二点,《诗话总龟》引用了不少自标《古今诗话》的材料,这些材料大部分可以在《名贤诗话》中找到。经粗略统计,《名贤诗话》共 295 条,《诗话总龟》同于《名贤诗话》的材料有 212 条,其中,至少有 160 条以上基本确定是引自《古今诗话》。同时,剩下的相同的部分,《诗话总龟》可能是引自原书,比如《翰苑名谈》、《东斋记事》等,与《名贤诗话》所引文字相差不会太多。因此,即便是《名贤诗话》和《古今诗话》并非同一本书,《诗话总龟》所引《古今诗话》的材料,也基本来自或同于《名贤诗话》。因此,本文把《诗话总龟》引《古今诗话》的部分视为是对《名贤诗话》的引用。

除了材料多雷同外,《名贤诗话》和《诗话总龟》在门类上亦有相当的可比性。比如,有很多门类命名非常相似,《名贤诗话》的亡佚部分如纪梦、离别、幽怨、道释、谶兆、鬼魅可以对应《诗话总龟》的纪梦、送别、嗟怨、道僧、诗谶、鬼怪,相信有不少相同的文献。在存世部分中,不少材料在归类上也是相似的。如《名贤诗话》里的品藻、鉴诫、讥讽、嘲谑、纪赠、知遇、激赏、轻狂、闲适、咏古、感兴,分别对应《诗话总龟》评论、讽喻、讥诮、诙谐、寄赠、诗进、称赏、狂放、隐逸、留题、感事诸门。虽然门类命名不完全一致,但含义非常近似。这反映了宋人共同的认识观念。

二、《名贤诗话》与《诗话总龟》分门的不同及其原因

由上可知,《诗话总龟》在大量引用《名贤诗话》的材料时,也在分门上作了一定的参考。分门的趋同性,可以窥见宋人对于材料的内容属性、价值判断方面,具有共同的认知。当然,还存在着很多不一致的地方,更值得我们关注。正是这些不一致的地方,更加能够体现文学史权力的运作。如果同一则材料在不同诗话中分门不同,就意味着不同的编者对于材料的理解不同。那么,是什么原因导致了理解的不一致,而造成分门的不同呢?

首先,视角的不同造成了对材料主旨理解的不同。这可以从两个方面来说明。一是诗歌题材本身的问题。由于诗歌创作动机不

一，描写对象广泛，表现技巧手法多样，必然内涵丰富。因此，多角度去理解诗歌，既是必然，也是必要的。换言之，从题材和主题来归纳诗歌，就是相对灵活而开放的。以《名贤诗话》和《诗话总龟》的门目为例，分类视角各不一样。大致而言，从创作目的角度有送别、寄赠、投献、咏古，从创作环境角度有留题、登览，从作品主旨角度有讥诮、讽喻、感事，从创作效果角度有怨嗟、诙谐等。既然分类视角本来不相同，那么一首诗可以归属好几个门类，也是自然的事情了。也就是说，一首诗既可以是咏古，也可以是留题，还可以是讽喻。例如，《名贤诗话》、《诗话总龟》皆记载了郑还古与柳将军府上艺妓有情，临别赠诗有约，中举得官未见面而亡的故事，前者置于“纪赠”类，后者置于“寓情”类。这是从不同的角度来看的，郑还古赠姬诗，故可入“纪赠”；郑还古赠诗中展示其与艺妓的一段爱情，故可入“寓情”。从这个角度出发，因诗歌题材和主题的丰富性导致的分门有异，似乎文学史权力的影响力就非常有限。但从另一个角度来说，对于材料和诗歌主旨的判断，其实体现的是编者的主观想法。虽然这种想法遵循一定的客观规律，即诗歌主旨的分门范围是有限的。但不同编者在有限范围内作出了不同的选择，便说明编者或者此著作还是拥有了影响力。

二是诗歌论事和论辞部分对于分门的干扰。上面说到，类编诗话不同于诗歌总集之处在于它录诗，还有论事论辞部分。论事方面，可举一例。《名贤诗话》“激赏”门记载：

> 唐卢延逊业诗，……卷中有“狐冲官道过，犬刺店门开”之句，租庸张相每称之。又有“饿猫临鼠穴，饥犬舐鱼砧”，成中令亦加激赏。又有“栗爆烧毡破，猫跳触鼎翻”，王先生甚爱之。卢谓人曰：“平生投谒公卿，不意得猫儿狗子力也。”①

所谓“激赏”是张相、成中令、王先生等公卿对卢延逊诗作的称赞。

① 《朝鲜版唐宋分门名贤诗话》卷六，张伯伟编《稀见本宋人诗话四种》，凤凰出版社，2002年，第344页。又见《诗话总龟》卷四十一。

《诗话总龟》置之“诙谐”，则着眼于卢氏自嘲之语，诗句内容的卑下与被公卿激赏的高度之间形成了反差。“激赏”与“诙谐”皆非着眼诗句本身，而是从诗句牵涉的事中，进行了分类。论辞方面，亦可举一例。《名贤诗话》“品藻”门：

> 钱昭度有《灯诗》云：“绣夜梦惊中酒处，朱门人语上朝时。”终未若“船中闻雁洞庭宿，床下有蛩长信秋”，意格清远矣。
>
> 钱昭度有《闻角诗》曰：“风欲拖高雨厌沉，黄昏前后五更深。”议者曰：此又佳句之优者。①

此二则论钱昭度诗句。“品藻”门自然是对于诗歌的品评，前一则评“意格清远”，后一则评“佳句之优者”。综合“品藻”门其他条目看，似乎更偏重所谓“议者”对于诗歌的看法和评议。如第三十八条欧阳修评李煜，第三十九条许洞评吴子华，第四十二条“论者”评苏舜钦，第四十五条张祜、徐凝互评等。《诗话总龟》则归入“警句”门，侧重的是诗句乃佳句，不在乎评论过程。当然，这些评论都体现了编者的意志，所以，两个门类之间的差异不太大。

此外，还有因论事论辞的不同而理解不同，如《名贤诗话》“品藻”门：

> 杜少陵时有病虐者，杜谓曰：“诵吾诗可疗。”病者曰：“云何?”杜曰：“夜阑更秉烛，相对如梦寐。”其人诵之，虐犹是也。杜又曰：“更诵吾诗曰：‘子章髑髅血模糊，手提掷还崔大夫。’”其人如其言诵之，果愈。然则可以感鬼神，信不妄云。②

此则材料，《诗话总龟》入于“奇怪”门。“奇怪”一门，皆记神奇怪异之事，如灵怪、虚幻、预言、谶语等。从论事上说，杜甫认为诵己诗可以

---

① 《朝鲜版唐宋分门名贤诗话》卷一，张伯伟编《稀见本宋人诗话四种》，凤凰出版社，2002 年，第 258—259 页。

② 《朝鲜版唐宋分门名贤诗话》卷一，张伯伟编《稀见本宋人诗话四种》，凤凰出版社，2002 年，第 257 页。

治病，且病者诵杜诗果真痊愈，感鬼通神，不类常情，确是奇怪之事。但“品藻”门则明显强调杜诗的艺术张力，所谓“感鬼神”乃是指杜诗通入神明，重点表现的是杜诗的高超境界。

其次，删削文字造成了主旨的改变。《名贤诗话》、《诗话总龟》汇集前人材料时，在抄写的同时还做了不少剪裁的工作。主要是在保持原文意义的情况下，尽量削弱其叙事成分。可读性虽然降低，但中心更加集中在诗歌上了。一般情况下，诗话编者所做剪裁工作，基本上是达到目的了的。但也有一些材料，在经过删削之后，主旨发生了变化。这个可以以《诗话总龟》对《名贤诗话》的削删为例来作说明。《名贤诗话》“品藻”门：

> 管子曰：“事无始终，无务多业。”此言学者贵能成就也。唐人为诗，皆量己力以致功，常积数十年，然后各自名家。今不然，未有小得，已高视前人，自以无敌。然知音之难，万事悉然。杜工部云：“更觉良工用心苦。”岂特画手哉。①

《诗话总龟》卷十一曰：

> 唐人为诗，常积数十年，然后各自名家。杜工部云：“更觉良工用心苦。”岂特我哉。②

对比可知，《诗话总龟》删减了两大段语句。留下的两句话中，重点是在“积数十年”与“良工用心苦”，因此归入“苦吟”门，合情合理。但《名贤诗话》列入“品藻”门，明显意思不在“苦吟”，而在“量己为功”“知音之难”。

从上面例子来看，与其说阮阅剪裁材料，导致分门有异，倒不如说，因为他对于材料先有了明确的理解，所以再对材料进行了适当的削减，以达到归入合适门类的目的。换言之，为了材料适合门类，编者不惜剪裁原文文献。可以说，分门导致了文献被删削。《诗话总

---

① 《朝鲜版唐宋分门名贤诗话》卷一，张伯伟编《稀见本宋人诗话四种》，凤凰出版社，2002 年，第 249 页。此条见《中山诗话》第 22 条，又见《苏轼文集》卷七十一《书林道人论琴棋》、卷六十八《记董传论诗》，有部分异文。

② 阮阅撰，周本淳点校《诗话总龟》卷十一，人民文学出版社，1987 年，第 129 页。

龟》中的这一类型的例子还有不少，比如二书对《翰府名谈》记载的寇准、倩桃故事的处理，也是显例。我们可以做一对比，来看《诗话总龟》的裁剪情况：

《名贤诗话·鉴诫》	《诗话总龟·宴会》
寇莱公微时，由汴回梁，以银百星买得邸，姥女曰倩桃，有美色，公尤爱幸。语言多所裨益。公自相府出镇北门，有善歌者至庭下，公取金盅独酌，令歌数阕。公赠之束彩，歌者未有满意。 倩桃自内窥之，立为诗二章呈公。诗云："一曲清歌一束绫，美人犹白意嫌轻。不知织女萤窗下，几度抛织得成？"其二："风劲衣单手屡呵，幽窗轧轧度寒梭。腊天日短不盈尺，何似燕姬一曲歌！"公和云："将相功名终若何，不堪急景似飞梭。人间万事君休问，且向尊前听艳歌。" 倩桃乃侠者也。①	寇莱公有妾曰茜桃，公因会，赠歌者以束绫。 茜桃作二诗呈公曰："一曲清歌一束绫，美人犹白意嫌轻。不知织女萤窗下，几度抛梭织得成？""风劲衣单手屡呵，幽窗轧轧度寒梭。腊天日短不盈尺，何似燕姬一曲歌！"公和曰："将相功名终若何，不堪急景似飞梭。人间万事君休问，且向尊前听艳歌。"②

需要说明的是，《诗话总龟》自标出处不是《古今诗话》，而是《翰府名谈》。也就是说，《诗话总龟》似乎并非以《名贤诗话》的材料为基础作删削的。《翰府名谈》原书已经失传，我们无法核实情况。但上述对比仍然是有意义的。

通过对比可知，《名贤诗话》内容丰富，叙事详细，还有评议。《诗话总龟》的内容非常简单，除简单背景叙述，几乎只有作品，二者文字相差非常大。因此，我们有理由认定，《诗话总龟》应该是做了删削工作。尽管它是对《翰府名谈》材料的处理。但我们基本上仍可以把它看作是对《名贤诗话》的删节。《名贤诗话》强调倩桃诗歌和行为的"鉴诫"，不仅称其"语言多所裨益"，还赞其人为"侠者"。《诗话总龟》

---

① 《朝鲜版唐宋分门名贤诗话》卷二，张伯伟编《稀见本宋人诗话四种》，凤凰出版社，2002年，第269页。

② 阮阅撰，周本淳点校《诗话总龟》卷二十二，人民文学出版社，1987年，第237页。

编者似乎并不从此点理解，为了把材料往“宴会”上靠，不仅删去所有表现倩桃的语辞，减弱鉴诫的影响，而且不惜改动文本，把“公取金盅独酌”变成了“公因会”。这种明显倾向性的变动，很好地体现了编者的文学史权力。《古今事文类聚》卷十六“人伦部”下“宠妾”类中“倩桃能诗”[①]条，就沿用的《诗话总龟》的文字。

三、类编诗话的文学史权力运作

《名贤诗话》和《诗话总龟》的分门表达了编者对诗歌及其文献属性的总体看法，其削删又一定程度上体现了分门的要求。类编诗话的分门与删削，产生了重要的文学史影响。这体现在文学史权力如何以隐微的方式在背后起作用。具体来说，最终都表现为对于诗歌及其文献处理结果的呈现。我们可以从以下几个方面来说明问题。

首先是编订过程中划定门类归属的权力。这引导了诗歌及其相关文献性质的解读。从编者角度看，首先得考虑以怎样的角度解读材料，然后根据解读结果进行恰当的分门。反过来，既然两部诗话已经呈现了分门列目，那么，我们就可以认定编者对于所有材料，都经过了一定的主旨考虑。与唐人相比，宋人在门类划分上的差异，其实暗示了对材料性质的认定有变化。材料性质的变化，意味着知识结构的变化。比如，唐代孟棨《本事诗·征异第五》记宋之问遇骆宾王事：

> 宋考功以事累贬黜，后放还，至江南。游灵隐寺，夜月极明，长廊吟行，且为诗曰：“鹫岭郁岧峣，龙宫隐寂寥。”第二联搜奇思，终不如意。有老僧点长明灯，坐大禅床，问曰：“少年夜夕久不寐，而吟讽甚苦，何邪？”之问答曰：“弟子业诗，适偶欲题此寺，而兴思不属。”僧曰：“试吟上联。”即吟与听之，再三吟讽，因曰：“何不云：楼观沧海日，门听浙江潮。”

---

① 祝穆《古今事文类聚》后集卷十六，《景印文渊阁四库全书》第926册，台湾商务印书馆，1986年，第248页。

之问愕然，讶其遒丽。又续终篇曰：“桂子月中落，天香云外飘。扪萝登塔远，刳木取泉遥。霜薄花更发，冰轻叶未凋。待入天台路，看余度石桥。”僧所赠句，乃为一篇之警策。迟明更访之，则不复见矣。寺僧有知者，曰：“此骆宾王也。”[①]

《本事诗》虽然是探讨诗歌本事，但把这个材料放在“征异”类，其实颇有将它当做小说看待的倾向。孟棨关注的是宋之问遇骆宾王的故事本身，讨论的是这个故事的怪异性和真实性。这是唐人的看法。而《名贤诗话》却收入“登览”门，说明其编者解读角度有了变化，不再关注材料的叙事性，把焦点转移到诗歌作品上来，即宋之问《灵隐寺》[②]诗的生成环境与过程。从内容看，此诗描写灵隐寺外环境、作者登览游玩过程与心境。若要以题材或主题判断归属，入“登览”类，并无不妥。这个归类的变化，表明这则材料从小说变成了诗话。传抄者《诗话总龟》收入的是“警句”门，关注重点则从整体诗歌落到作品诗句上。以“楼观沧海日，门听浙江潮”为全诗警句，是对此一联的赞赏，表明其优于其他几联。优劣对比与选择中，体现了编者的文学批评眼光。

从“征异”到“登览”再到“警句”的分门变化，表明了诗话编者在吸收前人材料时，打破了其分类秩序，按照自己的理解，把材料重新归入新的门类，形成新的意志。这两部诗话通过分门，既引导了诗歌文献的解读，也是对诗歌知识进行了重构。而且，分门的变化，在《名贤诗话》和《诗话总龟》之间也存在着由“论事”到“论辞”的转变。于此转变之间，我们对于诗歌的理解也越来越深刻。

其次是传抄过程中的主观删节的权力。上节已说到，《名贤诗话》、《诗话总龟》采用前人材料时，亦有删削。但是，删削隐藏了有效信息，阻挡了读者进一步了解诗歌本事。两部诗话中，以《诗话总龟》

---

① 孟棨《本事诗》，古典文学出版社，1957 年，第 19—20 页。

② 此诗题目有两种说法：《宋学士集》作《灵隐寺》，《文苑英华》、《天台集》作《题杭州天竺寺》，陶敏、易淑琼《宋之问集校注》采用后者。另，宋末方回《瀛奎律髓》则作骆宾王《题灵隐寺》，注又云：宋之问、骆宾王，“两存之可也”。（李庆甲《瀛奎律髓汇评》卷四十七，上海古籍出版社，2005 年，第 1621 页）沈德潜《唐诗别裁集》等沿用了方回观点。

删节更多。

阮阅做的最常见的删削，就是简洁文字，弱化叙事。这样做，虽总体意思并无变化，但背景叙述、人物身份、次要细节，都被删掉，截断了诗歌相关信息的传播。如《名贤诗话》引《鉴诫录》卷七：

> 长安慈恩寺浮图，自开元止大和，名士留题甚众。迨文宗朝，元、白、刘唱和千百首传于京师，所止寺观、台阁、林亭，向之诗板潜去者不可胜数。一日，元、白因传香于慈恩寺塔下，忽睹章先辈八元留题，命拂去埃尘，吟讽久之。乐天曰："不谓严维出此弟子。"其诗曰："十层突兀在虚空，四十门开面面风。却怪鸟飞平地上，自惊人语半天中。回梯暗踏如穿洞，绝顶初攀似出笼。落日凤城佳气合，满城春树雨蒙蒙。"①

《名贤诗话》亦有部分删削，《诗话总龟》在此基础上，大致删掉了"自开元止大和"以及"元、白、刘唱和千百首传于京师，所止寺观、台阁、林亭，向之诗板潜去者不可胜数"两句，虽元白激赏章八元的主旨未变，而丧失了强烈反差的程度，且对慈恩寺塔题名时间段这样的文学史背景也抹去了。这种信息隐藏，阻碍了读者对于诗歌背景与本事的了解。其他如改变人物称呼、删去地点信息、截断诗句、隐藏诗题等现象，在《诗话总龟》中，比比皆是。

可以说，删节表现出的文学史权力的运作最为明显。如果删节无当，就会造成诗意难解，便是权力失控。如《诗话总龟》卷十七：

> 武宗怒一宫嫔，谓柳公权曰："得学士一诗，当释之。"遂进诗曰："不忿前时误主恩，已甘寂寞守长门。今朝却得君王顾，重入椒房拭泪痕。"②

若仅从此材料来看，柳公权诗中所谓"前时"、"今朝"之事，悉无着落，诗便难解。这是因为《诗话总龟》作了删节。同一材料，《名贤诗话》

---

① 《朝鲜版唐宋分门名贤诗话》，张伯伟编《稀见本宋人诗话四种》，凤凰出版社，2002年，第379页。

② 阮阅撰，周本淳点校《诗话总龟》卷十七，人民文学出版社，1987年，第198页。

中还有“上尝怒一宫嫔，久之，继而复召”①一句，得“继而复召”四字，此诗本事便非常清晰了。“前时”指唐武宗怒一宫嫔，便疏远之，“今朝”指召复回身边，那此诗前后两联的强烈对比亦有着落。《诗话总龟》删削过当的例子甚多。可再举一例。《名贤诗话》载：

> 唐流俗僧道互争二教优劣，递相非斥。总章二年，兴化寺为火所焚，尊像荡尽。东明观道士李荣嘲之曰：道善何曾善，言兴又不兴。如来烧亦尽，唯有一群僧。②

此段已经够简洁了，但《诗话总龟》还是删除了“唐流俗僧道互争二教优劣，递相非斥”一句，虽无关诗歌主旨，但僧道之争的背景却没有了。如果有背景，编者的态度便倾向于中立的学术史立场。如果没有背景，编者的话语权已经偏向了道士，最终还是影响了诗歌的解读。这样的削删产生的微妙变化，可能是编者预料不到的。但对于读者而言，这种引导是有害的。在这里，文学史的权力便表现得非常隐蔽，我们很容易忽视这种影响。

最后是制造和固定诗歌异文的权力。宋代是由抄本转向刻本的时期，很多文学作品在传抄过程中产生了异文，最后由刻本固定下来了。阮阅编《诗总》，最初也是抄本形态流传，到了孝宗乾道间才有了刻本形态，且被重新命名为《诗话总龟》。这个过程中，既可能有阮阅的传抄错误，也可能有南宋初年的传抄者和刊刻者的错误。可以举一典型例子。《名贤诗话》“纪赠”门载郑谷赠诗事：

> 高士杨夔尝著《冗书》三卷，驰名于世。唐末下第长安，优游江左。郑谷赠一绝云：“散赋《冗书》高且齐，不廉仍有百篇诗。江湖休洒春风泪，十轴香于桂一枝。”③

---

① 《朝鲜版唐宋分门名贤诗话》卷一，张伯伟编《稀见本宋人诗话四种》，凤凰出版社，2002年，第238页。

② 《朝鲜版唐宋分门名贤诗话》卷三，张伯伟编《稀见本宋人诗话四种》，凤凰出版社，2002年，第293页。

③ 《朝鲜版唐宋分门名贤诗话》卷四，张伯伟编《稀见本宋人诗话四种》，凤凰出版社，2002年，第325页。

《诗话总龟》抄诗作:“三复《兄书》高且齐,不妨仍省百篇诗。江湖休洒东风泪,十字香于一桂枝。”[①]短短七绝四句,每句诗中都有一两处异文。可以肯定是传抄致误的如“散赋”作“三复”,“冗书”作“兄书”。但后面几处,“廉”与“妨”,“有”与“省”,“春”与“东”,“轴”与“字”,除了“有”、“省”二字可能因形近而讹,其他则很难判断为传抄致错。这说明在传抄过程中,《诗话总龟》既有错抄,也可能改字,或有其他参照文献,于是出现了异文。

在比较极端的情况下,编者在传抄过程中的改动字句,哪怕这种改动可能仅仅是误抄,也会造成了异文本,且影响深远。比如杜牧有非常著名的《遣怀》一诗:“落魄江湖载酒行,楚腰纤细掌中轻。十年一觉扬州梦,赢得青楼薄幸名。”此为世人耳熟能知的版本。但第三句中的“十年”,《本事诗》、《太平广记》、《名贤诗话》、《樊川外集》本皆作“三年”。其中,《樊川外集》为宋人所编,刊刻于明代的朝鲜本《樊川文集夹注》亦有校语称:“一作三年。”[②]由此,传世文献皆以“十年”为准。有人注意到了“三年”,但也将其仅仅视作异文,未有任何辨析。作为异文的“三年”,并不能动摇一直作为正文文本的“十年”的稳固地位。但实际上,“三年”可能才最接近原貌。证据有二:一是《本事诗》、《名贤诗话》等皆记载此诗是“杜牧之登科后,三年饮酒狎游”[③]的情况下作的,杜牧作诗回顾自己的一段经历,不会只经历三年而在创作中称十年。二是杜牧此诗是一首合乎格律的绝句,根据近体诗的格律,杜诗第三句首字只能用平声字,否则即犯孤平。“三”为平声,“十”为仄声,所以“三”字是最合理的。此处由“三”变成“十”,恰恰产生在《诗话总龟》转抄《名贤诗话》的过程中,有可能是传抄者的改写或者误抄。但这种极端情况下的改写或误抄,却直接导致了

---

① 阮阅撰,周本淳点校《诗话总龟》卷二十七,人民文学出版社,1987 年,第 280 页。

② 杜牧著,吴在庆校注《杜牧集系年校注》,中华书局,2008 年,第 1125 页。

③ 《朝鲜版唐宋分门名贤诗话》卷五,张伯伟编《稀见本宋人诗话四种》,凤凰出版社,2002 年,第 358 页。按,此处原本点校为“杜牧之登第后三年,饮酒狎游”,误。《诗话总龟》作“杜牧之登第后,三年纵放”(《诗话总龟·狂放》卷三,第 32 页),可作参考。

经典文本的异化，至今仍然未得到纠正。

当然，还有一些异文的出现，取决于编者的阅读经验。如王辟之《渑水燕谈录》卷十载：

> 有张图赞者，应举久不第。好嘲戏，以王年推恩得三班奉职，以诗寄其妻曰：吾今为奉职，子莫怨鸾孤。[①]

张图赞所寄为五言诗一联，但《名贤诗话》、《诗话总龟》均作："寄书于家曰：'汝作鸾孤，我为奉职，不忝矣。'"[②]对比可以看出，寄家的诗歌变成了散文书信。原来本是诗歌，被编入诗话里，自然合情合理。并且，这句诗也合乎张图赞"好嘲戏"的个性。稍作分析，就发现此句用了借代来对仗，所谓"奉职"即谐音"凤只"，所以下句才对"鸾孤"，而非一般的"孤鸾"。以"凤只"自比，嘲谑自出。编者没有理由不选入。当然，两部诗话在《渑水燕谈录》的基础上，还添加了一则有诗歌的材料，所以此段仍可阑入诗话。但是，很难想象两部诗话的编者，面对带诗歌的材料，没有照原文录入，而是不惜破坏诗歌，改成散体，编入书中。不妨推测，《渑水燕谈录》可能并非唯一的出处，两部诗话也并未参照《渑水燕谈录》的文字，而是选取了它处文本。如果这个推断不错，那说明编者的阅读经验，限制了诗话的编纂和诗歌异文的流传。

还可以试举一例，表明异文的出现，基本可以认定是编者的主观选取导致的。北宋初年，郑文宝撰有《南唐近事》和《江南余载》二书，皆记载高越作《鹰诗》，以鹰自比，拒娶妻子的故事。同一作者撰记同一件事，在两本书中，出现了较大的差异。从文字看，应该是后者对前者文本作了删节，但不知何故，文中所录诗句出现了异文。《南唐近事》曰：

> 雪爪星眸众鸟归，摩天专待振毛衣。虞人莫谩张罗网，

---

① 王辟之《渑水燕谈录》卷十，中华书局，1981年，第87页。

② 《朝鲜版唐宋分门名贤诗话》，张伯伟编《稀见本宋人诗话四种》，凤凰出版社，2002年，第273—274页。又见《诗话总龟》卷四十。

未肯平原浅草飞。[①]

而《江南余载》为：

毛骨英灵体性命，摩空专待整毛衣。虞人莫便张罗纲，

未肯平原浅草飞[②]

稍做对比后，可以判断，“振”与“整”，“谩”与“便”的不同，可以认为是音近与形近产生的讹误，但首句七字全然不同，则非传抄所能致误。奇怪的是，《名贤诗话》所录诗歌首句同于《江南余载》，《诗话总龟》虽然自标采自《古今诗话》，但首句上却同于《南唐近事》。唯一的解释是，《诗话总龟》编者在参考了几种文献后，作出了文本的选择。文学史选择异文的权力，于此例中表现得非常明显。

当被选书籍存世时，我们当然可以根据原文来判断真伪。但如果原书失传，那异文和原文便分不清了，二者便处于同等地位。如《名贤诗话》记载南唐皇帝李升《灯》诗："一点分明直万金，孤光惟怕冷光侵。主人若也勤挑拨，敢向樽前不尽心。"[③]此诗不见其他文献。《诗话总龟》第二句作："开时惟怕冷风侵。"[④]它虽自标引《古今诗话》，但也可能参考了其他文献。此后《五代诗话》便沿用了《诗话总龟》的版本。

四、结语

章学诚说："集则传文之散著者也。"[⑤]类编诗话在最大程度上，汇集了众多的诗话文献，具有文献整合之功。这种文献整合包括选取、删改、对比、分门等一系列的过程。这个过程并不单纯，一方面，打破

① 郑文宝《南唐近事》卷二，傅璇琮主编《全宋笔记》第一编，大象出版社，2003 年，第 217 页。

② 郑文宝《江南余载》，鲍廷博辑《知不足斋丛书》，中华书局，1999 年，第 349 页。

③ 《朝鲜版唐宋分门名贤诗话》卷六，张伯伟编《稀见本宋人诗话四种》，凤凰出版社，2002 年，第 347 页。

④ 阮阅撰，周本淳点校《诗话总龟》卷二，人民文学出版社，1987 年，第 348 页。

⑤ 章学诚著，仓修良编注《文史通义新编新注 · 繁称》，浙江古籍出版社，2005 年，第 164 页。

原先既有分类，重新按门分配材料，另一方面主观地削减材料容量，以适合门目标准。材料重划门类和改变性质、作品异文本出现及其后世传播，都体现了类编诗话的文学史权力。类编诗话通过整合诗歌知识，把大量的文献汇建构成一个自足的系统。随着两种著作，尤其是《诗话总龟》巨大影响力的扩大，对知识秩序和结构产生了深远的影响，在文献文化学史上具有重要的意义。分门和删节是类书编纂过程中的常事。郭绍虞先生把《诗话总龟》一类的书称作"诗话中之类书"①。既然分门诗话具有类书性质，那这种文学史或者文化史权力，在某种程度上也应适用类书。如，《全芳备祖》传抄《锦绣万花谷》，《古今合璧事类备要》抄蕞《古今事文类聚》等。因此我们不能简单地看待古人的文献汇集工作。

如果说《名贤诗话》与《诗话总龟》在材料归类上的一致，体现了宋人认识论上的趋同的话，那么，分门的偏差则体现了二集的权力较量。《名贤诗话》在前，一方面为《诗话总龟》提供了门目上的参考，另一方面也成了《诗话总龟》的较量对象。这样，《诗话总龟》在借鉴前人的基础上，便显得后出转精，甚至在某种程度上代替了《名贤诗话》。《名贤诗话》最后在本土的失传，就有可能就与这个原因有一定的关系。

某种程度上，类编诗话汇辑了众多的评论之后，代表着一种公论。如"品藻"、"评论"、"警句"、"诗病"等，虽然表达的是原作者的意志，但汇集在一起后，则可以形成公论。这种公论，有着极大的文学史权力，固定人们对于这些诗歌的评价。当然，两部诗话建立起来的知识体系，也不是完全固定了的。它们也来自后人的挑战。方回曾

---

① 郭绍虞《诗话丛话》，《宋诗话考 · 诗话论集新编》，复旦大学出版社，2015 年，第 154 页。郭绍虞先生提出"诗话类书"，罗根泽、钱仲联等人则言"诗话总集"，但"类书"、"总集"皆已有特定内涵，与"诗话"组合，概念都不甚清晰。为了方便研究，本文仅称"类编"诗话，指分类编录前人诗话的著作。（参见罗根泽《两宋诗话集校叙录》"古今诗话"条，钱仲联《宋代诗话鸟瞰》，《古代文学理论研究丛刊》第三辑，上海古籍出版社，1981 年，第 229—239 页）

说:"元任(胡仔)以闳休(阮阅)分门为未然,有汤岩起者,闳休乡人,著《沧海遗珠》,又以元任为不然。"[①]这说明分门这种结构形式,并非所有人都认可。即使认可者,如汤岩起《沧海遗珠》,尽管是"取闳休家所有书抄录而成"[②],但其去取之间,肯定会打破《诗话总龟》的体系。

对于总集而言,可以通过选取和对比作品,进行文学辨体和文学批评。但对于诗话而言,似乎除了运用具有理论性的文字外,便没有了其他方式。《苕溪渔隐丛话》、《沧浪诗话》、《诗人玉屑》皆是如此。但从本文对于类编诗话的研究来说,这个看法应该得到一定程度的纠正。本文认为,分门是一个重要的批评手段。首先,在选取材料上,尤其是面对诗句不同文本时,会有主观辨析。其次,分门实际上是古人"取类"的思想,通过几则材料的对比,可以辨析诗歌题材和主题,窥见诗歌主旨,阐释诗学特征。从这个角度说,分门诗话是古人的题材学理论著作。这一点与分类的诗歌总集或别集类似。当然,诗话论诗及事且往往针对作品全篇,与总集、别集又不一样。最后,分门诗话有一些门类,直接涉及诗学批评和理论。如"评论"、"警句"、"诗病"、"琢句"等,对于作品优劣、警策佳句、诗学忌讳、句法理论等,都有见解。尽管是汇集前人看法,但客观上,也是选择者和编纂者的看法。宋末方回编选《瀛奎律髓》便继承了分门诗话的做法,既论事,又分门,还设立"着题"、"变体"、"拗体"等门类。

最后,需要谈谈利用《诗话总龟》时需要注意的一个问题。《诗话总龟》汇集了不少失传的文献,因而利用率比较高。但是,它的文献有一定的问题。通过对比《名贤诗话》,便知其多有削减,并非材料原始面貌。这一点好理解。但对比《名贤诗话》和《诗话总龟》,会发现即使后者所引自标源于《古今诗话》,但有时会出现比《名贤诗话》的

---

① 方回《桐江集》卷七《渔隐丛话考》,《续修四库全书》第1322册景印宛委别藏清抄本,上海古籍出版社,2002年,第466页。

② 方回《桐江集》卷七《沧海遗珠考》,《续修四库全书》第1322册景印宛委别藏清抄本,上海古籍出版社,2002年,第467页。

内容还多的情况。这个现象比较少见，但也需要引起整理者和阅读者的注意。如《名贤诗话》卷三第十五条："何涓，湘阳人，尝为《潇湘赋》，天下传习。少游国学，同时有潘纬者，以《古镜诗》著名。或曰：'潘纬十年吟古镜，何涓一夜赋潇湘。'"[①]此条记载出自《唐摭言》卷十，文字相同。但《诗话总龟》引《古今诗话》，却多出一段，并不见于《唐摭言》："《零陵总记》载何涓《潇湘赋》云：镜敛残色，霞披晓光。亦无全篇。"[②]一般来说，《诗话总龟》的编者传抄材料，只作削减处理，几乎未有自己的语言。因此，后人补入的可能性更大。[③] 又如《名贤诗话》卷三第四十五条："兵部李相涛，唐宗室子，自河阳令一举状元及第。小字社翁，每于班行中多自名焉，其坦率如此。翰林学士月给内醖，兵部尝因春社寄翰林一绝云：'社翁今日没心情，为乏治聋酒一瓶。恼乱玉堂将欲遍，依稀循到第三厅。'"此条不见它书引用，《诗话总龟》传抄后多出一条曰："其笔札遒丽，自成一家之妙。俗传社日酒治耳聋，故有是句。"校语曰："'其'下二十三字依南图藏明抄本补。"[④]对比来看，也是后人增入的可能性更大。若是后人增入，那么其对于《诗话总龟》文本而言，其实展示的是另一种文学史权力，也有待学界进一步研究。

（安徽师范大学中国诗学研究中心）

---

① 《朝鲜版唐宋分门名贤诗话》卷三，张伯伟编《稀见本宋人诗话四种》，凤凰出版社，2002年，第290页。

② 阮阅撰，周本淳点校《诗话总龟》卷四，人民文学出版社，1987年，第38页。

③ 由于郭绍虞先生未见到《名贤诗话》，故其《宋诗话辑佚》之《古今诗话》"何涓潇湘赋"（郭绍虞《宋诗话辑佚》卷上，中华书局，1980年，第148页）一条，便全引了《诗话总龟》的材料。

④ 《朝鲜版唐宋分门名贤诗话》卷三，张伯伟编《稀见本宋人诗话四种》，凤凰出版社，2002年，第306页。

宋代江西诗人群体文化研究

陈莲香

内容摘要：宋代江西诗人无论其数量还是他们留存的诗歌数量，都是宋代诗坛重要的组成部分，从地域分布和诗人家族来看，以抚州、吉安、上饶最多。考察这一群体的身份有帝王宗室后裔，有在任官吏，还有僧人道士、布衣隐士、闺妇等等，构成较为复杂，而且他们之间又有师生或诗友关系，甚至创办书院，亲任山长，他们或相互支持，或相互唱和往来，共同促进了宋代江西诗歌繁盛局面的形成。

关键词：宋代；江西诗人；地域分布；诗人身份；诗人家族

A Study on Group Cultures of Jiangxi-based Poets in Song Dynasty

Chen Lian-xiang

Abstract: Jiangxi took a major part in both the number of Poets and of poems which have been left in Song Dynasty. From the poets' location and their families, three districts like Fuzhou, Ji'an and Shangrao contributed to this most. Among those poets with complicate backgrounds are the descendants of the imperial clan, the then sitting-officials, the directors of the Academy of Classical Learning, the monks, Taoists, the hermits, the maids (being limited to the homes) and so on. Some of them held the relationship of teachers and students while others were poetry friends who either supported each other or exchanged points of view with each other, which jointly promoted the flourishing of Jiangxi-based poetry in the Song Dynasty.

Keywords: Song Dynasty; Jiangxi-based poets; geographical location; poets identities; poets families

在宋代诗歌发展史上，江西可以说是一个非常特殊的区域。宋代以前，江西能够称得上一流文学家的恐怕只有晋代陶渊明一人。唐代有籍可考的江西诗人也很有限，有名的诗人更是屈指可数。而历史进入宋代，江西的文学和文化获得了前所未有的发展和进步，耳熟能详的文学家如晏殊、欧阳修、王安石、杨万里、文天祥等都是来自江西，江西由极其落后的文化地区一跃发展成为当时社会文化和各体文学都非常发达的地区，诗歌也不例外。“这种飞跃在中国文学史和中国区域文化史上都是罕见的，这是中国文学和中国文化的奇迹。”[①]宋代的江西诗人，无论是诗人队伍，还是诗作数量，都可以说是宋代诗坛中不可或缺的重要力量。

从地域文化角度对诗人群体进行整体考察，是当前宋诗研究的一个热点，目前学术界关注较多的是宋代江西文学家的地理分布及其分布成因，或对宋代江西诗人的个体、某一家族进行文学研究、或某一流派进行探讨，针对宋代江西诗人的群体研究尚不够全面，可以说江西诗人群体研究还是整个宋代诗学研究中的一个尚待挖掘的部分。因此，本文立足于《全宋诗》中的诗人小传，从宋代江西诗人及诗

① 曾大兴《中国历代文学家之地理分布》，湖北教育出版社，1995年，第232页。

歌数量、江西诗人的地域分布、身份类别、诗人家族、书院创办、爱国诗人群体等几个角度，探讨宋代江西诗人的群体文化特征，使这一群体的历史风貌更加清晰，从而反映出宋代江西士大夫的文化品格。

一、宋代江西诗人总数和诗歌总数

本文所要论述的江西诗人主要是按《宋史・地理志》所指，籍贯属于宋代江南西路辖区九州四军，即洪州（今南昌）、吉州（今吉安）、抚州（今抚州）、饶州、信州（今上饶）、袁州（今宜春）、筠州（今高安）、江州（今九江）、赣州（今赣州）、南安军（今大余）、临江军（今清江）、建昌军（今南城）、南康军（今星子）等地的诗人，再加上徽州（今江西婺源），籍贯不属于江南西路但一生大部分时间都寓居在江西的都在统计范围内，但对短期在江西为官或短暂居住的不计算在内。

对宋代江西诗人的数据统计，主要依据于北京大学古文献研究所傅璇琮主编的《全宋诗》（北京大学出版社，1995 年）。查询《全宋诗》收集总数，宋代诗人总数有 9204 人，诗歌作品总数有 254240 首，通过对《全宋诗》作家小传进行数据统计，宋代江西诗人总数有 852 人，占整个宋代诗人总数 9.2%，留存诗歌作品有 50944 首，占整个宋代诗歌总数的 18.82%。具体情况如表一所示。

表一　宋代江西诗人诗歌总数统计

州、军（宋代地名）	宋代诗人总数	宋代诗歌总数
吉州（庐陵、吉州、永丰、吉水、太和、龙泉、万安、安福、永新、螺川）	143	10658
饶州（德兴、浮梁、安仁、余干、乐平、鄱阳）	109	4613
洪州（洪州、南昌、隆兴、新建、新城、分宁、丰城、武宁、奉新、进贤、靖安）	106	5022
抚州（抚州、临川、金豁、崇仁、宜黄、黎川、广昌）	106	4478
建昌军（建昌、南城、南丰）	103	2488

续 表

州、军(宋代地名)	宋代诗人总数	宋代诗歌总数
临江军(新干、临江、新喻、清江)	74	5244
信州(信州、铅山、玉山、永丰、贵溪、弋阳、上饶、万年)	56	8110
赣州(龙南、于都、兴国、赣县、章贡、赣州、宁都、大庚、上犹)	37	1212
徽州(婺源)	31	3502
筠州(筠州、高安、上高、新昌)	27	2377
南康军(南康、星子、建昌、都昌)	21	1225
江州(江州、湖口、彭泽、德安、瑞昌、浔阳、九江、庐山)	17	546
袁州(袁州、宜春、分宜、萍乡、万载)	16	1420
不明州县	6	49
总计	852	50944

与《全唐诗》(清康熙四十五年扬州诗局刻本)进行对比,《全唐诗》总计诗人有 3721 人,唐代有籍可考的江西籍诗人共有 73 人,仅占总数的 2%。《全唐诗》记载诗歌总数有 57592 首,江西籍诗人的作品总数有 1039 首,占总数的 1.8%。

从这个比较可以看出,宋代时期的江西诗人总数远超前代,作品总数也远超前代,而且宋代江西诗人诗歌总数(50944 首)几乎达到《全唐诗》全部诗歌(57592)的总和。唐代江西诗人及其诗歌总数情况如表二所示。

表二　唐代江西诗人及其诗歌总数情况统计

地区	唐代江西诗人总数	唐代江西诗人诗歌总数
袁州宜春	22	413
洪州南昌	11	318

续 表

地区	唐代江西诗人总数	唐代江西诗人诗歌总数
抚州临川	8	106
庐山	6	25
吉州庐陵	6	8
信州	4	13
高安	3	41
鄱阳	2	5
江州	2	2
永丰	1	89
虔州今赣州	1	7
萍乡	1	4
南城	1	2
新淦	1	2
筠州	1	1
龙泉	1	1
总计	73	1039

二、宋代江西诗人的地域分布特征

从宋代江西地图来看，江西今天绝大多数土地属于当时的江南西路，江南西路设置九州四军，辖 68 个县，现今赣东婺源等地属于当时江南东路的徽州和饶州。[①] 按当时区域来看，宋代诗人和诗歌总数分布如表一所示。

（一）宋代江西诗人及其诗歌总数在今设市县的分布情况

把宋代江西地理位置，对照现今江西版图，江西全省共辖 11 个

① 参见夏汉宁《地理环境视域下的江西文学》，《文史知识》2008 年 11 期。

地级市、27个市辖区、11个不设区的市(县级)、62个县,按照现今版图设置,对上表一进行拆分统计,宋代江西诗人及其诗歌总数在今设市县的分布情况见下表三。

表三 宋代江西诗人及其诗歌总数在今设市县的分布情况

<table>
<tr><th>地市</th><th>区县</th><th>人数</th><th>北宋诗人数量</th><th>小计</th><th>南宋诗人数量</th><th>小计</th><th>诗人总计</th><th>诗歌数量</th><th>总计</th></tr>
<tr><td rowspan="9">抚州</td><td>抚州</td><td>2</td><td>0</td><td rowspan="9">71</td><td>2</td><td rowspan="9">138</td><td rowspan="9">209</td><td>338</td><td rowspan="9">6966</td></tr>
<tr><td>临川</td><td>58</td><td>25</td><td>33</td><td>3421</td></tr>
<tr><td>金溪</td><td>14</td><td>5</td><td>9</td><td>72</td></tr>
<tr><td>崇仁</td><td>21</td><td>3</td><td>18</td><td>618</td></tr>
<tr><td>宜黄</td><td>9</td><td>3</td><td>6</td><td>27</td></tr>
<tr><td>黎川</td><td>1</td><td>0</td><td>1</td><td>1</td></tr>
<tr><td>广昌</td><td>1</td><td>0</td><td>1</td><td>1</td></tr>
<tr><td>南城</td><td>59</td><td>25</td><td>34</td><td>1148</td></tr>
<tr><td>南丰</td><td>44</td><td>10</td><td>34</td><td>1340</td></tr>
<tr><td rowspan="10">吉安</td><td>吉安</td><td>62</td><td>20</td><td rowspan="10">51</td><td>42</td><td rowspan="10">110</td><td rowspan="10">161</td><td>3122</td><td rowspan="10">10828</td></tr>
<tr><td>永丰</td><td>10</td><td>3</td><td>7</td><td>221</td></tr>
<tr><td>吉水</td><td>24</td><td>4</td><td>20</td><td>5479</td></tr>
<tr><td>泰和</td><td>12</td><td>2</td><td>10</td><td>420</td></tr>
<tr><td>龙泉(遂川)</td><td>7</td><td>4</td><td>3</td><td>9</td></tr>
<tr><td>万安</td><td>2</td><td>1</td><td>1</td><td>2</td></tr>
<tr><td>安福</td><td>18</td><td>6</td><td>12</td><td>1289</td></tr>
<tr><td>永新</td><td>7</td><td>4</td><td>3</td><td>20</td></tr>
<tr><td>螺川</td><td>1</td><td>0</td><td>1</td><td>96</td></tr>
<tr><td>新干</td><td>18</td><td>7</td><td>11</td><td>170</td></tr>
</table>

续　表

地市	区县	人数	北宋诗人数量	小计	南宋诗人数量	小计	诗人总计	诗歌数量	总计
上饶	上饶	14	3	38	11	102	140	3682	15628
	铅山	9	5		4			183	
	玉山	7	1		6			3947	
	广丰	3	1		2			7	
	弋阳	4	3		1			110	
	万年	2	0		2			7	
	德兴	18	8		10			650	
	余干	19	4		15			98	
	婺源	31	6		25			3502	
	鄱阳	33	7		26			3442	
宜春	宜春	9	3	24	6	71	95	1403	5501
	丰城	21	4		17			951	
	高安	19	5		14			546	
	上高	1	0		1			2	
	新昌(今宜丰)	7	5		2			1826	
	奉新	7	3		4			14	
	樟树	27	4		23			422	
	靖安	4	0		4			334	
九江	湖口	2	2	30	0	35	65	4	4392
	彭泽	1	0		1			3	
	德安	7	4		3			524	
	九江	5	3		2			12	
	庐山	2	0		2			1	

续 表

地市	区县	人数	北宋诗人数量	小计	南宋诗人数量	小计	诗人总计	诗歌数量	总计
九江	星子县	6	3	30	3	35	65	6	4392
	永修	8	5		3			779	
	都昌	7	0		7			440	
	修水	22	13		9			2599	
	武宁	5	0		5			22	
南昌	南昌	26	16	19	10	28	47	769	1102
	新建	13	3		10			302	
	进贤	8	0		8			31	
赣州	龙南	3	1	15	2	22	37	13	1212
	于都	2	2		0			2	
	兴国	3	3		0			39	
	赣县	5	1		4			656	
	赣州	10	4		6			30	
	宁都	9	4		5			453	
	大庾(大余)	4	0		4			18	
	上犹	1	0		1			1	
新余	新喻	29	15	15	14	16	31	4652	4664
	分宜	2	0		2			12	
景德镇	浮梁	6	3	10	3	18	28	129	400
	乐平	22	7		15			271	
鹰潭	安仁今余江	11	4	7	7	21	28	23	197
	贵溪	17	3		14			174	
萍乡	萍乡	5	4	4	1	1	5	5	5

续 表

地市	区县	人数	北宋诗人数量	小计	南宋诗人数量	小计	诗人总计	诗歌数量	总计
	不明县区	6	0	0	6	6	6	49	49
总计	诗人总数	852		284		568	852	诗歌总数	50944

由上表可知，宋代江西852位诗人共分布在今天的11个地级市、65个市县区中，绝大部分市县都有分布：

（1）从地市统计，按诗人数量多少，其排位依次是：抚州209人，吉安161人，上饶140人，宜春95人，九江65人，南昌47人，赣州37人，新余31人，鹰潭和景德镇并列都是28人，萍乡5人。排前三位的是抚州、吉安、上饶，共有诗人507人，占60%。

（2）按诗歌总量来看，其排位依次是：上饶15628首，吉安10828首，抚州6966首，宜春5501首，新余4664首，九江4392首，赣州1212首，南昌1102首，景德镇400首，鹰潭197首，萍乡5首。排前三位的是上饶、吉安、抚州，总数有33419首，占总量的66%。

（3）以县为统计单位看，诗人数量前10位的地区是：吉安61人，南城59人，临川58人，南丰44人，鄱阳33人，婺源30人，新喻29人，樟树27人，南昌26人，吉水24人。10人以下的县区有38个。

（4）以县为统计单位看，诗歌数量前10位的地区是：吉水5479首，新喻4652首，玉山3947首，上饶3682首，鄱阳3442首，临川3421首，婺源3418首，修水2599首，吉安2253首，宜丰1826首。100首以下的县区有30个。

（二）宋代江西诗人在北宋和南宋的分布情况

根据朝代更替情况来看，北宋和南宋诗人分布差异比较大。按照北宋南宋更替的时间节点，如果生卒年跨北宋和南宋，则按照中进士后或做官时间所占比重来划分，大致如下表四所示：北宋诗人284人，占总数的三分之一；南宋诗人568人，占总数的三分之二。每个地区无一例外的是，南宋诗人都比北宋诗人要多，诗人越多的越明显，甚至南宋诗人几乎是北宋诗人的两倍，如抚州、吉安；上饶、宜春的南宋诗人总数几乎是北宋的三倍了。

表四　宋代江西诗人在北宋和南宋的分布情况

地市	北宋诗人小计	南宋诗人小计	诗人总计
抚州	71	138	209
吉安	52	110	160
上饶	38	101	139
宜春	24	71	95
九江	30	35	65
南昌	19	28	47
赣州	15	23	37
新余	15	16	31
景德镇	10	18	28
鹰潭	7	22	28
萍乡	4	1	5
未注明县区	0	6	6
总计	284	568	852

出现这种分布状况，究其原因，主要是江西政治稳定、经济发达、交通便利、书院、科举文化繁荣等因素。在南宋时期，江西离宋金前线较远，受战争的破坏和影响相对较少，加上政治中心南迁，江西成了两浙地区和京城临安的屏障，其地域的重要性凸显出来，吸引了北方人口大量迁移进入，经济、文化都得到迅猛发展。① 宋洪迈《容斋四笔》卷五赞道："古者江南不能与中土等。宋受天命，然后七闽二浙与江之东西，冠带诗书，翕然大肆，人才之盛，遂甲于天下。"江西宋代诗

① 参见刘双琴《试论宋代江西作家的分布成因》，《江西社会科学》2014 年第 3 期。

人尤其南宋诗人的繁盛和宋代诗歌的鼎盛由此亦可见一斑。

三、宋代江西高产诗人和有影响力的诗人概况

无论从诗人总数还是诗歌总数,都可见江西宋代诗人及其诗歌的繁盛,经统计,留存千首诗歌以上的高产诗人有 10 人:杨万里 4284 首,信州玉山赵璠 3735 首,韩淲 2624 首,黄庭坚 2204 首,新昌(今宜丰)释德洪 1816 首,王安石 1741 首,临江刘敞 1728 首,朱熹 1448 首,刘攽 1278 首,鄱阳彭汝砺 1176 首,宜春释印肃 1078 首。具体情况见下表五。

表五 宋代江西高产诗人

姓名	籍贯	诗歌数量
杨万里	吉安	4284
赵蕃	玉山	3735
黄庭坚	修水	2204
释德洪	宜丰	1816
王安石	抚州	1741
韩淲	信州	2624
刘敞	新喻	1728
朱熹	婺源	1448
刘攽	新喻	1278
彭汝励	鄱阳	1176
释印肃	宜春	1078

留存百首以上诗歌的诗人有 86 人,其中有大量优秀作家如欧阳修留有诗歌 954 首,曾巩 457 首,孔武仲 633 首,孔平仲 865 首,王炎 823 首,朱松 425 首,洪适 796 首,王庭珪 822 首,曾几 637 首,文天祥 978 首,他们作品数量都非常多。后来隶籍寓居江西的还有周必大留存有 869 首,韩元吉 606 首,辛弃疾 154 首,数量亦是惊人。

在文学史上有重要影响的诗人还有：汪藻 338 首，刘辰翁 214 首，晏殊 220 首，姜夔 196 首，陆九渊 30 首，晏几道 8 首。

四、宋代江西诗人身份类别

宋代江西诗人群体的身份构成较为复杂，既有帝王宗室后裔，又有在任官吏，还有僧人道士、布衣隐士、闺妇等等。他们大部分为江西籍，在江西成长和生活，如晏殊、欧阳修、王安石等人，还有一部分因宋室南渡而寓居江西的诗人，如辛弃疾、周必大、韩元吉、韩淲等人。为了便于统计，笔者从宋代江西诗人的身份地位、社会角色等入手，将他们的身份类别归纳为以下几种：

（一）帝王宗室后裔

《全宋诗》小传显示，有 16 位诗人出自宋宗室：赵善括、赵汝鐩、赵士礽、赵善坚、赵善应、赵汝愚、赵善扛、赵师侠、赵汝暮、赵与时、赵及甫、赵必愿、赵崇嶓、赵宗鉥、赵崇怿、赵心昷。他们都是当时帝王宗室后裔，或宋太祖十世孙，或宋太宗五世孙、七世孙、八世孙、九世孙等，主要寓居在南昌、袁州、铅山、余干、临江、鄱阳、南丰等地。留存诗歌数量有 553 首。

（二）为政官吏

此类身份之人最多，有 592 人。

（1）由南唐入宋，继续为官的诗人有 4 人，即罗颖、乐史、梁藻、何蒙，由后梁入宋的诗人有 1 人，胡衍。

（2）恩荫入仕。宋朝实行恩荫制度，尤其是对文官采取倚靠制度，中高级文武官员的子弟可以享受此特权，可以说当时在科举之外还有一种入仕途径，有时还延及其亲属、门客等享受此特权。此类诗人有 25 人，如魏权、陈执中、王益、潘兴嗣、余卞、余爽、曾纡、曾协、周必正等。

（3）宋代进士及第者。宋代科举制度已经非常成熟和完备，科举规模比之唐朝不断扩大，宋代重文轻武，大量增设朝廷官职，文人与朝廷政权的关系前所未有的密切，读书科考、入仕为官，是文人士子实现其人生价值的重要途径。《宋史·选举志一》卷一五五载："宋之科目，有进士，有诸科，有武举。常选之外，又有制科，有童子举，而进士得人为盛。""天圣初，宋兴六十有二载，天下乂安。时取才唯进士、诸科为最广，名卿巨公，皆繇此选，而仁宗亦向用之，登上第者不数年，辄赫然显贵矣。"①这一点，可在宋代江西诗人的政治身份上得到佐证，据小传统计，宋代 852 位诗人中，由进士及第授官入仕者达 428 人，超过 50%。武举有 1 人，乐平徐衡，徽宗崇宁五年(1106)武举，廷试第一，授右班殿直，知晋宁军吴保寨。

宋吕祖谦说："进士之科，往往皆为将相，皆极通显。"北宋时期共有宰相 91 人，其中江西籍宰相 7 人(王钦若、晏殊、陈执中、刘沆、陈旭、王安石、曾布)。南宋时期共有宰相 78 人，江西籍宰相有 8 人(陈康伯、洪适、周必大、赵汝愚、京镗、江万里、章鑑、文天祥)，其中文天祥三朝为相。

(4) 其他入仕为官者有 133 人。他们有的考进士未举但因有诗名入地方官的；也有解试，预调试，通过乡荐也进入地方官的；也有一部分入官不久，即辞归，或广游四方结交士人唱和往来，或诗歌自娱，或创办书院，等等。

(三) 僧人道士

江西籍僧人道士很多，青原下八世，能诗的僧道也非常多，前面千首以上高产诗人就有释德洪和释印肃，经统计共有 49 人(其中僧 39 人，道士 10 人)，诗歌共计有 4409 首。唐代青原与南岳两大禅系至宋代在江西得到了迅速发展，分别在新昌(今宜丰)洞山普利院、抚州宜黄之曹山崇寿院、洪州百丈山(今属奉新)、袁州(今宜春)仰山、黄檗山(今属宜丰)派生出了云门、法眼、曹洞、伪仰、临济五家，最后只有云门与临济一直鼎盛于宋代，禅寺名僧遍布丛林，成为南禅圣地，因此能诗的僧人和道士也非常之多。还有文人士子也非常喜好结交僧人道士，在他们的诗歌中也常常可见吟咏寺庙题材的诗歌。

① 《宋史》卷一五五，中华书局，1977 年，第 3603 页。

（四）隐逸文人

这一类大概有38人。他们一部分是因为屡中不第，没有任过任何官职，最后布衣终老；一部分以诗取于著名文人，并与之交游；还有一部分隐居山林而有诗名，但终身不仕，如王元甫，苏轼过九江慕名求谒竟不见。隐士多因高行节义受到官府赏赐或官员资助。

（五）女性诗人

这类诗人只有8人：高安陈仲微之女陈梅庄，建昌李常的姐姐李氏，临川王安石妹妹王文叔，王安石长女王氏，王安国女刘天保妻王氏、金谿何师韫，豫章来氏、建昌妓楚娘（适三山林茂叔）。女性作家非常少，在宋代仍处于薄弱地位，可见女性地位在宋代也比较低下，因此女性文学创作仍处于沉寂局面。

（六）生平履历不详者

此类诗人有181人，因时间久远，很多记载不详，通过小传，只有其姓名、籍贯，小传中不能显示其活动轨迹的都归为此类。如鲁晦之，抚州南丰（今属江西）人，与唐询同时（《至元嘉禾志》卷二九）。陈陀，宋初南城（今属江西抚州）人（《重刻麻姑山志》卷二），生平不详。汤清伯，南丰（今属江西）人，宋末学举子业，事见《隐居通议》卷一〇。此类情况还是比较多。

五、宋代江西诗人家族概况

家族，是指具有血缘关系的人组成一个社会群体，通常有几代人。《管子·小匡》："公修公族，家修家族。使相连以事，相及以禄。"日本滋贺秀三在《中国家族法原理》一书中也提到，传统中国家族有长期不变、独特原则的结构，主要三原则：父子一体、兄弟一体、夫妻一体。[①] 根据这一原则，我们统计《全宋诗》作家小传中所提到的江西籍诗人家族情况，有祖孙关系、父子关系、兄弟关系、夫妻关系等，并都有诗歌留存的诗人家族，共有84家，具体情况如表六。

---

① 参见滋贺秀三《中国家族法原理》，张建国、李力译，法律出版社，2003年。

表六　宋代江西籍诗人家族情况

序号	属地	县区	家族名称及内部关系	诗歌数量	生活时期
1		庐陵	彭应求家族：彭应求、彭思勇（应求子）	3	北宋前期
2		庐陵	欧阳修家族：欧阳修、欧阳棐（修子）	970	北宋前期
3		永新	刘沆家族：刘沆、刘瑾父子	5	北宋前期
4		庐陵	葛敏求家族：葛敏求、葛敏修兄弟	2	北宋中期
5		吉州	董敦逸家族：董敦逸、董德元（敦逸孙）	2	北宋中期
6		安福	刘弇家族：刘贽、刘弇（贽侄）	441	北宋中期
7		庐陵	周必大家族：周必大、周必正	871	南宋前期
8	吉州（共14家，诗歌总数7800）	庐陵	杨万里家族：杨万里、杨邦乂（万里族叔祖）、杨杞（邦乂族弟）、杨炎正（万里族弟）、杨梦信（炎正从弟）、杨辅臣（万里族叔）、杨长孺（万里子）、杨幼舆（万里幼子）	4318	南宋前期
9		庐陵	胡铨家族：胡铨、胡泳（铨长子）、胡温彦（铨侄）、胡榘（铨孙））、胡槻（铨孙）	124	南宋中期
10		吉州	罗大经家族：罗茂良、罗大经父子	17	南宋中期
11		吉州	胡梦昱家族：胡梦昱，胡大用（梦昱侄）、胡震雷（梦昱侄、大用子）	6	南宋中期
12		安福	王炎午家族：王希淮（炎午父）、王炎午	2	南宋后期
13		庐陵	文天祥家族：文仪（天祥父）、文天祥、文天佑（天祥弟）	981	南宋后期
14		太和	曾安强家族：曾安强、曾如骥（安强九世孙）	3	跨北宋南宋从北宋前期到南宋后期

续 表

序号	属地	县区	家族名称及内部关系	诗歌数量	生活时期
15	抚州(共12家,诗歌总数3611)	宜黄	乐史家族:乐史、乐黄庭父子	6	北宋前期
16		临川	晏殊家族:晏殊、晏颖(殊弟)、晏知止(晏殊四子)、晏几道(晏殊幼子)、晏敦复(晏殊曾孙)	234	北宋前期
17		临川	谢逸家族:谢逸、谢薖(逸从弟)	554	北宋中期
18		临川	王安石家族:王益(安石父)、王安石、王文叔(安石妹)、王安国(安石弟)、王安礼(安石弟)、王安上(安石弟)、王氏(安石长女)、王氏(安国女)王雱(安石次子)	1864	北宋中期
19		临川	饶节家族:饶节、詹荣主仆二人	385	北宋后期
20		抚州崇仁	吴沆家族:吴沆、吴涛(沆长兄)、吴光(沆二兄)、吴璋(沆侄)	95	南宋前期
21		金溪	陆九渊家族:陆九渊、陆九韶、陆九龄兄弟	42	南宋前期
22		临川	危稹家族:危稹、危和兄弟	33	南宋前期
23		崇仁	吴曾家族:吴曾、吴镒(曾从弟)	8	南宋前期
24		抚州	罗点家族:罗点、罗槛(罗点从弟)、罗愚(点子)	8	南宋前期
25		临川	董居谊家族:董居谊、董鸿道(居谊子)	11	南宋前期
26		临川	艾可叔家族:艾可叔、艾可翁(可叔弟)、艾性夫(可叔侄)	379	南宋中期
27	饶州(共12家,诗歌总数1499)	浮梁	程节家族:程节、程祁父子	9	北宋中期
28		德兴	汪藻家族:汪藻、汪恺(藻侄)	339	北宋后期
29		安仁(今余江)	周跧家族:周跧、周珣父子	2	北宋中期

续 表

序号	属地	县区	家族名称及内部关系	诗歌数量	生活时期
30		余干	柴中行家族：柴中行、柴中守兄弟	7	南宋前期
31		余干	赵汝愚家族：赵善应(汝愚父)、赵汝愚、赵必愿(汝愚孙)祖孙	14	南宋前期
32		鄱阳	洪皓家族：洪皓、洪适(皓子)、洪遵(皓弟)、洪迈(皓弟)	1071	南宋前期
33		鄱阳	张垓家族：张埏、张垓兄弟	4	南宋中期
34		德兴	余芑舒：家族余季芳(芑舒父)、余芑舒、余萼舒(芑舒弟)	8	南宋后期
35		安仁今余江	汤汉家族：汤巾、汤中、汤汉兄弟	14	南宋后期
36		余干	熊朝家族：熊朝、熊瑞兄弟	18	南宋后期
37		鄱阳	张履信家族：张履信、张辑父子	6	南宋后期
38		余干	饶炎家族：饶炎、饶鲁父子	7	南宋后期
39	建昌(共计9家，诗歌总数1540)	南城	李觏家族：李觏、李山甫(觏族侄)	348	北宋前期
40		南丰	曾巩家族：曾致尧(巩祖父)、曾易简(巩伯父)曾巩、曾宰(巩五弟)、曾布(巩弟)、魏夫人(布妻)、曾肇(巩幼弟)、曾绎(阜次子)、曾纡(布四子)、曾思(巩孙)、曾续(肇孙)、曾惇(纡子)、曾协(肇孙)、曾用孙(惇子)、曾季狸(宰孙)、曾极(宰孙)	953	北宋中期
41		南城	王无咎家族：曾巩妹夫王无咎、王絪父子；	5	北宋中期
42		南城	傅权家族：傅权、傅翼	7	北宋中期
43		南丰	朱京家族：朱京、朱彦	11	北宋中期
44		南丰	赵崇嶓家族：赵崇嶓、赵崇鉘兄弟，赵心岊(崇嶓子)；	137	南宋中期

续 表

序号	属地	县区	家族名称及内部关系	诗歌数量	生活时期
45		南丰	陈宗礼家族：陈宗道、陈宗礼兄弟；	17	南宋中期
46		南丰	黄大受家族：黄大受、黄载父子；	46	南宋中期
47		南丰	刘壎家族：刘镗(熏叔父)、刘壎。	16	南宋后期
48	临江(共 8 家，诗歌总数 4627)	新喻	王钦若家族：王益(钦若父)、王钦若	5	北宋前期
49		新喻	刘敞家族(现属樟树)：刘敞、刘攽(敞弟)、刘奉世(敞子)、刘延世(敞从子)、刘旦(敞孙)、刘清(曾侄孙)之；	3040	北宋中期
50		新喻	孔氏(现属新淦)：孔延之(三孔父)、孔文仲、孔武仲、孔平仲；	1514	北宋中期
51		新喻	萧燧家族：萧贯、萧固(燧高祖)、萧注、萧之敏(固子)、萧燧、萧逵(燧子)、萧崱、萧泰来；	26	南宋初期
52		新喻	罗原之家族：罗原之、罗珊、罗杞兄弟	5	
53		新喻	徐梦莘家族：徐梦莘、徐得之兄弟	7	南宋中期
54		新淦	曾氏：曾三聘、曾三异(三聘弟)、曾宏正(三聘子)；	7	南宋中期
55		清江	章采家族：章粲章采兄弟。	23	南宋中期
56	洪州(共 6 家，诗歌总数 3105)	南昌	袁抗家族：袁抗、袁陟	13	北宋初期
57		修水	黄氏：黄庶(庭坚父)、黄廉(庶弟)、黄大临(庶子、庭坚兄)、黄庭坚、黄叔达(庭坚弟)、黄叔儆、黄檥(庭坚侄)、黄然(庭坚孙)	2423	北宋中期

续　表

序号	属地	县区	家族名称及内部关系	诗歌数量	生活时期
58	洪州（共6家，诗歌总数3105）	修水	余氏父子：余良肱（卞父）、余卞（肱子，爽兄）、余爽（肱子，卞弟）	11	北宋中期
59		奉新	胡直孺家族：胡用庄（直孺祖父）、胡僧孺（直孺兄）、胡直孺	5	北宋中期
60		丰城	黄得礼家族：黄得礼、黄彦平（得礼次子）、黄畴若（得礼玄孙）	111	北宋中期
61		南昌	洪朋家族：洪朋（亦黄庭坚外甥）、洪刍、洪炎	542	北宋后期
62	信州（共5家，诗歌总数3393）	上饶	韩元吉、韩淲父子	3230	南宋前期
63		贵溪	郑会家族：郑芝秀（会族叔）、郑会	53	南宋中期
64		贵溪	桂柔夫家族：桂柔夫、桂正夫（柔夫弟）	2	南宋后期
65		贵溪	谢枋得家族：谢枋得、谢雨兄弟	106	南宋中期
66		上饶	郑蔼家族：郑蔼、郑籲兄弟	2	南宋后期
67	徽州（共5家，诗歌总数2011）	婺源	胡伸家族：胡伸、胡侃从兄弟	2	北宋后期
68		婺源	胡持家族：胡持、胡次焱（持玄孙）	6	南宋前期
69		婺源	朱熹家族：朱松（熹父）、朱槔（熹叔）、朱熹、朱弁（朱熹从父）	2005	南宋前期
70		婺源	汪宗臣家族：汪宗臣、汪炎昶（宗臣族侄孙）	210	南宋后期
71		婺源	江恺家族：江恺、江砢兄弟	4	南宋后期
72	赣州（共5家，诗歌总数684）	赣州	曾几家族：曾几、曾弼（几兄）、曾开（曾兄）、曾黯（几孙）；	654	北宋后期
73		兴国	李潜家族：李潜、李朴父子；	13	北宋中期
74		宁都	孙鍶家族：孙鍶、孙勴兄弟。	5	北宋后期

续 表

序号	属地	县区	家族名称及内部关系	诗歌数量	生活时期
75	赣州（共5家，诗歌总数684）	宁都	曾原一家族：曾原一，曾原成从兄弟；	10	南宋中期
76		龙南	钟仙家族：钟仙、钟克俊（仙裔孙）	2	跨北宋南宋从北宋前期到南宋后期
77	筠州（共3家，诗歌总数19）	高安	刘涣家族：刘涣（恕父）、刘恕、刘和叔（恕子）、刘应龙（恕裔孙）、刘元高（应龙子）。	10	北宋中期
78		高安	柯芝家族：柯芝、柯茂谦父子。	5	南宋后期
79		高安	陈仲微家族：陈仲微、陈梅庄（仲微女）	4	南宋后期
80	南康（现星子）（共2家，诗歌总数782）	都昌	冯椅家族：冯椅、冯去非父子。	13	南宋中期
81		建昌（永修西北）	李常家族：李常、李氏（李常姊）、李秉彝（李常侄）、李彭（李常重孙）	769	北宋中期
82	江州（共2家，诗歌总数230）	德安	王韶家族：王韶、王寀（绍子）、王阮（韶曾孙）。	228	北宋中期
83		德安	吴元家族：吴元、吴愈兄弟	2	南宋中期
84	袁州（共1家，诗歌总数289）	袁州	赵汝愚家族：赵善坚（汝愚父）、赵汝愚	289	南宋前期

这84个诗人文学家族里既有三代以上均以诗而闻名的，如黄庭坚、晏殊、杨万里、刘敞、曾巩、王安石、曾几家族等；亦有父子、兄弟、祖孙而名的，如永新刘沆、刘瑾父子、南昌四洪兄弟、赵汝愚、赵必愿祖孙等；还有跨际比较大的，从北宋初期到南宋末期，如太和曾安强家族、龙南钟仙家族。

宋代江西诗人家族分布于九州四军各个地区，除萍乡无诗歌文学家族外，其余地区都有，但数量不平衡，排位如下：吉州、抚州、饶州、建昌、临江、洪州、信州、徽州、赣州、筠州、南康、江州、袁州。吉州、抚州、饶州从总量上占据前三位，诗人文学家族数量与文学家数量、诗歌总量成正比。

从时间上来看(时间上划分，以太祖、太宗、真宗为北宋前期，仁宗、英宗、神宗为北宋中期，哲宗、徽宗、钦宗为北宋后期；高宗、孝宗、光宗为南宋前期，宁宗、理宗、度宗为南宋中期，宋恭帝，端宗赵昰，宋卫王赵昺为南宋后期)，宋代江西诗人家族中北宋家族中期最多，有19家，占宋代近四分之一，南宋前期中期和后期均较多，北宋前期和后期最少，而且南宋家族总数比北宋家族多了8家。具体情况见表七。

表七　宋代江西籍诗人家族北宋南宋分布情况

	总数	北宋前期	北宋中期	北宋后期	北宋总数	南宋前期	南宋中期	南宋后期	南宋总数	跨北宋和南宋
吉州	14	3	3	0	6	2	3	2	7	1
抚州	12	2	2	1	5	6	1	0	7	
饶州	12	0	2	1	3	3	1	5	9	
建昌	9	1	4	0	5	0	3	1	4	
临江	8	1	2	0	3	2	3	0	5	
洪州	6	1	4	1	6	0	0	0	0	
信州	5	0	0	0	0	1	2	2	5	
徽州	5	0	0	1	1	2	0	2	4	
赣州	5	0	1	2	3	0	1	0	1	1
筠州	3	0	1	0	1	0	0	2	2	
南康	2	0	1	0	1	0	1	0	1	
江州	2	0	1	0	1	0	1	0	1	
袁州	1	0	0	0	0	1	0	0	1	
总计	84	8	21	6	35	17	16	14	47	2

北宋诗人家族：共有 35 家，前期 8 家，中期 21 家，后期 6 家。

南宋诗人家族：共有 47 家，前期 17 家，中期 16 家，后期 14 家。

从表七可以看出，在北宋和南宋时代，诗人家族的数量、地域和时代均出现不同情况.

（1）北宋南宋时期家族地域分布不平衡

北宋前期家族不多，只有吉州、抚州、建昌、临江、洪州，共 8 家，到北宋中期就比较多了，共有 19 家，建昌和洪州有 4 家了，抚州、饶州、临江各有 2 家，赣州、筠州、南康、江州各有 1 家，信州、徽州和袁州均没有出现诗歌文学家族。北宋后期文学家族并不多，赣州有 2 家，抚州、饶州、洪州和徽州各 1 家，其他地区都没有出现。

到南宋前期，又出现一个小高峰，共有 17 个诗歌文学家族出现，其中抚州最多，有 6 家，饶州有 3 家，吉州、临江、徽州各有 2 家，信州、徽州各有 1 家，其他地区无；到南宋中期，共有 16 家，家族仍然非常多，其中吉州、临江、建昌各有 3 家，信州有 2 家，抚州、饶州、赣州、南康和江州各 1 家，只有洪州、徽州和袁州无；南宋后期诗人家族继续繁盛，共有 14 家，其中饶州有 5 家，吉州、信州、徽州、筠州各有 2 家，建昌有 1 家，其他地区无。在吉州和赣州，分别有 1 个家族从北宋一直跨到南宋，家族文学常盛不衰。

（2）各个地区家族在北宋和南宋分布不均衡

吉州北宋只有 6 家，到南宋增至 7 家，且前中后期均有文学家族，还有 1 家跨北宋和南宋。抚州北宋前中后期都有文学家族，到南宋前期走向辉煌，有 6 家。饶州在北宋家族只有 3 个，到南宋增至 9 家，且南宋后期有 5 家，占江西后期文学家族的三分之一。建昌共 9 家，北宋前期 1 家，中期 4 家，到南宋中期 3 家，南宋后期 1 家，其他阶段均无。临江共有 8 家，北宋有 3 家，到南宋增至 5 家。洪州 6 家，都集中在北宋时期，在南宋没有文学家族出现。信州 5 家，在北宋没有出现诗歌文学家族，南宋前期有 1 家，南宋中期 2 家，南宋后期有 2 家。徽州 5 家，北宋后期 1 家，南宋前期和后期各有 2 家，其他时段无。赣州 5 家，北宋共有 3 家，其中北宋中期 1 家，后期 2 家，南宋中期1家，还有一个家族跨北宋和南宋。筠州3家，北宋中期1家，南宋后期2家，其他时期无。南康军和江州相同，各有2家，北宋中期1家，南宋中期1家，其他时期无。袁州只有1家，只出现在南宋后期，其他时段无。

(3) 北宋和南宋家族中还有时代的变化

由表六家族总表可知，大部分家族出现在父子、兄弟时期，如临江孔氏家族、徽州朱熹家族、庐陵文天祥家族、南昌"四洪"兄弟、抚州"二谢"等，他们都是一代或两代出现诗歌辉煌。但也有象修水黄庭坚家族、临川晏殊家族、临川王安石家族、庐陵杨万里家族、庐陵胡铨家族、南丰曾巩家族、新喻刘敞家族等都是三辈以上均有诗名，成为文学大家族，不仅影响一个地区，而且影响一个时代。

这种诗歌文学家族的大量涌现，是江西诗歌文学发展中的一个非常突出的现象。从家族走出来的诗人作家有242人，不仅数量庞大，而且有些诗人由于有家族的深厚文化积淀及良好传承，家族诗人源源不断涌现，前后相继。所以这些诗人家族作家一般文学修养都比较高，文化底蕴深，文学创作成就也很高，成为江西宋代诗人作家队伍的主力军。

由以上可知，宋代的江西诗人人数的众多、留存诗歌数量之多都显示了宋代江西诗歌发展的鼎盛。因为衡量一个地区文学的发展程度，"隶籍该地区的文学家数量的多少，是最重要的指标之一"[①]。而从江西诗人总数、有一定诗歌影响的诗人总数及宋代江西诗人家族总数上看，宋代江西诗人在江西本土的地理分布上都有共同的特点，即区域差异明显，地区之间的分布明显不平衡，而无论是诗人数量、诗歌总数、家族分布，都明显集中于吉安、抚州、上饶三地区，可以说明这三个地区一定是宋代江西诗歌高度发达的地区，也是人文鼎盛、人才荟萃之地。

---

① 胡阿祥《魏晋本土文学地理研究》，南京大学出版社，2001年，第6页。

六、宋代江西诗人中师生与师友关系

江西宋代文人大都非常重视人才，除有以上这样的文学家族出现外，经统计发现很多诗人之间还是师生关系，为师者胸襟开阔，他们非常喜欢奖掖和提携后进，为江西诗坛培养了大量的后备人才，由此产生了很多师生传承佳话。同时，江西宋代文人之间关系友善、交往密切，他们交游成风，而且常常唱和结社，共同发展，共同提高诗歌创作技艺，影响了一代诗坛。

（一）诗人中的师生之谊

师事陆九渊的有：朱桴、林梦英、刘尧夫、黄桨、李伯敏、傅子云、饶延年、郑会、叶梦得。叶梦得还受业于傅子云。

师事朱熹的有：程端豪、欧阳谦之、王过、徐文卿、程洵、赵蕃、徐昭然、陈文蔚、冯椅、郑会、钟唐桀、徐元杰、李伯敏。

师事李觏的有：黄曦、傅翼。

师事叶适的有：张垓、王大受。

师事余季芳的有王希旦；师事张九成的有李宝；师事黄干的有黄崇义；师从徐积的有马存。

从王安石学的有王无咎；从黄庭坚学的有葛敏修；学于程颐的有晏敦复；学于孙嵩的有汪炎昶；学于谢逸的有黎道华，学于曾几的有李商叟。杨万里高足有罗椿。韩元吉师事尹焞，曾季貍师事于韩驹、吕本中、徐俯。

释妙印师事平江灵谷月林，释正韶师事天童净禅师，释本知师法华瑞禅师。释善暹为重显弟子。

这些诗人有的以一人为师，有的以多人为师。为师者本人很多都是著名诗人和学者。

还有很多诗人都有诗歌传承，如永新张潞，诗师从范成大、杨万里，鄱阳人张辑得诗法于姜夔，而姜夔诗格秀美，为杨万里、范成大所重。

（二）诗人之间的师友之谊

铅山人程逵与刘恽、刘沔、傅概同一时期相互唱和，婺源张顺之与程洵交往深厚，鄱阳章从简曾和张垓诗，上饶陈文蔚与徐昭然创立豫章学派，韩虎与赵蕃并称“二泉”，鄱阳赵及甫与华岳多唱和，鄱阳程瑞与同郡马廷鸾交好，婺源滕栗与方回有交，鄱阳章甫曾与韩元吉、陆游、张孝祥等多有唱和。

新城人罗善同与程颢友善，新建人王度曾与李揆、胡融同登石台山，谢谔等称赏其诗，南昌熊与龢与方岳有唱和，奉新袁太初与萧立之多唱和。

雩都黄炎与孔平仲、曾巩友善，宁都孙勴、孙勰兄弟也从东坡游，赣州赵时习与戴复古有交，宁都曾原一从戴复古等结江湖吟社。

“临江三孔”与苏轼苏辙交好，黄庭坚比之“二苏联璧，三孔鼎立”。临江胡致隆以诗取知于黄庭坚，清江陈琦曾从张栻游，彭龟年与张栻、朱熹游。

宋代江西诗人不仅选择适合自己的老师为师，而且相互之间唱和，互为友善，相互切磋诗歌技艺，大大促进了宋代江西诗歌的繁荣与发展。

七、宋代江西诗人中的爱国诗人

从《全宋诗》诗人小传中看江西诗人，还有一个非常突出的现象就是，到北宋末年和南宋末年，爱国诗人大量涌现。靖康之变、衣冠南渡不仅改变了赵宋王朝的政治格局，而且改变了诗人的诗学观念和创作心态。南渡后诗人们更多地以诗作关注社会人生、反映国难危机。面对中原沦陷，国破家亡，金兵又时时挥戈南下威胁南方人民的安全，宋末元兵铁骑又奔腾南下，南宋国势岌岌可危，江西文人士子爱国热情也空前高涨，诗人在诗歌中表达了强烈的爱国之情，出现了大量爱国诗人如汪藻、周必大、胡铨、王庭珪、文天祥、王炎午、谢枋得等，他们唱出了爱国的时代最强音，爱国主义诗歌成为南宋江西诗坛一道亮丽的风景线。[①]

宋代这些爱国诗人大体可以分为两大类。

（一）北宋末年的爱国诗人

经历了北宋灭亡的诗人群体，如德兴诗人汪藻，其诗歌中反映出对山河破碎、中原沦陷的悲痛。庐陵周必大，时刻不忘国家民族的安危，主张抗金，收复失地。庐陵诗人胡铨一生反对议和，坚决主张抗金，他的很多诗歌主要都是围绕抗金这一主题创作的。王庭珪，与胡铨、周必大相知友好，相互提携，共唱爱国诗文，常怀忧国爱民之心。吉水杨邦乂，高宗建炎三年，金人陷建康，不屈而死。

（二）南宋末年的爱国诗人

其一，宋亡归隐，入元不仕，保持民族气节的诗人。

宁都人萧立之，丰城陈杰，弋阳谢枋得，乐安何希之，大庾孙琏，鄱阳黎廷瑞，安福王炎武等，这些诗人在南宋灭亡后归隐家乡或山林。

分宁人（今修水）章监，南昌宗必经，婺源江恺，德兴余芑舒，临川艾可叔、婺源汪宗臣，进贤吴仲轩，临川龚孟夔，鄱阳周垕，安福刘应凤，乐平程时登等，这些诗人南宋灭亡后，入元，屡招不仕。还有南宋遗民庐陵胡斗南，高安柯茂谦，婺源俞肇等诗人也是如此，表现了强烈的民族气节。

其二，从军抗争，视死如归，壮烈身亡的诗人。

面对蒙古军长驱直入，很多有识之士举兵抗元，亲自参战，壮烈而亡。如泰和王士敏，婺源汪立信，泰和曾如骥，乐平钟季玉，南丰赵心毌，上犹张伯子，庐陵邓剡，安仁张孝忠，与元兵力战而死。文天佑，从文天祥抗元，死难。安福刘子荐，也死难。永新萧敬夫，与弟焘夫俱为文天祥客，起兵谋复其县，兄弟俱死难。金溪吴扬，永丰罗公升，安福王炎武，兵败隐居乡里。著名的文天祥，宁死不投降，成为抗元名臣、民族英雄，与陆秀夫、张世杰并称为"宋末三杰"，给我们留下了 978 首诗歌。

---

① 参见吴海、曾子鲁等编《江西文学史》，江西人民出版社，2005 年。

八、宋代江西诗人创办书院或任山长情况

书院在唐代是中书省修书或侍讲的机构，到宋代则是私人或官府设立的供人读书、讲学的处所，有专人主持，而且宋代书院以讲论经籍为主。[①] 在《全宋诗》小传中明确有创办书院或担任书院山长的有以下诗人。

（一）书院创办者 9 人

李觏，建昌军南城人，创建盱江书院。

陈峤，余干人，1042 年进士，致仕归，建白羊书院。

盛璲，丰城人，南宋初，创书院于乡盛家洲。

王子俊，吉水人，1214 年辞归，辟三松书院。

黄崇义，乐安人，南宋诗人，尝主汝水书院。师事黄干。

饶鲁，余干人，南宋诗人，1254 年补饶州教授。作石洞书院。

叶梦得，贵溪人，1202 年进士，建石林书院。

曾宏父，庐陵人，理宗淳祐间，创凤山书院。

陈元晋，崇仁人，1211 年进士，曾建渔墅书院。

（二）书院山长或执教 13 人

彭蠡，朱熹知南康军，延为白鹿洞书院经谕。

刘元冈，吉水人，差江州教授，兼濂溪书院山长。

曾原郕，宁都人，南宋诗人，尝为东湖书院山长。

汤汉，饶州安仁人，1244 年进士，以荐改信州教授兼象山书院山长。

汤巾，饶州安仁人，1233 年，主白鹿洞书院教席。

欧阳守道，吉州人，1241 年进士，讲学白鹭洲书院，岳麓书院副山长。

张显，德兴人，1244 年进士，充明道书院山长。

罗耕，吉水人，1259 年进士，赣州濂溪书院山长。

林月香，抚州人，宋末执教临汝书院。

---

① 参见李才栋《中国书院研究》，江西高校出版社，2005 年。

刘辰翁，庐陵人，1262 年进士，因母老请为赣州濂溪书院山长。

赵文，入元后为东湖书院山长。

罗志仁，1287 年应荐为天长书院山长。

徐瑞，鄱阳人，1317 年荐为本邑书院山长。

宋代书院已经非常繁盛，尤其是南宋时期，他的主要作用包括读书讲学、藏书刻书、传承学术、祭祀先贤、教化士人等。书院之所以发展繁荣，首先在于宋代社会经济的发展水平达到了相当的高度，相应的，社会的总体教育水平也同步提升。其次，宋代崇文之风，刺激了人们对知识的渴求。第三，科举制度的变革所带来的社会需求。科举取士对出身的要求大大降低，科举取士的数量也骤然增加，使得大多数平民百姓看到了通过读书改变社会阶层的希望。这种希望客观上增加了教育场所的需求。原来的官学已远远不能满足读书人的要求，大量的官学私学应运而生，书院得以迅猛发展。由此带来的结果也可想而知，知识分子越来越多，写诗作文的文人大量产生，这也是江西宋代诗人繁盛的重要原因之一。

九、结语

宋代江西诗人这样一个偌大的群体，在宋代政治、经济、社会文化变迁、诗人唱和交游过程中，让江西诗坛呈现出了一种鼎盛繁荣的局面。这一群体通过自身的努力，无论是诗歌创作理论还是诗歌创作实践，都直接影响了宋诗创作的走向，促进了宋诗的发展成熟，这是一个非常值得重视的文学群体与文学现象。但令人遗憾的是，这一诗人群体并没有受到学界的充分重视。笔者以为，对宋代江西诗人群体做一个较完整的呈现，是非常有意义且非常有必要的。因此，希望通过本文的粗略探讨，能够有越来越多的学者致力于此项工作，挖掘该群体所承载的多重文化内涵和社会价值，从而更全面反映出宋代时期江西的独特文化现象和社会思潮。

（新余学院文学与传媒学院）

论两宋之际的文道冲突与调和的尝试*

刘帼超

内容摘要：两宋之际的文道关系探讨呈现出冲突与调和并存的过渡状态。一方面，理学家继承、发展了二程的观点，坚持道统的纯粹性，排除了其中“文”的因素，以体道作为学者的最高追求。另一方面，他们又试图通过提倡宗经和“余事为文”等理论调和文道之间的对立性冲突，达到相对的平衡。他们的观点对后来的理学家有启示作用，成为不少重要理论的渊源；也刺激了理学之士参与文学创作的积极性，作品数量显著增加。然而，文学成为道学的附属，其作用被框定为载道和经世，以华词丽藻为代表的审美特征依然受到严重批判，具有一定的局限性。

关键词：两宋之际；文道观；冲突；调和

* 本文系国家社科基金重大项目“东亚唐诗学文献整理与研究”（18ZDA248）阶段性成果，受到中国博士后科学基金会第66批面上项目资助。

A Research on the Conflict and Reconciliation Between "Wen" and "Dao" from Northern Song to Southern Song Dynasty

Liu Guochao

Abstract: The discussion on the relationship between "Wen" (literature) and "Dao" (Neo-Confucianism) has showed a transitional state of coexistence of conflict and reconciliation from Northern Song to Southern Song Dynasty. On the one hand, Neo Confucianists inherited and developed Cheng Yi and Cheng Hao's viewpoint, insisted on the purity of orthodoxy, excluded the factor of "Wen", and took "Dao" as their highest goal. On the other hand, they tried to reconcile the conflict between "Wen" and "Dao" by advocating the theory of "writing as a leisure". Their views has enlighten the Neo Confucianists later and become the source of many important theories. They also stimulate the enthusiasm of Neo Confucianists to participate in literary creation, and the number of works increases significantly. However, literature has become a subsidiary of Neo-Confucianism, and its function is framed as carrying "Dao" and managing the world. The aesthetic characteristics represented by Chinese poetry are still seriously criticized.

Keywords: from Northern Song to Southern Song Dynasty; concept of the relationship between "Wen" and "Dao"; conflict; reconciliation

文道关系是传统文学、哲学领域所探讨的核心问题之一，也是士大夫在创作中需要面对的重要因素。具体到宋代，既往研究者往往关注"北宋五子"对中唐"古文运动"文以载道观念的深化与变异，从而形成的道本文末、甚至以道斥文的思想倾向；抑或是南宋中期朱熹、陆九渊、吕祖谦、叶适等人调和文道、融会贯通的努力，以及不同学派之间的相似与差异、偏见与正见，等等。它们也是宋代文道关系发展的两座高峰。而对于高峰之间的低谷——两宋之际，一来研究成果总体偏少，二来侧重于代表人物、典型流派的文道观点，忽视了总体趋势的探究。[①] 事实上，两宋之际不仅是两大高峰在时间上的过渡阶段，还有学理意义的过渡：论家继承了北宋五子（尤其是二程）重道轻文的思想，又试图调和两者之间的对立性冲突，达到相对平衡的状态。这些观点对中兴时期的理学家有重要的启示作用，也刺激了更多的理学之士参与到文学创作中来，文与道之间的壁垒被逐渐打破，有了对话的可能。

一、文道冲突：二程思想的延续与发展

从理论渊源上，两宋之际文道冲突的观点很大程度上是二程的延续。二程文艺思想的主要内容可以概括为文道分离、作文害道两个方面。所谓文道分离，是将“道统”定义为纯粹的儒学，排除了其中“文”的因素。程颐认为：“今之学者，歧而为三：能文者谓之文士，谈经者泥为讲师，惟知道者乃儒学也。”[②]从事文学之人、拘泥于标点章句之人与“知道”者有本质的不同，只有最后一种才是儒学正脉，才能绍继道统。“文”在这里有特定的指向，是“词章之文”，即现代意义上的文学创作。二程的言论中也有“言则成文，动则成章”、“不期于文而自文矣”[③]一类的表达，但结合语境，“文”往往是体认天理之后自得的产物，与前者有本质差异。《二程遗书》卷十八《伊川语录》云：

---

① 马积高《宋明理学与文学》（湖南师范大学出版社，1989 年）第三章《江西诗派与理学》比较系统地介绍了理学发展与江西诗派文道观之间的关系，是笔者所见比较早的研究成果。王建生《通往中兴之路——思想文化视域中的宋南渡诗坛》（上海古籍出版社，2011 年）第三章《理学的发展及其对诗人的影响》和第四章《理学观念渗透下的诗歌写作》也比较系统地介绍了吕本中、朱松、胡寅、胡宏等深受理学影响的士大夫的文道观。其他单篇论文如叶文举《南宋理学家的文道观及其与文学创作之关系》（《内蒙古社会科学（汉文版）》2011 年第 4 期）、王建生《两宋之际诗、道冲突与平衡——以吕本中为中心》（《北方论丛》2014 年第 5 期）、杨万里《宋代理学家的文艺本体论——以诗文书画为中心的综合考察》（《东南大学学报（哲学社会科学版）》2018 年第 2 期）也多少涉及本文所论述的问题。

② 程颐、程颢撰，王孝鱼点校《二程集》，中华书局，2004 年，第 95 页。

③ 程颐、程颢撰，王孝鱼点校《二程集》，中华书局，2004 年，第 320、1195 页。

曰："古者学为文否？"曰："人见六经，便以为圣人亦作文，不知圣人亦摅发胸中所蕴，自成文耳，所谓有德者必有言也。"曰："游夏称文学，何也？"曰："游夏亦何尝秉笔学为词章也？且如观乎天文以察时变，观乎人文以化成天下，此岂词章之文也？"①

"有德者必有言"在这里用来解释六经存在的原因，它们并非有意为作，而是阐发内心包蕴的涵养。在二程眼中，圣人已经通过修养获得了普遍性的道，所以个人之德就能与大道联系起来，"言"是德的表现，也是道的自然承载，所以有存在的意义。而后人所认为、所作的文其实都属于词章的范畴，是学者"求诸外"的结果。它们并非天性的自然流露，而需要后天博闻强记，组织雕镂词采，使语言悦人耳目。这些特征也成为二程心目中体道的大害，不仅减少了学者"反求诸己"的时间投入，还能摇荡性情、分散注意力，不利于发明本心。二程经常将文学视为"闲言语"乃至是"俳优之技"，正是基于其审美和娱乐功能。他们纯是站在道德教化的角度，试图把"文"排除在学者修习范围之外，是理学家"道本文末"思想的极端化表现。

两宋之际谈论文道关系者多有洛学渊源：或是二程的亲传、再传弟子，或私淑洛学。他们以个人对历史和现实的解读将二程思想进一步具体化，为纯粹的理论构建提供了更多例证。首先对道统的重申，他们明确地将二程作为孔孟之道的绍继者，绕开了汉儒和中唐"古文运动"的影响，也排除了道统之中"文"的因素。这在胡宏所作的几篇序文中体现得最为明显。《横渠正蒙序》云：

斯文施设乎二帝、三王之政，笔削于孔子、孟轲之书，其教亦备矣。然轲没未几而遭焚坑之祸，历两汉，涉魏晋，至唐五代，缉之者不足以药疮孔、补罅漏，大为异端之所薄蚀，斯文之气奄奄欲尽。《易》："穷则变，变则通。"是以我宋受命，贤哲仍生，春陵有周子敦颐，洛阳有邵子雍，大程子颢、

① 程颐、程颢撰，王孝鱼点校《二程集》，中华书局，2004年，第239页。

小程子颐，而秦中有横渠张先生。①

“斯文”就是本文所说的道统，是先圣所描绘的理想政治范型和道德伦理精神。它从二帝、三王传至孔孟，之后便为异端所侵蚀，奄奄欲尽。直到北宋五子出现，道统方得接续。这里笼统地提到两汉至唐代“缉之者不足以药疮孔、补罅漏”，他们的角色是“缉之者”，偏向于文献收集和整理，并没有发明大义之功，不像五位“贤哲”一般，能“知礼成性，道义之出，粹然有光”。这是历时视域中的比较。《程子雅言前序》则站在同时代的角度，阐释了二程为何是“斯文”的当代绍继者：

或曰：“然则斯文遂绝矣乎？大宋之兴，经学倡明，卓然致力于士林者，王氏也，苏氏也，欧阳氏也。王氏盛行，士子所信，属之王氏乎？”曰：“王氏支离，支离者，不得其全也。”曰：“欧阳氏之文典以重，且韩氏之嗣矣，属之欧阳氏乎？”曰：“欧阳氏浅于经，浅于经者，不得其精也。”曰：“苏氏俊迈超世，名高天下，属之苏氏乎？”曰：“苏氏纵横，纵横者，不得其雅也。”“然则属之谁乎？”曰：“程氏兄弟，明道先生、伊川先生也。”②

“或曰”代表看似正确的一般人之见，欧阳修、王安石、苏轼在士林之中产生了极大的影响，所以他们或许是合法的斯文承继者。但胡宏本人将三者一一否定：王安石将圣人之道拆解得支离破碎；欧阳修“浅于经”，不能得圣人之精髓；苏轼纵横百家，学源驳杂。所以他们都不是合适的人选。只有得道之全、之精、之雅的二程兄弟，才能登堂入室，将圣贤之道发扬光大。这里一方面是站在“经”的角度，从后来者所学与儒家经义的关系展开评论，同时也涉及“文”，比如说欧阳修“文典以重，且韩氏之嗣矣”，即站在“古文运动”继承与发展的角度，认为欧文具有可读性，更容易扩大儒家经典的影响。但问题在

---

① 胡宏撰，吴仁华点校《胡宏集》，中华书局，1987 年，第 162 页。

② 胡宏撰，吴仁华点校《胡宏集》，中华书局，1987 年，第 156 页。

于，“文”并不是胡宏考虑的绍继道统的必备因素。欧阳修文显而浅于经，二程“为言也不文，世人莫之好也”，却深于经、专于道，后者是道统的发扬者而前者不是，说明道的弘扬已经不需要文来装载。学者精于典籍、探幽抉微才能窥圣人之堂奥。它体现出宋代儒学复兴背景下，士大夫更加深邃、精微的理性精神，他们追求对儒家义理本身的精确化、深入式阐释，而不是以华丽的辞藻包装，使道变得浅显和亲切。

其次，排除了“文”的因素的道统具有至高性，学者应当以古道为务，而非文辞是求。这显然也源于二程的“惟知道者乃儒学也”。洛学渊源者在劝学之时，尤其喜欢阐发此种观点。胡寅《东安县重建学记》认为，“以记诵精博为功，词华藻丽为能，独步儒林而擅名当代者”非不足贤，可若看到“洙泗之间圣人与门弟子答问之微言”，便自然望洋兴叹、瞠乎其后。[①] 张九成《答李樗书》也以为学问之道“非止于务博洽、工文章”，而是“内自琢磨，外更切磋，以求此心”。[②] 两人对待文学的态度相对通达，没有完全否认作文的意义，只是说学者不应止于表面的英华，而应该诉诸根本，追求更高境界。二程嫡传弟子杨时的话就没有如此委婉和客气，《与陈传道序》云：“今之士未尝以此学也，类皆分文析字，屑屑于章句之末，甚者广记问，工言辞，欲夸多斗靡而已，是乌用学为哉?”[③]“章句”和“言辞”与上引程颐之言中的“谈经者”、“能文者”两两相对，两类学问与圣人之道比起来，都流于低微、琐屑，甚至有碍于修养，不值一学。这其实也是扬雄“辞赋小技，壮夫不为”观点的异代延伸。

杨时之所以旗帜鲜明地反对辞章之文，同样是基于“作文害道”

---

① 曾枣庄、刘琳主编《全宋文》第190册，上海辞书出版社、安徽教育出版社，2006年，第65页。

② 曾枣庄、刘琳主编《全宋文》第184册，上海辞书出版社、安徽教育出版社，2006年，第8页。

③ 曾枣庄、刘琳主编《全宋文》第124册，上海辞书出版社、安徽教育出版社，2006年，第248页。

的思想。在《送吴子正序》中，他结合自己眼中的历史事实对这一观点展开了详细论述：唐虞之世典籍未备，士人却能蕴道怀德，体悟圣贤之道。汉唐二代文辞粲如，无论是贾谊、董仲舒、司马迁、司马相如，抑或中唐的韩愈、柳宗元，都有大量的文章流传，然而他们却离古道越来越远。这说明"文"对于明道并没有正向的促进作用，反而容易分散学习的注意力；他们所作的辞章也并不符合圣人的本意，只能"惊眩末俗"而已。序中也蕴含了"道统纯粹"和"道统至高"的逻辑：作家专意文辞，故而不能致力于道，说明道统与"文"是互相排斥的关系，前者之中不容许华丽辞章的存在。致力于文辞的行为也导致了无人倡明道学，"窥圣人阃奥如古人"，所以是"不善学"的表现。可知"明道"在杨时心中是第一位的，以此为志业是求学的合理形式，"求古人所谓卓约者而守之"是为学的重要内容，追求外华不顾内实则是误入歧途。[①] 应该说，道统的纯粹性、至高性与作文害道是相互联系、彼此贯通的，它们的共同作用使"道"变成一个相对完整和封闭的系统，"道"不再需要"文"的表现或装饰来吸引学者，而是凭借它深邃的内涵自发自为地存在。相反，表面的浮华会扰乱求道者的思绪，不利于德行修养。文道冲突、文妨于道的观念很大程度上依然影响到理学家对于文学的认识，具有一定偏激性。

二、文与道的调和尝试

二程严格区分文道，并且以道斥文的主张固然要归因于义理精深化的趋势，但也与北宋中期的党争环境有密不可分的关联。除了新旧两党的大致划分外，元祐旧党内部又有洛、朔、蜀三派，"道"与"文"的冲突集中体现为洛蜀两派在学术思想和行为模式上的差异。不同派别间的门户之见又进一步加深了内在观念上的分歧，所以导致了文道分裂成为当时的主要观点和思想趋势。但两宋之际的社会

① 曾枣庄、刘琳主编《全宋文》第 124 册，上海辞书出版社、安徽教育出版社，2006 年，第 247 页。

环境有着明显不同前代的变化：徽宗朝实行元祐党禁，无论哪派，都遭到官方的压制，相似的生存环境为道学和文学之士的交流提供了共同话题，增加了互相理解的可能性。在元祐学术继承者内部，也出现了转益多师、“洛蜀会同”的倾向，正如邓肃《诫子》所说：“师节义于陈（瓘），学古文于韩（愈），而习句法于黄（庭坚）。”[①]随着他们参与文学活动频率的提高，也逐渐意识到，文学创作的欲望并不能完全通过修心养性而被压抑住。年轻时期就有诗名的吕本中自不待言，从他的诗歌中，我们能感受到审美情趣的自然流露（“吾诗如清风，去留不可期”[②]），体会到灵光乍现时的得意心情（“论诗得奇味，当使阿戎知”[③]），诗歌已经成为他日常生活的一部分，对于记忆的留存有重要意义。即便是有“弃文从道”之类决绝表达的朱松，也存在诗性难以抑制的时刻：“鬓华羞照水，雨意解催诗”[④]；“南风吹好句，历历韵松竹”[⑤]；“正应无奈催诗雪，句在渠侬拥鼻中”[⑥]。在传统的教育背景下，士大夫与文学之间早已建立了密切的关联，它并非想戒就能戒掉的恶习，而是直通心灵深处的某种表达欲望。所以二程虽然主张作文害道，却也有诗作留传，当然，作品的面貌更多体现出理学家的观念与追求，与一般诗人不尽相同。

决然的文道分离已经不适应当时的社会环境，二程后学的某些主张，也为文道关系的调和提供了理论上的可能。上文提到，二程强

---

① 曾枣庄、刘琳主编《全宋文》第 183 册，上海辞书出版社、安徽教育出版社，2006 年，第 189 页。

② 吕本中《送山伯良佐东归以务道期息涂为韵（其三）》，吕本中撰，韩酉山校注《吕本中诗集校注》，中华书局，2017 年，第 334 页。

③ 吕本中《晚春即事》，吕本中撰，韩酉山校注《吕本中诗集校注》，中华书局，2017 年，第 174 页。

④ 朱松《东阳社日泛舟观竞渡》，傅璇琮等编《全宋诗》第 33 册，北京大学出版社，1998 年，第 20729 页。

⑤ 朱松《五言杂兴七首（其七）》，傅璇琮等编《全宋诗》第 33 册，北京大学出版社，1998 年，第 20717 页。

⑥ 朱松《题赵守中江行初雪图》，傅璇琮等编《全宋诗》第 33 册，北京大学出版社，1998 年，第 20759 页。

调体道者自得之文与后世词章此文的区别，前者多体现为儒家经典，是圣人发胸中所虑而成；后者侧重于表面文华，刻意造作。这种差异化的眼光相对消除了两者间的关联，泯灭了词章之文的存在价值。两宋之际的论家则重申宗经的主张，强调“经”是“文”最高、最为合理的存在形式。陈渊《答邓天启》云：“今之诗，风雅之苗裔也。”[①]朱松《上赵漕书》：“尝以为学诗者，必探赜六经以浚其源。”[②]经是文的源头，文是经的流变。他们二人对后世诗歌的批评，都是建立在作品未必符合圣人之意的基础上，换言之，如果诗歌能达到表现性情之正的要求，它的存在就有一定的合理性。就像朱松在《上赵漕书》的最后称赞对方：“执事大笔余波，溢为章句，句法峻洁而思致有余，此正如韩愈，虽以为余事，而瑰奇高妙，固已超轶一时矣。非深得夫圣人所取于《诗》之意，与夫古今述作之大旨，其孰能至此？”[③]高妙的文学是深得圣人之意、合乎六经之道的产物。虽然作者对于“经—文”转化仍然持“衰变论”态度，否定了后世发展出来的诸多审美特质，但在辞章之外，文学总算有了其他的合理存在形式，其上升和净化也有了一定空间。

六经是圣人胸中所蕴的自然表现，如果能作出符合六经标准的文，创作者也需要极高的道德素养。所以论家主张以德行和践履为本，在修身、体道的基础上再考虑文学水平的提高。游酢解释《论语》“弟子入则孝”一则云：

> 入孝而出弟，行谨而言信，处众而泛爱，交友而亲仁，君子之务，此其本也。有所未能则勉为之，有所未至则力致之，待其有余也，然后从事于文，则其文足以增美质矣……夫文者，诗、书、礼、乐之谓也。诗者，言此情而已；书者，述

---

① 曾枣庄、刘琳主编《全宋文》第153册，上海辞书出版社、安徽教育出版社，2006年，第277页。

② 曾枣庄、刘琳主编《全宋文》第188册，上海辞书出版社、安徽教育出版社，2006年，第284页。

③ 曾枣庄、刘琳主编《全宋文》第188册，上海辞书出版社、安徽教育出版社，2006年，第286页。

> 此事而已；礼者，体此而已；乐者，乐此而已。使其孝不称于宗族，其弟不称于乡党，交游不称其信，丑夷不称其和，仁贤不称其智，则其文适足以灭质，其博适足以溺心……是以圣人必待行有余力，然后许之以学文，不然，固有所未暇也。后之君子，稍涉文义则沾沾自喜，谓天下之美尽在于是，或訾其无行，则骜然不顾；或诋其不足，则忿疾如深雠，亦可谓失羞恶之心矣。乌知圣人之本末哉！[①]

"文"是诗、书、礼、乐，属于儒家六经的范畴，但诗者"言此情"、书者"述此事"，也有后世"词章之学"的内涵。学者应该从个人修养和日常实践入手，培养良好的品德，然后再涉猎诗书以增其美质，达到内外兼修的目的。如果把进身之途倒置，从"文"入手，就容易停滞不前、眼花缭乱，反而对德行修养构成妨害，这就是二程所谓的"作文害道"。游氏将老师的观点视为对一般"俗儒"的批判，在驳论的基础上，构建起符合道学认知的文学观：以务本为先、为主，以作文（或学文）为次、为后。这使得文道关系达成了相对的平衡，为研习和开展文学创作提供了理论支撑。在当时的社会环境下，其他道学之士也有类似的表达，上文提到杨时反对"章句"和"言辞"最力，事实上，他也赞同先修养而后艺文的观点。在学习《诗经》时，强调先观是诗之情，而非精穷文义，在训诂、辞藻方面下功夫。"情"是诗歌的主旨，从此入手，能够培养起读者的内在涵养，形成温柔敦厚之气，它反过来又影响到创作，呈现出更加平和、温厚的面貌。杨时批评苏轼诗"多于讥玩"，批评王安石诗"论事多不循理，惟是争气而已"，之所以如此，还是平日缺乏修养，"要令暴慢邪僻之气不设于身体"，方可言诗论文。[②] 程颢的诗作就有所不同，体道带来的温柔敦厚之气使闻者自然感动，既避免了外在祸患，又合乎风雅之意。这再一次证明"宗经"与修养为本的表里关系，以"务道德之本"代替"逐文辞之末"才能实

---

① 游酢《游廌山集》卷一，《景印文渊阁四库全书》第1121册，台湾商务印书馆，1986年，第631页。

② 杨时撰，林海权校理《杨时集》卷十，中华书局，2018年，第232页。

现对文学的净化，达到随心所欲不逾矩的境界。

承认“文”为体道修德之余事为它争取了一定的合理存在空间，创作者也不必再全面承担背德的嫌疑与困惑。而它又隐含了另一重逻辑，那就是文的创作水准会德行修养的进步而提升。杨时关于《诗经》的主张已透露此意，张九成《题孙叔谐序王文炳》则更加明显：

> 昔子贡问夫子曰：“孔文子何以谓之文也？”夫子曰：“敏而好学，不耻下问，是以谓之文。”说者曰：客气既尽，则粹然之文炳炳见矣。倘以说者之言为是，叔虎其正尔心，诚尔意，内琢磨以修省，外切磋于师友，使吾所谓睟然者粲于人伦事物之际，被于文辞动止之间，此作序者之意也，亦当时命名之意也。[①]

“敏而好学，不耻下问”是关于德行修养，达到好学、善问的境界就能以“文”称之。原文对此意又有所阐发，“客气”消尽，“粹然之文”就能自然而然得出现。在道学家的话语体系中，“客气”经常与“私欲”并列，是一种虚夸、浮泛的品质，程颢也曾经说过：“义理所得渐多，则自然知得，客气消散得渐少。”[②]义理纯明，客气才能消散殆尽。作者希望叔虎正心诚意，内求诸己，外切磋于贤师友，这些都是道德修养和日常践履的关键环节，也是道学之士为学的重要途径。做到了这些，“所谓睟然者”就自然而然地展现于文辞之间，并不需要特意的修养和揣摩。从理论渊源上，它其实与韩愈的“仁义之人，其言蔼如”一脉相承，是所谓的道德决定论：只要修德，便可以有文，没有专门学习文章的必要性。但韩愈在其他篇章中又承认文章需要“发愤笃专”才能有所成，所以这种观点更像是特殊语境中的偏重表达。[③] 两宋之际

---

① 曾枣庄、刘琳主编《全宋文》第 184 册，上海辞书出版社、安徽教育出版社，2006 年，第 42 页。

② 程颐、程颢撰，王孝鱼点校《二程集》，中华书局，2004 年，第 4—5 页。

③ 原文出自韩愈《答李翊书》，文章提到，“古之立言者，则无望其速成，无诱于势利”，而是应当通过提高内在涵养的方式，自然而然地培养其外在文华。因为“仁义之人，其言蔼如也”。可见韩愈的观点是建立在与“速成”和“势利”比较的基础上，不是一种绝对化的结论。

的论家则不然，他们更强调“有德”，而且要按道学之士的方法修德，才具有某种正当性。这进一步密切了道学与文学的关联，将文统摄于道的大旗之下。

同时，道德水平的高下也与文学创作呈正相关，作者的文华词采归因于个人修养和胸怀，而非刻意追求“文”的写作规律。这种观念为士大夫广泛采纳，即便是广义上追求气节、不一定有明确洛学渊源的人，也有此类表达。像邓肃认为苏轼文章高于黄庭坚，这并非笔力之差，而是东坡不介其小，“山谷稍不得意，则作小偈以赞王介甫，间于东坡微有讥焉，则生死富贵已慑其气尔”[①]。相关史实固然有商榷之处，然而论证思路明确，即文学成就的取得来自道德修养的完善，若以个人得失、死生祸福为念，就说明心有所执、修养不够，那么文章写作也未必能尽如人意。只有像东坡一样达到内心澄明、充盈的境界，才能写出至大方刚的作品。这也就是吕本中诗中所说的“忍穷有味知诗进，处事无心觉累轻”[②]，文学的各种层面、一点一滴的进步都可以看作道德修养的功能和作用，它本身的技巧、方法都要做出让步。

三、文道关系讨论的意义与局限

总体而言，两宋之际的文道关系探讨是在基本不违背前代学人的观点的基础上，调和两者之间近乎对立性的冲突，以达到相对平衡的状态。它反映了理学思想对新的学术和社会背景的适应，其意义主要体现在理论指引和创作刺激两方面。

首先，它为文道并存提供了一种可能的途径，对之后的理学家具有启示作用。在探讨朱熹、陆九渊等人的文道观点时，学者经常上溯

① 曾枣庄、刘琳主编《全宋文》第 183 册，上海辞书出版社、安徽教育出版社，2006 年，第 141 页。

② 吕本中《试院中呈工曹惠子泽教授张彦实》，吕本中撰，韩酉山校注《吕本中诗集校注》，中华书局，2017 年，第 544 页。

至二程和韩愈，认为他们为后人提供了“论文的基石”[①]。当然，朱、陆曾经正面肯定过韩、程的部分主张，但从转变趋势上，理学家重新考虑调和文道，试图达到二者之间的平衡是从两宋之际开始的。而且中兴时期理学家的文道观，很多内容都可以从此时段找到理论渊源。比如朱熹的“有是实于中，则必有是文于外”，陆九渊“诚有其实，必有其文”，都是上文所述的“修德而文自进”观念的发展。吕祖谦、叶适一派“欲合周程、欧苏之裂”，类似的口号在南渡初期的绍兴年间也已经出现。基于他们与两宋之际的理学家之间多有师友关联，我们有理由相信，这些观点来源于求学过程中的相互传递。像朱熹，其父是朱松，又从学于刘子翚、刘勉之、胡宪、李侗等人，李侗又是杨时、罗从彦的弟子。陆九渊曾受吕祖谦赏识，吕祖谦受学于张九成，又是吕本中侄孙。在一层层的学源关系中，两宋之际产生的文道调和思想不断流传和完善，发挥着日益重要的作用。

其次，是理学之士参与文学创作的积极性得到提高。北宋五子坚持道本文末的思想，对文学创作有一种戒备和抵触心理，据学者统计，他们中的大部分诗歌作品数量较少，只有几十首，甚至几首留存；惟邵雍存诗1583首，但大多数又是为阐发圣人之道而发，属于“道学之诗”的范畴。南宋时期理学家总体存诗量比北宋要高，而且将事理阐发寓于物象描写之中，更具文学性。[②] 这个转变的节点大致也在两宋之际。一方面，不少士大夫体现出学源融合的倾向，师文学于苏黄，师道学于二程。像吕本中、朱松等人，他们在文学方面投入过一定的精力，自然擅长创作，有比较丰富的作品留存。另一方面，比较纯粹的理学之士也有了相对融通的态度，比如二程嫡传弟子杨时，《龟山集》存有诗作239首，其中固然有《此日不再得示同学》一类指斥异端、反对将追求名利作为学习之目的的“卫道”诗作，但也有《闲

① 张健《知识与抒情——宋代诗学研究》第六章《文道关系的再调整》，北京大学出版社，2015年，第304页。

② 可参叶文举《南宋理学家的文道观及其与文学创作之关系》，《内蒙古社会科学(汉文版)》2011年第4期。

居书事》、《冬早书事》、《齿落书怀》等抒写日常生活之中个人感慨的篇章。又如刘子翚、刘勉之、胡宪三人，都是主要活动在闽地的洛学渊源者。他们经常一起探讨学问、宴饮雅集，抑或游历山水，刘子翚《屏山集》中保留了与之相关的唱和诗作数十首，体现出当日文学活动的盛况。绍兴十六年(1146)，寓居湖湘的胡寅(字明仲，胡宪弟)回故乡建州省亲，刘子翚等人又与之同游、宴饮，其中不少作品是长篇次韵诗，像胡寅的《游将军岩》、《观柳源瀑布》，刘子翚均有和作《次韵明仲游将军岩》、《柳源观戏明仲》，来回往复之间，体现出作者的创作功力。相比前辈，他们更有"依于仁，游于艺"的精神，一定程度上将文学视为涵养德性的必经之路，彰显出风雅的生活意趣。

但另一方面，两宋之际对于文道关系的探讨也存在着明显的局限，那就是将"文"作为"道"的附属，取消了文学自身的独立性。这在上文论及"修德而文自进"的观点时就有所体现，它不像韩柳一样承认"文"自身的规律，为学文争取合法地位；而是把德行修养作为文学进步的唯一途径，如果不从"德"入手直接学文，同样会陷入无意义、无价值的畛域，沦为"倒学"之讥。某种程度上，大部分理学家的文道观"是从'文'的功用上来看对'道'的承载和传递，亦即他们的着眼点是重视'道'体与'文'用的关系"[①]。在这一系统中，"道"是完整的，只不过它的"用"不必刻意强调；但"文"的"体"到底是什么，理学家没有给出解释，因为这对于理论的构成并不重要。他们并非站在客观的立场上对"文"和"道"的关系进行考察，而是"指向于以成就圣人为目的的'内圣之学'与'经济家国'的事功追求"[②]，那么即便是强调"文为道德之余事"，甚至是后来朱熹的"文道一体"，与"道"不合的"文"的特征依然可以被舍弃。

其中最明显的是华词丽藻为代表的审美特征。二程所谓的"俳优之技"自不待言，此时段比较通达的理学家也持类似观点。比如张

---

①② 王培友《从理学家文道观、道器观之矛盾性看理学之自律性缺失》，《中国诗歌研究》第十三辑，社会科学文献出版社，2016年，第278页。

九成，作为杨时的弟子，他不反对科举之文，对苏轼以及苏门学士也相当尊崇，比起老师已经是相当大的进步。但在文辞有妨于治道之时，仍然坚定不移地站在家国的立场上批评前者。在《状元策》中，他指出皇帝应该致力于探讨“诗书之指归，论古今之成败”，不应该像隋炀帝和陈后主一样“分文析字、絺章绘句”，它们“适足以亡国而已，果何补于人主之学欤”。[①] 这说明文道矛盾的缓解，是以道进文退的方式实现的，文近乎单向地吸收了道的影响。它主要作用于文道兼修的士大夫的思维方式和作品面貌，但无法从根本上调和纷争。之后的文道之争又以理学之士与词臣对立的形式出现，很大程度上就是对这一观点局限性的反驳。

（上海师范大学“中华典籍与国家文明创新团队”，上海师范大学人文学院）

① 曾枣庄、刘琳主编《全宋文》第183册，上海辞书出版社、安徽教育出版社，2006年，第428页。

理学、诗学的关系辨正与视域融合：方回的诗学观念及诗学话语建构论析[*]

邱光华

内容摘要：方回对诗学、理学之关系的思考和认知，与宋元之际理学界、诗学界诸家互有异同。他对宋季以来理学诗、江湖诗的批评论说，鲜明地体现了融会诗艺与理义的观念趋向。在方回的诗学视域里，理学诗之弊主要在诗艺层面，而江湖诗之弊则不仅表现为诗艺的偏狭，更表现为理义的缺失，故尤为其批评指斥。他将"诗歌之学"推原于经学，强调其作为儒者之学的文化属性和价值向度，作出"诗之体"、"诗之用"的理论建构；对"诗言志"的理论内涵进行有侧重的诠释，提出"情缘事起"、"诗亦史"、"以吟咏情性言义理"等理论命题；对晚宋以降历史语境中的"诗人"、"诗人之诗"这两个称谓的特定内涵进行消解和重构，标举《离骚》以来的"六义之致"及序志述时、缘事抒怀的创作法则，将之视为历代诗人之诗一脉相承的诗学传统，凡此种种，皆与他对江湖诗风的观察和批评相为表里、互为映照。

* 基金项目：教育部人文社会科学研究青年基金项目(批准号 18YJC751037)。

关键词：方回；理学；诗学；视域融合；话语建构

Discrimination of the Relationship Between Neo-Confucianism and Poetics and the Combination of Their Views: Discussion on Fang Hui's Poetic Concepts and Its Discourse Construction

Qiu Guanghua

Abstract: There are similarities and differences on the perception of the relationship between Neo-Confucianism and poetics between Fang Hui and the other scholars in the fields at the end of Song Dynasty and the beginning of Yuan Dynasty. His criticism on "Neo-Confucianism poetry" and "Jianghu poetry" clearly reflects a tendency to combine poetry arts and Confucian connotations. According to him, the defect of the former ones lies in the poetry arts, while for the latter ones, the shortcomings consist in not only its prejudice in poetic arts but also the lack of Confucian connotations, being sharply criticized by him. He regarded the poetics to stem from Confucian classics, and emphasized its cultural property and values as studies for the Confucians, constructing the theories of poetry noumenon and functions. He laid particular emphasis on interpreting the theoretical connotation of "Poetry as the expression of aspirations", putting forward such theoretical statements as "emotions trace affairs", "poetry is also the history" and "expressing the moral principles while singing emotions and natures". He reconstructed the concept connation of "poet" and "poets' poems" in the special historical context since late Song Dynasty, and advocated the writing rules of aiming at "Liu Yi", voicing wills and concerns on current events as well as expressing emotions via affairs that prevail since the emergence of *Li*

Sao. He considered the rules to be in line with the poetic tradition in "poem of the poet" in the past dynasties. All these are reflected in his criticism of the poetry style of "Jiang Hu".
Keywords: Fang Hui; Neo-Confucianism; poetics; combination of views; discourse construction

方回所处的南宋末这段时期，理学恢复发展并最终确立了其儒学正宗地位，成为官方的意识形态，从而也在文学领域产生了更为深刻的影响和渗透。[①] 其时诗坛，江湖诗人的晚唐体诗盛行于世，此前被目为旁支的"理学诗"，也蔚为风气；而"江西诗派"则虽亦有所传承，但影响渐微。[②] 入元以后，故宋之地，江湖诗风仍是主流，直至元延祐二年(1315)重新开科取士，才开始有了根本的转变[③]；"理学诗"的写作也依然流行，在理学家以及受理学文化熏染的诗人那里，皆不乏嗣响。与此相伴随的是，宋末元初诗学人士对宋季以来的诗歌创作风习多有不满，甚或提出了严厉的批评。上述这两个方面，相反相成，乃方回终其一生都不可回避的非选择性的"诗学境遇"。同时，作为崇奉理学且具备丰厚诗学素养的诗人、诗论家，方回对理学诗、江湖诗之弊也有自己的思考，对于诸家意见，既有所酌取，也不乏辨正，共识与异见并存，成为其时诗学理论思潮的重要一环。本文拟在这样一个话语场域下，基于诗学与理学之关系的视角，对方回关于宋末元初诗歌创作风尚的观察和批评论说进行梳理、辨析，继而对其诗学文本中与此相关的具有基础性意义的诗学观念及理论话语——包括

---

① 陈来先生对"理学"这一概念范畴作了广义和狭义的区分：广义的理学是宋明时期占主导地位的儒家思想体系的统称，主要包括程朱派的"理学"和陆王派的"心学"；狭义的理学则专指程朱派"理学"。(参见陈来《宋明理学》，华东师范大学出版社，2004 年，第 9 页)基于方回的学术思想取向，本文从狭义层面使用"理学"这一范畴。

② 关于江西诗派在宋末元初的影响、传承情况，可参阅莫砺锋《江西诗派研究》，齐鲁书社，1986 年，第 243 页；史伟《宋末元初江西诗派的流传》，《南开学报(哲学社会科学版)》2002 年第 3 期。

③ 史伟《元初江南江湖诗风的流衍》，《太平洋学报》2009 年第 5 期。

“诗歌之学”的性质界定、“诗之体”与“诗之用”的理论诠释、“诗人”文化身份与“诗人之诗”诗学传统的建构等——进行探讨。这些问题，学界此前较少予以关注，也未见专门的研究，本文所作论析，或有助于把握方回诗学理论批评的思想文化蕴含及价值旨趣。

一、理学与诗学的关系辨正：关于理学诗的观察与批评

随着理学的官学化，理学士人有了更多的机会进入朝廷或地方权力机构，这进一步推动了理学在南宋末期的广泛传播与流行。但是，这一时期的理学也产生了功利化、庸俗化的流弊，不少干禄之徒趋于时好，打着宗朱子之学的旗号以谋取仕进，实则并无真正的义理涵养和道德践履。另外，南宋末期陆学仍在不断发展，对朱子后学的理学思想也产生了影响，使得这一时期的理学在内部表现出和合朱陆的思想倾向，并在元初发展成为时代潮流。① 处于宋元之际的文化政治场域和学术语境下，方回的理学观念取向表现得极为自觉和突出。一方面，他批评存在于理学末学中的将理学功利化、玄虚化的弊病；另一方面，在当时有关“道统之辨”的论争中一尊朱子，而对其他的“异说”则不遗余力地予以驳斥。② 据方回的著述文字可知，理学的价值观念在其思想谱系里占据着极为重要的地位，对其诗学的观念取向及话语建构有着深刻的影响和制约。他基于理学与诗学之关系的视角，对理学诗、江湖诗所展开的批评论说，即体现了此一主体性特征。这里先围绕其有关理学诗弊的观察和反思进行分析。

理学诗的写作，主要肇始于邵雍《击壤集》，而其在宋季以来形成风气，则与著名理学家真德秀对朱熹的诗学观念取向及理学诗的尊崇有很大关联。

---

① 罗立刚先生从“朱学向陆学的靠拢”和“陆学之士对朱学的接近”这两个方面对宋末元初的朱陆合流态势进行了梳理。详见罗立刚《宋元之际的哲学与文学》，复旦大学出版社，2007 年，第 48—72 页。

② 拙文《世情、时序与学术：方回的理学话语建构探微》曾专门对此进行梳理和论析，载《石河子大学学报（哲学社会科学版）》2013 年第 5 期。

朱熹的诗歌造诣，不仅在理学家中堪称翘楚，在宋诗史上也足以名家。不过，在理学与诗学之间，他承纳了程颐对诗歌的贬抑态度，宣称作诗“枉费工夫”(《答谢成之》)、“无益”(《朱子语类》卷一百四十)。实际上，朱熹于诗并不能割舍，加之他又深切体认到诗易于感发人心这一特点，故欲树立合乎理学价值取向的“有益”的诗歌范型。他曾计划编纂历代诗选，标举体现古诗传统的作品，倡扬自然闲雅、平淡深邃的诗风，以之作为文学教育的典范文本，供学诗者从中体认格调法度、涵养德性情志；又曾藉诗来阐发理学义理，创作了《斋居感兴二十首》、《云谷二十六咏》、《云谷杂诗二十首》、《武夷精舍杂咏》等一系列理学诗，皆蕴含着这一旨趣。

真德秀继承朱熹的观点，同样视诗文辞章为“无用”(《铅山县修学记》)。其《文章正宗》“诗赋”一门中诗歌的选录要求，也几乎完全遵循了朱熹《答巩仲至(第四书)》所描绘的诗选编纂设想，据此而构建了以朱熹诗学观念取向为准绳的诗歌典范谱系。以这一时期理学的地位，以及真德秀的声望，他的这一倡导对其时理学家诗人乃至一般诗人都具有一定的规范和导向作用。其后，何无适《诗准》、倪希程《诗翼》、熊禾《诗选正宗》、金履祥《濂洛风雅》等选本，皆致意于此，可谓承其流而扬其波。祝尚书先生将《文章正宗》与《濂洛风雅》并置而论:“两书强烈的宗派性，不仅‘欲挽千古诗人归此一辙’，同时也欲驱当时诗人同蹈此途，实际功效是催生了‘击壤派’。”[①]诚然，这一“实际功效”的发生，与晚宋理学家尤其是理学中坚魏了翁对邵雍诗的推崇不无关系。但还值得注意的是，这和真德秀等人对朱熹《斋居感兴》组诗的推崇、阐扬也有着深刻的内在关联。

朱熹在诗序中述及创作缘起，即阅读陈子昂《感遇》诗后，爱其“词旨幽邃，音节豪宕”，而遗憾其“不精于理，而自托仙佛之间以为高”，宣称自己所作二十篇“皆切于日用之实，故言亦近而易知”。[②] 朱

---

① 祝尚书《论“击壤派”》,《文学遗产》2001 年第 2 期。

② 朱熹《晦庵先生朱文公文集》卷四,《四部丛刊初编》本。

熹的这一创作旨趣，正是真德秀所主张的“以明义理、切世用为主”（《文章正宗·纲目》）；而其创作体式，从具体诗作来看，亦即真氏所谓“正言义理”（《文章正宗·纲目》）、“以诗人比兴之体，发圣门理义之秘”（《咏古诗序》）。[①] 他将朱熹此诗奉为楷式，其本人即不乏直言理学的诗篇，如《志道生日为诗勉之》、《题黄氏贫乐斋》等。不仅如此，他还以之作为诗歌批评的参照标尺，如《九峰先生蔡君墓表》述及朱熹门人蔡沈的诗歌创作，谓：“诗早慕李白，晚入陶、韦社中，至其吟咏性情、摹写造化，则又源流文公《感兴》诸作，非徒以诗自命而已。”[②]可以看出，他对二者源流关系的观察，主要着眼于诗的理学蕴涵及以诗言理这一创作体式。这从其《跋晦翁感兴诗》也可获知，这篇跋文着重对组诗整体的义理内涵进行发掘、概括，并提出“善学者当求先生言外之意”，即要求对于朱子藉诗章表达义理这一为文之用心应有体贴之识。[③] 其后，王埜、蔡模、王柏等对于这一以理为诗的创作范式，也都推崇备至，尊其为风雅正宗[④]；蔡模、何基、熊刚大、胡炳文等，还致力于彰明诗篇所言义理，为之注释[⑤]；刘克庄、姚勉、蔡正孙等，或视其为某类诗歌的范型，或视其为诗史古今的卓越典范，或将其作为思想理论资源加以援引，虽各有不同，但都是据之而对诗人诗

---

① 朱熹门人蔡沈之子蔡模对此有清晰的认识，其《文公朱先生感兴诗注跋》有云：“盖以理义之奥难明，诗章之言易晓；难明者难入而难感，易晓者易入而易感也。朱子切于教人，故特因人之易入易感者，以发其所难入难感者耳。今诵其诗，包罗众理，总括万变，排辟异端，又皆正其本而探其源。”（卞东波编校《朱子感兴诗中日韩古注本集成》，上海古籍出版社，2019 年，第 23—24 页）蔡氏这里所揭示者，亦即真德秀所主张、倡导者。

② 真德秀《西山先生真文忠公文集》卷四十二，《四部丛刊初编》本。

③ 真德秀《西山先生真文忠公文集》卷三十四，《四部丛刊初编》本。

④ 详见王埜《感兴诗跋》（佚名《南溪笔录前贤诗话》后集，《四库全书存目丛书》本）、蔡模《文公朱先生感兴诗注跋》（卞东波编校《朱子感兴诗中日韩古注本集成》，上海古籍出版社，2019 年，第 23 页）、王柏《朱子诗选跋》（《鲁斋集》卷五，《丛书集成初编》本）

⑤ 蔡模撰有《文公朱先生感兴诗注》，何基撰有《解释朱子斋居感兴诗二十首》，熊刚大撰有《朱子感兴诗句解》、胡炳文撰有《感兴诗通》。其中，胡氏一书是《感兴诗》的集注本，援引了潘柄、杨庸成、蔡模、真德秀、詹景辰、徐几、黄伯旸、余伯符、胡升、胡次焱等十家注，参照己说者别为之“通”。上述四种注本，《朱子感兴诗中日韩古注本集成》均已收录。

作进行评议[①];金履祥《濂洛风雅》选入此诗,何基所作诠释亦被编录其中。凡此种种,与前述真德秀所倡,或前后相承,或同声相应,共同确立了《斋居感兴》组诗在其时诗歌世界中的经典地位。与此相应,效仿《斋居感兴》而以诗言理学,也便蔚然成风。在这样的文化氛围和诗学风尚之中,此前即已经典化并进入普通士人阅读生活的《击壤集》,其中纯粹的言理之诗自然也成为效仿、摹拟的典范。[②] 于是流风所及,便涌现了大量的被四库馆臣称为"《击壤集》派"的诗篇。这不仅表现为刘黻《和紫阳先生感兴诗二十首》、吴澄《感兴诗二十五首》、陈高《感兴二十五首》等以"感兴"为题的言理之诗,还更为普遍地体现在其他理学士人乃至一般士人别集中载录的言理之诗。

同时,宋末元初,这一理学诗风也一直遭到诗学人士的贬抑和批驳,如严羽、吴渊、刘克庄、周密、刘埙、戴表元、袁桷等。他们大抵都将"诗律坏"与"理学兴"联系在一起,严厉批判以理作诗这样一种背离诗歌审美传统和诗歌艺术法则的创作观念与创作体式,主张诗歌应坚持自身的审美属性和审美价值。学界在这方面已有不少论列。下面仅就方回对理学诗的观察与反思进行探讨,藉此可见他与诸家持论之异同。

在《赵宾阳诗集序》一文中,方回论及当世诗歌创作中广泛流行的两类风习,其中之一就是"惟恐夫诗之不深于学问也,则以道德性命、仁义礼智之说,排比而成诗"[③]。这一创作风习,也就是此前刘克

① 详见刘克庄《与游丞相》(《后村先生大全集》卷一二九,《四部丛刊初编》本)、姚勉《黄端可诗序》(《雪坡舍人集》卷三十七,《丛书集成续编》本)、蔡正孙评点司马光《示道人》诗(常振国、降云点校《诗林广记》后集卷十,中华书局,1982 年)。

② 据郭鹏先生研究:南宋前期,"理学家诗人研读《击壤集》已成风气","到了严羽生活的晚宋时代,《击壤集》彻底进入诗歌经典世界和普通士人的阅读生活",这不仅直接影响了理学家诗人的诗歌创作,也影响到包括一些江湖诗人在内的普通士人的诗歌创作;邵雍诗的历史内涵相当丰富,不完全是理学的附庸,"邵康节体"作为一种承载着特定历史文化内涵的典型化诗歌风格,与后世"击壤派"、"陈庄体"之类的余绪不可混同。参见郭鹏《论"邵康节体"》,《文化与诗学》第 12 辑,北京大学出版社,2011 年,第 173—189 页。

③ 方回《桐江集》卷一,《续修四库全书》本,上海古籍出版社,2002 年。

庄所指摘以“经义策论之有韵者”(《竹溪诗序》)、“语录讲义之押韵者”(《吴帅卿杂著·恕斋诗存稿》)为诗,亦即后来袁桷所批判“一以理言,遗其音节,失其体制”(《乐侍郎诗集序》)、“悻悻直致,弃万物之比兴”(《李景山鸠巢编后序》)。方回对此颇不以为然。在他看来,这些将理学话语排比而成诗的作者,其实并无相应的胸次涵养,他们只不过是藉此“哗世取宠”,而由于志趣卑俗,所作诗篇必然是“愈欲深而愈浅”。这同样体现在方回对《斋居感兴》诗经典化之后所涌现的仿拟风习的评判上,《七十翁吟五言古体十首》诗其七云:“晦庵感兴诗,本非得意作。近人辄效尤,以诗言理学。志南写柳吹,曼卿咏禽乐。我翁盛称之,岂不物象托。小巷旗夸酒,大贾裼怀璧。喝咄野狐禅,未必实有得。欧公不论文,孟子不言易。平生守所见,弱冠至七十。”[①]据方回的观察,《斋居感兴》诗的众多效仿者,标榜以诗言理学,而于理学要义却未必有切实的体认,往往背离了理学诗的写作宗旨。当然,方回着重批评的是以理为诗这一创作体式,认为其违背了寓意托兴于物象的艺术法则和审美传统。因此,尽管他极为推崇朱熹的诗学造诣和诗歌成就,但对于广为推重的《斋居感兴》诗则不无微议。他以僧志南《绝句》、石延年《金乡张氏园亭》二诗为例,藉此指出,为朱熹所高度称赞的这两首诗作,其情性之吟咏、义理之表达,均有着鲜明生动的物象作为依托。[②] 言下之意,直言义理的《斋居感兴》,既非朱熹诗歌作品中理趣浑然的佳构,也不能代表其实际的诗学趣尚。以此为范式而争相效尤者,既非深于理致,又一概超绝物象,势必将诗变为押韵的理学语录。概而言之,按照方回的观察和理解,造成理学诗流弊的根由有二:一是创作者于理学体认不深,心胸义理涵养

① 方回《桐江续集》卷二十二,文渊阁《四库全书》本。

② 朱熹《跋南上人诗》谓:“南诗清丽有余,格力闲暇,绝无蔬笋气。如云‘沾衣欲湿杏花雨,吹面不寒杨柳风。’余深爱之。”(《晦庵先生朱文公文集》卷八十一)《朱子语类》卷一百四十亦有云:“曼卿诗极雄豪,而缜密方严,极好!如《筹笔驿》诗‘意中流水远,愁外旧山青’,又‘乐意相关禽对语,生香不断树交花’之句,极佳!”蔡正孙《诗林广记》后集卷七之《金乡张氏园亭》诗后也曾称引朱熹的评语。

尚有欠缺，甚或志趣卑陋，不具备以诗言理的资质；二是创作者漠视诗歌的审美属性和审美价值，否弃诗歌创作的审美传统和艺术法则。这里所述第二个方面，与宋季以来诗学界诸家的观察基本一致，其后，袁桷对此作了更为全面而激烈的批判；而第一个方面，方回之外，其时诗学界未见专门的批评论说。

尤值得注意的是，诗学界诸家普遍将宋季以来的理学诗流弊归咎于理学，这样一种批评意见，方回并不认同。宋代理学集大成者朱熹的诗学造诣和诗歌成就，是他驳斥这一论调的有力证据，曾屡次加以标举：

> 文公诗出于刘彦冲。律体清劲，近陈无己；古体高远，不减建安。(《婺源黄山中吟卷序》)①
>
> 绍濂纂洛，传孔孟之不传。……胡邦衡早以诗荐于孝庙，似舍大而言细。然其为诗，委曲高妙。(《鲍子寿诗集序》)⑤
>
> 吾乡朱文公老师，学通洙泗，其诗法有陈后山之瘦劲，有刘屏山之温雅。(《跋刘光诗》)③
>
> 道学宗师，于书无所不通，于文无所不能，诗其余事，而高古清劲，尽扫余子。(《送罗寿可诗序》)④

以上这些论说无不表明，朱熹作为理学宗师，在经学事业之外，也擅长诗艺，且境界高妙。在《杨初庵诗卷序》一文中，方回还以其为范例，指出诗歌创作的主体质素包括学、识、才三大方面，并突出理学一脉的心性义理之学在这当中的根本性意义，强调由“学”以“尽性养气”，深其“识”，广其“才”。⑤实际上，这也从理学与诗学之关系的角度，对引文所述朱熹诗学造诣之生成机制作了解释。在方回看来，理学之于诗学不仅不是妨害，反而是诗歌创作境界的根柢所在，将二者

①②⑤ 方回《桐江集》卷一，《续修四库全书》本，上海古籍出版社，2002年。

③ 方回《桐江集》卷四，《续修四库全书》本，上海古籍出版社，2002年。

④ 方回《桐江续集》卷三十二，文渊阁《四库全书》本。

对立起来或偏执一端，才是造成弊病的重要原因，《斋居感兴》诗的仿拟之作，以及后文将论及的江湖诗，便是显例。换言之，理学与诗学融会，既深于理致，又通乎诗艺，方能成其佳构。《瀛奎律髓》选入程颢诗 4 首(重出 1 首)、杨时诗 1 首、朱熹诗 21 首、张栻诗 3 首，方回所施评注，有不少是指向诗的体式格法，以及格调境界与理学涵养之间的对应关系，反映了他在这一问题上的思考。

二、诗学、理学的视域融合：关于江湖诗的观察与批评

江湖诗人群体中，受理学思想影响者所在多有，和理学派士人之间存在着交叉、互动或千丝万缕的联系而以诗言理学者亦不鲜见，甚或还形成风气。[①] 尽管如此，整体而言，江湖诗人疏离理学，江湖诗与理学诗判然两分乃至势若水火，这也是难以否认的事实。江湖诗人的先驱"永嘉四灵"，以矫偏救弊的姿态登上诗坛，宗尚晚唐律，与理学家诗人崇古贬律的倾向迥然相异，而为推崇律体的叶适所表彰，便显现了二者的分野。江湖诗人循四灵之辙，晚唐体诗遂风靡于世，理学士人对此极为不满，严厉贬斥。如，黄震《书刘拙逸诗后》云：

> 一太极之妙，流行发见于万物，而人得其至精以为心；其机一触，森然胥会，发于声音，自然而然，其名曰诗。后世之为诗者，虽不必皆然，亦未有不涵泳古今、沉潜义理，以养其所自出。近有所谓江湖诗者，曲心苦思，既与造化迥隔，朝推暮吟，又未有以溉其本根，而诗于是始卑。[②]

黄氏表达了他对于诗歌创作的意见，一是情性的自然发抒，二是以心胸涵养为根柢。在他看来，江湖诗人于此皆失，故诗格卑陋。又如，熊禾在《题童竹涧诗集序》一文中提出，诗歌创作应是"蕴抱"的表达、

---

① 这方面的研究可参阅张瑞君《理学庄禅与江湖派》，《西南师范大学学报(人文社会科学版)》1992 年第 3 期；张文利《理禅融会与宋诗研究》，中国社会科学出版社，2004 年，第 303—306 页；邹祥波《江湖诗派与理学之关系研究》，陕西师范大学硕士学位论文，2010 年；李懿《理学诗派与晚宋诗坛》，《西南民族大学学报(人文社会科学版)》2016 年第 1 期。

② 黄震《黄氏日抄》卷九十一，文渊阁《四库全书》本。

"情性"的抒发、"肺肝"的流露,应切于世事、关乎风教,《诗经》、《离骚》、陶诗、杜诗皆为其中的典范;江湖诗人却与此背道而驰,"呕心冥想,极其雕锼","格力微弱,骎骎晚唐五季之风,虽谓之无诗可也"。[①] 此类诗歌创作论以及对江湖诗的批评意见,实际上是当时诸多理学士人的普遍共识。

宋末元初的理学家还往往将江湖诗与他们所推崇的理学诗范式相对举,指摘其失,加以贬抑。如,魏了翁《跋康节诗》有云:"理明义精,则肆笔脱口之余,文从字顺,不烦绳削而合。彼月锻季炼于词章而不知进焉者,特秋虫之吟、朝菌之媚尔。"[②]魏氏对邵雍诗学极为推崇,其诗歌创作也浸濡于"邵康节体"[③],对康节诗风有着亲切的体认。他从诗人的义理涵养和诗歌的体式风格层面,准确地概括出了康节诗的典型特征,即所谓"平易而造于理"。与此形成鲜明对比的是,江湖诗人穷探于词章,玩心于华藻,而不知进于理,止于小技而已。又如,蔡模推崇朱熹《斋居感兴》诗,在《文公朱先生感兴诗注跋》一文中称其"不徒以诗为诗,而以理为诗"。前文已阐明,在真德秀等朱子后学看来,《斋居感兴》很好地体现了"明义理,切世用"的理学价值取向,树立了理学与诗学联姻的楷式。这里,蔡氏将之与江湖诗对举,在表彰以诗歌之言发明理义之奥这一创作旨趣的同时,也表达了对后者"以诗为诗"的不满和贬抑。[④] 又如,王柏《夜观野舟浩歌有感》诗有云:

> 宗派亦沦坠,纷纷师晚唐。吟骨不淳古,记魄不自强。雕镂心肺苦,何曾徵宫商。濂翁著和澹,感兴开紫阳。紫阳

---

① 熊禾《熊勿轩先生文集》卷一,《丛书集成初编》本。

② 魏了翁《鹤山先生大全文集》卷六十二,《四部丛刊初编》本。

③ 郭鹏《论"邵康节体"》,《文化与诗学》第12辑,北京大学出版社,2011年,第173—189页。

④ 在其时诗学语境中,所谓"以诗为诗",指四灵及其后学江湖诗人的诗歌创作。如方凤《仇仁父诗序》云:"唐人之诗,以诗为文,故寄兴深、裁语婉。宋朝之诗,以文为诗,故气浑雄、事精实。四灵而后,以诗为诗,故月露之清浮,烟云之纤丽。"(《存雅堂遗稿》卷三,文渊阁《四库全书》本)

尚六义，六义兴已亡。郑卫日盈耳，冰炭搅我肠。[①]

王柏极为推重《斋居感兴》，其《朱子诗选跋》谓："凡篇中所述，皆道之大原、事之大义。"在这首诗中，他又着意表明：朱熹以《诗》之"六义"为宗尚，《斋居感兴》接续了"风雅比兴"的诗歌创作传统；而江湖诗人师法晚唐，虽苦心雕镂，却荒于情性，离弃"六义"，实为郑卫之声。

理学家的批评意见，也在一些诗学人士那里得到认同或达成共识。如，戴复古《论诗十绝》其五曰："陶写性情为我事，留连光景等儿嬉。锦囊言语虽奇绝，不是人间有用诗。"[②]主张陶写情性，认为留连光景、雕琢辞藻之诗于世无用。戴氏是江湖诗人的代表，与真德秀等理学家有交往。此处的论说，俨然是在回应理学家对江湖诗风的批评，但又何尝不是一种提醒和告诫。又如，刘克庄早年以四灵"晚唐体"诗歌创作为叶适所称许，后又被江湖诗人视为领袖，其《林同诗序》有云："余常患近人之作多俗间浅近之言，少事外高远之趣。达者酣豢宠利，穷者梦想功名，情见乎词，千人一律。"[③]指出江湖诗浅俗而无高远之趣，认为其原因在于江湖诗人志趣卑陋，汲汲于功名利禄。前文曾论及，理学家普遍认为，江湖诗非出于义理涵养之心胸，故诗格卑俗。刘氏是真德秀的门人，曾受后者委托，负责编纂《文章正宗》诗歌一门，熟知理学家的诗学观念。他这里的尖锐批评，固然有其切身的观察与体认，应该也包含着对理学家观照视角与批评意见的援引。和刘克庄交往颇笃的林希逸，也从类似的角度对江湖诗人提出了批评，其《跋玉融林鏻诗》有云：

诗，雅道也。几败于唐，唐人以为进士业也……。今世之诗盛矣，不用之场屋而用之江湖，至有以为游谒之具者，少则成卷，多则成集，长而序，短而跋，虽其间诸老亦有密寓

① 王柏《鲁斋集》卷一，《丛书集成初编》本。

② 戴复古《石屏诗集》卷七，《四部丛刊续编》本。

③ 刘克庄《后村先生大全集》卷九十六，《四部丛刊初编》本。

箴讽者，而人人不自觉。所以后村有“锦裹刀”之喻。余常恐雅道微矣。[①]

林氏是艾轩学派的三传，所谓“雅道”，从本篇跋文后面的叙述文字来看，大概指《诗经》所奠定的风雅精神传统，这也是理学家再三致意者。江湖诗人将诗当作游谒之具，在他看来也就是“雅道微”。又如，由宋入元的赵文，其《萧汉杰青原樵唱序》有云：

> 人人有情性，则人人有诗……。江湖者，富贵利达之求而饥寒之务去，役役而不休者也。其形而不全而神伤矣。而又拘拘于声韵，规规于体格，雕镂以为工，幻怪以为奇，诗未成而诗之天去矣。[②]

赵氏在《诗人堂记》一文中提出：“有能为诗以咏歌其情性，谓之诗人可也。”[③]即认为诗歌创作的本质是吟咏情性。这一诗学性情论，乃以诗人独立的人格精神和高尚的人格境界为前提。[④] 在他看来，江湖诗人趣尚卑陋，专务于格律声韵、文辞藻绘，结果只能是人格与诗格的双重缺失。诚然，赵文这里所谓“情性”，其理论内涵，和前文所述黄震、熊禾等理学家诗论中的“情性”并不尽相同，但他们对江湖诗的批评向度则基本一致，持论也不乏共识。

一些遗民诗人，遭遇宋元易代的时世巨变，强调诗歌的社会历史面向，注重诗歌的抒情属性和兴寄功能，他们也据此对江湖诗提出了批评。如，何梦桂认为“诗者，所以载民风，系世变也”（《文勿斋诗序》）、“诗以感而赋，不感则无诗”（《分阳诸公感寓诗集序》），而据他的观察，江湖诗人“不事时世”（《琳溪张兄诗序》），虽遭遇世变，却止于咏物，无所感寓，背离了诗歌创作之要义。[⑤] 又如，方凤《仇仁父诗

---

① 林希逸《竹溪鬳斋十一稿续集》卷十三，文渊阁《四库全书》本。

② 赵文《青山集》卷一，文渊阁《四库全书》本。

③ 赵文《青山集》卷四，文渊阁《四库全书》本。

④ 详见查洪德《理学背景下的元代文论与诗文》，中华书局，2005 年，第 135—136 页。

⑤ 何梦桂《潜斋集》卷五、卷七，文渊阁《四库全书》本。

序》认为，诗歌应本原于“人心”，应关切世情和人伦，江湖诗人专在摹写烟云月露，未见“人心”，不复有“诗”。[①] 理学家遗民也有近似的观念。如，熊禾《题童竹涧诗集序》推重屈原《离骚》及陶诗、杜诗，谓“痛愤忧切，皆自肺肝流出”，而江湖诗人“呕心冥思，极其雕锼”，他认为毫无价值。[②] 又如，陈普对宋季以来江湖诗的批评，其中一个重要方面即其《曾雪笠诗跋》所谓“求其栖留恻隐、顾念本原，未能与《风》、《雅》同声音，而略可同情思者，百未一二也”。[③]

不过，元初诗学界对江湖诗的批评意见，主要是集中在两个方面：一是批评其雕琢刻削、偶俪工巧而风致缺乏、意气索然；二是批评其未能植根于源远流长的诗歌史及其多元化诗歌审美范型，囿于一隅，固步自封。因与本文的论题关联较小，限于篇幅，兹不展开论述。核之于现有文献可知，方回对江湖诗的批评，涉及诗歌宗尚与创作格局、审美体式、诗史定位、诗人学养等方面，涵盖了宋末元初诗学界主要的观察和思考。笔者已另文对此作了分析和归纳。这里，仅从方回关于理学与诗学之关系的思考这一维度，对其相关批评论说进行论析。

方回主张诗学与理学相融会，他不仅反对无视诗歌的审美属性、艺术法则而直接以理为诗的创作行为，更是严厉批评脱离理学价值向度而格调卑俗、不以世道为念的诗人诗作。如，《送胡植芸北行序》有云：

> 近世诗学许浑、姚合，虽不读书之人皆能为五七言。无风云月露、冰雪烟霞、花柳松竹、莺燕鸥鹭、琴棋书画、鼓笛舟车、酒徒剑客、渔翁樵叟、僧寺道观、歌楼舞榭，则不能成诗。而务谀大官，互称道号，以诗为干谒乞觅之赀，败军之将，亡国之相，尊美之如太公望、郭汾阳，刊梓流行，丑状莫

---

① 方凤《存雅堂遗稿》卷三，文渊阁《四库全书》本。

② 熊禾《熊勿轩先生文集》卷一，《丛书集成初编》本。

③ 陈普《石堂先生遗集》卷十三，《续修四库全书》本，上海古籍出版社，2002 年。

掩。呜呼！江湖之弊，一至于此。[①]

结合方回在《赠邵山甫学说》、《虚谷桐江续集序》、《宋氏实辉楼记》等著述文字可知，这里所谓“不读书”，指江湖诗人未能读书致知而不具备经学理学的涵养。表现在诗歌创作上，即以摹写烟云月露为能事，于世道无所关切；囿于一己之私，将诗当作干谒乞觅之具，以致诗道沦丧。

方回将诗道之否泰、时世之兴衰、学术之明昧并置互观。《孙后近诗跋》有云：“近世之诗莫盛于庆历、元祐，南渡犹有乾、淳。永嘉水心叶氏忽取四灵晚唐体，五言以姚合为宗，七言以许浑为宗，江湖间无人能为古、《选》体，而盛唐之风遂衰，聚奎之迹亦晚矣。”[②]在他的认知里，江湖诗风的流行不仅是诗道沦丧的反映，也是世道之晦和学术之昧的表征。江湖诗人所师法的四灵晚唐体，所高度评价的刘克庄的《南岳诗稿》，均被他视为南宋末世之征兆，《送紫阳王山长俊甫如武林五首》诗其一曰：“乾淳以后学无师，嘉绍厌厌士气衰。何等淫辞南岳稿，不祥妖谶晚唐诗。三风盍遣郑声放，一日忽惊周鼎移。欧九登庸柳七弃，昭陵曾筑太平基。”诗后自注有云：“乾、淳以后，叶水心倡率四灵为晚唐诗，刘后村亦为之，宋此时未为晚，在今日观之，乃晚宋诗也，此诗谶之大不祥者。”[③]据景红录考辨，《南岳诗稿》中一部分诗作是嘉定十二年(1219)之前所著，大部分作于嘉定十二年至十四年，其诗风当属于江湖诗人崇尚的四灵晚唐体。[④] 与前文论及的理学家王柏所持意见相近，方回也将四灵及其江湖后学的晚唐体诗视为郑卫之音。这一观察和认知，涉及方回对理学、世道(世运)、诗歌三者关系的理解。在《平实记》一文，方回将程朱一脉理学视为平实之学，他认为，若能够真正地得到实施，国家生民则可赖以长治久安；而北宋、南宋之所以最后都以世道沦胥、生灵涂炭而告终，在他看来，乃

① 方回《桐江集》卷一，《续修四库全书》本，上海古籍出版社，2002年。

② 方回《桐江集》卷四，《续修四库全书》本，上海古籍出版社，2002年。

③ 方回《桐江续集》卷十七，文渊阁《四库全书》本。

④ 景红录《刘克庄诗歌研究》，上海古籍出版社，2007年，第221—225页。

两宋理学宗师未能得其用所致。[1] 在对前朝兴衰的历史性反思中，这一观念不时会凸显出来。如，《正月十九日四更起读朱文公年谱至天大明赋十二首》诗其十二曰："开禧嘉定擅权臣，地下眉头想更颦。侂远传衣至亡国，止缘不用读书人。"[2]又曾在为吕午所撰家传中说："人才消长，世运之消长系焉。……大抵宋之人才非不长，而宋之权臣消之，消人才所以消世运，消至于贾似道，则运无可消而有所归矣。"[3]据传文所作论列可知，这里所谓"人才"，大多为程朱一脉理学家。综上，在方回的观念世界里，士人的学术思想取向，不仅仅是一己之趣尚的问题，更关乎国运、世运；以理学为宗尚，涵养义理心胸，践履垂范，教化人心，对于世道之治和生民安宁有着根本性的意义。倡率四灵的叶适，以及江湖诗人的领袖刘克庄，其学术思想趣尚与理学多有抵牾，方回对此甚为不满，其《汪虞卿鸣求小集序》谓：叶、刘二氏，前者识见舛剌，于义理之道几无所知，后者趋向邪僻，于义理之道全无所知；就此而言，"不读书"的江湖诗人更是等而下之，他们未能"格物"而"穷理"，遑论"知道"。[4] 在《赵西皋明叔集序》一文，方回提出："非天下之能知言者，决不可与立言，而所以知言，又在于知道。"[5]诗歌创作被视为"立言"之一，其基本前提是"知道"。对此，他还有一个明确且富于概括性的表述——"知道始能诗"（《八月二十三日早起》）。江湖诗人未能"知道"，因而不具备作诗的资质。这也就是要从根本上否定江湖诗人及其诗歌创作的正当性。元初的至元、大德年间，世道依旧衰弊，江湖诗人游谒之风不减往昔，江湖诗风仍是诗坛主流。置身其中，方回颇为感慨，《次韵谢夏自然

---

① 方回《桐江集》卷二，《续修四库全书》本，上海古籍出版社，2002 年。

② 方回《桐江续集》卷二十五，文渊阁《四库全书》本。

③ 方回《宋故中奉大夫右文殿修撰致仕歙县开国男食邑三百户赠华文阁学士通奉大夫吕公（午）家传》，李修生主编《全元文》第七册，江苏古籍出版社，1998 年，第 451—452 页。

④ 方回《桐江续集》卷三十四，文渊阁《四库全书》本。

⑤ 方回《桐江续集》卷三十二，文渊阁《四库全书》本。

见寄四首》诗其四有云："士气兼文脉，湮微复几年。浅肤专徇俗，高亢类谈禅。"[①]士气衰颓、诗格卑俗，此作为一个普遍存在的文化迹象，在他认为，实乃丧失学术思想根基之社会政治的必然产物。

要之，不论是理学诗，还是江湖诗，方回的批评论说，反映出他对诗学与理学之关系的思考和认知，显现了其力图融会诗艺和理义的观念；与此相应，其观照视角及批评趋向，既与理学界、诗学界诸家同异互见，也不乏对后者的统合或辨正。当然，方回对宋季以来诗歌流弊的批评和反思，重点指向江湖诗。其中缘由，一是因为江湖诗在其时诗坛最为风行；二是因为在他看来，理学诗之弊主要是诗艺层面的问题，而江湖诗之弊则不仅表现为诗艺的偏狭，更表现为理义的缺失。方回对"诗歌之学"的性质界定，对"诗之体"与"诗之用"的诠释，以及对"诗人"文化身份、"诗人之诗"创作传统的建构，均与上文所论他对江湖诗之弊的批评和反思相为表里、互为映照。

三、诗歌之学的性质界定与传统诗学基本命题的接受及理论建构

以义理之道作为"文"的根本内核，将"文"视为"道"的呈现载体与表现形态，宋代以来受理学文化熏染沾溉的诗人文士，大抵都具备这一观念性认识。方回于此也不例外，认为"凡言语文字不畔于理者，皆以道为体"(《应子翱经传蒙求序》)、"诗文亦道之一"(《跋汪君若楫诗文》)。他所谓"知道始能诗"，也蕴含着这一观念。正因如此，他在《景疏庵记》一文中将"缀诗文"和"穷性理"并举，视为"吾儒之学"。[②] 这就涉及方回对诗歌之学的文化属性、价值规范的理解。《吴云龙诗集序》有明确的论说：

> 古之学者出于一，曰义理之学，无他学也。……《易》以阴阳言义理；《书》以政事言义理；《诗》以吟咏情性言义理；

① 方回《桐江续集》卷五，文渊阁《四库全书》本。

② 方回《桐江集》卷二，《续修四库全书》本，上海古籍出版社，2002年。

《春秋》以明辨名分言义理;《乐》亡无经,三《礼》非全经,然义理微言尚不绝于方册者,与人心俱未尝泯也。……传注如毛郑,一学也;词赋如贾马,一学也;史笔,一学也;古文,一学也;制度考究,一学也;诗词之学,自建安迄晚唐,一学也。虽各自名家,而求其言之合于义理、号为知道君子,则鲜其人。……今之为士者,一切不讲,惟诗辞之学仅存。[①]

这里,方回概要性地对包括"诗歌之学"在内的古今学术之演变进行了梳理和阐说。他认为:诗歌之学就其本原而言归属于义理之学,应以"义理"的阐扬或彰示为依归,《诗》以吟咏情性言义理,确立了其在儒学价值体系中的经典地位,并成为后世诗歌创作的楷式和正格;然而,诗歌之学在其历史流变过程中,如同其他各种流行的学说一样,往往背离义理之学的轨范,缺失了应有的义理向度,这在当代诗坛表现得尤为突出,江湖诗风的盛行即是典型。这篇序文还着重叙述了义理之学的源流统绪,意在凸显其所谓的儒者之学的正脉,并以此作为诗歌创作的重要衡量尺度。

方回将诗歌之学视为"义理之学"的一个特殊分支,强调其儒学的文化属性和价值向度。这就涉及他对儒学的要义与品格的理解,拙文《世情、时序与学术:方回的理学话语建构探微》对此作了探讨,这里撮要概括为两点。一是秉承朱熹的观念,将"仁"视为儒学之道的思想内核,认为孔门之学为心性修养之学,而程朱理学则是其在宋代的传承和发展;还直接以"心学"进行指称,既强调涵养、省察以回复本心之仁,又突出读书问学在这当中的关键性意义。二是承纳朱熹、真德秀的意见,标举儒学的"实学"品格,强调其关怀现实的入世精神,区别于贵无贱有、弃实蹈虚、轻忽人事的释老之学。方回对儒学的理解,深刻地规范着他有关诗歌之学的整体思考。这突出反映在相互关联的两个方面:其一是关于"诗之体"、"诗之用"的理论建构;其二是对"诗言志"的诠释。

---

① 方回《桐江续集》卷三十二,文渊阁《四库全书》本。

"诗之体"和"诗之用"的表述，见于其《唐三体诗序》，有云：

> 子曰："诗三百，一言以蔽之，曰思无邪。"此诗之体也。又曰："小子何莫学夫诗？可以兴，可以观，可以群，可以怨。迩之事父，远之事君，多识于鸟兽草木之名。"此诗之用也。圣人之论诗如此，后世之论诗不容易矣。后世之学诗者，舍此而他求，可乎？近世永嘉叶正则水心倡为晚唐体之说，于是四灵、江湖宗之，而宋亦晚矣。①

孔子的这两则论诗之语，分别载于《论语》的《为政》篇和《阳货》篇；前者言《诗》思想内容之雅正，后者言《诗》的功用、价值。这一论断被后世众多儒学之士尊奉，并成为诗学史上影响深远的一个重要观念。方回从"体用一原"的理学观念出发，将二者并置而论，作出"诗之体"、"诗之用"这一理论概括。显然，他是将孔子所论作为一个不可分割的整体来看待，即认为以诗人的诚正之"心"、无邪之"思"为根柢，诗歌才有可能发挥其功用，实现其价值，而前者也经由后者得以彰示。通过这一理论建构，他把孔子关于《诗》的上述经典性论说推广为一切诗歌在"体"与"用"上的要求：诗歌创作应本于义理涵养之心胸，切于世道，具备兴、观、群、怨等现实功用。这可以说是他对儒家传统的诗歌本质观、诗教观的本体论建构和理学化诠释。《名僧诗话序》一文还明确将此视为"《诗》之大纲"，有云：

> 古圣人作，民有康衢之谣，君有歌，臣有赓，皆所以言其志，而天机之不能自已者也。上之朝廷公卿，下之闾巷子女，皆有诗。至周有三千余篇，孔子删三百篇垂于后世，盖取其喜、怒、哀、乐、爱、恶、欲之七情，发为风、赋、雅、颂、比、兴之六体，曰"思无邪"，曰"止乎礼义"、"以达政教"、"以移风俗"，此《诗》之大纲然也。②

---

① 瞿佑《归田诗话》卷上，丁福保辑《历代诗话续编》下册，中华书局，2006年，第1235—1236页。

② 方回《桐江集》卷一，《续修四库全书》本，上海古籍出版社，2002年。

上述概括，盖承朱熹《诗传纲领》的论说而来。真德秀《西山读书记》、魏庆之《诗人玉屑》皆曾载录朱熹之论。方回对《西山读书记》颇为推崇，称其为“义理之本根”（《送柯德阳如新城序》），将其和朱熹《近思录》一并视为“学之入门”（《赠邵山甫学说》）的必读书籍；他撰有《诗人玉屑考》，熟悉《诗人玉屑》一书的体例和内容，对于其所尊崇的理学宗师的论《诗》之语应有所留意。参照上文所论其诗歌“体用”观，这里所谓“《诗》之大纲”，自然也是后世之诗应尊奉的“纲领”。方回对“诗之体”、“诗之用”以及诗之“纲领”的理论建构，正对应于他对儒学之为“心学”和“实学”的理解。在上引《唐三体诗序》，方回将四灵、江湖诗人的晚唐体诗视为和《诗》所确立的“体”、“用”之准则相悖的反面典型，言下之意即批评这些诗人诗作失去了诗歌之学应有的儒学文化品格而无补于世道人心。这在前文论及的他对此一脉诗人以诗为干谒之具的批评上便可得到验证。

与上述理论建构相映照，对于“诗言志”这一传统诗学观和诗学命题的理论内涵，方回在承纳前人意见的基础上也进行了有侧重的诠释。在其存世诗学文本中，直接述及“诗言志”此一观念形态者，除了上引《名僧诗话序》外，至少还有以下两处：

> 言志为诗，咏言为歌，歌之中有五声，声之中律。上之化以此达乎下，……下之情以此达乎上。降及西都苏李、东都建安七子、晋宋陶谢，律体继兴。自盛唐、中唐、晚唐而及宋，代有作者。虽未尽合宫商钟吕之音，不专主怨刺讽讥之事，而诗号为能言者，往往相与笔传口授于世而不朽，此其何故也？气有所抑而难宣，意有所未易喻，时有所触，物有所感，事有所不可直指，形之为诗，则一言片语而尽之矣。（《仇仁近百诗序》）①

> 舜之命夔曰：“诗言志，歌永言，声依永，律和声。”今所谓“永言”、“依永”、“和声”者，泯不复传，惟“言志”尚可论

① 方回《桐江续集》卷三十二，文渊阁《四库全书》本。

耳。舜之言"喜起",皋之言"明良",此诗也,即皋、舜之志也。由、求、赤、点所言虽异,皆一时无韵之诗也。大序曰"在心为志,发言为诗",彼尘污俗染者,荤膻满肠胃,嗜欲浸骨髓,虽竭力文饰乎外,自以为近,而相去愈远。(《赵宾阳诗集序》)①

尚有许多其他以"志"论诗的文字,散见于其诸多序跋及诗歌评点中,此处不一一胪列。这里,方回承接了诗学史上的大判断,把"言志"视为诗歌创作的本质和根本要义。可以看出,他对"志"的范围、内容的理解基本未逾刘勰《文心雕龙》、钟嵘《诗品》的经典性论断。日常生活中喜怒哀乐爱恶欲诸种情绪,自然景境、社会人事、时世变迁、身世遭遇等所感发的情怀、意绪,以及经世致用之志向和抱负,无不涵容于内。不过在这当中,他对"时"、"事"蕴于其中的情志类型尤为着意。如,其《读张功父南湖集》诗序,突出了"事"作为"情"之发生的根据与动因,提出"情缘事起"这一理论命题②,将之视为诗歌创作的基本原理。此"时"此"事",不仅是一己之际遇,而且是群体普遍的生存处境。诚如其《晓窗吟卷序》所言,"世之处人伦事会之际,鲜舒多惨,乐而淫不无之,哀而伤比比皆是也";故而,他极为推重屈原《离骚》这类"言志"之作,谓"深契乎《三百篇》之六义"。③《送罗架阁弘道》诗序也说:"怀昔悼今,其音哀以思、哀而伤,亦人情之所不能已也。"④所肯定的同样是诗人所言之"志"关乎"时"、"事"。在诗歌评点中,他的这一观念趋向也多有体现,兹举《瀛奎律髓》数例:

结末四句,有叹时感事、勖贤恶不肖之意焉。(杜甫《野望》诗评)⑤

---

① 方回《桐江集》卷一,《续修四库全书》本,上海古籍出版社,2002年。

② 方回《桐江续集》卷八,文渊阁《四库全书》本。

③ 方回《桐江集》卷一,《续修四库全书》本,上海古籍出版社,2002年。

④ 方回《桐江续集》卷五,文渊阁《四库全书》本。

⑤ 方回选评,李庆甲集评校点《瀛奎律髓汇评》卷十五,上海古籍出版社,2005年,第535页。

忧世之士，独弹琴不寐。有深意也，岂但赋夜而已哉！(梅尧臣《夜》诗评)[①]

是时朱全忠围岐甚急，李茂贞有连和之意，偓之孤忠处此，殆知其必一反一覆终无定在欤？此关时事，不但咏至节也。(韩偓《冬至夜作》诗评)[②]

上引诗作，不囿于留连光景、嗟叹穷愁的小我格局，而有着对于时世的深广关怀，故为他肯定。方回对“诗言志”这一理解，有诗学传统上的渊源，此自不待言，但也是他在特定时世境遇下形成的情感诉求，同时还是其理学价值观念作用下的观念自觉。《瀛奎律髓》“怀古类”序有云：“齐彭殇之修短，忘尧桀之是非，则异端之说也。有仁心者必为世道计，故不能自默于斯焉。”[③]他所理解的“言志”，其中一个很重要的方面即彰显人之为人的“仁心”，美刺时世、褒贬人事自是其题中之义。这不单纯是传统意义上的政教伦理观念，还有更具本体性意义的心性之学作为根柢，所指亦不局限于政治教化之一隅，而是涉及广阔的社会人事。方回在《可言集考》一文中阐述“思无邪”的含义之时，还提出“诗亦史”的命题，倡导诗人写史事，显现世态人情，强调的也是抒写褒贬善恶的义理之心。在他看来，“诗亦史”和“思无邪”是不可分割的整体，“史”并非自然主义的描写、纪录，而是以纯乎天理之本心存历史是非之公论。实际上，这也可以说是他从诗歌的“体用”层面提出的对于“诗言志”的要求。

除了对诗歌所言之“志”的重心有特别着意之处，方回还在诗人心性涵养层面对“志”的不同境界进行了区分。如上文所引《赵宾阳诗集序》提出：舜、皋、曾点以及由子路、冉求、公西赤等人的言语表

① 方回选评，李庆甲集评校点《瀛奎律髓汇评》卷十五，上海古籍出版社，2005年，第543页。

② 方回选评，李庆甲集评校点《瀛奎律髓汇评》卷十六，上海古籍出版社，2005年，第604页。

③ 方回选评，李庆甲集评校点《瀛奎律髓汇评》卷三，上海古籍出版社，2005年，第78页。

达，或为有韵之诗，或为无韵之诗，然皆是各自“志”的流露；而舜、皋之志与曾点之志以及子路、冉求、公西赤诸人之志是具不同境界的。细读此序文，再结合其《心境记》一文中对曾点之志的论说，不难推知他已将诗歌所言之“志”推原于诗人所涵养之“心”。由此，方回提出以义理涵养之本心作为诗歌“言志”的价值导向与规范。上文所引《名僧诗话序》承续了以“思无邪”概括《诗》所言之“志”这一传统的主流意见；而结合“《诗》以吟咏情性言义理”这一表述可知，他所欲标举者正是契合于心性义理之学的“志”。[①] 这一意义层面上的“志”，亦即“诗之体”的应有内涵，它保障了诗歌所述之事、所咏之情、所言之理的正当性，也保障了诗歌创作对于世道人心的正面的功用与价值。

概而言之，方回对“诗言志”这一诗学纲领之思想内涵的理解，内在地涵括了“情”、“事”、“理”诸元素，“理”是其中之统摄、归宿；他不仅从诗歌的表现对象和抒写内容上来界定“诗言志”的内涵和外延，还以其“诗歌体用论”的诠释模式对这一极具历史积淀性的诗学命题加以阐说，这显然蕴含着规范当代诗歌创作的意图，即要求从江湖诗的风习中超拔出来，回归担当世教、塑造人心的诗学正道。

四、“诗人”的文化身份与“诗人之诗”的诗学传统之建构

南宋后期，江湖游士成为诗歌写作的主体，刘克庄将此形容为“诗人满江湖”(《毛震龙诗稿》)。宋元易代，科举长期废止，原先专意举业的科举士人，也纷纷加入诗人群体，诗歌写作异常兴盛。刘辰翁《程楚翁诗序》谓：“科举废，士无一人不为诗。”[②]何梦桂《宋君巽诗序》，舒岳祥《跋王榘孙诗》，戴表元《胡天放诗序》、《张仲实诗序》、《陈晦父诗序》，吴澄《周立中诗序》、《陈善夫集序》、《胡印之诗序》，任士林《书蒋定叔诗卷后》，陆文圭《跋陈元复诗稿》，黄庚《月屋漫稿序》

---

① 方回此一见解，盖承纳朱熹的意见。朱熹在《答杨宋卿书》、《答巩仲至(第四书)》等著述文字中以“志之所向”论诗，其所谓“志”，侧重于主体心性义理涵养层面，强调“诚意”、“正心”之于诗歌创作的前提意义。

② 刘辰翁《须溪集》卷六，文渊阁《四库全书》本。

等，皆有类似的叙述。

元至元十九年(1282)十月，方回返回家乡歙县，其所作《吴云龙诗集序》也述及其时其地诗事兴盛的情状。① 不过，在他看来，为数甚多的诗歌作者其实并不足以称诗人。《送胡植芸北行序》有云："予癖于诗，年逾从心又三而四，尝病夫真诗人之难得。"②《江天泽古修文集序》亦有云："千金之资可致，一诗人未易见。"③《后秋思五言五首》诗其三曰："黄陈今不作，天地少诗人。不是诗人少，诗人未必真。"④那么，什么样的诗歌作者才配得上"诗人"这一称号?

方回将诗歌之学推原于义理之学，强调其作为儒者之学的文化属性和价值向度。相应地，他认为，真正的诗人首先应是崇奉儒学的士人。按诸前文所述其关于儒学内涵和品格的界定，这实际上是将能否具备儒者应有的胸次涵养、情志品格作为评判诗人文化身份的首要依据。如，《杨商英善恶劝惩录序》有云：

> 建之蒲城杨文庄公徽之仲由，无子，业传外孙宋宣献公绶及传侄孙杨文公亿大年。回尝以宋之《三朝国史》第四十四卷读文庄公传，第五十卷读杨文公传。真诗人，真文人，节在昭陵诸老之先。⑤

杨亿以刚劲峭直、清忠鲠亮的伟岸气格为士人所敬重和称誉。苏轼《议学校贡举状》谓："近世士大夫文章华靡者，莫如杨亿；使杨亿尚在，则忠清鲠亮之士也，岂得以华靡少之。"⑥魏了翁《杨少逸不欺集序》转述此论，又于《跋杨文公真迹》一文中说："文乎文乎，其纂组缀缉之云乎? 正色直道，不苟于合，能使人主惮其性气，虽在上前，亦曰：如此富贵非臣所愿。他日昭陵记王文康曰：杨某为国竭忠，有君

① 方回《桐江续集》卷三十二，文渊阁《四库全书》本。

② 方回《桐江集》卷一，《续修四库全书》本，上海古籍出版社，2002 年。

③ 方回《桐江续集》卷三十三，文渊阁《四库全书》本。

④ 方回《桐江续集》卷二十六，文渊阁《四库全书》本。

⑤ 方回《桐江集》卷一，《续修四库全书》本，上海古籍出版社，2002 年。

⑥ 苏轼撰，郎晔选注《经进东坡文集事略》卷二十九，《四部丛刊初编》本。

子之大节，然则是可以为文矣，是以谓之文也。”[①]真德秀《杨文公书玉溪生诗》亦曰：“当咸平、景德间，公之文章擅天下，然使其所立独以词翰名，则亦不过与骚人墨客角逐争后先尔。惟其清忠大节凛凛弗渝，不义富贵视犹涕唾，此所以屹然为世之郛郭也欤。”[②]上述诸人对杨亿的推重，指向其作为儒学之士的胸襟品节。这里，方回又据此称他为“真诗人”、“真文人”。《瀛奎律髓》选评杨亿七言诗十三首，方回所施评注，除肯定他在昆体诗创作方面的艺术成就及变革宋初诗风的意义，还瞩目于其美刺时世、褒贬人事以劝戒后人这一创作旨趣。《汉武》诗评，谓：“此诗有说讥武帝求仙，徒费心力，用兵不胜其骄，而于人才之地不加意也。”[③]《明皇》诗评，谓：“凡赋唐明皇诗，至于养成禄山之祸，皆自侈靡奢纵始，蛊于心而昏于事，不过如此。”[④]《成都》诗评，谓：“此专以公孙述割据恃险戒后之人。”[⑤]以上诗作，皆反映出诗人对人伦社会的关切之情，这是方回将他称为“真诗人”的重要依据。又如，《送胡植芸北行序》有云：

> 宋人高年仕宦不达而以诗名世，予取三人焉：曰梅圣俞，曰陈无己，曰赵昌甫。……或问予：宋真诗人独取此三人，何也？以其不达也。官不达，名未尝不达，与达者等也。……有一斡万钧之势而不见其为用力，有一贯万古之胸而不觉其为用事，此予所以深许之也。[⑥]

据方磊《梅尧臣传》、莫砺锋《陈师道传》、辛更儒《赵蕃传》可知[⑦]，上述

① 魏了翁《鹤山先生大全文集》卷六十三，《四部丛刊初编》本。

② 真德秀《西山先生真文忠公文集》卷三十四，《四部丛刊初编》本。

③ 方回选评，李庆甲集评校点《瀛奎律髓汇评》卷三，上海古籍出版社，2005 年，第 127 页。

④ 方回选评，李庆甲集评校点《瀛奎律髓汇评》卷三，上海古籍出版社，2005 年，第 129 页。

⑤ 方回选评，李庆甲集评校点《瀛奎律髓汇评》卷三，上海古籍出版社，2005 年，第 131 页。

⑥ 方回《桐江集》卷一，《续修四库全书》本，上海古籍出版社，2002 年。

⑦ 详见傅璇琮先生主编《宋才子传笺证》之“北宋前期卷”、“北宋后期卷”、“南宋前期卷”，辽海出版社，2011 年，第 408—417，245—259，673—686 页。

三位诗人于窘困、逼仄的生存境遇中，仍坚守儒者职志及诗歌创作的应有品格。方回对他们推重，盖有据于此。

方回将诗僧视为寄迹于僧侣阶层的“诗人”。这一文化身份的认定，也是以其人的胸襟怀抱为依据。如，《清渭滨上人诗集序》曰：

> 中国有僧始东汉，历魏、晋、唐、宋，以至今日，衣冠礼乐之士隐其身于僧者无数，而僧之以诗鸣于世者尤不可胜数。……味杜少陵“终南”、“回首”之句，则昼卿之心深知道理宗主之所在，如恋阙思君不忘。①

众多儒学之士因时世境遇，隐身为僧，其中不乏坚守士人情志品格且又能言志为诗者。对于这些具备儒学义理涵养的诗僧，方回颇为推重。

留连风景，乃至以诗为干谒乞觅之资的江湖游士，其“诗人”称号，在方回这里则无法得到认同。《送胡植芸北行序》、《滕元秀诗集序》、《恢大山西山小稿序》等文，皆将此类江湖诗人与他所认可的诗人相对举，批评他们缺乏士人应有的胸次涵养、志趣品格。《夏推官(仁玉)谈星诗序》一文也据此表达其贬斥态度，谓：“江湖间人，一艺足以自养，使胸中无古今、笔下不能五七千百，则虽真草逼王、钟，谓之书佣，丹青妙顾、陆，谓之画史。”②这里论及书画作者的文化标识，显然也适用于诗歌写作者。这一情感态度和思想观念，在方回对江湖诗人诗的具体评点中也屡屡可见。如，评戴复古《岁暮呈真翰林》诗，谓：“石屏此诗，前六句尽佳。尾句不称，乃止于诉穷乞怜而已。求尺书，干钱物，谒客声气。江湖间人，皆学此等衰意思，所以令人厌之。”③评王居安《送刘改之》诗，谓：“然外侠内馁，作诗多干谒乞索态云。”④诗歌从“道

---

① 方回《桐江续集》卷三十三，文渊阁《四库全书》本。

② 方回《桐江续集》卷三十一，文渊阁《四库全书》本。

③ 方回选评，李庆甲集评校点《瀛奎律髓汇评》卷十三，上海古籍出版社，2005年，第486页。

④ 方回选评，李庆甲集评校点《瀛奎律髓汇评》卷二十四，上海古籍出版社，2005年，第1102—1103页。

之一”降格为“谒具”，从抒写雅正无邪之“思”沦落为诉穷乞怜之状，值此之时，诗歌创作者丧失了儒学之士的精神品格。在方回的观念里，“士也者，所赖以共治天下之人”、“为士者不可不自尽其责”(《太平路修学记》)①，士人若囿于一己之私，势必无法担负起扶植世教、维系人心的责任。上述严厉的批评指斥，盖亦缘此而发。

方回还在诗史叙述中着意发掘和建构了“诗人之诗”的诗学传统。《孙元京诗集序》有云：

> 虞、夏、商、周诗，经孔子删定，赞则赘。《离骚》而降，汉晋魏以至唐宋，五七殊，古律异，六义之致一也。人品高，胸次大，学问深，笔力健，咸于此乎见之。②

所谓“六义之致”，大体指以《诗》的风雅比兴为宗尚。方回认为，《诗》所确立的这一创作纲领，成为自屈原《离骚》以降历代诗人之诗一脉相承的重要传统。结合《唐三体诗序》有关“诗之体”、“诗之用”的论述可知，这里他尤为强调的是义理—心性的启悟和历史—现实的关怀。《学诗吟十首》序曰：“诗有美有刺，导人为善而遏其恶。诗不复作，孔圣惧焉，故寓褒贬于《春秋》，以为贤君良臣之劝，而破乱臣贼子之胆。后世之诗自楚骚起，汉晋唐宋至于今日，得洙泗之遗意否乎？虽然，天理人心一也。”③就《诗》置论，突出其褒贬美刺、立世教正人心的宗旨；就《离骚》以降的历代诗人之诗而言，则着眼于其本乎“天理人心”之常而承接《诗》之风雅比兴精神。在方回看来，“六义之致”与诗人的胸次涵养相为表里，上引《孙元京诗集序》已有明确表述。《晓窗吟卷序》一文对屈原及其《离骚》的评议，也反映了他的这一认知，谓：“原之著《离骚》也，深契乎《三百篇》之六义，而淮南浅之。……由原之作，推原之心，虽进之正《风》、正《雅》及《颂》，皆可也。”④将《离骚》和屈原其人并置互观，循诗章之“迹”发掘诗人之“心”，从而体认

① 方回《桐江续集》卷三十五，文渊阁《四库全书》本。

② 方回《桐江续集》卷三十二，文渊阁《四库全书》本。

③ 方回《桐江续集》卷二十八，文渊阁《四库全书》本。

④ 方回《桐江集》卷一，《续修四库全书》本，上海古籍出版社，2002年。

其“六义之致”。又,《跋许万松诗》论杜甫及其诗,谓:“古诗有六义,风刺其一耳。老杜所以独雄百世者,其意趣全古之六义,而其格律又备后世之众体。”[①]这里,与“格律”并举的“意趣”,主要是从诗人的胸次涵养、情志品格来说的,此即方回所谓“六义之致”的根柢。

此外,“活法”也被视为诗人之诗的重要传统。《景疏庵记》谓:“吾儒之学,上穷性理,下缀诗文,必得活法。”[②]“活法”之说出于吕本中,其《夏均父集序》、《江西诗社宗派图序》、《童蒙诗训》等著述文字皆有论述。方回承接吕氏之论而又有新的阐释,在李虚己《次韵和汝南秀才游净土见寄》诗评中提出“得活法”的基本途径或机括,谓:“亦在乎抑扬顿挫之间,以意为脉,以格为骨,以字为眼,则尽矣。”[③]据其《秋晚杂书三十首》、《题一家清雅集送植芸胡直内》、《学诗吟十首》、《诗思十首》、《赠邵山甫学说》、《孟衡湖诗集序》、《送罗寿可诗序》、《恢大山西山小稿序》、《送胡植芸北行序》、《跋刘光诗》、《又跋冯庸居恪诗》等著述文字可知,方回推重的诗人之诗的典范,至少包括屈原、苏武、李陵、曹植、刘桢、陶渊明、陈子昂、李白、杜甫、元结、韩愈、柳宗元、白居易、韦应物、欧阳修、梅尧臣、苏轼、黄庭坚、陈师道、陈与义、尤袤、萧德藻、杨万里、陆游、范成大、赵蕃等人的诗作。对于这一源远流长的诗人之诗,他曾概括说:“律为骨,意为脉,字为眼,此诗家大概也。”(《汪斗山识悔吟稿序》)[④]显然是将此作为历代诗人一脉相承的创作法门。在这当中,他又突出“意”的关键地位,谓:“诗有形有脉。以偶句叙事述景,形也。不必偶而必立论尽意,脉也。古诗不必与后世律诗不同,要当以脉为主。”(谢灵运《过始宁墅》诗评)[⑤]这一论说也包含着“意为脉”的观念,“以脉为主”亦即以“意”为主,无论是古

---

① 方回《桐江集》卷四,《续修四库全书》本,上海古籍出版社,2002年。

② 方回《桐江集》卷二,《续修四库全书》本,上海古籍出版社,2002年。

③ 方回选评,李庆甲集评校点《瀛奎律髓汇评》卷四十二,上海古籍出版社,2005年,第1512页。

④ 方回《桐江集》卷一,《续修四库全书》本,上海古籍出版社,2002年。

⑤ 方回《文选颜鲍谢诗评》卷三,文渊阁《四库全书》本。

诗还是律诗，皆要求“立论尽意”。实际上，这也披露了“活法”与创作主体学养、识见、情志的深刻关联。[①] 我们从其《读张功父南湖集》诗序对杜诗的论说，可以获得进一步的确认，有云：

> 诗至于老杜而集大成……《三百五篇》有丽者有工者，初非有意于丽与工也，风、赋、比、兴，情缘事起云耳。而丽之极工之极非所以言诗也。谓如老杜七言律诗“鱼吹细浪摇歌扇，燕蹴飞花落舞筵。”“自去自来堂上燕，相亲相近水中鸥。”“林花着雨胭脂落，水荇牵风翠带长。”“风含翠篠娟娟净，雨裛红蕖冉冉香。”学者能学此句，未足为雄。“扑枣”诗云：“不为困穷宁有此，只缘恐惧转须亲。”“忆梅”诗云：“幸不折来伤岁暮，若为看去乱乡愁。”“春菜”诗云：“巫峡寒江那对眼，杜陵野老不胜悲。”“送僧”诗云：“念我能书数字至，将诗不必万人传。”此等诗不丽不工，瘦硬枯劲，一斡万钧，惟山谷、后山、简斋得此活法，又各以其数万卷之心胸气力鼓舞跳荡。[②]

显然，所谓“活法”，不是专意于偶俪工巧的格法技巧，而是序志述时、缘事抒怀的创作法则。在方回看来，《诗》之“风、赋、比、兴”即体现了此一法则，而“意趣全古之六义”（《跋许万松诗》）的杜甫，其诸多诗作也是“活法”传统的典范。据这里列举的诗例可知，杜诗的“活法”，根柢乃诗人的胸襟气度、情志意兴。这则诗序以及《唐三体诗序》、《跋遂初尤先生尚书诗》，还有曾几《次韵王元勃问予齿脱》诗评等诗学文本中关于“江西派”诗人大家和南宋中兴诗人大家的评议，也都曾从诗人的胸襟、情志的层面对“活法”进行诠释；而与此相对举的江湖诗，在他认为，缺乏“六义之致”，未得“活法”，谓“江湖无诗人”，“不可

---

① 与此相类，方回论及读书穷理的“活法”，也着意突出士人的主体性。如，《送胡仲虎归婺源并呈江山张雷》诗曰：“大儒畴昔起乾淳，天地星源一脉真。肯使我为修学记，始知君是读书人。流泉要验胸中活，死草无拘纸上陈。太极初生第一点，寻根细认古今春。”（《桐江续集》卷二十五，文渊阁《四库全书》本）

② 方回《桐江续集》卷八，文渊阁《四库全书》本。

与言诗”。

在晚宋以降的历史语境下，“诗人”这一称谓往往专指以游士为主要身份特征的江湖诗人；“诗人之诗”与“学人之诗”（或“学者之诗”）对举，主要用以指称江湖诗人及其先驱四灵的晚唐体诗。[①] 方回对“诗人”概念内涵的重新界定，对“诗人之诗”创作传统的重构与阐扬，内在于他有关诗歌之学的整体思考，反映出他在特定文化政治场域中的主体心态以及对理学思想观念的自觉认同，也鲜明地体现了其诗学批评的现实针对性和价值旨趣。

（三明学院文化传播学院）

① 详见史伟《中国古代文论中的“诗人”》，《中国文论的价值论与文体论（古代文学理论研究第三十九辑）》，华东师范大学出版社，2014 年，第 165—171 页；祝尚书《论宋人的“诗人诗”、“文人诗”与“儒者诗”之辨》，《北京大学学报（哲学社会科学版）》2009 年第 2 期；贺国强、魏中林《论“诗人之诗”与“学人之诗”》，《学术研究》2009 年第 9 期；邓莹辉、田丽萍《论晚宋“学者之诗”与“诗人之诗”的对立》，《三峡大学学报（人文社会科学版）》2019 年第 6 期。

郝敬“雅郑”诗声观研究*

文　爽

内容摘要：郝敬是晚明时期著名学者，向以经学名世。在诸经当中，郝敬对《诗》尤为关注，其《毛诗原解》中《读诗》一文，以尊崇《诗》之古序为前提，从“辞义”与“声义”二分的角度，对“郑声淫”作了细致分析。在尊崇古序的基础上，郝敬在诗论著作《艺圃伧谈》中树立起以“温柔敦厚”、“声主和平”为核心的诗声观，具体论证了“雅声”之“温柔敦厚”、“天全自得”与“郑声”之“慆荡凌厉”、“妆缀俳比”之间的区别。此外，他还通过辨析各类诗体，对雅声与郑声作了明确的区分，极力标举《诗经》以来的四言诗与汉魏五言古诗的正统性。作为从经学立场出发的诗论家，郝敬“温柔敦厚”的诗声观念有其独特价值，对清代诗论家有重要影响。

关键词：郝敬；古序；《艺圃伧谈》；雅郑；温柔敦厚

* 基金项目：2017年度江苏省社会科学基金项目“明代诗学‘声解’传统研究”(17ZWC001)。

Research on Hao Jing's Concept of "Ya Zheng" Poetic Sound

Wen Shuang

Abstract: Hao Jing was a famous scholar in the late Ming Dynasty. Among the Chinese classics, Hao Jing paid special attention to *The Book of Songs*. His article *Reading the Book of Songs* in *The Original Interpretation of Mao Shi* made a detailed analysis of "Zheng Sheng Yin" from the perspective of "meaning in words" and "meaning in sound", on the premise of respecting the ancient preface of *The Book of Songs*. On the basis of venerating the ancient order, Hao Jing set up his poetic outlook centering on "gentleness and sincerity" in his poetic writings *Yi Pu Cang Tan*, which specifically demonstrated the difference between "gentleness and sincerity", "Tian Quan Zi De" of "Ya Sheng" and "Tao Dang Ling Li", "Zhuang Zhui Pai Bi" of "Zheng Sheng". In addition, he made a clear distinction between "Ya Sheng" and "Zheng Sheng" by discriminating and analyzing various poetic styles, and tried to mark the legitimacy between the four-character poems since *The Book of Songs* and the five-character ancient poems of Han and Wei Dynasties. As a poetic theorist from the standpoint of Confucian classics, Hao Jing's concept of gentleness and sincerity has its own unique value and has an important influence on poetry theorists in Qing Dynasty.

Keywords: Hao Jing; the ancient preface; *Yi Pu Cang Tan*; Ya Zheng; gentleness and sincerity

郝敬(1558—1639),字仲舆,号楚望,湖北京山人,世称"郝京山先生",是晚明时期著名的经学家和思想家。郝敬自幼聪颖,随父学习经书与时文,五岁授小学,五岁半授《孟子》,后又得其父至交李维桢授业,得入诸生籍。神宗万历十七年(1589),郝敬举进士,但其为官耿直敢言，不善逢迎，仕途颇为坎坷，万历三十二年（1604）便辞归故里，谢客著书，遍注诸经，著有《九部经解》一百六十五卷[①]。此外，郝敬在诗文方面亦成绩斐然，于创作实践，著有《小山草》十卷，于诗文评论，则有《艺圃伧谈》一书流世。郝敬谈诗论文，多从其经学家的身份出发，因此其诗学观往往依经立义、“求平尚雅”，其中以“诗主声，声主和平”的诗声观念，最具代表性。

一、“经学”视域下的“郑诗”与“郑声”

郝敬向以经学名世，黄宗羲《明儒学案》评其曰：“明代穷经之士，先生实为巨擘。”[②]实际上，明代后期的经学，自有其独特之处，郭齐勇曾提出：“明中叶以后诗人对经学的重视，其背后实透露出这样的思想倾向：如何面对阳明后学的空疏流弊，如何与此相对抗？虽然对这一时代问题的广泛而深入的思考尚有待于明末清初的思想运动，但是不可否认的是，它已在诸如郝敬之类的学者中引起了足够的重视。”[③]

郝敬应对明代“空疏流弊”的策略，便是回归到儒家原典上去，在选择经典时，他重新确定了经典文本，在“五经”之外加上《论语》、《孟子》、《仪礼》、《周礼》合为九部经典，并给予每部经典以新的定位：

> 或问曰：首《易》何也？八卦，文始也；次《书》何也？二典，帝始也；次《诗》何也？二南，王始也；次《春秋》何也？王降也；次《礼》何也？记也，非经也；次《仪礼》何也？仪也，非礼云也；次《周礼》何也？非周公也。非周公而经何也？昔人经之，因也；次《论语》何也？集大成也；终《孟子》何也？五经之都护也。[④]

---

① 包括《周易正解》、《易领》、《尚书辨解》、《毛诗原解》、《毛诗序说》、《周礼完解》、《仪礼节解》、《礼记通解》、《春秋直解》、《论语详解》、《孟子说解》、《谈经》。

② 黄宗羲《明儒学案·诸儒学案下三》，中华书局，1985年，第1314页。

③ 郭齐勇主编《宋明时期湖北的儒学研究》，中国社会科学出版社，2013年，第384页。

④ 郝敬《九部经解序》，转引自《湖北文徵》第三卷，湖北人民出版社，2014年，第455页。

对于郝敬的此一做法，李维桢给出了很高的评价："病汉儒之解经详于博物而失之诬，宋儒之解经详于说意而失之凿，而自为解。"[①]在这里，李维桢指出了汉儒与宋儒在解经时的弊病所在，肯定了郝敬回归原典的现实意义。实际上，郝敬之"九经"的提法，以及他回归经典的做法，已然暗示出他决意杜绝宋明儒学之空疏、玄虚等弊病的强烈愿望。

在诸经当中，郝敬对《诗》尤为关注，著有《毛诗原解》三十六卷，首卷专置叙述其书要旨的《读诗》一文，此文秉持"依序立义"的准则，对朱熹《诗集传》中妄议"诗序"的做法作了激烈批判。但郝敬所认为的"诗序"，不同于一般所说的大序（《关雎》长文之序）与小序（各篇之序），而是认为各篇各附有一个诗序，在各个诗篇的诗序中，第一句为"古序"，第二句及以下所言皆为"毛公之申说"。在郝敬眼中，"古序"显然最为重要，因为这是孔子删定《诗经》时所看到的，毛公所补之申说则要次一等，传与笺则等而下之。他明确提出：

> 《诗序》首句，函括精约，法戒凛然，须经圣裁，乃克有此。其下毛公申说，乍读似阔略，寻思极得深永之味。后人不解，低为浅陋。千古寸心，得失自知，此言诗所以难也。或谓毛公有大小，非出一手，其父子兄弟转相发明，故传与序间有不合。大抵笺不如传，传不如序。毛公补序又不如序首一语，读诗惟当以首序为宗。今于首句增"古序曰"三字，以下"毛公曰"另之。后附朱说，参以愚见，不敢辞其妄也。[②]

以此"古序"为宗，郝敬与朱熹《诗集传》中的一些观点颇为迥异，最显著的一项即关于"淫奔诗"的理解。

朱熹提出："'郑声淫'，所以郑诗多是淫佚之辞。《狡童》、《将仲子》之类是也。"[③]论《鄘风・桑中》时亦提出："此正文中无戒意。只是

---

① 郝敬《旧刻经解绪言跋》，《谈经》卷首，《续修四库全书》第 152 册，上海古籍出版社，2002 年。

② 郝敬《读诗》，周维德编《全明诗话》第四册，齐鲁书社，2005 年，第 2856 页。

③ 黎靖德编，王星贤点校《朱子语类》卷八十，中华书局，1986 年，第 2072 页。

直述他淫乱事尔。”①可见，朱熹是承认《诗经》中存在违反儒家道德观的男欢女爱的情诗的，而之所以存在这些诗，是因为它们可以起到一种反面的警戒作用，所以他说：“‘思无邪’，乃是要使读诗人‘思无邪’耳。读三百篇诗，善为可法，恶为可戒。故使人‘思无邪’也。”②郝敬之见则与朱熹完全不同，他认为：“朱元晦于国风诸篇语涉情致，即改为淫奔，遂使圣人经世之典杂以谐谑。初学血气未定、披卷生邪思、环席听讲、则掩口而笑。至使蒙师辍讲、父兄不以授其子弟。甚违圣人雅言之意。其关系岂浅浅哉。”③显然，郝敬不同意朱熹将“语涉情致”的风诗视为“淫奔”之警戒诗的做法，在郝敬看来，这种理解完全违背了圣人的本意，致使经典文本反而成为反面例证，遭人嘲笑，引人生出邪思。

朱熹之所以得出如此迥异于“诗序”的结论，一个主要原因就在于，他所运用的解诗方法与前人是迥异的，元代马端临曾批判《诗集传》曰：“《序》者之序诗，与文公之释诗，俱非得于作诗人亲传面命也。《序》求诗意于辞外，文公求诗意于辞之中，而子何以定其是非乎？曰：愚非敢苟同《序》说而妄拟先儒也。盖以孔子、孟子之所以说诗者读诗，而后知《序》说之不谬，而文公之说多疑也。孔子之说：诵诗三百，一言以蔽之，曰思无邪。孟子之说曰：说诗者不以文害辞，不以辞害意，以意逆志，是为得之。”④比较而言，朱熹的解诗方法是“涵泳”，是单纯地“求诗意于辞之中”，孔子的“思无邪”，孟子的“以意逆志”，则是“求诗意于辞外”，这是两种迥然不同的解释路向。郝敬遵从孔孟的解诗之法，强调理解《诗经》时，不能仅仅局限于“辞之中”，而是应多注意其“辞外之意”，否则，就会被“辞”之表面意思所迷惑，朱子之释多有此弊端，郝敬对此作过阐释：

> 朱子改古序秖据文辞。疑似悬断、大抵浅俗。如《叔于

---

① 黎靖德编，王星贤点校《朱子语类》卷八十，中华书局，1986年，第2068页。

② 黎靖德编，王星贤点校《朱子语类》卷二十三，中华书局，1986年，第539页。

③ 郝敬《读诗》，周维德编《全明诗话》第四册，齐鲁书社，2005年，第2863页。

④ 马端临《文献通考·经籍考五》，商务印书馆，1936年，第1540页。

田》刺郑庄公不教养其弟。辞似美叔段，遂改为美叔段。《将仲子兮》，刺庄公欲祭仲谋杀弟。辞似妇人与男子语，遂改为淫奔。如序何其悠远。如朱则委巷之曲耳。[①]

朱熹对于“古序”之言颇不以为然，尝云：“《诗序》实不足信。向见郑渔仲有《诗辨妄》，力诋《诗序》，其见言语太甚，以为皆是村野妄人所作。始亦疑之。后仔细看一两篇，因质之《史记》、《国语》，然后知《诗序》之果不足信。”[②]在这里，郝敬举出了两个例证，证明了朱熹解诗仅“求诗意于辞之中”而不“求诗意于辞外”的特征。但在郝敬看来，这种解诗方法是“浅俗”的，因为诗之抒情达意以曲折委婉为主，其“所言”并不一定就是“所想”，郝敬对此认识得十分深刻：“诗人托兴深远、言语宽厚、抑扬反复、不可为典要。理有切合、而辞若矛盾，语有疑似、而志相背戾。是故言诗难也。善解者通其志而冥合，不达者执其似而反远。”[③]“诗”之难，正在于不可直解，过于直切，过于贴近字面，反而可能离题万里，唯有仔细揣摩言辞背后的“志”，才是正确的解诗之法。但是，如何辨别“诗”之“志”呢？郝敬给出的答案是，依靠“古序”。而按照“古序”的说法，以及孔子的理解，“诗”之核心即“思无邪”，也就是说，在诗三百当中，其“志”皆为正，这是解诗的一个根本出发点。那么，何以会出现“郑声淫”的说法呢？郝敬认为，这是因为“郑声”与“郑诗”有着根本的区别，更进一步而言，则是因为“声”与“诗”是不同的。

郝敬曰：

或曰：“夫子删诗，既不录淫诗，而曰郑声淫，何也？”夫声与诗异。“郑声淫”也，非郑诗尽淫也。虞书曰“诗言志，歌永言，声依永”。音律为声，篇章为诗。声生于响，诗为于志。故古序曰“在心为志，发言为诗”。此声与诗之辨也。今据古序以绎志，郑卫之诗，其何者为淫诗与。虽《桑中》、

① 郝敬《读诗》，周维德编《全明诗话》第四册，齐鲁书社，2005年，第2858页。
② 黎靖德编，王星贤点校《朱子语类》卷八十，中华书局，1986年，第2076页。
③ 郝敬《读诗》，周维德编《全明诗话》第四册，齐鲁书社，2005年，第2858—2859页。

《溱洧》志在刺淫、而诗本非淫也。岂得以辞而累志。苟不逆其志，惟辞之似，虽二南之《行露》、《死麇》，其谁不可为淫诗者与？[①]

所谓“声生于响，诗为于志”“在心为志，发言为诗”，这实际上列出了一个诗之生成的链条：志—诗—言(声)。诗是言志的，按照郝敬的理解，孔子删《诗》不录淫诗，且以“思无邪”评价诗三百，足见《诗经》所言之“志”，皆是正的，这是郝敬从“古序”中得出的结论。“诗”要呈现其“志”，有两个主要途径，一是靠“言”，也就是“辞”，二是靠“声”。(由此可见，“声”与“诗”是不同的，“声”仅是“诗”之成型的一个要素。)“辞”有辞义，而“声”有声义。关于“辞”，郝敬对“于辞求志”的做法抱怀疑态度，正如上文所言，由于诗作者追求“托兴深远”、“主文谲谏”，所以单从文辞理解，难免会有“理有切合、而辞若矛盾，语有疑似、而志相背戾”[②]的情况发生。关于“声”，按照郝敬的理解，“诗之声”是经圣人之手而成的，他曾言：“圣人录其辞，被诸管弦，协之音律，以平其躁，释其欲，宣其壅，窒其淫，因人情而利导之也。后之为诗者，不达此旨，一逞为淫哇之曲，去本遂远。”[③]可见这里的“声”，有其特定的规定性，此即“无邪”、“不淫”，也就是“平”与“正”。实际上，《诗经》之“诗”就具备以上两种特点：从“辞”的角度看，其“志”在“辞外”，强调“温柔敦厚”的宛曲之笔；从“声”的角度看，其“志”在“雅正之声”当中，强调音律的中正平和。诗的“雅正之志”正通过这两个途径呈现出来。但问题在于，“诗”在传唱过程中，并不能一直保持其平和之声的特点，而是会出现“郑声淫”。

何谓“郑声淫”呢？首先，“郑声”不等于“郑诗”，“郑诗”作为风诗的一种，其志为正，其声为平，“郑声”则仅指吟唱“郑诗”的一种歌唱方式。其次，“郑声”也并非就是指郑国之声，按照郝敬的理解：

土风化气，习气化响，岂惟郑、卫宋音，燕女溺志齐音，

①③ 郝敬《读诗》，周维德编《全明诗话》第四册，齐鲁书社，2005年，第2863页。

② 郝敬《读诗》，周维德编《全明诗话》第四册，齐鲁书社，2005年，第2858页。

傲僻骄志，以至五行莫不有淫气，八方莫不有淫声，而惟郑、卫为甚。故凡靡丽之声称郑、卫，犹今人云楚歌赵舞云尔，岂独楚有歌而赵有舞与？若谓郑音即郑诗，卫音即卫诗，齐音即齐诗，十五国未有宋诗也，则所谓燕女溺志者，是何诗与？以郑、卫之声独罪二国，非也。又以声罪诗，岂不误乎？[①]

可见在郝敬看来，各地均有"淫声"存在，只是因郑卫之地，淫声尤重，所以郑卫之音成为"淫声"的代名词，这与人们以"楚歌"、"赵舞"来形容歌、舞是一个意思。依此逻辑，则"郑卫之音"就是指在吟唱《诗经》时所出现的不雅、不正、不平、不和的声音特征。在面对这种"郑卫之音"的时候，君子与小人在其态度上有本质区别，郝敬曰：

诗者，志也。诗多男女之辞，志不专为男女发。听其声靡靡，而逆其志甚正，故端冕而听郑、卫，皆雅乐也。苟佚欲念起，凡歌舞皆足以丧志，故《乐记》曰："乐者，乐也。"君子乐得其道，小人乐得其欲。以道制欲，则乐而不乱；以欲忘道，则惑而不乐。故君子反情以和志。反情和志者，思无邪之谓也。[②]

诗虽多是描绘男女之情，但往往"志"在辞外。一旦明了此"志"，则在面对郑卫之"靡靡之音"时，亦可以"逆其志而正"。小人则不同，小人放任其欲、"乐得其欲"，所以这些靡靡之音"足以丧志"。

概而言之，辞义中的男女之情，与声义中的男女之思，实际上都是为诗中之志服务的，正如上文所言，其"志"在辞外，亦在"中和之声"中，而之所以要借男女之事发之，是因为"夫妇，人道之始也，故情莫甚于男女，廉耻莫大于中闺。礼义养于闺门者最深，而声音发于男女者易感，故凡《诗》托兴男女者，和动之音，性情之始，非尽男女之事也"[③]。所谓"礼义养于闺门者最深，而声音发于男女者易感"已经指

① 郝敬《读诗》，周维德编《全明诗话》第四册，齐鲁书社，2005年，第2863—2864页。

②③ 郝敬《读诗》，周维德编《全明诗话》第四册，齐鲁书社，2005年，第2859页。

明了《诗经》多情诗的缘由，但另一方面，这些男女之事，又往往有着更深的“风人之旨”，隐藏着更为深远的“志”，此即所谓“托兴男女者，和动之音，性情之始，非尽男女之事也”。了解了这一点，则诗中的浮泛之辞，以及声中的靡靡之音，不过是烟幕而已，唯有以雅正之心看透言辞、以端冕之态净化音律，才是切实可行的解诗之道，而这些途径得以实现的唯一前提则是：承认古序的存在之合法性。换言之，对古序的重视，是郝敬“经学”式诗论观得以成立的重要基础。

二、雅郑之辨：郝敬的诗声观

在尊崇古序的基础上，郝敬树立起以“温柔敦厚”为核心的诗论观。诗意（诗情）、文辞、诗声，可以说是“温柔敦厚”得以呈现的三个主要方面，情意多隐于其间，文辞则有辞内辞外，相比之下，“诗声”的作用不可小觑。古人论诗尝言“治世之音”“乱世之音”，郝敬论诗亦重“诗声”，尝曰：

> 诗有意，有辞，有音，而音为本色。无音但意与辞，凡文章皆然。舍声音，别于辞意间，索隐僻为深奥；贵艰涩为高古，余狂而不信也。[①]

古人所言尚十分笼统，郝敬的诗声之论则更为具体详实，他主要从诗体雅郑的角度，对诗歌应具备的“温柔敦厚”之风作了细致的辨析。“雅”、“郑”之辨，是郝敬“诗声”论的关键所在。那么，何谓“雅”，何谓“郑”呢？郝敬不仅从二者的声音特征差异上作了区分，也从二者所存身的诗体上作了辨别。

（一）雅声与郑声的特征区分

郝敬尝曰：“声音之道，终不越郑雅两途。雅声平淡，郑声壮浪而繁促。”[②]郝敬极为重视“雅”与“郑”的区分，对此他还有过更为具体的

---

① 郝敬《艺圃伧谈》，周维德编《全明诗话》第四册，齐鲁书社，2005 年，第 2887 页。

② 郝敬《艺圃伧谈》，周维德编《全明诗话》第四册，齐鲁书社，2005 年，第 2877 页。

论述：

> 温柔敦厚为雅，慆荡凌厉为郑；天全自得为雅，妆缀俳比为郑；五音合和为雅，四声切响为郑。[1]

郝敬在这里对“雅”、“郑”鲜明地划分出了三个层次。一者强调整体风格，二者强调语言特征，三者强调声音特征。而实际上，若仔细观察会发现，这三个层次其实都是从声音层面着眼的。从此三个层次，我们可对郝敬所理解的“雅声”与“郑声”作一系统的阐释。

首先看“雅声”的“温柔敦厚”与“郑声”的“慆荡凌厉”。风诗之“雅声”，一般由圣人制定，风诗并非在其产生之初即以“平淡”之声呈现，但即便如此，诗中所咏仍偏于温柔，多借女子之口发出，郝敬释曰：“男女生人，至情恒人，心绪牢骚，则托咏男女，而为女子语常多。盖男子阳刚躁扰，女子阴柔幽静。性情之秘，钟于女子最深，而辞切妇女，最悠柔可风。故圣人录其辞，被诸管弦，协之音律，以平其躁，释其欲，宣其壅，窒其淫，因人情而利导之也。”[2]郝敬的这一解释颇富新意，按其意，诗语达情，而情分男女，男子之情“阳刚躁扰”，女子之情“阴柔幽静”，比较而言，女子之情更深、更易动人，所以其所咏之声也是“悠柔可风”的，因此，风诗在产生之初，“为女子语常多”。这实际上已经指出了“温柔”之诗声在表现力、感染力方面的天然优势。但另一方面，“温柔”之声虽有克服凌厉阳刚之声的优势，却也同样有流于靡靡之音的弊端，圣人删诗录诗，“录其辞，被诸管弦，协之音律，以平其躁，释其欲，宣其壅，窒其淫”，其中的重点就是以“平声”进一步修正“柔声”之不足。“平”，即“和平”，所谓“释其欲，宣其壅，窒其淫”，意即“不躁”、“无欲”、“不滞”、“不淫”实际上就是“平”。换言之，“平”就是不紧不慢、不阻塞、不过度、不轻浮，可以让人平心静气的“敦厚”之声。声之“柔”与声之“平”的结合，即诗声中的“温柔敦厚”，而其中又以“平”最为关键。

---

① 郝敬《读诗》，周维德编《全明诗话》第四册，齐鲁书社，2005 年，第 2868 页。

② 郝敬《读诗》，周维德编《全明诗话》第四册，齐鲁书社，2005 年，第 2863 页。

与“雅声”的“温柔敦厚”相对，“郑声”则以“慆荡凌厉”为其主要特征。何谓“慆荡”，何谓“凌厉”呢？要理解其内涵，还需结合郝敬的其他相关论述。郝敬尝有言：“繁促则不和，壮浪则不平，故曰淫也。淫者，放也，过度则放。”[①]又曰：“凡声音壮丽凄苦，摇拽叫噪，迭宕不平，皆谓郑。”[②]“郑声”的具体特征看似有很多，但实际上可以分为两类，第一就是“慆荡”，与其相关的近义词有“壮浪”、“迭宕不平”，意即声音中所透露出的放浪之感；第二是“凌厉”，与其相关的近义词有“繁促”、“摇拽叫噪”，指一种短促、粗犷的声音特征。然而不论是放浪还是粗犷，其关键特征都是“无节制”。郝敬曰：“淫者，放也，过度则放。天地有六气，过而不节，是生六淫，淫生六疾，非必男女燕溺谓之淫也。男女之情，圣人不能无。《关雎》不淫，乐不过其节耳。有情欲之感，而无慆溺之私，虽郑而非郑也。若其舒惨过度，虽微男女之似，亦淫也。”[③]显然，在郝敬的理解中，“淫”并非专对男女之情而发。前文我们已经指出，郝敬对风诗中的男女之情颇有同情之心，尝言：“情莫甚于男女，廉耻莫大于中闺。礼义养于闺门者最深，而声音发于男女者易感，故凡《诗》托兴男女者，和动之音，性情之始，非尽男女之事也。”[④]郝敬此处重申此一观点，认为即使圣人也脱不开男女之情，所以并非“男女之情”就是“淫”，“淫”的真实内涵是“放”，是“过度”，是“不节”，按照这一逻辑，《关雎》虽写男女之情，但节制有度，所以是不淫的，相反，后世一些“舒惨过度”即情感强烈的诗，即使未涉及男女之情，但也可以说是“淫”的。所以，“郑声”的判别标准，一言以蔽之，即“无节制”。

其次看“雅声”的“天全自得”与“郑声”的“妆缀俳比”。所谓“天全自得”，即指声音自然而出、天然而成，不刻意，不造作，与刻意人为的“妆缀俳比”形成鲜明的对比。郝敬尝言：“声音之道，自然与性情

① 郝敬《艺圃伧谈》，周维德编《全明诗话》第四册，齐鲁书社，2005年，第2877页。

② 郝敬《读诗》，周维德编《全明诗话》第四册，齐鲁书社，2005年，第2868页。

③ 郝敬《读诗》，周维德编《全明诗话》第四册，齐鲁书社，2005年，第2877页。

④ 郝敬《读诗》，周维德编《全明诗话》第四册，齐鲁书社，2005年，第2859页。

通。歌咏所以养其性情也。歌'雅'者温良,歌'颂'者柔直。故曰:'诗可以兴。'此性情之说也。"①显然,在郝敬看来,一方面,声音是出自性情的,性情决定了声音的特征,但另一方面,声音对人之作者之性情也有反作用,如温柔敦厚的吟咏之声对作者就有陶冶作用。所以郝敬所说的"天全自得",一方面指声音的自然特性,另一方面也暗含着其性情与诗声的温厚属性。简言之,就是要求作者以温厚之性情,发温厚之雅声,这一以声达情的过程是自然而出的。"郑声"的"妆缀俳比"则与此完全不同,朱熹尝言"诗本性情,辞无妆缀"②,郝敬与朱熹的观点是相近的。事实上,"妆缀"一说,在郝敬的诗论当中出现率颇高,如:"诗如长律,文如四六,其凑砌已伤天趣,近来并议论叙事之文,亦效辞赋之体,经书制义,亦以妆缀为工,经传名理,废为刍狗。"③又如:"后人作诗,专喜用故实,由其才思短,兴尽辞穷,不得不牵率填补,虽妆缀富丽,终匪天趣。"④显而易见,"妆缀"主要指诗文创作当中修辞手法,如用语的铺排、对仗,声响的押韵、协律等。此类人为规定的修辞手法,使得诗歌在表达情感之时,与"天全自得"式的诗歌有很大区别,其突出的一点就是"自然之声"与"人为之声"的区分。

郝敬最后所说的"五音合和"与"四声切响",实际上是从具体的声音层次对"温柔敦厚"、"天全自得"之"雅声"与"慆荡凌厉"、"妆缀俳比"之"郑声"的进一步区分,而这一区分的展开,与不同诗体的辨析是分不开的。

(二) 雅声与郑声的诗体区分

在诗体观上,郝敬持一种典型的退化论或复古论倾向,而他坚持此一倾向的一个主要依据就是"诗声",但他对诗体的区分不是从声律的角度,而是从雅郑的角度。

---

①② 郝敬《读诗》,周维德编《全明诗话》第四册,齐鲁书社,2005年,第2860页。

③ 郝敬《艺圃伧谈》,周维德编《全明诗话》第四册,齐鲁书社,2005年,第2892页。

④ 郝敬《艺圃伧谈》,周维德编《全明诗话》第四册,齐鲁书社,2005年,第2913页。

1. 四五言为雅，二三言与六七言为郑

在诸多诗体当中，郝敬最为推崇四言诗与五言古诗：

河图中五，为天地之合。故五数中和，天地之完声也。乐盈而反，以反为节，风雅四言为正始。一唱三叹，有余音者也。……《三百》而后，惟五言古为近雅。①

《书》舜欲闻六律五声八音。在治忽，以出纳五声。五言生于五声，易以四象成五位。故四五言者，天地之中声。②

诗莫古于虞歌，商周二颂，风雅诸什，皆四言也。不疾不徐，所以为雅。③

故凡诗断然以四五言庄重温厚为雅，五言而后，不可复加矣。④

五言古诗，乃有《三百》温厚之遗。⑤

"四言"主要出自《诗经》，即所谓"商周二颂，风雅诸什，皆四言也"，所以郝敬称四言为"风雅四言"，而"五言"则主要指五古，所谓"《三百》而后，惟五言古为近雅"，"五言古诗，乃有《三百》温厚之遗"，已明确透露出其诗体定位。而郝敬之所以看重四言诗与五言古诗，也给出了充分的理由。第一，四言、五言，与天地宇宙间的"四象"及"五行"、"五声"是相应的。郝敬认为，中正平和的雅声，源自宇宙天地的自身法则，这些法则形诸于诗，就是四言以及稍后兴起的五言。换言之，四、五言就是"天地之中声"。第二，四言、五言均为庄重温厚的雅音，具体来说，就是具备"一唱三叹"、"有余音"、"不徐不疾"的声音特征，这是最为正统的诗中之声，正是从这一角度，郝敬将"温柔敦厚"的四言称之为"正始"，将五言古诗称之为"《三百》温厚之遗"。第三，也是

---

① 郝敬《艺圃伧谈》，周维德编《全明诗话》第四册，齐鲁书社，2005 年，第 2880 页。

②④ 郝敬《艺圃伧谈》，周维德编《全明诗话》第四册，齐鲁书社，2005 年，第 2881 页。

③ 郝敬《艺圃伧谈》，周维德编《全明诗话》第四册，齐鲁书社，2005 年，第 2880—2881 页。

⑤ 郝敬《艺圃伧谈》，周维德编《全明诗话》第四册，齐鲁书社，2005 年，第 2898 页。

最为根本的，四言作为诗之宗，郝敬认为其最大特点是“以声按辞”，他提出：“辞以达志，歌以写声。声有清浊高下，辞惟一律。故《三百篇》可弦歌，皆以声按辞也。”[①]按郝敬之意，经过圣人删定过的《诗经》，其声雅正平和，虽然众多风诗多以男女之辞写之，但这种“温柔敦厚”的“声义”统摄着“辞义”，此即“以声按辞”。以此“雅声”为核心，四言诗，以及以其为宗的五言古诗，均呈现出“风雅”之貌。

对于二言诗与三言诗，郝敬则多排斥之语。按郝敬之考证，二言、三言虽然在字数上少于四言与五言，但与四言、五言诗相比，却更为晚出。他提出：

> 李延年为协律都尉，其郊庙乐歌，创为新声，用三言，繁促杳渺，类方士符咒语，无复平雅之致。……天地之数成于五，而汉乐三，言转觉急促。《弹歌》二言，后人伪作。[②]
>
> 汉始为三言，好事者益反而为二言。伪造《弹歌》：‘断竹，续竹，飞土，逐肉’之句，雕弄纤巧，本纬稗小说，资谈谑。[③]

在郝敬看来，三言诗出自汉代。作为宫廷乐师的李延年，在创作郊庙乐歌时，最早采用三言。至于二言诗，则所出更晚，一般人所认为的早期二言诗《弹歌》，郝敬断定其为伪作，是好事者为了“资谈谑”而作的。郝敬之所以会对三言诗、二言诗如此排斥，主要还是因为它们不符合“雅声”的标准。郝敬曰：

> 汉郊庙歌，如《练日时》、《天马》、《华烨烨》之类，创为三言，长短参差，烦响急节，险怪幽僻，一似梵呗神咒，一似巫觋歌哭，岂肃雝大雅之音。[④]
>
> 三言促而声短。[⑤]
>
> 至汉魏郊庙送神等歌，全用三言，音节迫促，盖乐将万

---

①③④⑤　郝敬《艺圃伧谈》，周维德编《全明诗话》第四册，齐鲁书社，2005年，第2880页。

②　郝敬《读诗》，周维德编《全明诗话》第四册，齐鲁书社，2005年，第2868—2869页。

而急数，所谓乱也。[①]

三言诗与二言诗的一个典型特征就是“急迫”。郝敬尝云：“二三太短，……短则骤。”[②]二言与三言因较为字数极少，组合短促，所以容易形成急迫、疾速的声音节奏，而这种疾速、躁动的音节，与“温柔敦厚”的“雅声”显然背道而驰。

对于六言诗与七言诗，郝敬同样持排斥态度，他提出：“四五言者，天地之中声，进而六七太长，反而二三太短。短则骤，长则放，骤与放，皆郑声也。”[③]在这里，郝敬在以四言诗、五言古诗为“雅声”之典范的同时，也特别指出了二、三言与六、七言的一个主要区别就在于前者在声音上偏“骤”，而后者在声音上偏“放”。如他提到：

> 故凡诗断然以四五言庄重温厚为雅，五言而后，不可复加矣。加则淫，淫则郑。天地之气，过则淫，自然之理也。[④]
>
> 古言四、五为雅，近体六、七言，以至纵横驰骋，如唐人歌行，豪宕不羁，皆郑之属也。[⑤]
>
> 七言繁而声长。[⑥]
>
> 古诗四言，太音冲漠，汉魏增一言，便多逸响。如兵法改车战为步骑，龙虎风云，奇变百出矣。更增七言，如长驱野战，虽有纪律，终非汤武之仁义，与桓文之节制倚众强耳。[⑦]

之所以“五言之后，不可复加”，是因为与四五言相比，六言与七言所多出的字，使其声音变得“繁而长”了，也就是上文所说的“放”，这种“放”，产生出一种“纵横捭阖”的意味，郝敬所谓“纵横驰骋”、“豪宕不羁”、“长驱野战”等，均意在阐明此点。但与二、三言的“烦响”、“急促”一样，六、七言的“纵横驰骋”也与“温柔敦厚”的“雅声”背道而驰。

---

①②③④ 郝敬《艺圃伦谈》，周维德编《全明诗话》第四册，齐鲁书社，2005 年，第 2881 页。

⑤ 郝敬《读诗》，周维德编《全明诗话》第四册，齐鲁书社，2005 年，第 2868 页。

⑥ 郝敬《艺圃伦谈》，周维德编《全明诗话》第四册，齐鲁书社，2005 年，第 2880 页。

⑦ 郝敬《艺圃伦谈》，周维德编《全明诗话》第四册，齐鲁书社，2005 年，第 2882 页。

对此，郝敬用了一个生动的比喻，“终非汤武之仁义，与桓文之节制倚众强耳”，就是说，战争有不同的类型，汤王灭夏，武王伐纣，皆顺天利民，是仁义之师，齐桓公、晋文公称霸，兵力虽强，但是意欲分赃天下，倚强凌弱，是私利之争。郝敬此处以诗作对比，认为四言“雅声”属汤武一类，六言七言等“郑声”则属于齐桓晋文之流。其高下之分，立判。

2. 古诗为雅，乐府、歌行、近体为郑

在更为具体的诗体区分上，如乐府、古诗、歌行、近体等，郝敬的辨析要更加细致。

先看乐府。郝敬认为乐府始于汉代：

> 乐府起于汉，本下里之音，后人喜其声音佻达，尊为古乐，其实郑卫齐宋之音，燕女傲僻，流滥烦数，不可以登于庙朝，不可奏于射乡食飨。汉始仿其声，为郊庙辞、鼓吹曲。后人沿汉为古，驯至六朝，《子夜》、《读曲》等兴，而乐府全堕淫声矣。①

从根源上，郝敬就将乐府归入到了“下里之音”，后人将此“下里之音”尊为古乐，其实是“以郑乱雅”。在郝敬看来，汉以后所兴起的乐府，与两周时期的雅颂登歌，有着显著的不同，二者不可同日而语，如其所言：“雅颂登歌主辞，辞典则平正。工瞽弦诵，一唱三叹，以八音按之，是为雅乐。汉郊庙鼓吹曲，但主声，而鼓吹声促，牢骚其辞以合之，不合，杂用教坊妖声哆语接凑，至有声无辞，或有辞无义。故汉乐府辞，多不可解，好异者，推为高奇，甚无谓也。”②又说：“今世乡饮酒礼，歌《鹿鸣》、《四牡》，即古雅乐，《三百篇》之协诸弦歌者也。今世演戏俳唱，即古之郑声，汉之乐府《铙歌》、《横吹》等曲之类。雅志敦厚，而声温柔；郑志放浪，而声流散。”③可见与周代时纯粹“雅声”的雅颂登歌相比，汉代以乐府为主的郊庙辞与鼓吹曲，已经吸收了太多的教

① 郝敬《艺圃伧谈》，周维德编《全明诗话》第四册，齐鲁书社，2005 年，第 2898 页。

② 郝敬《艺圃伧谈》，周维德编《全明诗话》第四册，齐鲁书社，2005 年，第 2900 页。

③ 郝敬《艺圃沧谈》，周维德编《全明诗话》第四册，齐鲁书社，2005 年，第 2882 页。

坊俗乐元素。郝敬又进一步论曰:“李延年为协律都尉,其郊庙乐歌,创为新声,用三言,繁促杳渺,类方士符呪语,无复平雅之致。如《鼓吹》、《饶歌》,多教坊俚语方言,杂演成曲,正乃所谓郑声淫。而好事者诧为新奇附和,谓为古乐府体。风雅之义,于兹斩然矣。”[①]这实际上是对汉乐府中所渗入的教坊元素的进一步说明。

正是由于汉乐府中多掺杂教坊俚语方言,又惯用三言,所以郝敬称其为“郑声”。如他说:“《清商》等曲,不得不为妖哇悲切之音,不得不为欢侬俚俗之语。舍男女之情,无可寄托,所以为郑声也。”[②]汉乐府之“郑声”主要就表现为寄托男女之情的“俚俗”之声,但何以《诗经》言男女之情就不为“郑”,而汉乐府寄托男女之情便为“郑声”呢?郝敬认为:“民谣方语近俚,卦繇谶文近诞。在春秋以前者,经夫子删削,无容再收。在春秋以后者,蛙鸣满路,不可胜听。惟《三百篇》,《大雅》一律,圣人手订。诗亡,圣人以《春秋》补之,非后世淫声杂弄,可以补诗也。”[③]按郝敬之意,春秋以前的风诗,是经过圣人删定的,其所写虽为男女之情,但多有所节制,意在言外,所以是“雅声”,春秋以后的民谣俚语,则芜杂无方,不受节制,所以是“郑声”。也就是郝敬说的:“乐府《清商》等曲,用俗语而反多艳情,质近本初也。性情之道,男女最真,故乐府辞多男女,乐其所自生也。男女谐,阴阳合,乐之实也。乐盈而返,不以礼节之,亦不可行,故乐府为淫声。”[④]这种“无节制性”,可以说是郝敬认定汉乐府为“郑声”的重要原因之一。

除此之外,在郝敬的理解中,汉乐府之所以为“郑声”,还有另外一层原因,即:“后世鼓吹乐府,以辞合声,故辞变为烦促妖哇之声,此郑声之所由来也。”[⑤]在前文中,我们曾提及郝敬对“雅声”正宗的四言诗的概括是“以声按辞”,即以“温柔敦厚”的“声义”统摄着“辞义”,而

① 郝敬《读诗》,周维德编《全明诗话》第四册,齐鲁书社,2005 年,第 2868—2869 页。
② 郝敬《艺圃伧谈》,周维德编《全明诗话》第四册,齐鲁书社,2005 年,第 2901 页。
③ 郝敬《艺圃沧谈》,周维德编《全明诗话》第四册,齐鲁书社,2005 年,第 2882 页。
④ 郝敬《艺圃伧谈》,周维德编《全明诗话》第四册,齐鲁书社,2005 年,第 2902 页。
⑤ 郝敬《艺圃伧谈》,周维德编《全明诗话》第四册,齐鲁书社,2005 年,第 2880 页。

此处的“以辞合声”则正是“以声按辞”的反面，意为：“辞义”为主，“声义”为客，“声义”服从“辞义”。而在一般的民谣俚曲中，辞义多表男女之情，由此，服从“辞义”的诗之“声”也便流于放荡不羁。这可说是汉乐府之“无节制性”声音特征的根本由来。

尤为注意的是，作为差不多同时出现的诗体，乐府与五言古诗之间的差异也颇值得玩味，郝敬亦从“雅声”、“郑声”的角度对此二者的差异与音品高下做了区分。乐府与古诗，在诗声上有显著差异。郝敬尝云：“自汉有鼓吹铙歌，而乐府遂为新声，与古诗别矣。后世拟乐府者，或为古诗；拟古诗者，又不同乐府。今选古诗，则不当混入乐府，专论乐府，不当混入古诗。”①郝敬于此批驳了将乐府与古诗混为一谈的做法，在他看来，古诗，尤其五言古，主要是承《诗经》四言而来，而乐府则为新声，是由汉之鼓吹铙歌发展起来的。二者在根源上就不同，因此其诗声特性也就有质的区别，即所谓“古诗辞气平雅，所以为登歌；后世乐府急促，所以为鼓吹”②，“无俚俗俳荡之调，不成乐府；无端悫温厚之度，不成古诗。雅、郑之分也”③。古诗为“雅声”，乐府为“郑声”，可以说是郝敬对古诗与乐府的基本定位。

对于古诗诗体，郝敬基本比较推崇。若从字数节奏多少来看，古诗大致可分为四言、五言、七言。四言古诗被郝敬视为“雅声”之宗，前文已详，不再赘言。此处主要探讨五古与七古。对于五言古诗，郝敬的推崇之意更为显著，他认为五古继承了诗三百的温厚遗风，所以提出，“《三百》而后，惟五言古为近雅”④，“五言古诗，乃有《三百》温厚之遗”⑤。相比之下，七古则有所不同，他明确提出：“诗主和平，大都古体七言不如五言近雅……古体七言过于放。”⑥这里的区分很明显，五古近雅，而七古由于其“过于放”的特征而离“雅声”更远。需要说明的一点是，郝敬此处所说的古体，均偏指汉魏古诗，基本不包括唐

---

①② 郝敬《艺圃伧谈》，周维德编《全明诗话》第四册，齐鲁书社，2005年，第2901页。

③⑤ 郝敬《艺圃伧谈》，周维德编《全明诗话》第四册，齐鲁书社，2005年，第2898页。

④ 郝敬《艺圃伧谈》，周维德编《全明诗话》第四册，齐鲁书社，2005年，第2880页。

⑥ 郝敬《艺圃伧谈》，周维德编《全明诗话》第四册，齐鲁书社，2005年，第2906页。

代古诗。郝敬云："唐诗佳者，多是古体，然亦唐之古体耳。棱角峥嵘，而少圆融，雕刻细琐，而少浑厚。佳句可摘，而天趣不及汉魏、六朝，自然妙丽。皆本近体之习，而特去其声偶耳。说者谓唐无古诗，良似。"[①]郝敬认为唐代的古体与汉魏古诗不同，唐代古诗深受近体诗影响，缺乏汉魏古体中的温厚之声，这实际上已经是完全迥异于汉魏古体的一种新的变体，所以郝敬称其为"唐之古体"，这与李攀龙所说的"唐无五言古诗而有其古诗"[②]是相一致的。

七言当中还有歌行体，萌生于六朝而兴盛于唐代。对于这一诗体，郝敬亦持批判态度，如他认为"唐人歌行，豪宕不羁，皆郑之属也"[③]，"《皇娥》、《白帝子》歌，正是唐人七言歌行，评者信以为太古之作，冠冕百代，诬少昊女有桑中之行，使郑声高张，大为风雅之玷"[④]。评李白歌行："李白称仙才，惟是七言歌行，豪宕俊爽，绝尘而奔，前无古人，后无来者，然蕴藉深厚处绝少。直以便利之舌，吐任放之气。"[⑤]显而易见，郝敬将"歌行"之体明确定位为"郑声"。首先，如果说五言古诗是源于诗三百，那么七言歌行则源于汉乐府。郝敬曰："铙歌以鼓吹音节，与诗辞夹杂，逗留曲折，参差不齐，开后世歌行之端。"[⑥]又说："汉乐府妖哇，去《三百篇》远，唐变为七言歌行，如《远别离》、《将进酒》、《天姥吟》、《蜀道难》、《扶风豪士歌》等篇，当时夸仙才，其实放荡不检，温柔敦厚之义斩然矣。"[⑦]乐府多掺杂教坊俚语，诗声无所节制，七言歌行既从乐府而来，自然属于"郑声"。其次，与七古相比，七言歌行"放"的特征更为突出。七古虽然也有"放"的倾向，但作为古诗，其基本的声音本质仍趋向温厚，源自乐府的歌行，则借助七言体式，愈发突显出其放荡不羁的特质，这也正是郝敬所说的

① 郝敬《艺圃伧谈》，周维德编《全明诗话》第四册，齐鲁书社，2005 年，第 2905 页。
② 李攀龙《选唐诗序》，李伯齐点校《李攀龙集》，齐鲁书社，1993 年，第 375 页。
③ 郝敬《读诗》，周维德编《全明诗话》第四册，齐鲁书社，2005 年，第 2868 页。
④ 郝敬《艺圃伧谈》，周维德编《全明诗话》第四册，齐鲁书社，2005 年，第 2886 页。
⑤ 郝敬《艺圃伧谈》，周维德编《全明诗话》第四册，齐鲁书社，2005 年，第 2910 页。
⑥ 郝敬《艺圃伧谈》，周维德编《全明诗话》第四册，齐鲁书社，2005 年，第 2889 页。
⑦ 郝敬《艺圃伧谈》，周维德编《全明诗话》第四册，齐鲁书社，2005 年，第 2906 页。

“后世歌行，长短参差，驰转放宕，流散败度，去古愈远”[①]。

最后再来看近体。对于近体所显现出来的声音特征，郝敬同样持一种贬抑的态度：

> 近体所以卑者，为其声响迅厉也。古乐希声，糠鬲土鼓，谓之德音。古诗四言，洋洋盈耳矣。故颂高于雅，雅高于风，风犹有嫖姚骀荡之意焉。汉魏五言，已称轶响。唐体兴，恣荡极已。六朝以靡丽伤敦厚，唐人以近体损温柔。《记》云：“粗厉猛起，奋末广贲之音作，而民淫乱。”刚毅违温柔之情，淫乱失敦厚之义，以是皆谓之郑声也。[②]

在此段中，郝敬将“近体诗”与“诗三百”之“四言古诗”、汉魏五言、六朝诗歌相对比，从“四言德音”之“洋洋盈耳”到“汉魏五言”之“轶响”再到六朝诗歌之“靡丽”、唐体诗歌之恣荡，诗歌发展从“雅”趋向于“郑”，其态度亦从褒趋向于贬斥。郝敬尝云：“古人兴致为诗，近世夤缘名利，纯用声偶。……唐人声偶，诗家之佣保也。”[③]近体诗的主要特点就是“声偶”，即文辞上强调对偶，诗声上讲究声律，亦即抑扬顿挫、平仄相协，实质上就是“四声”的人为配合。对此，郝敬曾言：“五音合和为雅，四声切响为郑。”[④]“五音合和”，是指以五音为基础的音乐旋律，在声音上强调温柔敦厚；“四声切响”是指以四声为基础的平仄配合，在声音上趋向高亢浑成。[⑤] 对于近体诗的这种声音特点，郝敬贬之为“粗厉猛起，奋末广贲之音”。郝敬认为，古体的五言与七言，原本是雅正之声，但被配上近体平仄之后就成为郑声。在诗论中，他毫不掩饰对近体诗声的厌恶，并对后世以近体为贵的观点给予

---

① 郝敬《艺圃伧谈》，周维德编《全明诗话》第四册，齐鲁书社，2005 年，第 2880 页。

② 郝敬《艺圃伧谈》，周维德编《全明诗话》第四册，齐鲁书社，2005 年，第 2883—2884 页。

③ 郝敬《艺圃伧谈》，周维德编《全明诗话》第四册，齐鲁书社，2005 年，第 2886 页。

④ 郝敬《读诗》，周维德编《全明诗话》第四册，齐鲁书社，2005 年，第 2868 页。

⑤ 郝敬云：“声响壮丽，辞彩高华，是近体本色也”。《艺圃伧谈》，周维德编《全明诗话》第四册，齐鲁书社，2005 年，第 2907 页。

严厉批驳，如他说“唐人诗，取音律宏畅，辞彩高华……程以古义，好滥淫志，促数烦志，敖避骄志，唐诗皆有，非尽温柔敦厚性情之正”[1]，“诗当以近体为卑，而世俗尚气格贵近体”[2]。在郝敬看来，虽然近体声响壮丽，音律弘畅，在诗声特征上自成一体，对后世也影响极大，但它与作为“雅声”正宗的强调温柔敦厚之声的诗三百、汉魏五古已相距甚远。从这个角度说，近体诗依然属于“郑声”，而且就其所开拓的程度来看，它对“雅声”所产生的抗拒之力更为强大，这应该是郝敬强烈排斥近体声律的根本原因所在。

不仅仅是笼统批判，在更具体的近体诗类型中，郝敬也作了相应的论断。如对于五律，他提出：“五言律，如李白‘塞虏乘秋下，天兵出汉家’，杜甫‘胡马大宛名，锋棱瘦骨成’……孟浩然‘八月湖水平，涵虚混太清’此等句，气急响促，今人谓为警策。警策非所以论诗也。”[3]对于七律，郝敬则又一反常态，认为七律比五律要接近古风，他说：“律体板，而七言较五言多两字，反觉委蛇宽舒。如崔颢《黄鹤楼》、沈佺期《卢家少妇》、《龙池篇》，有汉魏遗音。”[4]对于俳律，郝敬批判的力度最大，尝云：“近体之败兴，无如俳律。使有情者不得展措，滞钝者托以藏拙。唐人编类书、守括帖，专办此耳。塞功令、逢主司、射科目，故不辞劳拙。今既不以之课士，士苦欲效之，一种闷腔滞气，染著人，如叠板砌甓，含氏吞针，性情之道，温柔之意尽矣。”[5]在郝敬看来，在近体诗中，俳律一体最为低下，因为作为科举考试试帖诗的专用诗体，排律在声律方面要求更为严格，其弊端也最为显著，所谓“叠板砌甓，含氏吞针”皆讽刺其尽失温柔之声的长律之调。

以上就是郝敬从诗体辨析层面对“雅声”与“郑声”的一个大致区分。概而言之，郝敬最为看重四言诗，因为四言一体主要出自《诗

---

① 郝敬《批选杜诗题辞》，周维德编《全明诗话》第六册，齐鲁书社，2005 年，第 5946 页。

② 郝敬《艺圃伧谈》，周维德编《全明诗话》第四册，齐鲁书社，2005 年，第 2886 页。

③④ 郝敬《艺圃伧谈》，周维德编《全明诗话》第四册，齐鲁书社，2005 年，第 2906 页。

⑤ 郝敬《艺圃伧谈》，周维德编《全明诗话》第四册，齐鲁书社，2005 年，第 2885 页。

经》，而按照郝敬以古序解经的思路，诗三百均为敦厚温柔之声，因此，从《诗经》中来的四言诗就具备了一种“雅声正宗”的意味。汉魏五言古诗继承了诗三百的温厚遗风，也属于“雅声”一脉，七言古诗在诗声上比五言古诗要“放”，但依然不出“雅声”的范围。唐代古诗风貌已与汉魏时期明显不同，因其深受近体影响，实际上已成为完全不同与汉魏古体的新的变体，距离“雅声”已远。至于歌行，因其源自乐府，其声多“豪宕俊爽”、放宕无节制，也被郝敬归于“郑声”。近体，包括五律、七律以及俳律，是在声偶基础上发展起来的新的诗歌体式，但郝敬认为近体过于强调辞与声的规范性，实质上是开辟了一条完全不同于诗三百传统的另一路向，其本色是气格之美，表现在诗声上是雄浑壮丽。鉴于此，郝敬将近体亦归于“郑声”。但与此同时，郝敬也看到了古体之衰退与近体之兴起是大势所趋：“夫诗至唐，古意已微，世运所趍，人力无如何。虽使皋、夔、周、孔生六朝后，亦不得不俯从近体。如杜甫材品人地，生逢三五盛际，庆云喜起之歌，国风雅颂之韵，追踪何难哉！人不愧古人，文章古今，可置勿论已。”[①]郝敬其实已经清醒地看到了“古意已微”、近体兴盛的必然性，但纵观其诗论，他更关注“雅声”逐渐没落的过程。在郝敬那里，重新探寻“雅声”的轨迹，重新回归到正宗的“雅声”之途，才是寻回诗歌存在价值的唯一途径。

三、“温柔敦厚”的再阐释：郝敬“雅郑”诗声观价值评估

作为明代后期从经学立场出发的诗论家，郝敬的诗声观念自有其独特价值，其中最为突出的一点，就是他赋予了“诗声”一种本体学意义。在其诗论中，曾反复提出“诗主声”、“诗者，声音之道”的概念，例如，其曰：“诗与文异；文主义，诗主声”[②]；“诗者，声音之道，自当主声”[③]；“诗有意，有辞，有音，而音为本色。无音但意与辞，凡文章皆

① 郝敬《批选杜诗题辞》，周维德编《全明诗话》第六册，齐鲁书社，2005 年，第 5947 页。
② 郝敬《艺圃伧谈》，周维德编《全明诗话》第四册，齐鲁书社，2005 年，第 2882 页。
③ 郝敬《艺圃伧谈》，周维德编《全明诗话》第四册，齐鲁书社，2005 年，第 2909 页。

然”[①]。在郝敬看来，诗中之音，是诗的本质特征，是诗区别于文章的关键所在。唯有从诗声的角度来考察诗之类型、风格以及功能，才是切实可行的路径。郝敬在其诗论中，主要就扣住“诗声”这一核心，对诗歌展开了细致的辨析。

郝敬的这一诗声本体论，是建立在“声—情”互通基础上的，即所谓“声音之道，自与性情通”[②]，而其起点，则在诗经学。郝敬之诗经学的基本立场，就是推崇古序，贬抑朱说。而朱说与古序的一个基本分歧就是，朱熹强调直解，注重辞中之意，古序则强调在曲解，注重辞外之意。郝敬是古序一脉，因此也是强调意在辞外的。需要说明的是，古序与郝敬此处所强调的“辞外意”，在倾向上是相对固定的，即诗三百之诗，皆缘事而发，或美或刺，然其志皆正，其情为雅。但也由于是“辞外意”，一般人无法从文辞中体会到其背后所指，这时就需要借助两个途径，一是借助古序，古序一般会标明诗之旨，虽后世有所争论，但郝敬颇以古序为然，所以借助古序可以明了诗之所指；二是借助诗声，诗三百之诗声，是经圣人之手而成形的，郝敬曾言：“圣人录其辞，被诸管弦，协之音律，以平其躁，释其欲，宣其壅，窒其淫，因人情而利导之也。后之为诗者，不达此旨，一逞为淫哇之曲，去本遂远。”[③]所以诗三百的“声”，有其特定的规定性，此即“无邪”、“不淫”，也就是“和平之声”，通过这一“和平”之声，可以体会出风雅颂之中的雅正之情志。在“主声”和“音为本色”论的基础上，郝敬进一步对诗声的性质作了“规定”：“诗主声，故贵温厚”[④]；“诗主声，声主和平，此不易之理也”[⑤]；“凡声音之道，和动为本，过和则流，遇动则荡”[⑥]。所谓“温厚”、“和平”即是郝敬对“声音”性质的具体规定，这种规定显然是以

---

① 郝敬《艺圃伧谈》，周维德编《全明诗话》第四册，齐鲁书社，2005 年，第 2887 页。
② 郝敬《读诗》，周维德编《全明诗话》第四册，齐鲁书社，2005 年，第 2860 页。
③ 郝敬《读诗》，周维德编《全明诗话》第四册，齐鲁书社，2005 年，第 2863 页。
④ 郝敬《艺圃伧谈》，周维德编《全明诗话》第四册，齐鲁书社，2005 年，第 2883 页。
⑤ 郝敬《艺圃伧谈》，周维德编《全明诗话》第四册，齐鲁书社，2005 年，第 2909 页。
⑥ 郝敬《读诗》，周维德编《全明诗话》第四册，齐鲁书社，2005 年，第 2859 页。

"温柔敦厚"的诗教观为基础的。

以《诗三百》之"和平"之声为基准,郝敬也建立起了他基本的诗体辨别观。在对四言、五言、三言、二言、六言、七言,骚体、古体、乐府、歌行、近体的辨析中,郝敬从"雅声"、"郑声"之别的角度对每一诗体的声音特征都作了精细说明。可以说,在郝敬的诗论中,"诗声"不仅仅是诗歌的内核、诗歌的本色,更是诗歌迁转变化的核心。从这个角度说,郝敬的"诗声"本色论或者说本体论,蕴含着不可小视的诗学价值。而以此立论,也显现出郝敬不同于格调复古派诗人的一些看法。例如,格调派诗人论诗古诗主汉魏,唐诗主盛唐,常以"气格"言诗,而郝敬论诗则一以《诗三百》之"温柔敦厚"为最高的评价标准,认为"气格骨力,雄猛整齐,论文则可,非赏音之理"①,这句话表明郝敬对诗歌声调观的认识只在"和平",而对"不平"之声则多加贬斥。如他评价杜甫和李白诗歌"各以雄放之才、壮浪之气,吐泄其胸中不平。故温柔之意尽矣"②;称扬皎然诗歌"淹雅",为"中唐正派",认为"中唐诗歌平雅清粹,有顺成和动之意"③。

郝敬的"诗主声,声主和平"之论,对清代诗论家亦有重要影响。事实上,郝敬所说的"和平之声",基本等同于"温柔敦厚"之声。在诗声当中,"温柔"指声音的悠柔、温婉,这种"温柔"诗声在表现力、感染力方面具备天然优势,但与此同时,也有流于靡靡之音的弊端,圣人删诗录诗,"录其辞,被诸管弦,协之音律,以平其躁,释其欲,宣其壅,窒其淫",其中的重点就是以"平声"进一步修正"柔声"之不足。"平",即"和平",即不紧不慢、不阻塞、不过度、不轻浮,这是一种可以让人平心静气的"敦厚"之声。"声之柔"与"声之平"的结合,即诗声中的"温柔敦厚",而其中又以"平"最为核心,"柔"是统摄在"平"之下的。所以,"雅声"之核心在声之"温柔敦厚","温柔敦厚之声"之关键则在"敦厚",也就是"和平之声"。

①③ 郝敬《艺圃伧谈》,周维德编《全明诗话》第四册,第2904页。

② 郝敬《艺圃伧谈》,周维德编《全明诗话》第四册,第2910页。

郝敬所改造的“温柔敦厚”说，颇具有开创意义。“温柔敦厚”本为诗教之语，郝敬将其转化为艺术层面的美学用语。这种改造主要表现为两个层面，第一是在《毛诗原解·读诗》中，他把“温柔敦厚”定位为《诗》与其他儒家经典不同的独特艺术表达方式，认为此艺术特点决定读《诗》绝不能拘泥于文本的字面意义，即不能“以辞害志”，而必须“以意逆志”，从“温柔敦厚”的诗句中意会风人之旨。这主要是一种阐释学意义上的改造。第二是在《艺圃伧谈》中，郝敬把“温柔敦厚”进一步改造成为放之四海而皆准的最高评诗准则，他对历代诗歌所作的总评，围绕着诗声，对诗体、音律、节奏的甄别，乃至具体作品的评点，开始彻底地以“温柔敦厚”为基准。但应该注意到的一个事实是，第一个层面的改造，在清代得到了长足发展，清初之际，陈子龙、钱谦益、汪琬、叶燮，以及稍后的沈德潜、纪昀，均沿着郝敬所开辟的道路对阐释学意义上的“温柔敦厚”概念作了阐发。相比之下，第二层面，意即诗声层面上的“温柔敦厚”则呼应者较少，这更突显出郝敬“诗主声，声主和平”论的独特性：明人虽重声，但除郝敬外，从“温柔敦厚”角度集中论述诗声的诗论家尚未发现；清人虽重“温柔敦厚”之说，但又多忽视诗声层面。所以，郝敬所提出的这一列以“温柔敦厚”为基础的“声主和平”论、“雅声”论，由此而具备了一种填补空白式的典范意义。

（扬州大学文学院）

金圣叹话语权力的多维生成探究

——以“扶乩降神”与“小说评点”为考察对象*

陈　蕾　程华平

内容摘要：作为使金圣叹声名大噪的重要活动，扶乩降神与小说评点具有内在一致的权力“话语”指向。在扶乩降神活动中，金氏通过与神权、皇权、信众对话的方式，表达权力诉求，争取宗教、政治话语权，从而彰显自我价值。这是与传统文人扶乩的区别所在，也是金氏跻身上流的独特社交手段。扶乩的失败，迫使金圣叹屈身于被士林弃斥、排挤的边缘境地，成为他转向小说评点的重要契机。边缘与主流的对话诉求、屈从与反叛皇权的伤愤情绪，构成了金圣叹评点《水浒传》的心理动因，也造成了《水浒传》在思想艺术层面的复杂情状。由此，小说评点成为他与皇权、主流文人圈对话的桥梁，是一种以对抗主流的方式争取文学话语权，从而自我辩诬的文化策略。对扶乩降神和小说评点及其关系问题的考察，有利于展现

* 本文为国家社科基金重大项目“杂剧古今演变史及历代杂剧文献汇释”(19ZDA259)阶段性成果。

金圣叹追寻权力“话语”、寻找自我价值的心路历程及其限度，暴显出晚明文人群体的现实诉求与精神困境。

关键词：金圣叹；扶乩降神；小说评点；话语；对话

On the Multidimensional Generation of Jin Shengtan's Discourse Power: Taking "Planchette Writing" and "Novel Criticism" as the Research Objects

Chen Lei　Cheng Huaping

Abstract: As an important activity to make Jin Shengtan famous, there is an inherent power "Discourse" direction between planchette writing and novel criticism. In the activities of planchette writing, Jin expressed his demand for power through dialogue with theocracy, imperial power and believers, striving for the right of religious political discourse, so as to realize his self-value. This is the difference from the traditional planchette writing of literati, and it is also the unique social means for Jin to ascend to the upper class. The failure of planchette writing forced Jin Shengtan to be abandoned and excluded by scholars, which became an important opportunity for him to turn to novel criticism. The dialogue between the margin and the mainstream, and the scar emotion of submissiveness and rebellion against the imperial power, constitute the psychological motivation of Jin Shengtan's comment on *Water Margin*, and also result in the complex appearance of *Water Margin* at the ideological and artistic level. Therefore, the commentary on the novel became a bridge of dialogue between him and the mainstream literati circle of imperial power. It was a cultural strategy of fighting against the mainstream to gain literary discourse power and thus to defend for himself. The study of planchette writing and novel criticism and their relationship is devoted to showing Jin Shengtan's spiritual process and limit of seeking self-value in power discourse, which also reveals the realistic demands and spiritual dilemma of the literati group in the late Ming Dynasty.

Keywords: Jin Shengtan; planchette writing; novel criticism; discourse power; dialogue

明天启、崇祯年间，金圣叹痴迷于扶乩降神活动，借乩仙“泐大师”之名在苏州地区广设乩坛，帮助世人完成“求财求子求寿求功名”[①]的愿望。崇祯八年(1635)至九年(1636)间，金圣叹的扶乩活动达到了高潮，他由此登上神坛，成为受人尊崇的民间偶像——“神气霞举、襟想高上”[②]的“泐庵大师”。尔后，在众多文人的质疑、攻讦之下，扶乩“骗局”逐渐暴露。[③] 崇祯十二年(1639)，苦无信众的金圣叹无奈放弃扶乩，扶乩降神活动彻底作罢。扶乩活动的败落，使他成为世人“恶之，忌之，欲痛绝之”[④]的邪魔歪道，陷入了被士林弃斥、排挤的边缘困境。然而，崇祯十四年(1641)，蛰伏两年的金圣叹再度以评点《第五才子书水浒传》名噪一时。据笔者考察，金批《水浒》第三回、第十回、第十一回、第五十六回、第六十七回中反复出现“英雄失路”、“豪杰失路”、“哭杀英雄”、“英雄可怜”等评语，梁山好汉的英雄末路之悲，与金圣叹扶乩失败后的屈辱悲愤，存在着精神上共鸣，金氏笔下的梁山好汉与其跌落神坛的自我形象出奇地形成内在一致性。作

---

① 钱谦益著，钱曾笺注，钱仲联标校《牧斋初学集》，上海古籍出版社，1985 年，第 1123 页。

② 叶绍袁《琼花镜》，冀勤辑校《午梦堂集》，中华书局，1998 年，第 735 页。

③ 在金圣叹所降之乩仙泐大师无法做到有求必应以后，文人群体开始质疑泐大师的神仙身份，代表性观点是：泐大师的前身既为天台宗祖师智顗大师的得道弟子——智朗大师，法力高强的智朗又怎会堕入鬼神道并以卑贱的女人身示人。此后，批判之声愈来愈烈，金圣叹的扶乩降神由此丧失了人们的信任。

④ 徐增《九诰堂集》文集卷三，清抄本。

为在金圣叹人生历程中影响重大、意义深远的活动，扶乩降神与小说评点为什么会相继发生在崇祯年间？金批《水浒》着意揭示的末路英雄之悲与金圣叹扶乩失败后的落魄形象如此契合，这一现象昭示出扶乩降神与小说评点究竟存在怎样的联系？

以往的研究大多单独考察金圣叹的扶乩降神或小说评点，尚未将它们作为一个行为整体进行考察。有鉴于此，我们有必要还原明末的时代语境，结合金圣叹的社会处境与心路历程，重新审视扶乩降神与小说评点活动的内在关联。金圣叹为什么会倾尽十余年的时间执着于扶乩降神活动，他突然转向小说评点的真实意图是什么，我们该如何拨开时代的迷雾来解读这些行为，以考察扶乩降神与小说评点活动之间的复杂关系；由此，我们可以进一步探索金圣叹复杂的精神世界、文人群体的现实诉求与精神风貌，进而考察晚明清初文艺思潮与个人生存境遇之间的关系。

一、人神对话：复兴天台与宗教话语

晚明时期，"吴中士大夫家盛设乩坛"[①]，如尤侗、吴晋锡等人皆热衷于扶乩活动，扶乩降神可谓一时之风尚。崇祯年间，金圣叹以"泐大师"之名出入叶绍袁、钱谦益、姚希孟等人家门设坛降乩。求乩者"恭设香花幡幢，敦延銮驭"[②]，迎请"泐大师"降临其家。然而，在同时期唯有金圣叹的扶乩降神活动引发了广泛的社会关注，造成了轰动全国的社会影响，以致金氏备受尊崇，一时风光无两。一般来说，文人扶乩所降之乩仙大多为文人才士之精灵或各路神仙，如尤侗所请之乩仙，即为苏轼、李白、文昌宫使、太乙宫使等文人及神灵。但是，金圣叹所降之乩仙"泐大师"却于史无考、异常神秘，具有五通神夫人和天台智朗大师的双重身份[③]；这导致有些学者认为他的扶乩降神活

① 《震泽县志续·名媛》"玉霞内史"条，1920 年抄本。

② 叶绍袁《琼花镜》，冀勤辑校《午梦堂集》，中华书局，1998 年，第 625 页。

③ 陈蕾《论金圣叹的扶乩降神活动及其影响》，《南京师范大学文学院学报》2020 年第 2 期。

动是装神弄鬼、求名逞才的迷信活动[①]，或将其简单视为文人狡猾、游戏人生之举[②]。那么，金圣叹痴迷于扶乩降神的真实意图到底是什么？他的扶乩降神活动是在怎样的时代语境下发生，又是如何发生的？要解答上述问题，不得不从晚明时期苏州地区的宗教文化背景说起。

吴地盛行巫鬼淫祠，其中以五通神崇拜最为典型。传说上方山五通神有求必应，祝祷酬神的信众不可胜数，“敬畏五通邪神，虽士大夫不能免”[③]。五通神所在楞伽塔寺香火异常鼎盛。然而，上方山楞伽塔寺此前并非五通神的道场。隋朝大业四年(608)，吴郡太守李显在治平寺[④]的基础上，于上方山顶造七层舍利灵塔，创建楞伽塔寺。该寺为古之佛殿，“入山门为大士殿”[⑤]，至崇祯庚辰年(1640)“天台讲寺旧额尚存”[⑥]。上方山底石佛寺中有石大士古像，旁有明都穆所题“小天台”[⑦]摩岩。这说明上方山本为佛教天台宗的道场。但是，信众认为“上方夙以福德神著，不以大士变现者著”[⑧]；以致五通神像占据正殿，观音大士像反而屈居偏殿。在这场“上方山道场之争”中，佛教天台宗处于劣势，“沦落”到与邪神共享佛殿的尴尬境地，以致天台宗与五通神呈现出既对抗又合流的复杂关系。在狂热的五通神崇拜影响下，整个上方山几乎沦为五通神的势力范围，天台宗陷入空前的信仰危机中。针对佛教寝微、废寺毁像的社会现状，天启乙丑年

① 陈洪《金圣叹钱谦益“仙坛唱和”之文化心理透视》，《沧海蠡德——陈洪自选集》，南开大学出版社，2004年，第230页。

② 陆林《〈午梦堂集〉中“泐大师”其人——金圣叹与晚明吴江叶氏交游考》，《西北师大学报(社会科学版)》2004年第4期。

③ 王士祯《分甘余话》卷一，清康熙四十八年(1709)刻本。

④ 地处苏州市西南郊上方山国家森林公园北部山腰的治平寺，本名为楞伽寺。南朝梁天监二年，僧人法镜以《楞伽经》为名，创建楞伽寺。北宋治平元年，改为治平寺。

⑧⑤ 参看《(崇祯)吴县志》卷二十五“僧坊二”《张世伟上方山修塔疏》。

⑥ 据笔者实地考察，苏州上方山楞伽塔寺正殿外墙内存残碑一块，上书《重修上方山宝塔碑记》，落款为吴郡况园老人张世伟。

⑦ 据笔者实地考察，苏州市西南郊上方山国家森林公园内茶磨山东麓的石佛寺旁，仍存有明朝都穆所题“小天台”摩岩。

(1625)，张世俊、姚希孟等缙绅着手修复石佛寺[①]，意图重振天台宗，直接与五通神崇拜正面抗衡。

天启丁卯年(1627)，金圣叹开始了扶乩降神活动，这一时间节点处于五通神与天台宗激烈斗争的关键时期。金氏扶乩所降之乩仙"泐大师"，具有五通神夫人和天台智朗的双重身份，这意味着金氏的扶乩降神活动与"上方山道场之争"密切相关。与姚希孟等人不同的是，信奉天台宗的金圣叹却又同时崇信五通神。他借"泐大师"的双重身份强调五通神与天台宗的共生关系，以此缓和二者之间的矛盾。但金氏也并未"抛弃"天台宗，而是使五通神夫人"披薙于天台之无叶堂"[②]，皈依佛教，完成从淫祠鬼神到天台比丘尼的身份改造，顺势"化敌为友"，将五通神拉拢至佛家阵营。因此，金圣叹所降之乩仙"泐大师"具有五通神力，能够"病则以药，鬼则以符，祈年逐厉"，借助五通神的社会影响力招揽信众；也能通过现鬼神之身来说法的方式宣扬佛法，从而重塑天台宗的权威。[③] 可以说，是"我辈生人道中，不能护持末法，而以听于鬼神"[④]的时代语境，促成了金圣叹扶乩降神活动的发生，金氏的扶乩活动也意在与这种社会乱象进行潜在的"对话"。"对话"的实质，是借五通神之名，用扶乩降神的方式转变民众的宗教信仰，从而表达他对扶乩活动纠正时弊、复兴天台宗的"接受期待"。

参与扶乩降神活动的人员并非随意招揽，而是经过金圣叹的精心挑选。辅助扶乩的诸生如戴云叶、顾君猷、魏德辅等皆与天台宗有宿因，与金氏有着一致的宗教立场。求乩者如叶绍袁、钱谦益都崇奉佛教，姚希孟更是天台宗的忠实护卫者。金氏对扶乩人员的严格把控，意在以"泐大师"前身为天台智朗的佛门渊源增强扶乩活动的可信度，也为其顺利完成复兴天台宗的宗教目的奠定基础。在扶乩降

---

① 参看《(崇祯)吴县志》卷二十五"僧坊二"《王在公重复石佛寺记》、《姚希孟重复石佛寺碑》。

② 章腾龙《贞丰拟乘》卷上，清嘉庆十五年(1810)聚星堂刻本。

③ 陈蕾《论金圣叹的扶乩降神活动及其影响》，《南京师范大学文学院学报》2020 年第 2 期。

④ 钱谦益《牧斋初学集》卷四十三，《四部丛刊》景明崇祯十六年(1643)刻本。

神活动中，众人焚香祝祷迎请“泐大师”降临凡世，使其凭附于乩手金圣叹身上；然后借助沙盘书写乩文，并以占卜的形式传达神灵旨意，为求乩者答疑解惑、预言祸福。金圣叹在扶乩活动中行使上传下达的职责，将求乩者的心愿通报给“泐大师”，再将“泐大师”的神谕传达给求乩者；成为上获天意、下传神谕，沟通求乩者与神灵的媒介。乩手借助“泐大师”的社会影响力，成为神灵的现世代言人。由此，金圣叹就顺理成章地拥有了“泐大师”赋予的神权，具有治病祈禳、超度亡灵等宗教权力。扶乩降神活动即成为金圣叹借神灵之名与求乩者进行对话的独特方式。

在扶乩降神活动中，金圣叹与求乩者呈现出两种截然不同的对话关系。一方面，扶乩者与求乩者之间表现出附和式的对话关系。金氏有意地迎合并满足求乩者的需求，引导求乩者崇信天台宗。如崇祯八年，金氏为叶绍袁第八子禳灾却病，他要求叶氏家人“以黄绢画准提像，朝夕礼拜，持诵准提咒不辍”，“虔奉观音大士”[①]，诱导叶氏成为天台宗六观音的信众。崇祯九年(1636)，金氏为解叶绍袁思女之苦，招来从“泐大师”授记的叶琼章亡魂，并以琼章现鬼神身说法的方式宣扬佛法，劝勉其父皈依天台宗。在这种诉求暗合、互相认同的对话关系中，金圣叹逐渐被信众推上神坛，成为受人尊崇的民间偶像。但囿于扶乩活动在场人数的限制，颇具盛名的金氏进一步以登坛讲经的方式宣扬天台佛法。他在贯华堂升座开讲、召徒讲经，以致“座下缁白四众，顶礼膜拜”[②]。金氏俨然一副佛教法师的派头，几乎自我标榜为精神领袖。扶乩降神与讲经说法的互为表里，表现出金圣叹重获天台宗宗教话语权的历史进程。另一方面，扶乩者与求乩者之间还产生了背离式的对话关系。在有求必应的期待心理下，信众的愿望扩展至“求财求子求寿求功名”，金氏虽无奈屈从，但却难以一一满足世人的现实诉求。这种恶性的互动关系引发了信众对“泐

① 叶绍袁《琼花镜》，冀勤辑校《午梦堂集》，中华书局，1998年，第522页。

② 廖燕《二十七松堂集》卷九，民国红格抄本。

大师”的身份质疑，加速了扶乩活动的信任危机。由此，金氏扶乩初衷与信众诉求间的裂隙日益扩大，扶乩降神活动逐渐陷入困境。

二、对话皇权：权力诉求与政治话语

金圣叹用扶乩降神的方式护持佛教天台宗，不仅具有宗教文化意义，还具有浓厚的政治意味。明朝初年，有过僧侣经历的明太祖朱元璋著《御制护法集》，对佛教实行保护政策。洪武十八年(1385)，明太祖赞誉天台山为“高僧之渊薮”，命僧人性海至天台山巡礼以表崇敬之意。[①] 万历年间，明神宗特赐御经一藏、银钱一千五百两予天台宗祖庭国清寺，以示关怀。与不合朝廷礼法且屡遭禁毁的五通邪神崇拜相比，天台宗的正统性及其政治权力的话语指向不言而喻。与文人扶乩不同的是，金圣叹将扶乩问卜与佛、道科仪融为一体，使扶乩降神活动衍生出斋醮服务的宗教内容。[②] 钱谦益的《仙坛倡和诗十首》就描述了金氏扶乩的斋醮场面：头戴道冠的金氏在香烟缭绕(曈昽)、幢幡宝盖(刹竿)笼罩的醮坛中“绿章数促上天公”[③]。绿章是用朱砂在青藤纸上写就的青词，即上奏天庭、征召神将的奏章符箓，是修道中人沿用已久的祭祀文体。金氏用青词为信众书写祈愿，以进表的方式通达天听，意在借神灵之权为凡人完成世俗愿望。这在同时期文人扶乩活动中极为罕见，唯有金圣叹用到青词。尤侗也曾“降乩教以读书学道、忏罪除愆”[④]，但他主要是以拜忏方式作礼忏文，以此祷告神灵、忏悔生平五罪。所以说金氏设醮坛、献青词的举动不仅意在祭祷，其中还隐含着浓厚的政治意味。

嘉靖帝自小生长在崇巫信鬼的楚地，崇信道教，迷恋修仙。其登基后大修斋醮、宠信道士，将祈祷有功的龙虎山道士邵元节封为礼部

---

① 释觉岸、释幻轮《释氏稽古略续集》，《大正藏》卷四九，第 934 页。

② 陈蕾《论金圣叹的扶乩降神活动及其影响》，《南京师范大学文学院学报》2020 年第 2 期。

③ 钱谦益《牧斋初学集》卷四十三，《四部丛刊》景明崇祯十六年(1643)刻本。

④ 尤侗《艮斋杂说》卷六，清康熙刻《西堂余集》本。

尚书。此后，道士逐渐形成一股政治势力，使得嘉靖朝政治始终与道教斋醮紧密相关。为迎合嘉靖帝"专事焚修"的喜好，一些大臣也以撰写、进奉青词作为获得皇帝青睐、获取政治权力的邀宠手段。据《明史·宰辅年表》所载，嘉靖十八(1539)至四十五年(1566)间，共有十三位内阁大学士靠撰写青词、玄文等道教文书进入内阁。[①] 其中夏言、严嵩、徐阶、袁炜、严讷、李春芳等人更是因此被戏称为"青词宰相"。这一青词效应也催生出一批撰写青词、投靠名宦的文人，并生成了一种新的社会认知，即除科考应试以外，谈玄论道与进奉青词亦可为跻身宦途的"终南捷径"。换言之，撰写青词成为文人群体获取政治权力话语的新手段。

嘉靖初年，御史王杲巡按吴中时认为其地寺院过多，上疏奏请废寺毁像。经毁寺徙佛之厄，石佛寺至天启年间仍旧废为民居，足见嘉靖时崇道灭佛政策的深远影响。金圣叹在扶乩降神活动中设醮坛、献青词，可视为嘉靖朝崇道信巫的遗风余韵，也是他争取政治权力话语的一种方式。金圣叹借助"泐大师"赋予的神权，不仅大修斋醮、登坛祈雨，借助法术匡扶社稷、保国安民；他还格外关注时政，具有拯时济世的政治参与意识。受高迎祥、李自成等饥民起义的影响，时局动荡、皇权散离。在此危难之际，金圣叹用扶乩降神的方式，借神权与皇权进行潜在的"对话"。一是，金圣叹以人神对话的方式笺奏上帝，批判起义军"狐鼠乱行凭虎豹，鱼虾波及为蛟龙"[②]的造反行径。并借神权为皇权服务，期望在上帝与大明祖宗在天之灵的护佑下保国安民、匡扶社稷，以此挽救朝政颓势。二是，金氏以乩卜示谶的方式预测国运，预言乱象即将肃清，天下重返太平，为朝廷颂祷祈福，期待重现万历中兴的局面。[③] 金氏"凭仗神工斡国工"[④]的扶乩降神活动，展现了他利用神权依附皇权、借助神权辅助朝政的政治立场，以及期

① 《明史》卷一百一十"宰辅年表二"。

②④ 钱谦益《牧斋初学集》卷四十三，《四部丛刊》景明崇祯十六年(1643)刻本。

③ 参看钱谦益《仙坛倡和诗》第七、第十首。

望获取政治话语权、匡救时弊的政治理想。

另外，金圣叹还试图借助神权勾联皇权。崇祯八年(1635)，叶绍袁“恭设香花幡幢，敦延銮驭”，迎请金氏“降跸”其家。[①] 所谓“銮驭”、“跸”皆指帝王出行的车驾与仪仗。善于扶乩的金圣叹成为上帝的代言人，享有帝王般的至尊礼遇。金氏也试图以神权勾联皇权，进而与皇权对话。金圣叹在与钱谦益仙坛倡和时，将弹劾魏忠贤而死的杨涟、缪昌期封为冥官，借助神权为反阉烈士平反昭雪，以此对抗阉党，辅助皇权。此外，金圣叹还借助神权依附并充当皇权，替文人群体完成政治诉求。金氏为庠生戴宜甫扶乩，借神力为其子质问功名、预测前程。[②] 尔后，文人们甚至要求金氏为其完成“求功名”[③]之愿望。值得注意的是，参与扶乩的金圣叹、顾君猷等人都是诸生身份，皆位于权力金字塔的底层。金圣叹用扶乩的方式与神权对话，即是科考文人与皇权对话而不得的另类满足形式。加封冥官、代求功名也可视为金氏想要争取政治权力而不得的补偿心理。

因扶乩降神而登上神坛的金圣叹接受信众的顶礼膜拜，也致力于满足求乩者的心愿。求乩者“因病之验，而渐且求财求子求寿求功名”，导致金氏“以一神之力而敢侵朝廷之权”。[④] 在信众们“接受期待”的驱使下，金圣叹不仅要解决治病等人生问题，还要处理求取功名等政治问题。但是，借助“昊天上帝……降庭”[⑤]扶乩的金圣叹，侵犯了天之元子——上天在人间代言人的皇帝权威。扶乩的神权也严重威胁并挑战了国家权力，这使得神权与皇权产生了不可调和的冲突。扶乩失败后，跌落神坛的金圣叹从此声名狼藉，成为世人恶之、忌之、欲痛绝之人，甚至祸及师友，以致“从其游者名士败名、富人耗财、僧家无布施处”[⑥]。扶乩活动的失败，迫使金氏处于被世人排挤、

---

① 叶绍袁《琼花镜》，冀勤辑校《午梦堂集》，中华书局，1998 年，第 625 页。

② 章腾龙《贞丰拟乘》卷上《流寓》，嘉庆十五年(1810)聚星堂刻本。

③④ 钱谦益《牧斋初学集》卷四十三，《四部丛刊》景明崇祯十六年(1643)刻本。

⑤ 金圣叹著，陆林辑校整理《金圣叹全集》第二册，凤凰出版社，2008 年，第 1047 页。

⑥ 徐增《九诰堂集》文集卷三，清抄本。

唾弃的边缘境地。登上神坛与跌落神坛的巨大落差使他备受折磨，屈辱、悲愤、自卑、自亢等情绪郁结于心，产生了难以疗愈的精神创伤。世人的羞辱与打压不仅使金圣叹丧失了基本的话语权，更失去了与皇权对话的任何机会。期望通过扶乩降神活动辅助皇权、跻身体制而不得的金圣叹，在扶乩失败的巨大打击中重新思索个人与权力体制的关系。

那么，金圣叹为什么会在崇祯十四年(1641)突然转而评点《水浒传》？金氏在崇祯八年还激烈批判李自成等领导的饥民起义，在金批《水浒》中却频称水浒强梁为英雄好汉；他对起义的态度为何会如此前后不一、自相矛盾？这与金圣叹当时所处的社会语境及其个人遭际大有关系。崇祯十四年(1641)，全国范围内爆发了大规模的旱灾、蝗灾、鼠疫，加之各地频发的饥民起义更使大明王朝岌岌可危。在皇权散离的社会现状下，同样遭受体制的打压、排挤等不公待遇的梁山诸雄引发了金氏的共鸣。他在小说评点中重新审视了皇权与民众的关系，并试图借此再度与皇权对话。

然而，在金批《水浒》中，金圣叹对皇权的态度却显得异常复杂纠结。金氏在对“国家太平既久，边防渐撤，军实渐废”①的现状进行反思的基础上，产生了嘲弄皇权、批判体制的情绪。他在《水浒传》第一回总评中就将梁山聚义的原因归咎于王道不行、乱自上作，直指“上失其道、民散久矣”②；并借《水浒》中“朝廷闭塞，奸臣不明”③的政局，发泄其对政治体制与权臣误国的不满。这使得陈登原也认为金批《水浒》中存在“侈言政事、诋斥君权”④的特征。另一方面，金圣叹又留恋皇权，对跻身体制仍然心存幻想。金氏认为“天下者朝廷之天下，百姓者朝廷之赤子也”⑤，并直指一百零八人是揭竿斩木、杀人夺

---

① 金圣叹著，陆林辑校整理《金圣叹全集》第三册，凤凰出版社，2008年，第300页。
② 金圣叹著，陆林辑校整理《金圣叹全集》第三册，凤凰出版社，2008年，第60页。
③ 金圣叹著，陆林辑校整理《金圣叹全集》第三册，凤凰出版社，2008年，第806页。
④ 陈登原《金圣叹传》，商务印书馆，1935年，第33页。
⑤ 金圣叹著，陆林辑校整理《金圣叹全集》第四册，凤凰出版社，2008年，第935页。

货之贼,“固王道之所必诛也”①。在第二十一回中,柴进扬言:“便杀了朝廷的命官,劫了府库的财物,柴进也敢藏在庄里。”金氏立马批评道:“此三语却不可,若果如此,柴进乃真不赦”。评语中多次表明他忠于朝廷、屈服皇权的政治立场,期望“以王道治天下”②、重归太平。但是,林冲等人豪杰失路、悲愤无助的困境却又与自己有着强烈的精神共鸣。在暴政横行、官贵民贱的体制压迫下,梁山诸雄通过造反起义、占山为王的方式反叛皇权以争取政治话语权,这虽于国法不容却也情有可原。在第五十六回,金氏“深许杨志、鲁智深为边庭有用之才,不得已而至于绿林,而非自愿为绿林也……令千载读之,人人洒泪”③。金氏赞赏水浒诸雄的反抗行径,既是借此发泄其对体制的怨恨以摆脱自卑感,也是在白日梦式的精神复仇中讥讽皇权、疗愈创伤。此外,金氏在《读第五才子书法》中特意申明“施耐庵本无一肚子宿怨要发挥出来,只是饱暖无事”④,反而是在掩饰自己为泄愤而评点《水浒传》的心理动机。金批《水浒》第十五回,老都管诬陷杨志大意失生辰纲,金氏批为“老奸巨猾之人,欲排陷一人”,表面是同情杨志被排挤、陷害,实则顾影自怜。在第五十六回,呼延灼因全军覆没兵败出逃,金氏批道“人至失意时,真是活活如此”,“写出英雄无用武之地来,可发一笑”,评语中饱含心酸悲凉的自况。金氏借杨志、呼延灼等人的英雄失路袒露心迹,以此排遣心中的屈辱与愤懑不平。受扶乩失败屈辱经历的影响,金圣叹既想依附皇权却多批判意识,既想颠覆皇权却又留恋体制,使得他与皇权的关系呈现出欲断不断的缠绵状态。这种与皇权的博弈姿态,使得金氏时而称赞水浒诸雄为英雄好汉,时而又斥之为祸国殃民的盗贼,既期望他们反抗体制,又希望杀之而后快。这种近乎精神分裂的复杂态度,却是其评点《水浒传》的内在逻辑,也导致了金批《水浒》在思想艺术方面呈现出复杂情状。

---

① 金圣叹著,陆林辑校整理《金圣叹全集》第三册,凤凰出版社,2008年,第59页。

② 金圣叹著,陆林辑校整理《金圣叹全集》第三册,凤凰出版社,2008年,第262页。

③ 金圣叹著,陆林辑校整理《金圣叹全集》第四册,凤凰出版社,2008年,第1032页。

④ 金圣叹著,陆林辑校整理《金圣叹全集》第三册,凤凰出版社,2008年,第28页。

三、对话主流：困境突破与文学话语

金圣叹的扶乩降神活动自天启丁卯(1627 年)开始，“以十二年为期，后四年而大显”[①]。扶乩将近九年的金氏一直都寂寂无名，直到崇祯八年(1635)才引起广泛的社会关注，并使扶乩活动达到高潮。也正是在崇祯八年，金氏相继为叶绍袁、钱谦益、姚希孟等文坛名流设坛扶乩。登上神坛的“泐庵大师”获得主流舆论的认可，以致“缙绅及人士之有道行者，无不惑其说”[②]。但是，“儒服道冠，倾动通国者年余”[③]的金圣叹却“颇受儒者谣诼”[④]。扶乩失败后，他更是遭受“诸君子”[⑤]唾骂为魔的攻击与排陷。(下划线为笔者所加)在金圣叹的扶乩降神活动中，求乩者、信众、评判者都是主流文人群体，其扶乩降神活动也始终与主流文人圈存在密不可分的联系。那么，金圣叹与主流文人圈之间究竟是怎样的对话关系，文人群体对金圣叹的扶乩降神活动又产生了怎样的影响?

金圣叹的扶乩降神活动不仅具有佛道斋醮的宗教内涵，还将扶乩问卜与诗文创作融为一体。[⑥] 陈洪先生也注意到金氏的扶乩活动与一般的扶乩术不同，更富有文学、文化的内涵、品位更“雅”一些。[⑦] 然而，明末之前“神仙降真……而诗文绝少”[⑧]，但在金圣叹的扶乩活动中却常有诗文酬唱。金氏自负大才，在《杜诗·黄鱼》篇自述“恰似自古至今，止我一人是大材，止我一人独沉屈者”，“然而世无伯乐，贤愚同死”。[⑨] 青年时期的金氏深陷怀才不遇的人生困境中，具

---

① 钱谦益《牧斋初学集》卷四十三，《四部丛刊》景明崇祯十六年(1643)刻本。

②③ 郑敷教《郑桐庵笔记》，赵诒深、王保譿《乙亥丛编》，民国 24 年(1935)排印本。

④ 钱谦益《列朝诗集小传》闰集，上海古籍出版社，1983 年，第 755 页。

⑤ 徐增《九诰堂集》文集卷三，清抄本。

⑥ 陈蕾《论金圣叹的扶乩降神活动及其影响》，《南京师范大学文学院学报》2020 年第 2 期。

⑦ 陈洪《论金圣叹易性写作兼及全集之编纂》，《明清小说研究》2011 年第 4 期。

⑧ 尤侗《艮斋杂说》卷六，清康熙刻《西堂余集》本。

⑨ 金圣叹著，陆林辑校整理《金圣叹全集》第四册，凤凰出版社，2008 年，第 1224 页。

有渴求名流赏识与提携的现实诉求。那么,金圣叹以“泐大师”之名出入叶、钱等名宦之家,并借扶乩之机在文坛名流面前展现才艺,就显得别有深意。金氏扶乩时挥洒错落、手不停笔,叶绍袁称赞道:“鸿文景烁,灵篇晖耀,真上超沈、谢,下掩庾、徐也。”[①]他与钱谦益的仙坛倡和诗文,也被钱氏誉为:“微词奥义,尽般若之笙簧;绮句名章,总伽陀之鼓吹。”[②]而且,金氏还特用久已束之高阁的“洪武韵作长句”[③],以炫耀才学,最终“得到名流的认可”[④]。金圣叹通过扶乩降神的方式与名流显贵进行交游,由此跻身上流;并在与主流文人圈的对话关系中转变身份,成为家喻户晓的吴中“名士”[⑤]。

然而,金圣叹的扶乩降神活动却与主流文人圈保持一定的疏离与对抗关系。晚明时期,文人结社蔚为风尚,形成以南社、几社、复社为主导的全国性社团联盟。为应对科举考试,社团文人用交流合作的方式研习四书五经、探讨八股文写作、进行科考训练,以此作为获取功名的重要途径。然而,自尊自傲的金圣叹在功名困顿、前途未卜的困境中,却并未随大流而加入文社。他在现实社会中难与皇权对话,转而通过设醮坛、写青词的方式人神对话,借神灵之权“求功名”,以此掌握科考命运。金氏的扶乩降神活动自天启丁卯(1627 年)开始,以十二年为期限,这一时间设置与明代乡试制度相当吻合。[⑥] 与主流文人圈不同的是,金圣叹另辟蹊径,以扶乩降神作为求取功名的独特方式。尔后,业已成名的金圣叹自恃大才、疏狂恣肆,“时有以讲学闻者,先生辄起而排之”[⑦],以召徒讲经的方式公然对抗儒学。其升座开讲融汇三教:“凡一切经史子集,笺疏训诂,与夫释道内外诸典,

---

① 叶绍袁《琼花镜》,冀勤辑校《午梦堂集》,中华书局,1998 年,第 625 页。

②③ 钱谦益《牧斋初学集》卷四十三,《四部丛刊》景明崇祯十六年(1643)刻本。

④ 陈洪《金圣叹钱谦益“仙坛唱和”之文化心理透视》,《沧海蠡德——陈洪自选集》,南开大学出版社,2004 年,第 230 页。

⑤ 在金批《水浒传》第五十六回评语中,金圣叹便以“名士”自称。

⑥ 明代乡试以三年为一科,逢子、午、卯、酉举行。受神力指引的金氏,意在天启丁卯、崇祯庚午、崇祯癸酉、崇祯丙子、崇祯己卯年乡试中大展身手。

⑦ 廖燕《二十七松堂集》卷九,民国红格抄本。

以及稗官野史,九彝八蛮之所纪载,无不供其齿颊,纵横颠倒,一以贯之,毫无剩意。"[①]这种离经叛道的讲经行为"招流俗之不安,则令理学者以不满"[②],使得他与主流文人圈产生了难以调和的冲突。

总的来说,金圣叹的扶乩降神活动始终在与主流文人圈对话,并呈现出你来我往的动态关系。自诩神灵代言人的金氏使文士以为他能有求必应,以此对扶乩降神活动提出求财、求功名等"接受期待"。为维护"泐大师"的社会威望,金氏"不得不聊且应之"[③]。然而,扶乩活动"倾动通国者年余"[④]后,金圣叹还是无法实现荣名富贵等愿望,以致"求而不相得,则怨与谤从之"[⑤]。文人们从怀疑乩仙的双重身份,扩展到质疑金氏扶乩的可信度:如叶绍袁之子叶燮就批判金氏装神弄鬼,"其言无征近迂怪"[⑥],周亮工更是直接表示"此事甚荒唐,予不敢信"[⑦]。至崇祯己卯(1639年),金圣叹"诎于试事,再经黜落,其说渐寝"[⑧]。"名士下第"所引发的扶乩"骗局"败露,使金氏身败名裂,"于是举世无有不骂圣叹者","世之贬圣叹者,不但欲杀之,而必使之入一十八地之下而后已"。[⑨] 金圣叹由此被视为异类,陷入了被主流文人圈弃斥、排陷的边缘境地。

面对主流舆论的贬低、嘲讽甚至是人身攻击,失却权势的金圣叹百口莫辩,被迫与主流文人圈保持紧张敌对的复杂关系。文人群体的攻击谩骂及其导致的精神创伤,也使金氏陷入了比怀才不遇更为严峻的生存困境。金氏诤友徐增在《送三耳生见唱经子序》中云:"盖圣叹不好名,人也骂之不惊。"[⑩]那么,深受流言困扰的金圣叹真的能够宠辱不惊吗?在金批《水浒》第十八回,金氏借林冲火併王伦之口痛骂秀才:"这梁山泊便是你的?天下人听着。你这嫉贤妒能的贼,

---

① 廖燕《二十七松堂集》卷九,民国红格抄本。

② 陈登原《金圣叹传》,商务印书馆,1935年,第48页。

③⑤ 钱谦益《牧斋初学集》卷四十三,《四部丛刊》景明崇祯十六年(1643)刻本。

④⑧ 郑敷教《郑桐庵笔记》,赵诒深、王保譿《乙亥丛编》,民国24年(1935)排印本。

⑥ 叶燮《午梦堂诗钞述略》,《己畦集·午梦堂诗钞》卷首,清康熙二十三年(1684)刻本。

⑦ 周亮工《因书屋书影》卷六,上海古籍出版社,1981年,,第165页。

⑨⑩ 徐增《九诰堂集》文集卷三,清抄本。

天下人听着。”[①]用评点者的文学话语权发泄压抑已久的屈辱情绪。金氏还在小说中大发牢骚，主动承认“仆本恨人”[②]，蹙然而叹曰：“嗟乎，怨毒之于人甚矣。”[③]表达对“睚眦之事”的不满与怨愤。以上评语与金氏扶乩失败后屈辱悲愤的心绪如此一致，这昭示出扶乩降神与小说评点究竟存在怎样的联系？

扶乩失败后，金圣叹与主流文人圈的对话关系并未断绝，而是以一种隐蔽的方式进行潜在的对话。通过细读金批《水浒》，我们发现文本中充斥着“看他骂人法，活是个秀才”[④]，“妙绝快绝，骂杀秀才”[⑤]，“骂尽天下。常想世人评论古今，真是‘干你鸟事’”[⑥]等大量情绪发泄性的评语，并与主流文人圈呈现出公然叫骂的对抗关系。有意思的是，盛怒之下的金圣叹不仅颠覆了视小说为小道末流的正统文学观念，将《水浒传》抬高到与《庄》、《骚》、《史》、《杜》并列的文学地位；他还直言“今之文章之家，必非才子之文”[⑦]，并多次称赞《水浒传》为才子之文、绝世奇文，更表示“《水浒》以外，都更无有文章”[⑧]，使《水浒传》与村学究的“露布大文”正面对抗。金氏严厉批判“今之通文墨者，何其营营于人之门户”[⑨]、“近日灰堆学究，所撰无轻无重者”[⑩]的文坛现状；以气势犹如千军万马的耐庵之文向“写得印板相似，便令千军万马反像街汉厮打”[⑪]的“近代露布大文”挑战。金圣叹之所以盛赞作者真正才子、标榜“天下之格物君子，无有出施耐庵先生右者”[⑫]，

---

① 金圣叹著，陆林辑校整理《金圣叹全集》第三册，凤凰出版社，2008 年，第 361 页。
② 金圣叹著，陆林辑校整理《金圣叹全集》第四册，凤凰出版社，2008 年，第 1103 页。
③ 金圣叹著，陆林辑校整理《金圣叹全集》第三册，凤凰出版社，2008 年，第 345 页。
④ 金圣叹著，陆林辑校整理《金圣叹全集》第三册，凤凰出版社，2008 年，第 360 页。
⑤ 金圣叹著，陆林辑校整理《金圣叹全集》第三册，凤凰出版社，2008 年，第 365 页。
⑥ 金圣叹著，陆林辑校整理《金圣叹全集》第四册，凤凰出版社，2008 年，第 685 页。
⑦ 金圣叹著，陆林辑校整理《金圣叹全集》第三册，凤凰出版社，2008 年，第 235 页。
⑧ 金圣叹著，陆林辑校整理《金圣叹全集》第四册，凤凰出版社，2008 年，第 752 页。
⑨ 金圣叹著，陆林辑校整理《金圣叹全集》第三册，凤凰出版社，2008 年，第 276 页。
⑩ 金圣叹著，陆林辑校整理《金圣叹全集》第三册，凤凰出版社，2008 年，第 406 页。
⑪ 金圣叹著，陆林辑校整理《金圣叹全集》第三册，凤凰出版社，2008 年，第 352 页。
⑫ 金圣叹著，陆林辑校整理《金圣叹全集》第三册，凤凰出版社，2008 年，第 20 页。

不仅如陆文衡所说“每言锦绣才子，殆自道也”[①]。金氏还出于“非圣人不知圣人”[②]的内在逻辑，借抨击学究之文批判主流文人圈，借称颂作者为自己辩诬正名。表明自己并非文人群体口中之“异人”[③]，而是有真才实学的博物君子，由此肯定自我价值。也就是说，金圣叹意在通过小说评点的方式自我辩白，以此对抗主流文人圈的打压与排陷。

然而，一向张狂自傲的金圣叹却对扶乩降神活动讳莫如深，竭力阻止扶乩之事在《水浒传》评点中留下痕迹。在金批《水浒》楔子中，熟习斋醮科仪的金氏对祈禳救灾的“罗天大醮”未置一词。但在第四十一回，金氏断言宋江遇九天玄女授天书乃是奸雄捣鬼的权术，批判其装神弄鬼之举。而且，在第二十八回总评中，金圣叹还隐晦地对扶乩降神之事进行了深刻反思，在此基础上对君相之权与文人之权做了概念厘定。“以一代之大事，如朝会之严，礼乐之重，战陈之危，祭祀之慎，会计之繁，刑狱之盛”则是君相之权，“非儒生之所得议也”。[④] 然而，此等大事可为绝世奇文之料，“若当操笔而将书之”则为文人之权。这说明金氏对儒生的身份已有清晰的认识，他已知晓扶乩降神、祭祀诸事并非儒生能力所及，并思索出扶乩降神活动铤而走险“至于势溃事败”[⑤]的深层原因，在于侵犯了君相之权。至此，自视“曲高和寡、才高无赏”[⑥]的金圣叹不再以追求政治权力为重心，他发现了文人之权的优越性在于：“能使君相所为之事必寿于世，乃至百世千世以及万世，而犹歌咏不衰、起敬起爱者，是则绝世奇文之力，而君相之事反若附骥尾而显矣。”[⑦]在这种“事为文料”观念的指导下，消沉落魄的金氏选择投身于绝世奇文《水浒传》的评点中。由此，金氏

---

① 陆文衡《啬庵随笔》卷五《鉴戒》，清光绪刻本。

② 金圣叹著，陆林辑校整理《金圣叹全集》第四册，凤凰出版社，2008 年，第 998 页。

③ 尤侗《艮斋杂说》卷六，清康熙刻《西堂余集》本。

④ 金圣叹著，陆林辑校整理《金圣叹全集》第三册，凤凰出版社，2008 年，第 529 页。

⑤ 金圣叹著，陆林辑校整理《金圣叹全集》第四册，凤凰出版社，2008 年，第 1224 页。

⑥ 金圣叹著，陆林辑校整理《金圣叹全集》第四册，凤凰出版社，2008 年，第 630 页。

⑦ 金圣叹著，陆林辑校整理《金圣叹全集》第三册，凤凰出版社，2008 年，第 530 页。

将对权力话语的追求聚焦在文学话语权方面，以流芳百世彰显自我价值。可以说，扶乩失败及其屈辱经历成为金圣叹放弃“君相之权”执著“文人之权”，并转而进行文学评点的重要契机，金氏的人生轨迹也由此发生了重大转向。

对扶乩降神与小说评点活动关系问题的考察，旨在展现金圣叹追寻权力话语、张扬自我价值的艰辛历程，及其在困境中的挣扎与突围姿态；由此体现的现实诉求与精神风貌，对于加深学界对金圣叹其人的认识大有助益。更重要的是，扶乩降神活动与皇权、主流文人圈的对话关系，以及扶乩失败的屈辱伤痕情绪，催生并影响了金批《水浒》的评点，成为认识和理解小说评点的关键。金圣叹对皇权和体制的复杂态度：既嘲弄皇权、批判体制，又留恋皇权、想跻身体制而不得的悲愤心绪，以及急于自我辩白与对抗主流文人圈的亢奋姿态，是金批《水浒》思想艺术层面矛盾性与复杂性的形成根源。

（华东师范大学中文系）

论黄爵滋的经世诗文理论及其实践意义*

汪 洋 孔 哲

内容摘要：作为晚清著名政论家，黄爵滋的诗文理论具有经世致用的特点。具体而言，其诗论以儒家所言人的道德本性为体，回归传统诗教，强调诗歌的经世功能、批评受袁枚“性灵说”影响的纤靡之作。其文论强调文章本于经术，以“忠信”解释“修辞立诚”，注重对社会现实的关怀，认为制义文也具有阐明圣学、扶翼世风的作用，故不能废弃。黄爵滋的诗文创作，是其经世诗文理论的体现。黄氏长期为官京师，是当时诗坛领袖之一，他与好友汤鹏、张际亮、潘德舆、姚莹、魏源等论诗、唱和，共同引领了晚清嘉道时期的经世文艺思潮。

关键词：黄爵滋；经世；诗文理论；实践

---

* 项目基金：贵州省哲学社会科学规划国学单列课题“辛弃疾与南宋道学运动”(编号：17GZGX28)。

Huang Juezi's Pragmatic Literary Theory and Its Practical Significance

Wang Yang　Kong Zhe

Abstract: As a well-known political commentator in the late Qing Dynasty, Huang Juezi's literary theory has the characteristics of pragmatism. Specifically, his poetry theory is based on the moral nature of people described by Confucianism, returning to traditional poetry education, emphasizing the practical function of poetry, and criticizing the delicate works influenced by Yuan Mei's "Xingling Theory". His article theory emphasizes that the article is based on Confucian classics, explains "rhetoric to establish honesty" with "loyalty and truth", and advocates attention to social reality. In particular, he believes that the "zhiyi" article cannot be discarded because it has the ability to clarify Confucianism and the effect of reform society. Huang Juezi's literary creation is the perfect embodiment of his theory. He was an official in Beijing for a long time and was one of the leaders of poetry at that time. He discussed poetry theory with his friends Tang Peng, Zhang Jiliang, Pan Deyu, Yao Ying, Wei Yuan, etc., and jointly led the literary thoughts that cared about national affairs during Chia Ching and Tao Kuang period in the late Qing Dynasty.

Keywords: Huang Juezi; pragmatism; literary theory; practice

黄爵滋(1793—1853),字德成,号树斋,江西抚州宜黄(今江西省临川市宜黄县)人。道光三年(1823)进士,选翰林院编修,历任监察御史、鸿胪寺卿、礼部右侍郎,终官刑部左侍郎。他因首先上书道光帝查禁鸦片走私贸易、严惩吸食者而于当时闻名天下,其诗文亦有突出成就,是晚清著名政论家、诗人。然而,与大名鼎鼎的林则徐相比,学界对黄爵滋研究甚少,对其诗文理论亦无关注。本文认为,与其政论家身份一致，黄爵滋的诗文理论也具有经世色彩，并与其好友张际亮、姚莹、汤鹏等，一同引领了当时的经世文艺思潮。

一、论诗必衷于正

关于黄爵滋的诗论，徐世昌《晚晴簃诗汇》言道："树斋为题《有酒八章》，源本《风》、《骚》，持论必衷于正，为诸人所推服。"[①]这是说黄爵滋论诗秉持《诗经》、《离骚》的传统，坚持正道。众所周知，《诗经》的传统在于"诗言志"以及诗歌的教化、讽喻功能，《离骚》的传统在于诗人的忠爱情感和高洁志行。概言之，黄爵滋以广义的儒家诗道作为论诗标准，欲以此来振兴诗坛，扶翼政教。具体而言，黄氏所论在于以下数端。

其一，诗的根本在于儒家所言人的道德本性。黄爵滋《秩林诗序》略云："不明所发，曷适其归；不明夫体，曷适于用？"(《仙屏书屋初集文录》卷七)[②]强调诗歌创作要"明所发"，即知道由何而兴起；要"明夫体"，即明白诗歌创作的根本。根本为何？其《艾至堂诗序》言：

> 矧学圣人之道，守经生之训，而旨昧咏叹、才疏讽谕，则是《缁衣》泯好贤之诚，《巷伯》掩恶恶之实。风雅不作，谁识其咎哉？揆诗之衰，固亦有由。自众作滥夫齐梁，陈氏亟复其古；昆体荡夫钱晏，欧公必矫以气。而风会所移，波流独甚，语皆浮脆，词或荒诞。若夫效韩而肆，步苏而纤；拟白徒率，师黄益艰。非孙叔之遇优孟，即黄老之变申韩焉。故夫作诗匪难，知诗为难。吾友艾至堂君，天姿沈毅，识解超彻。编愚订顽，幼读横渠之铭；宣文措政，长悟伯安之学。尝论："诗之为道，贵乎中有所得，故激发本乎良知，而悲悯集于中处。"可谓知诗矣。故其作诗也，因物绘理，随事触机。如鉴之澈，可以照胆；如镞之利，可以贯札。构思沈冥之乡，得意飞腾之境。江山凄婉，鬼神惊泣；非矜别趣，自发真诠。呜

---

① 徐世昌《晚晴簃诗汇》卷一百三十一，民国退耕堂刻本。

② 黄爵滋《仙屏书屋初集文录》，清道光二十八年(1848)仙屏书屋自刻本。黄文尚无整理本，下文引自该书者不再出注。

呼，盛矣！（《仙屏书屋初集文录》卷七）

艾至堂即艾畅，江西上饶人，是黄爵滋好友。在为好友诗集写序时，黄爵滋提出了两个问题：为什么学习圣人之道的众多诗人，“旨昧咏叹、才疏讽谕”，风雅不作？“咏叹”、“讽喻”云云，出自《毛诗大序》，即是讲“诗言志”以及诗歌“上以风化下，下以风刺上，主文而谲谏，言之者无罪，闻之者足以戒”的政教功能。再者，为何学习韩愈、白居易、苏轼、黄庭坚等人诗歌时，多数人只袭其貌，未得其实？作者说，这是因为他们不知诗。

黄爵滋认为艾畅知诗，同意其论。艾畅认为，诗之兴发本乎良知。良知，是明代心学家王阳明论学之要。阳明心学体用一源，良知既是心之本体，也是判断善恶是非的标准、应物之准则。王阳明认为，“良知即是天理”，同时“良知是天理之昭明灵觉处”（《答欧阳崇一》），即如“四句教”中所说：“知善知恶是良知”。王阳明又说：“是非只是个好恶，只好恶就尽了是非，只是非就尽了万变。”（《传习录》卷下）“是非之心人皆有之，即所谓良知也。”（《与陆元静》）由此，王阳明认为，良知是指导我们实践的终极标准，即其所言“尔那一点良知，是尔自家底准则”（《传习录》卷下）。依良知而行，即如鉴之照物，亦如“行舟得舵”，便可无入而不自得。[①] 艾畅“长悟伯安之学”，悟王阳明（字伯安）良知之学，故以良知为诗歌兴发的根本。黄氏论艾畅诗“因物绘理，随事触机。如鉴之澈，可以照胆；如镞之利，可以贯札”，亦即指良知发用。创作出“鬼神惊泣”的作品，非是源于“别趣”，乃是出自“真诠”，即真理，即良知，即人之道德本性。

黄爵滋常以“诗心”喻此。其《诗心》诗云：“诗心似月圆，万古照青天。鸾凤光中舞，山河镜里悬。浮云蔽空旷，残夜泣婵娟。独有蓬莱顶，相携一洒然。”（《仙屏书屋初集诗录》卷十一）[②]黄爵滋认为，诗

① 王阳明良知之含义，参见陈来《有无之境——王阳明哲学的精神》，生活·读书·新知三联书店，2009 年。

② 黄爵滋《仙屏书屋初集诗录》，清道光二十六年（1846）泾县翟金生泥活小字刻印本。下文所引黄诗出自此本者，不再出注。

心如圆月，千古不变，不过有时为浮云所蔽；只有身在蓬莱顶，方可不为浮云遮盖。古人认为，心是人所有行为的控制器官；诗歌之心，自是指其根本，兴发所由。黄氏此说与艾畅所言一致，具有强烈的心学色彩，而明月本是王阳明常以喻良知的。[①]

宋明理学中心学一派宗师，陆九渊本是江西抚州人，与黄爵滋同乡；王阳明则在江西平定南赣匪患、平定宁王叛乱，并长时间讲学江西，使江西成为明代心学重镇，可谓“阳明一生精神，俱在江右”[②]。值此之故，黄爵滋自然对心学耳濡目染，其落职后主讲南昌经训书院，题其讲堂匾额为“景陆”便是明证。其《题谭襄敏遗图二首(其二)》曰：“烈哉王文成，厥功崭海岳。经术本良知，所获皆心学。”也可见其对王阳明学术之了解。由此，王阳明以良知论诗，也就不足为奇了。

袁枚以性灵论诗，黄爵滋也以性灵论诗，却大不同。其《与李海初笺》云：“夫性灵之说，有正邪。近世狎邪之作，非性灵也。若能以古人之性灵为的，则无论是汉、是魏、是唐、是宋，总无悖于立言之旨，乃可谓要，乃可谓通。”(《仙屏书屋初集文录》卷十一)袁枚论性灵，注重个性解放。黄爵滋则区分了性灵的邪正，认为要以“古人之性灵为的”，即儒家规定的人的道德本性为准。也正如《有酒八首(其二)》：“七情苟不调，八音何由彻。百变返一真，道在孰信屈。”(《仙屏书屋初集诗录》卷八)人的情感应该进行调节，不可任由放荡，应该复归于“真”，即人之道德本性。

其二，既然诗由人之道德本性兴发，那么为诗便需要明了其中大义，便要重学。如实说，黄爵滋论诗虽有心学色彩，却对良知之学无深切了解。王阳明认为，良知见成，应从实践致良知，“致吾心之良知于事事物物”(《大学问》)，至于六经之类儒家典籍，“其于道也，亦筌

---

① 如王阳明《月夜二首(其二)》：“万里中秋月正晴，四山云霭忽然生。须臾浊雾随风散，依旧青天此月明。肯信良知原不昧，从他外物岂能撄！老夫今夜狂歌发，化作钧天满太清。”此诗与黄爵滋《诗心》诗意极相类。

② 王阳明事迹参见束景南《王阳明年谱长编》，上海古籍出版社，2017 年；明代心学流布情况参见黄宗羲《明儒学案》，中华书局，2008 年。

与糟粕耳”(《五经臆说序》)。黄爵滋却强调回到儒家经典,学以致用,其《秩林诗序》言:

> 自羲轩姚姒之传,修齐治平之要,日星河岳之精,昆虫草木之化,经史百家,何一不备。固而执之,既有食古不化之诮;弃而遗焉,遂有不学无术之讥。(《仙屏书屋初集文录》卷七)

黄爵滋认为,世间一切学问皆为作诗之必要,不能“弃而遗焉”。黄氏虽然强调学问之广泛,但其论诗时一般注重儒家经术。同时,也不能“固而执之”,笔者以为,此即反对当时程恩泽、翁方纲引领的以训诂考证为诗的风气。

黄爵滋所谓的学问不是“固而执之”,而以实用为准。其《汉宋学术定论论》中言道:“无汉儒之训诂,则宋儒之性道,无由而发。无宋儒之性道,则汉儒之训诂,无由而归。是汉儒孔氏之功臣,而宋儒又汉儒之功臣也。”(《仙屏书屋初集文录》卷二)而不管是汉学、宋学,其目的在于“有益于今”。他在《诗义求经序》中也强调“通经足用”,“政成则学成,岂又可歧而二之哉?”(《仙屏书屋初集文录》卷四)在《经训书院记》中,黄爵滋还指出:“至宋而理学始有专门,朱陆户分,党伐遂起。其实新安问学,与金谿德性,揆诸六经,初无异辙。至如泉州之治,荆门之化,凡所布施,又何一不其秉经术哉?”(《仙屏书屋初集文录》卷十)作为江西人,黄爵滋对于乡贤陆九渊特别推崇,但他摒除了朱、陆异同,强调将儒家义理运用于实际,所以他在经训书院仿照宋人胡瑗,分教学为“经义”、“政事”二纲。身处嘉道时期的黄爵滋,敏锐地体察到了社会存在的各种危机,重拾经世致用的学术理路,他与林则徐、魏源等士大夫,正是这一思潮的引领者。

由此,黄爵滋回到传统诗教,强调诗歌的政教功能。其《秩林诗序》言道:“渊明抗怀古人,少陵许身稷契,志可得而言也,言可得而行也。孰谓‘诗有别裁,非关学’哉?”(《仙屏书屋初集文录》卷七)黄爵滋举陶渊明、杜甫来说明诗“关学”,诗歌创作需要以学作为根基。陶渊明以先贤为楷模,杜甫以稷契为榜样,都是儒家道德品节与仁民情怀的体现。黄氏的这一观点还可以从他对陶渊明的另一处评论看出。其《读汉魏六朝人文集诗一百首·陶彭泽》:“在官八十日,遂赋《归去来》。就园种蔬菊,此外皆尘埃。编诗附《三百》,西山知言哉。”(《仙屏书屋初集诗录》卷四)黄爵滋同意宋儒真德秀(西山)的言论:“渊明之作,宜自为一编,以附于《三百篇》、《楚辞》之后,为诗人之根本准则。”(李公焕《笺注陶渊明集·总论》)真德秀于陶渊明接受史上第一提出“渊明之学,正自经术中来”(《跋黄瀛甫拟陶诗》)的观点,认为陶诗正是符合圣贤之学的诗歌。同样,黄爵滋对白居易评价甚高,其《与潘四农论诗偶述八首(其一)》:“名都白马耀人寰,陶杜千秋鼎足间。我欲瓣香添一座,香炉峰下白香山。”(《仙屏书屋初集诗录》卷六)他将白居易与陶渊明、杜甫并列为数千年以来最杰出的几位诗人,即是因白居易的《新乐府》、《秦中吟》等反映生民疾苦的诗歌,正是符合儒家诗教的典范。同样地,黄氏的这一观点还体现在对韩愈的评价上,《岁暮杂感四首(其三)》:“大儒立天地,发言流心声。理夷出极险,语凿涵至精。千古昌黎伯,日月悬光晶。”(《仙屏书屋初集诗录》卷三)韩愈诗发露作为儒者的心声,可与日月争光。

在对同时代诗人的评价上,黄氏也持以上标准。如在《重刻姚氏今体诗选序》中认为姚氏《今体诗选》是“绌邪崇雅,匪独昭前修于不坠,实足挽颓流于既靡”(《仙屏书屋初集文录》卷七)。在《渔浦诗钞序》中赞扬邓芝的诗歌“根之于经史之业,积之于体验之功。足不出户,而能周天下之情;耳不逾垣,而能通古今之故”(《仙屏书屋初集文录》卷七)。在《冯子良诗序》中,他赞扬好友冯询的诗歌“兴怀古风,眷念民事,斐然恻然,可以观矣”(《仙屏书屋初集文录》卷七)。

其三,批判诗坛弊端,欲以复兴诗道。黄氏对诗坛弊病时时论及,终身关切。学诗之初,黄爵滋“遍取近时闻人诸集读之,喟然叹大道之榛芜,而习俗之波靡也”(《仙屏书屋初集诗录自序》)。及官京师,也常“大道怅榛芜”(《柬徐廉峰前辈再叠前韵》)晚年,仍旧感叹“大雅恐不作,吾衰何所求”(《选诗示秩林》)。

黄爵滋批判的主要是当时受袁枚“性灵说”影响的纤靡之作,其

《与李海初笺》云：

盖诗体屡变，而诗道不变，未有敢以邪辞干正法者也。夫郑卫之诗传，而其人不传，盖当时列国之诗，皆由采风而得。存其诗，逸其人，古人之幸也。后世无删诗之孔子，凡廉耻道丧，丑声昭闻，齐梁人之不幸也。近世诗人，不凛郑卫之戒，转蹈齐梁之丑。俾数千年之诗教，一坏于六朝之季，再坏于今日：播流靡底，毒入膏肓；荡废名节，颓败心术。呜呼，可胜痛哉！（《仙屏书屋初集文录》卷七）

黄爵滋以由人之道德本性兴发的“诗道”作为“正法”，批判郑卫淫声、齐梁宫体以及受袁枚性灵说影响的纤靡声色之作。黄氏认为这样的诗歌破坏儒家诗教，使得人们不顾名节，心术败坏。想要“有谁淬厉龙泉剑，碧海青天洗毒氛。”（《与潘四农论诗偶述八首》其四）

要言之，黄爵滋论诗以儒家规定的人的道德本性为诗之体，强调诗歌对现实政治的关怀，以振兴诗道来移风易俗。

二、论文本于经术

黄爵滋论文与论诗一致，本于经术，以载道为旨归，强调经世致用。黄氏《归震川先生集序》中称赞明代归有光不仅为制义大家，更是有明一代的文章大家，正因为归氏文章“原本经术”，“其义法之正，殆未有出于经术外者”。该文末尾，黄氏提出：“凡为文克本经术，虽其笔稍平近，犹足附知言之末。矧夫根柢厚而波澜富，陶冶精而化裁广，有不凌轹《史》、《汉》，跨轶唐宋者乎？”（《仙屏书屋初集文录》卷四）强调文章本于经术，而技巧处于次要的地位。当然，黄氏也不是说技巧无用，他仍主张文章在本于经术之后的“波澜富”、“化裁广”。最后，黄爵滋总结说，“先生（归有光）之文，即经训之学”。

黄氏所说“经训之学”并非偏于章句训诂，而在致用。其《经训书院记》中说：

自汉儒述之，则曰“经解”；自孔子言之，即为“经训”。六经之教，先王所以载道，然其学有深浅，故其事有得失，矧

> 废其教而易其道哉？故曰："经径"也。如径路无所不通，可常用也，训"道"也。古训先王之遗典也，汉儒以经训饰吏治，尚矣。至宋而理学始有专门，朱陆户分，党伐遂起。其实新安"问学"，与金谿"德性"，揆诸六经，初无异辙。至如泉州之治、荆门之化，凡所布施，又何一不其秉经术哉？然则鹿洞、鹅湖，典型具在，其所争固不在章句训诂而已。（《仙屏书屋初集文录》卷十）

黄氏强调，六经是载道之言，政事得失取决于学之深浅，不能以浅学者行事之失，来质疑儒家经典规范国家运行的正确性。汉朝将经训运用于吏治，便是应该学习的典型。至于理学中的朱陆之争，也不是训诂之争，而是如何运用的问题。朱熹、陆九渊治理泉州、荆门取得的成就，也都是秉于经术。可见，黄爵滋提倡文章本于经术，仍旧是要学以致用。

由此，黄爵滋强调文章的载道、言志，其《仙屏书屋初集文录自序》略云：

> 文无定体，求其一是。此言虽近，厥旨惟允。六朝而后，骈散乃分。作者斤斤侈言家数，不思文以足言，言以足志，百变一宗，曾何畦畛？或曰："有韵谓文，无韵谓笔。"辨体则似，求要则非。予材疏殖浅，愧负所学，猥以鄙陋，谬窃时望，但应求之真，亦有本来妍丑之实，岂能自掩？……既存而告之曰："文之为物，在唐宋而变益通，洎元明而变益穷。虽然，变穷于文，不穷于道。以言乎文，则自皇古以历三代，其变已甚；以言乎道，则自秦汉以迄于今，其不变犹是。故曰：'修辞立诚'，'不诚无物'。尔曹但无妄作可也。"

黄爵滋认为：文无定体，所谓的骈散之争、宗派之争，皆无必要，关键在于求"是"、求"真"。黄氏秉持"修辞立诚"、"不诚无物"的古训，其《竹素斋四書文序》解释说："《易》：'忠信，所以进德；修辞立其诚，所以居业。'解之者曰：'诚也，即忠信也。'"（《仙屏书屋初集文录》卷八）

黄氏援引训解，以忠信释诚，可见黄氏所言“修辞立诚”、“不诚无物”，不光强调真，还秉持《中庸》“诚者非自成己而已也，所以成物也。成己仁也，成物知也”的古训，要求文章成己成物，经济天下。这就是他在文中强调的，“文以足言，言以足志”，要求“文以载道”，文章“无妄作”，当有所为而作。

在《静俭堂集序》中，黄氏也有同样的意思：“伊古忠杰之士，类能规不朽于立言，慎修辞以居业，或文生本乎情至，抑言宜出于气盛。至于义关国是，道秉天经，事往志成，身殁文在，岂湘纍之代言不闻，矧蜀党之文字非禁？”（《仙屏书屋初集文录》卷四）同样是提倡为文载道，以之经济国家。

上述观点还体现在黄爵滋对制义文的论述上。制义文，俗称八股，是明清两代科举取士的主要文体。清代，关于制义文的争论从未停止，乃至认为其可废弃。黄爵滋认为制义文不可废，且大力提倡。其《仙屏书屋四书文自序》言道：“制义，圣贤之义。……斯文之用，屹乎风教。凡以沾丐后学，羽翼先民，所托尊而所被广矣。”这是强调制义文也是载道之文，其用足以启后学津梁、阐扬风教，泽被广泛。又言道：“要之，士贵立志，文求载道。日月常新，江河不竭。此则汉唐注疏，宋儒语录，尚不能尽其微至。”黄爵滋认为，汉唐儒者之文，不能够尽述圣贤精微，制义可以补足之。而世人徒将制义文作为猎取功名的工具，一旦得中之后，便弃之如敝履，这是因为人们“修辞立诚之道，或几乎息矣。”所以，他认为制义文“内益身心，外裨世道；庶藉循诵，以资感发。……知遇在一时，学术在终身，一时之权在人，终身之道在己。然则谓制义可废，诚孔孟之罪人矣”（《仙屏书屋初集文录》卷六）。强调制义文可以有益于身心修养，有利于扶持世道人心，自然不可废除，若废除则是孔孟之罪人。

可见，黄爵滋提倡制义文，仍是因为其具有经世之用。正如其表彰姚镜塘的制义文时所言：“有其文之雅以医俗，有其文之真以去伪。以经解经则经通，以心印心则理熟，洵斯文之硕果，当世之底柱也。”（《竹素斋四书文序》）

三、黄论的实践意义

黄爵滋的诗文创作可以完全体现其理论。就文章而言,黄爵滋奏议反映社会现实,针砭时弊,提出解决各种问题的办法,其《综核名实疏》、《严塞漏卮以培国本疏》等,堪称奏议典范。其政论文《知县论》、《弥盗论》、《实行保甲论》等,亦皆有为而发,论述恳切。其制义文,则有《玉堂课草》、《仙屏书屋课草》两书为之集结,并对其他创作制义文者予以表彰。非但如此,黄爵滋还与同人一起坚持制义文创作,《玉堂课草自序》:"散馆后,初与丁尹辅、郑受山、高南渠、池籥庭、林可舟、家仙峤诸同年,排日作课。嗣是王蘷堂、林芾南、周石生、常南陔、李春皋,先后与焉。既又与徐廉峰、金殿珊、陆立夫、李东原诸前辈,鲍馨山、周雪桥、卞光河、陶松君诸同年,爲之朝夕过从,寒暑靡间。暇或登高望远,或剪烛倾尊,致足乐也。"(《仙屏书屋初集文录》卷五)可见黄爵滋与当时不少文人,在中进士之后乃至于翰林院散馆之后,仍旧坚持写作制义文,并非是取得功名之后便弃之如敝履。

黄爵滋的诗歌创作,徐世昌《晚晴簃诗汇》卷一百三十一:"(黄)诗循杜韩正轨,纵横跌宕,才气足以发其所学。"所言极是。黄氏继承《诗》、《骚》传统,以杜甫、白居易等诗人为榜样,创作了很多关心民生疾苦与国家命运之作。如写江南水灾"江南江北民无归,白日但闻新鬼哭,四野几见流民炊",鼓励去江南为官的好友姚莹"许身稷契",以百姓的生命为行政旨归,即"民命官所司"(《江南行送姚石甫大令》);又如写蝗灾"飞蝗向南行,蝗声所过惟哭声"(《南蝗》),蝗虫过后,食尽五谷,惟有百姓的痛哭声;又如写社会风俗变化的《抚州行寄太守郭松崖前辈》:

> 我生之初风尚古,岁时伏腊罗尊俎。昔日崇墉足谷家,今时飘泊无聊侣。临川之南龙骨渡,乃是逋逃渊薮处。为狐为鼠遑恤他,为虎爲狼当奈何。父兄教不先,子弟率不谨。不见阿芙蓉,家家鬼结燐。士贫孰义学,民贫孰义仓。贫人挑盐富人食,官吏捉盐盐被攘。安得反浇俗,尽为农桑

民。安得挽薄习，尽为弦诵人。（《仙屏书屋初集诗录》卷六）

黄爵滋在诗中为友人提及家乡风气的变化：诗人初生时，民风淳朴、家给人足，而今却是官府盘剥，盗贼横行，父子兄弟不睦，家家吸食鸦片，民风浇漓。诗人期盼出现循吏，使百姓富足安康、风俗淳厚。

黄爵滋诗歌对鸦片战争有充分反映。道光十八年（1838）闰四月初十日，黄爵滋上了著名的《严塞漏卮以培国本疏》，详细阐明鸦片走私的危害，提出了其严禁鸦片贸易的主张。道光帝览奏后令各省督抚、大学士各抒己见，湖广总督林则徐所言极为恳切，道光帝于十九年（1839）十二月任命林则徐为两广总督、钦差大臣到广州主持禁烟。黄爵滋与祁寯藻被派遣至福建，协助闽浙总督邓廷桢办理禁烟事宜。随后即是大家熟知的虎门销烟以及第一次鸦片战争。黄爵滋于福建为禁烟以及对英国侵略者作战奔走的同时，创作了不少反映这一重大历史事件的作品，表现出其杀敌报国、建功立业的决心。

“澳远天连粤，台高浪涌台。巡洋兵力重，讨海利源开。何意吞舟者，偏乘漏网来。斩蛟犹有士，徙鳄岂无才。”（《闽中述事四首呈邓嶰筠制军前辈（其二）》）这是言查禁鸦片走私。“闻道铜山击，鲸鲵胆已寒。重楼虽变幻，狡窟易摧残。”（《闽中述事四首呈邓嶰筠制军前辈（其四）》）此写抓获烟贩，捣毁走私巢穴。“青天方倚剑，光怪烛星辰”。（《赠常南陔观察》）乃写自己夜晚手握宝剑，气冲牛斗，充满胜利的信心。“榕阴郁楼阁，荔火隐江岸。披图足写心，闻事翻扼腕。甫惊厦门烽，忽报舟山变。逡巡燕幕危，仓猝鱼釜烂。东南几天险，瓯闽通一线。心悬素月飞，目极孤云断。……箕斗张前檐，宵深记三叹。”（《阅罗六湖平山晚眺画卷感而赋之》）是写战争初期，听闻英军袭扰厦门，攻陷舟山，对局势忧心不已。“古浪屿边月，高崎汛外山。重门蛟蜃逼，诸岛鹭鸥闲。险带金门峙，雄看石壁环。便期东海若，勺水洗尘寰。”（《舟至阳湖复偕祁春浦前辈命入闽途中得杂诗二十一首（其二十一）》）又写厦门一带地势险要，防守严密，必能战胜来犯的侵略者。这样充满豪情壮志的文字，在黄爵滋这一时期的诗歌中十

分常见,《海防篇赠臧牧庵从军一百韵》表意最全,其中写道:

何物阿芙蓉,乘机肆为蛊。滔甚洪水波,毒逾猛兽齿。黠者利若邱,愚者命如缕。已谓家可焚,讵计国之侮。……我闻狼山贼,颠覆遭飓母。又闻落伽寇,披猖激神怒。帝女作精卫,涛神尚白马。奈何今罔闻,顺蹶逆反助。我欲叫天后,奋袂使其起。北投黄城鞭,东然黑水炬。……众志始为城,不然岂安堵。会当挽天河,洗净六合宇。收彼佛郎机,铸作汉家柱。(《仙屏书屋初集诗录》卷十四)

诗人说,鸦片(阿芙蓉)泛滥,对国家、百姓造成了深重的灾难,严禁鸦片走私利国利民;英军以此为借口进犯,实如"贼"、"寇";我们众志成城,一定可以战胜来犯之敌,将缴获的侵略者之大炮(佛郎机)熔铸成纪功的铁柱。

我们还应该注意到,鸦片战争期间创作出反映现实诗歌的著名诗人是张际亮、姚莹、姚燮、鲁一同、林则徐等[①],而这一时期提倡经世致用文学理论的也正是张际亮、姚莹、汤鹏、魏源、潘德舆等人[②]。黄爵滋与以上诸人皆是论诗或唱和之友,他们一起引领了当时的经世文艺思潮。

道光三年(1823),黄爵滋中进士,此后长期任职京城。在北京这一全国人才聚集之地,黄爵滋得以与众多文人相互切磋,其《仙屏书屋初集诗录自序》:"赖京师为人文荟萃之区,朝考夕稽,不无所契。……若木朽而爝火耀,反舌燥而长离喑,诗道至此,不云弊乎?然今学者亦稍变矣。使如廉峰诸君提唱于上,亨甫、四农诸子相与奋发而周旋之,则斯道复兴之机也。"可见,黄爵滋与诸人切磋,其目的在于复兴诗道,有补世用。黄氏《读汤海秋叙怀惜别赠吴兰雪刺史之作斐然和之》:

① 以上诸人反映鸦片战争的爱国诗歌创作,参见严迪昌《清诗史》,人民文学出版社,2011年。

② 以上诸人的经世文学理论,参王运熙、顾易生主编《中国文学批评通史·近代卷》,上海古籍出版社,2011年。

《易》道悟往复，《诗》教辨贞淫。自非豪杰士，把臂谁入林。楚南有君子，结契于我深。……树君芝兰室，恶草从之芟。追思古作者，芳烈贻灵襟。笔绘九霄日，墨洒八方霖。真气天地塞，正法鬼神钦。逶迤即轻薄，丧此德愔愔。骨委毒犹布，百辈同一歼。君乎无独善，与世爲针砭。牛蛇绝怪诞，粉黛除轻纤。不为婴儿语，不为老生谈。一字必矜慎，诣苦而意甘。庶几斯道尊，志士之所欢。庶几古道复，俗士皆结箝。……余岂狭隘量，乡人语詹詹。诚忧乱厥本，而为智者戡。江河发云汉，万派同源斟。我师古人师，六幕一苔岑。兹事赖砥柱，尔我当择任。(《仙屏书屋初集诗录》卷六)

此诗为黄爵滋和好友汤鹏之作。诗中大意如下：我与汤海秋论诗观点一致，皆是坚持诗教以扫除诗坛牛鬼蛇神、粉黛轻纤之类，以针砭俗世、复兴诗道。此事需要有志之士共同努力，我与你当仁不让，要担负起此项职责。

黄爵滋《与潘四农论诗偶述八首(其四)》："列国风谣贡不闻，采诗官废选诗纷。有谁淬厉龙泉剑，碧海青天洗毒氛。"(《仙屏书屋初集诗录》卷六)在与弟子潘德舆论诗时，黄氏指出：风雅不闻，采诗不见，诗坛充斥"毒氛"，想要以龙泉剑斩除这些污秽。

任职京城期间，黄爵滋还组织了许多唱和活动，以复兴诗道为己任。如道光九年(1829)六月十六日，黄爵滋约集同人为欧阳修、黄庭坚作生日，于什刹海看荷花，徐宝善、张际亮等人参加。黄氏《己丑六月同人约为欧阳文忠黄文节二公作生日遂于十六日招集后门外海子上看花即修前约分韵得十二锡》：

宋社沧桑七百年，二公隆隆若宝鬲。昌黎才起八代衰，少陵气屈万人敌。呜呼！二公乃以文章传，天使群愚肆腾猋。……平山堂前花月宽，落星寺外江湖逖。二公生世尚不谋，茫茫千载渺何觌。小子曷敢桑梓私，诸君各仰典型锡。傥因嗜古得性情，何异拈花绝辨析。(《仙屏书屋初集诗录》卷五)

黄诗表彰了四位诗人，分别是韩愈、杜甫、欧阳修、黄庭坚。他与黄庭坚、欧阳修同为江右人，实在有推尊乡贤的嫌疑，故他说自己“曷敢桑梓私”，而是与同人一起钦仰、学习典型。他们的目的是“嗜古得性情”，即明诗道。参加此次唱和的徐宝善的同题之作写得更为清楚：“因我寓洪都，招之同鼓箧。斯文丧五代，庐陵起衰茶。豫章辟宗派，四海得航楫。”（《壶园诗外集》卷五）[①]同样以欧阳修、黄庭坚为振兴诗道的斯文传人。

道光十年（1830）四月九日，黄爵滋邀集徐宝善等，于花之寺看海棠。据徐宝善《壶园诗外集》卷六，参与者有：朱为弼、潘德舆、汪全泰、龚自珍、魏源、汤鹏等。最重要的一次诗坛唱和是道光十六年（1836）四月初四日，黄爵滋与叶绍本、黄琮、徐宝善、陈庆镛、汪喜孙六人为主人，各延客七人，以符王羲之等兰亭雅集四十二人之数，至陶然亭行展禊之举。据陈庆镛《丙申四月四日江亭展禊后序》，参加此次聚会的诗人除了以上六位之外，还有：郭仪霄、潘德舆、朱士端、曹楙坚、艾畅、黄钊、温肇江、梅曾亮、朱缓、刘宝楠、蒋湘南、丁晏、臧纡青、张际亮、江开、姚燮、鲁一同等。此次聚会唱和人数之多，于有清一代的北京实属罕见，且参与者不少人是当时的著名诗人、学者。黄爵滋有《丙申四月四日江亭展禊启》，其中言道：“且因见而逮闻，由分而得合，在《易》则义叶从虎，于《诗》则道征鸣鹤。岂为时会之乘，实亦人伦之鉴。……布德行惠，天子所以祈泽；出门同人，吾侪所以观志。”（《仙屏书屋初集文录》卷十一）可见黄爵滋是本次唱和的发起者，且此次活动之目的在于“观志”，也具诗教色彩。可以想见，在这些诗歌唱和中，黄爵滋得以与张际亮、汤鹏、魏源、姚莹、潘德舆等畅论诗道，试图“复兴斯道”。

四、余论

黄爵滋在当时为京城诗坛领袖之一。丁晏《颐志斋感旧诗·黄

① 徐宝善《壶园诗外集》，清道光二十三年（1843）徐志导等刻本。

树斋侍郎》:“风雅久沦替,涪翁升骚坛。主盟执牛耳,高会登珠槃。”[①]“涪翁”,原本指黄庭坚,诗中指黄爵滋。丁氏言黄爵滋在诗坛“主盟执牛耳”。冯询《子良诗存》卷十八《放歌赠梅庵上人》云:“忆法云堂聚良朋,我与梅庵亦同升。”中间小字注云:“侍郎黄树斋、中翰郭羽可,诗坛主盟。”[②]

黄爵滋成为诗坛领袖,原因如下。第一,政治地位高。黄爵滋先官翰林院,其后长期担任言官,议论锋发,为清流领袖,深受道光皇帝信任。后又担任礼部、刑部侍郎,算是身居高位。第二,诗歌创作颇有成就。《清史稿》卷三百七十八《黄爵滋传》:“爵滋以诗名”。通观黄氏诗歌,其虽非第一流诗人,然成就亦颇可观。第三,奖励后进。黄爵滋在当时诗坛颇有名望,于后进诗人称奖不遗余力。孙衣言《光禄大夫前刑部左侍郎黄公行状》云:

> 公自少以诗名,入翰林为御史,诗益工。与歙徐编修宝善,以诗提唱后进。而与建宁张际亮,山阳潘德舆,论诗尤相得。一时言诗者争辏。公每夜间闭阁草奏,平则骑从出,遍视诸故人名士,饮酒赋咏,意气豪甚。四方士以诗谒公,公必为置酒召客,出其诗,遍视坐上人。数日姓名传都下。公去官十余年,四方士负才名至京师者,以不及公为憾也。[③]

叶名澧《题黄树斋师年记后》:“爱才延后进,胜会亦风流。”[④]丁晏《颐志斋感旧诗》也说黄爵滋:“爱才若渴,凡海内名流之有学者,无不折节缔交。”就笔者所见材料,为黄爵滋所奖励的后进诗人有张际亮、饶崇慈、卢䈾、臧纡青、孙衣言等。

此外,黄爵滋两次担任会试同考官;道光八年(1828)担任江南乡试副考官,道光十七年(1837)担任山东乡试正考官,道光十九年(1839)担任江南乡试正考官。山东、江南文人荟萃,其门下名士颇

---

① 丁晏《颐志斋感旧诗》,民国4年(1915)罗氏雪堂丛刻本。

② 冯询《子良诗存》,清同治元年(1862)刻本。

③ 孙衣言《逊学斋文钞》卷六,清同治十二年(1873)刻增修本。

④ 叶名澧《敦夙好斋诗全集·续编》卷一,清光绪十六年(1890)叶兆纲刻本。

多，出其门下者有李星阮、叶名澧、曹楙坚、孙衣言、潘德舆、彭蕴章等。古代科举门生，于座师自有拥护、支持之责，此于古代诗坛领袖之出现、诗坛风气之引领，至关重要。第四，组织诗坛唱和。此点前文已述，不赘言。第五，黄爵滋具有明确的诗歌主张。此点前文已述，且其诗歌主张为“众人所推服”（《晚晴簃诗汇》卷一百三十一）。

综上所述，黄爵滋作为晚清著名政论家，对当时的朝政腐败、民生疾苦、社会弊病等问题有深刻的认识，故其论政、论学皆重实用，欲以此挽救危机。其论诗文与其论政、论学一致，提倡原本儒家传统，以此经世致用。由于其经世诗文理论与实践，更因其诗坛领袖地位，黄爵滋与其论诗、唱和之友张际亮、汤鹏、姚莹等一样，是晚清嘉道时期经世文艺思潮的代表人物，值得我们重视。

（贵州师范大学阳明文化研究院、文学院）

早期箴戒类文体辨微

——核心内涵、演变及规律

管宗昌

内容摘要：“箴”、“戒”、“训”、“规”都属箴戒类文体，四种文体特征相近，常有区分之难，对其早期形态进行辨微尤为必要。虽然文体最初的确与动词义相关，但是仅凭这点仍无法有效区分如此相近的文体。需要进一步分析与字本义相关的文字要义，并结合早期文本实际，方可把握这些文体的本质性的核心内涵。后期演变往往受到施受主体关系、使用场景、载体等多因素的共同影响，口诵性也是此类文体的重要区分要素。

关键词：“箴”；“戒”；“训”；“规”；文体

On the Style of Early Admonition: Core Connotation, Evolution and Law

Guan Zongchang

Abstract: “Zhen”, “Jie”, “Xun” and “Gui” all belong to the category of admonition. The four styles have similar characteristics and are often difficult to distinguish, so it is necessary to distinguish their early forms. Although the style was originally related to the meaning of verbs, it is still impossible to distinguish such similar styles. It is necessary to further analyze the main meaning related to the original meaning of the characters and combine with the reality of the early texts so as to grasp the essential core connotation of these styles. The later evolution is often influenced by the relationship between the subject, the scene, the carrier and so on, and the recitation is also an important distinguishing factor of this kind of style.

Keywords: "Zhen"; "Jie"; "Xun"; "Gui"; style

中国古代文体繁复,其中有一类主要承载训导规戒功能,文体特征相近。为行文方便,本文将它们统称为箴戒类文体。其中比较重要,同时也比较难以区分的主要包括戒(诫)、箴、训、规四种。它们之间时常存在区分困难和异议,特别在早期阶段尤其如此。要进一步厘清这些文体的内涵、特征、区别,以至与之相关的早期文体的演化规律,追根溯源式的早期文体辨微显得尤为必要。

一

关于"箴"。《说文解字》:"缀衣箴也。"[①]关于此字何以从"竹",原因当是古人早期以竹为针。竹纤维细长规则,材料易得而且容易制成针形。严玉也说:"盖古人初以竹为针,故字从竹。后世以金属为针,故字又作'鍼'。"[②]《礼记·内则》有:"衣服绽裂,纫箴请补缀。"[③]看来,"箴"字本义就是缝衣之针,可以补缀破绽。

这种工具细长尖锐,主要通过"刺入"达到效用。"箴"字下从"咸",陈英杰说:"从口,义不明;从戌,戌乃斧钺之象形。文献或用为

① 许慎《说文解字》,中华书局,1963年,第98页。

② 李学勤主编《字源》,天津古籍出版社、辽宁人民出版社,2012年,第402页。

③ 孔颖达《礼记正义》,见阮元校刻《十三经注疏》,中华书局,2009年,第3168页。

杀伐，盖其本义。”[①]谢光辉认为：“从甲骨文、金文看，戌是一种长柄大斧，口为人口，在这里表示人头。大斧砍人头，所以咸的本义是杀戮。”[②]两人关于“口”的认知不同，但是对整个字义推断大致不错，此字突出的正是斧钺的刺击属性。“箴”正取其“刺入”之义。箴还可用以刺痈治病，《山海经·东山经》：“又南四百里，曰高氏之山，其上多玉，其下多箴石。”郭璞：“可以为砥针，治痈肿者。”[③]可见，“箴”作为尖刺工具，其“刺入”之义十分明显，《广雅》直接将“箴”释为“插也”。王念孙说“箴与插同义”[④]是有道理的。

至此，我们可以总结出“箴”字相关的三大要义：第一，名词义，尖锐针形物；第二，动词义，刺入、插入；第三，其功用往往是针对病痈、绽裂，起到补缀和疗疾之功。

从“箴”体的早期文本看。徐师曾说：“古有《夏》、《商》二箴，见于《尚书大传解》及《吕氏春秋》，然余句虽存，而全文已缺。独周太史辛甲命百官箴王阙，而《虞人》一篇，备载于《左传》，于是扬雄仿而为之。其后作者相继，而亦用以自箴。故其品有二：一曰官箴，二曰私箴。”[⑤]刘勰也将早期文本追至夏商二箴。这一观点符合事实，从现存文献看，夏商二箴应是滥觞期的文本。《夏箴》见于《逸周书·文传解》：“中不容利，民乃外次。”[⑥]“小人无兼年之食，遇天饥，妻子非其有也。大夫无兼年之食，遇天饥，臣妾舆马非其有也。戒之哉！弗思弗行，至无日矣！”[⑦]孔晁认为《夏箴》是“夏禹之箴戒书也”[⑧]。也即，大禹的自箴之书，其施受主体都是自己。《商箴》则见于《吕氏春秋·应

① 李学勤主编《字源》，天津古籍出版社、辽宁人民出版社，2012 年，第 87 页。

② 谢光辉主编《汉语字源字典》，北京大学出版社，2000 年，第 144 页。

③ 郝懿行撰，沈海波校点《山海经笺疏》，上海古籍出版社，2019 年，第 106 页。

④ 王念孙著，张其昀点校《广雅疏证》，中华书局，2019 年，第 128 页。

⑤ 吴讷，徐师曾《文章辨体序说 文体明辨序说》，人民文学出版社，1998 年，第 140—145 页。

⑥⑧ 黄怀信、张懋镕、田旭东《逸周书汇校集注》，上海古籍出版社，2007 年，第 243 页。

⑦ 黄怀信、张懋镕、田旭东《逸周书汇校集注》，上海古籍出版社，2007 年，第 245 页。

同》记载："天降灾布祥，并有其职。"①

刘勰认为："及周之辛甲，《百官箴》阙，唯《虞箴》一篇，体义备焉。"②徐师曾等人多沿用此说，他同时说："斯文之兴，盛于三代。"这一判断是正确的。从现存文献看，夏商周都有箴体文，只是辛甲时始蔚为大观，《左传·襄公四年》录有：

> 昔周辛甲之为大史也，命百官，官箴王阙。于《虞人之箴》曰："芒芒禹迹，画为九州，经启九道，民有寝、庙，兽有茂草，各有攸处，德用不扰。在帝夷羿，冒于原兽，亡其国恤，而思其麀牡。武不可重，用不恢于夏家。兽臣司原，敢告仆夫。"③

从这则"体义备焉"的箴文看，其文体特征表现为：第一，其施受主体分别是虞人和周王，明显是臣下对君上的箴戒。第二，句式上基本是规整的四言句式，时有韵脚但不彻底。第三，从内容看，先歌颂大禹功绩和对于田猎的合宜做法，之后说夷羿之贪而亡国，说出规谏之语。述列先王正反得失，有明显的镜鉴历史规训当前的行文特征。其具体内容是针对君上的田猎之事，与虞人身份相符。从此推测，其他散佚的百官之箴，也应当与官职身份相符，针对某一方面进行箴规。第四，文末形成"兽臣司原，敢告仆夫"的惯用语，杨伯峻认为"不敢直言敢告君王"④，使得臣下对君上的箴谏有了回旋和缓冲，而不至过于直接和激烈。这一惯用语在扬雄模拟的《州箴》等之中得以承继，王兆芳说："其箴人，终于'敢告某'，而箴已不拘。"⑤所述属实。

其实除上述作品外，《吕氏春秋·谨听》引《周箴》："夫自念斯，学德未暮。"⑥过于片段，无法判断施受主体等信息。《逸周书·尝麦解》

---

① 陈奇猷校释《吕氏春秋新校释》，上海古籍出版社，2002年，第683页。

② 刘勰著，詹锳义证《文心雕龙义证》，上海古籍出版社，1989年，第409页。

③ 杨伯峻编著《春秋左传注》，中华书局，2009年，第938—939页。

④ 杨伯峻编著《春秋左传注》，中华书局，2009年，第939页。

⑤ 王水照主编《历代文话》，复旦大学出版社，2007年，第6284页。

⑥ 陈奇猷校释《吕氏春秋新校释》，上海古籍出版社，2002年，第710页。陈奇猷认为断句当为"夫自念斯，学德未暮"，有理故从。

还录有一则箴语，严可均称之为《大正箴》：

> □箴大正曰："钦之哉，诸正！敬功尔颂，审三节，无思民因顺，尔临狱无颇，正刑有掇。夫循乃德，式监不远。以有此人，保宁尔国，克戒尔服，世世是其不殆。维公咸若。[①]

这里的箴语，其施受主体分别是周成王和大正，是上对下的训戒。"箴"使用的是动词义，朱右曾："箴，规戒也。"[②]也就是成王规戒诸正时所讲的话。孙诒让怀疑文有脱字，"上下文皆四字句"，但是就现存文本看，虽不能成严格四字句，但是总体还是规整的。孙诒让进一步说："此箴盖以节、侧、德、国、服、若为韵，其踪迹可推校也。"[③]所说不错，其用韵特征较为明显。所以，总体看早期箴文工整和用韵属性还是较为明显的。

关于"戒"。《说文解字》："警也。从廾持戈，以戒不虞。"[④]是指为防备祸患而时刻保持警醒谨慎。《广韵・怪韵》："戒，慎也。"[⑤]所以，与"戒"字本义相关的要义有：第一，防备和防患未然。第二，警慎，小心。

结合早期戒文文本看，其与"戒"字如上两大要义较为契合。现存最早的戒文当是被称为"五帝之戒"之一的《黄帝戒》："余在民上，摇摇，恐夕不至于朝。"[⑥]显然，这是黄帝自叙口吻所言，有自劝内涵，但是更为直接地表现为述说自我的警慎之心，警慎之态跃然目前。无独有偶，《淮南子・人间训》录有《尧戒》："战战慄慄，日慎一日，人莫蹪于山，而蹪于垤。"[⑦]这则戒文与《黄帝戒》相似，有诫劝，但同时更是其警慎之情的表露。

黄帝时期还有《丹书戒》：

---

① 黄怀信、张懋镕、田旭东《逸周书汇校集注》，上海古籍出版社，2007年，第742—743页。

②③ 黄怀信、张懋镕、田旭东《逸周书汇校集注》，上海古籍出版社，2007年，第743页。

④ 许慎《说文解字》，中华书局，1963年，第59页。

⑤ 陈彭年《钜宋广韵》，上海古籍出版社，2017年，第285页。

⑥ 严可均校辑《全上古三代秦汉三国六朝文》，中华书局，1958年，第10页。

⑦ 张双棣《淮南子校释》，北京大学出版社，2013年，第1872页。

施舍在心平，不幸乃弗闻过，祸福在所密，存亡在所用，

下匿其私，用试其上，上操度量，以割其下，上下一日百战。[①]

陈奇猷认为全文都是“黄帝之言”[②]，是没有问题的。从行文语气看，应该仍然是黄帝的自戒之语，其所戒慎的内容是防备君臣关系恶化，督促自己秉持施舍心平。

所以，从早期戒文的文本实际看，它当起于帝王自戒。从内容看，有具体的提戒内容、表达诫劝，但更早的戒文则能见到主体警慎情态的述说与表达，这是值得注意的。

《文心雕龙》：“戒敕为文，实诏之切者，周穆命郊父受敕宪，此其事也。”[③]刘勰将“戒敕”连文，并追溯至郊父受敕宪。此事《穆天子传》有载：“天下属官效器，乃命正公郊父受敕宪。”郭璞注：“教令也。”[④]从文本看，其中没有明确出现“戒”字，而且应该是下行公文。而从早期戒文实际看，主体虽多是帝王，但是其作为下行公文用以朝堂政治场景的特征并不明显。因而刘勰这一说法实应存疑，他将“戒敕”混同有失精确，所述文体与早期戒文实际不完全相符。

早期戒文自戒特征明显，行文句法上看，其工整性似并没有早期箴文明显，经历了一个从自戒向他戒（主要是戒下）的发展过程。《大戴礼记·武王践祚》记载师尚父对武王宣导载有先王之道的《丹书》：“‘敬胜怠者吉，怠胜敬者灭，义胜欲者从，欲胜义者凶。凡事不强则枉，弗敬则不正，枉者灭废，敬者万世。’……王闻书之言，惕若恐惧，退而为戒书。”[⑤]文本记载，武王在《丹书》的刺激警慑之下，退而为戒书。而这些戒文被他刻在所及之器物上成为铭文。如席前左端之铭曰“安乐必敬”等，充满戒慎提醒之意。武王自言：“予一人所闻，以戒

---

① 严可均校辑《全上古三代秦汉三国六朝文》，中华书局，1958年，第10页。

② 陈奇猷《韩非子新校注》，上海古籍出版社，2000年，第172页。

③ 张国庆、涂光社《〈文心雕龙〉集校、集释、直译》，中国社会科学出版社，2015年，第375页。

④ 郭璞注，王贻樑、陈建敏校释《穆天子传汇校集释》，中华书局，2019年，第63页。

⑤ 王聘珍《大戴礼记解诂》，中华书局，1983年，第104页。

后世子孙。"[①]这里能够明显看到早期戒文从自戒到他戒的演进之迹。武王本是受丹书之提醒，退为戒书，应该说武王所作戒文的首要功用是自戒、自省。但是，这些戒文又以铭文形式呈现，从而得以长时保存，这时武王戒文戒醒子孙后代的目的也变得明显。这样，武王之戒实现了自戒和戒子孙的统一。

用以戒子孙的家戒在周代成为早期戒文演变的重要契机。早在文王时就有《遗戒》："我称非早一人固，下修我度遵德纪，我终之后，恒称太子，河洛复告，遵朕称王。"[②]这是最早可见的遗戒，因为作者的帝王身份，此戒可以看作帝王遗戒，同时也具有家戒属性。作者对后代和子孙进行遵德教育，同时对一些具体事项进行叮嘱教导。其后又有季孙行父《戒子》，孙叔敖《将死戒其子》等。如后者曰：

> 王数封我矣，吾不受也。为我死，王则封汝，必无受利地。楚越之间有寝之丘者，此其地不利，而名甚恶，荆人畏鬼而越人信禨，可长有者，其唯此也。[③]

这一遗戒行文语气以汝我相称、耳提面命。对于提点之事吩咐明确，同时对其缘由又有较为充分的阐述，娓娓道来、恳切而直接。

"诫"，《说文解字》："敕也。"[④]《玉篇・言部》："诫，警也，命也，告也。"[⑤]显然，《玉篇》的第一种解释突出了与"戒"的通用，后代也多有不辨其别者，如徐师曾说："按字书云：'戒者，警敕之辞，字本作诫。'"[⑥]但是细辨二字实有区别，王兆芳说："其意曰'戒'，其言曰'诫'，浑语通也。"[⑦]《玉篇》的后两种解释也正是突出了本字作为"言"的属性。从早期戒文发展看，两字区别是明显的。《黄帝戒》等述说

① 王聘珍《大戴礼记解诂》，中华书局，1983 年，第 107 页。

② 严可均校辑《全上古三代秦汉三国六朝文》，中华书局，1958 年，第 17 页。

③ 严可均校辑《全上古三代秦汉三国六朝文》，中华书局，1958 年，第 68 页。

④ 许慎《说文解字》，中华书局，1963 年，第 52 页。

⑤ 顾野王撰，吕浩校点《大广益会玉篇》，中华书局，2019 年，第 290 页。

⑥ 吴讷，徐师曾《文章辨体序说　文章明辨序说》，人民文学出版社，1998 年，第 141 页。

⑦ 王水照主编《历代文话》，复旦大学出版社，2007 年，第 6284 页。

自己的警慎之情，显然不适用“诫”字。而“诫”的出现，隐喻着这一文体言语属性的突出。典型作品如《口诫》：

勿谓何有，积怨致咎。勿曰不传，伏流成川。蚁孔溃河，溜穴倾山。[①]

这则诫文作者已佚，但充满警劝之义。是最早的物事类戒文，针对“口”（说话）而戒。与早期的戒文相比能够显见其语言属性的凸显，具体说来就是口诵性的凸显。

本文所谓口诵性，是指文字以用于口头诵读为重要目的，通过良好的诵读属性达到不断重复、加深记忆、扩展流传的功用。这则《口诫》在句法上使用规整的四言句，前两句各自押韵，两句之间又工整对仗；最后一句押韵不整，但句内对仗工整。十分适合口诵传布。

关于“训”。《说文解字》：“说教也。”[②]《玉篇・言部》：“训，教训也，诫也。”[③]段玉裁：“说释而教之，必顺其理。引伸之，凡顺皆曰训。”[④]殷寄明认为“训”、“顺”、“驯”、“巡”等属同源词：“皆有顺义，而其字俱从川声。声符字‘川’象河川之形。……河水沿河道流行，有顺沿义。”[⑤]这一判断很道理，这些同源字从“川”得义，“川字与水相反，虚化流中，突出两侧，象两岸夹水之形”[⑥]。突出两岸对水的夹制和引导。“训”字也特别突出顺理引导，顺理成章地完成劝戒。

同时，《诗经・大雅・烝民》有：“古训是式，威仪是力。”郑玄曰：“故训，先王之遗典也。”[⑦]综合看来，与“训”字本义相关的要义主要有：第一，动词义，凸显通过解说、阐理的方式达到教导之目的；第二，名词义，指具有训导功能的文辞，尤指具有历代传播性的权威的古言古法。

---

① 严可均校辑《全上古三代秦汉三国六朝文》，中华书局，1958年，第102页。

② 许慎《说文解字》，中华书局，1963年，第51页。

③ 顾野王撰，吕浩校点《大广益会玉篇》，中华书局，2019年，第288页。

④ 段玉裁《说文解字注》，中州古籍出版社，2006年，第91页。

⑤ 殷寄明《汉语同源词大典》，复旦大学出版社，2018年，第77页。

⑥ 尹黎云《汉字字源系统研究》，中国人民大学出版社，1998年，第300页。

⑦ 孔颖达《毛诗正义》，见阮元校刻《十三经注疏》，中华书局，2009年，第1225页。

《文章缘起》曰："训：汉丞相主簿繁钦祠其先主训。"陈懋仁注曰："《书》曰：'伊尹乃明言烈祖之成德，以训于王。'训者，导也，顺理以迪之也，祠者，告祭于庙也。"[①]结合早期训文看，其通过解说、阐理，"顺理以迪之"的特点十分明显，关于这一点学者多有忽略。《文章缘起》所说的正是《尚书·伊训》，孔颖达："成汤既没，……伊尹以太甲承汤之后，恐其不能纂修祖业，作书以戒之，史叙其事，作《伊训》。"[②]孔颖达也没有详述全篇理路，从而忽略了"训"所具有的这一内涵。纵观全篇不难看出，文章从历史上夏和商朝的人事入手，历数历代帝王政治得失，用以借鉴、归于劝导，所以祖述历史、镜鉴历史成为此篇训文的重要内容。

王兆芳《文章释》说："训者，说教也，教道之文也。又诂说古言，亦为训也。主于说教道义，示以雅言。源出《大训》、《夏训》，流有《商书·伊训》，祖乙作高宗之《训》，《逸周书·度训》、《命训》、《常训》……"[③]他更将早期文本上溯至《大训》、《夏训》。《大训》出自《顾命》："兹予审训命汝。昔君文王、武王宣重光，……嗣守文武大训，无敢昏逾。"[④]本篇其实是周成王临终遗嘱，这里讲自己训导众人如何如何，而自己如何敬守文武大训。"训"两次出现，前者成王训导众人时从文王武王等讲起，值得注意。具有与《伊训》相似的文本特征，也即祖述先王，这是顺理而教导的表现。后者"训"则指先王的流传的古法古言。

《夏训》则见于《左传·襄公四年》，魏绛向晋悼公进言时引用《夏训》：

> 昔有夏之方衰也，后羿自鉏迁于穷石，因夏民以代夏政。恃其射也，不修民事，而淫于原兽。弃武罗、伯因、熊

---

① 任昉撰，陈懋仁注《文章缘起》，《景印文渊阁四库全书》集部第1478册，台湾商务印书馆，1986年，第223页。

② 孔颖《尚书正义》，见阮元校刻《十三经注疏》，中华书局，2009年，第343页。

③ 王水照主编《历代文话》，复旦大学出版社，2007年，第6278页。

④ 阮元校刻《十三经注疏》，中华书局，2009年，第506页。

髡、龙圉而用寒浞。……靡自有鬲氏，收二国之烬，以灭浞而立少康。少康灭浇于过，后杼灭豷于戈，有穷由是遂亡。[①]

能够看出，《夏训》充满劝诫警示之义，同时它主要是通过历数历史人物之得失，镜古而鉴今。无独有偶，《国语·郑语》也记载了一则《训语》：

夏之衰也，褒人之神化为二龙，以同于王庭，而言曰："余，褒之二君也。"夏后卜杀之与去之与止之，莫吉，卜请其漦而藏之，吉。乃布币焉，而策告之。龙亡而漦在，椟而藏之，传郊之。及历殷、周，莫之发也。……[②]

这则训语较为详尽地祖述历史，从而达到戒训目的。总体看，早期训文顺理（主要通过祖述历史）以教导的文本特征十分明显；当然，有时也承载着古法古言之义。

"训"应当是学养与素质要求较高的一种文体。《国语·楚语下》载："观射父，能作训辞，以行事于诸侯，……又有左史倚相，能道训典，以叙百物，以朝夕献善败于寡君，使寡君无忘先王之业，又能上下说于鬼神，顺道其欲恶，使神无有怨痛于楚国。又有薮曰云连徒洲，……导之以训辞。"[③]观射父和左史倚相能作训辞、能道训典，被视为国宝。而从前后文意看，训辞的功能之一是"献善败"，"使寡君无忘先王之业"，这意味着训辞将祖述先王之业，将从历史的成败中得到镜鉴，这与前文所示高度一致。至于训典，则能"上下说于鬼神，顺道其欲恶"。顺导，也成为其重要内涵。所以，无论是训辞还是训典。其关键在于顺导说服，通过说事、阐理达到教导目的。

说事是阐理的重要方法，但不是唯一方法，从早期训文实际看，其主要通过镜鉴历史，循循善诱，其施受主体关系以下对上为主。而以篇名出现的早期训文则并不一定通过说事而阐理，大多是议论阐理。如《逸周书》有《度训解》、《命训解》、《常训解》、《时训解》，《淮南

① 杨伯峻编著《春秋左传注》，中华书局，2009年，第936—938页。

② 徐元诰《国语集解》，中华书局，2019年，第502页。

③ 徐元诰《国语集解》，中华书局，2019年，第556—557页。

子》20 篇均以“训”名篇。潘振云说：“训，教也。解其义以示人，故曰‘度训解’。”[①]对于《时训解》他说：“古言可法者曰训。”[②]对于《淮南子》之“训”，姚范认为“训”为高诱所加，“即诱序中所云‘深思先师之训’也”[③]。张双棣持相同看法。两人所说基本不错。此类训文大多其规戒属性已不明显，施受主体也未必以下对上，基本远离了本文所探讨的箴戒类文体，但其阐理的属性仍然表露无遗。于雪棠说：“训除了有规戒、劝导的意思外，还有一个很重要的含义：对知识传授和解说。”[④]也从另一角度看到了“训”的类似特征。

关于“规”。《说文解字》：“有法度也。”[⑤]这一判断是合理的，但需要补充。尹黎云说：“这是在见之侧增夫，夫乃是人饰发簪的形象，则其字当象人审视他人发簪之形，……审视发簪的目的是使之不歪不斜，合乎要求，故规的本义就是正。”[⑥]关于从“夫”，许慎、徐锴、黄天树等人认为“一以象先”，“夫”就是人头上插簪，表示成年人。“规”从“见”，与观察审视有关，尹黎云的判断有道理。审视、匡正是其本义，这一本义自然可以引申至“规谏”等。

《玉篇·夫部》：“规，正圆之器也。”[⑦]王筠认为：“从夫从见，不能得正圆之器之义，故以规度之义为主。”[⑧]王筠所言有道理，此字无象正圆器之形。正圆器之义应是从规度义引申而来，本义应该与法度、规则有关。所以许慎说“有法度”是有道理的，只是需要补充上述动词义。

综合看来，与“规”字本义相关的要义包括：第一，动词义，匡正、矫正、规谏。第二，名词义，法度、规则。徐师曾曾列“规”体：

---

① 黄怀信、张懋镕、田旭东《逸周书汇校集注》，上海古籍出版社，2007 年，第 1 页。

② 黄怀信、张懋镕、田旭东《逸周书汇校集注》，上海古籍出版社，2007 年，第 582 页。

③ 张双棣《淮南子校释》，北京大学出版社，2013 年，第 2 页。

④ 于雪棠《先秦两汉文体研究(修订本)》，北京师范大学出版社，2020 年，第 86 页。

⑤ 许慎《说文解字》，中华书局，1963 年，第 216 页。

⑥ 尹黎云《汉字字源系统研究》，中国人民大学出版社，1998 年，第 79 页。

⑦ 顾野王撰，吕浩校点《大广益会玉篇》，中华书局，2019 年，第 93 页。

⑧ 汤可敬《说文解字今释》，上海古籍出版社，2018 年，第 1491 页。

> 按字书云："规者，为圆之器也。"《书》曰："官师相规。"言规其阙失，使不敢越，若木之就规也。……则汉以前绝无作者。至唐元结始作《五规》，岂其缘《书》之名而创为此体欤？[①]

按徐师曾说法，"规"名始于《尚书》，而"规"体始于元结。诚然，此体滥觞显然在先秦，《尚书·胤征》："告于众曰：'嗟予有众，圣有谟训，明征定保。……官师相规，工执艺事以谏。'"[②]文中出现了"训"、"规"、"谏"三词，孔晁传："圣人所谋之教训，为世明证，所以定国安家。……众官更相规阙，百工各执其所治技艺以谏，谏失常。"[③]孔颖达疏："使在官之众，更相规阙，百工虽贱，令执其艺能之事，以谏上之失常，其有违谏不恭谨者，国家则有常刑。"[④]此文献显示：训的施受关系是圣人对常人，是典型的上对下；规是百官之间相互劝谏，防止缺失；谏则是百工上谏。是否严格如此，实际情况可能另需考察。

这里突出的明显是动词义，体现的是施受主体之间的关系，突出规谏、匡正。如果联系元结《五规》，我们会发现无一例外均是以"匡正"为基本文体要素。如《时规》，便是以一匡正故事为框架，叙事中通过人物对话承载着一定的劝诫和道理："何不曰：愿得布帛钱货珍宝之物，溢于王者府藏，满将相权势之家，使人民免饥寒劳苦者乎？"[⑤]漫叟醉中口出误言，中行公对他的错误认知和说法进行匡正规谏，这是整篇文章的框架，也是《五规》的基本行文要素。可以说，"匡正规谏"是"规"体文的早期核心特征。

二

通过检视字本义，结合早期文本实际，我们发现，这些箴戒类文

---

① 吴讷，徐师曾《文章辨体序说　文体明辨序说》，人民文学出版社，1998年，第141页。

② 孔颖达《尚书正义》，见阮元校刻《十三经注疏》，中华书局，2009年，第332页。

③ 杜泽逊主编《尚书注疏汇校》，中华书局，2018年，第994—995页。

④ 杜泽逊主编《尚书注疏汇校》，中华书局，2018年，第996页。

⑤ 董诰等编《全唐文》，中华书局，1983年，第3889页。

体与字本义及相关要义之间都有着极为密切的关联。这里有必要对几种文体之间的差异做进一步明晰，并发掘其背后的发展脉络。

首先，从施受主体关系看。

徐师曾在考察孔颖达等人的看法后说："箴者，箴上之阙；而规者，臣下之互相规谏者也。其用以自箴者，乃箴之滥觞耳。"[①]他认为箴是下对上，规是平级之间。这一观点基本符合早期文本实际，但是也存在一定偏差。早期的《夏箴》、《商箴》等极有可能都是帝王自箴，而且从周代的《大正箴》看，也并非下对上的箴。所以，徐氏对箴的这一判断只是大概，与实际情况存在偏差。从文本实际看，早期箴文经历了一个从自箴到他箴自箴均存的演变。

"戒"在早期呈现出从自戒到他戒的演变过程，包括戒子孙以及《四方戒》为代表的上对下之戒。《口诫》作为物事戒其创作本意已不可考，但是文本本身则显然已经具有面对大众传播的普泛性。总体看，早期戒文上对下特征较为明显。

"训"从早期文本实际看，以下对上为主。但是，这在施受主体关系上并不具有本质的规定性。

施受主体关系往往又与使用场景密切关联。总体来看，早期箴其使用场景主要在朝堂官场；戒则漫衍到了家庭场景；早期训也不可避免的与朝堂政治密切关联，但它还别生出箴戒属性很弱、阐理属性很强的一类训体；规体，如果按照名始于《尚书》的观点，"官师相规"自然与朝堂也有密切关联，但元结《五规》显然已经不再局限于此，使用场景生活化明显。

其次，从内容属性看。

早期"箴"体文，吴讷表述为"规诫之辞，若鍼之疗疾"[②]，徐师曾描述为"讽刺而救其失"[③]。张传斌《文辞释例》："箴者，所以攻疾防患、

---

① 吴讷，徐师曾《文章辨体序说　文体明辨序说》，人民文学出版社，1998 年，第 141 页。

② 吴讷，徐师曾《文章辨体序说　文体明辨序说》，人民文学出版社，1998 年，第 46 页。

③ 吴讷，徐师曾《文章辨体序说　文体明辨序说》，人民文学出版社，1998 年，第 140 页。

喻针石也，故有所讽刺而救其失者谓之箴，其体始于三代。”[1]突出的都是“箴”的针对性特征，即针对阙失讽刺规谏。这一要义与“箴”字本义也密切相关。从早期文本实际看，由于《夏箴》、《周箴》只余片语无法判断是否具有明确的针对性。但是从体义较为完备的《虞箴》看，虞人针对田猎之事进行规谏，其针对性还是明确的。但必须看到，这里的针对性应从三个方面加以认定：一是，针对阙失。关于这一点，其实从这些早期文本中很难直接窥见。如《虞箴》也没有直接提及王在这方面有何阙失。当然没有提及不代表没有，从《左传》记载看，辛甲使百官“官箴王阙”，其针对阙失的可能还是很大的。二是，针对某一方面。不是普泛的教戒，而是针对某一具体方面，如《虞箴》是针对田猎之事。三是，所施对象的针对性。《虞箴》就是针对周王。

“戒”有一要义是“防备”，这意味着所涉内容，未必是已见阙失，完全可以是防患性普适性的警示。也就是说，相对于“箴”，其针对性并不突出。从早期文本实际看，诚然有《丹书戒》这样针对如何处理君臣关系的警示，但是大量戒文，警示的确实还是普遍性内容。正如武王刻为铭文的戒书，展示的是对诸事的警慎和提醒，针对性并不明显。《口诫》创作本事已不可考，但从现存文本看，针对已有阙失的针对性不明显。是与口（说话）相关的普泛性戒教。文本也具有了面向大众传播的普泛性特征。所以，还是符合早期戒文的普遍属性。

“训”，通过阐释说理，顺理成章地形成劝导，这是训体文的核心内涵。从早期文本实际看，其内容多通过镜鉴历史形成规谏。文题中出现“训”字的训体文，则或指阐释说理义，或指古训古法义。这些作品未必以镜鉴历史为内容，也未必形成明确的规谏，而以阐理为主。但这类文章已经逐渐远离本文所讨论的箴戒类文体。

“规”，徐师曾说：“规其阙失，使不敢越，若木之就规也。”常发生于同级之间，突出对对方阙失的匡正。从元结《五规》看正是如此，其

---

[1] 余祖坤编《历代文话续编》，凤凰出版社，2013年，第2065页。

主要体现一方对另一方的匡正。“规”之内涵展现为两个层次：一是故事结构层，一方对另一方进行匡正；二是所正内容层，由文中主人公以对话托出，如《时规》中行公规劝对方满谕爱民之意等等。第一层次所涉主体较为具体，是故事中的主人公；然而第二层次意指对象显然超出文中主人公，带有规劝世人的普泛性。

再次，从内容规定性看。

陈懋仁《文章缘起注》：“箴者，规戒以御过者也。义尚切劘，文须确至。”[①]此说主要源于刘勰。《文心雕龙》：“箴全御过，故文资确切。”詹锳认为：“所谓‘确切’，就是切实坚正。”[②]张国庆等进一步说：“作者对于材料的选取，一定要考核事实，分明事理。”[③]两人对刘勰的解读大致不错，但还不够明晰。刘勰认为箴文“确切”，从早期文本实际看，实际有两重含义：一是材料选取考核事实。徐师曾说箴：“大抵皆用韵语，而反复古今兴衰理乱之变，以垂警戒，使读者惕然有不自宁之心，乃称作者。此刘勰所以有‘确切’之云也。”[④]所以很多早期箴文通过镜鉴历史以劝诫，正是选材考核的具体展现；二是指箴文的明确针对性。针对性则有三种内涵，如上文述。

《文心雕龙》同时说：“箴诵于官”，指出早期箴文的使用场景主要在官场朝堂。结合文本实际看，这一点符合事实。

“戒”，早期以自戒为主，从文本实际看，内容形式都较为宽泛，早期甚至只是对警慎情态的叙说。这种宽泛性也使它较早地发生了各种演变：包括向他戒的演变，如《四方戒》是周王对臣下的戒训；包括向家庭场景的演变（戒子孙等），这与“箴”形成重要区别。“诫”的出现，则意味着言语属性的凸显，口诵性得以展现。

早期训文阐理内涵明确，镜鉴历史是重要内容，这与箴文相近。然而，从早期训文实际看，有时承载明显的历时传承属性。王

---

① 王水照主编《历代文话》，复旦大学出版社，2007年，第2528页。

②④ 刘勰著，詹锳义证《文心雕龙义证》，上海古籍出版社，1989年，第421页。

③ 张国庆、涂光社《〈文心雕龙〉集校、集释、直译》，中国社会科学出版社，2015年，第213页。

兆芳说："又诂说古言，亦为训也。"《正字通·言部》："训，古言可为法也。"[①]直接将"训"解为古时流传下来的权威训言。无论是《左传》中魏绛用以进言的《夏训》，《国语》中的《训语》，本身都体现出悠久的生命力。当然阐理是核心内涵，后者则是重要内涵。

"规"，早期规文体现平级之间规谏匡正，从《五规》看，其以一方对另一方的规谏故事为载体，承载了关于为人、处事等多方面的道理。其第二层内涵有普泛化教育劝诫意义，总体看内容还是较为宽泛的，对象也是较为普泛的某群体或众人。

复次，从行文形态看。

关于"箴"，刘勰说："箴全御过，故文资确切。"其中有对内容规定性的描述，也包含对于行文形态的述说。张国庆等认为："箴文要求'文资确切'，指点事理对应官位（及一切劝勉对象之位），文辞要坚正确实，而不讲究更多的文学或艺术之美。"[②]结合早期文本实际看，这种说法并不准确。"体义备焉"的《虞箴》基本是规整的四言句式，时有韵脚。虽然如此，也足以说明早期箴文并不排斥修饰和加工。《大正箴》也有相当的工整性和押韵特征。以至后来的箴文如徐师曾所言"大抵皆用韵语"，并非忽然如此。高步瀛《文章源流》说："古人所为文，有名为戒或作诫者，用韵与箴铭相类。……又有名为训者，……然属于箴铭类者，当以有韵者为限。"[③]高氏认为戒、训等也用韵，但是用韵是箴铭的规定性特征。刘勰以及后来诸多理论家，多有将"箴"与"铭"关联阐述，也充分凸显了"箴"的文学艺术性。从扬雄的拟作看，四言句式、押韵都是典型的文体特征，高氏的判断有理。

早期戒文行文形态较为丰富，有的采用较为自由的散文句法，有的则十分注重工整性和艺术性。后者如武王所刻戒文中的楹之铭

---

① 《汉语大字典（第二版）》，四川辞书出版社等，2000 年，第 4199 页。

② 张国庆、涂光社《〈文心雕龙〉集校、集释、直译》，中国社会科学出版社，2015 年，第 217 页。

③ 余祖坤编《历代文话续编》，凤凰出版社，2013 年，第 1586 页。

曰："毋曰胡残，其祸将然，毋曰胡害，其祸将大。毋曰胡伤，其祸将长。"[①]三句排比兼对仗，第一三句内押韵。上文所论《口诫》则意味着其口诵性的凸显，当戒文戒劝对象不再十分具体，带有了相当的普遍适用性时，其口诵性就凸显出来，从而达到更为广泛的重复性传播之目的。

早期训文以阐理和充分铺垫为核心要义，以下对上的训导为主。此时的训文行文形态较为自由，或叙史或议论以阐理，以散文形态为主。

早期规文以规谏和匡正为核心要义，行文形态也较为自由，无论是先秦时期的相互规谏，还是元结的《五规》都以散文形态为主。

如上总结的是几种文体的早期特征、核心要义及相互差异，这些内涵属性在后期演变中的轨迹如何？这显然也关系到对这类文体核心内涵的明晰和确认。因为本文所论重点在早期形态，对于其后演变只作适当的简要接续。

首先看"箴"。徐师曾说："……于是扬雄倣而为之。其后作者相继，而亦用以自箴。故其品有二：一曰官箴，二曰私箴。大抵皆用韵语，……"[②]扬雄仿《虞箴》而作《州箴》、《官箴》显然不是最早的箴文，但的确是早期箴文发展的重要里程碑。这些箴文均使用工整的四言句式，押韵明显。吴讷说："大抵箴、铭、赞、颂，虽或均用韵语而体不同。"[③]他和徐师曾都认识到了箴文用韵的重要形态特征。汉末王朗的《杂箴》，则以自我为箴戒对象，属于徐师曾所言"私箴"。刘勰说："至于王朗《杂箴》，乃置巾履，得其戒慎，而失其所施。"《文心雕龙杂记》说："古代箴词多用于箴戒帝王，而《杂箴》中讲到巾、履之类，故谓'失其所施'。"[④]《杂箴》属于自箴型的私箴，已脱离朝堂。刘勰抓住了"箴"使用于官场朝堂的要义，也透露了箴文演变的重要促动因素：

---

① 王聘珍《大戴礼记解诂》，中华书局，1983 年，第 105 页。

② 吴讷，徐师曾《文章辨体序说　文体明辨序说》，人民文学出版社，1998 年，第 141 页。

③ 吴讷，徐师曾《文章辨体序说　文体明辨序说》，人民文学出版社，1998 年，第 46 页。

④ 刘勰著，詹锳义证《文心雕龙义证》，上海古籍出版社，1989 年，第 420 页。

使用场景和施受主体关系。后文详述。

其次，早期“戒”文经历了一个从自戒到家戒和他戒（如《戒四方》）的演变，而且随着“诫”的出现，口诵性凸显。班昭《女诫》是重要的早期接续，班昭怕诸女不渐训诲而作：“但伤诸女方当适人而不渐训诲。”[①]她初意为训戒自家诸女，但在后世传播中，已超越本家。此类家戒是早期发展中的重要内容，有汉一代大有其作。

用于官场和正式场合的戒文则呈现多样化丰富形态，上对下（如光武帝《戒冯勒》）、下对上（如王吉《奏书戒昌邑王》）、平级间的戒文（如杜钦《戒王凤》）在汉代都有出现。

当然，除此之外物事戒等也有所发展。从较早的后汉高彪《清诫》看，其仍然延承了十分明显的口诵性，全文 26 句，全用五言，时有押韵，近于韵律感十足的五言诗。总体看，这延续了先秦丰富发展形态的趋势。

再次，“训”文在早期演变中经历了一离一合的过程。所谓一离，就是诫劝属性的剥离。有些训文不再承载诫劝功能，而主要以议论阐理为主；所谓一合，就是古训古法义有时会与阐理义融合。前者如《淮南子》之“训”主要是古训古法义，但同时也是阐理，但无诫劝；《度训解》之“训”主要是阐理义，但无古训古法义，也无诫劝。这些无明确诫劝内涵的“训”远离了本文所讨论之箴戒类文体。

箴戒类训文，则仍承载着阐理义。但是由于以下训上的施受关系发生变化，“训”的内涵也逐渐变化，使之还同时承载了较为明显的古训古法义。如《颜氏家训》是以上训下，全文阐理与教诲结合，行文韵散结合。这种韵散结合的行文特征是对之前训文的较大改进，颜氏意欲将之代代流传而成颜家古训，这种创作目的对后世家训和女训等影响深远。

最后，“规”文最初以匡正为核心要义，后来发展过程中经历了动词义为主向名词义为主的演变，法度义逐渐占据主流。清李毓秀《弟

① 陶宗仪等编《说郛三种》第六册，上海古籍出版社，2012 年，第 3295 页。

子规》及陈宏谋《五种遗规》将《养正遗规》、《教女遗规》、《训俗遗规》、《从政遗规》和《在官法戒录》合集。这些规文仍然具有明确的教导、戒规意义，但其内容属性发生了重要变化，所展现的多是明确的教条、规则，具有十分鲜明的口诵性。其施受关系明显是圣贤对大众（或某群体）的上对下行文。

三

此类箴戒类文体的早期演化展现出重要的演变规律。试述如下：

首先，字本义相关的核心要义与文体核心内涵密切关联，是辨微的关键。

刘师培《文章源始》曾说："积字成句，积句成文，欲溯文章之缘起，先穷造字之源流。"[①]不得不说这是高见。郭英德进一步指出："中国古代文体的生成大都基于与特定场合相关的'言说'这种行为方式，这一点从早期文体名称的确定多为动词性词语便不难看出。"[②]吴大雷也说："一般来说，最初是以人们所作所为来确定其命名的。"[③]郭先生看到了不同言语方式在文体产生之初的重要意义，吴先生也认为动词义是最初命名方式。这大概不错。然而，从本文所讨论的几种箴戒类文体看，显然已经超出了言说方式的范畴。仅从言说方式，也无法有效区分如此接近的同类文体。这时，如上文所述的与本义密切相关的文字要义就成为进一步细致区分这些文体的必要途径。

"箴"、"规"文字要义中都有谏刺阙失、匡正失误的动作内涵，这是相通的。但从文字要义看，"箴"显然还突出了针对病瘫的内涵，而"规"则没有。所以，被视为规体正宗之开端的《五规》，虽然蕴含规劝内容，但是文章竟然是对规劝故事的书写。

"训"的文字要义其实并不凸显其训导教导的动作义，而凸显的

---

① 郭绍虞主编《中国历代文论选》（四），上海古籍出版社，1980 年，第 331 页。

② 郭英德《中国古代文体学论稿》，北京大学出版社，2005 年，第 29 页。

③ 吴大雷《论中古时期文体命名与文体释名》，《中山大学学报（社会科学版）》2011 年第 4 期，第 4 页。

是动作方式，也即通过说事阐理达到顺理成章让人信服。这一要义成为此文体的核心内涵，历演而不变。无论其诫劝功能是否疏离，阐理属性一直都是核心。

“戒”，“警也”。一方面具有动词义，也就是戒备或者使人戒备。但是，文字要义“警慎”和“防患”却决定了它在此类文体中的核心内涵。“警慎”是主体状态描述，不一定是动作。惟其如此，方可理解《尧戒》等竟然是对自我警慎状态的述说。“防患”是对象描述，与“箴”突出针对阙失而为不同。所以，戒体文有大量普泛性的训诫。“诫”字“言”边的出现，则意味着其言说属性的凸显。

相近的文体，其字义往往相近。此时，考察与字义相关的核心要义是区分字义的重要手段，这也成为观察相关文体的重要通道。当然，这也证明了两者之间的深刻关联性。吴承学先生说：“中国古人依照一定的规则来造字，一些与文体相关的文字形态，或许透露出他们对早期文体本义的感知与理解。”[①]是深邃的判断，需要我们用更多进一步深入文字要义的文体研究实践来丰满这一认知。

其次，此类文体演变与施受主体关系、使用场景的迁变等因素有着密切关联。

很多文体早期受到官制等影响，其施受主体关系较为确定。箴戒类文体有时也展现出类似特征，如《国语》：“故天子听政，使公卿至于列士献诗，瞽献曲，史献书，师箴，瞍赋，蒙诵，百工谏，庶人传语，近臣尽规，亲戚补察，瞽史教诲，耆艾修之，而后王斟酌焉，是以事行而不悖。”[②]但从箴戒类文体早期文本实际看，其施受主体还是较为宽泛自由的。吴承学先生说：“规谏类文体与其他系列文体相比，具有明显的独特性。即它的开放性与灵活度较大，其使用者并被没有特别指定为某一系统的官职所属，甚至超出职官系统。”[③]施受主体和使用

① 吴承学《中国早期文字与文体观念》，《文学评论》2016年第6期，第14页。

② 徐元诰《国语集解》，中华书局，2019年，第12—13页。

③ 吴承学、李冠兰《论中国早期文体观念的发生》，《文艺理论研究》2016年第6期，第109页。

场景密切相关，都展现出宽泛性，这就决定了这类文体早期复杂性，也赋予了后期演变的巨大开放性。

“箴”从最初的帝王自箴，到下对上为主的官场用箴，较为明显展现了官制对这一文体的影响。但是从扬雄模拟诸箴开始，其施受主体和使用场景已悄然发生变迁。其撰作者为扬雄，但他模拟百官身份出现，其以今上为直接对象的特征显然已是十分幽暗不甚明确。也就是说，早期箴文以下对上的朝堂属性发生变迁。这种施受主体关系的变化使得箴的发展展现出极为丰富的去向。一方面自箴再次兴起，另一方面官箴继续发展，但是逐渐出现了施受关系完全相反的箴文，如陆机《丞相箴》，是对丞相的箴戒，而不是丞相对皇帝。也出现了受众宽泛的诸多箴文，如梁武帝《凡百箴》以凡百众庶为劝诫对象等。这些都大大改变了早期虽复杂但以下对上为主的施受关系。

“戒”文早期始于帝王自戒，逐渐向戒他和家戒发展。而从班昭《女诫》始，作者初意所戒对象为自家诸女，也具有相当口诵性。在后代流传中，其受众显然已经普泛化为妇女群体。相当的物事戒文如高彪《清诫》等，其受众其实也已普泛化。施受关系也十分丰富，上对下、下对上、平级间的都有。施受主体关系和使用场景的丰富性，是戒文后续丰富形态的基本推动力。

“训”文早期下对上虽不是规定性特征，但是主要特征。而后期发展中这种施受关系基本颠倒，如《颜氏家训》等均是。至于南宋吕本中《童蒙训》，实际就是针对初学儿童的学术讲稿，而非规训。其箴戒意义基本消失，剩余的主要是教育意义，但是“训”文阐理的核心内涵得以保持。

“规”文早期以官员之间相规开始，《五规》所施对象已有普泛化特征，在后期演化中其作为条例、规则的名词义逐渐凸显，此时的施受关系俨然已经是宣讲者对普泛化群体的规教。

能够看出，四种文体普遍有受众普泛化的倾向，这也使得它们在后期发展中有时边界发生漫衍。如《训蒙文》之改名《弟子规》，朱熹有《训学斋规》两种文体名称同时使用。但是，总体看，其早期所赋的核心内涵还是得以大致保留。

导致这四种文体趋同漫衍的一个重要施受关系变化，是对君主箴戒的减少与缺失。早期箴和训都有较为明显的下对上（君主）的施受特征，但是这一特征在后来发展中逐渐式微，这与部分功能被其他文体（如疏、奏等）替代有关，但主要还在于此类文体所施对象的主动调整。使用场景逐渐远离朝堂，或以自我，或以某群体、大众为对象，使得此类文体更多承载起教化训导的社会功能。

再次，口诵性是此类文体的重要区分要素。

口诵性与所谓的文学性有着密切关系，但是有所侧重，它强调口头诵读的适宜性，与广泛的传播目的密切相关。这种属性在此类文体辨微中有重要意义。

早期“箴”文受《虞箴》影响较大，扬雄拟作之后使口诵性大为彰显，四言工整和押韵成为很多箴文的行文特征，高步瀛将押韵视为箴体的核心特征。扬雄之后的箴文，其针对帝王的针对性变得模糊，所施对象普泛化，口诵性越来越成为其重要特征。

但后来“它经历了由单纯的四言骈文向骈散并举、由单纯的短章向长短并茂的裂变式演进”①。随之出现的就是官箴书这一文体，既有箴的属性，又有“书”的特征。这使得其口诵性削弱，散文化倾向明显。这说明文学载体的转化对文体特征的演进起到至关重要的作用。

早期“戒”文主要也是伴随受众的普泛化而展现出较强的口诵性，但是往往写为“诫”。早期家戒往往以散文为主，但汉代的家诫就明显受到口诵性的影响。如《女诫》、东方朔《诫子》，以至三国诸葛亮《诫子书》等，都有相当的口诵属性，工整而押韵。写作“戒”的则往往以散文形态出现，如孔鲋《将没戒弟子》等。当然，越到后期这种用字意识就越模糊，很多时候已不做主动区分，以至“戒”、“诫”基本通用。

“训”文由于其鲜明的阐理属性，其口诵性没有得到很好发展。

---

① 裴传永《“箴”的流变与历代官箴书创作》，《理论学刊》1999年第2期，第94页。

家训行文表现出一定的工整性，但是口诵性特征仍然不甚明显。这受训文核心内涵所影响。

“规”文是在后期发展中口诵性凸显得最为明显的一个文体。如果说元结《五规》为代表的规文，基本没有口诵性。那么，当“规”由匡正义变为规则、教条义，动词义变为名词义，口诵性便成为其得以传播的基本要件。《弟子规》的口诵性是明显例证。

所以，箴戒类文体是否具有口诵性，口诵性如何迁变，关系到这些文体的区分和辨微。口诵性的凸显与式微又往往与所施对象的普泛化有密切关系，广泛传播是其重要目的。

综上所述，“箴”、“戒(诫)”、“训”、“规”四种文体早期形态有诸多相近之处，但是我们仍可通过字本义相关的文字要义进行区分辨别。这些文体在后期迁变中，受到施受主体关系、使用场景、载体等多因素影响，一方面秉持最初的核心要义，另一方面则不断被赋予新的时代特征。展现的是箴戒类文体独特丰富的相互关系与发展规律。

（汕头大学文学院）

论早期五言诗的趋同书写及其意境生成

——从“揽衣起徘徊”说起*

汪雯雯

内容摘要：诗歌中常见的“揽衣起徘徊”及其类似表述，是早期五言诗主要依循历时性线性顺序推进诗篇内容的典型例证。“揽衣起徘徊”这一经典主题的开展及其趋同写作，一定程度上体现了早期五言诗风格生成的方式。早期尤其是建安时期的文人五言诗，不仅在句式表达和内容主题上存有相似性，于诗篇整体的构架和展开的层次、诗歌情感抒发的方式等方面也有共性。文人五言诗在篇体构造上呈现出的主题连接特征，与乐府诗相似，也与五言诗由叙事向抒情转换的演进趋势相符合。早期五言诗所体现的“同”是理解这一时期诗歌风貌的重要因素，但诗歌文本中凝聚的创作者的个性应是推动诗歌发展的核心动因。

关键词：早期五言诗；趋同书写；主题接续；意

* 本文系国家社会科学基金项目“明清总集文体分类与文体观念研究”（编号：19CZW025）、陕西师范大学“中央高校基本科研业务费专项资金资助（Supported by the Fundamental Research Funds For the Central Universities）”（项目编号：2018TS027）、教育部人文社会科学研究基金项目“中国古代总集分类体例研究”（编号：17XJC751002）的阶段性成果。

境生成；成因

The Convergent Writing of the Early Five Character Poems and the Formation of Their Artistic Conception: Talking about "Holding Clothes and Wandering from Beginning to End（揽衣起徘徊）"

Wang Wenwen

Abstract: In the early five character poems, the common expression of "holding clothes and wandering from beginning to end（揽衣起徘徊）" and its similar expressions are typical examples of advancing the content of poems mainly according to the diachronic linear order. To a certain extent, the development and convergence of the classic theme of "holding clothes and wandering" reflects the way in which the style of the early five character poems was formed. In the early period, especially in Jian'an period, the five character poems of literati not only have similarities in sentence expression and content theme, but also have similarities in the overall structure and unfolding level of the poem, the way of expressing poetry emotion, etc. The characteristics of theme connection in the structure of the five character poems of literati are similar to those of Yuefu Poems, and also in line with the evolution trend of the transformation from narrative to lyric. The "sameness" embodied in the early five character poems is an important factor to understand the style of the poems in this period, but the personality of the creators in the poems should be the core motivation to promote the development of the poems.

Keywords: early five character poetry; convergent writing; theme succession; artistic conception generation; causes

建安时期，文人五言诗开始大量涌现。在经过节奏、句式的探索与完善后，五言诗成为唐前最为重要的诗歌体式。以往有关早期五言诗的研究，在个案及个性研究上用力甚勤。近年来，早期文本的生成及传播开始被重新审视，有关早期文学“同”的问题随之进入研究者视野。就诗歌而言，宇文所安教授对汉魏六朝时期的诗歌进行整体性审视，并提出早期诗歌存在着“重复出现的主题”、“相对稳定的段落和句式”以及“特有的描写步骤”①，从构造的层面为我们展开了汉魏诗歌之间的交互共鸣。如果说宇文所安教授是从文本构造及书写的角度来探讨“同”，陈恩维教授从创作主体的身份入手，将“同”看成文学侍从对主人的模拟②，魏耕原教授则主要着力于研究建安文学风格趋“同”的社会生活背景③。早期五言诗所体现出来的相似性涉及到文本的写作、文献的流传等因素，另一层面上也与诗歌风格的生成密切相关。基于此，有必要对这一现象再做一些考察。本文拟在前辈研究的基础上，以早期五言诗“揽衣起徘徊”类句式的相关写作为典型个案，尽量从文本自身出发，对早期五言诗书写趋同性的表现极其可能性的成因展开探讨。

一、“揽衣起徘徊”与早期五言诗的类似表达

“揽衣起徘徊”此一句式在早期五言诗中出现频率较高，其主要句式为“揽衣（或其它动作）＋起（下、步）＋徘徊（彷徨、踯躅）”。这与“失眠”涵盖了各个阶层的诗人故而其书写更为普遍有关。除了在失眠时“揽衣起徘徊”，白日的出行也偶有采用这一句式，或是这一句式的类似表述。笔者从《先秦汉魏晋南北朝诗》中辑录相关诗句，详列

① 宇文所安《中国早期古典诗歌的生成》，胡秋蕾、王宇根、田晓菲译，田晓菲校，生活·读书·新知三联书店，2012 年，第 78 页。

② 陈恩维《论汉魏六朝模拟之作的类型及其文学史意义》，《井冈山学院学报（社会科学版）》2008 年第 1 期，第 35—39 页。

③ 魏耕原《建安文学的互同与模式》，《山西大学学报（哲学社会科学版）》2017 年第 1 期，第 9—15 页。

如下。

揽衣起瞻夜，北斗阑干。星汉照我，去去自无他。（《满歌行》）

明月何皎皎，照我罗床帏。忧愁不能寐，揽衣起徘徊。（《明月何皎皎》）

褰裳路踯躅，彷徨不能归。浮云日千里，安知我心悲。（李陵《录别诗》）

独夜不能寐，摄衣起抚琴。丝桐感人情，为我发悲音。（王粲《七哀诗》）

蹑履起出户，仰观三星连。自恨志不遂，泣涕如涌泉。（徐干《室思》其四）

揽衣起踯躅，上观心与房。三星守故次，明月未收光。（阮瑀《诗》）

远望无所见，涕泣起踟蹰。与我期何所？乃期山南阳。（繁钦《定情诗》）

漫漫秋夜长，烈烈北风凉。辗转不能寐，披衣起彷徨。（曹丕《杂诗》）

中心感时物，抚剑下前庭。翔佯于阶际，景星一何明。（曹睿《长歌行》）

揽衣曳长带，屣履下高堂。东西安所之，徘徊以彷徨。（曹睿《乐府诗》）

端坐苦愁思，揽衣起西游。树木发春华，清池激长流。（曹植《赠王粲诗》）

反侧不能寐，逍遥于前庭。踟蹰还入房，肃肃帷幕声。（曹植《弃妇诗》）

揽衣出中闺，逍遥步两楹。闲房何寂寞，绿草被阶庭。（曹植《杂诗》）

志士惜日短，愁人知夜长。摄衣步前庭，仰观南雁翔。（傅玄《杂诗三首》其一）

居欢惜夜促，在戚怨宵长。抚枕独啸叹，感慨心内伤。（张华《情诗》其三）

徘徊墟墓间，欲去复不忍。徘徊不忍去，徙倚步踟蹰。（潘岳《悼亡诗》其三）

清露坠素辉，明月一何朗。抚枕不能寐，振衣独长想。（陆机《赴洛道中作》其二）

明发心不夷，振衣聊踯躅。踯躅欲安之，幽人在浚谷。（陆机《招隐诗》）

中夜不能寐，抚剑起踯躅。感彼孔圣叹，哀此年命促。（司马彪《赠山涛诗》）

明月出云崖，皦皦流素光。披轩临前庭，嗷嗷晨雁翔。（左思《杂诗》）

中夜抚枕叹，想与数子游。吾衰久矣夫，何其不梦周？（刘琨《重赠卢谌诗》）

诗歌的内容、结构关乎风格的生成，早期五言诗内容和结构方面出现的共同性，应当成为我们理解其风格生成的重要背景。从时间上看，“揽衣起徘徊”及其类似诗句（以“褰裳”、“振衣”、“摄衣”、“蹑履”、“抚枕”、“抚剑”等替代“揽衣”；以“彷徨”、“踟蹰”替代“徘徊”）于建安时期出现最多，西晋还有留存，到了东晋则几乎不再出现这一句式。何以东晋以降，诗人们不再“揽衣起徘徊”？答案自然不能归结为东晋以后的诗人们在现实世界中都已不再失眠、不再“徘徊”了。换言之，有关“揽衣起徘徊”的趋同性写作出现在五言诗发展的早期阶段，这并不是随机存在的偶然现象。

目前已存的诗歌文本中，最早出现这一主题的是乐府古辞《满歌行》。其本辞为四字句：“揽衣瞻夜，北斗阑干，星汉照我，去自无他。”《宋书·乐志》所收晋乐所奏乐府《满歌行》第三解为：“揽衣起瞻夜，北斗阑干，星汉照我，去去自无他。”[①]乐工在“揽衣瞻夜”中添入“起”

① 逯钦立辑校《先秦汉魏晋南北朝诗》，中华书局，1983年，第276页。

字，十分耐人寻味。在上文所列诗句中，汉魏有7处“揽衣起徘徊”类诗句，采用的也是“XX起XX”的句式，正可说明此句式的典型性。《满歌行》描绘的是秋天的夜晚，诗人因“心不能安”而“揽衣瞻夜”，通过观测星宿来释放内心的隐忧。《乐府解题》分析此诗情感脉络为：“古人逊位躬耕，遂我所愿。次言穷达天命，智者不忧……终言凿石见火，宜自娱以颐养，保此百年也。”[①]诗人瞻望星空，想要辞官归隐，但又因念及双亲而有所顾虑。诗中既有“逊位躬耕”与“奉事二亲”二者之间的矛盾，亦有“智者不愁”、“安贫乐道”之内心所向与精神归依。其后诗作在情感指向上，或表达对故土的思念，或表现时光流逝而壮志未酬，或抒发个人孤独之内心苦闷，总体不出《满歌行》范围。从“揽衣起瞻夜”到“揽衣起徘徊”、“蹑履起出户”，再到“挥袂抚长剑”、“抚剑起踯躅”，以及“抚枕不能寐，振衣独长想”，夜下徘徊往往伴随着心绪不宁，这在采纳这一话题的诗歌中莫不如是。此外，《明月何皎皎》中，诗人通过“揽衣”、“徘徊”、“出户”、“彷徨”、“入房”等动作来带动情感的刻画，业已形成“揽衣起徘徊”这一话题的叙述节奏，即因“徘徊”而“出户”，既“出户”而“彷徨”。从情感表现来看，“揽衣起徘徊”在现实世界中，更在文本世界里为诗人们提供了书写出口。

将这些诗歌文本进行梳理，并深入文本对诗歌的表现特点进行观照，则能看出不同阶段的诗人是如何叙述这一话题，又是如何表现情感的。如《明月何皎皎》中的“揽衣起徘徊”和“出户独彷徨”[②]，以“徘徊”用于室内，“彷徨”用于室外。大多数月夜失眠诗，主要侧重于户外描写与情绪抒发。曹睿《乐府诗》将“徘徊”与“彷徨”合写——“东西安所之，徘徊以彷徨”，并尽力去描写出户之前的情态：“昭昭素明月，晖光烛我床。忧人不能寐，耿耿夜何长。微风冲闺闼，罗帷自飘飖。揽衣曳长带，屣履下高堂。”[③]吴淇称古诗“于户内写徘徊，户外写彷徨，态在出户入房上”，而此诗“徘徊彷徨，俱在户外，中却于离床

① 郭茂倩编《乐府诗集》，中华书局，1979年，第636页。

② 逯钦立辑校《先秦汉魏晋南北朝诗》，中华书局，1983年，第334页。

③ 逯钦立辑校《先秦汉魏晋南北朝诗》，中华书局，1983年，第418—419页。

以后，下阶以前，先写出一段态来，各极其妙”。[①] 王粲《七哀诗》(荆蛮非我乡)与建安时期的失眠创作不同，其将“独夜不能寐，摄衣起抚琴”压缩为一个短小的片段，其后“丝桐感人情，为我发悲音”[②]与诗歌前半部分书写客居荆州之所见所感相照应。琴声与失眠的月夜结合，能够生发更多诗意，此在阮籍《咏怀》诗中也有表现。在曹植的《赠王粲诗》中，诗作的开展则主要通过“忧愁不能寐，揽衣起徘徊”这一主题的并列表达——“端坐苦愁思，揽衣起西游”[③]来提供缘起。“端坐苦愁思，揽衣起西游”与“忧愁不能寐，揽衣起徘徊”交代起因、构建场景的方法类似，至结尾处，“春思安可忘，忧戚与我并”与“引领还入房，泪下沾裳衣”也无二致，但曹植不仅将场景转移至白天而使所写之景与众有别，同时于赠诗中劝慰友人、表现个人情志，使整首诗歌呈现出较大的个性特征。

在描写手法上，魏晋诗作除了像《明月何皎皎》那样依靠内心感受来加以贯串外，诗篇还伴随着对景的描写，一些诗作对景的刻画尤有章法，此对西晋诗作的开展也产生影响。如曹丕《杂诗》(漫漫秋夜长)中的“俯视清水波，仰看明月光。天汉回西流，三五正纵横。草虫鸣何悲，孤雁独南翔”[④]几句，不仅观察角度一俯一仰，紧随其后的景物描写更采用“分承分述”[⑤]的方法，一承仰观，一承俯视。此类对观察视角和篇章结构的有意追求，体现了创作者对篇体内容展开次序的着意。诗中所述之景仍具古质之风，诚如刘勰所谓“造怀指事，不求纤密之巧；驱辞逐貌，唯取昭晰之能”[⑥]，西晋诗篇在景的描写上开始踵事增华，如在傅玄的《杂诗》中，诗人在“摄衣步前庭”后，即展开对周围自然世界的观察与刻画：“玄景随形运，流响归空房。清风何

---

① 吴淇著，汪俊、高进德点校《六朝选诗定论》，广陵书社，2009 年，第 95 页。

② 逯钦立辑校《先秦汉魏晋南北朝诗》，中华书局，1983 年，第 366 页。

③ 逯钦立辑校《先秦汉魏晋南北朝诗》，中华书局，1983 年，第 451 页。

④ 逯钦立辑校《先秦汉魏晋南北朝诗》，中华书局，1983 年，第 401 页。

⑤ 陈庆元《三曹诗选评》，上海古籍出版社，2018 年，第 112 页。

⑥ 刘勰著，范文澜注《文心雕龙注》，人民文学出版社，1958 年，第 66—67 页。

飘飖,微月出西方。繁星衣青天,列宿自成行。蝉鸣高树间,野鸟号东厢。纤云时仿佛,渥露沾我裳。良时无停景,北斗忽低昂。"景物的描摹更为细致,诗末以"落叶随风摧,一绝如流光"[①]结尾,稀释原本哀伤的情调,已显示出西晋古诗的特征。沈德潜对此提出批评,认为傅玄诗"聪颖处时带累句,大约长于乐府,而短于古诗"[②],主要是以汉魏诗作为评价的标准。以"风力"著称的左思在描写月夜时,以"明月出云崖,皦皦流素光"表现月光的皎洁,比较汉魏时"仰观三星连"、"三星守故次"、"明月未收光"、"景星一何明"等"不求纤密之巧"的天象描写,也有不同。事实上,西晋以降,很大一部分五言诗仍具复古倾向,此处傅玄与左思的《杂诗》,在标题、整体结构、主要内容上,均与汉魏以来的"揽衣起徘徊"诗篇相似。但在风格的生成上,实有嬗变之迹。而当"揽衣"变为"抚枕",这一句式及其常见表述开始淡化,句式本身在结构上发挥的意义及由此形成的诗歌风貌则逐渐消解。

二、"揽衣起徘徊"类句式的结构意义及诗境生成

由五言诗体走向成熟的路径来看,五言体在由句连篇的过程中,最重要的是"解决句与句、行与行之间的呼应和承接的问题"[③]。诗句与诗行构成诗歌的语意片段,进而构成诗歌全篇。[④] 以早期五言诗全篇为单位,将"揽衣起徘徊"的结构意义纳入研究视野,可以看出诗歌创作者在五言诗结构衔接上所进行的摸索尝试。从出现位置来看,"揽衣起徘徊"可能处于篇首,也可能处于篇中或篇末,其中,处于篇中的情况最为常见。以下拟作具体分析。

(一) 当"揽衣起徘徊"句式处于篇首时,作为诗作的起式,交代

---

① 逯钦立辑校《先秦汉魏晋南北朝诗》,中华书局,1983 年,第 569—570 页。

② 沈德潜《古诗源》,中华书局,1963 年,第 150 页。

③ 葛晓音《论早期五言体的生成途径及其对汉诗艺术的影响》,《文学遗产》2006 年第 6 期,第 27 页。

④ 这里所指全篇,是以留存下来的文献面貌为基础的。如从类书中辑录的诗歌,很多并不是诗歌原本的全貌。

起因及背景，并决定诗歌的主要内容及其走向。《明月何皎皎》中的诗人在月夜难以入睡，他首先在房里徘徊，继而走向室外独自彷徨，然思乡之情仍无处排遣，乃至泪下沾裳。在曹丕的《杂诗》中，诗人因“辗转不能寐”而披衣彷徨，白露沾湿了他的衣裳，诗人由此展开对夜色的具体描写，最后抒发悲情。西晋傅玄的《杂诗》，在交代起因上加快了进程，仅用一句“摄衣步前庭”，即开始“仰观南雁翔”。曹植的《杂诗》竭力陈说“佳人在远道，妾身单且茕”，“倘终顾盼恩，永副我中情”，然其情感的触发，也以春日里“揽衣出中闺”[①]所需的时空场景为依托。《赠王粲》同样如此，诗人“端坐苦愁思，揽衣起西游”，由“中有孤鸳鸯，哀鸣求匹俦”[②]之景，抒发诗人内心之愁闷。陆机《招隐诗》由“明发心不夷，振衣聊踯躅。踯躅欲安之，幽人在浚谷”[③]开篇，继而对“幽人”归隐世界及生活进行描绘。以上所列诗作以“揽衣起徘徊”类句式置于篇首，以“揽衣”、“徘徊”、“踯躅”等动作和叙事推动诗歌在一个合理的时空中展开，空间场景往往在户外，除《明月何皎皎》外，诗篇展开的时空场景是单一的。

（二）置于篇中的“揽衣起徘徊”意味着时间的推移和空间的转换，具有明显的转折和话题接续意义。当诗作需要转移空间场景、推进叙述进程时，交待缘由，则使文本不至于跳跃而继续保持线性流动，客观上生成此类诗歌古拙的艺术品质。如曹植《弃妇诗》代为弃妇设词，此诗始以白日之景开篇，由景过渡到女子“有子月经天，无子若流星”而被抛弃的经历，最终“忧怀从中来，叹息通鸡鸣”。至此，诗篇的结构和内容本已趋于完整。“反侧不能寐，逍遥于前庭”使得女主人公的行迹从白天顺延至夜晚，她徘徊于前庭，却又“踟蹰还入房”，经历了弹筝、收泪、叹息后，感慨“晚获为良实，愿君且安宁”[④]。与前半部分女子的悲伤无助相比，后半部分有所释怀，因为一切未有

---

① 逯钦立辑校《先秦汉魏晋南北朝诗》，中华书局，1983 年，第 457—458 页。

② 逯钦立辑校《先秦汉魏晋南北朝诗》，中华书局，1983 年，第 451 页。

③ 逯钦立辑校《先秦汉魏晋南北朝诗》，中华书局，1983 年，第 639 页。

④ 逯钦立辑校《先秦汉魏晋南北朝诗》，中华书局，1983 年，第 455—456 页。

定论，现在无子不等于以后无子。当诗人希望主题能够递进、情感能够深化时，仍采用这一传统句式作以承接。曹睿的《长歌行》以及《乐府诗》，也在室外、室内的转换中推移时间、转换场景，从而推进情感的抒发。

“揽衣起徘徊”这一句式及其相关表述本身就蕴涵着悲感，因此，它被用在写景与抒情的过渡地带，成为悲情抒发的前描写，使得诗歌情感的抒发有所缓冲。王粲《七哀诗》、徐干《室思》、阮瑀《诗》等均在景与情中转换，插入“揽衣起徘徊”，不仅放慢了叙述的进程，也起到叠加诗歌层次的作用。左思《杂诗》与傅玄《杂诗》一样，亦体现西晋五言诗对汉魏古诗的继承与创新，“披轩临前庭，嗷嗷晨雁翔”明显缩短了叙事部分，但作为秋景与作者抒发的“壮齿不恒居，岁暮常慨慷”[①]之情的连接，则又被诗人部分保留。

（三）处于诗作末尾的“揽衣起徘徊”句式，既已不再成为结构连接或推进的素材，其诗句必然要被改变，“徘徊”这一动作也被替换。陆机《赴洛道中作》以及张华的《情诗》，诗句本身的结构意义已然消解，“抚枕不能寐，振衣独长想”[②]、“抚枕独啸叹，感慨心内伤”[③]成为有意味的诗句形式，诗句的重点乃在于情感抒发而非结构承接。又如阮籍《咏怀》（其一）是描写失眠的佳作，但其文本中并未出现“揽衣起徘徊”，诗歌为八句，形制较短，篇体内容的叙述进程明显加快。

综上，“揽衣起徘徊”类句式在早期五言诗中的流行，与此一时期诗歌在展开逻辑上主要依靠历时性的线性推进方式密切相关。当诗歌的场景需要转换，从熟悉的场景和创作传统中寻找语料，是早期五言诗创作的重要方面。由此，对“揽衣起徘徊”的热衷实际上体现出早期五言诗在篇体连缀中的“务实”态度。《文心雕龙·章句》称：“章句在篇，如茧之抽绪，原始要终，体必鳞次。启行之辞，逆萌中篇之

---

① 逯钦立辑校《先秦汉魏晋南北朝诗》，中华书局，1983 年，第 735 页。

② 逯钦立辑校《先秦汉魏晋南北朝诗》，中华书局，1983 年，第 684 页。

③ 逯钦立辑校《先秦汉魏晋南北朝诗》，中华书局，1983 年，第 619 页。

意；绝笔之言，追媵前句之旨。”[①]诗歌由句成篇，无疑也存在展开与衔接的问题。汉魏至西晋的众多五言诗歌与文、赋一样，在篇体结构上呈现出“原始要终，体必鳞次”的特征。当“揽衣起徘徊”句式被不断改造压缩，诗歌的篇体展开情况也在发生相应变化，此一固有语料也在逐渐淡化。若与唐代诗人李白的《静夜思》比较，则可证早期五言诗篇体内容展开方式与诗境生成的关系。《静夜思》中，诗人并没有交待他为何赏月，以及他如何在室内踱步，如何来到室外，叙述进程的加快以及对典型画面、典型意象的选取生成了不同的诗歌风格。在某种意义上，与其说早期五言诗中“揽衣起徘徊”类诗篇的情感内涵随着诗人书写的不断增多而丰富变化，毋宁说诗人们在表达各类情感内容时，主动选择了这一句式及其相关表述。

三、经典句式与早期五言诗主题连接及景情弥合的趋同书写

除“揽衣起徘徊”外，大量汉魏至西晋的五言诗，均通过交代事件、举止缘由来构建场景，或者转换场景及话题。葛晓音先生曾指出，“场景片段的单一性和叙述的连贯性”[②]形成了汉魏诗的典型意象和意脉文气。事实上，在场景的构建中，早期五言诗也存在着大量的共同特征。如在构建出行场景时，汉乐府《长歌行》中“驱车出北门，遥观洛阳城”[③]为后文描写诗人远望之景提供缘起和前奏。建安五言诗也常出现表达类似、用语接近，以“遥望”、“逍遥”、“徘徊”、“惆怅”为主要关键词的出行描写，如陈琳《诗》中“投觞罢欢坐，逍遥步长林”[④]、“翱翔戏长流，逍遥登高城”[⑤]，刘桢《赠徐干诗》中“步出北寺

---

① 刘勰著，范文澜注《文心雕龙注》，人民文学出版社，1958年，第570页。

② 葛晓音《论汉魏五言的“古意”》，《北京大学学报（哲学社会科学版）》2009年第2期，第11—21页。

③ 逯钦立辑校《先秦汉魏晋南北朝诗》，中华书局，1983年，第262—263页。

④ 逯钦立辑校《先秦汉魏晋南北朝诗》，中华书局，1983年，第367页。

⑤ 逯钦立辑校《先秦汉魏晋南北朝诗》，中华书局，1983年，第368页。

门，遥望西苑园”[①]、《杂诗》中“释此出西城，登高且游观”[②]，曹植《种葛篇》中“出门当何顾，徘徊步北林”[③]等。西晋陆机、何劭等人诗作中也多有出行场景，如何劭《杂诗》中“静寂怆然叹，惆怅出游顾”[④]，就用以描写月夜的出行，置于“仰视垣上草，俯察阶下露”的夜色描绘之前。如果说对出行的说明带有篇体结构上的承接意味，早期五言诗中反复出现的有关宴会、音乐、游仙等的叙述及描写，构成了相当一部分诗歌的主体内容。魏诗之前，汉乐府和古诗中业已形成此类经典话题，如《今日良辰会》、《西门行》(出西门，步念之)中的宴会描写，《西北有高楼》中对音乐的描写，《步出夏门行》(邪径过空庐)中有关游仙的描写等。在情感抒发上，则主要表现为对人生中如光阴流转、异地远隔、生命早逝等人类普遍性悲哀的书写，如《驱车上东门》、《生年不满百》、《行行重行行》、《青青河畔草》等。

早期文人五言诗不仅在句式表达和内容主题上存有相似性，在诗篇整体的构架和展开的层次上也表现出共性。尤其当建安以来，对经典场景和经典议题的表现成为文人群体写作时的共同选择。在诗歌的篇体承接上，建安时期的文人五言诗大多为多个经典主题内容的连接。此处拟录陈琳《诗》以作说明：

> 节运时气舒，秋风凉且清。闲居心不娱，驾言从友生。翱翔戏长流，逍遥登高城。东望看畴野，回顾览园庭。嘉木凋绿叶，芳草纤红荣。骋哉日月逝，年命将西倾。建功不及时，钟鼎何所铭。收念还寝房，慷慨咏坟经。庶几及君在，立德垂功名。[⑤]

该诗首二句交代天气背景，后四句交代出行缘由及出行场景，其后叙写所见之景。在由自然物象之衰败联想到人生时，诗人转入对时光

① 逯钦立辑校《先秦汉魏晋南北朝诗》，中华书局，1983年，第370页。
② 逯钦立辑校《先秦汉魏晋南北朝诗》，中华书局，1983年，第372页。
③ 逯钦立辑校《先秦汉魏晋南北朝诗》，中华书局，1983年，第436页。
④ 逯钦立辑校《先秦汉魏晋南北朝诗》，中华书局，1983年，第649页。
⑤ 逯钦立辑校《先秦汉魏晋南北朝诗》，中华书局，1983年，第368页。

流逝和人生短暂的感叹,“骋哉日月逝”四句,即是对人生普遍性悲哀的概括。结尾四句则从悲哀之中振起,表达建功立业的渴望和自我勉励。诗篇基本上以四句为一个语意单位,在汉魏常见主题间展开和推进。又如刘桢《赠徐干诗》,诗人因“中情无由宣”[①]而不得不外出,亦因所见之景生发愤激之情;徐干《室思诗》六章,在出行、时间感逝、相思等主题中转换陈说。

建安诗歌中另有大量游宴内容,这与曹操在官渡之战基本统一北方后,文人群体生活环境相对稳定有关。建安十五年(210),铜雀台成,建安十六年(211),曹丕任五官中郎将,此后一段时期内,邺下文人相与游宴赋诗,故游宴的体验在诗歌中时常得以呈现,或为写实,或为追忆。加之受东汉乐府诗游宴母题的影响,对游宴场景的描写常常成为建安诗歌的前奏,为情感的转化铺垫蓄势。如曹丕《芙蓉池作》在“乘辇夜行游,逍遥步西园”[②]的时空背景中展开,由对游宴所见之景的描绘转为对人生年寿的豁达态度,其《善哉行》(朝游高台观)由宴会自然转入对音乐的描写,继而由乐生悲,“乐极哀情来,寥亮摧肝心”[③];曹植《野田黄雀行》也由“置酒高殿上,亲友从我游”的宴会内容落入“盛时不可再,百年忽我遒。生存华屋处,零落归山丘”[④]的时间及生命感喟。曹植《名都篇》在写名都少年的享乐生活后,又回到时间感逝这一主题内容中,通过“白日西南驰,光景不可攀。云散还城邑,清晨复来还”[⑤]释放出时间焦虑。《赠白马王彪》章与章之间相互勾连,因渡过洛水后路途难行,诗人不禁联想现实而生发悲慨,继而转向“人生处一世,去若朝露晞。年在桑榆间,影响不能追”[⑥]的生命意识书写,最后又进入游仙世界,层层推进,意脉贯注。

---

① 逯钦立辑校《先秦汉魏晋南北朝诗》,中华书局,1983年,第370页。
② 逯钦立辑校《先秦汉魏晋南北朝诗》,中华书局,1983年,第400页。
③ 逯钦立辑校《先秦汉魏晋南北朝诗》,中华书局,1983年,第393页。
④ 逯钦立辑校《先秦汉魏晋南北朝诗》,中华书局,1983年,第425页。
⑤ 逯钦立辑校《先秦汉魏晋南北朝诗》,中华书局,1983年,第431页。
⑥ 逯钦立辑校《先秦汉魏晋南北朝诗》,中华书局,1983年,第453—454页。

王夫之《姜斋诗话》称:“建立门庭,自建安始。曹子建铺排整饰,立阶级以赚人升堂,用此致诸趋赴之客,容易成名,伸纸挥毫,雷同一律。”[①]此论虽不免刻薄,但也一定程度揭示了建安文学存有部分共性。

西晋以来此类经典主题的接续情况有所减少,但仍有留存。如何劭的《杂诗》,在“静夜怆然叹,惆怅出游顾”[②]后,紧接游仙主题;陆机《君子有所思行》由“命驾登北山,延伫望城郭”的出行场景转向人生感慨:“人生诚行迈,容华随年落。善哉膏粱士,营生奥且博。”[③]其《遨游出西城诗》也由“遨游出西城,按辔循都邑”的出行场景过渡到生命的盛衰之理,最后表明“行矣勉良图,使尔修名立”[④]的建功立业渴望。各主题内容从情理上看,衔接十分自然。常见主题的接续使诗歌在线性推进的整体脉络中不枝不蔓,形成早期诗歌厚真、朴素的诗学品质。

此外,建安五言诗在场景和内容的表现上,场景记叙、描写与情感抒发的弥合,往往采取景与情分途而并的方式。情感表现以直抒胸情为主,且往往置于篇末。《汉诗总说》称:“古诗有箴有戒,皆警惕之词。汉诗结处多用之,如‘努力崇明德,皓首以为期’,箴戒之词也。”[⑤]此种情况在乐府中较为明显。出于劝世、教化等目的,乐工在演奏乐府歌辞时往往在本辞篇末加入劝诫内容。建安一部分文人五言诗篇末也常借箴戒之词抒发自我期待,或表现对主人的称美,如王粲《公讌诗》篇末称“古人有遗言,君子福所绥。愿我贤主人,与天享巍巍”[⑥],陈琳《诗》篇末称“庶几及君在,立德垂功名”[⑦],刘桢《赠五官中郎将诗》(其二)篇末云“望慕结不解,贻尔新诗文。勉哉修令德,北

---

① 丁福保辑《清诗话》,中华书局,1963 年,第 15 页。

② 逯钦立辑校《先秦汉魏晋南北朝诗》,中华书局,1983 年,第 649 页。

③ 逯钦立辑校《先秦汉魏晋南北朝诗》,中华书局,1983 年,第 662 页。

④ 逯钦立辑校《先秦汉魏晋南北朝诗》,中华书局,1983 年,第 690 页。

⑤ 郭绍虞编选,富寿荪校点《清诗话续编》,上海古籍出版社,2016 年,第 979 页。

⑥ 逯钦立辑校《先秦汉魏晋南北朝诗》,中华书局,1983 年,第 360 页。

⑦ 逯钦立辑校《先秦汉魏晋南北朝诗》,中华书局,1983 年,第 368 页。

面自宠珍”[①]。曹植的赠诗篇末常以“君子……”的句式表现对对方的期许及勉励，如《赠丁仪王粲诗》篇末：“君子在末位，不能歌德声。丁生怨在朝，王子欢自营。欢怨非贞则，中和诚可经。”[②]又如《赠丁翼诗》篇末的“君子通大道，无愿为世儒”[③]，《赠王粲诗》篇末的“重阴润万物，何惧泽不周。谁令君多念，自使怀百忧”[④]。曹植的这几首赠诗在篇体的连贯上还有所欠缺，结构上分层叙述以扩充诗歌容量，取得了“三重结构”[⑤]，但也造成篇体“清和婉顺不足”[⑥]。按照建安五言诗开展的表达习惯，诗末常表现人物情感并多直抒胸情，如阮瑀《诗》尾“思虑益惆怅，泪下沾裳衣”[⑦]，曹丕《清河作诗》“絃歌发中流，悲响有余音。音声入君怀，悽怆伤人心”[⑧]，曹植《送应氏诗》(其一)篇末的“念我平常居，气结不能言”[⑨]，阮籍《咏怀》(其十)篇末的“素质游商声，悽怆伤我心”[⑩]等，均体现出情感表达的共同性及独立性。西晋以降，张华《情诗》(其二)篇末“寤言增长叹，悽然心独悲”[⑪]，陆机《门有车马客行》诗末“慷慨惟平生，俯仰独悲伤”[⑫]，《赴洛道中作诗》(其一)末尾“悲情触物感，沉思郁缠绵。伫立望故乡，顾影悽自怜”[⑬]，张载《七哀诗》(其二)末尾“徘徊向长风，泪下沾衣襟”[⑭]等处，将人生中悽怆悲哀的情感体验不加修饰地予以抒发，也是对旧有模式的继承。

---

① 逯钦立辑校《先秦汉魏晋南北朝诗》，中华书局，1983年，第370页。

② 逯钦立辑校《先秦汉魏晋南北朝诗》，中华书局，1983年，第452页。

③ 逯钦立辑校《先秦汉魏晋南北朝诗》，中华书局，1983年，第452页。

④ 逯钦立辑校《先秦汉魏晋南北朝诗》，中华书局，1983年，第451页。

⑤ 蔡宗齐《汉魏晋五言诗的演变——四种诗歌模式与自我呈现》，陈婧译，北京大学出版社，2015年，第119页。

⑥ 胡应麟《诗薮》，中华书局，1958年，第28页。

⑦ 逯钦立辑校《先秦汉魏晋南北朝诗》，中华书局，1983年，第381页。

⑧ 逯钦立辑校《先秦汉魏晋南北朝诗》，中华书局，1983年，第402页。

⑨ 逯钦立辑校《先秦汉魏晋南北朝诗》，中华书局，1983年，第454页。

⑩ 逯钦立辑校《先秦汉魏晋南北朝诗》，中华书局，1983年，第498页。

⑪ 逯钦立辑校《先秦汉魏晋南北朝诗》，中华书局，1983年，第619页。

⑫ 逯钦立辑校《先秦汉魏晋南北朝诗》，中华书局，1983年，第660页。

⑬ 逯钦立辑校《先秦汉魏晋南北朝诗》，中华书局，1983年，第684页。

⑭ 逯钦立辑校《先秦汉魏晋南北朝诗》，中华书局，1983年，第741页。

此类诗歌在情感表现上不以锻炼求合，悲感的表达较为稳定地出现在诗篇末尾，一定程度上构成了梗概多气的诗歌品质。

四、早期五言诗的趋同性及其成因探究

由于大量文献散佚，我们或许能够追溯较早出现某一模式的诗歌文本，但却无法得知究竟谁才是真正的源头。以宇文所安和柯马丁为代表的西方汉学家认为，诗歌的“素材库”集中了“可以被模块化拼合的主题和措辞”[①]，它们总是可以形成类似却永不相同的新诗篇；早期五言诗作者是从“既定的文学传统中学习、接受、传承一整套的书写方式”[②]。从五言诗的发展脉络及其表征来看，文人创作五言诗的初期，诗歌文本之间的趋同性体现为对已有成句的应用与改造、诗歌主题内容的相似、情感抒发的模式化，以及诗篇整体结构开展的相似性等方面。随着诗歌文字密度的增强和诗人对诗歌艺术的深入讲求，互文性则主要体现为诗歌中的用典习气。[③]“揽衣起徘徊”这一典型个案，集中体现了汉魏至西晋这一历史过程中，诗人们对这一固有语料的使用情况。其所反映的历时性线性推进的诗歌展开方式，也是早期五言诗诗歌风貌形成的重要因素。

首先，早期五言诗中，建安五言诗之间的互同尤为明显，这自然与时代风貌密切相关。建安文人乱离之体验给予写作者的心灵震荡以及“怜风月，狎池苑，述恩荣，叙酣宴；慷慨以任气，磊落以使才”[④]的共同生活经历，文人间相互模拟的习气均导致诗文呈现出共同特征。因天灾人祸促发生命意识的高扬，因神仙观念引发对仙境世界的描绘向往，以及诗歌创作者所感知到的生活经验，是主题形成的根本

① 柯马丁《早期中国诗歌与文本研究诸问题——从〈蟋蟀〉谈起》，顾一心、姚竹铭译，郭西安校，《文学评论》2019年第4期，第133—151页。

② 林晓光《文献重构与文本本位——探问六朝文学与文献综合研究的可能性》，《求是学刊》2014年第5期，第154—156页。

③ 江弱水《互文性理论鉴照下的中国诗学用典问题》，《外国文学评论》2009年第1期，第5—16页。

④ 刘勰著，范文澜注《文心雕龙注》，人民文学出版社，1958年，第66页。

来源。

其次，文人五言诗与早期民间的叙事诗相比，逐渐突出诗歌的抒情性质而淡化诗歌的叙事性，这与上文所说的早期五言诗内容多出现主题连接现象密切相关。“叙事诗的抒情化，是魏晋以后文人诗越来越明显的一个趋势”[①]，当诗歌中的事件不再拥有主体地位，诗人们围绕着情感的抒发，须合理安排诗歌的内在组织结构。那么，场景的构建则可视为情感的缘起，对宴会或游宴场景的描绘是情感表现的前奏，景物的描写与刻画是为了进一步渲染诗人内心的情绪。主题内容的转换有时也带动着诗歌表现方式的转换，从而促进情感的表现。建安文人五言诗多以抒情为主，并处于叙事向抒情转向的实践期。比较同时期围绕着事件展开、以叙事或描写为主体的诗歌，可知其结构特征的不同。如建安时期几首《斗鸡诗》，虽诗中也有抒情，但总体内容围绕着斗鸡的过程及情态展开，故与一般抒情之作的开展有明显区别。

此外，文人五言诗中的主题连接现象似与乐府诗的结构特征有一定程度的关联。郭茂倩《乐府诗集》称“凡诸调歌词，并以一章为一解”[②]，汉乐府相和歌辞尤其是清商三调中的歌诗在配乐时，往往分“解”演奏。乐府中的“解”与有歌辞的“艳”、“趋”、“乱”等，均具有意义上的相对完足性[③]，各解之间的内容相对独立。如《宋书·乐志》卷二十“乐三”所载《西门行》古词六解歌辞为：“出西门，步念之。今日不作乐，当待何时。（一解）夫为乐，为乐当及时。何能坐愁怫郁，当复待来兹。（二解）饮醇酒，炙肥牛。请呼心所欢，可用解愁忧。（三解）人生不满百，常怀千岁忧。昼短而夜长，何不秉烛游。（四解）自非仙人王子乔，计会寿命难与期。（五解）人寿非金石，年命安可期；

① 李翰《叙事抒情演进与五言诗体新变》，《文艺理论研究》2019 年第 1 期，第 95—104 页。

② 郭茂倩编《乐府诗集》，中华书局，1979 年，第 376 页。

③ 杜晓勤《汉魏六朝五言诗“篇中转韵”现象之考察》，《文学评论》2017 年第 6 期。

贪财爱惜费，但为后世嗤。(六解)”[①]除第五解外，基本上四句为一解，每一解的意义完足，主题间层次明显。《宋书·乐志》卷二十“乐三”记录的歌辞除汉乐府古辞外，全为曹氏一门所作，可见“这个歌曲节目表是曹魏时代定下来的，西晋荀勖等或曾加以整理，但具体曲目歌词无改其旧”[②]，故当能反映曹魏时乐府歌辞的形制。乐府歌辞在各“解”之间，及“解”与“艳”、“趋”、“乱”之间，有时还常选用不同的韵部来区别彼此。由于音乐的缘故，一些句子“在不同的乐调中经常组合在一起，成为固定的音乐构件，方便入乐”[③]，成为乐府中的经典句式。另外，余冠英先生曾将乐府歌辞拼凑和分割的情况分为八类进行评说，从文本生成的角度解释乐府歌辞层次脱卸的原理。[④] 虽然文人创作的徒诗与乐府异质，施补华《岘佣说诗》称“古诗贵浑厚，乐府尚铺张”[⑤]，胡应麟称自魏文兄弟崛起，“有专工古诗者，有偏长乐府者”[⑥]，但乐府的歌辞形制对建安以来文人创作五言诗产生影响，也是情理之中的事。加之在流传过程中，乐府与徒诗本不能轻易地区分开来，如《玉台新咏》卷一古诗类所收“上山采蘼芜”[⑦]，《太平御览》题为“古乐府诗”[⑧]；班婕妤《怨歌行》被《文选》归入“乐府”类[⑨]，而《玉台新咏》将其作为怨诗[⑩]等情况，均意味着今之所见徒诗有为昔日乐府

① 《宋书》，中华书局，1974 年，第 617 页。

② 钱志熙《汉魏乐府艺术研究》，学苑出版社，2011 年，第 169 页。

③ 周仕慧《乐府诗体式研究》，北京大学出版社，2013 年，第 120 页。

④ 余冠英将乐府歌辞的拼凑和分割分为八类：(1)本为两辞合成一章；(2)并合两篇联以短章；(3)一篇之中插入他篇；(4)分割甲辞散入乙辞；(5)节取他篇加入本篇；(6)联合数篇各有删节；(7)以甲辞尾声为乙辞起兴；(8)套语。详见余冠英《汉魏六朝诗论丛》，中华书局，1962 年，第 26—38 页。

⑤ 郭绍虞编选，富寿荪校点《清诗话续编》，上海古籍出版社，2016 年，第 1010 页。

⑥ 胡应麟《诗薮》，中华书局，1958 年，第 13 页。

⑦ 徐陵著，吴冠文、谈蓓芳、章培恒汇校《玉台新咏汇校》，上海古籍出版社，2014 年，第 30 页。

⑧ 《太平御览》，上海古籍出版社，2008 年，第 713 页。

⑨ 萧统编，李善注《文选》，中华书局，1977 年，第 390 页。

⑩ 徐陵著，吴冠文、谈蓓芳、章培恒汇校《玉台新咏汇校》，上海古籍出版社，2014 年，第 63 页。

之可能。以上情况说明乐府与徒诗并非泾渭分明，而是存在着诸多关联。早期文人五言诗与乐府诗在主题连接与过渡这一特征上类似，是早期五言诗在篇体结构上趋同的重要原因。

再者，早期尤其是建安时期的五言诗，在主题内容、结构模式上均存在同质性，除上文分析的原因外，也与文人五言诗的创作仍处于探索阶段，诗歌的表现方式尚不够丰富有关。随着诗人们对诗歌体式特性的把握，通过大量的写作实践，经由天才作家的艺术表现，诗歌体式所特有的跳跃性、暗示性和象征性等逐渐呈现出来。当然，早期文人五言诗中的“同”是我们理解这一时期诗歌风貌的基础，但不可否认，诗歌文本中凝聚的个性是推动诗歌发展的核心动因。如在表现光阴流逝和人生短暂时，“人生有何常，但患年岁暮”，“人生一世间，忽若暮春草”，“人生处一世，去若朝露晞”，“白日西南驰，光景不可攀。云散还城邑，清晨复来还”，均各有特色而又精警敏锐。文本的“同”中之“异”更需要研究者深入文本，细绎诗语，体会不同诗人、不同诗作的独特之处。时运交移，质文代变，诗歌内在的发展嬗变以及时代审美的转向，则促使诗歌的创作及审美风貌不断产生新变。

（陕西师范大学文学院）

萧道成的诗歌源流与宋齐诗风演变*

宋佳俊　曹　旭

内容摘要：《南齐书·萧晔传》中载萧道成评萧晔诗，反映了萧道成“贬谢”的诗学选择，这种选择可能是出于一种的政治考量，是对以谢灵运为代表的旧诗歌、旧风气的驳斥，是对新时代诗歌话语权的重建。而王俭、任昉等人选择“傅咸、应璩体”，或许也受到尊奉此体的萧道成政治权利的影响。可以得出结论：萧道成以自己的诗歌创作和政治权威，改变了刘宋诗歌的走向，由此产生宋齐诗风的转变。

关键词：诗学选择；萧道成；诗歌渊流；话语权

The Origin of Xiao Daocheng's Poetry and the Evolution of Song and Qi Poetry Style

Song Jiajun　Cao Xu

Abstract: Xiao Daocheng's comments on Xiao Ye's poems in the

* 本文为：(1)国家社科基金重大项目“东亚《诗品》《文心雕龙》文献研究集成”(批准号：14ZDB068)阶段性成果；(2)上海师范大学博士研究生培育项目“《洛阳伽蓝记》研究”(项目编号：209-AC9103-20-368005118)研究成果之一。

biography of Xiao in *The Book of Southern Qi* reflects Xiao Daocheng's poetic choice of "demoting Xie". This choice may be due to political considerations, refutation of the old poetry and the old atmosphere represented by Xie Lingyun, and reconstruction of the discourse power of poetry in the new era. Wang Jian and Ren Fang's choice of "Fu Xian and Ying Qu Style" may also be influenced by Xiao Daocheng's political rights. We can draw a conclusion that Xiao Daocheng changed the trend of Song Poetry in the Southern Dynasties with his poetry creation and political authority, resulting in the change of Song and Qi Poetry Style.
Keywords: poetics choice; Xiao Daocheng; poetry flow; discourse power

萧道成是一代帝王，他一生追逐权利，晚年代宋建齐。同时他也是个诗人，钟嵘《诗品》品萧道成诗云："辞藻意深，无所云少。"①"少"是小看，轻视的意思，钟嵘认为萧道成诗歌不容轻视。另外兰陵萧氏颇重文学，但纵观《诗品》，兰陵萧氏仅萧道成一人入评，可知其诗亦有可观。他很热心推崇诗歌，萧道成称帝后，常令大臣赋诗。② 他也好评诗，《南齐书·萧晔传》中载萧道成评其子萧晔诗，其云："晔刚颖俊出，工弈棋，与诸王共作短句，诗学谢灵运体，以呈上，报曰：'见汝二十字，诸儿作中最为优者。但康乐放荡，作体不辨有首尾，安仁、士衡深可宗尚，颜延之抑其次也。"③

然而这种特殊身份，使得在考察萧道成的文学活动、诗学观念

---

① 钟嵘著，曹旭集注《诗品集注》，上海古籍出版社，2011 年，第 568 页。

② 《南齐书·高帝下》载："(建元元年九月)戊申，车驾幸宣武堂宴会，诏诸王公以下赋诗。"详见：《南齐书》，中华书局，1972 年，第 35 页。同传又载："(建元二年三月)乙亥，车驾幸乐游(苑)宴会，王公以下赋诗。"同上书，第 36 页。

③ 《南齐书》，中华书局，1972 年，第 625 页。但《南史·萧晔传》所记略有不同："性刚颖俊出，与诸王共作短句诗，学谢灵运体，以呈高帝。"详见：《南史》，中华书局，1975 年，第 1081 页。实际中华书局本《南史》标点有误。按，钟嵘《诗品》品齐朝请许瑶之诗称"许长于短句咏物"，"短句"即指咏物诗。据曹旭考证："短句：齐梁时指五言四句的诗体形式。"详参：钟嵘著，曹旭集注《诗品集注》，上海古籍出版社，2011 年，第 585 页。且古人未有"短句诗"之称，"短句诗"一名不合古人论述规范。故而南朝"短句"不和"诗"连用，中华书局本《南史》标点有误，应以《南齐书》为是。

时，不得不关照更深一层的政治影响。他可以运用自己手中的权利聚集天下文士，《文心雕龙·时序》称："太祖以圣武膺箓，世祖以睿文纂业，文帝以贰离含章，中宗以上哲兴运，并文明自天，缉遐景祚。今圣历方兴，文思光被，海岳降神，才英秀发，驭飞龙于天衢，驾骐骥于万里。"[①]刘勰认识到萧道成、萧赜、萧长懋、萧鸾等几位皇帝如何驾驭天下文士，如谢超宗、江淹、谢朓、王僧虔、王俭等先后被收入萧道成的权利之网中。其次，他可凭借手中的权利影响文学创作，萧道成称帝后，常令大臣赋诗，虽然具体做了哪些诗现已无从考证。但臣子应皇命作诗，在诗的主题、用语等方面或多或少都受到皇权的影响。江淹或许也是慑于他的权力，才替他编撰文集，《南史·齐本记上》称："所著文，诏中书侍郎江淹撰次之。"[②]一个"诏"字，表明是动用了国家力量来编撰文集。另外，萧子显也曾上奏要为梁武帝编撰文集。《梁书·萧子显传》："又启撰高祖集，并普通北伐记，其年迁国子祭酒，又加侍中，于学递述高祖五经义。"[⑤]可知皇权对文学创作及文集编撰具有很重要的影响。

最后，他手中的权势也会左右文艺评论家对他的评价，《南齐书》卷三三《王僧虔传》载："太祖善书，及即位，笃好不已。与僧虔赌书毕，谓僧虔曰：'谁为第一?'僧虔曰：'臣书第一，陛下亦第一。'上笑曰：'卿可谓善自为谋矣。'"[④]王僧虔对萧道成书法第一的评价，也是屈于皇权之威。梁武帝曾对萧子显说，其想要做通史。《梁书·萧子显传》："尝从容谓子显曰：'我造通史，此书若成，众史可废。'子显对曰：'仲尼讚易道，黜八索，述职方，除九丘，圣制符同，复在兹日。'时以为名对。"[⑤]梁武帝想要编撰通史，并且颇为自信，认为他所撰写的通史前无古人，后无来者。但是实际情况，梁武帝并不擅长史学，据《隋书·经籍志》载，除《通史》之外，并无其他史书著作。而萧子显史

① 王运熙、周锋《文心雕龙译注》，上海古籍出版社，2016年，第458页。

② 《南史》，中华书局，1975年，第113页。

③⑤ 《梁书》，中华书局，1973年，第511页。

④ 《南齐书》，中华书局，1972年，第596页。

书著作很多。有《后汉书》一百卷,《晋史草》三十卷,《齐书》六十卷。萧子显此处却将梁武帝与圣人孔子做比,极力的拔高梁武帝的史学地位,可知,很大一部分是因为皇权的力量而投射到学术上的影响。有时兄弟之间,也会往往碍于面子,而做出违心之论[①],何况君臣之间。

另一方面,萧道成在建元元年(479)称皇帝,也会左右其品评大臣诗歌,在古代,创作诗歌除了个人行为之外,也有强烈的社会性,尤其是作为皇帝,不得不考虑其社会影响。故而,皇帝在公开场合下品评臣子的诗文是有选择的。基于这两方面的考虑,我们在考察萧道成诗歌时,当致之于权利的视野下去把握。而目前学术界对萧道成的研究多停留在政治层面,而忽略了其文学成就,故而试加申述。

一、布衣素族的权利角逐之路

萧道成是布衣素族。《南齐书·高帝纪下》载:"吾本布衣素族,念不至此。因借时来,遂隆大业。"赵翼《廿二史札记》中也有"江左诸帝,乃皆出自素族"之论断。据周一良先生考证,这里的素族不是指寒门,其云:"然素族索姓如与皇氏王族对待而言,指异性高门,……举凡素族、素姓素门、素士、素贵,皆是对皇室而言,此封建统治阶级中最上层之两大阶级也。"[②]南朝史传中很多士人自称"布衣"、"素族",其中既有高门又有寒士,《南史·王华传》载王华上书文帝云:"徐羡之中才寒士,傅亮布衣诸生。"不同人在不同情况下自称"素族",其含义不同。齐高帝此语,实乃学步刘裕,《宋书·王弘传》:

① 钟嵘《诗品》序中极力推崇梁武帝萧衍的文学,其云:"方今皇帝,资生知之上才,体沈郁之幽思。文丽日月,学究天人。昔在贵游,已为称首。况八紘既奄,风靡云蒸。抱玉者联肩,握珠者踵武。"或也是摄于皇权之胁迫,而做出的违心之论。《文心雕龙·熔裁》:"至如士衡才优,而缀辞尤繁;士龙思劣,而雅好清省。及云之论机,亟恨其多,而称'清新相接,不以为病',盖崇友于耳。"见王运熙、周锋《文心雕龙译注》,上海古籍出版社,2016年,第329页。按陆云《与兄平原书》曰:"文赋甚有辞,绮语颇多,文适多,体便欲不清,不审兄呼尔不?"

② 周一良《魏晋南北朝史札记》,辽宁教育出版社,1998年,第342页。

“（刘裕）因宴集，谓群公曰：‘我布衣，始望不至此。’”萧道成之“布衣素族”与刘裕之“布衣”同出一辙。刘裕之家世，乃军事武宗，并文化高门，萧道成此中之语气境遇与刘裕略同。考察萧道成家世，多与刘裕吻合。其四世祖萧整东迁至晋陵武进县东城里，此地正是东晋北府兵之渊薮，此与刘裕之发迹于北府兵情况相符。在东晋刘宋，此处多出军人，这一地域环境，对萧道成的影响十分重大。其次，萧整、萧儁、萧乐子因军功不多，所以官位都不显，整个家族地位一般。萧道成之父萧承之因“少有大志，才力过人”，军武起家，征战沙场，但官不过郡太守。萧道成正是出生于这样一个以军事武宗为主，门第不高的家族。至于《新唐书·儒学·柳冲传》载柳冲论六朝士族云：“过江则有侨姓，王谢袁萧为大；东南则为吴姓，朱张顾陆为大。”这里所论指以齐梁之后萧氏地位，并不包括萧道成生活的刘宋。所以，萧道成自称“布衣素族”，并非完全是自我贬低。萧道成虽家世不高，却“常有四海之心”（《南史·齐本记上》），他在人生中做出了三次重要的选择，而这三次，都是受到了权利的诱惑。

第一次选择：鸡笼山授业。萧道成生于元嘉四年（427），在元嘉十五年（438），宋文帝下令设玄、儒、文、史四观，地点在建康城不远的鸡笼山。《宋书·雷次宗传》载：“元嘉十五年，征（雷）次宗至京师，开馆于鸡笼山，聚徒教授，置生百余人。会稽朱膺之、颍川庾蔚之并以儒学，监总诸生。时国子学未立，上留心艺术，使丹阳尹何尚之立玄学，太子率更令何承天立史学，司徒参军谢元立文学，凡四学并建。”①宋文帝打造了一个鸡笼山文化圈，集政府力量，聚天下文才。而萧道成在此后的第三年，也就是他 13 岁时，上了鸡笼山，从当时最有名望的雷次宗授业。雷次宗是一个儒佛兼通的人，萧道成却只选择了“治《礼》及《左氏春秋》”，而不是接受当时流行的佛教思想。可见，选择鸡笼山、选择雷次宗、选择儒家思想，其实是有考量的。选择鸡笼山是为了进入文化圈，选择雷次宗，是为了能够储备更多的政治

① 《宋书》，中华书局，1974 年，第 2293—2294 页。

资源。他选择儒家，或许是为了将来进入权利中心做文化的准备，因为即使是在战火纷飞、思想多元的六朝社会，儒家思想一直都是治国的根本之道，显然，这一选择是受到了权利的诱惑。并且这一切都是他自己选择，因为此时的他已经有了家庭，并且在 14 岁的时候，就已经生下了萧赜，对于一个已经有家庭的人来讲，这当是他自己的选择。

第二次选择：舍业充军。一年之后，年仅 14 岁的萧道成舍业充军，随父南行。因为他家门第不高，如果继续接受教育，等到弱冠之年，或许能做个小官，但在六朝重门第的社会中，肯定是永远沦为下层，无法角逐到权利的中心。所以萧道成选择了军武之路，因为此前的刘裕也是靠军武起家，成为一代天子，或许有一天，他也可以。况且，自己的父辈们也是靠战功，获得官职。这样的家庭环境下，他抛弃了安稳的学业，选择了凶险莫测的军旅生涯。因为只有这样，他才有步入上层的可能，这一选择，也是受到了权利的诱惑。

从 14 岁那年起，萧道成踏上了攫逐权利之路。讨蛮动、伐索虏、镇襄阳、征仇池，一路南征北战，从参军到领军、武烈将军、右军将军，经过十余年的努力，官位一路攀升，权势一路高涨，这完全符合他之前的人生设定。到了元嘉三十年(453)，他迎来了一个重要的历史的契机。本年宋文帝死，以明帝刘彧为首的文帝系诸王和以晋安王刘子勋为首的孝武帝系诸王的统治阶级内战开始爆发。这场权利争夺之战虽然只有短短八个月，但却是一个重要的转折，其标着刘氏政权开始走向瓦解，而萧道成平叛有功，权势一路高涨。此次内乱之后，萧道成的人生理想有所转变。或许此前，他只想成为一代名将，此后，他看到了刘宋王朝大厦将倾，他开始“收养豪俊，宾客始盛”，有所图谋。《南齐书》卷二十八史臣曰：“太祖作牧淮、兖，始基霸业，恩威北被，感动三齐。青、冀豪右，崔、刘望族，先睹人雄，希风结义。”[①]他开始建立青徐大本营，或许为将来天下有变做打算。但此举受到了

---

① 《南齐书》，中华书局，1972 年，第 6 页。

宋明帝的猜忌，“明帝常嫌太祖非人臣相，而民间流言，云‘萧道成当为天子’，明帝愈以为疑。遣冠军将军吴喜以三千人北使，令喜留军破釜，自持银壶酒封赐太祖。太祖戎衣出门迎，即酌饮之。喜还，帝意乃悦”①。宋明帝这种想杀却又没杀的背后，侧面反映了萧道成不可动摇的权势。宋明帝死后，遗诏萧道成“为右卫将军，……与尚书令袁粲、护军褚渊、领军刘勔共掌机事”，他成功进入了“四贵”的行列，顺利挤进了权利的核心。

第三次选择：谋杀刘昱。作为“四贵”之一的萧道成有两种选择，要么小心谨慎地享受丰功厚禄，要么和刘裕一样，谋划江山易鼎。后者比前者更加的凶险，一旦失手，毕生奋斗，毁于一旦，并且搭上整个家族。毫无疑问，是权利的诱惑让他赌上了一切。元徽五年七月戊子，“玉夫与其党陈奉伯等二十五人同谋，于毡屋中取千牛刀杀苍梧王”②。史书上并没有直接记载萧道成谋害刘昱，因为《宋书》是后来齐武帝下令修的，沈约不可能会把当朝开国皇帝写成“乱臣贼子”。但沈约有载“太祖密谋废立”，说明萧道成有参与。刘昱死后，沈攸之急着讨伐萧道成，可以说明，萧道成是主谋。并且刘昱一死，萧道成成了最大的受益者。這一系列表明，萧道成有谋杀当朝皇帝之行，等他把最后一个反对者沈攸之收拾后，代宋建齐只是顺水推舟罢了。

萧道成一生经过了三次重大选择，这三次都可看出萧道成对于权势的渴望，每一次选择，都受到了权利的诱惑。

二、权利的诱惑——萧道成的诗学选择

当得到了最高的权力之后，萧道成需要考虑的是如何永久性地享有这种权利。他深刻意识到自己家族文化上的薄弱，在南朝重视文化的社会里，加强文化建设是当务之急，《南史》卷四《齐太祖高皇帝本纪》载其：“又诏东观学士撰《史林》三十篇，魏文帝《皇览》之流。”

① 《南齐书》，中华书局，1972 年，第 10 页。

② 《南齐书》，中华书局，1972 年，第 10 页。

其中就包括对家族成员的诗歌教育。《南齐书·萧晔传》中载萧道成评其子萧晔诗，其云："晔刚颖俊出，工弈棋，与诸王共作短句，诗学谢灵运体，以呈上，报曰：'见汝二十字，诸儿作中最为优者。但康乐放荡，作体不辨有首尾，安仁、士衡深可宗尚，颜延之抑其次也。"[①]萧晔与诸王共作短句，并且呈上给萧道成评，可知，兰陵萧氏对诗歌的热爱以及萧道成对诗歌的重视。但萧道成认为谢灵运诗放荡，作诗不辨首尾，不可学，学诗当以潘岳、陆机为准，颜延之亦可宗尚。钟嵘《诗品序》称："陆机为太康之英，安仁、景阳为辅；谢客为元嘉之雄，颜延年为辅。"可知，陆机是太康诗风的典型代表，而谢灵运诗元嘉诗风的代表。另外，颜延之诗源出于陆机，据钟嵘《诗品》中品评颜延之诗云："其源出于陆机，故尚巧似，体裁绮密。"[②]所以作为诗人兼皇帝的萧道成，选择了陆机、潘岳、颜延之，其实就是选择了"太康诗风"，贬低谢灵运，其实就是贬低了"元嘉诗风"。

而这种诗学选择和南齐的主流诗学观念相背离。萧道成诗宗潘陆、颜延之，但按理说不该贬低谢灵运。自刘宋以来，谢灵运诗歌就深受追捧，"每有一诗至都邑，贵贱莫不竞写，宿昔之间，士庶皆遍，远近钦慕，名动京师"[③]。其诗文被宋文帝称为二宝。并且在颜、谢优劣上，时人几有定评，钟嵘《诗品》评颜延之诗称："汤惠休曰：'谢诗如芙蓉出水，颜如错采镂金。'颜终身病之。"[④]从颜延之"终身病之"可知，汤惠休认为谢优于颜。汤惠休生卒年不可考，但大致与颜延之同时代。另外，从南齐的其他批评家来看，他"贬谢"这一行为，也和主流观念相背离。《宋书·谢灵运传》称："爰逮宋氏，颜、谢腾声。灵运之兴会标举，延年之体裁明密，并方轨前秀，垂范后昆。"[⑤]沈约虽以颜谢并称，不分伯仲，但他在谢灵运传后论历代文学之流变而不是在颜延

---

① 《南齐书》，中华书局，1972 年，第 625 页。

② 钟嵘著，曹旭集注《诗品集注》，上海古籍出版社，2011 年，第 575 页。

③ 《宋书》，中华书局，1974 年，第 1754 页。

④ 钟嵘著，曹旭集注《诗品集注》，上海古籍出版社，2011 年，第 351 页。

⑤ 《宋书》，中华书局，1974 年，第 1779 页。

之传后，可见，在沈约心中，谢灵运才是刘宋时代最伟大的诗人，《文心雕龙·时序篇》称："自宋武爱文，文帝彬雅，秉文之德，孝武多才，英采云构。自明帝以下，文理替矣。尔其缙绅之林，霞蔚而飙起；王、袁联宗以龙章，颜、谢重叶以凤采，何、范、张、沈之徒，亦不可胜也。盖闻之于世，故略举大较。"[①]刘勰认为颜谢平分秋色。钟嵘《诗品》序云："故知陈思为建安之杰，公干、仲宣为辅；陆机为太康之英，安仁、景阳为辅；谢客为元嘉之雄，颜延年为辅；斯皆五言之冠冕，文词之命世也。"[②]钟嵘在谢优于颜这一点上，态度比沈约更加鲜明。从沈约、刘勰、钟嵘三人在评价元嘉和太康诗风，并没有优劣之判别，而在颜谢优劣上，却呈现出明显的"谢优于颜"的价值倾向。

同时这种诗歌选择也和萧道成自己的创作相背离，萧道成现存诗两首——《塞客吟》和《群鹤咏》，这两首诗隐晦的表达了萧道成深受宋明帝的排挤的苦闷，这两首诗很明显乐府诗，其中"秋风起，塞草衰，雕鸿思，边马悲。平原千里顾，但见转蓬飞"几句其实化用了鲍照《芜城赋》的"白杨早落，塞草前衰落"，"孤蓬自振，惊沙坐飞"，"直视千里外，惟见起黄埃"。[③] 从中可以看出，萧道成早年颇受乐府诗的影响，并且直接化用过鲍照的句子。鲍照诗有俗的一面。《诗品》称其诗"贵尚巧似，不避危仄，颇伤清雅之调。故言险俗者，多以附照"。俗主要表现在乐府民歌方面。宋时汤惠休、鲍照都喜欢民歌，所以"颜延之每薄汤惠休诗，谓人曰：'辉休制作，委巷中歌谣耳，方当误后生。'"而从萧道成的创作来看，其当深受此风之影响。即位之后，也未免此风，《南史》卷二《王俭传》："齐高帝幸华林宴集，使群臣个效伎艺，褚彦回弹琵琶，王僧虔尧柳世隆弹琴，沈文季歌《子夜来》，张敬儿舞。"《子夜来》属于吴声西曲。沈文季歌《子夜来》当时受皇帝萧道成

---

① 刘勰著，黄叔琳注，李详补注，杨明照校注拾遗《增订文心雕龙校注》，中华书局，2012年，第547—548页。

② 钟嵘著，曹旭集注《诗品集注》，上海古籍出版社，2011年，第34页。

③ 王晓卫《南齐宗成员的诗赋作品及创作心态》，载薛峰、储佩成主编《齐梁故里与文化论集》，上海古籍出版社，2015年，第305页。

的旨意，或者为迎合其好尚，故推知，即使其即位之后，也颇好此风。

钟嵘评萧道成是"辞藻意深"，可见，萧道成诗歌有重辞藻的一面。而谢灵运诗亦有辞采的一面，钟嵘《诗品》称其："其源出于陈思，杂有景阳之体。"①而曹植诗是"词彩华茂，情兼雅怨，体被文质"②。并且张协是源出于王粲的，而王粲是辞采派，故谢灵运诗重辞采当不逊于颜延之。那么萧道成为什么要逆天下之鳞，要说一些违心之论？

这一切或许是受到权利的诱惑。首先，他是新王朝的建立者，他有责任和义务打倒旧的文学标杆，建立新的文学话语权。而此事恰好发生在建齐不久，《南齐书·萧晔传》载："晔刚颖俊出，工弈棋，与诸王共作短句，诗学谢灵运体，以呈上，……建元三年，萧晔出为持节、都督会稽东阳新安永嘉临海五郡军事、会稽太守，将军如故。上遣儒士刘瓛往郡，为晔讲《五经》。"③此事发生在萧晔为会稽太守之前。《南史·萧晔传》所记略有不同："建元二年，为会稽太守，加都督。上遣儒士刘瓛往郡，为晔讲《五经》。"④关于萧晔出为会稽太守，《南齐书·杜京产传》载："建元中，武陵王晔为会稽，太祖遣儒士刘瓛入东为晔讲说。"⑤建元共四年，说"建元中"，不能断出建元二年还是三年。但建元二年之前的会稽太守是萧子良。《南齐书·萧子良传》载："升明三年，为使持节、都督会稽东阳临海永嘉新安五郡、辅国将军、会稽太守。……建元二年，穆妃薨，去官，乃为征虏将军。"⑥武陵王萧晔建元二年为会稽太守当是，而萧道成评萧晔诗时当在其为会稽太守之前，其中"诸王"、"呈上"等都可以表明，此时萧道成已经称帝。又《南齐书·高帝传下》载："(建元元年六月)甲申，立皇太子赜。断诸州郡礼庆。见刑入重者，降一等，并申前赦恩百日。立皇子嶷为

① 钟嵘著，曹旭集注《诗品集注》，上海古籍出版社，2011年，第201页。
② 钟嵘著，曹旭集注《诗品集注》，上海古籍出版社，2011年，第117页。
③ 《南齐书》，中华书局，1972年，第625页。
④ 《南史》，中华书局，1975年，第1081页。
⑤ 《南齐书》，中华书局，1972年，第942页。
⑥ 《南齐书》，中华书局，1972年，第692—694页。

豫章王，映为临川王，晃为长沙王，晔为武陵，暠为安成王，锵为鄱阳王，铄为桂阳王，鉴为广陵王，皇孙长懋为南郡王。”①故萧道成评骘萧晔诗发生在建元元年六月以后、建元二年七月萧晔出为会稽太守之前。在新王朝刚刚建立的历史关口，对于诗人兼新帝王的萧道成而言，刘宋的时代已经过去，以谢灵运为典型代表的元嘉诗风也应该过去，而他能推举的就是更为久远的“太康诗风”。

其次，萧道成要扭转刘宋以来以谢灵运为代表的贵族风气，实现他“黄金与土同价”的政治理想。谢灵运高门，陈郡谢氏曾一度把持朝政，谢安、谢晦、谢瞻、谢混是东晋以来的社会名流，贵族出生、贵族文化培养出了贵公子的豪奢性格，据《宋书·谢灵运传》：“袭封康乐公，食邑二千户。以国公例，除员外散骑侍郎，不就。为琅邪王大司马行参军。性奢豪，车服鲜丽，衣裳器物，多改旧制，世共宗之，咸称谢康乐也。”②谢灵运喜爱雅集游玩，“游娱宴集，以夜继昼”③。又喜欢开山造水，“灵运因父祖之资，生业甚厚。奴僮既众，义故门生数百，凿山浚湖，功役无已。寻山陟岭，必造幽峻，巖嶂千重，莫不备尽。登蹑常着木履，上山则去前齿，下山去其后齿。尝自始宁南山伐木开迳，直至临海，从者数百人。临海太守王琇惊骇，谓为山贼，徐知是灵运乃安”④。这样的阵势和规模，都使地方长官误以为山贼来袭，可见其豪奢。除豪奢之外，谢灵运还养成了狂傲不羁的性格。在被贬永嘉太守时，却不知收敛，依旧“肆意遨游，遍历诸县，动愈旬朔，民间听讼，不复关怀”。宋文帝曾召他为祕书监，他却“称疾不朝”，“出郭游行，或一日百六七十里，经旬不归，既无表闻，又不请急”。⑤《南史》本传后评价谢灵运称“灵运才名，江左独振，而猖狂不已，自取覆亡”⑥。

---

① 《南齐书》，中华书局，1972 年，第 34 页。
② 《宋书》，中华书局，1974 年，第 1743 页。
③ 《宋书》，中华书局，1974 年，第 1774 页。
④ 《宋书》，中华书局，1974 年，第 1775 页。
⑤ 《宋书》，中华书局，1974 年，第 1772 页。
⑥ 《南史》，中华书局，1975 年，第 546 页。

陈寅恪指出魏、晋统治阶级出生不同，导致“寒门尚节俭，世族重奢侈”[①]。其后作为寒门素族出生的刘裕，建宋之初，亦奉行节俭之风。[②] 素族寒门出身的萧道成，亦学步刘裕，也奉行清俭的政治道路，《南齐书·高帝下》载：“上少沈深有大量，宽严清俭，喜怒无色。博涉经史，善属文，工草隶书，弈棋第二品。虽经纶夷险，不废素业。从谏察谋，以威重得众。即位后，身不御精细之物，敕中书舍人桓景真曰：‘主衣中似有玉介导，此制始自大明末，后泰始尤增其丽。留此置主衣，政是兴长疾源，可即时打碎。凡复有可异物，皆宜随例也。’后宫器物栏槛以铜为饰者，皆改用铁，内殿施黄纱帐，宫人着紫皮履，华盖除金花爪，用铁回钉。每曰：‘使我治天下十年，当使黄金与土同价。’欲以身宽严清俭率天下，移变风俗。”[③]要实现这一政治理想，那么像谢灵运身上所带有的那种奢侈的贵族文化就必须摒弃。

所以，萧道成或出于政治的考虑，受到了文化话语权的诱惑，在刚刚建齐之时，他力图改变刘宋以来以谢灵运为主的旧的元嘉诗风，同时抑制旧王朝所盛行的奢侈之风气，他提出向太康诗风学习的发展道路，从而建立起新王朝的文学话语权。

三、权利的余波——萧道成对南齐诗风的影响

中国古代诗歌十分注重师法古人，上代人的文学观念总会在下一代人身上打下深深的烙印，即使是上一代人已经离世，但这种影响的余波已经存在。《文心雕龙·通变》：“凡诗、赋、书、记，明理相因，此有常之体。”[④]刘勰已经注意到后辈对于前驱文人之继承关系，并认为这是一种常态。例如《诗品》下品在评谢超宗等人诗时，称：“檀、谢七君，并祖袭颜延，欣欣不倦，得士大夫之雅致乎！余从祖正员常云：

① 万绳楠整理《陈寅恪魏晋南北朝史讲演录》，贵州人民出版社，2007 年，第 10 页。

② 详参王永平《宋武帝刘裕之倡导节俭及其影响与原因》，载《东晋南朝家族文化史论丛》，广陵书社，2010 年，第 286—301 页。

③ 《南齐书》，中华书局，1972 年，第 39 页。

④ 王运熙、周锋《文心雕龙译注》，上海古籍出版社，2016 年，第 298 页。

‘大明、泰始中，鲍、休美文，殊已动俗，唯此诸人，传颜、陆体。用固执不移，颜诸暨最荷家声。’”①颜测祖袭颜延，固执不移。可见，这种影响的余波可谓根深蒂固。萧道成死后，他作为前驱者影响的余波一直都笼罩着南齐士人心中。萧道成的影响表现在两方面：

一是在政治上的影响。他清简的政治理想在齐武帝身上得到很好地贯彻落实。《南齐书·武帝纪》载：“上刚毅有断，为治总大体，以富国为先。颇不喜游宴、雕绮之事，言常恨之，未能顿遣。临崩又诏‘凡诸游费，宜从休自。今远近荐献，务存节俭，不得出界营求，相高奢丽。金粟缯纩，弊民已多，珠玉玩好，伤工尤重，严加禁绝，不得有违准绳。”②齐武帝所行的也是宽严清俭的政治路线，故有永明之治。

二是文学上的影响。齐武帝也像其父萧道成一样好诗文，《南齐书·武帝纪》载：“（永明二年八月）设金石乐，在位者赋诗。”③齐武帝喜爱评诗、论诗，这都可以看作是其父在死后的影响余波。

除萧赜之外，他的文学观念很好的为王俭所遵行。首先，从诗歌风格上来看，王俭受到萧道成的影响。钟嵘品诗时，喜欢将诗风相近的人置一道品评，钟嵘把萧道成、王俭放置一条品评，说明同时代的钟嵘看出了这种影响关系。其次，在对待谢氏家族的态度上，王俭也深受萧道成的影响。《南齐书·谢瀹传》载：“世祖尝问王俭，当今谁能为五言诗，俭对曰：‘谢朏得父膏腴，江淹有意。’”④膏腴实为食物丰盛肥美，此为贬义，王俭认为谢朏诗过于繁复臃肿，其评可与萧道成评“康乐放荡，作诗不辨首尾”相发凡。另外，王俭崇尚“江淹有意”，说明其对重“意”之诗颇为崇尚，而钟嵘评颜延之“一句一字，

---

① 钟嵘著，曹旭集注《诗品集注》，上海古籍出版社，2011年，第575页。

② 《南齐书》，中华书局，1972年，第62页。《金楼子》卷一载：“齐武帝内殿则张帷杂色锦复帐，帐之四角为金凤，凰衔九子，铃形如二三石瓮，垂流苏珥羽，其长拂地。施画屏风，白紫貂皮褥，杂賨枕、金衣机，名香之气，充满其中。外燕既毕，则环而卧。”《金楼子》此条关于齐武帝奢侈之记载，当为萧绎故意抹黑前朝帝王。

③ 《南齐书》，中华书局，1972年，第49页。

④ 《南齐书》，中华书局，1972年，第769页。

皆致意焉”[①]及萧道成“辞藻意深”，可知颜延之、萧道成、王俭三人在推崇诗歌“有意”这一诗学特征上是有共性的。然而，王俭的这种诗学选择的背后，或许也是受萧道成影响的结果，前有萧道成贬谢灵运诗过于放荡，后有王俭贬谢朓诗“膏腴”，在贬低谢氏家族文学上，王俭可看做对萧道成贬谢观念的延续，而王俭推崇江淹，除了认同江淹诗之外，或许也与江淹和萧道成关系较好有关。宋齐易鼎之际，江淹率先站在了萧道成一边，并为其出谋划策，萧道成一直很器重江淹，每有著作，则令江淹编撰。王俭这一诗学选择，也是萧道成权利余波下的结果。

再次，在推崇颜延之这一方面，王俭深受萧道成的影响。萧子显在《南齐书·文学传论》将南齐的诗歌分为三体，其云：“今之文章，作者虽众，总而为论，略有三体。……次则缉事比类，非对不发，博物可嘉，职成拘制。或全借古语，用申今情，崎岖牵引，直为偶说。唯睹事例，顿失精采。此则傅咸《五经》，应璩指事，虽不全似，可以类从。”[②]“傅咸、应璩体”诗歌审美特征是：指事、用典、对偶。而颜延之诗歌则十分讲究用典、指事，钟嵘《诗品序》中亦称：“颜延之、谢庄尤为繁密，于时化之，故大明、泰始中，文章殆同书抄。”[③]从萧子显和钟嵘的评价来看，“喜用古事”的颜延之应当属于傅咸、应璩一派。王运熙也认为第二派“诗风实与刘宋颜延之相似”[④]。

而王俭大力推崇“傅咸、应璩体”。据《南史·王谌传》附其从叔王摛传载：“谌从叔摛，以博学见知。尚书令王俭尝集才学之士，总校虚实，类物隶之，谓之隶事，自此始也。俭尝使宾客隶事多者赏之，事皆穷，唯庐江何宪为胜，乃赏以五花簟、白围扇。坐簟执扇，容气甚自得。摛后至，俭以所隶示之，曰：‘卿能夺之乎？’摛操笔便成，文章既奥，辞亦华美，举坐击赏。”[⑤]根据萧子显所论，在南齐，第二体主要代

---

① 钟嵘著，曹旭集注《诗品集注》，上海古籍出版社，2011年，第351页。

② 《南齐书》，中华书局，1972年，第908页。

③ 钟嵘著，曹旭集注《诗品集注》，上海古籍出版社，2011年，第210页。

④ 王运熙《刘勰论宋齐文风》，《复旦学报（社会科学版）》1983年第5期，第68页。

⑤ 《南史》，中华书局，1975年，第1213页。

表是就是王俭。钟嵘品王俭诗，其云："至如王师文宪，既经国图远，或忽是雕虫。"[①]此评略显含糊，其意思说王俭忙于治理国家而忽略了诗歌创作，此论没有直接指出王俭诗歌具体的审美特色，但是从现存的八首王俭的诗歌来看，其中连《春日家园》此类写景之作也有诸如"稷契匡虞夏，伊吕翼商周"之类用典繁密的句子，可见其诗歌用事之一斑。或许因为钟嵘在《诗品序》中对于用事之诗风提出过批评，但王俭却恰好是这一类，为了尊敬其师，故而在品王俭时不言其诗风如何，只含蓄称王俭忙于经国而忽略诗歌创作。可知王俭也当颇为推崇颜延之，而据前文萧道成评萧晔诗中看出，萧道成也尊颜延之。

那么，王俭之所以会有这种诗学选择，为什么不随主流尊谢灵运而崇尚颜延之？或许也和萧道成的权利影响有关。萧道成执政之后，大力推崇儒家思想，"儒者之言，可宝万事"。而王俭依靠自己家学基础，很快的就进入了萧道成的权利中心，并且获得很高的政治地位。萧道成很看重王俭，《南齐书·王俭传》载："时大典将行，俭为佐命，礼仪诏策，皆出于俭，褚渊唯为禅诏文，使俭参佐之。"其二人交往可谓如鱼得水，萧道成曾说："《诗》云：'维岳降神，生甫及申。'今亦天爲我生俭也。"[②]甚至碍于王俭的情面，当王俭的弟弟王逊获罪时，特降诏宽宥他，《南齐书·王俭传》载："俭门世载德，竭诚佐命，特降邢书宥逊。"[③]最后，萧道成死前下诏托孤于王俭和褚渊，其云："公等奉太子如事吾。"[④]可见萧道成对王俭之信任。而这种信任的前提王俭的唯命是从，除了政治上之外，或许还包括上述的"尊颜贬谢"。前驱者影响会随着时间的消失而逐渐褪去。但是，如果能够借助一个接力棒，那么他的影响依旧可以延长，王俭就是这一根接力棒。

建元之后，王俭组建了文学集团，而接下王俭下一棒的是任昉，他颇为崇尚"傅咸、应璩体"。钟嵘《诗品》中品评任昉诗曰："善铨事

① 钟嵘著，曹旭集注《诗品集注》，上海古籍出版社，2011年，第568页。

② 《南齐书》，中华书局，1972年，第435页。

③ 《南齐书》，中华书局，1972年，第438页。

④ 《南齐书》，中华书局，1972年，第38页。

理，拓体渊雅，得国士之风，故擢居中品。但昉既博学，动辄用事。”[①]沈约《太常卿任昉墓志铭》赞赏任昉“心同学府，辞同锦肆”[②]。沈约赞赏他博学，但却贪于用事。除了诗歌之外，他的骈文亦沾染这种隶事之风，讲求用典，形成一种整饬典雅的风格特征。孙德谦在《六朝丽指・沈任辨》称：“然则彦升之诗，失在贪用事，故不能有奇致，吾谓其文亦然，皆由于隶事太多耳。”[③]

而任昉之所以会选择“傅咸、应璩体”，其实也是受到了王俭的影响。因为王俭对任昉有提携之功，《南史・任昉传》载：“永明初，卫将军王俭领丹阳尹，复引为主簿。俭每见其文，必三复殷勤，以为当时无辈，曰：‘自傅季友以来，始复见于任子。若孔门是用，其入室升堂。’于是令昉作一文，及见，曰：‘正得吾腹中之欲。’乃出自作文，令昉点正，昉因定数字。俭拊几叹曰：‘后世谁知子定吾文！’其见知如此。”[④]这一段，可看出，王俭不遗余力赞赏任昉，任昉能有后来的成就，很大程度上系得到了王俭提携。王俭死后，其文集就是任昉所整理的，可见其二人关系密切。[⑤] 因此，任昉这一诗风选择的背后，其实一直有一个曾经提携过自己的上级影子在左右他。

萧道成一代帝王的身份，或多或少会影响作为臣子王俭的诗歌选择。而王俭作为任昉仕途上的提拔者、文学道路上的引路人，其文学观念亦可能影响到任昉。萧道成通过王俭这一接力棒，将他的身影延续在了齐梁文学的道路上——被王俭发现和善待的诗论家钟嵘写作《诗品》，把萧道成和王俭收录在同一条里品评，流传千古，也许是偶然，但更多的也是必然。

（上海师范大学人文学院）

---

① 钟嵘著，曹旭集注《诗品集注》，上海古籍出版社，2011年，第416页。

② 严可均校辑《全上古秦汉三国六朝文・全梁文》，中华书局，1958年，第3129页。

③ 王水照主编《历代文话》，复旦大学出版社，2009年，第8478页。

④ 《南史》，中华书局，1975年，第1452页。

⑤ 杨赛《任昉与王俭的神交》，《文史知识》2009年第11期，第83页。

《唐诗绝句类选》与唐绝句选本的流变
——以五代至明末为中心*

任声楠

内容摘要：明末凌云的《唐诗绝句类选》是一本专门选编唐代七绝的诗歌总集，凌云是明末乌程晟舍凌氏族人，此书具有凌氏家族“套印本”刻书的典型特征，其祖本是南宋赵蕃、韩淲的《章泉涧泉二先生选唐诗》，至明中期，敖英认为章泉、涧泉二先生抉择过严，所以在二先生选本的基础上扩充选本体量而成《类编唐诗七言绝句》，至明末凌云以敖英选本为主体加以补辑，并手抄精选出的宋、元、明三代重要唐诗学者的批语，形成《唐诗绝句类选》。其独特的成书过程，不仅使其中所选诗目极具代表性，还折射出不同时代学者对唐七绝的认知差异。《唐诗绝句类选》现存的两个版本略有差异，其中的钤印揭示出“姚钧石藏书”本已经流至海外。对此书选诗的考察，可以看出编者选唐七绝具有重盛唐轻晚唐的特点。《唐诗绝句类选》中的序文具有重要的诗学价值，凌云的《七

* 本文为安徽省高校人文社会科学研究重点项目“北朝五史文苑列传研究”（项目编号：SK2019A002）研究成果之一。

言绝选引》反映出他重抒情的诗学观。经过凌云的“广罗严辑”,此书汇众家精评于一本,直接地反映了明人在唐七绝的体制渊源、创作方法、代表作品、审美标准等方面的诗学观。以《唐诗绝句类选》为基点回溯五代至明末的唐绝句选本,可以窥探不同时代学者以选本为话语场域建构唐绝句的诗学理论及其变迁。

关键词:《唐诗绝句类选》;唐诗选本;诗学思想

The Selected Quatrains of Tang Poetry and the Evolution of Tang Quatrains Anthology: From the Five Dynasties to the End of Ming Dynasty

Ren Shengnan

Abstract: *The Selected Quatrains of Tang Poetry* collected by Ling Yun in the late Ming Dynasty is a collection of poems specially selected from Seven-character quatrains of Tang Dynasty. Ling Yun is a member of the Ling clan of Shengshe Wucheng in the late Ming Dynasty. This book has the typical characteristics of the Ling clan in the late Ming Dynasty, Ling Yun took Ao Ying's anthology as the main body to supplement it, and copied the comments of the important Tang poetry scholars of Song, Yuan and Ming Dynasties to form the anthology of Tang poetry quatrains. Its unique process not only makes the selected poems very representative, but also reflects the cognitive differences of scholars in different times. There are some differences between the two editions of selected poems of the Tang Dynasty. The seal reveals that the "books collected by Yao Junshi" have been exported abroad. From the

investigation of the selected poems, it can be seen that the editor's selection of Seven-character quatrains of Tang Dynasty has the characteristics of attaching more importance to the prosperous Tang Dynasty than to the late Tang Dynasty. The preface in selected poems of Tang Dynasty has important poetic value. Ling Yun's preface of Seven-character quatrains reflects his lyrical poetics. After Ling Yun's "extensive search, strictly included", this book is a collection of comments from many scholars, which directly reflects the poetic views of the Ming people in the system origin, creative methods, representative works, aesthetic standards and other aspects of Seven-character quatrains of Tang Dynasty. Based on *The Selected Quatrains of Tang Poetry*, this paper traces back to the anthology of quatrains of Tang Dynasty from the Five Dynasties to the end of Ming Dynasty to explore the poetic theories and changes of quatrains of Tang Dynasty constructed by scholars in different times.
Keywords: *The Selected Quatrains of Tang Poetry*; selected works of Tang poetry; poetic thought

"绝句"产生于唐代以前,主要以七言四句或五言四句为表达形式。南朝徐陵编《玉台新咏》已有"古绝句"之名,其时绝句与唐绝句不同,明末许学夷的《诗源辩体》以"五言四句"、"七言四句"称之,以与唐绝句相区别。施子愉曾统计《全唐诗》中存诗一卷以上的诗人之作品,并按体裁分类,其中初唐七绝有 77 首,盛唐 472 首,中唐 2930 首,晚唐 3591 首,可见唐七绝定型、发展于唐初,至中晚唐而大兴。唐绝句兴盛以后,自五代至明清,历代都有学者专选唐绝句的选本,丁放教授依据选本的不同体例,将其分为只选诗作、选诗加作者小传、选诗加评点、选诗加注释、注释并进行综合性评价五类。[①] 明代敖英原编、凌云补辑的《唐诗绝句类选》兼具选诗、评点和作者小传,不仅选录唐人七言绝句,还汇集宋、元、明三代重要诗论家的批语,卷尾还罗

① 丁放《〈删补唐诗选脉笺释会通评林〉与明代唐诗学》,《文学评论》2017 年第 1 期。

列唐七绝名家，并作小传。《唐诗绝句类选》是敖英、凌云先后在批判性继承前人学术成果的基础上成书的，其独特的成书过程，可以折射出不同时代学者唐诗七绝诗学观念的演变。大浪淘沙，经过凌云的蒐辑、拣选，《唐诗绝句类选》成为一本具有重要学术价值的唐诗绝句选本。

一、敖英、凌云与《唐诗绝句类选》的成书

《唐诗绝句类选》的成书并非朝夕之功，它是经过几代学者的淘洗之后沉淀下来的产物，其祖本为南宋赵蕃、韩淲的《章泉涧泉二先生选唐诗》，二先生选本共收中晚唐七绝101首，至南宋末年，谢枋得为之作注解，扩大了此书的影响力。明中期敖英认为章泉、涧泉二先生的选本存在不足，指出："昔在宋季，章泉、涧泉相与选唐诗绝句一百一首，叠山从而注之，可谓异代赏音，然诗家尤病其决择过严，而于李杜大家而或遗。"[①]敖英认为此书拣选过严，而且未选李白、杜甫这样的唐诗大家的作品，所以他"复取诸家绝句分类选之，得三百八十首，而谬加批点"，成《类编唐诗七言绝句》，又名《批点类编唐诗绝句》、《类编唐诗绝句》。至明末，凌云又在敖英选本的基础上加以补辑，并手抄精选出的宋、元、明三代重要唐诗学者的批语而成《唐诗绝句类选》，故欲探讨此书的成书过程，需对敖英、凌云的生平及诗学思想进行考察。

敖英(1479—1563)字子发，号东谷，清江(今江西樟树市)人。明正德十六年(1521)进士，授南京工部主事，官至江西右布政使。其生平散见于《清江县志》、《江西通志》、《明分省人物考》等文献中，但相关记载大多简略或舛误，惟敖英自著《自述履历》一文可详考其生平，其文曰："……谒见郡大夫秀水项公。公叩蕴试艺，遇以国士之礼，且资送入学，俾乐群焉，于是予之齿三十矣。明年，提学荆南潘公行部论秀，阖郡聊案，以予弁之。又明年，提学崆峒李公行部论秀，予经义有疵，法当褫廪，以论策有气骨而顾与之……"[②]敖英拜谒秀水项公时

---

① 敖英编，凌云辑《唐诗绝句类选》，文物出版社，2020年，第17—18页。

② 敖英《慎言集训》，《豫章丛书》子部一，江西教育出版社，2002年，第287页。

30岁，两年后，即敖英32岁时拜谒时任江西提学副使的李梦阳，据《国榷》："辛未正德六年……二月……癸未户部员外郎李梦阳为江西提学副使。"①至此，敖英的生年可确定为成化十五年(1479)。又据罗洪先《四川右布政使东谷敖公赞》云："八十四年，乘化返正，人寿谓何，斯则顺命，惟昔所寓。"②可知，敖英卒于嘉靖四十二年(1563)，享年84岁。敖英早年丧父、弱冠丧母，又经历诬讼、牢狱之灾。中年以后才考取功名，其《自述履历》历数他一生仕途辗转无定："嘉靖改元，除南京工部都水主事。……越三载考绩，改署刑部员外、礼部郎中，历升陕西按察佥事、河南按察副使，俱奉玺书提督学政。无何，坐岁贡违例，谪湖广左参议，寻升山东按察副使，奉敕整饬天津等处兵备……调四川，不备兵而提刑焉。……升四川左参政，奉敕总理粮储。又升贵州按察使，又升四川右布政使。"③短短二十余年的仕宦生涯，改任十余次，平均两年左右就要调任异地。敖英学问精博，为时人称道："先生著作甚富，传刻四出，蜀都犹盛。窃伏岭鄙时，获读《绿雪堂记》、《心远堂诗》诸稿，已知向慕。"④李国梁《敖英著述考略》一文考其著述19种，其中《东谷十书》及龚耀南所辑《敖东谷先生遗书》当为敖英《绿雪亭》、《心远堂诗文》等书的合刊本。

《类编唐诗七言绝句》是敖英对南宋《章泉涧泉二先生选唐诗》一书的继承与发展，前文已述。敖英选诗三百余首，分诗十五类，这种以类相从的编排方式为后来凌云补辑时继承。敖英的《唐诗绝句总评》明确了他选诗的标准："分类之目，一十有五。其人代先后，遂不列次。慨自齐梁以来，《诗》之六义，微波不扬，点缀雕镂，清音独远。今此编诸作，皆能追逐变风，翱翔比赋。又以起承转合，为之机轴，以

① 谈迁《国榷》卷四十八，清钞本。

② 罗洪先《念庵文集》卷十，《景印文渊阁四库全书》第1275册，台湾商务印书馆，1986年，第211—212页。

③ 敖英《自述履历》，张宏生、于景祥《中国历代唐诗书目提要》，辽海出版社，2015年，第245页。

④ 黄城《心远堂文草序》，詹福瑞、于景祥主编《历代唐诗选本汇评》，辽海出版社，2016年，第261页。

纪时标地、缀景写情，为之错综，摛藻振秀，动荡心灵，咸极超诣，良复名家。英识。”[①]敖英认为齐梁诗坛注重雕琢词句，失去了《诗经》的传统。他以“变风”为诗歌内容主旨的追求，所谓“变风”即与“正风”相对，《诗序》云：“至于王道衰，礼义废，政教失，国异政，家殊俗，而变风变雅作矣……故变风发乎情，止乎礼义。发乎情，民之性也；止乎礼义，先王之泽也。”[②]可见，敖英认为其选本所选之诗反映了唐王朝的衰亡、社会的动乱，带有浓厚的观礼义兴废、政教得失的目的，但“变风”之作应变而不失其正，当以“情”为发端，以“礼义”为准绳，符合儒家“温柔敦厚”之旨。这种诗学观在敖英的批语中亦有所体现，如他评杜牧《华清宫》曰：“此赋当时女宠之盛，而今日凄凉之意，于言外见之，太白《吴王美人篇》同意。”[③]此诗后人大多认为是讥讽玄宗荒淫误国，而敖英却认为此诗表达了昔盛今衰之感。敖英分别从作诗之法和诗歌功用两个角度来论述其选诗的特点，所谓“起承转合”即就作诗之法而论，而“纪时标地、缀景写情”则是言诗之作用，即主张诗歌具有记事抒情的功能。从“摛藻振秀，动荡心灵”的表述来看，敖英尤重诗歌的抒情功能，认为辞藻动人心弦的作品乃为佳作。此书有明嘉靖年间刻本，载有慈溪王交作《类编唐诗绝句题识》，其文曰：“予选五言刻成。或曰：子之为此，以备其缺，而反遗七言，缺殆甚矣。初东谷病章、涧之严，读者又疑东谷之滥，遂妄加订定，存编中二百三十五篇……”[④]王交谓敖英选择过滥，遂于嘉靖四十一年（1562）对此书加以删订。明末施裒宾评敖英选本曰：“乃东谷敖先生退食之余，笑傲林立，逍遥云石。独裒七言绝而品骘焉，数聚门分一揽，犁然海内，爱而传之久矣。”[⑤]可见，此书在明代中后期是一本影响较大的唐七绝选本，

至明末，凌云对敖英选本进行补辑、增评，成《唐诗绝句类选》。

① 敖英编，凌云辑《唐诗绝句类选》，文物出版社，2020年，第19页。
② 萧统编，李善注《文选》卷四五，中华书局，1977年，第637页。
③ 敖英编，凌云辑《唐诗绝句类选》，文物出版社，2020年，第48页。
④ 陈伯海、李定广编著《唐诗总集纂要》，上海古籍出版社，2016年，第361页。
⑤ 敖英编，凌云辑《唐诗绝句类选》，文物出版社，2020年，第5页。

凌云，字宣之，其生平难以确考，仅能从此书前的两篇序文中钩沉几则零星的资料。凌云在《七言绝选引》中称："五尺而孤……己日置几上，而外兄陈钟鳌至寓……"[①]可知其早年丧父，其母为陈氏，有外兄名曰陈钟鳌者，著有《篆诀辩释》一书。凌云曰："不佞燥发时辄嗜声学，遇宴集间，见骚人逸士，诗筒递抚韵筹歌鋮则喜，及流觞浮白间，有业长啸，取唐人七言绝歌之，则跃跃喜。"[②]可见，凌云年少时即雅好声律之学，能常与"骚人逸士"交游，可以推断其成长于书香之家。施扆宾曰："子以四始补博士弟子，行以四声，蜚名木天矣。"[③]凌云以四始之学补博士弟子，"木天"本指木制天棚，明代又指翰林院，唐寅《贫士吟》云："宫袍着处君恩渥，遥上青云到木天。"[④]可知凌云或有入翰林院之行，并稍有诗名。凌云应为乌程晟舍凌氏族人，或为凌濛初的子侄辈。首先，考察《唐诗绝句类选》中的批语出处，可以发现其中的批语大多和成书于万历年间的《唐诗广选》有关，其编者凌宏宪"主要活动于天启年间"[⑤]，与凌云同时或稍早。《唐诗广选》是在李攀龙《唐诗选》基础上增补而成，其编者凌宏宪正是晟舍凌氏族人，凌濛初的序文《刻唐诗广选序》中称："犹子辈以家篚之本，付剞劂，照编辑，诸家所扬搉者具载之。"[⑥]可见，凌宏宪是凌濛初的子侄辈。其次，明末吴兴晟舍凌氏家族以刻书闻名，出版了大量家刻"套印本"书籍，凌云编著的《唐诗绝句类选》是三色套印本，具有凌氏家族刻书"朱墨二色的套印本和加有批评、圈点的评点本"[⑦]的典型特征。第三，上文提及的施扆宾不仅为凌云的《唐诗绝句类选》作序，还在凌弘宪刊印的朱

---

① 敖英编，凌云辑《唐诗绝句类选》，文物出版社，2020年，第9—14页。

② 敖英编，凌云辑《唐诗绝句类选》，文物出版社，2020年，第1页。

③ 敖英编，凌云辑《唐诗绝句类选》，文物出版社，2020年，第7页。

④ 唐寅《唐伯虎先生集》外编续刻卷五，明万历刻本。

⑤ 张宏生、于景祥《中国历代唐诗书目提要》，辽海出版社，2015年，第389页。

⑥ 凌濛初《刻唐诗广选序》，陈伯海，李定广编著《唐诗总集纂要》，上海古籍出版社，2016年，第377页。

⑦ 表野和江、吴正岚《明末吴兴凌氏刻书活动考——凌濛初和出版》，《中国典籍与文化》2003年第3期。

墨蓝绿三色套印本《大佛顶如来密因修证了义诸菩萨万行首楞严经》作序，落款云“嚬庵居士施宸宾焚香写”。可见，施宸宾与凌氏家族的关系颇为密切，王重民先生认为：“施宸宾原业医，后为凌氏塾师，是书即为宸宾用以课凌云之读本。”[①]不知何据，施宸宾以《唐诗绝句类选》课凌云虽然不大可能，但至少说明施宸宾是凌氏家族的故交。故“凌云为乌程晟舍凌氏族人”之说当为确论。张宏生、于景祥《中国历代唐诗书目提要》进一步求证：“查《凌氏宗谱》，其中有两个凌云，不好确定哪一个是《唐诗绝句类选》的参与者。”[②]从此书收入的关于唐绝的批语中看，有蒋一葵、胡应麟、梅鼎祚等万历年间学者的评语，故凌云当生活于万历后期至崇祯年间。孤证不立，又杜信孚纂辑《明代版刻综录》卷四云：“凌云，字汉章，归安县人，传详《明史》。《唐诗绝句类选》三卷……明凌云编，明崇祯吴兴凌云朱墨套印本。”[③]这段话有两点值得注意：首先，《唐诗绝句类选》成书于明末崇祯年间。又“凌刻二色套印本突出者有：……于崇祯年间刻的《唐诗绝句类选》三卷、《补唐诗绝句》一卷……”[④]，结合上文凌云生活于万历后期至崇祯年间的论述，此说当为确论。其次，刻书者为凌云作有小传，称其“字汉章，归安县人”，此说当误。《明史》卷二百九十九载：“凌云，字汉章，归安人。为诸生，弃去。北游泰山，古庙前遇病人，气垂绝，云嗟叹久之。一道人忽曰：‘汝欲生之乎？’曰：‘然。’道人鍼其左股，立苏，曰：‘此人毒气内侵，非死也。毒散自生耳。’因授云鍼术……孝宗闻云名，召至京，命太医官出铜人，蔽以衣而试之，所刺无不中，乃授御医。年七十七，卒于家。”[⑤]归安凌云为明孝宗朝御医，擅长针法。孝宗卒于弘治十八年(1505)，归安凌云的医术在孝宗时期已经名声

---

① 王重民《中国善本书提要》，上海古籍出版社，1983年，第463页。

② 张宏生、于景祥《中国历代唐诗书目提要》，辽海出版社，2015年，第380页。

③ 杜信孚《明代版刻综录》，张宏生、于景祥《中国历代唐诗书目提要》，辽海出版社，2015年，第380页。

④ 叶树声、余敏辉《明清江南私人刻书史略》，安徽大学出版社，2000年，第55页。

⑤ 《明史》卷二百九十九，中华书局，1974年，第7652页。

大噪，从其学医到成名应该有相当长的一段时间，因此他不可能生于弘治末年。再从他年七十七卒于家来看，他绝无可能在崇祯年间再有刻书活动。因此，归安凌云与吴兴凌云的字号、生活年代、擅长领域均有较大差异，实属二人。

《唐诗绝句类选》是凌云在敖英的《类编唐诗七言绝句》一书的基础上加以补辑而成，其成书带有"以示大观"、"以见其全"的目的。凌云《七言绝选引》一文后的补记曰："此诸名家评之，精确者不下数十人，亦俱缀入，不敢遗逸，以示大观。"所谓"示大观"即收录各名家批语，凡评论精当者应收尽收，具有规模宏大和内容详备的特点。又曰："章泉涧泉二先生选唐绝一百一首，脍炙人口久矣。东谷谓其太严，乃阅东谷选，复去其三十首，故特补之卷四，以见其全。"[①]所谓"见其全"，即凌云认为敖英选本有所缺失，故进行补辑以显示其全貌。凌氏补辑此书并非一日之功，书前施扆宾《唐七言绝选叙》(以下称"施《序》")曰："……而宣之甫复新。是集也，何盖宣之仅弱冠耳？曾问字于蒙执，经时颇好韵语，恒与余谭及之。越三载……"[②]文中宣之即凌云的字，他初编此书时约二十岁，三年后用红色朱砂手抄敖英的评论。但笔者翻阅三色套印本《唐诗绝句类选》，发现其中有多处非出自敖英的红色评语，如卷二征戍岑参《苜蓿峰头寄家人》红色眉批："蒋一葵曰：'他人只说闺思已足，此更深一层。'"[③]按，蒋一葵，万历二十二年(1594)举人，而敖英选本成书于嘉靖年间，所以蒋一葵的红色批语不可能是敖英原书上的，而是凌云摘录抄写。后来在外兄陈钟鳌处得顾璘的《批点唐音》，凌云用蓝色笔墨抄录顾氏评语，以与敖英的诗评相区别。书中凡是敖英、顾璘之评不标姓名，其他诸家批评则以"某某曰"标示。

《唐诗绝句类选》是凌云在敖英选本的基础上补辑而成，他称"是选也，以敖东谷为准"，即在选诗内容、编排体例等方面基本上沿袭敖

① 敖英编，凌云辑《唐诗绝句类选》，文物出版社，2020年，第15页。

② 敖英编，凌云辑《唐诗绝句类选》，文物出版社，2020年，第5—6页。

③ 敖英编，凌云辑《唐诗绝句类选》，文物出版社，2020年，第170页。

英《类编唐诗七言绝句》，并且尤重敖英之批语，将其以朱砂题在书页高处、空白等醒目位置。但凌云在继承敖英选本的基础上又有创新，他在保存文献、推动唐诗研究等方面仍有重要的贡献：首先，凌云称敖英选本“评者十之七，缺者十之三”，尚有近三分之一的绝句没有批语。凌云不仅收录了敖英的原评，还广求严辑，摘录了包括刘辰翁、谢枋得、范梈、顾璘、杨慎、胡应麟、蒋一葵等宋、元、明三代学者对唐七绝的评语，使得此书成为汇评本唐七绝总集，提高了此书的学术价值。其次，凌云补辑了敖英《类编唐诗七言绝句》中删去《章泉涧泉二先生选唐诗》的诗而成卷四“补唐诗绝句”，收入许浑、杜牧、刘禹锡等23位诗人的29题31首诗，合《章泉涧泉二先生选唐诗》、《类编唐诗七言绝句》二书为一体，兼收并蓄。第三，孙琴安《唐诗选本提要》称敖英《类编唐诗七言绝句》的“道释”类已佚[①]，幸赖《唐诗绝句类选》得以保存，以见其全。而且凌云在补辑时并非对敖英完全照搬，凌云选本与敖英原本在诗篇选取、编排次序、批语内容等方面存在不同。凌云的学术贡献不仅在于补辑了《唐诗绝句类选》，他对《文心雕龙》还有过一定的研究。杨明照校注本《增订文心雕龙校注》辑有晚清学者李详的补注，其中卷一正纬第四“孝论昭晢”条下有李详案语：“明吴兴凌云本‘晢’原作‘哲’，许改。”[②]又卷三哀吊第十三“赋宪之谥”下，李详补注曰：“……孙云作‘议德’者，孙无挠也，见明吴兴凌云本。黄注前列元校姓氏有两孙氏：一汝澄字无挠，一孙良蔚字文若。非见凌本则不知其为‘无挠’也。”[③]李详（1858—1931）字审言，晚号辉叟，他肯定了吴兴凌云本《文心雕龙》的学术贡献。至少在晚清至民国时期，吴兴凌云本《文心雕龙》尚存世，今则未见。

---

① 孙琴安《唐诗选本提要》，上海书店出版社，2005年，第92页。

② 刘勰著，黄叔琳注，李详补注，杨明照校注拾遗《增订文心雕龙校注》，中华书局，2012年，第44页。

③ 刘勰著，黄叔琳注，李详补注，杨明照校注拾遗《增订文心雕龙校注》，中华书局，2012年，第171页。

二、《唐诗绝句类选》的版本、体例与选诗

《唐诗绝句类选》现存两个版本：一本在卷前施《序》文题下钤有“姚钧石藏书”朱文长方印、“南州书楼”朱文方印，卷一目下钤有“蒲坂书楼”、“镜泉心赏”白文长方印，卷一正文下钤有“民国庚辰”朱文方印；“姚钧石藏书”朱文长方印；“蒲坂书楼”、“镜泉心赏”白文长方印，卷二、卷三目下钤有“姚钧石藏书”朱文长方印，卷二、卷三正文下钤有“镜泉心赏”白文长方印，卷三与卷四之间有《补唐诗绝句原序》一文，其题下钤有“蒲坂书楼”白文长方印、“姚钧石藏书”朱文长方印，“唐诗绝句总评”题下、卷四目下、《唐诗绝句人物》文题下及书末均钤有“镜泉心赏”白文长方印。从以上钤印可大致窥探此本（以下称“姚本”）流传情况，据江阴王伊同《加拿大英属哥伦比亚大学宋元明及旧钞善本书目序》：“……近如莫氏之天一，徐氏之南州，庋藏之富，视平津拜经无媿焉，羊城姚钧石君，积二世之雄资，善货殖，持筹而算，亿则屡中。藏书四万余册，朔源舜德，以‘蒲坂’名其楼。予观其书目，得之南州者十七八，余则海山、泰华故物……集部多汲古阁及万历朱墨本、清人撰制达二十种……实业界巨子宽纳君（Mr. Waiter Korner），性豪侠，几公而好义，乃慨筹的款，敦促进行。金华何君炳棣，余曩年同窗，而今日分讲也，时为哥伦比亚大学所借聘，旅美未归，校长马肯寿先生（Dr. Norman A. M. MacKenzie），特央飞港，会商机宜，多日磋谈而议定。本年二月海运抵校……已亥六月既望。”[①]可知，姚钧石为富商兼藏书家，筑“蒲坂书楼”以藏书。姚钧石从徐绍棨南州书楼得到《唐诗绝句类选》一书，后来姚氏故居因战火毁坏，旧藏亡佚，经过姚钧石十多年的整理，才将藏书恢复旧观。此后姚钧石将藏书转售给宽纳，宽纳又与哥伦比亚大学取得联系，经过何炳棣之手转运到哥伦比亚大学。王伊同带领一批人经过三个月整理出图书四万五千册，计十四万余卷，并仿照《四库全书总目提要》为

---

① 《王伊同学术论文集》，中华书局，2006年，第354页。

每本书写了纂要。据王伊同《加拿大英属哥伦比亚大学宋元明及旧钞善本书目》云:“《唐诗绝句》三卷四本,明敖英辑、凌云序三色本,白棉纸加裱重装,半叶八行十九字,有南州书楼印。”[①]此即“姚本”,其卷三与卷四之间有谢枋得《补唐诗绝句原序》一文,文后有“唐诗绝句总评”,卷四后有“唐诗绝句人物”。另一个版本是文物出版社“拾瑶丛书”版,此本(以下称“拾瑶”本)前言云:“此次影印出版所据底本为明末凌氏三色套印本”,“拾瑶”本卷前施《序》题下钤有“北京师范大学图书馆珍藏”、“樨瞻”、“与性父”之印。此外,2014 年国家图书馆出版社《中华再造善本续编》据北京大学图书馆藏明吴兴凌氏刻三色套印本影印此书,其编排与“拾瑶”本相同,仅其中钤印不同,卷前施《序》题下钤有“国立北京大学藏书”之印,落款下钤有“施氏我嘉”之印,其中“我嘉”可能是施扆宾的字或号。值得注意的是两个版本之间有几处不同:一、“拾瑶”本在凌云《七言绝选引》文后钤有“凌云私印”、“宣之氏”方印,而“姚本”则无;二、“拾瑶”本“唐诗绝句总评”在卷四后,而“姚本”在卷三与卷四之间;三、“拾瑶”本有“补唐诗绝句人物”补充长孙佐辅、段成式、宋济、李九龄、钟离先生、吕洞宾六人。

《唐诗绝句类选》选诗的编排方式并不统一,前三卷沿袭了敖英选本以类相从的编排方式,卷四为补唐诗绝句,不分类。前三卷分诗为十五类,卷一有吊古、送别、寄赠、怀思四类;卷二类目较多,分游览、纪行、征戍、写怀、悲感、隐逸、宫词七类;卷三有宫词下、闺情、时序、杂咏、道释五类。同一卷同一类同一诗人的诗,很多未编排在一处,如卷一吊古类选杜牧《华清宫》、《赤壁》二绝,分别置于李白、李益后,这一现象在此书中较为常见,尤其以“杂咏”类为多。此书卷前敖英《唐诗绝句总评》载:“分类之目,一十有五。其人代先后,遂不列次。”[②]敖英不以人物时代先后为次的选诗方式,体现了他的诗学思

---

① 《王伊同学术论文集》,中华书局,2006 年,第 370 页。

② 敖英编,凌云辑《唐诗绝句类选》,文物出版社,2020 年,第 19 页。

想，他认为："唐诗亦有极拙者，宋元诗亦有极佳者，不可以时代概论也。"[①]此言立论的前提是宋元诗不如唐诗，且唐诗与宋元诗有别，所以，敖英并非否定以时代论诗，他反对的是以时代概而论之。敖英生活的正德、嘉靖年间，正是前后七子崇唐抑宋的诗学主张兴盛之时，敖英显然在主张复古的时代洪流中保持了清醒的认识，他的诗学思想较为辩证客观，既看到了唐诗的普遍性：唐诗总体成就高于宋元诗，又认识到其特殊性：唐代有拙诗，宋元有佳作。

《唐诗绝句类选》共选诗 407 首，就七绝一种体裁来说，选诗数量已较为可观。其中包括卷四的 31 首、凌云补辑的 67 首和敖英原本的 309 首，但学界对敖英原本的选诗数量，有不同说法。当今学者对《类编唐诗七言绝句》选诗数量的界定大多引用敖英的序文，不过此文有两个不同的版本：其一，詹福瑞、于景祥《历代唐诗选本汇评》引曰："余暇日……复取诸家绝句分类选之，得三百一十首，而谬加批点。"引文后注云："《类编唐诗绝句》卷首。"[②]又张宏生、于景祥《中国历代唐诗书目提要》引文与此相同。其二，陈伯海、李定广《唐诗总集纂要》引曰："予暇日忘其谫陋，复取诸家绝句分类选之，得三百八十首，而谬加批点。"序文下落款云："明嘉靖刻本《类编唐诗七言绝句》卷首。"[③]《唐诗绝句类选》亦有敖英此文，题曰"唐诗绝句类选序"，题目或为后人所加，此处引文又与《唐诗总集纂要》相同。两种说法均自称援引敖英序文，造成这一情况的原因，应该是嘉靖四十一年王交对敖英选本的删订造成，而后人又妄改了敖英的序文。凌云选本前三卷除"补遗"之外的诗，可视为敖英原本，与第一种说法相近。敖英共选唐七绝 100 人 309 首，其中十首以上者有李白(37)、杜牧(17)、李商隐(16)、刘禹锡(15)、杜甫(14)五人，而被后人称为"七绝圣手"的王昌龄，只选了 9 首诗，与张籍并列。从选诗在初、盛、中、晚四唐

---

① 敖英《东谷赘言》，詹福瑞、于景祥主编《历代唐诗选本汇评》，辽海出版社，2016 年，第 262 页。

② 詹福瑞、于景祥主编《历代唐诗选本汇评》，辽海出版社，2016 年，第 261 页。

③ 陈伯海、李定广编著《唐诗总集纂要》，上海古籍出版社，2016 年，第 360 页。

的分布来看，敖英原本中的 309 首诗分为：初唐选李渊、王勃、许敬宗、杜审言 4 人 5 首七绝；盛唐选李白、杜甫、王维、王昌龄、岑参等 14 人 83 首七绝；中唐选刘禹锡、白居易、王建、韦应物、李益等 43 人 122 首七绝；晚唐选杜牧、李商隐、许浑、郑谷等 36 人 99 首七绝。从中可以看出，敖英选七绝以中唐为主，选中唐七绝无论是诗人还是诗篇的数量都最多，晚唐次之。盛唐仅 14 家，其中高适、常建、严武、王之涣、贺知章、孟浩然、严维七人各 1 首，而李白独占 37 首、杜甫 14 首、岑参 7 首、王维 5 首，可见敖英选盛唐七绝以大家为主，尤重李白，远超其他诗人。

凌云《唐诗绝句类选》的选诗数量比敖英原本多出很多，在前三卷中均以“补遗”形式标出，共 67 首。因此，《唐诗绝句类选》的选诗实际上由三部分构成：敖英原本、凌云补辑的敖英删去《章泉涧泉二先生选唐诗》的 31 首和凌云补遗的 67 首，凌云选本比敖英原本多出近百首绝句。其中凌云“补遗”部分的选诗情况详见下表。

<table>
<tr><th>诗人</th><th>诗篇</th><th>类型</th><th>卷数</th><th>时代</th></tr>
<tr><td rowspan="4">王昌龄</td><td>《梁苑》</td><td>吊古</td><td rowspan="2">卷一</td><td rowspan="13">盛唐
（30 首）</td></tr>
<tr><td>《送薛大赴安陆》、《送别魏二》、《重别李评事》</td><td>送别</td></tr>
<tr><td>《从军行》、《其二》、《其三》</td><td>征戍</td><td rowspan="2">卷二</td></tr>
<tr><td>《西宫春怨》、《西宫秋怨》</td><td>宫词</td></tr>
<tr><td rowspan="2">李白</td><td>《上皇西巡南京歌》</td><td>纪行</td><td rowspan="2">卷二</td></tr>
<tr><td>《长门怨》</td><td>杂咏</td></tr>
<tr><td rowspan="2">张子容</td><td>《巫山》</td><td>吊古</td><td>卷一</td></tr>
<tr><td>《水调歌第一叠》</td><td>征戍</td><td>卷二</td></tr>
<tr><td>崔惠童</td><td>《宴城东庄》</td><td>写怀</td><td>卷二</td></tr>
<tr><td rowspan="2">王维</td><td>《过崔处士林亭》</td><td>隐逸</td><td>卷二</td></tr>
<tr><td>《送韦评事》、《送沈子福之江南》、《岳阳楼重别王八员外贬长沙》</td><td>送别</td><td>卷一</td></tr>
<tr><td>张谓</td><td>《送人使河源》</td><td>送别</td><td>卷一</td></tr>
</table>

续 表

诗人	诗篇	类型	卷数	时代
王之涣	《九日送别》	送别	卷一	
岑参	《玉关寄长安李主簿》	寄赠	卷一	
	《碛中作》	纪行	卷二	
张旭	《春草》	怀思	卷一	
王偃	《夜夜曲》	闺情	卷三	
贾至	《春思》、《其二》	写怀	卷二	
常建	《塞下曲》	征戍	卷二	
张敬忠	《边词》	征戍	卷二	
释灵一	《僧院》	释道	卷三	
刘方平	《春怨》	闺情	卷三	
顾况	《听角思归》	怀思	卷一	中唐（25首）
	《湖中》	游览	卷二	
刘禹锡	《杨柳枝词》	吊古	卷一	
	《浪淘沙词》	闺情	卷三	
羊士谔	《登楼》	游览	卷二	
	《夜宴出妓》、《郡中即事》	宫词	卷三	
独孤及	《海上忆洛中旧游》	怀思	卷一	
张籍	《凉州词》	征戍	卷二	
王烈	《塞上曲》、《其二》	征戍	卷二	
欧阳詹	《延平剑津》	吊古	卷一	
陈佑	《杂诗》	写怀	卷二	
包佶	《再过金陵》	吊古	卷一	
陈陶	《闲居杂兴》	写怀	卷二	
窦巩	《寻道者隐处不遇》	隐逸	卷二	
刘长卿	《赠崔九》	寄赠	卷一	

续　表

诗人	诗篇	类型	卷数	时代
于鹄	《襄阳寒食》	时序	卷三	
韩滉	《晦日》	时序	卷三	
柳宗元	《酧浩初上人欲登仙人山见贻》	释道	卷三	
吴象之	《少年行》	杂咏	卷三	
张仲素	《汉苑行》	杂咏	卷三	
李约	《观祈雨》	杂咏	卷三	
白居易	《杨柳枝》	杂咏	卷三	
杜牧	《息夫人庙》	吊古	卷一	
温庭筠	《闻角》	杂咏	卷三	晚唐（9首）
	《赠少年》	寄赠	卷一	
陆龟蒙	《怀宛陵旧游》	怀思	卷一	
崔道融	《楚怀王》	吊古	卷一	
崔鲁	《华清宫》	吊古	卷一	
卢弼	《和李秀才边庭四时怨》	征戍	卷二	
李建勋	《宫词》	宫词	卷二	
柯宗	《玉阶怨》	宫词	卷二	
韩熙载	《书歌姬泥金双带》	杂咏	卷三	
无名氏	《初过汉江》	纪行	卷二	?
无名氏	《第五叠》	宫词	卷二	?
王周	《宿疎帔驿》	纪行	卷二	北宋

从上表可以看出，凌云补选唐七绝在内容上，选诗尤以盛唐为多，在其补选的67首诗中，盛唐就有30首，占补选总量的近一半，凌云在“总评”中引用谢榛之语：“七言绝句，盛唐诸公用韵最严，大历以下稍有旁出者，作者当以盛唐为法。盛唐人突然而起，以韵为主，意

到辞工，不假雕饰，或命意得句，以韵发端，浑成无迹，此所以为盛唐也。"[①]谢榛（1495—1575），字茂秦，山东临清人，主张唐人七绝当以盛唐为法，轻视中晚唐绝句，凌云引用谢氏之语，是对其论断的认同，从其补选诗歌的在"四唐"的分布来看，"以盛唐为法"也是凌云的唐七绝诗学观。另一个值得注意的现象是，凌云特别重视王昌龄的七绝，其他诸家大多只补一两首，王昌龄独占九首。王昌龄的七绝成就在宋、元时长期被埋没，陆时雍《诗镜总论》中说明了原因："王龙标七言绝句，自是唐人骚语。深情苦恨，襞积重重，使人测之无端，玩之无尽。惜后人不善读耳。"[②]直至明初，高棅《唐诗品汇》以"审音律之正变"对唐诗进行"辩体"，于是，王昌龄的七绝成就得以凸显，高棅评之曰："盛唐绝句，太白高于诸人，王少伯次之，二公篇什亦盛。"[③]认为王昌龄的七绝成就仅次于李白，至明末许学夷曰："盛唐七言绝，太白、少伯而下，高、岑、摩诘亦多入于圣矣。"[④]将王昌龄与李白并提，可见王昌龄的七绝经典化过程是在明代完成的。凌云大量增补王昌龄的七绝，不仅进一步体现出他以盛唐为法的七绝观，而且可以看出其选诗的独到眼光。

敖英、凌云的选诗数量在"四唐"分布，显示出明人崇盛唐抑晚唐的七绝诗学观。明初，高棅编《唐诗正声》未收初唐七绝，收盛唐七绝17人54首，中唐25人51首，晚唐28人51首。一方面，高棅选七绝在盛、中、晚唐分布数量相当，而诗人数逐渐增加，人均数量逐渐减少，说明在他看来，盛唐七绝以大家为主，中晚唐七绝的创作量逐渐增多，但七绝成就已经难以与盛唐比肩。另一方面，从选诗数与创作量的比率来看，晚唐七绝创作量近八倍于盛唐，而高棅的选诗数量与晚唐相当，所以盛唐七绝入选率要远高于晚唐，这间接的反映出高棅选唐七绝重盛唐的特点。高棅评韦庄《江上送李秀才》曰："晚唐绝句

---

① 敖英编，凌云辑《唐诗绝句类选》，文物出版社，2020年，第337页。

② 丁福保辑《历代诗话续编》，中华书局，1983年，第1412页。

③ 高棅编选《唐诗品汇》，上海古籍出版社，1982年，第427页。

④ 许学夷《诗源辩体》卷十五，明崇祯十五年（1642）陈所学刻本。

极盛隆，兴象不同，而声律未远，如韦庄《送别》诗篇尚有盛唐余韵。”①高棅已经注意到晚唐绝句十分兴盛，但兴象、声律已与盛唐不同，他评韦庄《送别》有盛唐余韵，说明他以盛唐七绝成就为标准来评价晚唐绝句。杨慎评李白《陪族叔刑部尚书晔及贾舍人至游洞庭湖》曰：“此诗之妙不待赞。前句云‘不见’，后句‘不知’，读之不觉其复。此二‘不’字决不可易，大抵盛唐大家正宗作诗，取其流畅，不似后人之拘拘耳。”②认为盛唐以后的诗人太过拘泥，他以李白为盛唐大家之正宗，其同一诗中虽然“不”字重出，但语调流畅，亦为佳作。顾璘在卷一评杜牧《赤壁》曰：“结不典重，所以为晚唐。”③顾氏认为杜牧《赤壁》的结句不够典雅庄重，是晚唐七绝的特点。又卷二评杜牧《登乐游原》曰：“晚唐惟牧之绝句，稍温丽可法。”④晚唐绝句数量虽然大增，但顾氏认为晚唐绝句只有杜牧绝句稍温婉典雅，值得学习，这无疑是对晚唐七绝的批评。桂天祥评司空曙《峡口送友》曰：“气格丧尽，盛唐后每以如此声调为佳，世运使然耳。司空此诗便堕晚唐矣。”⑤司空曙此诗写诗人在峡口为友人送行，二人“各沾巾”，这与盛唐诗人确有不同，李白笔下的离别是“欲行不行各尽觞”（《金陵酒肆留别》）、“不及汪伦送我情”（《赠汪伦》），充满豪迈与深情。桂天祥认为此诗完全丧失了盛唐的气韵、风格，原因在于盛唐以后世运颓然，中晚唐诗人不再有盛唐人的自信、豪情，情感走向平淡、温婉与凄楚。

三、《唐诗绝句类选》的学术价值

《唐诗绝句类选》的学术价值体现在书内的序文、选诗、评语、小传等方面。卷前有南宋末谢枋得、明代敖英、凌云、施宸宾等人的序文，谢枋得的序主要交代了他为赵蕃、韩淲之选作注解的原因和目的，并对七绝的源流、发展提出看法。施宸宾充分肯定了凌云的补辑

---

①⑤ 敖英编，凌云辑《唐诗绝句类选》，文物出版社，2020 年，第 66 页。

② 敖英编，凌云辑《唐诗绝句类选》，文物出版社，2020 年，第 141 页。

③ 敖英编，凌云辑《唐诗绝句类选》，文物出版社，2020 年，第 54 页。

④ 敖英编，凌云辑《唐诗绝句类选》，文物出版社，2020 年，第 143 页。

之功，并认为《唐诗绝句类选》"当一部鼓吹可也"。敖英序文阐述了绝句的源流、创作方法、创作难度等。这些序文及补记蕴含了精妙的唐七绝诗学理论，如卷前凌云《七言绝选引》曰：

……素习葩经，读至《蓼莪》，又未尝不掩卷叹也。古人云"短歌当泣"，斯言是已，则破涕为笑，亦是物也。时有怀欲吐，即濡颖选音，非不栩栩自适，而踌躇未满志者，独七言绝。欲其标言虽短，栖意弥长，令吟者若有余不尽，盖其难哉。于是日耽玩唐绝，思乎一编，以弥缝吾不及。乃景卢万首，殊多纰缪，虽凡夫订正，昏情爽曙矣。而第存全体，不择细流，诚谓命驾五都，则环宝白在，正恐鱼目与玙璠并集，玙璠亦若无光，陆机曰"夸目者尚奢，惬心者贵当"，予取惬心云耳。玙璠在握，何必入五都而问宝哉？喜客携敖东谷先生选一帙，止若干首，大概于法取其合，于数取其分，评者十之七，缺者十之三。遂谬加点窜，广罗严辑，以补其漏，聊供披玩，消寒暑岑寂，以佐清风明月，广几日今而后取林发声，可满吾志也……①

此篇序文反映出凌云认为诗歌的作用在于言志抒情。凌云早年丧父，在学习《诗经》中《蓼莪》时，对亲人的思念之情被引发，不禁掩卷而叹，这种情绪无以言表，遂引用古人"短歌当泣"之说来表明心志。郭茂倩《乐府诗集・杂曲歌辞・悲歌》："悲歌可以当泣，远望可以当归。"②认为情调哀苦的诗文可以代替痛哭，以抒发心中的感慨。凌云早年学诗，擅长声律之学，尤爱取唐人七绝而歌，他认为七言绝句虽然篇幅短小，但寄寓的心意却十分深厚，所以"踌躇未满志者，独七言绝"，只有七言绝句最能倾吐心中块垒。凌云的看法是儒家"诗言志"说的传统观念的延续，《尚书・尧典》云："诗言志，歌永言，声依永，律和声。"③至西汉《毛诗大序》又曰："诗者，志之所之也。在心为志，发

① 敖英编，凌云辑《唐诗绝句类选》，文物出版社，2020年，第9—14页。

② 郭茂倩编《乐府诗集》卷六十二，中华书局，2019年，914页。

③ 孔安国撰，陆德明音义《尚书》卷一，《四部丛刊》景宋本。

言为诗。”[1]儒家所谓的“志”是指礼乐制度下诗人的社会责任、家国情怀。西晋陆机对此说有所发展——“诗缘情而绮靡”，即诗歌可以表现诗人的思想、情感，将诗的功用由社会政教收缩到情感审美。凌云受陆机学说的影响较大，他引用陆氏“夸目者尚奢，惬心者贵当”之语，表明《唐诗绝句类选》的选诗特点——以“惬心”为准绳。陆氏语出自《文赋》：“体有万殊，物无一量。纷纭挥霍，形难为状。辞程才以效伎，意司契而为匠。在有无而黾勉，当浅深而不让。虽离方而遯员，期穷形而尽相。故夫夸目者尚奢，惬心者贵当。言穷者无隘，论达者唯旷。”[2]认为文章体式不同，世间万物繁杂，难以尽摹万象，所以善于渲染的诗人常常用华丽文辞以耀人眼目，而能准确表达诗人内心情感的作品往往以言辞精当为贵。凌云称《唐诗绝句类选》选诗在于“取惬心云耳”，可见他选唐七绝的动机是“满吾志”，即抒发其内心情志。

凌云重抒情的诗学观的形成，还与晚明诗坛反对一味拟古、重视创作者的个性抒发的时代风气有关。明弘治、正德年间，以李梦阳、何景明为代表的“前七子”反对萎靡虚浮的台阁体，倡导文学复古，提出了“文必秦汉，诗必盛唐”的主张，嘉靖、隆庆年间，李攀龙、王世贞等“后七子”继续高举复古大旗，形成了明代中期复古的文学思潮。在“前后七子”复古论调影响下，诗歌的创作出现拟古蹈袭的弊病。晚明思想家李贽率先对此表达不满，他著《童心说》云：“天下之至文，未有不出于童心焉者也。”[3]而“童心”即“绝假纯真，最初一念之本心也。”在李贽学说的影响下，公安派与竟陵派相继而起。公安派以袁宏道为代表，他评袁中道的诗曰：“大都独抒性灵，不拘格套……所谓佳者，尚不能不以粉饰蹈袭为恨，以为未能尽脱近代文人气习故也。”[4]他认为好的作品是可以真实、准确地表达作者思想感情的，而

---

① 萧统编，李善注《文选》卷四五，中华书局，1977 年，第 637 页。

② 萧统编，李善注《文选》卷四五，中华书局，1977 年，第 241 页。

③ 李贽《焚书》卷三，明刻本。

④ 袁宏道《袁中郎全集》卷一，明崇祯刊本。

袁中道的诗尚未摆脱前后七子粉饰蹈袭的毛病。以钟惺、谭元春为代表的竟陵派对公安派的主张有所因革，同样重视作者的个人性情的抒发，并提出："求古人真诗所在，真诗者，精神所为也。"[①]晚明诗坛掀起一股反对七子的风气，如凌濛初《刻唐诗广选序》云："今世稍知学韵语者，便思剧詈七子。"[②]他们一反明中期的复古潮流，重视诗歌的抒情功能，与凌云对唐七绝的相关论述不谋而合，亦体现在凌云对唐七绝批语的选择上。

评者	时代	条数	出处
洪迈	南宋	1	《容斋随笔》卷二
谢枋得	南宋	47	《注解选唐诗》
胡鼎济	南宋	3	《唐诗广选》引
刘辰翁	南宋	13	《王孟诗评》或《唐诗品汇》引
范梈	元	1	《李翰林诗范梈批选》
高棅	明	1	《唐诗广选》引
蒋一梅	明	3	《唐诗广选》引
杨慎	明	30	《升庵诗话》
蒋一葵	明	40	《唐诗广选》引
徐充	明	17	《删补唐诗选脉笺释会通评林》引
胡应麟	明	14	《诗薮》或《唐诗广选》引
桂天祥	明	66	《批点唐诗正声》
李东阳	明	3	《怀麓堂诗话》
梅鼎祚	明	3	《唐诗广选》引

① 黄宗羲编《明文海》卷二百七十，清涵芬楼钞本。

② 凌濛初《刻唐诗广选序》，陈伯海、李定广编著《唐诗总集纂要》，上海古籍出版社，2016年，第377页。

续　表

评者	时代	条数	出处
徐观澜	明	1	?
皇甫汸	明	2	?
王世懋	明	2	《艺圃撷余》
袁宏道	明	1	?
田艺蘅	明	1	《唐诗广选》引
谢榛	明	2	?
王世贞	明	6	《艺苑卮言》或《唐诗广选》引

通过上表可以看出以下几点：首先，凌云除大量选用敖英、顾璘的批语外，还精选了宋、元、明三代21位重要学者的257条批注，包括洪迈、谢枋得、范梈、高棅、胡应麟、王世贞等唐诗研究大家。比较稀见的有蒋一葵批语40条、徐充批语17条等，他们对唐绝句的论述大多赖此书得以保存。其次，凌云所选批语对前七子的论诗之语只字未选，后七子中仅摘录王世贞数条，显示出前后七子主张的有意规避。明代前后七子的诗学著述繁多，如李攀龙在《选唐诗序》中对绝句的品评即有较大影响，但凌云对其论诗之语片言未取，甚至其中有些批语与李攀龙相抵牾，如卷一王之涣《九日送别》有眉批曰："次句，于鳞谓'尽题相'，余谓'兼书题情'。"[①]李攀龙认为王诗主要描写送别之场景，而凌云所选的批语认为王诗还言及送别之情。第三，《唐诗绝句类选》中的批语来源较广，不仅吸收了明代诗话著作中的研究成果，还参考了其他唐诗选本，如《唐诗广选》。考察两个选本的批语，可以发现有多处相近：(1)批语出现的位置大致相同，两个选本中的诸家批语都是在每一页的页眉或诗歌末尾处，即均用"眉批"或"尾批"的方式集评，而且两个选本在诗句下都有朱色实心点和朱色空心

① 敖英编，凌云辑《唐诗绝句类选》，文物出版社，2020年，第77页。

圆圈的痕迹。(2)两个选本的唐七绝的评者选择大致相同。《唐诗广选》卷前专设“评诗名家姓字”,收入宋元明60家评。此选分体编排,卷七专编七言绝句,选唐七绝74人176首。与《唐诗绝句类选》的批语为凌云手抄不同的是,《唐诗广选》的批语为刻版,选诸家批语百余条,有蒋一葵27条、胡应麟14条、王世贞7条、敖英7条、刘辰翁6条、谢枋得5条、蒋一梅4条、顾华玉4条、胡鼎济3条、梅鼎祚2条、田艺蘅2条,其余洪迈、杨慎、王世懋、徐充、高棅、谢榛等诸家各一条。可见两个选本在唐七绝评者的选择上几乎相同,不同处在于《唐诗绝句类选》不仅选诗及批语的体量都比《唐诗广选》大得多,而且《唐诗绝句类选》以桂天祥、谢枋得、杨慎的批语为主,而《唐诗广选》则以蒋一葵、胡应麟的批语为主。(3)《唐诗绝句类选》中的少数批语与凌宏宪的《唐诗广选》相同,反而与评者的原作有差异。如《唐诗绝句类选》卷一胡应麟评杜甫《赠花卿》云:“少陵‘马上谁家白面郎’一首,殊有古意。然与乐府无干,惟此一首近太白,花卿盖歌伎。‘此曲’二句,本自目前语。用修以措大语释之,何杜不幸也。”①《唐诗广选》卷七云:“少陵‘马上谁家白面郎’一首,殊有古意。然与乐府无干,惟《赠花卿》诗近太白,花卿盖歌伎。‘此曲’二语,本自目前语。用修以措大语释之,何杜不幸也。”②两处批语近乎完全相同,而胡应麟《诗薮》卷四曰:“花卿盖歌伎之姓,‘此曲祇应天上有’,本自目前语。而用修以成都猛将当之,且谓僭用天子礼乐,真痴人说梦也。”③与《唐诗绝句类选》和《唐诗广选》的批语有较大差异。

《唐诗绝句类选》中评语的学术性值得关注,包括“总评”、“眉批”、“夹批”、“尾批”等。凌云在卷前序文中称书中的批语是他“广罗严辑,以补其漏”,凌云辑评的目的是补敖英批评之不足,采用的方法是先广泛搜求诸家评语,再以严格的标准辑录,所以书中的批语都是经过凌云深思熟虑筛选出的,学术价值较高。唐诗绝句总评附在卷

① 敖英编,凌云辑《唐诗绝句类选》,文物出版社,2020年,第81页。

② 李攀龙选编,凌瑞森、凌南荣集评《唐诗广选》,明万历凌氏朱墨套印本。

③ 胡应麟《诗薮》外编卷四,上海古籍出版社,1979年,第192页。

四后，依次收入刘辰翁、洪迈、李攀龙、周弼、杨载、谢榛、杨慎、王世贞、王世懋、严羽十人对绝句的评价，内容涵盖绝句的体制源流、创作方法、审美标准等方面。凌云精选了宋、元、明三代重要诗论家对唐七绝的评价，体现出凌云意图以七绝选本为基础、以人物品评为手段来建构唐七绝诗学的发展史。此书分诗十五类，在“吊古”、“游览”、“宫词”三类下有总批，如“吊古”类下有朱色批语：“吊古诸作，大得风人之体。大抵唐人吊古之作，多以今昔盛衰构意，而纵横变化，存乎体裁。”[①]风人之体是乐府民歌的一种诗体，“风人”出自钟嵘《诗品》：“《秋怀》、《捣衣》之作，虽复灵运锐思，亦何以加焉。又工为绮丽歌谣，风人第一。”[②]钟嵘提及谢惠连、吴迈远和鲍行卿三人将南朝民歌融入乐府诗形成新的文体，并推谢惠连为第一。敖英力图从乐府民歌中寻找唐代吊古类七绝的起源，并认为唐人的吊古之作，具有此类乐府民歌的特点，以表现今昔之别、盛衰之变为诗歌主旨，无论表现形式如何变化，都属于这一类体裁。《唐诗绝句类选》对具体诗作的批语，不仅具有品评诗歌内容、人物、风格等文学价值，还具有校勘、考证等文献价值，如刘长卿《送李判官之温州行营》题下有小注曰“‘温’一作‘润’”，而《全唐诗》中此诗题即为《送李判官之润州行营》，这对于考察刘长卿笔下之李判官的生平经历具有重要的价值。《唐诗绝句类选》广罗严辑了包括谢枋得、敖英、顾璘等二十余位宋、元、明三代重要学者的数百条批注，从这些评语中可以窥探学者们的唐七绝诗学观，如历来争议较多的唐七绝压卷之作的问题。学界认为最早提出“七绝第一”问题是李攀龙，但据此书所载，这一问题的最早提出者应该是南宋末年的刘辰翁，他评王维《送元二使安西》曰：“更万首绝句，亦无复近，古今第一。”[③]但此说影响不广。至明代李攀龙在《唐诗选》中推王昌龄“秦时明月”一诗为“唐绝第一”，这一说法影响很大。与李攀龙同属“后七子”的王世贞表示赞同：“于鳞言唐绝当

① 敖英编，凌云辑《唐诗绝句类选》，文物出版社，2020 年，第 47 页。

② 何文焕辑《历代诗话》，中华书局，1982 年，第 14 页。

③ 敖英编，凌云辑《唐诗绝句类选》，文物出版社，2020 年，第 63 页。

以此诗压卷，余始不信，以少伯集中有极工妙者。既而思之，以有意无意、可解不可解间求之，未免此诗居一。”[①]王世贞对李攀龙之说由怀疑到认同，他的标准在于“有意无意、可解不可解”，即诗境浑成、耐人寻味之作。王世懋对李说提出反对，在王之涣《凉州词》下有其批语曰：“于鳞选唐绝，取王昌龄‘秦时明月’为第一，于鳞意止击节‘秦时明月’四字耳。必欲压卷，还当于王翰‘葡萄美酒’与王之涣《凉州词》二诗中求之。”[②]王世懋认为李攀龙只是赞赏“秦时明月”四字，并未评价整首诗，这当然有断章取义之嫌。他认为唐七绝的压卷之作只能在王翰与王之涣的《凉州词》中作选择。王世懋之说，首开七绝压卷之作的争端，敖英又进一步将其扩大化，他在此书卷二评王昌龄《从军行》曰：“‘秦时明月’一首，用修、于鳞谓为唐绝第一，愚谓王之涣《凉州词》神骨、声调当为伯仲，青莲“洞庭西望”气概相敌。第李诗作于沦落，其气沉郁。少伯代边帅自负语，其神气飘爽耳。”[③]敖英认为王昌龄此诗与王之涣《凉州词》相当，他又将李白“洞庭西望”一诗引入这场“压卷公案”。这些说法对清代的唐七绝批评都有重要影响，王士禛在《唐人万首绝句选》凡例中提出：“昔李沧溟推‘秦时明月’一首压卷，余以为未允。必欲压卷，王维之‘渭城’、李白之‘白帝’、王昌龄之‘奉帚平明’、王之涣之‘黄河远上’其庶几乎？终唐之世，绝句亦无出四章之右者矣。”[④]王士禛的观点正是对明人学说的继承与发展。

四、五代至明末的唐绝句选本的诗学思想流变

最早的唐绝句选本是五代时期的《名贤绝句》，文献中对此书的最早记录是北宋的《崇文总目》：“《名贤绝句》诗一卷（阙）。”[⑤]可见，在

---

①③　敖英编，凌云辑《唐诗绝句类选》，文物出版社，2020 年，第 180 页。

②　敖英编，凌云辑《唐诗绝句类选》，文物出版社，2020 年，第 170 页。

④　王士禛《唐人万首绝句选凡例（摘要）》，陈伯海、李定广编著《唐诗总集纂要》，上海古籍出版社，2016 年，第 152 页。

⑤　王尧臣、王洙、欧阳修等撰《崇文总目》卷十一，《景印文渊阁四库全书》第 674 册，台湾商务印书馆，1986 年，第 131 页。

北宋时此书已踪迹难寻。胡应麟《诗薮》曰："《名贤绝句》一卷，不题名氏，要皆唐末、五代人所集……第尤延之畜书最富，《全唐诗话》已无一见采；计敏夫摭拾甚详，《唐诗纪事》亦俱不收；至陈、晁二氏书目，概靡谭及者，则诸选自南渡后，湮没久矣。"[①]胡氏考《名贤绝句》在宋室衣冠南渡时已佚，不过，此书具有开选唐绝句之先河的重要地位。北宋未见唐绝句选本，南宋选唐绝句的高潮是由洪迈的《万首唐人绝句》掀起的。洪迈，字景卢，号容斋，又号野处，鄱阳（今江西鄱阳县）人。洪氏编唐绝句选本带有集大成的目的，力图将唐代绝句搜罗殆尽，孝宗称此书"选择甚精，备见博洽"，其中"博洽"是对《万首唐人绝句》选诗特点的精准概括，亦是洪氏选诗时的指导思想。但洪迈编此书为足百卷万首之数而有贪多求全之嫌，难免产生舛误。陈振孙指出："多本朝人诗在其中，如李九龄、郭震、滕白、王岩、王初之属。其尤不深考者，梁何仲言也。"[②]洪迈选本虽然存在诸多不足，但这是宋人初次对唐人绝句作出的系统性整理，保存了大量的唐诗文献。洪氏选本的问世，诱发了宋人对唐绝句诗的批评和关注，一时间唐绝句选家林立，有的选本就是以《万首唐人绝句》为底本的再选本。南宋林清之选编的《唐绝句选》就是"以洪氏《绝句》钞取其佳者，七言一千二百八十，五言百五十六，六言十五首"[③]。林清之正是意识到洪迈选本的不足，所以从洪迈选本中抄取佳作而成《唐绝句选》，惜此书不传。柯梦得的《唐贤绝句》稍晚于林氏选本，《直斋书录解题》谓其选诗仅取 166 首，《郡斋读书志》云："右莆田柯梦得所选，李白、杜甫、元结……吴融、韩偓、韦庄五十四人之作，白止四首，甫六首，愈八首，宗元四首，惟牧二十五首云。"[④]柯氏此书选盛唐仅李白、杜甫、元结、王

---

① 胡应麟《诗薮》杂编二，上海古籍出版社，1979 年，第 271 页。

② 陈振孙《直斋书录解题》卷十五，张宏生、于景祥《中国历代唐诗书目提要》，辽海出版社，2015 年，第 111 页。

③ 陈振孙《直斋书录解题》卷十五，张宏生、于景祥《中国历代唐诗书目提要》，辽海出版社，2015 年，第 100 页。

④ 晁公武《郡斋读书志》卷五下，《四部丛刊三编》景宋淳祐本。

维、贺知章、岑参6人，中唐有韩愈、柳宗元、元稹、白居易等14人，其他三十余家皆晚唐。可见，柯氏之选尤重晚唐，仅杜牧即选诗25首。南宋江湖诗派诗人刘克庄，在绝句选本上着力尤深，编有《唐五七言绝句》、《唐绝句续选》、《本朝五七言绝句》、《中兴五七言绝句》、《本朝绝句续选》、《中兴绝句续选》、《宋氏绝句诗》等。其《唐五七言绝句序》云："野处洪公编唐人绝句仅万首，有一家数百首并取而不遗者，亦有复出者，宜其但取唐人文集□说，令人钞类而威书，非必有所去取也。余家童子初入塾，始遗五七言各百首，口授之。切情诣理之作，匹女不弃也……"[①]指出了洪迈选本存在诗目重出、误收、选诗不精等问题。可见，刘克庄的《唐五七言绝句》也是在洪氏选本基础上的精选本。此书选五七言绝句各百首，均为"切情诣理"的作品，重视诗歌的情感和理趣。孙琴安据《后村先生大全集》论述了刘克庄的选诗情况："其（刘克庄）文集《诗话》部分对唐五七言绝句论述颇多，除以上各家外，对岑参、高适、孟郊、李商隐、温庭筠、刘叉、张祜、王建、张籍、杜牧、韦应物等人的绝句亦多有论述。"[②]其前文列举了刘克庄论卢纶、李益、刘长卿、王昌龄、钱起、郎士元、薛能、柳宗元、李涉等诗人的绝句成就。由此可见，刘克庄选唐绝句尤重中晚唐，盛唐仅高、岑等人，连李、杜此等大家都未提及。此选完成十年以后，刘克庄觉得抉择过严，于是"乃汇诸家五七六言，各再取百首"而成《唐绝句续选》。刘氏计划选五言、六言、七言各一百首，实际上此书选"四五言仅得七十首，以六言三十首足言"[③]，此书是补刘氏前选之不足。南宋末，江西诗派诗人赵蕃、韩淲共同选编的《唐诗绝句》专选中晚唐的七言绝句。明代谢榛评此选云："赵章泉、韩涧泉所选《唐人绝句》，惟取中正温厚、闲雅平易；若夫雄浑悲壮、奇特沉郁，皆不之取，惜哉！"[④]二先生所选均为"中正温厚"之作，符合儒家"温柔敦厚"之旨。谢枋得

① 刘克庄《后村集》卷九十四，《四部丛刊》景旧钞本。

② 孙琴安《唐诗选本提要》，上海书店出版社，2005年，第47页。

③ 孙琴安《唐诗选本提要》，上海书店出版社，2005年，第48页。

④ 谢榛《四溟诗话》，人民文学出版社，1961年，第41页。

《萧冰厓诗卷跋》曰："诗有江西派而文清昌之，传至章泉、涧泉二先生，诗与道俱隆。自二先生没，中原文献无足证，江西气脉将间断矣。"[①]认为江西诗派推动了诗歌的兴盛，而章泉、涧泉二先生深得江西诗派之学，将诗学与道统融合。赵蕃、韩淲是南宋著名理学家刘子翚的学生，黄宗羲云"学道而工诗者惟先生（赵蕃）"[②]，二先生正是在理学道统思想影响下选诗的。谢枋得称二先生没后"中原文献无足证，江西气脉将间断"，他正是带着传承"中原文献"的道统精神为二先生的诗选作注解，其《与刘秀岩论诗》曰："诗于道最大，与宇宙气数相关。"[③]将诗与道并提。在谢注中随处可见其融道统入诗学的思想，如他评杨巨源的《和炼师索秀才杨柳》："杨柳已折，生意何在？春风披拂，如有殷勤爱惜之心焉，此无情似有情也。仁人君子常以天地生物之心为心，兴哀于无用之地，垂德于不报之所，与春风吹断柳何异？"[④]将折断的杨柳与仁人君子的天地之心联系到一起。胡次焱在谢枋得注解的基础上再加笺释，题为《赘笺唐诗绝句》。胡次焱曰："若叠翁注训，固未敢确然以为尽得作者初意，亦未敢确然以为尽非作者初意，其大要主于淑人心、扶世教云耳。"[⑤]认为谢注具有"淑人心、扶世教"的教化作用。胡次焱进一步提出"于以见义理之无穷也"之论，可见，其赘笺的指导思想亦是南宋理学。

概而言之，南宋的唐绝句选本具有四个特点：首先，从"万首"、"续选"等关键词来看，南宋人选唐绝句的选诗思想和学术贡献在于从文献学的角度对唐代绝句诗进行系统的整理和总结。第二，在时代分布上来看，南宋的唐绝句选本选诗具有轻初盛、重中晚的特点，尤其重视晚唐绝句，盖南宋诗坛宗晚唐之风气所趋。第三，从选本的

---

① 谢枋得《叠山集》卷九，《四部丛刊续编》景明本。

② 黄宗羲《宋元学案》卷五九，上海商务印书馆，1934 年，第 61 页。

③ 谢枋得《叠山集》卷五，《四部丛刊续编》景明本。

④ 赵藩、韩淲选，谢枋得注《章泉涧泉二先生选唐诗》卷二，清嘉庆《宛委别藏》本。

⑤ 胡次焱《梅岩文集》卷三，《景印文渊阁四库全书》第 1188 册，台湾商务印书馆，1986 年，第 552 页。

成书形式上来看，南宋人的绝句选本已有对诗目的注解或笺释，尤其以谢枋得、胡次焱对二先生选本的训释为代表，开后世选本评点、注释之先河。第四，从思想内容上来看，很明显地受到理学的影响，注重诗歌对现实的教化功能。

元代唐诗总集较少，并无专选唐绝句的选本，但元人提出的绝句诗学理论，对明代学者在唐绝句接受、研究、批评等方面都有重要影响。如傅若金《诗法正论》记其师范梈的绝句创作论曰："吾尝亲承范先生之教……余复问作诗成法，有起、承、转、合四字。以绝句言之，第一句是起，第二句是承，第三句是转，第四句是合……前后四句虽正变不齐，而首尾布置，亦四句自为起承转合，未尝不同条共贯也。"[①]范氏"起承转合"的绝句创作方法论为明人继承，敖英所谓"以起承转合为之机轴"，王良臣所谓"绝句之法，虽正变不齐，而首尾布置，起承转合，未尝不同条共贯也"[②]等论述，皆出自元人。

明代唐绝句选本有十余种，其中最早的是宋棠《唐人绝句精华》。宋棠，字思贤，是忠嘉公宋师禹的后人，生活于元末明初。《万历绍兴府志》谓其人"博洽精识，议论超越"[③]，宋棠选本已佚，选诗主旨、标准等已难以推测，但视此书名，当是宋棠专摘唐绝句佳作而成。明代有些唐绝句选本是对南宋唐绝句选本的批判性继承，对前人选本进行翻刻或重订等，如赵宧光、黄习远的《增订万首唐人绝句》。洪迈的《万首唐人绝句》的不足前文已简要论述，明人对此批评更多，凌云谓其"殊多纰缪"，谢榛谓其"洪容斋所选唐人绝句，不择美恶，但备数尔，间多仙鬼之作，出于偏稗小说，尤不可取"[④]，赵、黄二公的增订之举正是基于对洪迈选本的不满，赵氏曰："惜于尔时，洪公旋录旋奏，略无诠次。代不摄人，人不领什，或一章数见者有之，或彼作误此者有之，或律去首尾者有之，或析古一解者有之，至若人采七八而遗二

---

① 傅若金《诗法正论》，明刻本。

② 王良臣《诗评密谛》卷一，明天启刻本。

③ 《（万历）绍兴府志》卷三十，明万历刻本。

④ 谢榛《四溟诗话》卷二，《历代诗话续编》，中华书局，1983年，第1161页。

三，或全未收录而家并遗：若此诖误，莫可胜纪。”[①]黄氏云：“时代先后，不复诠次，而收载重复，一人三四见者有之……如此之谬，殆难更仆数也。”《增订万首唐人绝句》的成书过程在黄习远的《校刻万首唐人绝句引》一文中有明确的交代：“万历甲辰春仲，予过寒山小宛堂，凡夫先生以兹集授予校雠，乃共芟去其谬且复者共二百一十九首，补人四唐名公共一百一人，遗诗共六百五十九首，总得一万四百七十七首。诗以人汇，人以代次，厘为四十卷。凡三易寒暑而剞劂告成。”[②]可见赵、黄二公对此书的整理之功主要在于删减重出、增补遗漏、校雠讹误、按代次重编等几个方面。南宋人系统性地整理了唐绝句诗，为明人选编唐绝句选本提供了极大的便利。明代的很多唐绝句选本趋于专题化，专选唐绝句某一类、某一时代或某一体。专选某一类的，如杨廉的《唐诗咏史绝句》专选唐代的咏史绝句，此书已佚，唐代咏史绝句主要兴盛于晚唐，李商隐、杜牧、胡曾、汪遵、周昙等都有大量咏史绝句，杨廉选本盖不出于晚唐。专选某一时期的，如《无名老儒校活板初盛中唐诗绝句》专选初、盛、中唐绝句，此书载于明赵琦美的《脉望馆书目总目》集类，今不见。专选某一体的，如敖英、凌云的选本专选唐七绝，前文已详论，兹不赘叙。

明中期的杨慎对唐绝句的研究可做专题考察，他和他的门人张含、简绍芳选编了多种唐绝句选本，如杨慎《绝句辩体》、《唐绝增奇》、《唐绝搜奇》；张含《唐诗绝句精选》；简绍芳《唐音百绝》，影响甚大。其《绝句辩体》专选唐七绝，此书无评点、笺释，更像是专论唐七绝类选的学术专著，将七绝分为八类：“梅都官《金针诗格》云：‘绝句者，截句也。四句不对者，是截律诗首尾四句也；四句皆对者，是截律诗中四句也；前对后不对者，是截律诗后四句也；后对前不对者，是截律诗前四句也。’此言似矣，而实非也。余观《玉台新咏》，齐、梁之间已有

① 赵宧光《万首唐人绝句刊定题词》，陈伯海、李定广编著《唐诗总集纂要》，上海古籍出版社，2016 年，第 148 页。

② 黄习远《校刻万首唐人绝句引》，陈伯海、李定广编著《唐诗总集纂要》，上海古籍出版社，2016 年，第 150 页。

七言绝句，迥在七言律之先矣。然唐绝大率不出此四体，其变格则又有仄韵，盖祖乐府；有换韵，祖《乌栖曲》；有四句皆韵，祖《白纻辞》；又有仄起平接而不对者，又一体。作者虽多，举不出此八体之外矣。"①可见，杨慎在批评前人旧说的基础上将七绝分为四句不对者、四句皆对者、前对后不对者、后对前不对者、仄韵、换韵、四句皆韵、仄起平接而不对者八类。这样辩体的标准并不统一，前四类是以绝句诗四句前后是否相对而论，即前二句与后二句在相同位置上的词是否具有相关或相向的关系。后四类是以诗的用韵特点为标准，即绝句诗四句的韵是否存在同一性。另一点值得注意的是，此处杨慎论述了七绝的体制渊源问题，他反对宋人所谓的"截句"说，认为七绝应来源于乐府民歌。杨慎在《升庵诗话》中进一步明确了这一说法："绝句者，一句一绝也，起于四时咏……杜甫'两个黄鹂鸣翠柳'实祖之……唐人之诗，乐府本自古诗而意反近，绝句本自近体而意实远，故求《风》、《雅》之仿佛者，莫如绝句。"②"截句"本为截取文句之意，李晓红《截句论》认为"绝句文体自成立伊始即包容截句"③，黄庭坚截白居易诗为绝句而成《谪居黔南十首》，是出于宋人对中古以来截句成绝文体观的认同。截取原文而成绝句，是创作的一种方式，而元代《诗法正论》直接以截句为绝句："先生（范梈）曰：绝句者，截句也。"④模糊了创作方式与文体之间的界限。绝句起源之"截句"说，在明代饱受非议，如王夫之曰："有云'绝句者，截取律一半，或绝前四句，或绝后四句，或绝首尾各二句，或绝中二联。'审尔，断头刖足，为刑人而已。不知谁作此说，戕人生理！……足知绝律四句之说，牙行赚客语，皮下有血人不受他和哄。"⑤《唐绝搜奇》是杨慎的另一本唐绝

① 孙琴安《唐诗选本提要》，上海书店出版社，2005 年，第 101 页。

② 杨慎《升庵诗话》卷一一，陈伯海主编《唐诗论评类编》，山东教育出版社，1993 年，第 544 页。

③ 李晓红《截句论》，《文学评论》2019 年第 1 期。

④ 傅若金《诗法正论》，明刻本。

⑤ 王夫之《姜斋诗话》卷二，陈伯海主编《唐诗论评类编》，山东教育出版社，1993 年，第 548 页。

句选本，此书“专意情艳，所登甚隘，未为善本”[①]，成就不高。《唐绝增奇》是杨慎认为前人对唐绝句选编存在不足的基础上重新编订的，其《唐绝增奇序》曰：“昔贤汇编唐绝者，洪迈混沌无择，珉玉未彰，章、涧两泉盛行今世，既未发覆于庄语，仍复添足于谢笺。其余若伯弜、伯谦、柯氏、高氏，得则有矣，失亦半之。屏居多暇，诠择其尤诸家脍炙，不复雷同，前人遗珠，兹则缀拾，以《唐诗增奇》为标题，以神、妙、能、杂分卷帙……”[②]以“神、妙、能、杂”对唐绝句分门别类，盖以成就高低来品第作品。简绍芳的《唐音百绝》卷前有杨慎作于嘉靖三十年(1551)的序：“《风》、《雅》遗音莫如绝句，擅长则李彰明，骖乘则王江宁，偏美则刘中山，遗响则杜樊川。”[③]可管窥杨慎的绝句诗学观：唐绝句上承《诗经》的《风》、《雅》遗音，虽为近体，而其意实古。明代的唐绝句选本所承载的序文、选诗、批语等具有重要的学术价值，在对前代学者继承与批评中，进一步完善了唐绝句选本的内容和编纂方式。在这些选本中，明人建构了唐绝句诗学体系，如唐绝句的辩体、来源、技法等。

唐代以后，宋、元、明、清各代都出现了诸多唐诗选本。明代大量选编唐诗总集，其数量远超唐、宋、元三代之和。孙琴安的《唐诗选本提要》收录唐人选唐诗的总集有 20 种，五代时期 21 种，宋代 31 种，元代 9 种，明代则猛增至 216 种，唐诗选本的数量总体随着时间的推移而增加。但如果从选本数量与朝代存续时间的比值角度看，唐代约为 0.07，五代约为 0.4，宋代约为 0.1，元代约为 0.1，明代约为 0.78，这些数据可以反映出一个时期唐诗选本出现的密度。五代时期的比值较高，反映出五代时期人们的独特心理，选本密度的增加是五代人对唐王朝覆灭的反思与总结在文学方面的体现。随着明代刻书业的兴盛和明人复古文学思潮的影响，明代唐诗总集，无论在数量

---

① 厉鹗《中晚唐人七言绝句序》，詹福瑞、于景祥主编《历代唐诗选本汇评》，辽海出版社，2016 年，第 285 页。

② 孙琴安《唐诗选本提要》，上海书店出版社，2005 年，第 101 页。

③ 孙琴安《唐诗选本提要》，上海书店出版社，2005 年，第 110 页。

上还是比值上均有突出的表现。从明初高棅《唐诗品汇》，到明中期顾璘《批点唐音》、杨慎《绝句辩体》等，再到明后期李攀龙《唐诗选》等明代的两百余种唐诗总集，明代学者对唐代七绝诗学的建构影响至今，而上述重要的诗评家对唐七绝的论述，经过凌云的广泛搜求、严格辑录，他们的精评大多已经汇入《唐诗绝句类选》一书。以此书为基点回溯五代至明末的唐绝句选本，可以窥探五代、南宋、元、明的唐诗学者以选本为话语场域建构唐绝句的诗学理论及其变迁。书中的批语直接反映了宋、元、明三代学者在唐七绝的体制渊源、创作方法、审美标准等方面的诗学思想，从这个角度来说，凌云此书是对明代及以前的唐绝句选本、诗学思想的总结。

（江苏师范大学文学院）

论“伤心词人”项鸿祚的创伤言说与词史意义*

曹明升　才　峻

内容摘要：性格内向、忧郁、敏感的项鸿祚长期遭受创伤记忆的侵扰，造成了内心世界的严重失衡，试图通过文学书写来抚慰内心的创伤。他在《忆云词》中言说创伤时尽量将原始事件去情境化，使个体性的创伤记忆泛化成为具有普遍意义的情感符号。如此，读者就能从中得到相似性的情感体验，引发共鸣，产生认同。项鸿祚的创伤言说是情感的自然表露，不故作姿态，不刻意求雅，并对情感的宣泄加以控制，形成一种幽涩沉郁的言说效果。在生气剥蚀、风雨如晦的晚清社会，项鸿祚的伤心言说契合士子们的幽愤心态，也符合常州词派对词体情感特质的认知和对“寄托”理论的阐释需要。所以在谭献等人的发现与推荐下，晚清词坛逐渐为富有才情却英年早逝的项鸿祚树立起了“伤心词人”的经典形象。

关键词：项鸿祚；伤心词人；创伤经历；言说方

* 基金项目：浙江省文化研究工程重大项目“环太湖区域词学研究”(19WH40043ZD)。

式;词史意义

Discussion on Xiang Hongzuo's Traumatic Speech and the Significance in the History of Ci

Cao Mingsheng   Cai Jun

Abstract: Xiang Hongzuo, an introverted, melancholy and sensitive person, suffered from traumatic memories for a long time, which caused a serious imbalance in his inner world, and it must be written in literature to heal the wounds of the heart. He tried his best to de-contextualize the original event when talking about trauma in *Yiyun Ci*, so that the individual traumatic memory could be generalized into a universal emotional symbol. In this way, readers can get similar emotional experience, trigger resonance, and produce identification. Xiang Hongzuo's traumatic speech is the natural expression of emotion, not pretending to pose, not deliberately seeking elegance, and control the emotional catharsis, forming a kind of deep and bitter depressed speech effect. In the late Qing Dynasty, when vitality was weakened and the situation was turbulent, Xiang Hongzuo's remarks about sad memories fit the resentment in the hearts of the scholars. It is also in line with Changzhou-Ci Group's cognition of the emotional characteristics of Ci and the interpretation of "bailment" theory. Therefore, under the discovery and recommendation of Tan Xian and others, the Ci circle of the late Qing Dynasty gradually set up the classic image of "a writer who expresses grief in Ci" for Xiang Hongzuo who was full of talent but died young.

Keywords: Xiang Hongzuo; a writer who expresses grief in Ci; traumatic experiences; means of expression; the significance in the history of Ci

从文学客体的立场来看,文学本身就是一种记忆。无论喜悦还是痛苦，诗人都要通过追忆来完成对以往经历的定格与言说。在中国文学传统里，痛苦的记忆似乎更容易在言说中获得升华，诚如韩愈所云："和平之音淡薄，而愁思之声要妙；欢愉之辞难工，而穷苦之言易好。"[①]其实，把个体的创伤记忆变成文学的话语表述出来，并且可以与人交流、被人分担，这个过程非常艰难，并非那么"易好"。所以文学史上凄惨的诗人不在少数，但真正以"悲伤"、"伤心"著称者不是很多。清代嘉道时期的项鸿祚却是一位以"伤心"为标志的词人，晚清张金镛、杨希闵等词家都称他是"伤心人"，尤其谭献在《箧中词》中冠之以"古之伤心人"[②]的称谓，基本就树立起了项氏在词史上"伤心词人"的经典形象。目前我们对项鸿祚的研究主要也是按照"伤心词人"的情感预设，对《忆云词》幽艳哀断的艺术风格作出阐述。但是，词风哀艳者绝非项氏一人，为何是项鸿祚而不是其他人成为词史上的"伤心词人"呢？这需要对词人记忆中的创伤经历及其言说方式作出研究，并将其置于晚清词坛的整体格局中来作考察，这样才能发现"伤心词人"的确认原因与词史意义。

一、"伤心词人"的创伤经历

项鸿祚(1798—1835)，原名继章，字子彦，后改名廷纪，又名鸿祚，号莲生，祖籍歙县桂溪，生于浙江钱塘。曾中道光十二年(1832)举人，再试春闱，不第。卒时年仅 38 岁。项鸿祚喜填词，工小令，常在词中"追忆前尘"、"俯仰生平"[③]，所以四卷《忆云词》中保存了不少对创伤经历的记忆。加上谭献所撰《项君小传》与吴振棫所辑《国朝杭郡诗续辑》中的少量生平史料，我们大体上可以追寻到"伤心词人"的伤心往事。

纵观项鸿祚比较短暂的人生历程，他的创伤经历主要来自两个

---

① 韩愈《荆潭唱和诗序》，马其昶校注《韩昌黎文集校注》，上海古籍出版社，1986 年，第 262 页。

② 谭献《箧中词》，光绪八年(1882)刻本。

③ 曹明升辑校《项莲生集》，浙江古籍出版社，2018 年，第 147 页。

方面。一个方面是家道中落、亲友离世等外界因素给他造成的创伤。据谭献《项君小传》云，项家“世业盐筴”，考诸《清代硃卷集成》“项兆骏”条，鸿祚曾祖项守约“随李敏达公整饬浙鹾”，“议叙授州同知，敕授承德郎”。[①] 项家从此积累起了巨额财富，同时也开启了为官之路，此后项家代代有人科举入仕。但是鸿祚父亲项赋棣这一支似乎不算兴盛，赋棣自己“屡踬春闱，援例为校官，历署永嘉训导、建德教谕”[②]。虽然项鸿祚与胞兄项绶章也都考中举人，但与堂兄项名达高中进士相比，自是逊色很多。所以谭献称项氏“世业盐筴，至君渐落”[③]，并不是很确切，应该说是项氏一族中鸿祚这一支在衰落，这要比整个家族的没落所带来的创伤更加锥心。另据许增所云，鸿祚“幼失怙，艰苦力学，弱岁已有声庠序间”[④]，也就是说项鸿祚不仅家道中落，而且幼年丧父，这对幼小的心灵会产生强烈的刺激，并会影响到性格的形成。鸿祚自云“幼有愁癖”[⑤]，长大后性格多愁、敏感，都与幼时失怙的创伤有密切的关系。虽然人们会去回避一些痛苦的记忆，但是创伤残留下来的情绪会在潜意识里发挥作用，像《忆云词》中有《减字木兰花·春夜闻隔墙歌吹声》、《玉漏迟·冬夜闻南邻笙歌达曙》两首词，均用隔院笙歌喧闹、银屏笑语来反衬自己的孤独与困顿，甚至流露出一种被侵犯的感觉。这种对外界热闹的敏感和抵制，很大程度上就是词人幼时的创伤在潜意识中所形成的一种强于常人的防御机制。

如果说家道中落、幼时失怙的创伤在词人的记忆里还有些遥远与模糊，那么被火室毁、亲友离世等一系列变故则对成年后的项鸿祚造成了清晰而强烈的情感冲击。他在《忆云词丙稿自序》中云：“己丑冬，编次近作为《丙稿》，未授梓。弊庐不戒于火，弱骨成灰，藏书略

① 顾廷龙编《清代硃卷集成》第275册，台北成文出版社，1992年，第335页。

② 吴振棫《国朝杭郡诗续辑》卷三三，光绪二年(1876)刻本。

③ 谭献《项君小传》，曹明升辑校《项莲生集》，浙江古籍出版社，2018年，第97页。

④ 许增《重斠刻忆云词书后》，曹明升辑校《项莲生集》，浙江古籍出版社，2018年，第196页。

⑤ 曹明升辑校《项莲生集》，浙江古籍出版社，2018年，第100页。

尽,遑问词哉！夫丙位南方,火象也,《丙稿》垂成而毁,殆有先几焉。嗣是迭遭家难,索居尠欢,追忆前尘,十遗八九。”大火烧毁了居所,鸿祚只能举家北行,去京师投奔姐夫许乃普,但“途次遇水,母与从子皆道殁”[①]。火、水二灾均非“噩耗传来”,而是词人的亲身经历,这种亲历性的创伤最是刻骨铭心,尤其对性格忧郁的项鸿祚来说,几乎是不可承受的,所以他“号擗旋里,幽忧之疾,因此益深”[②]。加之吴子律、李西斋、郭频伽、叶午生这屈指可数的几位好友相继辞世,项鸿祚的心情更加低沉衰飒,发出了“此身如叶,尽零落、何须说”[③],“如此江山,不容词客,寂寞人间世”[④]的哀号。可以看出,这一连串的变故不仅严重影响了词人的情绪,而且重创了他的精神状态与身体健康。“幽忧之疾,因此益深”,鸿祚的早逝与这些创伤有着直接的关系。

另一个方面是项鸿祚内在的性格在为人处世中给自己造成的创伤。鸿祚性格忧郁,“沉嘿寡言,不喜酬应,坐有生客,则终日不出一言”[⑤],但又“天质极高,过目不忘”[⑥],故而自视很高,不大合群。他在《忆云词乙稿自序》中云:“近日江南诸子,竞尚填词,辨韵辨律,翕然同声,几使姜、张俯首。及观其著述,往往不逮所言,而弁首之辞,以多为贵,心窃病之。余性疏慢,不能过自刻绳,但取文从字顺而止。削稿既竣,仍自识数语,雅不欲与诸子抗衡,又何敢邀名公鉴赏耶?”[⑦]嘴上虽说“雅不欲与诸子抗衡”,言语间却有明显的争胜之心,所以他又对别人说:“予词可与时贤角,诗不足存。”[⑧]与人意见不合、展开竞争,本是正常现象,但项鸿祚性格内向孤傲,既想与别人一较

① 谭献《项君小传》,曹明升辑校《项莲生集》,浙江古籍出版社,2018年,第97页。

② 许增《重斠刻忆云词书后》,曹明升辑校《项莲生集》,浙江古籍出版社,2018年,第196页。

③ 曹明升辑校《项莲生集》,浙江古籍出版社,2018年,第165页。

④ 曹明升辑校《项莲生集》,浙江古籍出版社,2018年,第164页。

⑤ 吴振棫《国朝杭郡诗续辑》卷四十,光绪二年(1876)刻本。

⑥ 曹明升辑校《项莲生集》,浙江古籍出版社,2018年,第202页。

⑦ 曹明升辑校《项莲生集》,浙江古籍出版社,2018年,第123页。

⑧ 潘衍桐《两浙輶轩续录》卷三十四,光绪十七年(1891)刻本。

高下，又不愿与人交流，也不想融入词坛，所以他内心的想法无法得到实现，也就无法获得创作上的成就感与满足感，压抑太久，便会成为一种心理创伤。

内向、忧郁、孤傲的性格使得项鸿祚在很多事情上看不穿、放不下，有时表现得异常敏感，郁结不化。例如科考，鸿祚中道光十二年(1832)举人，是年 35 岁，这在科举时代实属正常。但在中举之前，鸿祚非常自负而又极度自卑，稍有外界刺激，就会与科举失利联系起来，折磨自己。《忆云词》中有一首《满江红》，序云："九月十四晚，乘月过虎跑，憩小池上，见寺门未阖，闲步近客堂。有皂衣高冠者，呵禁甚厉。问老僧，是当轴诸贵人燕两试官于此。始忆城中发榜，又三日矣，一笑纪此。"鸿祚真能付之一笑吗？且看全词：

> 独有常娥，不笑我、青衫依旧。正相伴、寺门乞茗，野桥沽酒。小隐竟成丁令鹤，学仙羞逐淮王狗。趁夜凉、来叩远公房，惊而走。　　莲座倨，蛮狮吼。松径僻，骄骢骤。只维摩病瘠，见人摇首。身贱自遭奴隶薄，心闲好与溪山友。怪秋坟、鬼听忽揶揄，颜之厚。①

"独有常娥，不笑我、青衫依旧"，鸿祚本来就认为所有人都在笑话他没有功名，再加上受到小吏的呵斥，不由发出了"身贱自遭奴隶薄"的哀叹。其实不可能所有人都在笑话他，只是鸿祚自己太想取得功名，内心又太过敏感，导致科举失利对他形成了一种高度的刺激，扰乱了对现实世界的感知。所以科举失利对有些人来讲只是暂时的失意，不构成创伤，而对项鸿祚这种性格的人而言，却是一种无法弥合的创伤。即便中了举人，但是来年春闱不第，鸿祚的内心再遭重创，无法释怀，竟然郁郁而终。

从上述两个方面来看，鸿祚是寒儒偃蹇，命运多舛，虽然"料白头、封侯无分"②，却于荣辱终不能忘情。特别是内向、忧郁、敏感的性

① 曹明升辑校《项莲生集》，浙江古籍出版社，2018 年，第 185 页。

② 朱彝尊《解佩令·自题词集》有云："落拓江湖，且分付、歌筵红粉。料封侯、白头无分。"见《江湖载酒集》，康熙刻本。项鸿祚《祝英台近·自题填词图》亦云："可怜青兕今生，封侯无分，尽修得、刘郎花谱。"见曹明升辑校《项莲生集》，浙江古籍出版社，2018 年，第 122 页。

格，使其长期遭受创伤记忆的侵扰，造成了内心世界的严重失衡。富有才情却又抑郁早逝的项鸿祚，的确会引起后人的无限同情。但这些只是成为“伤心词人”的基本条件，身世悲惨且在词中诉说伤痛者不在少数，词坛之所以为项鸿祚树立起“伤心词人”的经典形象，关键还在于他对创伤的言说方式及其令读者产生的情感体验与心灵共鸣。

二、“伤心词人”的言说方式

普通人在回忆伤心往事时大多只是一种个体性的痛苦诉说，可以引发同情，却很难引起共鸣；诗人的创伤言说则是一种文学表征，他们通过各种方式与技巧把个体性、私密化的创伤经历变成可以公开言说与交流的经验。所以，言说方式决定了诗人与读者间的交流效果。词坛对“伤心词人”的认同，表明项鸿祚的言说方式取得了成功，对此，我们可从以下几个方面来做探讨。

首先，项鸿祚不刻意强化创伤事件，而是通过对寻常事物的敏锐感受来带出创伤，感发愁思。鸿祚自称“生幼有愁癖，故其情艳而苦，其感于物也郁而深”，的确，他对事物的敏感程度超出常人，《忆云词》中的伤心情绪往往就是从对春雨、秋声、落叶、飞雪这些寻常事物的感受中引发出来。例如《甲稿》中的《玉漏迟·闻落叶》：

> 西风无着处。如今闲了，斜阳高树。摇落江潭，一片乱雅飞去。客思吟商最苦，更销得、庾郎愁赋。深院宇。残萤断雁，伴人凄楚。　　谁怜病枕难禁，正飒飒吹来，萧萧不住。采绿前游，空有砌蛩能诉。弹指几番怨恨，怕化作、漫天碎雨。君听取。凉声又惊秋暮。[①]

落叶常见，咏落叶者也不鲜见，但能听到落叶的声音，却非心境冷寂者不能为也；鸿祚又是在病中闻落叶，更加表明境遇之凄楚。词人没有刻意强化生活中的具体创伤，只是通过对秋叶飘零的细微感受，抒

---

① 曹明升辑校《项莲生集》，浙江古籍出版社，2018年，第110—111页。

发出了内心的凄凉与伤痛。事实上，这种敏锐的感受是一种十分难得的诗人的品质。钟嵘在《诗品序》中就已指出："乃若春风春鸟，秋月秋蝉，夏云暑雨，冬月祁寒，斯四候之感诸诗者也。嘉会寄诗以亲，离群托诗以怨。……凡斯种种，感荡心灵，非陈诗何以展其义？非长歌何以骋其情？"①渥兹渥斯在《抒情歌谣集》的序言中回答"诗人是什么"这个问题时，也着重指出诗人必须"比一般人具有更敏锐的感受性"，"他还有一种气质，比别人更容易被不在眼前的事物所感动"。② 中外诗论家都认为诗人要有一颗善感的心灵。所以项鸿祚"感于物也郁而深"，正是他成为第一流词人的重要品质。鸿祚又将这种善感的品质转化为自己的言说方式，常常在对落叶飘零、人间聚散的敏锐感受中来展示内心的创伤和苦郁的情绪。这种言说方式仿佛给记忆中的创伤蒙上了一层细纱，读者隔着这层细纱好像能看见词人的伤口，却又看不真切。如果读者试着去揭掉这层细纱，便会发现无从下手，因为每一滴春雨、每一片落叶中都有词人的伤心记忆，词人的愁绪无处不在，无处不郁。这也正是这种言说方式的效果所在——让读者笼罩在词人无边的愁绪之中。

其次，项鸿祚的创伤言说是一种自然言说，不故作姿态，不刻意求雅。如《绮罗香·感旧》：

> 帘影移香，池痕浸渌，重到藏春朱户。小立墙阴，犹认旧题诗句。记西园、扑蝶归来，又南浦、片帆初去。料如今、尘满窗纱，佳期回首碧云暮。　　华年浑似流水，还怕啼鹃催老，乱莺无主。一样东风，吹送两边愁绪。正画阑、红药飘残，是前度、玉人凭处。剩空庭、烟草凄迷，黄昏吹暗雨。③

词人故地重游，看到昔日所题诗句，很自然地追忆起与心上人在一起的幸福时光。但幸福的时光总是很短暂，两人因某种原因不得不分

---

① 钟嵘《诗品序》，周振甫译注《诗品译注》，中华书局，1998 年，第 20—21 页。

② 渥兹渥斯《抒情歌谣集序》，刘若端编《十九世纪英国诗人论诗》，人民文学出版社，1984 年，第 13—14 页。

③ 曹明升辑校《项莲生集》，浙江古籍出版社，2018 年，第 104—105 页。

开，再也未见。当时的美好场景，现在都成为词人的伤心记忆。词人在言说过程中，虽然是写一点景，叙一点事，又抒一点情，有拗折之态，但在总体上没有设置技术障碍，读者可以非常顺利地走进词人的情感世界，在红药飘残、烟草凄迷的物象中与词人一起追忆，一起伤感。但在词史上，有些著名词人会采取不一样的言说方式。例如吴文英，晚年在遭受妾去姬殁的巨大刺激以后[①]，写下了长词《莺啼序》（残寒正欺病酒）。全词四片，第一片从独居伤春说起，第二片追忆西湖情事，第三片述别后羁情，第四片总述相思之苦。但是细读全词可以感觉到，吴梦窗对往事的追忆比较迷离，似乎失去爱人的创伤所造成的痛苦并不十分强烈。这是因为词人"真正关心的东西，不是回忆起的东西，而是回忆的行为"[②]。所谓"回忆的行为"，包括词人在回忆的行动和回忆的姿态。这种言说方式在南宋比较常见，像姜夔也非常注重回忆的行为，常在追忆往事时塑造自己的高雅形象。"旧时月色，算几番照我，梅边吹笛"（《暗香》），明明是要追忆与情人夜摘梅花的情事，但白石一上来展现的却是自己月下吹笛的高雅形象。有学者用张岱《西湖七月半》中的看月形象作比拟，认为姜夔是"亦看月，亦不作意看月，而欲人看其看月"[③]，是有道理的。这种刻意求雅、故作姿态，会有情"伪"之嫌[④]，至少艺术上的转身运气、离合变幻会在一定程度上掩盖词人的真情。故而历代读者都沉浸于《莺啼序》"炼意琢句之新奇，空际转身之灵活"[⑤]，而很少有人能深刻体会到词人失去爱人的伤痛，也就没有人会认为吴文英是伤心词人了。项鸿祚的言

---

① 刘永济《微睇室说词》，上海古籍出版社，1987 年，第 57—58 页。

② 宇文所安《追忆：中国古典文学中的往事再现》，生活·读书·新知三联书店，2014 年，第 147 页

③ 江弱水《古典诗的现代性》，生活·读书·新知三联书店，2017 年，第 251 页。

④ 周济《介存斋论词杂著》有云白石词"情浅"。《宋四家词选目录序论》则云："碧山恬退是真，姜、张皆伪。"王国维《人间词话》云："东坡之旷在神，白石之旷在貌。白石如王衍口不言阿堵物，而暗中为营三窟之计。"以上见唐圭璋编《词话丛编》，中华书局，1986 年，第 1634、1645、4266 页。

⑤ 陈匪石《宋词举（外三种）》，上海古籍出版社，2016 年，第 52 页。

说重心却在过去的情事与当下的情绪，没有太多炫人眼目的技巧与故作姿态的高雅，这种言说方式最大的优点就是自然、真切，使读者容易受到词人情绪的感染而引发共鸣。谭献认为《忆云词》能去白石之俗[①]，就是看到了鸿祚不故作姿态、不刻意求雅的言说方式。

再次，项鸿祚在言说创伤时一般不让哀情倾泻直下，而是会抑制情绪，给人一种幽涩沉郁的感觉。虽然鸿祚的创伤言说自然真切，不故作姿态，但这不意味他对情绪不加控制，相反，他在言说创伤时的情绪大多处于抑制状态。《霓裳中序第一·检故箧，见亡姬遗扇》：

> 湘筠展翠迭。冷落金泥双睡蝶。曾伴冰肌素靥。是水榭嫩凉，桐阴微月。清歌易阕。怅麝纨同锁吟箧。如今剩，枕奁镜屉，一样暗尘黦。　凄绝。自开还折。怕沁染啼鹃泪血。经年蕉萃恨结。酒腻红销，粉蠹香灭。玉京人怨别。听夜夜桃笙梦咽。伤心认，飞琼小字，忍对谢娘说。[②]

爱人离世绝对是词人的一种创伤，悼亡词则是他们言说创伤、自我疗治的方式之一。揆诸清代词坛，悼亡词中最为常见的抒情模式莫过于长歌当哭，直抒哀思，典型者如纳兰性德的《金缕曲·亡妇忌日有感》(此恨何时已)，全词不用典故，不加藻饰，只任凭满腔悲情宣泄，读者完全沉浸在词人难罢难休的泪水之中。项鸿祚则不同，他是由一把扇子触发哀思，追忆往事。这把扇子是亡姬生前随身之物，见证了鸿祚与爱姬在水榭上、桐阴下、清歌时的幸福时光，如今却孤独地躺在枕奁镜屉中。这不正是词人茕茕孑立的写照吗？鸿祚没有让失去爱姬的伤痛倾泻而出，而是通过对一把遗扇的记忆来将内心的哀思一点一点渗透给读者。梁启超曾云小说有熏、浸、刺、提这四种打动人心的方式[③]，事实上词亦如此。纳兰那种长歌当哭的情感表达，

---

① 谭献云："(鸿祚)有白石之幽涩，而去其俗。"见谭献《箧中词·今集四》，光绪八年(1882)刻本。

② 曹明升辑校《项莲生集》，浙江古籍出版社，2018年，第165页。

③ 梁启超《论小说与群治之关系》，郭绍虞主编《中国历代文论选》，中华书局，1963年，第405—409页。

直接刺激读者心灵，当属“刺”之一类；鸿祚这种幽涩沉郁的情感表露，让读者在不知不觉中被哀情包围，当属“熏”或“浸”之一类。王煜在《忆云词钞叙》中认为鸿祚“哀艳幽婉，竞武纳兰”①，其实在具体的言说方式与情感控制方面，鸿祚与纳兰还是有一定区别的。当然，《忆云词》里也有像前引《满江红》（独有常娥）这样言辞凄厉、伤痛激愤之词，但是数量非常少，不能代表“伤心词人”的主体言说方式。

综上所述，项鸿祚虽然有令人同情的创伤经历，但他在言说过程中没有刻意强化创伤事件，而是感物而发，自然表达，并对情感的宣泄加以控制。这种对创伤的言说方式在晚清词坛别具一格，具有较高的艺术价值与审美价值，这也是鸿祚能够成为“伤心词人”之内美所在。但是仅有内美还不够，“伤心词人”的确认必须取决于词坛的接受；也正是在读者的认知过程中，“伤心词人”的词史意义才被真正发掘出来。

三、“伤心词人”的词史意义

我们一般将谭献作为项鸿祚的“发现者”，他在《箧中词》的评语中不仅称“莲生，古之伤心人也”，而且将其与纳兰性德、蒋春霖并列为“二百年中，分鼎三足”②的一流词人。其实在谭献之前，张应昌、张金镛、杨希闵等人都已指出过项鸿祚的“伤心”特质。当然，凭借谭献的词坛地位，自其以后，论词者更加认同项鸿祚“伤心词人”的经典形象。但若细细分析，他们对“伤心词人”的接受角度并不一致，这种多维度的接受恰恰蕴含着“伤心词人”丰富的词史意义。

首先，读者可以从“伤心词人”的创伤言说中得到情感认同，由此释放苦痛，有的甚至还展开二次言说，与《忆云词》中的伤心书写构成互文共生关系。虽然文学艺术具有一种减轻心理压迫的功能，但不是每个人都有能力将创伤经历表述为可供交流的经验，很多人只是

---

① 曹明升辑校《项莲生集》，浙江古籍出版社，2018年，第224页。

② 谭献《箧中词》，光绪八年（1882）刻本。

将其掩藏在内心深处而已。然而当他们读到诗人的创伤言说时，有时只是读到一两句话，就会产生一种相似性的情感体验。这种情感体验的过程可以使内心的压迫得到相当程度的释放，对普通人来说这是一种缓解心灵痛苦的有效途径。像晚清时的余一鳌也是一生困顿，依人作计，所以读到《忆云词》中有些话时便产生了深深的情感认同：

忆予十七八时，偶作小词，辄为姨丈丹徒严子寿先生许可，谓予词笔甚佳，勿自暴弃。庚申遭寇难，流离失所，嗣复奔走衣食，依人戎幕。抗尘趋俗，清灵汩没，二十年中，兹事遂废。……己卯营蜗庐于西溪，庚辰丧爱子，戚戚无聊，遂以填词自遣。顾心疾日甚，不任思索，得句偶书，藉消永日而已，自辛巳迄壬辰，积凡若干。近见《忆云词甲稿》序云："夫词者，意内而言外也。意生言，言成声，声分调，亦犹春鹂秋蟀，气至则鸣，不自知其然也。"其言先得我心矣。其《丙稿》序云"不为无益之事，何以遣有涯之生"，亦若为余先道者。嗟乎！予梦觉人也。以梦外人与梦中人同此尘世，嚼蜡咀蓼，至无味也。[①]

"不为无益之事，何以遣有涯之生"是项鸿祚在《忆云词丙稿自序》中，把自己的生平当做一连串的痛苦来回顾时所发出的无奈感慨。余一鳌在项鸿祚的这种言说中关照自我，仿佛找到了知音，所以精神上的痛苦也就得到了很大的抚慰。除了情感认同、释放痛苦以外，有的读者还会在"伤心词人"的言说基础上进行再言说，例如张应昌读鸿祚"秋雨"词，作《河传》以追和之：

秋雨。凄苦。洒心头。敲做零愁碎愁。夜涛暗添声未休。飕飗。竹窗梧叶楼。　　罗帐那时红烛影。幽梦醒。不觉清宵永。到而今。拥寒衾。沉沉。细听更漏深。[②]

---

① 余一鳌《亦云词自序》，张宏生编《清词珍本丛刊》第16册，凤凰出版社，2007年，第687—688页。

② 曹明升辑校《项莲生集》，浙江古籍出版社，2018年，第203页。

项鸿祚的《河传》"秋雨"词本是通过咏秋雨来寄托相思离别之苦，张应昌则是作了二次编码，将鸿祚的原始创伤更加虚化，在一片凄风惨雨中悄悄融入自己的心境与情绪，令人感觉其中已不再只是相思之苦了。其他再如张金镛《凄凉犯·余与孝廉生不相见，言愁欲愁，词客有灵，定应识我》、李绮青《烛影摇红·题项莲生〈忆云词〉后》[①]等一批词作，都是对"伤心词人"创伤言说的二次言说，这与项鸿祚本来的言说构成了互文共生的关系，成为晚清民初词史上的一种创作现象。

其次，"伤心词人"的满腔真情可为晚清词坛的有识之士用以矫治浙西词派不足于情的弊端。清初朱彝尊等人在创立浙西词派时，学姜、史，尊南宋，一扫前明绮靡之习，使词品超然，但在特殊的政治环境下，他们的创作也在不断淡化家国之思、身世之感，外在的艺术雕琢的比重已然超过了内在的情感抒发。这种顺应盛世音声的姿态虽使浙西词派能在康熙朝陡然炽盛，但也埋下了抒情主体"不足于情"的致命因素，因为"情"是词体的生发之本。曾经师法朱彝尊的杜诏就曾一针见血地指出过这种弊端："缘情绮靡，诗体尚然，何况乎词？彼学姜史者，辄屏弃秦柳诸家，一扫绮靡之习，品则超矣，或者不足于情。"[②]可惜浙派词人没有听取杜诏的忠告，继续"规模物类，依托歌舞，哀乐不衷其性，虑叹无与乎情。连章累篇，义不出乎花鸟；感物指事，理不外乎酬应"，终于滑入虽然雅而不艳却是不足于情的"游词"一道。[③] 所以从嘉道开始，词坛的有识之士都在反思这一弊端并寻找疗治的良方，常州词派提出"比兴寄托"理论，本质上也是要求词体向情回归。张惠言在《词选序》中云："传曰'意内言外谓之词'。其缘情造端，兴于微言，以相感动，极命风谣里巷男女哀乐，以道贤人君子幽约怨悱不能自言之情。低徊要眇，以喻其致。"[④]张惠言的高明之处在于将词体的情感特质与审美特质作出了理论上的巧妙合拢，但

① 见曹明升辑校《项莲生集》，浙江古籍出版社，2018 年，第 204、215 页。

② 杜诏《弹指词序》，顾贞观《弹指词》，乾隆刻本。

③ 唐圭璋编《词话丛编》，中华书局，1986 年，第 1618 页。

④ 唐圭璋编《词话丛编》，中华书局，1986 年，第 1619 页。

是必须要有具体的作品，才能使这种理论更具说服力。像张惠言《茗柯词》中的《水调歌头》联章五首，就是借惜春赏春，把家国兴亡、命运起伏等复杂而深沉的情思都写了进去，显得伤感缠绵而又意在言外。只可惜常州词派大多数成员的创作与理论相脱节，所以他们非常需要能够体现理论主旨的创作实绩。而项鸿祚的创伤言说正是靠真切的哀情来打动读者，诚如谢章铤所云“莲生深于情”[①]也。谭献也说：“杭州填词，为姜、张所缚，偶谈五代北宋，辄以空套抹杀。百年来，屈指惟项莲生有真气耳。”[②]所谓“真气”，就是指《忆云词》中弥漫的真情。杨希闵则在《词轨》中选张惠言、周之琦、项鸿祚三家词为一卷，并云：

> 乾嘉以后，词学杂出，王兰泉《续词综》，意在与竹垞代兴，而识择弥下，涂辙淆矣。一二鸿骏之士，侈事征典，长调累累，略乏性真，徒掉书袋，钝章笨句，碍人眼目，究厥弊原，要是为竹垞所锢也。豪杰崛起，不为词宥者，有张皋文，宗尚得正；不偭前规者，则周稺圭；最后又得项莲生，浮沉下僚，饶有握兰风味。[③]

“略乏性真”就是指自朱彝尊以来浙西词派的创作不足于情，杨希闵认为张、周、项三家不为浙派所囿，词中存有真性情，可为词坛之豪杰。虽然项鸿祚的伤心记忆与满腔哀情有别于张、周词中的情感指向，但在情感的真挚、真诚与真切上，却无二致。所以谭献、谢章铤、杨希闵等常派词论家都要标举《忆云词》，以之为创作实绩来矫治浙西词派不足于情的弊端。

第三，“伤心词人”的言说方式及其艺术效果为晚清词坛对词体抒情特质的认知提供了创作上的支撑。清人一直在对词体的抒情特质进行总结，从情感类型的角度来说，很多清人认为词体最适宜表达悲情。这种观念事实上沿自宋人，李清照在《词论》里说李八郎“转喉

① 唐圭璋编《词话丛编》，中华书局，1986 年，第 1617 页。
② 唐圭璋编《词话丛编》，中华书局，1986 年，第 3519 页。
③ 曹明升辑校《项莲生集》，浙江古籍出版社，2018 年，第 205 页。

发声，歌一曲，众皆泣下”[①]，正是指出了词体在渲染悲情方面的特殊效果。至清初，蒋景祁曾云古代文士“伤于忧乱，不得志于时，多托之倚声顿节，以写其无聊不平之意”[②]，也是在突出词体发展过程中忧伤、不得志的情感特质。类似的观点在清初词坛不胜枚举。至晚清，这种认识更加趋于一致，陈廷焯因贺铸“胸中眼中另有一种伤心说不出处”而将贺词论为“神品”[③]；况周颐更是明确将“哀感顽艳”拔擢为词之基本体性。如果要在清代寻找能够充分体现词体悲情特质的词人与作品，清初词坛一定推举纳兰，陈维崧就说：“《饮水词》哀感顽艳，得南唐二主之遗。”[④]晚清词坛则会推举鸿祚，黄燮清在评选本朝词人词作时指出：“《忆云词》古艳哀怨，如不胜情，猿啼断肠，鹃泪成血。”[⑤]谭献亦云鸿祚与纳兰“填词皆幽艳哀断，异曲同工”[⑥]。可见，项鸿祚无处不在、无处不郁的言愁方式为晚清词坛对词体悲情特质的认识提供了创作上的支撑，《忆云词》也由此获得了广泛的认可。至民初，严既澄基于“一切文体，胥各自有其特征”的观点依然将《忆云词》作为词体“缠绵幽咽，疏状入微”之典范。[⑦]

从抒情方式的角度来看，清人认为词体抒情要含蓄，要令读者产生联想，尤其是常州词派，反复强调要有寄托。前文已述，鸿祚与纳兰在情绪的控制上较为不同，亦即谭献所云二人“异曲”之所在。项鸿祚对伤心情绪的控制造成一种幽涩沉郁的言说效果，给人以“别有怀抱”[⑧]的感觉。这种“别有怀抱”的感觉恰恰是常州词派“寄托”理论所追求的创作效果。常派主将周济在《介存斋论词杂著》中云：“初学词求有寄托，有寄托则表里相宜，斐然成章；既成格调求无寄托，无

① 胡仔撰，廖德明校点《苕溪渔隐丛话》，人民文学出版社，1962 年，第 254 页。
② 蒋景祁《荫绿轩续集词序》，徐喈凤《荫绿轩词正续集》，光绪刻本。
③ 唐圭璋编《词话丛编》，中华书局，1986 年，第 3786 页。
④ 唐圭璋编《词话丛编》，中华书局，1986 年，第 1937 页。
⑤ 曹明升辑校《项莲生集》，浙江古籍出版社，2018 年，第 205 页。
⑥⑧ 谭献《箧中词》，光绪八年(1882)刻本。
⑦ 曹明升辑校《项莲生集》，浙江古籍出版社，2018 年，第 222 页。

寄托则指事类情，仁者见仁，知者见知。”[①]不管是初学词时的有寄托，还是登堂入室后的无寄托，首先必须让读者感觉作者“别有怀抱”，他们才会去对文本作出阐释，寻找寄托。而鸿祚在言说创伤时不刻意强化事件细节，尽量使之泛化，并且抑住情绪，总令人感觉“似另有一段凄婉动人之遭遇，惜无可考”[②]。这种感觉正是周济所谓的“指事类情，仁者见仁，知者见知”。虽然鸿祚并非常派中人，但幽涩沉郁的抒情效果却可为常州词派对词体抒情特质的阐释提供创作上的支撑。所以无论是从矫治浙派不足于情的弊端而言，还是从阐发常派理论的需要出发，谭献都要将鸿祚强拉进由他建构的“后七家词人”的常派统序中来。[③]

总之，晚清词论家们发现了项鸿祚在言说创伤时的情感特征与艺术效果，并以之来释放心灵的压力，推进当时的词学建构，鸿祚也在这种发现与阐释中逐渐树立起了“伤心词人”的经典形象。发现者与被发现者之间何尝不是一种词史的互惠呢？

四、总结

纵观文学史，像项鸿祚这样有创伤经历而又不断言说的诗人并非个例，他们有的被文学史所铭记，有的却被历史的尘埃所掩盖。通过对项鸿祚创伤言说及其词史意义的分析，我们可以对此作出如下观察：

第一，创伤是文学发生的重要动机，也是诗人成名的有利条件。提取创伤记忆、释放悲痛情绪，是治疗创伤的有效途径，所以很多人在遭遇创伤以后会付之诉说，而富有才情的诗人，通常会以文学书写来纾解心灵的伤痛。所以说创伤是文学写作的一种催化剂。拥有出众的才华却遭受到重大创伤的诗人更加令人同情，如贾谊、李贺、纳兰、鸿祚等，他们所经历的创伤，尤其是英年早逝这种令人徒唤奈何

① 唐圭璋编《词话丛编》，中华书局，1986 年，第 1630 页。

② 朱庸斋《分春馆词话》，广东人民出版社，1989 年，第 88 页。

③ 谭献针对孙月坡所选《七家词》，欲以张惠言、周济、龚自珍、项鸿祚、许宗衡、蒋春霖、蒋敦复为“后七家”。见《谭献日记》卷二“壬申”，中华书局，2013 年，第 50 页。

的创伤，都在无形中塑造着他们的伤心形象。可见，创伤可以帮助诗人赢得后人的同情与铭记。一般读者都认为曹丕“位尊而减才”，曹植却是“势窘益价”①，正是基于对创伤者的同情心理。

第二，对创伤的言说方式决定了诗人的言说效果及其文学史影响。所谓创伤记忆，是混杂了事实、情绪和感受的一种意识，原始的创伤事实无法改变，但对创伤的记忆与言说却是因人而异。诗人对创伤的言说方式大体有两种，一种是通过大量的细节回忆来对创伤事件进行“现场拍照”式的复述。这种封闭式的言说方式具有一定的史料价值，也会引起读者的同情，但由于读者不一定经历过作者的创伤事件，所以在情感上无法完全代入。另一种则是如项鸿祚这样，将创伤事件尽量去情境化，使个体性的创伤记忆泛化成为具有普遍意义的情感符号。一旦如此，只要有过创伤经历的读者就会从中得到相似性的情感体验，就会对作者产生情感和身份上的认同。这种言说方式具有较大的开放性，可以使不同读者的不同情感都能“触类条鬯，各有所归”②，所以在文学史上的影响更大。

第三，“伤心词(诗)人”的形象是由读者来建立的。文学史上言说创伤者并不算少，但要成为公认的“伤心词(诗)人”，一方面取决于作者的言说方式与艺术效果，另一方面更要取决于读者的接受和认可。读者会因当时的社会思潮、词坛的审美观念、自身的认知需要以及权威“发现者”们的评论去确立经典的词(诗)人形象。此时的创伤言说已不再是作者的个人行为，而是一种超越个人创伤记忆的社会行为。从这个角度看，作者对自己历史形象的建构似乎是无能为力的。但是作者对创伤的言说方式及其艺术水准，又是读者建立“伤心词(诗)人”形象的基础，换个角度看，作者对自己历史形象的建构又是可以有所作为的。

（扬州大学文学院）

---

① 刘勰撰，周振甫注释《文心雕龙注释》，人民文学出版社，1981年，第504页。

② 唐圭璋编《词话丛编》，中华书局，1986年，第1617页。

丁绍仪《听秋声馆词话》中的词体理论

许頔玉

内容摘要：丁绍仪《听秋声馆词话》是清代自作词话中卷帙最富的一部，其文献价值已获普遍关注和认可，但其词体理论层面尚缺少深入讨论。以下将从四个方面，对其进行解析。一，丁绍仪借“孔子删诗”不删写情之作，认为词体写情来自这一传统，绝非小道；以情语关涉现实的词体与风骚皆属比兴寄托之作。二，一方面进行诗词之辨以维护词体纯洁，一方面区别词体内部的正变之分。以蕴藉委婉、清空骚雅为词体正宗。三，认为性灵、才学、格调三者缺一不可，且词体的声调格律最宜讲究。四，词话中的批评实践主要围绕词体的声调格律、比兴寄托、清醇雅正和真情实意四个方面展开，这是其词体理论的四大要素。五，这一词体理论打破了《听秋声馆词话》“文献资料汇编”、“历史资料笔记”等固有印象。且偏重格律又不废性灵和才学，与后来“清末四大家”声律与体格并重的词体学主张相合，可谓清末主流词体学的先声。

关键词：丁绍仪；《听秋声馆词话》；词体；词体理论

The Theory of Ci-poetry in Ding Shaoyi's *Ting Qiu Sheng Guan Ci Hua*

Xu Diyu

Abstract: Ding shaoyi's *Ting Qiu Sheng Guan Ci Hua* was the most voluminous Ci Hua of the Qing Dynasty. Its literature value has been broadly recognized, but the theory of Ci-poetry remains unclear. Here, we intend to elaborate it from the following four aspects. Firstly, Ding insisted that Ci-poerty was not a kind of humble styles, based on the fact that lots of romantic poems were not deleted from *The Book of Songs* by Confucius. Also, Ding considered that Ci-poetry inherited the bailment theory from *The Book of Songs*. Secondly, Ding believed that Ci-poetry should be exquisite, refined, elegance taste and grace through the comparisons between Ci-poetry and poetry, authentic and non-authentic Ci-poetry. Thirdly, Formal personality, artistic talent and scholarship, and rules and forms were considered essential in Ding's theory of Ci-poetry, especially the rules and Forms. Finally, a series of critical practices in the *Ting Qiu Sheng Guan Ci Hua* focused on the rules and forms, the bailment theory, elegance taste and grace, and the true emotion, the four essential factors in Ding's theory of Ci-poetry. In a word, the theory of Ci-poetry has dashed the stereotype of "compilation of data" or "historical materials" about *Ting Qiu Sheng Guan Ci Hua*. The theory should be considered as the harbinger of the mainstream of the theory of Ci-poetry for its similarities to the subsequent views raised by "Four Masters of the Late Qing Dynasty".

Keywords: Ding Shaoyi; *Ting Qiu Sheng Guan Ci Hua*; Ci-poetry; the theory of Ci-poetry

晚清词论家丁绍仪的《听秋声馆词话》收录了大量的词人、词作和词事，凡二十卷，是清代自作词话中卷帙最富的一部。其文献价值已获得十分广泛的关注和认可，但词体理论方面尚未得到深入系统的挖掘。而丁绍仪对词的文体层面有着非常系统的认知，这是其词体批评的基础和起点，有着非常重要的战略地位，也为重新、全面地认识丁绍仪及其词话提供新的视角。在词乐失传的清词背景下，在清代词派强势的理论旗帜中，词体到底该何去何从，丁绍仪在词话中给出了自己的看法，颇有一番独立见解。

一、借"孔子删诗"来推尊词体

词自产生之时起便品格卑下，以艳情为旨归，多涉风花雪月、男女情思。是"绮筵公子、绣幌佳人，递叶叶之花笺，文抽丽锦；举纤纤玉指，拍案香檀。不无清绝之辞，以助妖娆之态"[①]的娱乐行为，也是文人聊佐清欢、娱宾遣兴的游戏活动。与传统的伦理诗教和理学的理性禁欲格格不入，遭到轻视和贬斥也在情理之中，甚至一些"雅人修士相戒不为"[②]。虽然宋末有雅化一派，从风格和内容上提升词体品格，但明代心学崛起，为词回艳科提供了思想温床，使明代艳词更加俚俗不工。清人欲复兴词学，首要便是推尊词体，为清词的生存和发展寻求空间，这是清词欲"中兴"的起点，也是清人一贯的复古思路。

如清初陈维崧《今词选序》从句式韵律上提出诗词同源、词非小道的观点："盖诗自皇娥而下，词沿赵宋而前。历代相仍，变本加厉；其间因革，可得而言。七绝平韵，即名为《小秦王》；七绝仄韵，遂命为《鸡叫子》……考其祖祢，俱为骚雅之华胄；咀其隽永，绝非典谟之剩馥也。……仆本恨人，词非小道，遂撮名章于一卷，用存雅调于千年。"[③]又《词选序》中说："盖天之生才不尽，文章之体格亦不尽。……鸿文矩轴，固与造化相关。下而谰语卮言，亦以精深自命。……为史为经，曰诗曰词，闭门造车，谅无异辙也。……选词所以存词，其即所

① 赵崇祚编，杨景龙校注《花间集校注》，中华书局，2015年，第1页。

② 曾枣庄主编《宋代序跋全编》，齐鲁书社，2015年，第5218页。

③ 冯乾编校《清词序跋汇编》第二册，凤凰出版社，2013年，第303页。

以存经存史也夫？”[①]甚至将词与经史并论，从词体功能上推尊词体。这些主张使清初阳羡词派在创作上追求大题目、大意义，注重现实性与社会性，但随着承平盛世的形成与推移，这种观念越发不合时宜，遂逐渐消衰。

后浙西词派亦推尊词体。如朱彝尊《陈纬云〈红盐词〉序》有言：“词虽小技，昔之通儒钜公，往往为之，盖有诗所难言者，委曲倚之于声。其词愈微，而其旨益远。善言词者，假闺房儿女子之言，通之于《离骚》变《雅》之义，此尤不得志于时者所宜寄情焉耳。”[②]意思是词体表达的内容比诗歌更加深沉幽婉，且能够发挥诗歌意馨旨远的寄托功能，但前提背景依然是词为小技，并未真正摆脱对词体的偏见。且其《〈紫云词〉序》说：“诗际兵戈俶扰，流离琐尾，而作者愈工；词则宜于宴嬉逸乐，以歌咏太平，此学士大夫并存焉而不废也。”[③]词为诗之余的意味更重。创作上也有大量艳词，如歌咏美人的五官部件，与风骚的寄托遥深并无关系。因此，以朱彝尊为首的浙西词派在尊体上的实战贡献是推崇清雅，从风格上提升词体品格，但并未实现真正的尊体。

至常州词派才真正尊体。如张惠言《词选序》说：“传曰：‘意内言外者谓之词。’其缘情造耑，兴于微言，以相感动，极命风谣里巷男女哀乐，以道贤人君子幽约怨悱不能自言之情，低徊要眇以喻其致，盖诗之比兴，变风之义，骚人之歌，则近之矣。然以其文小，其声哀，放者为之，或淫荡靡曼，杂以昌狂俳优；然要其至者，罔不恻隐盱愉，感物而发，触类条鬯，各有所归，不徒雕琢曼饰而已。”[④]从“词”的训诂义出发，指出词体的“意内言外”便如同诗骚的讽喻谲谏、比兴寄托、雅正蕴藉，男女情思亦有大义。其后周济提出“非寄托不入，专寄托不出”，更是把词体比兴寄托的内涵拓展至社会百态、时代兴衰的层面，

① 冯乾编校《清词序跋汇编》第一册，凤凰出版社，2013年，第61、62页。

② 冯乾编校《清词序跋汇编》第一册，凤凰出版社，2013年，第233页。

③ 冯乾编校《清词序跋汇编》第一册，凤凰出版社，2013年，第240页。

④ 张惠言著，黄立新校点《茗柯文编》，上海古籍出版社，2015年，第60页。

赋予词寄托遥深，浑融蕴藉的骚雅面貌。

以上推尊词体的思路相同，皆以诗歌为参照物，分别从格式、功能、风格和手法方面体现词体的雅正价值来提高地位、获取生机。丁绍仪亦延此路数，只是在理论阐释上从“孔子删诗”入手，把词体的写情合法化，纳入“齐家—治国—平天下”政教伦理之中，为词体的发展盖上通行证。《听秋声馆词话》中说：

> 世人动以词为小道，且以情语艳语为深戒，甚或以须有关系之论，概及于词。抑知夫子删诗，以二南冠首，岂无意哉。正惟家庭之内，情意真挚，充类至尽，而后国治天下平。况离骚之芳草、美人，即国风之卷耳、淑女，古人每借闺襜以寓讽刺。词之旨趣，实本风骚，情苟不深，语必不艳，惜后人不能解不知学耳。①

由上可知：一，丁绍仪认为词体与“二南”和风骚在内容上是一致的。“二南”以男女恋爱、家庭婚姻为主要内容，离骚、国风亦不乏男女情思之作。二，认为孔子删诗却不删这些写情之作的行为，说明词体写情亦合法合理。三，认为词体所写之情与“二男”、风骚所写之情皆属“家庭之内”。且这些写情之作利于促进家庭的和谐美满，有了家庭的稳定和谐才能有国家的繁荣昌盛，有了国家的繁荣昌盛，才能有天下的安居乐业。正满足了《礼记·大学》中立身的政治道德之路：“古之欲明明德于天下者，先治其国；欲治其国者，先齐其家；欲齐其家者，先修其身；欲修其身者，先正其心。”四，认为词体通过比兴寄托的手法以情语关涉现实，与《离骚》所写的香草美人及国风中《卷耳》和《关雎》的用意相同，意在讽喻现实。这一点相比前面三层含义最为重要，因为比兴寄托实现了词体的升级，拉近了词体与具有绝对丰富层面的现实社会的距离，使得词体所能表现和容纳的内容走向厚重和开放。男女情思、家庭和美终究只是现实生活的一隅，比兴寄托带

① 丁绍仪《听秋声馆词话》，唐圭璋编《词话丛编》，中华书局，1986 年，第 2688、2689 页。

来了词体的新面貌和真自由，使词体从小我走向大我。

这些为“孔子删诗”何以印证词体写情的合法合理提供了详细的理论阐释，这也是丁绍仪在推尊词体过程中比较新颖的思考视角。这些理论阐释，实为颠覆和重塑词体的香艳意旨，洗脱词体的娱乐性质，使其名正言顺地进入正统诗教行列，使词体在内容意旨、语言表达和社会功能上，都能成为与诗骚传统接轨的雅正文体。

长久以来对词体的偏见，导致作词者也备受牵连而遭受谴责，这是一种源自词为小道的道德绑架。针对此种情况，丁绍仪特地在《听秋声馆词话》中列举了宋明清的“名臣词”，大力肯定这些名臣忠士的词体创作成就，强调不可因对词体的偏见而否定轻鄙这些名臣及其词体创作。如：

> 韩忠献、赵清献、范文正、李忠定，为有宋一代名臣，而词采流传，如“愁无际，武陵凝睇，人远波空翠”，“明月高楼休独倚，酒入愁肠，化作相思泪”，与“宝瑟尘生，金雁空零落”，“恨青春又过，年年此恨，满东风泪”等语，足与勋业并昭千古。①

暂不论明词成就如何，丁绍仪亦认为不可因作艳词而轻鄙当时的忠烈词人，说：

> 就明词而论，词学几失传矣，而秾词丽制，半出自忠烈伟人。如赵忠毅（南星）立朝侃侃，以忤魏忠贤削籍谪戍，有杨花次章质夫韵水龙吟云……范中丞（文光）巡抚川南，殉明难，有再赠梁姬浣溪沙云……又如陈忠裕（子龙）、吴节愍（易）、夏节愍（完淳），皆以明亡殉难。……之数公者，皆胜朝有数人物，乌得以艳词少之。②

还把本朝的忠烈名臣词人追比欧阳修和苏轼：

> 我朝如汤文正（斌）、陈文贞（廷敬）、陈勤恪（鹏年），文

---

① 丁绍仪《听秋声馆词话》，唐圭璋编《词话丛编》，中华书局，1986年，第2694页。

② 丁绍仪《听秋声馆词话》，唐圭璋编《词话丛编》，中华书局，1986年，第2689、2690页。

章经济，媲美前贤，亦有词句流传。……或鄙词为小道，无足称者。抑知古今名臣，每多寄兴，不仅欧苏两文忠，足占词坛俎豆也。①

这些名臣忠士在政治、学术或道德上流传千古，其词体创作实践和成就，正说明词体与其高尚的思想道德并不冲突，词体仅仅是一种寄兴的文体，能绑架作词者的从来都是对词体的偏见。这种根深蒂固的偏见，即便是已经身处晚清的丁绍仪，依然要为词体正名，为词体的生存与发展寻求机会和空间。加之词乐失传，这些客观性和主观性的阻碍都是丁绍仪深入认识词体的现实背景，故根植于《诗》学话语体系是无奈且必然的时代性选择。

二、诗词之辨与词体的正变之分

若从苏轼“以诗为词”开始，词体向诗歌无限靠近，那清朝便无所谓词学中兴，清人自觉的尊体运动也变得毫无意义。一味地靠向诗歌，不会带来词体的持续平衡发展，所以词体的独立纯洁，才是词体赖以存在和寻求发展的关键要素，这种辨体的觉悟自宋代便已开始。

清人对此亦多有论述。如田同之《西圃词说》引曹尔堪语云：“词之为体如美人，而诗则壮士也。如春华，而诗则秋实也。如夭桃繁杏，而诗则劲松贞柏也。”②意思是诗偏阳刚，词偏阴柔。又先著《劝影堂自记》有言：“词虽小技，有乖有合，其深浅高下之故，殆不减于诗。诗所不能尽者，以长短句出之，名以诗余，固与诗同源而别体也。风、骚、五七字之外，乃另有此一境。当其缠绵宛转，激状悲凉，尤觉易于感人。”③词比诗更加委婉动人。还有李佳《左庵词话》说：“诗词之界，迥乎不同。意有词所应有而不宜用之诗，字有词所应用而亦不

① 丁绍仪《听秋声馆词话》，唐圭璋编《词话丛编》，中华书局，1986 年，第 2694、2695 页。

② 田同之《西圃词说》，唐圭璋编《词话丛编》，中华书局，1986 年，第 1450 页。

③ 孙克强等编著《清人词话》，南开大学出版社，2012 年，第 631 页。

可用之诗。渔洋山人诗，用‘雨丝风片’，为人所疵，即是此义。故有能诗而不能词者，且有能词犹是诗人之词，非词人之词，其间固自有辨。”[①]等等。这些比较各有角度，大体归于字句、声律、表达、结构、风格等几个方面。

在《听秋声馆词话》中，丁绍仪不仅从外部进行了诗词之辨，而且在词体内部进行了正变之分，力求在辩体上做到细致深入，确保词体最核心部分的留存。

首先是诗词之辨，丁绍仪认为词婉于诗。第一，在表达上，词婉于诗。丁绍仪从江湜绝句说起，认为词比诗更有余味的空间，说：

> 愚意讬物比兴，不如长短其句，较耐寻绎。忆在楚中，蔡笛椽大令聘珍以之江记遇诗见示。余谓遇感之作，宜含蓄不宜拉杂，请摘其句为浣溪沙云：“缥缈明姿忆绛仙。华鬘云拥蔚蓝天。不恒风调最堪怜。　　花意自肥人自瘦，玉笙吹暖夜如年。趁时梳裹为谁妍。”笛椽甚喜，且言初只谓诗不能达之意，词能委曲达之，今乃知同一七言，而词婉于诗若是。[②]

江湜乱世不遇，看不到出路和前景，诗作不离乱世愁郁的哀思。若将此感受置之词作，应如蒋春霖《木兰花慢·甲寅四月，客有自金陵来者，感赋此阕》中描写的那样：“秦淮。几星磷火，错惊疑、灯影旧楼台。……谁倚莫愁艇子，一川烟雨徘徊。”战争的残酷涤荡，不知何去何从的渺茫之感，尽在景语之中。丁绍仪把蔡笛椽的记遇诗摘句为《浣溪沙》，同为七言句，但词作以男女寓知遇，把时光飞逝的感慨、彼此偶得相遇的欢喜与怜惜、相聚太少的悔意都揉搓在短短几句中，相互拉扯，使简单的描摹叙述具有了浓厚真切的情感张力，饱满内隐，婉转幽深，更加委曲感人。

第二，在语言上，词比诗婉丽。如：“彭羡门少宰（孙遹）……其旨

---

① 李佳《左庵词话》，唐圭璋编《词话丛编》，中华书局，1986 年，第 3104 页。

② 丁绍仪《听秋声馆词话》，唐圭璋编《词话丛编》，中华书局，1986 年，第 2618、2619 页。

趣颇近欧、晏，微乏风骨，且未精纯耳。王氏词综录其生查子云：‘薄醉不成欢，转觉春寒重。鸳枕有谁同，夜夜和愁共。　梦好恰如真，事往翻如梦。起立悄无言，残月生西弄。’‘鸳枕’本作‘枕席’，兰泉司寇为易‘鸳’字，诗词之辩，正在乎此，非深得词家三昧者不解。”[①]丁绍仪认为彭孙遹词作不够精纯，以王昶《词综》收录并修改其《生查子》为例，说明不够精纯的具体所指在语言字句上。原作是“枕席”，王昶改为“鸳枕”，“枕席”直白浅率，甚至有些俚俗，“鸳枕”有画面感，且绮丽细腻，最重要的是关涉情语，有寓意。鸳鸯成双成对，喻指夫妻恩爱，永不分离，烘托出男女情思的情境，又与词作思人苦独的情感形成反衬。故“鸳枕”比“枕席”更为婉转绮丽。

婉转委曲的表达往往需要细软多情的语言。丁绍仪认为：“语有宜于词不宜于诗者，富平李天生太史因笃别母诗云：‘老母悯游子，欲言先歔欷。不问何日行，先问何日归。’非不真挚，终嫌浅率。钱谢庵吏部用其意为临江仙后结云：‘行期还未定，急为问归期。’便觉情韵悠长，耐人循讽。”[②]所以在语言表达上，诗词迥异，寻常话语与意象都可以在词中更加婉丽有情韵。

其次是词体内部的正变之分。正变之说源自《诗经》的正风、正雅与变风、变雅。在李清照提出“别是一家”之前，陈师道和晁补之就词体的本色当行进行过讨论。陈师道《后山诗话》说：“退之以文为诗，子瞻以诗为词，如教坊雷大使之舞，虽极天下之工，要非本色。今代词手，惟秦七、黄九尔，唐诸人不迨也。”[③]晁补之不认可黄庭坚的词，说：“苏东坡词，人谓多不协音律，然居士词横放杰出，自是曲子中缚不住者。黄鲁直间作小词，固高妙，然不是当行家语，是著腔子唱好诗。”[④]认为黄庭坚也是以诗为词，不纯正，脱离了词体原本的题材

① 丁绍仪《听秋声馆词话》，唐圭璋编《词话丛编》，中华书局，1986 年，第 2600、2601 页。

② 丁绍仪《听秋声馆词话》，唐圭璋编《词话丛编》，中华书局，1986 年，第 2804 页。

③ 何文焕辑《历代诗话》，中华书局，1981 年，第 309 页。

④ 吴曾《能改斋词话》，唐圭璋编《词话丛编》，中华书局，1986 年，第 125 页。

内容和风格表达。“本色当行”与词体的正体、正宗、正统相对应，是针对苏轼等以诗为词的新风格而言。在陈师道和晁补之看来，词体的正宗应是循《花间词》一路，风格婉丽，音律谐和的词作，秦观词闲雅空灵、婉约凄美，正是代表。明人的正变观也是以婉约为正，不尚豪放一格。清代初期依然延续以婉约为正的观念，后浙西词派大盛，提倡以清雅为正，继之常州词派以骚雅为正。丁绍仪并未直言词体的正体为何，而是先对变体进行了分析。

第一，不尚“苏辛”一格，归入变体。说：“楚中人士鲜工倚声，道光初天门刘孝长（淳）、张玮公（其英），始相与为词。监利蔡黄楼（偁），起而应之，惜皆宗法苏、辛，不甚纯粹。”①认为《词综》所选较为纯粹，在辑补《词综》时说：“宋闺媛词散见记闻杂录中者，词综亦多未录。……各词虽不若词综所选纯粹，且多出自稗说，未足尽信。”②《词综》，朱彝尊、汪森编辑，宗法姜、张，推崇清空骚雅的风格。丁绍仪所谓的“纯粹”正宗，即清空骚雅的风格，而苏、辛一路则归入变体之流。

这也是丁绍仪不认可郑燮词作的原因：“江左郑板桥大令（燮）兀奡自喜，书法如其人，尤善画兰，至今片纸只字争相什袭。所著诗词皆自选自刻，世人亦多称之。然如满江红云：‘我忆扬州，便想到、扬州忆我。第一是、隋堤穉柳，不堪烟锁。潮打三更瓜步月，雨荒十里桥火。更娇红、零落不成圆，樱桃颗。　　何日向，江村坐。何日上，江楼卧。胜诗人几辈，酒人几个。花径不无新点缀，沙鸥颇有闲功课。笑白头、犹作折腰人，将无左。’语虽俊迈，终非词苑正宗。”③郑燮不满于官场黑暗，有归思之想，遂以此词述志。

第二，那些逞才弄巧、调笑谐谑、没有借鉴意义的游戏之作，接近俳体，亦非词体正宗，不得认可。如其所列举的一些浅俗直白、滑稽

---

① 丁绍仪《听秋声馆词话》，唐圭璋编《词话丛编》，中华书局，1986年，第2616页。

② 丁绍仪《听秋声馆词话》，唐圭璋编《词话丛编》，中华书局，1986年，第2667—2670页。

③ 丁绍仪《听秋声馆词话》，唐圭璋编《词话丛编》，中华书局，1986年，第2829、2830页。

可笑，毫无委婉蕴藉、清空骚雅可言之作：

> 乐府雅词无名氏仄韵满庭芳云："风急霜浓，天低云淡，过来孤雁声切。雁儿且住，略听自家说。你为离群到此，我共那、人人才别。松江岸，黄芦丛里，天更待飞雪。　声声肠欲断，和我泪珠，点点成血。这一江流水，流也呜咽。告你高飞远举，前程事、永无磨折。须知道、飘零聚散，终有见时节。"（此调词律未收）意致亦相似，惜近俳体，非词家正宗。①

丁绍仪通过对词体外部和内部的双重分辨，不尚苏、辛，不近俳体，以蕴藉委婉、清空骚雅为词体的本色正宗，为更好处理与诗歌的关系奠定了基础，为词体发展指明了方向。上部分根植《诗》学话语体系是强调诗词同源，而这部分明辨词体，是强调诗词异体。词体有其独立纯正的发展轨道，不论如何向诗歌溯源、借鉴，终归要以词体要素衡量词体。

三、确立词体之要在格调

早期的音乐文学，发展到清代，因为词乐的消亡，已发生质变。正如纪昀《四库全书总目提要》"宋名家词"提要中所说："词萌于唐，而盛于宋。当时伎乐，惟以是为歌曲，而士大夫亦多知音律，如今日之用南北曲也。金、元以后，院本杂剧盛，而歌词之法失传。然音节婉转，较诗易于言情，故好之者终不绝也。于是音律之事变为吟咏之事，词遂为文章之一种。其宗宋也，亦犹诗之宗唐。"②可见，有清一代词体最大的变化就是由"音律之事"变为"吟咏之事"，词体的音乐特性转化为了词体的格律声调，由综合性艺术形式转变为纯粹的文学性质，成为文章之一种。

在新的历史背景下，清人对词体也产生了一些新的共识。首先，

---

① 丁绍仪《听秋声馆词话》，唐圭璋编《词话丛编》，中华书局，1986 年，第 2595、2596 页。

② 《四库全书总目提要》，河北人民出版社，2000 年，第 5519、5520 页。

词难于诗。江甲《煮石山房词钞叙》中说："词，诗之苗裔也。词之异于诗，人知之矣，而人不尽知矣。诗本天籁以出之，以意为程，而辞之多寡赴焉。《记》曰言之不足，则长言之。长言之不足，则嗟叹之。乐之谓诗之谓也。至于词则有律、有调、有谱，如穴斯在，投之而实，以臆见增损焉不能。而又必命意远，用字便，造语新，炼句响，清气溢乎其中，余味包乎其外，此词之所以难也。……噫，迩日能诗者有能词者鲜，能词者有知词之不异乎诗而卒异乎诗者，尤鲜。"[①]音声格律的固定限制，表达命意的曲折幽远，言语字句的生新巧妙，都在挑战词人的创作才能。这与厉鹗《楮叶词序》所言"词为诗余，而词倍难工于诗。调叶宫商，有小令慢曲之不同，旨远辞文，一唱三叹，非别具骚姿雅骨，诚不能窥姜、史诸公堂奥也"[②]，认识相合。

其次，词比诗难，难在格律。张云璈《沈秋卿梦绿山庄词序》说："诗以道性情，而词又性情之易为道者也。举凡羁人秋士、忧深思远，诗所不能达者，则藉词之曲折以达之，愈曲愈达，愈达愈曲，故见性情之真者，词较诗为尤甚。词名诗余，实有以补诗所不足，岂云余而已哉？然而性情虽同，思致或异，容有工于诗而不能词者，即为之而不如诗之工者，非词与诗歧途，格律不同而才力有限所致也。"[③]冯金伯《词苑萃编》引吴陈琰语云："词有四声五音均拍轻重清浊之别，其为之也较难于诗。"[④]除去作者才力等外因，明确认为词声律难于诗。

故谢元淮《填词浅说》中说："词为诗余，乐之支也。……至宋而其体益备，设大晟乐府，领以专门名家，比切宫调，不爽铢黍于依永和声之道，洵为盛矣。迨金变而为曲，元变而为北曲，而曲又与词分，明分北曲为南曲，愈趋愈靡。是知词之为体，上不可入诗，下不可入曲。要于诗与曲之间，自成一境。守定词场疆界，方称本色当行。至其宫

① 孙克强等编著《请人词话》，南开大学出版社，2012 年，第 1140 页。

② 孙克强等编著《清人词话》，南开大学出版社，2012 年，第 738 页。

③ 孙克强等编著《清人词话》，南开大学出版社，2012 年，第 903 页。

④ 孙克强等编著《清人词话》，南开大学出版社，2012 年，第 813 页。

调、格律、平仄、平阳，尤当逐一讲求，以期完美。”[①]言明众所感知的声律难点正是词体独立于诗、曲的关键，由音谱转化来的律谱成为清代词体区别于诗体的独特所在，也是词体保持其独立的根本。

在词体声律上，万树、戈载曾做出重要探索，故俞樾《绿竹词序》说：“词莫盛于宋，元曲兴而词学稍衰。有明一代非无作者，而不尽合律，毛公所谓徒歌曰谣者也。至我朝万红友《词律》出，而填词家始知有律。然榛芜初辟，疏漏犹多。道光间，吴门有戈顺卿先生，又从王氏之后，密益加密。于是阴平、阳平、及入声、去声之辩细入毫芒。词之道尊，而填词亦愈难矣。”[②]故词体尊，格律必严；格律严，词体自尊。

吴中词派的领袖戈载更明确指出词体首要在格律，声韵之学关系词体兴衰。“善乎顾涧蘋丈之言曰：‘词之所以为词者，以有律也。词之有律，与人之有五官无异。五官之位次，一定不易。若移目为口，置耳于鼻，鲜不骇为怪物者。词之律亦然。人必五官端正，而后论妍媸；词必四声和协，而后论工拙，否则长短句之诗耳，何云词哉？’……涧蘋丈之言如此，洵深于词学者矣。”[③]受顾广圻词体观念的影响，戈载亦主张严守声律，且词之为词，要先合体，再讲工拙、好坏。又因忧虑“恃才者不屑拘泥自守，而谫陋之士往往取前人之稍滥者，利其疏漏，苟且附和，借以自文”[④]等词律失守的情况存在，且积久成习，造成“韵学不明，词学亦因之而衰矣”的现象，故提出“然填词之大要有二：一曰律，二曰韵。律不协则声音之道乖，韵不审则宫调之理失，二者并行不悖”[⑤]的观点。

丁绍仪亦十分认同声律对词体发展的质性作用，在《听秋声馆词话》全篇之首明确说道：

> 自来诗家，或主性灵，或矜才学，或讲格调，往往是丹非

---

① 谢元淮《填词浅说》，唐圭璋编《词话丛编》，中华书局，1986 年，第 2509 页。

② 冯乾编校《清词序跋汇编》，凤凰出版社，2013 年，第 924 页。

③ 冯乾编校《清词序跋汇编》，凤凰出版社，2013 年，第 797 页。

④ 戈载著，田松青编校《词林正韵》，上海古籍出版社，2011 年，第 65 页。

⑤ 戈载著，田松青编校《词林正韵》，上海古籍出版社，2011 年，第 84、65 页。

素。词则三者缺一不可。盖不曰赋、曰吟，而曰填，则格调最宜讲究。否则去上不分，平仄任意，可以娱俗目，不能欺识者。至性灵才学，设有所偏，非剪彩为花，绝无生气，即杨花满纸，有类瞽词。如杨升庵慎转应曲云："促织。促织。声近银床转急。熏残百合衣香。消尽兰膏夜长。长夜。长夜。露冷芙蓉花谢。"非不典丽，读之索然意尽。又如陈在田见鑨前调云："百舌。百舌。飞上花梢啼急。一声声似多情。搅得鸳衾梦惊。惊梦。惊梦。鸟也把人调弄。"非词非曲，村不可耐。然升庵另有转应曲云："银烛。银烛。锦帐罗帏影独。离人无语销魂。细雨斜风掩门。门掩。门掩。数尽寒宵更点。"便与前调有清空质实之分。①

明确提出"格调最宜讲究"的观点。《词话》共出现两处"格调"，第二处是：

格调之舛，明词为甚，国初诸家，亦尚不免。盖奉程张二家啸余图谱为式，踵讹袭陋，如行云雾中。康熙初，宜兴万红友(树)龂龂辨证，定为词律，廓清之功不小。惜所收各调，错漏尚多。②

首先，丁绍仪把影响深远的三大诗歌理论主张对应到词体，认为词这一独立文体最应该讲究格调。性灵，是明代公安派的代表袁宏道提出，主张诗不要为传统、成法、格套限制，应自由抒发真情实感，跟随性情和心灵。境陵派钟惺、谭元春也主张抒写性灵，但不主张信口而为，要苦心寻问古人的微言奥旨。清袁枚继承此说，主张直抒性灵、真情实感，反对模拟抄袭、堆垛抄书。才学，出自严羽《沧浪诗话》批评江西诗派不良诗风："夫诗有别材，非关书也；诗有别趣，非关理也。……诗者，吟咏情性也。……近代诸公乃作奇特解会，遂以文字为诗，以才学为诗，以议论为诗。"③尤其是黄庭坚的夺胎换骨、点铁成

①② 丁绍仪《听秋声馆词话》，唐圭璋编《词话丛编》，中华书局，1986年，第2575页。
③ 严羽《沧浪诗话》，《历代诗话》，中华书局，1981年，第688页。

金,无一字无来处,无一韵无出处,融会经史,堆砌典实,以资标榜,导致诗人无不重视读书学问。至清代翁方纲提倡的“肌理”说,更是把儒家经籍和学问看作诗歌的根本,提倡学问诗。格调,是明代前后七子和清代沈德潜所提倡。尤其是沈德潜,注重诗法,讲究遣词造句、章法结构等,主张作诗应从格调入手,还把温柔敦厚的封建伦理和道德规定为格调的最高准则,因此深受乾隆的关注和重视。这三大诗歌理论主张影响深远,各有其精彩合理之处,但丁绍仪把最优先、最重要的位置给了格调。

其次,丁绍仪所谓“格调”,是指词体的声调韵律。《听秋生馆词话》共两处提到“格调”,第一处说不讲格调即“去上不分、平仄任意”;第二处说从明代至清初把程明善《啸余谱》和张綖《诗余图谱》奉为体式标准,错讹踵袭,康熙间万树《词律》方“纠正《啸余谱》及《填词图谱》之误,以及诸家词集之舛异”[①],且“作于宫谱失传之后,振兴词学,独辟康庄,嘉惠后者甚厚”[②]。可见丁绍仪所说“格调”的内涵已十分清晰,即指词体的体式法度、声律韵调。

最后,虽然格调最宜讲究,性灵与才学亦不可偏废。只有性灵,词作便鄙俗浅率,有类瞽词俚语。只有才学,词作便缺乏生机真趣,缺少韵味,板滞不灵。不过分修饰、清俊蕴藉、醇正古雅的词作方是丁绍仪赞许的“清空”一格。丁绍仪对词体的定义不是一维的,而是以格调为基础多维并进,真情实感的流露,典雅委婉的表达,精致巧妙的雕琢,这些都是词体更好抒发情感的必要要素。

就以上丁绍仪词体理论的核心观点而言,相比吴中词派戈载唯有声韵关系到词体盛衰的观点,丁绍仪的词体理论是进步的。词乐失传,格调成为案头化词体展现原始音乐属性的唯一要素,但不是词体的唯一要素,为了避免吴中词派一味守律,被规矩所左右,需要用真情实感增强词体的韵味和灵动,需要博学才识提升词体的蕴藉醇

① 《四库全书总目提要》,河北人民出版社,2000 年,第 5502 页。

② 杜文澜《词律续说》,万树《词律》,上海古籍出版社,1984 年,第 19 页。

厚。所以丁绍仪的词体理论就像一个稳固的倒三角，以格调维度为倒三角最下面的一点，以性灵和才学两个维度为上面的两点；最下面的格调是基础，也是词体独立的根本，没有格调，这个倒三角便不复存在；而上面的性灵和才学则相互制衡，维护倒三角的稳固。

四、《听秋生馆词话》中的批评实践

由上可知，丁绍仪词体理论分为三大步骤，分别是尊体、辨体和立体。尊体为词体争取外部的发展空间和支撑；辨体为词体发展提供边界；立体是核心，确立了词体生存和发展的三大要素，即格调、性灵和才学，其中格调最为重要。三大步骤中体现出来的四大要点是声韵格律、比兴寄托、清空醇雅和真情实感，也是词话中批评实践所围绕的四个层面。

一，从词乐、词律、词韵、协律评议四个方面推重词体的声韵格律。词乐已失传，今词、古词，皆不可歌。谢元淮以其《碎金词谱》赠予丁绍仪，丁绍仪发现“每字谱以今之四上工尺，云自姜石帚词旁注谱中寻究而出，实得古来不传之秘。余不能歌，询之善歌者，则只堪协以笙笛。后质之宜泉司马，言近时所行昆腔，与古歌迥殊。古歌多和声，似今之高腔，然与高腔又有别。声音之道，与世递迁，执今乐以合古词，终不免宫凌羽替。即如井田封建、学校辟举、舆西北之水田、秦陇之蚕桑，泥古之士，每以为可行，而卒不能行，天时地利限之，有非人力所能强者，不独歌词一端而已”[①]。在多番尝试、请教之后，丁绍仪指出词乐失传这一客观事实不可逆，今乐唱不了古词。

丁绍仪于词律用力颇勤，《听秋声馆词话》中大量篇幅在校正、补订《御定词谱》和万树《词律》的字词句、分片、词调等舛误，说：“万氏词律成于康熙二十六年，共六百五十九调，计一千一百七十三体。至五十四年，钦定词谱成，共八百二十六调，计二千三百六体。较之万律，增体一倍有奇。然校定为谱者，仅居其半，余皆列以备体而

① 丁绍仪《听秋声馆词话》，唐圭璋编《词话丛编》，中华书局，1986 年，第 2971 页。

已。……所收映山红慢，乃宋时元绛作，而讹为元载，以是知邓林沧海，虽奉勅搜讨，尚多遗夫。且考核偶疏，即不免舛午。昔与伯夔丈谈此，丈云：天下事大抵如此，世人每恃其一己之私，谓足以甄罗无失，其失弥甚，文字其一端耳。”[①]不论是万树个人之作，还是奉命集体所作，皆有疏漏错讹，不可不校。

丁绍仪认为校对字句即是校对声律和词意，是规范词体声律准则的重要方法。说：“昔与皀芗宗伯论及词中有讹脱一二字，意调俱失者。余谓补遗中采辑各词，如与调未协，文义亦不贯串，必原本脱落字句，似宜计字留空，或于词下注明，免致后人认为另体。”[②]故《听秋声馆词话》校对了《词综》、《词综补遗》等词籍，在词籍校勘上十分重视。

他认为词韵以响且稳为准，还要韵韵皆响。说：“诗贵用韵，韵宜稳宜响。不响则虽首尾完善，中有好句，终觉口齿滞涩。词韵虽宽于诗，然有一句两句，句句用韵者，有多至数句方用韵者，一韵不响，通篇减色矣。”[③]稳韵指平易易押的韵辙，响韵指发声较响亮的韵辙，开口韵母属于响韵。这一观点突出了词韵充当词体声情的潜在作用，有助于形成情感的结点和层累。词韵稳且响的典范之作是谭献小令。如：“南湖怀古探春慢云：‘流水当门，乱山绕郭，危亭高耸云表。款竹寻僧，穿林访艳，几度吟踪曾到。十里香尘路，更谁识、故侯园沼。一袈裟地犹存，粉围香阵都杳。　　休问平原野老。叹玉照堂攲，空剩斜照。断塔埋烟，残碑蚀雨，满目萋迷荒草。一觉繁华梦，怅回首，劫灰如扫。惟有梅花，迎人依旧含笑。’题金东心画梅隔溪梅令云：‘一枝瘦骨写空山。影珊珊。犹记昨宵，花下共凭阑。满身香雾寒。　　泪痕偷向墨池弹。恨漫漫。一任東风，吹梦堕江干。春残花未残。’十四寒，哑韵也，押之妥协，便有余音。如易前词杳韵作渺，

---

① 丁绍仪《听秋声馆词话》，唐圭璋编《词话丛编》，中华书局，1986 年，第 2802、2803 页。

② 丁绍仪《听秋声馆词话》，唐圭璋编《词话丛编》，中华书局，1986 年，第 2746 页。

③ 丁绍仪《听秋声馆词话》，唐圭璋编《词话丛编》，中华书局，1986 年，第 2718 页。

意则犹是，而韵哑矣。”[①]词韵稳切亦是行家表现：“姚君春木尝言其乡人黄研北司马（仁）词甚工，余觅其稿未获，仅于元和朱子鹤词稿中见其赋谢饷莼即用见寄韵摸鱼儿云：‘问当年、季鹰何事，相思偏在秋老。波光万顷和风飐，一碧暗催诗稿。劳远眺。记亭倚垂虹，宛转心萦绕。渔师昨报。恰雉尾初齐，龙髯新长，风味绝尘表。　蒙持赠，伴以瑶华寄早。缠绵如挹兰抱。邹陈唱和图重绘，添个采春游棹。思浩渺。把锦带羹调，顿许闲愁扫。相逢醉倒。道羊酪休提，河豚未上，第一露葵好。’次韵极稳，洵非作家不辨。”[②]

故声律和谐成为《听秋声馆词话》收录评议词作的重要标准之一，对声律协和，香口美听的词作尤为赞许。如：“养初（王寿庭）著有吟碧山馆词。秋夜南柯子云……幽艳绝伦，诵之口馥。”[③]“春木（姚椿）方和陶诗，即用答庞参军韵赋诗见赠。并示所著洒雪词，如食哀梨，清脆无比。”[④]“（赵吉士）所著万青阁词，多侧艳体。余独爱其登晋阳城楼点绛唇云……临洺关偷声木兰花云……甲寅元夕浪淘沙云……吴宫怀古虞美人云……冬夜宿北顶僧舍相思引云……玉笛金笳，别饶逸响。”[⑤]以及戴坤元“赴粤舟次依铜士韵寄答摸鱼儿云……笙清簧脆”[⑥]等。

二，比兴寄托上，关注词体对社会层面的讽喻，认可常州词派在这方面的成就。词体通过比兴寄托以实现词体的微言大义和讽喻谲谏，所以具有言外之意和象外之旨的词作便成为丁绍仪《听秋生馆词话》的重要关注对象，如韩致尧经历唐末易代，把内心的忠愤寄托在词作中，如《生查子》（侍女动妆奁）一词，其忧虑时事，鄙视杨涉之流

---

① 丁绍仪《听秋声馆词话》，唐圭璋编《词话丛编》，中华书局，1986 年，第 2718 页。

② 丁绍仪《听秋声馆词话》，唐圭璋编《词话丛编》，中华书局，1986 年，第 2800 页。

③ 丁绍仪《听秋声馆词话》，唐圭璋编《词话丛编》，中华书局，1986 年，第 2636 页

④ 丁绍仪《听秋声馆词话》，唐圭璋编《词话丛编》，中华书局，1986 年，第 2648 页。

⑤ 丁绍仪《听秋声馆词话》，唐圭璋编《词话丛编》，中华书局，1986 年，第 2693、2694 页。

⑥ 丁绍仪《听秋声馆词话》，唐圭璋编《词话丛编》，中华书局，1986 年，第 2731 页。

的意图便十分明显。宋末以比兴寄托入词的情况更为普遍：

> 宋末人语馨旨远，浅涉者每视为留连景物而已，不知其忠愤之忱，恒寓于谐声协律中。蒋剑人茂才(敦复)读张玉田西湖春感高阳台词，谓玉田拳拳故国，履见乎词，集中多题水仙之作，此与赵子固同意，以寓其厓海之思。即用其韵题后云……真善会作者意。[①]

更力主苏轼《贺新郎》(乳燕飞华屋)和《卜算子》(缺月挂疏桐)寄托遥深，说："贺新郎调一百十六字，或名贺新凉，或名乳燕飞，均因东坡词而起，其词寄托深远，与咏雁卜算子云：'缺月挂疏桐，漏断人初静。时见幽人独往来，缥缈孤鸿影。　惊起却回头，有恨无人省。拣尽寒枝不肯栖，寂寞沙汀冷。'同一比兴。乃杨湜词话谓为酒间召妓铺叙实事之作，谬妄殊甚。"[②]并条分缕析地反驳杨湜观点，一一解释其微言大义，把词体的比兴寄托、言外之意展示得淋漓尽致。

至有清一代，此手法不仅得到了继承，而且被常州词派所推崇而发扬光大。如常州词派重要的词论家周济，"蝶恋花云：'络纬啼秋啼不已。一种秋声，万种秋心里。残月似嫌人未起。斜光直透罗帏底。

唤向闲庭看露洗。薄翠疏红，毕竟能余几。记得春花真似绮。谁将片片随流水。'绿阴玉京秋云：'春乍去。霎时吹尽，彩幡虚护。几许嫣红，霎时吹尽，何关风雨。多谢疏帘影，面面遮断，送春心绪。莺休语，不知谁在，绿窗深处。　一枕香迷蝶栩。向西园、余情更苦。记得那回，青骢嘶过，蘼芜横路。忘却珊鞭坠，为憾楼上，盈盈眉妩。空凝伫。惟有垂杨惯舞。'言外俱有旨意在"[③]。周济主张词要出入寄托，不露痕迹故其词不易读懂。此首《蝶恋花》，以秋声、秋光和听觉、视觉烘托悲秋之心，感叹岁月流逝的无情，怀念似绮的春华。

---

① 丁绍仪《听秋声馆词话》，唐圭璋编《词话丛编》，中华书局，1986年，第2790、2791页。

② 丁绍仪《听秋声馆词话》，唐圭璋编《词话丛编》，中华书局，1986年，第2706页。

③ 丁绍仪《听秋声馆词话》，唐圭璋编《词话丛编》，中华书局，1986年，第2713、2714页。

可能是对"小我"命运的感慨，对未来的迷惘，也可能是因嘉庆、道光间，盛世不在，悲哀遍布，由此产生对现实的忧患。但词面上又淡淡道出，把这种悲感引发开去，是思考人生或忧患乱世，又或兼而有之，总归是寄兴遥深，耐人寻味。可见比兴寄托这一手法，不仅是词体实现政教伦理功能的重要手法，更是对词体抒情功能的延伸和拓展。

三，推崇清空醇雅的风格。此取向在《听秋声馆词话》中十分普遍，略举数例如下。清初黄景星"词仅存边庭夜宴图柳梢青云：'班超老去，文姬归晚，一样天涯。帐外云山，尊前明月，膝上琵琶。　长城高隔中华。费版筑、秦家汉家。一片金笳。数声玉笛，几阵黄沙。'亦不失雅音"[①]。

又如词品如人品一样雅洁的史震林，"长斋佞佛，不慕荣利。有耦耕书院对早梅洗砚喜段玉函至浣溪沙云：'古树寒鸦集复惊。北风凉透缊袍轻。小塘残水渐成冰。　日色淡来花意散，雁声孤处客愁凝。那时离别此时情。'冬日与梦觇入南山访友未遇借宿村舍丁香结云：'犬吠疏篱，雀喧深筱，漠漠水村烟墅。望暮云凝处。断雁外、草色枯黄如土。连冈痕尚黑，残燎在、石棱尽露。柴门还有，未掩破屋，茅茨新补。　仙路。指直北峰头，一线迂回难度。月冷霜浓，幽人好在，定添新句。长是寒夜酒醒，更觉离情苦。待春回重见，心与梅花并吐。'翛然之致，雅如其人"[②]。

再如颇具文名的蒋知节"词独清妙……其体牛坳吹笛图洞仙歌云：'谁家牧子，下斜阳樵径。短笛声清四山应。任吹来天籁，略带宫商，浑不减、五月落梅风韵。　知音桓子野，倾耳风前，一样青云动幽兴。悬簿遍高门，挟瑟吹竽，难陶写、骚人情性。便白石南山宁生歌，也不令斯时，溷人清听。'可谓别具妙心，自饶雅韵"[③]。

四，注重真情实感的抒发。如被蒋国华的兄弟亲情感动："（蒋国华）有哭弟百字令云：'天乎何酷，正田荆芳茂，一枝先萎。亿昔推梨

---

① 丁绍仪《听秋声馆词话》，唐圭璋编《词话丛编》，中华书局，1986 年，第 2629 页。

② 丁绍仪《听秋声馆词话》，唐圭璋编《词话丛编》，中华书局，1986 年，第 2773 页。

③ 丁绍仪《听秋声馆词话》，唐圭璋编《词话丛编》，中华书局，1986 年，第 2803、2804 页。

还让枣，幼慧早传乡里。金阙才登，玉楼遽召，竟爽而今已。雁行中断，不堪翘首云际。　　思子况见双亲，凭棺絮语，互洒风前涕。为劝节哀佯作达，难掩神伤心悸。姜被寒生，谢池梦杳，中夜频惊起。泉台思慰，忍教孤寡无倚。'"[①]丁绍仪认为此词属于悲苦凄惨的沉痛之作，不忍读完。

又如好事词人乐钧对姑苏女伶雪如的一往情深令其感叹。"雪如将还吴门，有相待半塘之约，送以金缕曲云：'且莫伤离别。照同心、江南江北，一般明月。此去洗妆梅花下，判取玉钗寒彻。记那日、酒阑曾说。衣上珍珠千万颗，是三生、泪点迎风结。因往事，又呜咽。　　迟回心事今来决。问相逢，绿杨门巷，燕飞时节。十里横塘东流水，比似清波千折。更眼底、一天冰雪。多少吹箫红粉伴，看江头、打桨呼桃叶。歌此曲，重凄切。'"[②]其中有分别的悲怆、离别的痛苦，纵然不舍，亦不会再相见。但尚未分离，想念已不可抑，可谓情深。

有些词作虽然语言俚俗，但因抒发的情感真实生动而被《听秋声馆词话》收录。如："薛沂叔(泳)客中守岁青玉案云：'一盘消夜江南果。吃果看书只清坐。罪过梅花料理我。一年心事，一生牢落，尽向今宵过。　　此身本是山中个。才出山来计先左。手种青松应已大。缚茅深处，抱琴归去，又是明年那。'语虽俚俗，意致颇佳，垂老他乡，读之凄悒。"[③]与寓居异乡的丁绍仪产生了情感共鸣。

更甚者，认为词人性灵的自然流露处可以与经济事功相辉映。"词有因人而重，如杜祁公之满江红，韩蕲王之南乡子，其天真流露处，足与经济事功相映发，不当以工拙计。故皀芗宗伯词综补遗亟登之，顾搜采尚有未及。如李卫公(德裕)之步虚词，杨文公(忆)之少年游，曾文定(巩)之赏南枝，蔡忠惠(襄)之好事近，苏文定(辙)之渔家

① 丁绍仪《听秋声馆词话》，唐圭璋编《词话丛编》，中华书局，1986年，第2805、2806页。

② 丁绍仪《听秋声馆词话》，唐圭璋编《词话丛编》，中华书局，1986年，第2579、2580页。

③ 丁绍仪《听秋声馆词话》，唐圭璋编《词话丛编》，中华书局，1986年，第2664页。

傲，谢文节（枋得）之沁园春，即以词论，亦工于杜、韩。”[①]丁绍仪续补的这些词作，充斥着词人自况与对人生的感受和思考，突出了“我”之“性灵”，具有很强感染力。

五、余论

综上所述，丁绍仪《听秋声馆词话》中的词体理论可以总结为以下几点。

第一，《听秋声馆词话》中没有明确系统的理论表达和布局，但并非毫无踪迹可寻。丁绍仪纯粹客观地从词体的生存和发展出发，对词体进行了系统深入的思考，三大步骤、四大要点便是其词体理论的精要。三大步骤是指尊体、辨体和立体，四大要点有声调格律、比兴寄托、清醇雅正和真情实意。这一词体理论打破了《听秋声馆词话》“资料汇编”、“历史资料笔记”等偏向纯文献资料的固有印象。

第二，《听秋声馆词话》中的词体理论以诗歌为参照物，探讨词体起源、词体特性、词体构成要素，是诗学视域下的词体理论。有宋一代的“以诗为词”、“以文为词”等破体行为，并未根本动摇词体的音乐属性和抒情本色。而词乐失传的有清一代，至丁绍仪所处的晚晴，词体已全然案头化，成为长短句诗。词体的发展不得不借鉴诗歌发展的经验，走上坚决的复古道路，完成从小我到大我的升级转变，成为正统诗教行列的一员，以获取新的发展空间，这是词体发展过程中无奈且必然的时代性选择和拐点。

第三，《听秋声馆词话》中的词体理论不属于任何词学流派，且客观公正。在《听秋声馆词话》刊行时，词坛主要有浙西词派、常州词派和吴中词派三家。吴中词派只讲声韵，丁绍仪也强调词体的声调格律最为重要，但另以性灵和才学相辅助，避免了吴中词派的弊端。丁绍仪高度认可浙西词派的领袖朱彝尊，认为其“于南北宋词兼收并

① 丁绍仪《听秋声馆词话》，唐圭璋编《词话丛编》，中华书局，1986年，第2654页。

采，蔚为一代词宗，顾仅以玉田自拟”[①]。把浙西词派引向狭隘的不是朱彝尊，“若谓饾饤逞能，乃学者之过，不得为太史（朱彝尊）诟病”[②]。丁绍仪并未因赏识朱彝尊而一味信奉浙西词派，亦未因浙西词派末流给词坛带来的种种弊端而否定朱彝尊的创作成就和贡献。虽然丁氏家族的词风偏向浙派，且丁绍仪与诸多浙派词人交好，但丁绍仪并未因此而失了客观公允，推崇其清空醇雅的词风，但不主张过分雕饰和无病呻吟。常州词派推崇比兴寄托，丁绍仪对此十分重视，认为比兴寄托在词体发展过程中发挥着不可替代的强势作用，但并不认可张惠言过度强调词体诗教功能的行为。对经学大家张惠言的词体创作亦不看好，认为其是余力作词，没有经学成就大。所以，丁绍仪是以客观公正的态度对待三大词派的词学领袖、词论观点和词体创作，并吸收了浙西词派清空醇雅的风格、吴中词派重视格调的主张、常州词派发扬的比兴寄托，建构更加符合清词发展的词体理论。

第四，《听秋声馆词话》中的词体理论半旧半新，属于融合式创新。所使用的话语概念旧，思维框架和结构新。它不是在批判各派的基础上全新涅槃，而是融合各家之说，重新确立词体理论的结构，以旧酒装新瓶。这种融合式的半创新类型，也是清末词体理论发展的主要模式。丁绍仪词体理论把声律格调放在第一位，亦不废词体的比兴寄托和性情才学，与其后“清末四大家”声律与体格并重的主张相合，可以说是清末主流词体观念的先声，颇有远见。

（华东师范大学中文系）

① 丁绍仪《听秋声馆词话》，唐圭璋编《词话丛编》，中华书局，1986 年，第 2590 页。

② 丁绍仪《听秋声馆词话》，唐圭璋编《词话丛编》，中华书局，1986 年，第 2623 页。

民国时期词学批评视野中的苏轼论*

胡建次

内容摘要：民国时期词学批评视野中的苏轼论，主要体现在三个维面：一为襟怀才性与艺术特征论，二为词法技巧论，三为苏辛比较论。在第一个维面，人们持续肯定苏轼的才华，品评其词的艺术特征并予以推扬。在第二个维面，人们就苏轼以诗为词和其词是否协韵进行论析。在第三个维面，人们就苏辛词的创作技巧、意境呈现、风格表现等展开评述。民国时期词学对苏轼的论评，为更好地把握其人其作提供了平台。

关键词：民国词学；苏轼论；襟怀才性；词法技巧；苏辛比较

* 基金项目：国家社会科学基金项目"民国时期重要词学理论批评承纳、建构与展开研究"(16BZW001)。

The Criticism on Su Shi's Ci-poetry in the Period of the Republic of China

Hu Jian-ci

Abstract: The criticism on Su Shi's Ci-poetry in the period of the Republic of China is mainly embodied in three aspects: one is the theory of talent and artistic characteristics, the other is the theory of lexical skills, and the third is the comparative theory of Su and Xin. In the first dimension, people continue to affirm Su Shi's talent, comment on the artistic characteristics of his Ci-poetry and promote it. In the second dimension, it is discussed whether Su Shi's poems are consonant with his poems. In the third dimension, people constantly comment on the creation skills, artistic conception presentation and style performance of Su Shi's and Xin Qi-ji's Ci-poetry. In the period of the Republic of China, the criticism of Su Shi by Ci-poetry provides a platform for us to grasp his works better.

Keywords: Ci-poetry criticism in the period of the Republic of China; the criticism on Su Shi's Ci-poetry; talent; lexical skills; the comparative theory of Su and Xin

苏轼(1037—1101),字子瞻,又字和仲,号东坡居士,世称苏东坡。他博学多识,才情非常人所能及,一生坎坷,仕途不顺,几经贬谪,然胸中豪放与旷达只增不减,融汇在作品中表现得尤为丰富多彩,或如万里风来般的豪放,一开豪放派之先河;或为杨花泪里的纸短情长,温柔蕴藉。他一改往日词作的秾纤之貌,清雄并举。其以诗为词的创作手法极大地拓展了词的艺术表现,而其中不协音律与巧协音律之处亦招来议论频频,引人深思。他与后来被称为"词中之龙"的辛弃疾的比较,也在岁月的沉淀中变得丰富多彩。这些对苏轼襟怀情性、创作特征、词法技巧及苏辛比较等方面的论评,极大地丰富了词学批评视野中苏轼论的内涵，为不断拓展与深化对苏轼及其词作的认识提供了平台。

一、襟怀才性与艺术特征之论

我国传统文论多将作家的襟怀才性、道德人品等与其创作相关联，提倡知人论世，认为作者才情、人品与作品多有关联。民国时期亦然，将苏轼的襟怀才性与其词作所展现的艺术特征相联系，是词学批评家们展开品评的重要一维。

自苏轼开创豪放词始，其流传广泛，影响很大，学习创作豪放词的人络绎不绝，至民国时期仍大抵如此。然民国时期批评家在如何习学苏词上似有新知。民国初期，陈匪石《旧时月色斋词谭》有云："苏、辛豪情逸气，自不可及，亦不可学。学之则易留于粗。余固不敢问津也。"[①]陈匪石高度称扬苏轼、辛弃疾的豪迈情怀与慷慨气概，其反观自身，认为自己所具有的豪情逸气较苏、辛相距甚远，故其持论，不可勉强学习二人词作，并认为强学苏辛，所作之词易沦为粗俗之言，反而贻笑大方。蒋兆兰《词说》有云："初学填词，勿看苏、辛。盖一看即爱，下笔即来，其实只糟粕耳。"[②]蒋兆兰一方面肯定苏词的艺术魅力，称其"一看即爱"，另一方面，认为在这强大吸引力驱动下的摹仿却多有糟粕，他进一步道出了苏词不易习效的特点。民国中期，况周颐在《历代词人考略》中云："按填词以厚为要旨。苏、辛词皆极厚，然不易学，或不能得其万一，而转滋流弊，如粗率、叫嚣、澜浪之类。"[③]其在《蕙风词话》中亦云："东坡、稼轩，其秀在骨，其厚在神。初学看之，但得其粗率而已。其实二公不经意处，是真率，非粗率也。余至今未敢学苏、辛也。"[④]词创制之初，是以文辞配以曲调，应声和韵

---

① 陈匪石编著，钟振振校点《宋词举(外三种)》，江苏古籍出版社，2002 年，第 212 页。

② 唐圭璋编《词话丛编》，中华书局，1986 年，第 4633 页。

③ 况周颐撰，屈兴国辑注《蕙风词话辑注》，江西人民出版社，2000 年，第 377 页。

④ 况周颐著，王幼安校订《蕙风词话》；王国维著，徐调孚注，王幼安校订《人间词话》，人民文学出版社，1960 年，第 18—19 页。

用以演唱的。词有调名，称为“词牌”，依调填词是为“倚声”。况周颐认为，填词重在意蕴的醇厚，而“醇厚”二字具体表现为词作内涵的丰富厚实。“厚词”是值得细品和推敲的。他认为，苏、辛二人词旨深致、音韵华美，读来余音绕梁，仔细品咂间能够体悟到所蕴含的深层意味，而词作想要达到这般甚具特色的艺术效果是很困难的，更是一般学词者所难以企及的。若只求形似则易沦为叫嚣之语，势必显得粗劣草率，故况周颐感喟道，“余至今未敢学苏、辛也”。民国后期，赵尊岳《珍重阁词话》有云：“学苏辛首贵襟抱，学梦窗大小晏，首贵学力。学力可以求进，襟抱难于求进，故学苏辛者，每每取雄而遗清。”[①]赵尊岳在论说学习苏轼、辛弃疾与吴文英区别时指出，苏、辛之词重在表现创作主体襟怀抱负，吴文英之作则重在呈现创作主体学养才力。在他看来，学力是可以通过后天努力习得的，而襟怀抱负却更多地缘自天成，是天性使然。同时，赵尊岳还直陈，学苏、辛作词难在清隽与雄放不易兼举，转而容易产生叫嚣、狂放、率直等弊端。汪东在《唐宋词选评》中称道：“东坡天才高旷，不可羁勒，其词挥洒出之，若不经意。及其神思方运，兴会飙发，若乘培风之翼而翱翔乎云物之表，况诸诗家则太白也。”[②]汪东评说苏轼天资聪颖，兴发自在，行于其所当行，止于其所当止，思接千载，有诗仙李白之遗风。其又云：“后人无其天分，纷纷模拟，里丑效颦，声若蚊虻，何足论哉。”[③]汪东指出后人强作摹仿，难得精髓，犹如东施效颦，所作如蚊如虻，却是不值得一提的。祝南(詹安泰)在《无庵说词》中，一方面赞扬“东坡乐府气体高妙，前无古，后无今，于词境为最高”的特点，即言苏词气体高妙，词境高远；另一方面又称其“既不雕镌句调，又不用拙重之笔，天趣流行，大气包举”，表明苏词创作自然、不落言筌之功力；但与此同时，詹安泰亦直言苏词“最不易学”，“学之者不失之庸，即失之肆，恰如分际，恰到好处，正不易言也”。[④] 他认为学习苏轼之词，是比较难以把

① 《同声》月刊第一卷第八号，第 70 页。

②③ 屈兴国编《词话丛编二编》，浙江古籍出版社，2013 年，第 2307 页。

④ 张璋、职承让、张骅、张博宁编纂《历代词话续编》，大象出版社，2005 年，第 1324 页。

握其中平衡的，要么过于庸常，要么过于放肆，想要照顾周到，掌握好分寸，着实不易。上述词论家虽表达各异，然其评说内涵大体一致，即认为苏轼独具天性，胸襟开阔，处世豁达放逸，故其由此兴发所咏之词自不落俗套，有别庸常，不发戚戚之叹，而能自在豪放，纵情恣肆。学苏词者，若无与苏轼相类似的胸襟抱负，只是兀自求个形式，习个皮毛，则流于粗俗鄙陋在所难免，即使看似有豪放之慨，究其深意亦不免有叫嚣粗率之嫌。龙沐勋（龙榆生）《两宋词风转变论》云："自东坡别出手眼，树之风声，同辈如王安石，后起如晁补之、黄庭坚、叶梦得、向子諲、陈与义等，相与辅翼而倡导之。既而流入中州，与'深裘大马之风'相融洽，遂开金元一代之胜。辛弃疾以豪杰之士，复挟之以南，开南宋豪壮一派之风。解除音律之束缚，以自成其'长短不葺'之新体诗，千汇万状，使人知此体亦无所不包，非东坡'横放杰出'之才，谁能辟此疆域耶？"[①]龙榆生高度评价苏轼在词史上的开拓与创新之功。他叙说自苏轼以诗为词、自写襟怀之后，王安石、叶梦得、向子諲及苏门中的晁补之、黄庭坚、陈与义等人都积极追随，将新的创作之法不断传布开来，并流衍到中原地区。之后，辛弃疾以雄杰之才，复又将流衍到中原地区的这种以诗为词之风习带入南方，并迅速衍化开来，形成声势浩大的豪放词派，一时蔚为创作风气。如果没有苏轼的创造性开拓词径词风，是难以出现如此繁盛气象的。龙榆生从词史发展的角度对苏轼艺术创新之功予以了高扬。

苏词难学在于豪放易得，而襟抱难求；苏词耐读亦在于襟怀驰骋间携风带雨，气贯长虹，引人流连忘返。对此，蔡嵩云（蔡桢）《柯亭词论》有云："东坡词，胸有万卷，笔无点尘。其阔大处，不在能作豪放语，而在其襟怀有涵盖一切气象……东坡小令，清丽纡徐，雅人深致，另辟一境。设非胸襟高旷，焉能有此吐属。"[②]蔡桢认为，正因苏轼胸襟高旷，其词作方能于阔大处纵横捭阖，于小幅中尽显清丽雅致，另

① 张璋、职承让、张骅、张博宁编纂《历代词话续编》，大象出版社，2005 年，第 967 页。

② 唐圭璋编《词话丛编》，中华书局，1986 年，第 4910—4911 页。

辟一境。苏轼之高旷胸襟于其创作的重要性，由此可见一斑。陈家庆在《论苏辛词》一文中认为，苏轼词"净洗铅华，不著罗绮；豪情发越，逸趣横生，海雨天风，咄咄逼人。有浩然之气，无做作之态，迥非花间、耆卿辈所能望其项背者也。至其清俊舒徐，婉约缜密，则又何让飞卿、端己"①。陈家庆对苏轼词作极为推扬。他概括其词作风格既有自然天成的一面，又有豪迈放旷的特点，所体现出的艺术风貌是温庭筠、韦庄等人所难以比拟的。梁启勋《曼殊室词话》有云："词不幸而产生于五季，风尚委靡，文艺之士，多用作镂月裁云、牵愁惹恨之工具，甚焉者用以调情。苟世无东坡，则词之品格将日就衰落矣。"②梁启勋对词的源起、艺术特征及其中的新变予以论说。他论断，词在最初很长一个历史时期内都是用来表现人的一己之心情愁怨的，更有甚者拘限到仅表现男女之情，词作品格日见低靡俗化，苏轼开创性地提高了词品，升华了词格，对词的历史发展作出了突出的贡献。祝南(詹安泰)《无庵词说》有云："东坡天人姿，胸襟、学养种种均非凡夫所能学步。但亦不能因噎废食。读东坡词多，不惟可以扩胸襟，开眼界，于慢词驱遣驰骤之法、亦大有裨益。"③詹安泰对苏轼作为创作主体的襟怀、学识与身心修养大加赞赏。在他看来，苏轼的这些特点，虽然不是普通人能够完全持有与习得的，但多读苏词终究是大有裨益的。苏轼之词读得多了，不但可以开阔眼界，拓展胸襟，就连词中的辞句驱遣、节奏韵律的把握也会多几分底气，因此即使苏词难学，詹安泰依然主张不可弃学，因噎废食。

除所表现襟怀高旷难得之外，苏词的艺术境界和所立意致亦为民国时期词论家所称道。闻野鹤在《怬簃词话》中论说到关于"词境"的命题。他认为，词境大致有四种，苏、辛词境即"如深山侠士，瑰抱恢奇。酒酣起舞，剑芒腾跃。抚髀一啸，林木悉靡。咤云掷月，不可

① 徐英、陈家庆《澄碧草堂集》，黄山书社，2012年，第224页。

② 朱崇才编纂《词话丛编续编》，人民文学出版社，2010年，第2980页。

③ 张璋、职承让、张骅、张博宁编纂《历代词话续编》，大象出版社，2005年，第1325页。

一世”[1]。闻野鹤将苏轼、辛弃疾之词所展现的艺术境界比譬为深山侠客酒后舞剑，酒至酣畅处，剑随身动，自是一派倜傥风流，剑花芬然之间，动静相协，忽而林木静穆，只识剑声，忽而横叱一响，云破天惊，给人以潇洒壮阔、境界恢弘之感，令人称奇。清代，杨寿枬在《云薖词话》中曾明确称“诗词皆重意境”，随后提出“然意境如何方算得高，如何方算得深”的疑问，再将词境的营构与“镂心鸟迹之中，织词渔网之上”作比，直叹道：“人或不解，并我亦不能自喻。霞朝星晚，酒熟香温，若有清思一缕，出自迷离惝恍之中，翔于杳冥寥廓之表，来不知所自，去不知所之，此种境界，实在语言文字之外。”[2]杨寿枬直言词之意境的营构要做到不落言筌，船过水无痕般的自然熨帖实属不易，甚有言不及意的无奈。其又道：“选词者只能求诸语言文字之中，至意境则缘情感事，触绪横生，身世不同，哀乐自异。千载后知人论世，虽能冥契，终隔一尘。意境高者，如重光、小山、淮海，锦心绣口，绝世聪明。东坡如飞天仙人，足不履地。”[3]杨寿枬认为，艺术意境的创构主要依靠主体真情实感的生发，而情感的产生与作者的生平遭际息息相关。杨寿枬给予苏词艺术境界以极大的肯定，称扬其自然高旷，如飞天仙人，脚不落地，真正做到了境随情造，自然天成。张尔田在《再与榆生论苏辛词》中云：“苏、辛词境，只清雄二字尽之。清而不雄，必流于伧俗。”[4]张尔田认为苏词艺术境界清迈雄豪，清迈与雄豪本有冲突，失之偏颇便不可同日而语，而苏词却能把握其中的平衡而加以巧妙组构。陈匪石《声执》有云：“词境极不易说。有身外之境，风雨、山川、花鸟之一切相皆是。有身内之境，为因乎风雨、山川、花鸟发于中而不自觉之一念。身内身外，融合为一，即词境也。”[5]这里，陈匪石所说的“身内之境”、“身外之境”，与王国维所谓“有我之境”、“无我之

① 朱崇才编纂《词话丛编续编》，人民文学出版社，2010 年，第 2340 页。

②③ 屈兴国编《词话丛编二编》，浙江古籍出版社，2013 年，第 1867 页。

④ 杨传庆编著《词学书札萃编》，南开大学出版社，2015 年，第 283 页。

⑤ 陈匪石编著，钟振振校点《宋词举（外三种）》，江苏古籍出版社，2002 年，第 189 页。

境”有异曲同工之妙，都肯定了情感抒发与外界相触的互动性，说明词境的创构与主体情感的表露相互协调。其又云：“仇述庵问词境如何能佳，愚答以‘高处立，宽处行’六字。能高能宽，则涵盖一切，包容一切，不受束缚，生天然之观感，得真切之体会。再求其本，则宽在胸襟，高在身份，名利之心固不可有，即色相亦必能空，不生执着，渣滓净去，翳障蠲除，冲夷虚澹。虽万象纷陈，瞬息万变，而自能握其玄珠，不浅不晦不俗以出之。叫嚣儇薄之气皆不能中于吾身，气味自归于醇厚，境地自入于深静。此种境界，白石、梦窗词中往往可见，而东坡为尤多。”[①]陈匪石认为，词之境界欲佳，需在意致呈现上从高远超拔之处入手，在艺术表现的路径与形式上尽可能从多方面探寻，辅之以词人的宽广胸怀和空灵澄澈的气质，以真情实感贯穿始末，表露真知灼见。他直言此种境界“东坡为尤多”，对苏轼词作艺术境界的赏识与推崇可见一斑。

苏轼心胸是开阔的，是“枝上柳绵吹又少，天涯何处无芳草”的自信，是“醉笑陪公三万场，不诉离殇”的爽朗，是“人生如逆旅，我亦是行人”的达观，词若其人，苏词风格刚柔并举，境界高远的特点有目共睹。但时人亦有别见。王季思在《词的正变》一文中云：“到了东坡，以阔大之笔，写豪放之概，又一变唐五代以来的词风。”[②]王季思评说苏轼之词境界阔大，一改隋唐五代以来柔靡之风，大展豪放慷慨之气。陈匪石《声执》有云：“读昔人词评，或曰‘拗怒’，或曰‘老辣’，或曰‘清刚’，或曰‘大力盘旋’，或曰‘放笔为直干’，皆施于屯田、清真、白石、梦窗而非施于东坡、稼轩一派……即知东坡、稼轩音响虽殊，本原则一。倘能合参，益明运用。随地而见舒敛，一身而备刚柔。”[③]陈

① 陈匪石编著，钟振振校点《宋词举（外三种）》，江苏古籍出版社，2002 年，第 189 页。

② 张璋、职承让、张骅、张博宁编纂《历代词话续编》，大象出版社，2005 年，第 1095 页。

③ 陈匪石编著，钟振振校点《宋词举（外三种）》，江苏古籍出版社，2002 年，第 188—189 页。

匪石持论，柳永、周邦彦、姜夔、吴文英等人词作风格多样，却与苏轼、辛弃疾一派风格大相径庭，这两人词作在诉诸感官上虽有差异，然而本原是相同的，均以豪放慷慨为主。他又认为，如果能将这些风格掺杂混溶，便能使词作收放自如、刚柔兼备。

事实上，苏词字字含情、句句凝泪的温柔之态在民国时期词评家眼中也是受到肯定的。高旭在《论词绝句三十首(之十二)》中吟道："关西大汉粗豪甚，铁板铜琶未敢夸。除去乘风归去曲，倾心第一是杨花。"[①]高旭虽对苏轼豪迈激越的艺术风格颇有微词，直言其为"关西大汉"，却肯定他词中的婉约气度，评说"倾心第一是杨花"，给予苏轼《水龙吟·次韵章质夫杨花词》以盛赞。吴梅《词学通论》有云："余谓公词豪放缜密，两擅其长，世人第就豪放处论，遂有铁板铜琶之诮，不知公婉约处，何让温、韦？如《浣溪沙》云：'彩索身轻长趁燕，红窗睡重不闻莺。'《祝英台》云：'挂轻帆，飞急桨，还过钓台路。久病无聊，攲枕听鸣舻。'《永遇乐》云：'天涯倦客，山中归路，望断故园心眼。燕子楼空，佳人何在？空锁楼中燕。'《西江月》云：'高情已逐晓云空，不与梨花同梦。'此等处，与'大江东去'，'把酒问青天'诸作，如出两手。不独'乳燕飞华屋'，'缺月挂疏桐'诸词，为别有寄托也。要之公天性豁达，襟抱开朗，虽境遇迍邅，而处之坦然，即去国离乡，初无羁客迁人之感，惟胸怀坦荡，词亦超凡入圣。后之学者，无公之胸襟，强为摹仿，多见其不知量耳。"[②]吴梅通过具体的词作，例证苏轼词中温柔婉约之处丝毫不输于温庭筠、韦庄。这里，苏词的婉约风格不仅停留在被发现、被认可的层面，更深入到被赞赏的程度。众所周知，温庭筠是晚唐著名词人，其词注重藻饰，以艳丽见长；韦庄词多为兴会酣畅之作，以疏淡为美，其秀气行处，自然沁人心脾。吴梅将苏轼与温庭筠、韦庄之词相比，极大程度地肯定了其词中婉约之风格。可见，苏词中的豪放气概在民国时期词评家眼中虽然褒贬不一，但其词

① 程郁缀、李静《历代论词绝句笺注》，北京大学出版社，2014年，第558页。

② 吴梅《词学通论》，中华书局，2010年，第71页。

中的婉约风致却得到了很大程度的推扬。蔡嵩云(蔡桢)《柯亭词论》有云:“东坡词,胸有万卷,笔无点尘。其阔大处,不在能作豪放语,而在其襟怀有涵盖一切气象。若徒袭其外貌,何异东施效颦。东坡小令,清丽纡徐,雅人深致,另辟一境。设非胸襟高旷,焉能有此吐属。”[①]蔡桢认为,苏轼胸襟高旷,于开阔处豁达豪放,于细小处清丽脱俗,正因其胸怀之宽广,人生境界之高达,所以在笔纸相接之时,豪放或婉约都不过信手拈来,洋洋洒洒便是内心百转千回之真情实感,所谓笔落惊风雨,词成亦可泣鬼神。

二、词法技巧之论

围绕词法技巧的着意考察,是民国时期词学批评视野中苏轼论的另一维重要视野。其批评内容,主要体现在对苏轼以诗为词创作方法的论说上。具体表现在对于苏词题材抒写的多样化,主题内涵的深广化,艺术形式的拓展,词作品质和格调的提高以及是否协律等的论说之上。

首先,就苏轼词作的题材抒写与主题表现方面而言,民国时期词学批评家大多持肯定态度。陈钟凡在《与陈柱尊教授论自由词书》中云:“溯词起于晚唐五季,下逮北宋之欧、晏、张、柳,率以争斗浓纤,抒写艳情为宗。至东坡豪放,不喜剪裁以就声律,时人虽讥为曲子缚不住,然其横放杰出,包罗万有,词境为之一变。”[②]陈钟凡持论,词的创作发展到苏轼而境界大变,一改以往秾纤艳丽之姿及抒写艳情为主的面貌。苏词豪放,不拘泥于小节,同时艺术境界开阔宏达,既抒写个人身世,又评说古今物事,不再局限于个人的凄楚悲凉而作哀婉沉吟之语,更多地拥有了如侠士剑客的洒脱与豪放,如士大夫般的文雅泰然,艺术境界着实提高了。龙沐勋(龙榆生)在《两宋词风转变论》一文中云:“北宋词风,至东坡为第三转变。”他认为,北宋词风的演变

① 唐圭璋编《词话丛编》,中华书局,1986 年,第 4910—4911 页。

② 杨传庆编著《词学书札萃编》,南开大学出版社,2015 年,第 369 页。

发展经历几番波折，由最初的停滞到柳永等人的兴发，至苏轼又一改秾纤面貌，迎来豪放激昂之音。这里，龙榆生认为苏词带来的“第三转变”呈现了“在破除狭隘之观念，与音律之束缚，使内容突趋丰富，体势益见恢张”的特点。同时，他还援引刘辰翁在《辛稼轩词序》中所谓“词至东坡，倾荡磊落，如诗，如文，如天地奇观”之语，喟叹苏词之不平凡。原本袅袅婷婷的词，在苏轼笔下却变得磊落激荡，有如诗如文的气魄，甚为壮阔豪迈。他持论，苏词与以往词作不同之处就在于其创作目的、所呈格局等的差异。苏轼作词并不为提供给乐工官妓以调笑作乐，而是用以抒写自我人格，表现个人性情抱负。龙榆生又道：“惟其悍然不顾一切，假斯体以表现自我之人格与性情抱负，乃与当时流行歌曲，或应乐工官妓之要求，以为笑乐之资者，大异其旨趣。虽目之以‘别派’，未足以掩其精光也。”[①]在龙榆生看来，苏轼之词虽有别于当世主流艺术范式，被认为是“别派”，但其中的精彩之处依然大放异彩，难以被掩盖与遮蔽。其还云：“小山、淮海，虽或‘寓意诗人句法’，风格渐高，而鲜有以严肃态度，着意尊体者。东坡出而以灵气仙才，开径独往。其能别树一帜之故，正以其确认词曲，虽出于教坊里巷，亦不妨假以自写胸怀，固不仅为抒发儿女私情而设。东坡词卒得压倒柳氏者在此，所以能独建一宗，历万古而不敝者亦在此。”[②]龙榆生评说晏几道、秦观等人虽然也偶有将诗歌创作之法运用于填词之举，但真正着意以词体为尊的当数苏轼。他以自身多方面的艺术才华，开辟创作道路，在将词体用以抒写个人情性的基础上，进一步拓展与衍化，叙写现实人生，抒发理想情怀，极大地开拓了词的题材抒写范围，提升了词作艺术表现的境界与层次，在传统词史上作出极大的贡献。

胡适在《词选序》中，依照艺术风格大致将词分为三类。其云：

---

① 张璋、职承让、张骅、张博宁编纂《历代词话续编》，大象出版社，2005 年，第 967 页。

② 张璋、职承让、张骅、张博宁编纂《历代词话续编》，大象出版社，2005 年，第 966 页。

“苏东坡以前，是教坊乐工与娼家妓女歌唱的词；东坡到稼轩后村，是诗人的词；白石以后，直到宋末元初，是词匠的词。”[①]胡适以苏轼之词作为乐工之词与诗人之词的分界点，表明苏轼之词所呈现出的诗化特点，说明其题材抒写上的丰富，内涵蕴含上的深广及情感表现上的不同以往之处。他高度肯定了苏轼在词史上的重要地位。其《说词》又云：“苏东坡一班人以绝顶的天才，采用这新起的词体，来作他们的‘新诗’”，“从此以后，词便大变了”。[②] 胡适认为，苏轼作词的目的本不似从前那样，“拿给十五六岁的女郎在红氍毹上袅袅婷婷的去歌唱”，而是让词能达到如诗一般“可以咏古，可以悼亡，可以谈禅，可以说理，可以发议论”的目的，由此，他盛赞苏轼所引领的一代风气使得“词的用处推广了，词的内容变复杂了，词人的个性也更显出了”。[③] 在《评唐宋词人》一文中，胡适甚至认为苏轼的创作掀起“词的一大解放”。他论道：“词起于乐歌，正和诗起于歌谣一样。诗可以脱离音乐而独立，词也可以脱离音乐而独立。”胡适认为，“苏轼以前，词的范围很小，词的限制很多；到苏词出来，不受词的严格限制，只当词是诗的一体”，具体表现为作词可以“不必儿女离别，不必鸳衾雁字，凡是情感，凡是思想，都可以做诗，就都可以做词……词可以咏史，可以吊古，可以说理，可以谈禅，可以用象征寄幽妙之思，可以借音节述悲壮或怨抑之怀”。[④] 可见，苏轼以诗为词的创作方式，使词作艺术表现的内涵和外延得到很大程度的拓展与深化。祝南（詹安泰）《无庵说词》有云：“词至东坡，境界最大，取材最广，可以发抒怀抱，可以议论古今，其作用不亚于诗文，盖至是而词体乃尊也。”[⑤]詹安泰认为，宋

---

① 张璋、职承让、张骅、张博宁编纂《历代词话续编》，大象出版社，2005 年，第 713 页。

② 屈兴国编《词话丛编二编》，浙江古籍出版社，2013 年，第 2241 页。

③ 屈兴国编《词话丛编二编》，浙江古籍出版社，2013 年，第 2241—2242 页。

④ 张璋、职承让、张骅、张博宁编纂《历代词话续编》，大象出版社，2005 年，第 750 页。

⑤ 张璋、职承让、张骅、张博宁编纂《历代词话续编》，大象出版社，2005 年，第 1324 页。

词发展到苏轼，再不似从前只是作为诗的陪衬，词的作用亦不再亚于诗，词的地位得到显著的提升，主要表现为创作境界变得阔大，取材范围更加丰富多样，主旨情感不再局限于个人的幽眇之思，而拓展至能够表现更加广阔的襟怀抱负，甚至可以喟叹古今异变，等等。

其次，民国时期词学批评家对苏轼创作技巧以极大的肯定。张尔田在《与龙榆生论苏辛词》中云："苏辛笔力如锥画沙，非读破万卷不能，谈何容易。磊落激扬，不从书卷中来，皆客气也。以客气求苏、辛，去之愈远。"[①]张尔田认为，苏轼作词笔力遒劲、娴熟自然在于其才学广博、积淀深厚，而深究其缘由又远超于此。况周颐在《广蕙风词话》中云："词中求词，不如词外求词。文忠词大都得之词外，而并勿庸求之者也。"[②]况周颐指出苏轼作词的一个显著技巧，即不纯粹向词中求词，不囿于前人已有的创作成就，同时也不耽于艺术技巧。相反，他将重心转至词外，取材于更为丰富多样的生活阅历与人生积淀，通过表现更为广阔的社会现实，做到有的放矢，从而强化词的艺术感染力。张德瀛《词徵》有云："苏、辛二家，昔人名之曰词诗词论。愚以古词衡之曰，不用之时全体在。用即拈来，万象周沙界。"[③]这里，张德瀛承继前人对于苏、辛之词的论评，认为苏词重在"以诗为词"，故曰"词诗"，辛词重在"以文为词"，故称"词论"，强调了两人独特的创作技巧。同时，张德瀛试图将苏、辛之词与古有之词相比较，却发现两人作词出神入化，看似信笔拈来，实乃厚积薄发。夏敬观在《吷庵手批东坡词》中云："东坡词如春花散空，不著迹象。"[④]夏敬观称扬苏轼之词表现自然，不落言筌，既有纷繁灵动之美，又无刻意雕饰之迹。此种高妙境界好比泰戈尔经典诗句所云："天空中没有鸟儿的痕迹，但是鸟儿已经飞过。"胡适《评唐宋词人》有云："苏轼的天才最高，

---

① 杨传庆编著《词学书札萃编》，南开大学出版社，2015 年，第 283 页。

② 况周颐著，孙克强辑考《蕙风词话・广蕙风词话》，中州古籍出版社，2003 年，第 236 页。

③ 唐圭璋编《词话丛编》，中华书局，1986 年，第 4158 页。

④ 龙榆生编选《唐宋名家词选》，上海古籍出版社，1980 年，第 126 页。

文与诗词都好，是文学史上一个怪杰。他常说，他‘作文如行云流水，初无定质；但常行于所当行，止于所不可不止’。读他的作品时应记得这句话。”[①]胡适通过援引苏轼之言，表明其对于自然兴发创作方式的肯定，充分表现出对苏轼之词流畅自然风格的称赏。陈匪石在《宋词举》中评道：“东坡词如天马行空，其用意、用笔及取神迷貌，最不可及。”[②]陈匪石同样肯定苏轼作词运笔空灵、纯任自然的特点，同时从侧面赞赏了它有别于穷极工巧的抒写方式。

关于苏词是否协律的争论，也是民国时期词学批评的一个重要方面。这方面论说大体可分为两类：一类认为苏词不协音律，有违词作和曲而歌的内在要求；一类则认为苏词不协音律乃有意为之，是逸兴抒发之必然产物。

配生在《酹月楼词话》中直言道“词句最忌似诗，东坡山谷时蹈此弊”，他并指出，“龙山落帽千年事，我对西风欲整冠”，“顾我已无当世望，似君须向古人求”，“上党从来天下脊，先生原是古之儒”，“无波真古井，有节是霜筠”，“皆诗句也”。[③] 配生认为苏轼明知填词最忌像做诗，却明知故犯，所举之例更坐实了苏轼不精音律表现之论。伊鹃《醉月楼词话》有云：“北宋词家以东坡、少游、山谷、美成为最著名，实则坡等皆以诗笔填词，未必真解音律，真解音律之词家，乃寇准、韩琦、司马光、范仲淹诸名臣也，惜后人多不知耳。”[④]伊鹃认为，苏轼虽有盛名却用作诗的方式填词，是不懂音律之道的表现。另一方面，作者佚名的《词通》中言：“词至于以七绝诗为调，其律之未必严可知矣。东坡天才放逸，所谓：‘铜琶铁板’者，其不肯为律所拘，抑亦明矣。乃

① 张璋、职承让、张骅、张博宁编纂《历代词话续编》，大象出版社，2005 年，第 749 页。

② 陈匪石编著，钟振振校点《宋词举（外三种）》，江苏古籍出版社，2002 年，第 122 页。

③ 张璋、职承让、张骅、张博宁编纂《历代词话续编》，大象出版社，2005 年，第 1370 页。

④ 张璋、职承让、张骅、张博宁编纂《历代词话续编》，大象出版社，2005 年，第 1364 页。

以东坡为七绝体之词，而其律有不敢不谨者；然则学词者，固可幸格调之宽以藏身，利古人之疏以借口乎?”[①]《词通》作者认为，词的创作发展到以近体诗之音律为声调的阶段，在音律方面存在不够严格之处是可以料想的。苏轼天性放旷，自称“铜琶铁骨”，所以其词不愿拘泥于音律表现也是显而易见的。但他发现，苏轼在以近体音律填词之时，其对待音律的态度却是十分谨慎的。这里，作者是欲借苏词协律的事实，对那些心怀侥幸，以古人疏漏为由，为自己填词不精音律找借口者提出严肃的批评。所以，在《词通》作者看来，苏轼不是不识音律，相反是能够巧协音律，在需要的时候能够做到严格协律的。胡适则认为，王安石、苏轼、辛弃疾都是天才诗人，他们都用创作诗文的方式来填词，所以他们这个时代所作之词乃“诗人的词”，因此，也就不需要过分追求协律或是能够和曲而歌。他在《词选序》中论道：“这一段落的词是‘诗人的词’。这些作者都是有天才的诗人；他们不管能歌不能歌，也不管协律不协律；他们只是用词体作新诗。这种‘诗人的词’，起于荆公、东坡，至稼轩而大成。”[②]胡适认为，“诗人的词”缘起于王安石、苏轼，至辛弃疾乃大成，他们有意开拓出有别于传统的艺术表现方式，推陈出新，为词的创作拓展出一片新的天地。胡适在《评唐宋词人》中亦云：“苏轼认词为诗的一体，不限于乐歌，故不喜拘裁剪以就声律。词至苏轼而范围始放大。至朱敦儒、辛弃疾、陆游，这一派遂成一大宗派。”[③]这里，胡适认为，苏轼把词看作诗的另一种表现形式，既然诗可以脱离原有的曲调，词同样可以不再局限于乐歌，因此，苏轼是不喜欢拘泥于音律而强作剪裁的。由此观之，胡适就苏轼作词不协音律是持甚为理解与宽容态度的。

---

① 张璋、职承让、张骅、张博宁编纂《历代词话续编》，大象出版社，2005 年，第 519 页。

② 张璋、职承让、张骅、张博宁编纂《历代词话续编》，大象出版社，2005 年，第 714 页。

③ 张璋、职承让、张骅、张博宁编纂《历代词话续编》，大象出版社，2005 年，第 750 页。

一些词论家则认为，苏轼之词虽有不协音律之处，但并非不识音律之道，而是填词之时，主体情感如汪洋般恣肆，笔墨挥洒自如，信笔写来，自然为曲子所难束缚。闻野鹤在《惘簃词话》中援引"彩索身轻常趁燕"和"红窗睡重不闻莺"二语，用以说明"坡公高才绝世，旷视千古，其不协律处，正其不屑拘拘于声律，非遂不知律也"。闻野鹤认为，苏轼并非不懂音律之道，相反，他能够巧协音律，在必要的时候能够自如地收束情感，雕琢词句，故他称苏轼"偶然敛才琢句，则'彩索'语成矣"①。祝南（詹安泰）在《无庵说词》中亦道："东坡《水调歌头》上阕'我欲乘风归去，又恐琼楼玉宇，高处不胜寒'，'去'、'宇'协韵，下阕'人有悲欢离合，月有阴晴圆缺，此事古难全'，'合'、'缺'协韵"，似系偶合，非有意为此；集中他作，亦无于此处用韵者。"②詹安泰评说苏轼不但识得音律表现之道，而且运用起来游刃有余，他已将协律内化成一种能力，虽不刻意追求，但协韵时又能使韵律自然妥帖，他对待音律与使用音律的态度是甚显通脱的。梁启煦（梁启勋）在《曼殊室词论》中大力推许苏轼之词。他引用晁无咎评苏词之语，"人谓东坡词多不谐音律，然横放杰出，自是曲子中缚不住者"，然后，又举沈璟为汤显祖改《牡丹亭》，汤显祖怒斥沈璟不知曲意，称其曲中"吾意之所至，不妨拗折天下人嗓子"的故事，在大力赞扬苏轼与汤显祖为"曲中豪杰之士"后，他得出结论："然必须有两君之聪明，有两君之学力，庶可语此。若初学而欲执此二语以自文其短，势必将沉沦万劫，永无重见天日之期。须知两君之所以如此，乃人而复出，非空疏也。"③梁启勋认为，苏轼、汤显祖的词作确实有不协音律之处，但是，此二者才情、笔力能够很好地把握住音律运用与情感表达形成冲突时的特殊状况，并且这种处理方式更是在反复探寻中得出的，初学者难以参透

---

① 朱崇才编纂《词话丛编续编》，人民文学出版社，2010年，第2312页。

② 张璋、职承让、张骅、张博宁编纂《历代词话续编》，大象出版社，2005年，第1324页。

③ 张璋、职承让、张骅、张博宁编纂《历代词话续编》，大象出版社，2005年，第592页。

把握。为此，其又云："试观《东坡乐府》及《牡丹亭传奇》两部作品，非至今仍能保持其最高地位耶，并未因此而损其声价也，斯可知矣。入而复出则可，若不入尚何出之足云，终究是门外汉而已。"①可见，梁启勋持论苏轼之词虽有不协律处，乃是其真情流露之体现，若强加改变反而有损其中万千情致，得不偿失，是以音律限制可作适当突破矣。

关于苏词是否协律的问题，有的词评家给出了一些较为新颖的观点。胡适在《评唐宋词人》中云："至于音律一层，也是错的。"他认为："词本出于乐歌，正与诗本出于乐歌一样。诗可以脱离音乐而独立，词也应该脱离音乐而独立。苏轼、辛弃疾做词，只是用一种较自然的新诗体来做诗；他们并不想给歌童倡女作曲子，我们也不可用音律来衡量他们。"②胡适认为，诗词之体的本源是同一的，均出于乐歌，诗体发展到后来既然能脱离音乐而独立，那么词体也同样可以。所以，词体发展到后来，强行让其协同音律的做法，在一定程度上是不妥当的，它限制了词的发展，实际上成为一种束缚。更何况，苏轼作词的初衷本不是供歌童唱玩，而是用一种较为自然的方式来做诗罢了，换言之，就是用做诗的方法来作词。胡适认为，对于苏轼而言，词就属于他的新体诗了。龙榆生在《两宋词风转变论》中云："词依声而成。北宋以教坊新腔，而有柳永一派'讴歌淫冶'之词作。至大晟制曲，而周邦彦'浑厚和雅'（张炎说）之典型词派以兴。苏、辛激扬排宕之风，应运而起，渐与音乐脱离关系，虽别开生面，而就词之本体言之，固不能不目之以'别派'。"③龙榆生论说苏轼、辛弃疾词作呈现出激扬排宕的风格特征，他们使词体与音乐的关系日见疏离，在笔法运用、意境创造等方面都别开生面，确乎体现出创造性，但就词之创作路径与风格呈现来看，却不得不将其归入变径之中，视之为"别派"。

① 张璋、职承让、张骅、张博宁编纂《历代词话续编》，大象出版社，2005 年，第 592 页。

② 张璋、职承让、张骅、张博宁编纂《历代词话续编》，大象出版社，2005 年，第 757—758 页。

③ 龙榆生《龙榆生词学论文集》，上海古籍出版社，2009 年，第 271—272 页。

三、苏辛比较之论

在豪放词发展史上，辛弃疾接武苏轼，将两人放置一起加以比较，从来都是一个经典话题。在民国时期词学批评中，苏辛之比依然作为保留曲目，成为品评苏轼的一个重要维面。

苏轼一生仕途坎坷，却有着“竹杖芒鞋轻胜马，一蓑烟雨任平生”的旷放与达观，信奉着“吾心安处是吾家”的人生理念。辛弃疾以恢复国家为志向，将满腔激情和对国家兴亡的关切忧虑尽泄于词中。两人所具的豪情逸致、磊落激扬投诸词中，便有了诸多相通之处。

在不少民国时期词论家看来，苏轼、辛弃疾的相似主要体现在襟怀情性、意境创造、风格表现等方面。苏、辛襟怀相似，都有豪情满怀的一面；词境相类，均以清隽雄豪为主；词风相近，皆有豪放洒脱的一面。

王国维《人间词话》曾云：“读东坡、稼轩词，须观其雅量高致，有伯夷、柳下惠之风。”①王国维认为，苏轼、辛弃疾都有伯夷、柳下惠之高雅气度，有着与尘俗世人相别的放旷与洒脱。两人语多慷慨，苏词豪放，辛词激壮。苏轼有《鹊桥仙·七夕》一阕，陆游曾为之作跋云：“昔人作七夕诗，率不免有珠栊绮疏惜别之意。惟东坡此篇，居然是星汉上语，歌之曲终，觉天风海雨逼人。学诗者当以是求之。”陆游之跋，一语点破苏词的独到之处，同样的题材，苏轼却能摆脱“珠栊绮疏惜别之意”，推陈出新，以一腔豪情贯注于其中，表现出天风海雨般的磅礴气势，这是词的创作中少有的大手笔。汪朝桢在《倚盾鼻词草题辞》中衍化陆游之言，其吟道：“射雕手段上强台，压倒当时词翰才。拍到苏辛豪放句，天风海雨逼人来。”②汪朝桢评说苏、辛笔力雄健，响遏行云，他以“天风海雨”谓苏、辛词中的壮志豪情，彰显了对两人的推许之意。吴灏在《〈名媛词选〉题辞（其二）》中亦云：“粗豪婉约各翻

① 况周颐著，王幼安校订《蕙风词话》；王国维著，徐调孚注，王幼安校订《人间词话》，人民文学出版社，1960年，第213页。

② 孙克强、裴喆编著《论词绝句二千首》，南开大学出版社，2014年，第697页。

新，本色当行自有人。听罢双鬟花底唱，李朱端合匹苏辛。”[①]吴灏给予苏、辛词作以极大的肯定，将其作为品评词的标准。在他看来，宋词在不断地发展，原本作为词作主流的婉约情致和旁逸斜出的豪放气度都在不断的成熟，各有代表，听惯了好似吴侬软语的袅袅婷婷，再接触些壮怀激烈的豪情壮语，这是甚为自然合理的，而苏、辛甚可为后一创作队伍中的标杆。龙沐勋（龙榆生）在《今日学词应取之途径》一文中，一面持论“自东坡出，而词中乃见倾荡磊落之气，足以推倒一世之豪杰，开拓万古之心胸”，同时，又认为“辛稼轩以一代雄才，蔚为中坚人物”，苏、辛均“以清雄洗繁缛，以沈挚去雕琢，以壮音变凄调，以浅语达深情，举权奇磊落之怀，纳诸镗鞳铿鎗之调”。[②] 龙榆生认为，自苏轼始，词风雄豪，磊落开拓，为词的创作提供了一个典范，而辛弃疾接武苏轼，传承了其豪放词风。两人词作意境清雄、情感沉挚、气势雄浑，善用浅显之语道出深切之情志。高旭在《论词绝句三十首（之十二）》中云：“关西大汉粗豪甚，铁板铜琶未敢夸。除去乘风归去曲，倾心第一是杨花。”[③]高旭不落前人窠臼，在人人称赏的《水调歌头》外，更能识苏轼一阕杨花词之妙。其又云：“稼轩妙笔几于圣，词界应无抗手人。侠气柔情双管下，小山亭酒备酸辛。”[④]世人评辛弃疾之词，多以豪放冠之，然高旭认为，辛词刚柔并济，引人入胜。高旭对于苏、辛二人的赏誉之心尽现于纸上。张尔田在《与龙榆生论苏辛词》中更直言“苏、辛笔力如锥画沙”，在他看来，两人词作言虽浅意却深，笔力遒劲，力透纸背。张尔田在《致龙榆生》中云：“尊论提倡苏、辛，言之未免太易。自来学苏、辛能成就者绝少，即培老亦只能到须溪耳。苏辛笔力如锥画沙，非读破万卷不能，谈何容易。磊落激扬，不从书卷中来，皆客气也。以客气求苏、辛，去之愈远。古丈学苏，偶一为之。半塘集中，亦多似辛之作，然绝不以辛相命，此意当相会于

① 孙克强、裴喆编著《论词绝句二千首》，南开大学出版社，2014 年，第 745 页。

② 龙榆生《龙榆生词学论文集》，上海古籍出版社，2009 年，第 117 页。

③ 程郁缀、李静《历代论词绝句笺注》，北京大学出版社，2014 年，第 558 页。

④ 程郁缀、李静《历代论词绝句笺注》，北京大学出版社，2014 年，第 562 页。

言外也。”[①]张尔田针对龙榆生所倡导学习苏轼与辛弃疾之言加以论说。他认为，龙榆生低估了习效苏、辛之词的难度。他持论，数百年来，凡学习苏轼与辛弃疾的人之中，能追步他们艺术层次与创作境界的人如凤毛麟角，即使像沈曾植这样的人也大致只能达到刘辰翁的艺术水平。张尔田比譬苏轼与辛弃疾才大力雄，甚富于创作才情与艺术表现力，“如锥画沙”，他们的词作高妙绝不是从书卷典实中而来的，更偏于才情、才气、才力的呈现与张扬。因此，张尔田断言，即使如朱祖谋、王鹏运之人，习学苏、辛，也只能偶而为之，且并不以“效×××”而命题与命意，此足以见一般人习效苏、辛之作是难有所成的。张尔田之论，从创作主体才性的角度对苏、辛二人予以了推扬。

民国时期词评家对于苏、辛相似的创作手法及其影响是持大力肯定态度的。但是，两者亦有不同之处。在民国时期词学批评中，对于苏词的评价总体而言是略高于辛词的。一些人认为，就创作手法、艺术境界而言，苏词更显自然，信笔拈来，有着近乎不着力气的随性。夏敬观在《吷庵手批东坡词》中云：“东坡词如春花散空，不著迹象，使柳枝歌之，正如天风海涛之曲，中多幽咽怨断之音，此其上乘也。若夫激昂排宕，不可一世之概，陈无己所谓‘如教坊雷大使之舞，虽极天下之工，要非本色’，乃其第二乘也。后之学苏者，惟能知第二乘，未有能达上乘者，即稼轩亦然。”[②]夏敬观认为，苏轼之词的创作与其自然平淡的美学主张是一致的。苏词巧妙，没有过分的雕饰，情感自然生发，其中迂回宛转处亦一气呵成，不落言筌。在夏敬观看来，那些一味追求磅礴气势的学词者，反倒是本末倒置了，将重心放在词句的雕琢之上，而忽视了情感的真切表露。如此作词，即使再好也只能甘于第二乘。在他看来，即便辛弃疾，也只是精工词句中的佼佼者而已。夏敬观还引用苏轼在《永遇乐》一词中所云“紞如三鼓，铿然一叶，黯黯梦云惊断。夜茫茫，重寻无处，觉来小园行遍”之语，用形象

① 杨传庆编著《词学书札萃编》，南开大学出版社，2015年，第283页。

② 龙榆生编选《唐宋名家词选》，上海古籍出版社，1980年，第126页。

的比喻来表明他对苏词创作技法自然天成，音韵表现铿锵有力、节奏变换等艺术特征的推扬。他认为，苏轼作词之自然天成、不落痕迹就好比人于幽眇黯然的园林中寻觅，突然惊醒，好似求无所得，实则已将园林踏遍，即言苏词的自然隽永，看似随意兴发，实则曲径通幽，内中大有乾坤。

其次，民国时期一些词评家认为苏词较辛词的自然之处，除了表现在创作技法方面，还体现在艺术境界的创构之上。相较于苏词善于将气势磅礴、浩大的意境以慢语述之的特点，辛词在气势上总显得豪放有余，语言表达上则有时偏于粗戾，情绪的释放与控制上稍逊一筹。闻野鹤《怬簃词话》有云："苏东坡如深山剑客，不娴俗礼。……辛稼轩如草野人入掌枢密，动辄粗戾。"[①]闻野鹤运用形象的话语对苏轼与辛弃疾词境进行比较。在他看来，苏词有深山剑客的胸怀气度，不拘泥于俗世礼仪的豪放洒脱，反观辛词，则如草野之人始掌大权，一时得意，喜不自胜，稍有不慎就显出粗戾之气。陈永年在《词品——仿钟嵘〈诗品〉之例略述两宋词家流品》中云："稼轩负管乐之才，不能尽展其用，满腔忠愤，一寄于词，悲歌慷慨，不可一世。豪放似东坡，而当行则过之。"[②]在陈永年看来，辛弃疾虽精通音律，却不能很好地把握音韵表达和情感生发之间的平衡，做到止于其所当止。只是一股脑儿地将满腔的报国热忱与内心孤诣倾注于词中，豪放是有了，但程度却显得太过了。

除此之外，民国时期一些批评家认为苏词较辛词更为自然洒落，还体现在词之组织结构与音律表现上。如上所述，辛弃疾有管乐之才，对于词句中音韵的把握也更为慎重，词的组织结构也更为规整，更讲求格套，这或许是其优点，但是，在民国时期一些批评家眼中，相对于苏词的自然质朴，辛词的精巧雕饰，少了几分任性自在的洒脱。陈洵在《致朱孝臧》中云："稼轩纵横豪宕，而笔笔不能留，字字有脉络

① 朱崇才编纂《词话丛编续编》，人民文学出版社，2010年，第2319页。

② 杨传庆、和希林校注《辑校民国词话三十种》，新北花木兰文化出版社，2016年，第320—321页。

如此。”[①]陈洵认为，辛词纵横豪宕，然而寻章摘句都是有章可循，有脉络可以把握的。蔡嵩云（蔡桢）《柯亭词论》云：“宋初慢词，尤接近自然时代，往往有佳句而乏佳章。自屯田出而词法立，清真出而词法密，词风为之丕变。如东坡之纯任自然者，殆不多见矣。南宋以降，慢词作法，穷极工巧。稼轩虽接武东坡，而词之组织结构，有极精者，则非纯任自然矣。”[②]蔡桢认为，宋代初期的慢词与无明确词法指导之“自然时代”相接近，那时人们往往能写出好的词句，但是，能够把好的词句组合起来形成美妙篇章的少之又少。发展到后来，柳永为填词之法确立大致的雏形，为后世作词提供了框架，周邦彦为之填充细节，使其创作之法更为缜密，宋词发展到这个时候，艺术风格发生了明显的变化，即更为精巧密丽，讲求创作技法。而在词的发展的大背景下，苏轼之词则显得与众不同，其放任自如，自在而为的创作方法已经是非常少有的了。南宋以后，慢词更穷尽工巧之能事，辛弃疾虽然接过苏轼手中豪放派的大旗，然而，在词的组织上已不像苏轼那样随性了，相比之下，辛词中有极为精巧的句子，可见其用工至深，而鲜有随性自然的形式。祝南（詹安泰）在《无庵说词》中，评说苏轼《水调歌头》上阕“我欲乘风归去，又恐琼楼玉宇，高处不胜寒”句中的“去”、“宇”二字协韵，下阕“人有悲欢离合，月有阴晴圆缺，此事古难全”中“合”、“缺”协韵为“似系偶合，非有意为此”，又评说苏轼其他词中“亦无于此处用韵者”，反观“坡派词家，每依此首用韵，如蔡伯坚《明秀集》中《水调歌头》八首无一例外”。詹安泰认为，其中“显系有意仿此”之嫌，而此种“作始者无心，而步趋者固执，积之已久，遂成定律”的现象太多，反倒不需惊异。他还直言，“宋以后学坡词者大率走稼轩一路，稼轩固不能与东坡例视也”。[③] 钱振锽《羞语》有云：“词贵韵。北宋韵，南宋不韵。东坡韵多，稼轩韵少。”[④]钱振锽认为，词的创作贵

---

① 杨传庆编著《词学书札萃编》，南开大学出版社，2015 年，第 234 页。

② 唐圭璋编《词话丛编》，中华书局，1986 年，第 4902 页。

③ 张璋、职承让、张骅、张博宁编纂《历代词话续编》，大象出版社，2005 年，第 1325 页。

④ 屈兴国编《词话丛编二编》，浙江古籍出版社，2013 年，第 1857 页。

在讲究余音绕梁，意味深长。在他看来，北宋词重视韵味容涵，而南宋词相较次之。苏轼较辛弃疾之词更讲究余味悠长，更重视词句所呈现出来的隽永蕴藉。由此可见，在民国时期一些词论家眼中，辛弃疾是追蹈苏轼的，苏轼更胜一筹。

民国时期词评家还就苏轼、辛弃疾词作所显示出的不同气格展开了探讨。闻野鹤《词论》有云："词致悲壮，辛胜于苏；气格超妙，苏胜于辛。"[①]闻野鹤认为，在意致悲慨豪壮的程度上，辛弃疾更胜于苏轼，但论词的气格，苏词更显体气高妙。陈洵《海绡说词》有云："东坡独崇气格，箴规柳秦，词体之尊，自东坡始。"[②]陈洵认为，苏轼作词崇尚气格，在词境表现上有着更为深致的追求，一定程度上规整了柳永、秦观等人所作婉约词的柔靡之态。陈洵将苏词摆在"词体之尊"的地位，可见其对苏词气格表现的推崇。汪东在《唐宋词选评》中亦评说"苏格尤高"。可见，苏轼词作所体现的高邈气格已为民国时期词论家所普遍认同。

此外，就艺术风格的细微偏重处，苏轼、辛弃疾也各有不同。前文所述，苏词豪放，辛词激壮，虽都属豪放一派，但就内容表现而言，苏词的豪放是其旷达精神的体现，更倾向于人生观的不拘一格，洒脱豁达；而辛弃疾作为著名爱国词人，其词中的激壮与抑郁不得志有关，满腔的爱国热忱无处挥洒，借诗词以抒发胸中抑郁，字里行间自然免不了一种激情的飞跃、壮怀的激烈。缪钺在《论苏、辛词与〈庄〉、〈骚〉》一文中持论："苏东坡词出于《庄》，而辛弃疾词则出于《骚》。"[③]诚然，《庄》、《骚》均充满浓郁的浪漫主义色彩，苏、辛豪放词作在思绪驰骋、情感奔流时候自不免带有超脱现实的浪漫情调，这是两者艺术风格上的共性。然而，缪钺此番评论中强调两者的差异。首先在思想内涵上，苏轼一生仕途坎坷，但心胸豁达，更多的是主张

① 杨传庆、和希林辑校《辑校民国词话三十种》，新北花木兰文化出版社，2016 年，第 87 页。

② 唐圭璋编《词话丛编》，中华书局，1986 年，第 4837 页。

③ 《缪钺全集》第三卷，河北教育出版社，2004 年，第 66 页。

出世，在这样的思想指引下，苏词更似《庄子》，更倾向于个人追求的表达与人生理念的呈现，思想境界上更加达观；而辛弃疾身处南宋风雨飘零之际，感时伤世，作为爱国词人的他，满腔热忱，上下求索，誓死报国，其精神与屈原所体现出的执着遥相呼应。其次，在艺术特征方面，《庄子》多寓言，想象奇崛，苏词与之相类，有贯通之处；楚辞多比喻、想象，于情感的千回百转间，携风带雨，吐露深情，而这又与辛弃疾以文为词所体现的"形散而神不散"相得益彰。一些词论家还论说到两者艺术特点上的差异。夏敬观《忍古楼词话》有云："学辛得其豪放者易，得其秾丽者罕。苏则纯乎士大夫之吐属，豪而不纵，是清丽，非徒秾丽也。"[①]夏敬观评说，苏、辛之词皆以豪放著称。苏词清丽，侧重于自然，即如士大夫般豪逸却不放纵，以清雅脱俗为重；辛词秾丽，侧重于精饰，浓墨重彩，下笔更重，泼洒有余而清雅不足。汪东在《唐宋词选评》中云："苏、辛天资卓绝，别立门户，苏格尤高，苦多率直，辛才实丽，时患粗犷。"[②]汪东评说苏轼和辛弃疾都是天资卓绝的人，他们一开豪放词之先河，一为豪放派之典范，苏词气格更高，辛词则更偏于秾丽，同时，他认为，两者的词作缺点却也不尽相同，苏词过分率直，辛词有时则显得粗犷。

就创作手法的不同而论，汪东在《唐宋词选评》中云："苏、辛并为豪放之宗，然导源各异。"他认为"东坡以诗为词，故骨格清刚。稼轩专力于此，而才大不受束缚，纵横驰骤，一以作文之法行之，故气势排荡"。因此"昔人谓东坡为词诗，稼轩为词论"，在他看来"以诗为词者，由于诗境既熟，自然流露，虽有绝诣，终非当行，以文为词者，直由兴酣落笔，恃才自放，及其遒劲入范，则金精美玉，毫无疵可指矣"。[③] 汪东认为，苏轼、辛弃疾虽都为豪放之词，但两者创作手法不同。苏轼以诗为词，其词骨格清刚，辛弃疾以文为词，其词气势排宕，

---

① 张璋、职承让、张骅、张博宁编纂《历代词话续编》，大象出版社，2005 年，第 362—363 页。

② 屈兴国编《词话丛编二编》，浙江古籍出版社，2013 年，第 2308 页。

③ 屈兴国编《词话丛编二编》，浙江古籍出版社，2013 年，第 2311—2312 页。

故昔人称苏词为"词诗",辛词为"词论",指出了两者创作方式不同所导致的差异。刘绢煦在《词的演变和派别》一文中也作出相关评述。他认为,苏轼是"承李后主的词人",但因其仍"视词为小道,所以他的词是文人的词,诗人的词,天才的词,而非词人之词",苏轼词风是"清旷豪放与婉丽"的,"在辞句方面,他时常采诗赋语、经典语,甚至以散文句法入词;在内容方面,他以词调笑,以词咏古,以词写壮怀,以词叙幽情,以至无意不可入,无事不可言",所以他"解放了词的束缚,扩大了词的领域"。[①] 刘绢煦之论,再次强调苏轼"以诗为词"的创作方法对于拓展词作题材、丰富词作内容的作用,从一个侧面强调了"以诗为词"和"以文为词"创作方式的差异。

虽然苏轼、辛弃疾在各个方面有着相似和不同之处,但不可否认的是两人在词坛的重要地位。苏轼开豪放派之先导,辛弃疾被称为"词中之龙",两者在词坛的地位,在民国时期词论家眼中都是令人高仰的。陈钟凡在《与陈柱尊教授论自由词书》中云:"溯词起于晚唐五季,下逮北宋之欧、晏、张、柳,率以争斗秾纤,抒写艳情为宗。至东坡豪放,不喜剪裁以就声律,时人虽讥为曲子缚不住,然其横放杰出,包罗万有,词境为之一变。至稼轩多抚时感事之作,绝不作妮子态,更无意不可入,无事不可言矣。是知词在两宋已多变化,非必拘守律谱,方为上乘。"[②]陈钟凡认为,苏轼之词的出现一改宋词之前的秾纤艳丽之姿,豪放洒脱,不拘小节,词之艺术境界由此变得更为开阔大气。在苏轼大开词境的基础上,辛弃疾加以适当的变化,将其进一步精细化。这好比一件雕塑的诞生,苏轼是雕塑的造型者,提供了一个大致的轮廓和方向,辛弃疾则是雕塑的细化者,将稍显笼统模糊的胚胎加以精雕细刻,使之更具独特性。两者都为词的发展作出重要的贡献,他们一同丰富了词的表现形态、思想内容与艺术风格,使填词之事更多地拥有主体情感与生命意蕴,词的创作由此更多地拥有了

---

① 张璋、职承让、张骅、张博宁编纂《历代词话续编》,大象出版社,2005 年,第 1277 页。

② 杨传庆编著《词学书札萃编》,南开大学出版社,2015 年,第 369 页。

在文学历史上的一方天地。

总结民国时期词学批评视野中的苏轼论，可以看出，其主要体现在三个维面：一为襟怀才性与艺术特征论，二为词法技巧论，三为苏辛比较论。其中，在第一个维面，词评家们肯定苏轼唱出樽前别一家的天雨才华，品评了与其旷达豪放性情相对应的词作艺术特征，并努力予以推扬。在第二个维面，词评家们就苏轼以诗为词的创作方法和其词是否协韵的问题进行了详细的论析。在第三个维面，词评家延续了历来的苏辛比较之论，分别从两者的词境创造、技巧运用、气格呈现、风格表现等方面展开了细致的评述。民国时期词学批评视野中的苏轼论，在承纳前人的基础上，进一步从不同维面与视点将对其的认识予以了衍化、充实、深化与完善，为我们更好地把握苏轼其人其作提供了平台与空间。

（云南师范大学文学院）

一幅画与一首诗

——陆游佚诗《韩干马》及相关诗画考辨

韩震军

内容摘要：《剑南诗稿》虽传刻有序，但陆游诗作亦有不少散佚。明代汪砢玉《珊瑚网》载有一首放翁佚诗《韩干马》，该诗与人事契合，自清人厉鹗捃摭后，中外学者一仍其旧，一收再收。然而，《韩干马》诗与一幅伪画"干马图"有关，"干马图"的一组题跋是窜改、迻录元代赵孟頫《饮马图》题跋而得。所谓的陆游佚诗《韩干马》，实乃元末明初人钱宰所作。其大约在明季中前期遭到伪托，这从一个侧面反映了放翁此时在诗书界的影响和接受情况。

关键词：《干马图》；题画诗；陆游；钱宰；辨伪

A Picture and a Poem: A Textual Research on Lu You's Lost Poem *Han Gan Horse* and Related Poems and Paintings

Han Zhenjun

Abstract: Although *The Draft of Jian-nan Poems* is spread in an orderly manner, many of Lu You's poems are scattered and lost. Wang Keyu's *Coral Net* in Ming Dynasty contained a poem *Han Gan Horse* from Lu You's lost poem. This poem fits well with personnel. Since it was gathered by Li E of Qing Dynasty, scholars of China and abroad have kept it and collected it again and again. However, the poem *Han Gan Horse* is related to a pseudo-painting Gan Horse Picture, and a group of inscriptions and postscripts of Gan Horse Picture was obtained by tampering and recording the inscriptions of Zhao Mengfu's Drinking Horse Picture in Yuan Dynasty. The so-called lost poem *Han Gan Horse* by Lu You was actually written by Qian Zai in the period of late Yuan to early Ming. It was falsely entrusted in the early and middle period of Ming Dynasty, which reflects Lu You's influence and acceptance in the poetry circle at this time.

Keywords: Gan Horse Picture; poem inscribed on painting; Lu You; Qian Zai; discrimination

作为宋代一位勤奋作家,陆游一生赋诗数量可观。其《小饮梅花下作》诗句"六十年间万首诗"自注曰:"予自年十七八学作诗,今六十年得万篇。"[①]放翁享年八十六春秋,其诗歌创作数远大于万首。对于陆诗,放翁本人及其子弟都曾做过编集整理。尽管如此,但由于种种原因,陆游诗作尚有不少散逸。本集《感旧(其一)》诗自注云:"予《山南杂诗》百余篇,舟行过望云滩,坠水中,至今以为恨。"[②]不慎丢失作品,诗人自悔。辑拾陆氏逸作,后世学者亦有不懈努力。南宋以降,从方回、刘辰翁到刘景寅、毛晋父子,再到厉鹗、日本的市河世宁,直至今人钱仲联、钱锺书等,古今中外,均有检得放翁逸诗。[③] 诚然,众人所拾陆游逸诗中,不乏有一些属于重辑误收。对此,学界已有一定

① 陆游著,钱仲联校注《剑南诗稿校注》(六),上海古籍出版社,1985 年,第 2972 页。

② 陆游著,钱仲联校注《剑南诗稿校注》(五),上海古籍出版社,1985 年,第 2380 页。

③ 方回《瀛奎律髓》、刘辰翁《陆放翁诗选后集》、刘景寅《陆放翁诗别集》、毛晋《放翁逸稿》、毛扆《放翁逸稿续添》、厉鹗《宋诗纪事》、市河世宁《逸稿补遗》、钱仲联《放翁逸稿补遗》、钱锺书《宋诗纪事补正》等均收有陆游本集不见之诗。

程度地辨正。如,陈新等《〈全宋诗〉订补》(大象出版社,2005年)、韩立平《〈放翁逸稿〉误收姜特立诗考辨》(《江海学刊》2010年第3期)等。本文欲在已有成果的基础上,对陆游佚作《韩干马》诗的真伪作一考辨,兼及相关诗画,以祈求教于方家。

一、问题发现:一诗两属,必有一伪

陆游诗歌不单以量丰著称,同时凭据艺佳称颂于人口。杨万里评曰:"君诗如精金,入手知价重。铸作鼎及鼐,所向一一中。"[①]刘克庄将陆诗与《诗经》相提并论:"《三百篇》寂寂久,九千首句句新。譬宗门中初祖,自过江后一人。"[②]清人赵翼更是力主宋诗"陆游胜于苏轼"。[③] 由此可见,陆游诗歌创作艺术成就之高。正因为此,学人每于放翁本集之外得一首一句陆作,视若昆仑遗珠,不忍搁弃。

在历代所辑陆游逸诗中,有一首"题韩干马图诗",其曰:

> 唐人画马如相马,□□不在骊与黄。天机入神即挥洒,气脱毫素先腾骧。昔年曾画穆王游八极,八龙之骏云五色。后来又写越影超光脱丹碧,后来又写汉武穷渥洼。复见神驹来汉家,势走灭没开风沙。壮哉此马健且雄,玉花遍身云满鬃。首如渴乌眼如电,皎如疋练横晴空。使之陷阵当破敌,万马不敢先秋风。如何解鞍脱其羁,纵尔俶傥如游龙。君不见四海罢征战,九夷尽梯航,方将却尔宛水之西,归尔华山之阳。幸逢韩供奉写尔神,杜拾遗歌尔良。赠尔支道林,爱尔神骏悬高堂。[④]

这首诗较早载录于明人汪砢玉《珊瑚网》名画题跋一"《干马图》",诗末署款"陆游题"。清代厉鹗《宋诗纪事》卷五十三、日本江户时代市

---

① 杨万里《和陆务观见贺归馆之韵》,《诚斋集》卷二十七,《四部丛刊》景宋写本。

② 刘克庄《题放翁像二首(其一)》,《后村集》卷三十六,《四部丛刊》景旧钞本。

③ 赵翼《瓯北诗话》卷六载:"宋诗以苏、陆为两大家,后人震于东坡之名,往往谓苏胜于陆,而不知陆实胜苏也。"《瓯北诗话》,人民文学出版社,1963年,第79页。

④ 《全宋诗》(四一),北京大学出版社,1998年,第25741—25742页。

河世宁《剑南诗醇意注》卷末“补逸”、今人钱仲联《剑南诗稿校注》“逸稿补遗”、北京大学古文献所编《全宋诗》陆游卷八十八等，皆据以收录，或题作《韩干马》，或题作《韩干马图》。韩干（约706—783），唐代画家，长安蓝田（今陕西西安）人，师从曹霸，以画马著称，玄宗时曾召入宫廷封作“供奉”。唐人朱景玄《名画录》“神品下”著录有韩干《穆王八骏图》等。[①] 虽然韩干马图后世希传，但是陆游平生的确有缘真赏。宋宁宗嘉泰四年（1204）十月二十一日，陆游《跋韩干马》云：“大驾南幸将八十年，秦兵洮马不复可见，志士所共叹也。观此画，使人作关辅河渭之梦，殆欲霣涕矣。”[②]放翁不但目睹过韩干马画，而且对其推崇有加。开禧二年（1206）四月甲子，放翁《跋韩晋公子母犊》曰：“予平生见三尤物，王公明家《韩干散马》、吴子副家《薛稷小鹤》及此《子母牛》是也，不知未死间，尚复眼中有此奇伟否？”[③]由此看来，放翁有题“韩干马图”诗，似在情理之中。玩味此诗，气势雄浑壮丽，语调激昂奔放，咏物似画，栩栩如生，风格与陆诗并无二致。特别是“使之陷阵当破敌，万马不敢先秋风。如何解鞍脱其羁，纵尔俶傥如游龙”二句，以马喻人，借物抒怀，所抒之情与放翁“抗金遭斥，报国无门”之慨相契合。同时，诗中“昔年曾画穆王游八极”之述，与载籍著录韩干画有《穆王八骏图》一致无歧。故厉鹗氏等人拾遗之后，钱锺书《宋诗纪事补正》、陈新《〈全宋诗〉订补》、傅璇琮与张如安《〈宋诗纪事补正〉疏失举正》（《南京师范大学文学院学报》2003年第4期）等，均未对此提出异议，一仍认定该诗为陆游逸作。然则，笔者翻书偶得，又见此诗载于清初高士奇所撰《江村销夏录》卷一“赵文敏《饮马图》卷”（以下简称《饮马图》）等，署名俱为“临安钱宰”。

赵文敏，即赵孟頫（1254—1322），字子昂，号松雪道人，吴兴（今浙江湖州）人，宋太祖赵匡胤十一世孙，累官集贤直学士、翰林侍读学士等职，赠魏国公，谥文敏。宋末元初书法家、画家、诗人，特别是书

---

① 朱景玄《唐朝名画录》，清文渊阁《四库全书》本。

②③ 陆游《渭南文集》卷三十，《四部丛刊》景明活字本。

法和绘画成就最高，开创有元一代新画风，被称为“元人冠冕”。《江村销夏录》与《珊瑚网》一样，同为书画题跋集录著述。《珊瑚网》的作者汪砢玉（1587—?），继美子，字玉水，号乐卿，别号龙惕子、竹素主人等，徽州（今属安徽）人，寄居嘉兴，工诗文。崇祯间，官山东盐运使判官。天启七年（1627），不卑小官，自任还家，承继父业，留心艺术收藏。曾倡立崇祯画社。与鉴藏家李日华、董其昌、程梦庚等雅集阅古，交游笃厚。崇祯十六年（1643），汪砢玉在掌录家藏、知交名迹的基础上完成《珊瑚网》四十八卷。其后，《珊瑚网》一直被书画鉴赏家、文献家奉为圭臬。高士奇（1645—1704），字澹人，号瓶庐，又号江村，余姚（今属浙江）人。一生效忠于康熙帝，官至翰林侍读学士。学识渊博，能诗文，擅书法，精考证，善鉴赏，所藏书画甚富。《江村销夏录·凡例》称：“海内名迹，收藏家甚多，未寓目者，不敢枉载。”①可见其鉴赏收藏的认真态度。汪、高二氏皆属书画鉴赏大家，所著又都是经眼目验，所以集录内容，不可轻易否泰。可是，“钱宰诗”较于“陆游诗”，仅仅是“唐人”作“赵翰林”，“韩供奉”作“曹将军”，除此二处之外，别无异文。可以说，这就是同一首诗。而陆游署款“题”，钱宰未云“过录”他人之作，直署己名。一诗二题，署名各异，势必一伪。那么，何者为是呢？探明这一问题，不仅关系到对陆游题画诗创作的认识，同时亦有助于相关诗画的真伪辨识。

二、真相探源：伪画改诗，意在互证

追溯诗歌归属分歧之源，其分别与一幅画有关。查检二卷马图题跋，《珊瑚网》对“《干马图》”著录内容丰富，前有赵孟頫题识“吾自小年便爱画马，尔来得此，见韩干真迹，乃始得其意”，画卷藏地“山阴王怿家藏”；随后，有陆游、赵说、吴觌、岑津、许采、龚复、钱舜举、吕量、高翔、柯九思、刘基、姚道昌、韩性、唐珙、郑嘉、危素、瞿祐、周景升、张士奇等十九家题诗；末尾有周歧风等人跋语。《江村销夏录》对

① 高士奇《江村销夏录》卷首，清文渊阁《四库全书》本。

“《饮马图》”前后著录二十四家题识，他们依次为宋濂、柯九思、丁复、唐珙、祖瑛、刘基、守仁、韩性、张大可、胡一中、佛陀恩、凌说、潘嚞、姚安道、本无、李孝光、危素、钱宰、弘道、郑嘉、王谊、李勗、王怿、周岐凤。其中，宋濂、周岐凤为跋文，其余二十二家为题诗。单从汪、高二氏著录图名及题家看，《干马图》与《饮马图》分明是两幅不同的画卷。但是，对读所录二卷马图题跋文字，不难发现：它们之间有着很深的渊源。如，引首“干马图”、“饮马图”三大字都是同一人“止庵”书；《干马图》十九家题诗及卷末周岐凤跋文，全重见于《饮马图》。其中，有的题诗及其作者署名一字不差，像“丹丘柯九思”、“括苍刘基”、“会稽郑嘉”等；有的题诗全同，只是署名有别，比如《干马图》署名“吴郡姚道昌”、“周景升”、“张士奇”、“天台高翔”、“岑津”等之诗，分别与《饮马图》署名“松陵释祖瑛”、“长干沙门守仁”、“张大可”、“永嘉李孝光”、“山阴王谊”等诗对应。异同相间，真赝难分。当然，其中更多的是诗文及作者署名均有稍异的诸家题跋，这部分文字，更能显现出《干马图》与《饮马图》二者的关联。为便于直观了解和进一步论述，我们不妨列表对比如下①：

高士奇《江村销夏录》		汪砢玉《珊瑚网》	
题序	“赵文敏《饮马图》”内容	题序	“《干马图》”内容
2	奚官小臣职奚为，马饥则秣渴饮之。龙媒八尺千里姿，雪花被身云陆离。往往异种来天池，乘舆重惜闲驱驰。河清海宴无盘嬉，壮士老死不得骑。御柳春深白日迟，寒甃净汲冰花漪。目光注电吻沫脂，振迅欲掣青络丝。奚官小臣谨厥司，犹恐若后诃谴施。不必前身作马通马语，人心物性	6	奚官小臣职奚为，马饥则秣渴饮之。龙媒八尺千里姿，雪花被身云陆离。渥洼异种来天池，乘舆重惜闲驱驰。河清海晏无盘嬉，壮士老死不得骑。御柳春深白日迟，寒甃净汲冰花漪。目光注电吻沫脂，振迅欲掣青络丝。奚官小臣谨厥司，犹恐若后呵谴施。不必前

① 表中录文所据汪砢玉《珊瑚网》、高士奇《江村销夏录》，均为清文渊阁《四库全书》本。

续　表

高士奇《江村销夏录》		汪砢玉《珊瑚网》	
题序	“赵文敏《饮马图》”内容	题序	“《干马图》”内容
	在善推。呜呼！奚官小臣身贱卑，马不如人愚亦知。奈何为人牧，重爵厚禄不邺民渴饥。浚刮膏血剔肉肌，坐令沟壑转老羸。今之龚黄卓鲁谁，云林藂社时所师，为出马图陈马诗。天台丁复		身作马逋马语，人心物性在善推。呜呼！奚官小臣身卑贱，马不如人愚亦知。奈何为人牧，重爵厚禄不邺民渴饥。浚刮膏血剔肉肌，坐令沟壑转老羸。今之龚黄卓鲁谁，云林丛社时所师，为出马图陈马诗。淮阴龚复题
3	将军西征过崑仑，战马渴死心如焚。荣勋脱鞚泻汗血，一饮瑶池三尺雪。身如飞龙首渴乌，白光照夜瞳流月。长城冻合霜草干，骏骨削立天风寒。木牛沈江绝粮道，中军饿守函谷关。太平此马惜遗弃，往往驽骀归一闲。区区蒭粟岂足豢，忠节所尽人尤难。摩挲画图不忍看，万古志士空长叹。雷门唐珙	14	将军西征过崑仑，战马渴死心如焚。荣勋脱鞍泻汗血，一饮瑶池三尺雪。身如飞龙首渴乌，白光照夜瞳流月。长城冻合霜草干，骏骨削立天风寒。木牛沈绝粮道阻，中军饿守函谷关。太平此马惜遗弃，往往驽骀归天闲。区区刍粟岂足豢，忠节所尽人尤难。摩挲画图不忍看，万古志士空长叹。雷门唐珙
7	松雪公作饮马图赠元泰以遗别峰而余为之作歌 五花云散紫电光，絷维未许飞龙骧。垂头欲就圉人饮，渴乌作势吞银潢。集贤学士擅笔力，万里猛气收毫芒。羽人乘风倦鞍勒，一笑收拾藏巾箱。世人不识真骕骦，顾影尚尔分骊黄。放鹤峰前有遗意，神骏政可夸支郎。韩性	13	五花云散紫电光，絷维未许飞龙骧。垂头欲就圉人饮，渴乌作势吞银潢。长安画史擅笔力，万里猛气收毫芒。羽人乘风倦鞍勒，一笑收拾藏巾箱。世人不识真骕骝，顾影尚尔分骊黄。放鹤峰前有遗意，神骏政可夸支郎。韩性

续 表

高士奇《江村销夏录》		汪砢玉《珊瑚网》	
题序	“赵文敏《饮马图》”内容	题序	“《千马图》”内容
9	子昂作字如作画，画中有字字有笔。眼明见此饮马图，乃知榘度不可轶。定嫌昔日徐浩体，渴骥奔泉超法律。韩公画马称神笔，矫首昂藏山泣。骐驎骅骝志千里，屹立天闲甘伏枥。气势相宜适操纵，肉骨兼匀称肥瘠。世人但以骊黄求，翠驳玉花烦剪剔。若论右军爱鹅趣，知公爱马应成癖。山阴道士不换经，已悟黄庭养生术。持将此卷参马祖，待须一口西江吸。稽阳胡一中	3	韩公画马称神笔，矫首昂藏山鬼泣。眼明见此饮马图，乃知矩度不可轶。定嫌昔日徐庾体，渴骥奔泉超法律。骐骥骅骝老千里，屹立天闲甘伏枥。气势相宜适操纵，肉骨兼匀称肥瘠。世人但以骊黄求，翠驳玉花烦剪剔。若论右军爱鹅趣，知公爱马应成癖。山阴道士不换经，已悟黄庭养生术。持将此卷参马祖，待须一口西江吸。江陵吴觌题
11	龙媒神飞影在纸，双瞳墨湿电光紫。乌首昂昂渴奔水，青鬃迎风拂不起。逸气难居皁枥底，势欲陪龙走千里。月支真马有如此，落笔一与韩生似，云是吾州赵学士。吴兴凌说	2	龙媒神飞影在纸，双瞳黑湿电光紫。乌首昂昂渴奔水，青鬃迎风拂不起。逸气难居皁枥底，势欲陪龙走千里。月支真马有如此，落笔一与王生似，云是吾州韩画士。长安赵说题
12	圉人唐衣冠，天闲畜神骏。虽非金日磾，不忝张景顺。饱食无嫌身贱卑，时其渴燥能饮之。长年牧养瘠者肥，龙鬐凤臆夸权奇。松雪仙翁挥翰手，毫端幻出渴乌首。气不凋丧骨肉匀，艺精端继曹韩后。遥想腾骧析木津，衔勒难拘自在身。斗水底用求他人，渌波沄沄易水春。天姥山人潘嚞	5	圉人唐衣冠，天闲畜神骏。虽非金日磾，不忝张景顺。饱食无嫌身贱卑，时其渴燥张饮之。长年牧养瘠者肥，龙鬐凤臆夸权奇。韩干仙翁挥翰手，毫端幻出渴乌首。气不凋丧骨肉匀，艺精端继王裴后。遥想腾骧析木津，御勒难拘自在身。斗水底用求他人，渌波沄沄易水春。吴兴许采一青居士

续　表

高士奇《江村销夏录》		汪砢玉《珊瑚网》	
题序	"赵文敏《饮马图》"内容	题序	"《干马图》"内容
13	何年玉堂仙，写此真乘黄。矫矫天骨起，烂烂隅目光。岂无万里姿，御者非王良。青衫老奚官，肉眼空伥伥。饮秣不以时，羁馽无蹊骧。昂首思渥洼，浩荡充虚肠。何来斗斛水，似是出尚方。虽霑金井恩，未效和鸾锵。蹭蹬十二闲，何异古道傍。回首万驽骀，饱食驰康庄。朝饮华清流，暮垂紫游缰。此马独弃捐，物理良可伤。君王倘惠养，请试苜蓿长。四明姚安道	8	何年供奉仙，写此真乘黄。矫矫天骨起，烂烂隅目光。岂无万里姿，御者非王良。青衫老奚官，肉眼空伥伥。饮秣不以时，羁馽无蹊骧。昂首思渥洼，浩荡充虚伤。何来斗斛水，似是出尚方。虽霑金井思，未效和鸾锵。蹭蹬十二闲，何异古道傍。回首万驽骀，饱食驰康庄。朝饮华清流，暮垂紫游缰。此马独弃捐，物理良可伤。君王倘惠养，请试苜蓿长。石林道人吕量
16	萧君学道龙瑞宫，此图持赠宝林翁。魏公画马得马趣，落笔宛有韩曹风。腯肥不见筋骨露，腾骧始知气力雄。朝逢圉人汲秋水，精神炯炯方双瞳。卷中题诗十四客，唯有栝苍留古色。卷舒雪涕忆前修，太息后来那可识。越城战斗白日昏，故物纷披横道侧。清凉衣钵与马图，似有神明常护惜。法师未老倾橐囊，古书名画门徒将。道初持来慰愁寂，如造吴兴大雅堂。前年沙漠射黄羊，我马飞行云雪冈。谁挽天河洗兵甲，但骑款段还家乡。危素为道初上人题	16	韩公画马得马趣，落笔宛有卢遵风。腯肥不见筋骨，露腾骧始知气力雄。朝逢圉人汲秋水，精神炯炯双方瞳。卷中题诗十五客，唯有括苍留古色。卷舒雪涕忆前修，太息后来那可识。越城战斗白日昏，故物纷披横道侧。子云持来慰愁寂，如造长安供奉堂。前年沙漠射黄羊，我马飞行蹴雪霜。谁挽天河洗兵甲，但骑欵段还家乡。临川危素题
21	宛国来廷日，荥河贡篚年。赤墀腾紫电，金埒护非烟。表自殊方进，恩从上国宣。雄姿韩干识，神骏九皋怜。蜀锦新裁鞯，秋金旋铸鞭。步应先八骏，群许压三千。试处岐王跃，看时太仆牵。清泉来碧甃，瑶草献琼田。弄影春芳里，	17	宛国来廷日，荥河贡篚年。赤墀腾紫电，金埒护非烟。表自殊方进，思从上国宣。雄姿王绪识，神骏九皋怜。蜀锦新裁鞯，秋金旋铸鞭。步因先八骏，群许压三千。试处岐王跃，看时太仆牵。清泉来碧甃，瑶草

高士奇《江村销夏录》		汪砢玉《珊瑚网》	
题序	“赵文敏《饮马图》”内容	题序	“《干马图》”内容
	骄嘶御柳边。听歌长踊跃，教舞每蹁跹。羯皷声逾壮，銮舆势欲迁。腥风摇太液，烽火逼温泉。幸蜀谋非晚，歼胡计失先。潼关宁赴敌，渭水肯游畋。杀气横西苑，房星隐旧躔。王孙悲汗血，仍为写真传。河南李勗		献琼田。弄影春风里，骄嘶御柳边。听歌长踊跃，教舞每蹁跹。羯鼓声逾，壮銮舆势欲迁。腥风摇太液，烽火逼温泉。幸蜀谋非晚，歼胡计失先。潼关宁赴敌，渭水肯游畋。杀气横西苑，房星隠旧纆。长安悲汗血，仍为写真传。瞿祐
22	王孙能画复能书，写得天闲八尺驹。曾为岐王天上赐，不随都护雪中驱。霜蹄奋迅追飞电，风首昂藏似渴乌。春草青青华山曲，三边今日已无虞。山阴王怿	7	韩公胸次有神奇，写得天闲八尺驹。曾为岐王天上赐，不随都护雪中驱。霜蹄奋迅追飞电，风首昂藏似渴乌。春草青青华山曲，三边今日已无虞。吴兴钱舜举
末尾	题赵松雪马图后 予观唐人画马，开元中独称江都王绪、曹髦之父子得骨肉匀停法，于戏笔处称裴绛州。天宝间，虽陈闳擅名一时，而韩不肯师，谓其徒摹写形似。唯曹家沉著，神采生动，有自然风格，所谓奇也。宋宗室赵松雪深得曹韩之法，故于人马花石鱼鸟悉造其微，识者谓其书法二王，画过晋唐。然惜其才名，颇为画所掩。斯确论也。今观此图，盖尽得唐人风格。其纵横随意，所如自然，神情生动，不直骨肉匀停戏笔而已，又当为诸画之第一者。且题识盈卷，极一时名公巨儒，珠玉锦绣，云蒸雾蓊，诚为世之所重也。苍峡巡司山阴李彦政氏出以示，予遂书其览观岁月于上。永乐丁酉仲秋月朔，庐陵周岐凤题。	末尾	右唐韩干用黄麻纸画《饮马图》真迹。画马，开元中独称江都王绪、曹髦之父子得骨肉匀停法，于戏笔处称裴绛州。天宝间，虽陈闳名擅一时，而韩干不肯师，谓其徒摹写形似。唯曹家沉著，神采生动，有自然风格，所谓奇也。惟元朝赵松雪深得韩曹之法。今观此图，风致纵横，随意所如，称为神手，且题识盈卷，极诸名家巨儒，珠玉锦绣，云蒸雾蓊，诚为希世宝也。永乐丁酉仲秋月朔，庐陵周岐凤题。

《珊瑚网》和《江村销夏录》二卷马图题跋，顺序先后有别，内容亦稍有差异。粗略校对这些文字，同题异文指向的关键在于所题对象，即一云韩干，一云赵孟頫。如“唐人画马如相马”与“赵翰林画马如相马”，“云是吾州韩画士”与“云是吾州赵学士”，“韩干仙翁挥翰手”与“松雪仙翁挥翰手”，“何年供奉仙”与“何年玉堂仙”，“长安悲汗血”与“王孙悲汗血”，“长安画史擅笔力”与“集贤学士擅笔力”，“韩公画马得马趣，落笔宛有卢遵风”与“魏公画马得马趣，落笔宛有韩曹风”，等等。二图题跋异文，特别是末尾庐陵周岐凤题于同一天的跋语，足以说明其间隐藏的秘密：自觉主动作伪。可见，其中陆游《韩干马》诗的真伪，与此韩、赵二卷马图的是非密切相关。

针对此二卷马图，除汪砢玉、高士奇外，清代卞永誉《式古堂书画汇考》卷三十九著录有“《干马图》”，吴升《大观录》卷十六著录有“《饮马图》”，题跋与汪、高二氏所录对应一致。卞永誉、吴升都是书画及古董品鉴家。钱曾《式古堂书画汇考序》曰：“往予见公阅古人墨迹，未见数笔，即能定其氏名，及展至款识，确如所指。或钩摹赝迹，又能摘其瑕疵，明其讹伪，非当世收藏家所能望其万一，则持是识以成是书，鉴别即真焉。”[①]宋荦康熙五十二年(1713)《大观录序》曰：“子敏雅有嗜古癖，得古人真迹、断墨残楮，追其神，补其迹，因游艺苑间，遂推海内第一。”[②]卞、吴对其所著马图，分别视作真品。由此可见其间仿艺之高明。况且，因诸多原因，一幅画与其拖尾题跋有时候又会割裂错接。[③] 这样以来，甄别一幅图画及其题跋真伪更是难上加难。同时，我们也无缘一一经眼二卷马图。所以，我们就画卷题跋考辨，还是要紧紧抓住文字内容。按照惯例，一卷图画的题跋者，要么是画作

① 卞永誉《式古堂书画汇考》卷首，清康熙刻本。

② 吴升《大观录》卷首，民国9年(1920)武进李氏圣译廔本。

③ 这类伪托之法，多见于题跋不在画面本身，而在拖尾的画作。比如，吴升与高士奇所录“赵文敏《饮马图》”，其用纸、尺寸、画法、题跋及钤印，分毫不差。而吴升描绘该图云：“马身烘青斑，姿态丰肥可爱，立红杆作击马桩，列马槽于旁，又木盆一，圉奴注水其中，喷银滚雪，马俯首就饮，有渴乌吞潢之势。”高士奇则描绘称：“作奚官汲水，马作就饮状，神骏可观，起止无迹。”这里只有一种可能，拖尾题跋与画卷本身被分离，后又遭重新拼接。

者本人或其交游者,要么属于画的曾经收藏者或其交游者。总之,题跋人之间或多或少会有些关联,尤其是对题识盈卷的画作来说,更是如此。遍数二卷马图,前后所涉题跋者足足有三十七人,依据卷中自署,作家时代从宋至明,如果要勾连其中人际关系,一时很难发端。不过,二马图录中同为韩性的一首诗,在《饮马图》上多了一句小序(或将此看作该诗题目),其云:“松雪公作《饮马图》赠元泰,以遗别峰,而余为之作歌。”此序若真,其他题跋或会有互文之处。故我们暂且从《饮马图》开始,展开辨识。

韩性诗序语简意丰,事关《饮马图》的作者、流传等。从该诗序看,韩性题诗时,此《饮马图》当已传至别峰手上,别峰与韩性宜有一定的交情。事实是不是这样呢?这里的“松雪公”自然指赵孟頫,而“元泰”、“别峰”又具体是何人呢?宋濂《佛心慈济妙辩大师别峰大同公塔铭》记载:

> 公讳大同,字一云,其号别峰,越之上虞王氏子,世推簪缨之族。父友樵,母陈氏,……幼极俊爽,览诸载籍,辄会其玄奥。父援以辞章之诀,握笔翩翩,辄有可观,遂以纉承家学属之。……命舍家入会稽崇胜寺,从僧贵游。已而鬀落,受菩萨戒。会春谷讲经景德,公复徃依之,授《五教仪》、《玄谈》二书。又谒怀古肇师,受《四种法界观》。怀古、春谷皆东山大弟子,深于《华严》之学者也。……
>
> 春谷升主宝林华严教院,召公谓曰:“子学精且博矣,恐滞于心胸,以成麄执,曷从事思惟修以刬涤之乎?”公即出钱唐,见佛智熙禅师于慧日峰下,旧所记忆者一切弃绝,唯存孤明,耿耿自照,如是者阅六暑寒。佛智嘉其有成,欲縻以上职,不听而去。俄上天目山礼普应本禅师。普应见已,期之如佛智。公将久留,普应曰:“贤首之宗,日远而日微矣。子之器量,足以张大之。毋久淹乎此也。”……亟还宝林,见春谷,且告之故。春谷曰:“可矣。”乃命之司宾,寻升上座。当时相从者皆宏伟之龙象,公为分讲杂华玄门,会元统宗,

必极其所言。宋故官徐天祐、王易简闻之，相与崇奖弗置，声光焕著，五尺童子皆能知其名。……元延祐初，始用荐者出世萧山净土寺。公自念圭峰以来，累叶相承，其间或绝或续，系执法者之贤否。遂发弘誓，力持大法，晨讲夕演，虽至于劳勩，弗敢少解。

天历初，朝廷新设广教都总管府，遴选名山主僧，一归至公。升公住景德。重纪至元中，行宣政院迁主嘉禾之东塔，公不赴，时宰臣领院事，乃改宝林。宝林，清凉肆业之地，人咸为公荣。公固守谦退，迟回不上。州牧邑尹，山林友社，交疏延请，亦不允。至第二疏，始投袂而起，仿终南山草堂故事，建高斋，辟幽舍，招徕俊乂，浙东西莫不担簦蹑屩，争集轮下。公竭忱开授，比景德为尤勤，法筵之盛，不减东山时。……至正初，顺帝御宣文閤，近臣有以公之道行闻者，帝嘉之，特赐金栏伽黎衣。帝师大宝法王亦俾以六字师号，隐然作镇江南，宗门恒倚之以为重。状元忠介公泰不华守越，病旱无以禳，佥谓非公不可，公为爇香臂上以请，雨即澍。公莅事一纪余，以疾固辞，坚卧崇福庵中。未几，部使者持节行郡，迫起之。

皇明御极，四海更化，设无遮大会于钟山，名浮屠咸应诏集阙下，入见于武楼，独免公拜跽之礼，命善世院护视之。次日，复召赐食禁中。及还，复有白金之赐。洪武二年冬十二月，得疾，久不瘳，口占辞众语，端坐而蜕，实三年春三月十日也。世寿八十一，僧年六十五。①

“别峰”即僧大同（1290—1370），越之上虞（今浙江上虞）人，俗姓王，字一云，号别峰，世称宝林翁，著有《宝林编》、《天柱稿》等。洪武初年，宋濂奉诏开局纂修《元史》，与僧大同相识于善世院，时相过从，交谊甚笃。大同一生师法多家，入住众寺，受徒云集，影响广远。据宋

① 宋濂《宋学士文集》卷五十八，《四部丛刊》景明正德本。

濂称，僧大同虽为般若种，但其“游心文翰，实接贤公卿，燕飨贶遗，唯恐不尽其意”。永康胡长孺、吴兴赵孟頫、巴西邓文原、长沙欧阳玄、金华黄溍、武威余阙等名公，乐与交游，函诗往来，岁无虚度。特别是大同晚年，与安阳韩性、永嘉李孝光等，唱酬于水光山色间，尤极其情趣。由此可知，赵孟頫、宋濂、韩性、李孝光与僧大同都有交游，他们可能会因僧大同而出现在一起。查看《饮马图》正有其四人题跋。又，《饮马图》危素诗首句即云：“萧君学道龙瑞宫，此图持赠宝林翁。”而此句所言，恰恰与韩性诗序“松雪公作《饮马图》赠元泰，以遗别峰”相一致。“萧君”即萧元泰，鄱阳（今江西鄱阳）人，寓居会稽，曾学道于龙瑞宫，与柯九思、李孝光等为顾瑛玉山雅集常客。元顾瑛《学圃亭诗为萧元泰真人赋》云，“曾候青牛瞻紫气，佩剑隐入东蒙峰。南寻玉书探禹穴，鞭霆叱电骑苍龙”，“我识丈人甫十岁，示我琅函启神祕”。① 禹穴，即龙瑞宫，在会稽县（今浙江绍兴）。宋施宿《（嘉泰）会稽志》卷七载：“龙瑞宫，在县东南二十五里，有禹穴及阳明洞天。”②联系韩性诗序及危素诗句，《饮马图》传承脉络清晰可鉴。赵松雪为萧元泰作《饮马图》，萧氏来越学道，将之赠给了僧大同。关于马图源流的交代，韩、危二氏题诗前后不二。同时，《饮马图》危素诗末称“为道初上人题”，诗中又曰“卷舒雪涕忆前修，太息后来那可识”。道初上人，即僧守仁，字一初，号寄傲轩，富春（今属浙江）人，“能文辞，善草书”③。《饮马图》亦有守仁题诗，中云“临川老客独伤心，把卷看诗泪如水”。危素，临川人，所以诗有“临川老客”之谓。守仁与危素题诗前后呼应。从诗句看，二人曾一起品赏《饮马图》，此时该马图为僧一初收藏。

《饮马图》稍后的题跋者，还有“会稽郑嘉”、“山阴王谊”、“河南李昴”、“山阴王怿”等人。郑嘉，字符亨，山阴（今浙江绍兴）人，世称柿

① 顾瑛《玉山璞稿》，清嘉庆《宛委别藏》本。

② 《（嘉泰）会稽志》卷七，清文渊阁《四库全书》本。

③ 陶宗仪《书史会要》卷七，清文渊阁《四库全书》本。

庄先生，“穷经好古，于诗尤工”[①]，著有《柿庄集》。王谊(1361—1448)，字内敬，山阴人，宋尚书王载之裔。“先生长者皆折辈行与之交，乡邑学者多从游。”“初无仕进意，惟肆力于诗。”[②]宣德初，待诏翰林。王怿，字内悦，王谊之弟，正统初，官溧水知县。李昺，字文勉，山阴人。《明史·李昺传》称：“(昺)卓荦不羁，好与文士游，乡先生刘绩、王谊、郑嘉语之曰：‘尔欲交吾辈，须读书乃可。’感悟力学，遂成名儒。时称刘王郑李。”[③]由此可知，郑嘉、李昺、王谊、王怿四人关系之密切。郑王李题诗《饮马图》，似是发生在图传藏至其中某一人手上时。

综上所述，《饮马图》题识前后相连，承传层次清晰，即：赵孟頫为萧元泰作《饮马图》，后元泰赠之僧大同，又有僧道初收藏，再后传藏于王怿家等，其中题跋者有僧大同的友人、道初、王怿本人及友朋。而且，题诗者“善书工诗”的身份，正应合了卷末周歧凤“题识盈卷，极一时名公巨儒”的跋语。

而《干马图》发端无迹，卷中题跋，只称是“山阴王怿家藏”，但首尾终不见王怿氏任何题款，且其中题识者生平多无从考得。这与世人珍重韩干马图，题跋常出一时名公之手不符。特别是与“韩性”、“危素”前后的题跋者，找不到他们之间的关联。即便如此，我们亦只能是猜测怀疑，不能据以甲乙二卷马图，定夺其真赝，否则便有粗疏仓促之嫌。因为这些考索，毕竟还是从画卷到画卷。真正高明的作伪者，在一幅画卷上完全有可能兼顾到前后题识内容之关系，做到文字上密而不漏。正像此二卷马图，单从同卷题跋内容看，几乎无一破绽。如，《干马图》危素诗曰“卷中题诗十五客，唯有括苍留古色”，位数《干马图》卷内诸家题诗，危素列于第十六，其前有“括苍刘基”，诗歌所称与题跋恰合。因此，我们要坐实推测，还必须进一步得到画卷以外的佐证。而画卷之外的证据，往往是分散的、零碎的，非掌握在

① 徐象梅《两浙名贤录》卷二，明天启刻本。

② 王直《侍郎王公墓表》，《抑庵文后集》卷二十六，清文渊阁《四库全书》本。

③ 万斯同《明史》卷三百八十七，清钞本。

一人之手，能耐再大的伪托者，也无力全盘抹杀或窜改，做到严丝合缝、无懈可击。

上述马图的题跋，除了存于画卷上，还会有被编入作家别集的可能。如果别集收录足信可靠，其一定能说明一些问题。尤其是别集中的诗文题目，很能体现题跋诗文的初衷。首先，我们考索单独见于一图的题跋。《饮马图》中有宋濂记跋一则，《干马图》不见。宋氏题记曰："赵魏公自云：幼好画马，每得片纸，必画而后弃去。故公壮年笔意极精绝。郭佑之作诗，至以出曹韩之上为言。公闻之，微笑不答，盖亦自负也。此图用篆籀法写成，精神如生，诚可宝玩也。"此段文字，又载于宋濂《宋学士文集》卷十，即《銮坡集》卷十，题作《题赵子昂马图后》。宋濂撰《宋学士文集》七十五卷，凡《銮坡集》十卷、《銮坡后集》十卷、《翰苑续集》十卷、《翰苑别集》十卷、《芝园前集》十卷、《芝园后集》十卷、《芝园续集》十卷、《朝京稿》五卷。明正德本《宋学士文集》，俱大题在上，小题在下，前有洪武庚戌(1370)会稽杨维祯《翰苑集》序，又豫章揭汯序，又清江贝琼序，后有正德九年(1514)太原张潛重刊后序。张潛序曰："初，太史公手定八编，凡若干首，以细眼方格，命子燧缮录精整。"[①]跋文题目《题赵子昂马图后》由宋濂亲手自定，据此可知，《饮马图》所载宋濂记文的真实性。

可是，孤证不足论。我们再来考察二马图共有的一些跋识。《干马图》和《饮马图》都有刘基诗，且两处署名相同，诗歌一字不差。经查检，《诚意伯文集》卷十一收有该诗，题曰《宝林同讲师渴马图歌》。刘基作为明初诗文三大家，撰有《郁离子》、《覆瓿集》、《写情集》、《春秋明经》、《犁眉公集》、《翊运录》等诗文集，成化中，巡按浙江御史戴鱀等始将诸集合为一帙，冠名《诚意伯文集》二十卷。这其中，除《翊运录》为其孙廌拾基诏旨制敕序文编集而成外，其余诸集皆为刘基生前自撰，且有单本行世。[②] 杨守陈成化六年(1470)《重锓诚意伯文集

① 宋濂《宋学士文集》卷首，《四部丛刊》景明正德本。

② 分别见叶叔昌《写情集序》、徐一夔《郁离子序》、罗汝敬《覆瓿集序》、李时勉《犁眉公集序》等。

序》云:“巡浙御史戴君用与其采薛君谦、杨君琅谋重锓,乃录善本,次第诸集,而冠以《翊运录》。”[①]《诚意伯文集》二十卷只是合编刘基诸集,而未加增损作品。可见,其中的《宝林同讲师渴马图歌》乃属刘基自集已录。这里虽然未有明言“宝林同讲师”僧别峰是《渴马图》的收藏者,还是具体的作图者,但是所涉画名及人名,都能与《饮马图》其他题识相印合。又,《干马图》署款“淮阴龚复题”与《饮马图》署名“天台丁复”诗,全诗179字,只有“渥洼”与“往往”二字之别。该诗见录于丁复《桧亭集》卷三,题作《宝林丈室所藏子昂饮马图》。丁复,字仲容,撰《桧亭集》九卷,本分前、后二集,至正十年(1350)御史张惟远合刻于集庆学舍。前集由丁复子婿饶介编,中山李桓、永嘉李孝光、临川危素序;后集或称续集,由其门人李谨之纂,上元杨翮序。李孝光与丁复为望年之交,李序曰:“仲容拓落不耦,莫为知已,独名之声诗,……时时危坐而饮酒,沃涑愁思,吐咳新语,数少出其奇,不复修治,一读而弃地。其子婿饶介颇为藏庋,浸以成什。”[②]丁复《桧亭集》卷三《宝林丈室所藏子昂饮马图》诗即为饶介收集。[③] 诗题所示,从马图作者到藏者,清清楚楚,与《饮马图》其他题跋完全一致。而“淮阴龚复”,《干马图》之外,并无考。宋濂《銮坡集》十卷、刘基《诚意伯文集》二十卷、丁复《桧亭集》九卷,或为作家生前本人所编,或是作家子弟所集,作品家藏,刻传有序,可信不诬。这些来自不同别集的信息,与《干马图》无涉,同《饮马图》吻合。

诗题之外,他籍所载与诗歌书写内容能否相互印证,亦可成为评判的标的。宋濂《芝园后集》卷八《佛心慈济妙辩大师别峰大同公塔铭》记:“元季,寺焚于兵,公奋然有为,创演法堂及方丈室,皆六楹间,堂以实三藏梵典,室以修首楞严期,殿阁门庑将次第经营。而时事日

① 刘基《诚意伯文集》卷首,《四部丛刊》景明本。

② 丁复《桧亭集》卷首,清文渊阁《四库全书》补配清文津阁《四库全书》本。

③ 今传清文渊阁《四库全书》本丁复《桧亭集》九卷,乃是合编饶介、李谨之二人前后两集而成,其所收每一作品题下,有小字标注原出处,即“前集”还是“续集”。《宝林丈室所藏子昂饮马图》在其卷三古体,注出“前集”。

棘，公因退处瞻博迦室……逮革代之后，囊无一钱，唯存书史五千卷，尽散其徒之能文者。”元末兵起，僧寺难免。面对此境，大同设法保护坟典书史等故物。随着时事日艰，其未老先退，将故物尽散于门徒。宋濂这一载述，与危素题《饮马图》诗不谋而合。危素诗云：“越城战斗白日昏，故物纷披横道侧。清凉衣钵与马图，似有神明常护惜。法师未老倾橐囊，古书名画门徒将。”该诗显然是写元明易代之际，诗人所看到的情景是：战乱纷起，国破家亡，故物弃置。而经历这些后，道人所藏古书名画尚在，并能将之赠与门徒，尤令诗人感慨。宋濂《芝园后集》所记与危素题诗的一致性，再一次佐证了危素题诗的指向，即“为大同所藏松雪《饮马图》而题”。相反，《干马图》题跋与他籍所载多有乖违之处。如，所谓赵孟頫题《干马图》曰：“吾自小年便爱画马，尔来得此，见韩干真迹，乃始得其意。”此段题识颇类赵孟頫《人马图》卷自题[①]，不同之处，惟《干马图》上多一“此”字，“真迹”之后少了“三卷”二字。同人同语题于不同画卷，真品实属少见。

综上所考，题跋前后、诗内画外，频频互证。《干马图》与《饮马图》两组题跋作伪倾向明了，即：《干马图》上的题跋主要是窜改、迻录《饮马图》等题跋而成。《干马图》伪托款署作者，将元明人诗作时代提前，刻意佐证其真。所以，《饮马图》款署作者为是，《干马图》乃属于伪作。所涉诗作，故当一一移正。《饮马图》题跋乃是为元人马图所作。作为生卒于宋代的陆游，岂有为元人马画题诗之理？众多学者认定的所谓陆游佚诗《韩干马》，实为元末明初人钱宰诗作。

三、结论余绪：陆钱有缘，伪托无价

钱宰（1301—1396），字子予，一字伯均，会稽（今浙江绍兴）人，吴越武肃王十四代孙。至正间中甲科，亲老不仕，教授于乡。洪武六年

① 陆心源《穰梨馆过眼录》卷二“赵文敏《人马图》卷”著录，清光绪吴兴陆氏家塾刻本。

(1373)，与贝琼等征为国子助教。十年，授国子博士[①]，致仕。二十七年，召修《书传会选》，书成遣归。《明史》卷一三七有钱宰传记[②]。黄佐《国子监博士钱宰传》曰："初，宰尝病近代新声大繁，刻意古调，拟汉魏而下诸作及《古诗十九首诗》，且各补其未纯者，词林称之。"[③]明徐泰《诗谈》云："山阴钱宰霜晓鲸音，自然洪亮。"[④]朱彝尊《静志居诗话》卷三称他："诗波澜老成，诸体悉称，韩宜可、唐愚士皆师之。"[⑤]可见，钱宰的文学成就深得学者的推崇。钱宰著有《临安集》十卷，诗文各五卷，洪武二十九年自序云："近自成均致仕而归，间辑旧所著述，题曰《临安集》。"[⑥]《临安集》是作者钱宰自编，今传有六卷本和十卷本二种。六卷本为《四库》馆臣从《永乐大典》中辑出，其中不见有前文所考钱宰诗歌。十卷本乃明钞本，现藏国家图书馆，其卷三收有上述钱宰诗，题中交代"为同别峰赋"，即诗为僧大同而作。这一点进一步证实，所谓的陆游佚诗《韩干马》为伪托之作。

伪托令人厌弃，但此举并非一无是处，相反，其往往有着自身的价值。《干马图》托伪陆游于何时，为何所托对象是陆游而非他人，又为何用钱宰来托陆游呢？这些问题的背后，正反映着伪托产生时代的人们对陆游的认识和接受。

陆游与钱宰，一为宋人，一为元末明初人，二者相距甚远，本也无缘。但陆、钱同里，同为会稽人。二人都属于乡贤名流，生前与画坛名家交游广泛，均留下了许多内涵丰富的题画诗篇。[⑦] 同时，陆、钱又

---

① 有关钱宰仕历，诸家所记稍有分歧。此据贝琼《送钱子予序》所述，见《清江文集》卷二十九，《四部丛刊》景清赵氏亦有生斋本。

② 《明史》第13册，中华书局，1974年，第3955页。

③ 焦竑《国朝献征录》卷七十三，明万历四十四年(1616)徐象橒曼山馆刻本。

④ 陶元藻《全浙诗话》卷三十六，清嘉庆元年(1796)怡云阁刻本。

⑤ 朱彝尊《静志居诗话》上册，人民文学出版社，1990年，第63页。

⑥ 钱宰《临安集》卷首，清文渊阁《四库全书》本。

⑦ 关于陆游与画家的交游及题画诗情况，参见陈天佑、钟巧灵《从题画诗看陆游与画家的交游》，《中国文学研究》2017年第1期。又，据明抄本《临安集》统计，《临安集》收诗五卷，计二百首，其中，题画诗有五十五首，占四分之一强。钱宰所题画作有时人赵仲庸、俞景山、崔彦辉、赵仲穆等。

皆通书法。从这些方面看，二者又有着一定的联系。钱宰非常仰慕陆游，对其诗歌、书法褒奖有嘉。钱宰《题放翁三峡歌卷后》诗曰："峡水巴云走笔端，剑南词客壮游观。少陵诗到夔州盛，太白歌传蜀道难。万里东归留翰墨，百年南渡见衣冠。只今文献诸孙远，尚想风流再拜看。"[①]在钱宰眼里，陆游能与李杜齐观，若有可能，其愿拜谒放翁风流。据此推测，钱宰在诗歌、书法方面似曾师法过陆游，二者之间应存在着很大的相似性。的确，钱、陆的创作实践也进一步证实了这些。诗歌方面，像同题宫廷生活图画，钱宰《题藩王出猎图》云：

……猛士先驱仗金钺，胡笳一声鼓齐咽。骢驹并载双歇骄，海青翻臂思超越。黄须健儿勇且骁，虎纹交韔悬在腰。……翻身控弦响若掣，一箭射落双飞雕。马上双雕驰献捷，凯歌向王王击节。[②]

陆游《观运粮图》云：

王师北伐如宣王，风驰电击复土疆。中军歌舞入洛阳，前军已渡河流黄。马声萧萧阵堂堂，直跨井陉登太行。……[③]

两首诗气势恢宏、恣肆奔放，若出一人之手。再如，同题小隐图，陆游《题城侍者剡溪图》诗曰："暮境侵寻两鬓丝，湖边自葺小茆茨。从今步步俱回棹，不独山阴兴尽时。"[④]钱宰《题崔彦辉云林小隐》诗曰："雪上平林半是云，索居别墅乐闲身。苹花落日江南唱，杨柳沧湾若下春。"[⑤]二诗闲淡自然，风格并无二致。书法方面，比如钱宰《跋赵构临虞世南真草千字文卷》（图一）和陆游《踏雪观瘗鹤铭题记》（拓本）（图二），楷书同体，神韵契合。

---

① 钱宰《临安集》卷五，明钞本。

② 钱宰《临安集》卷三，明钞本。

③ 钱仲联《剑南诗稿校注》第5册，上海古籍出版社，1985年，第2670页。

④ 钱仲联《剑南诗稿校注》第4册，上海古籍出版社，1985年，第1694页。

⑤ 钱宰《临安集》卷四，明钞本。

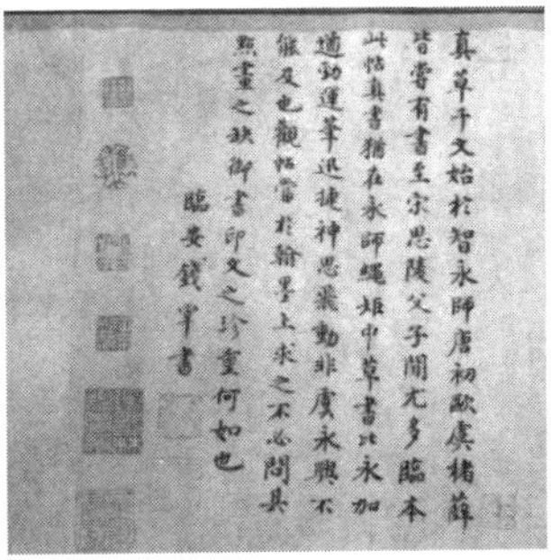

图一

图二

钱、陆二人同里，书似，诗像，这些或许是作伪者择“钱”托“陆”的一个缘由。而《干马图》的作伪又发生在何时呢?

《干马图》与《饮马图》末尾周岐凤题跋署时“永乐丁酉仲秋月朔”，即明成祖永乐十五年(1417)。卷内所托有王谊、王怿二兄弟诗歌。据明代王直《侍郎王公(谊)墓表》记:“一时士大夫闻而慕之，多见于赋咏。正统十三年二月初四日，以疾卒于家，年八十有八。”[①]王谊卒于明英宗正统十三年(1448)。一般被伪托者在世时，作伪者不敢轻易冒犯，作伪之举常常发生在被伪托者身后。又，汪砢玉崇祯十六年(1643)完成的《珊瑚网》已经著录有《干马图》。据此可知，以钱宰诗伪托陆游诗，当发生在明代前中期。

关于这一时期，世人对陆游的接受情况，钱锺书先生云“很受冷淡”[②]。其实，未必尽然。我们且不说，《渭南文集》在弘治、正德间被一刊再刊，单从《干马图》伪托放翁诗一事看，陆游在明前中期当深受人们欢迎。因为，《干马图》伪托陆诗，不仅仅是为了从时间上作伪证，更重要的是以此抬高该画卷的声价。如若单是为了提供图画时间佐证，其岂不可以伪托更早一点的人物?像苏轼、米芾等。但是，伪托者没有这样做，而是选择了陆游伪托，且将其置于画卷前端。这

① 王直《侍郎王公墓表》，《抑庵文后集》卷二十六，清文渊阁《四库全书》本。

② 钱锺书《宋诗选注》，人民文学出版社，1989年，第170页。

只能说明，陆放翁在当时，更受人们推重。事实亦的确如此。祝允明(1460—1527)《书弘治新本渭南集后》称："放翁文笔简健，有良史风，……皎兮若月食而复，烨兮若玉淤而出，绚兮若春林释雾，而葩叶呈妍，诚文苑之一快矣。"[①]不仅陆游文集受宠，其诗也是明前中期文人师法的对象。像人称"复出颠张"，又尝自言"吾书不如诗，诗不如文"的张弼(1425—1487)，其《诗欲学陆放翁赋此志》云："酒杯不及陶彭泽，诗法将随陆放翁。"[②]朱彝尊《静志居诗话》卷八载："邃菴古诗，原本韩、苏，近体一以陈简斋、陆放翁为师。"[③]邃菴，即杨一清(1454—1530)，字应宁，号邃庵，安宁(今云南安宁)人，成化八年(1472)进士，官至内阁首辅，才华堪比唐相姚崇。再如，正德十一年(1516)解元、嘉靖二年(1523)进士及第的朱淛(1486—1552)，其《赠丰山陈于廷》诗云："我爱丰山无俗韵，时时来往小斋中。野情自比天随子，诗句多师陆放翁。"[④]陆游是一位文学家，同时也是一位书法家。明代前中期，一些书画界名流，若谢缙、文征明、文彭、沈周、居节等，对放翁诗歌、书法称赏备至。《明诗纪事》载："孔昭(谢缙)画流传甚少，诗特蕴藉，在宋人中似陆游一派。"[⑤]文征明云："(沈周)诗初学唐人，雅意白傅，既而师眉山爲长句，已又为放翁近律。"[⑥]《四友斋丛说》记："衡山(文征明)尝对余言：'我少年学诗，从陆放翁。'"[⑦]李日华亦谓："文衡山先生诗，有极似陆放翁者。"[⑧]文彭《题放翁帖》曰："放翁以诗名重天下，……尝读其《剑南集》，爱不忍去手，思见其人，不可得。今得观此二帖，恍然如侍左右，何其幸哉！"[⑨]文征仲高弟居士贞，"字与诗亦自

---

① 祝允明《书弘治新本渭南集后》，《渭南文集》卷末，《四部丛刊》景明活字本。

② 张弼《张东海诗文集》诗集卷三，明正德十三年(1518)周文仪福建刻本。

③ 朱彝尊《静志居诗话》上册，人民文学出版社，1990 年，第 219 页。

④ 朱淛《天马山房遗稿》卷八，明隆庆刻清重印本。

⑤ 陈田《明诗纪事》乙签卷六，清陈氏听诗斋刻本。

⑥ 文征明《沈先生行状》，黄宗羲《明文海》卷四百三十五，清涵芬楼钞本。

⑦ 何良俊《四友斋丛说》卷二十六，明万历七年(1579)张仲颐刻本。

⑧ 李日华《六研斋二笔》卷二，清文渊阁《四库全书》本。

⑨ 郁逢庆《书画题跋记》续卷三，清文渊阁《四库全书》本。

师门来，而剂以赵松雪、陆放翁”[①]。可见，陆游在明前中期艺坛并不寂寞，只不过是随着时代的变化，人们关注陆游的角度有所改变罢了。对此，放翁诗歌在这一时期有缘遭伪，就是一个很好的注脚。

总之，诗因画生，画由诗证，诗画合一，交相辉映。一幅画与一首诗，犹如孪生姐妹，真赝相从。尽管伪法种种，作者虑虑，但智者千思，尚有一疏。学者只要坚持“显微镜下看蛛丝，史籍内外察马迹”，一定能辨识疑点，甲乙是非。名画遭仿，大家易托，仿托的背后亦隐藏着一个时代对某家的认识和接受。我们在对待名家、大家诗画上，切忌盲从，揭示真伪，探寻奥旨，一定要慎之又慎。

（安徽师范大学中国诗学研究中心）

① 陈田《明诗纪事》乙签卷十七，清陈氏听诗斋刻本。

作为副文本的朝鲜古代选本序跋*

王 成

内容摘要：选本序跋作为重要的副文本，蕴涵着丰富的文献史料，为后世读者提供了诸多了解选本尤其是散佚选本的可靠信息。选本序跋与正文本选本构成互相依存、互相指涉的互文本“关系场”，在选本生成、传播、接受过程中起到重要的助力与推介作用。选本序跋通过呈现文坛发展生态、丰富文学批评领域等，拓宽了选本的表达空间。借鉴副文本理论研究朝鲜古代选本序跋，可以为朝鲜古代文学研究、中国文学域外影响研究提供方法指南与实践操作路径。

关键词：朝鲜；选本；序跋；副文本；文学批评；文学思想

* 基金项目：国家社科基金项目“韩国古典散文与中国文化之关联研究”(14CZW038)阶段性成果。

Prefaces and Postscripts of Ancient Korean Anthologies as Paratexts

Wang Cheng

Abstract: As important paratexts, the prefaces and postscripts of the anthologies contain abundant literature materials, and provide a lot of reliable information for the readers of later generations to understand the anthologies, especially the scattered and lost ones. The prefaces and postscripts of the anthologies and the texts of the anthologies constitute an intertextual "relation field" of interdependence and mutual reference, which plays an important promoting role in the process of generation, dissemination and acceptance of the anthologies. The prefaces and postscripts of the anthologies broaden the expression space of the anthologies by presenting the development ecology of the literary world and enriching the field of literary criticism. Using the paratext theory to study the prefaces and postscripts of ancient Korean anthologies can provide methodological guidance and practical operation path for the study of ancient Korean literature and the study of the extraterritorial influence of Chinese literature.

Keywords: Korea; anthology; preface and postscript; paratext; literary criticism; literary thought

副文本概念由法国理论家热拉尔·热奈特在《广义文本之导论》、《隐迹稿本》等论著中提出，于《副文本：阐释的门槛》一书作了明确界定："副文本如标题、副标题、互联型标题，前言、跋、告读者、前边的话等，插图，请予刊登类插页、磁带、护封以及其他许多附属标志，包括作者亲笔留下的还有他人留下的标志。"[①]弗兰克·埃尔拉夫

① 热拉尔·热奈特《热奈特论文集》，史忠义译，百花文艺出版社，2001年，第71页。

对副文本内涵作了进一步阐释:“副文本指围绕在作品文本周围的元素:标题、副标题、序、跋、题词、插图、图画、封面。”[①]副文本理论被广泛运用于文学研究领域,对于朝鲜古代文学研究同样适用。古代朝鲜编选了大量各种类型的诗文选本,文人别集保存了为数众多的选本序跋。序跋作为一种副文本,相较标题、封面、插图、图画等其他副文本更能指涉正文本,具有更为广阔的涵盖范围与言语空间,“为文本的解读提供一种(变化的)氛围”[②]。目前大陆学界关于朝鲜古代选本的研究集中于徐居正《东文选》、南龙翼《箕雅》[③],有关朝鲜古代选本序跋的研究成果尚不多见。笔者拟借鉴副文本理论对朝鲜古代选本序跋的文献价值、批评功能、文学史意义等作初步探讨,以期抛砖引玉。

一、选本序跋的文献价值

热拉尔·热奈特认为副文本具有“文本周围的旁注或补充资料”(《普鲁斯特副文本》)的功能,道出了副文本的文献史料价值。副文本作为正文本的一种辅助文本,蕴涵着丰富的文献史料,透露出编选者、序者、正文本等的诸多信息。古代朝鲜文人编选的诗文选本数量众多,但能够流传后世的则少之又少。选本的严重散佚对于朝鲜古代文学、古代文体学、古典文献学等研究领域来说都是巨大的损失。有赖文人别集留存的选本序跋,让后世读者有机会弥补散佚选本所

---

① 弗兰克·埃尔拉夫《杂闻与文学》,谈佳译,天津人民出版社,2003年,第5页。

② 热拉尔·热奈特《热奈特论文集》,史忠义译,百花文艺出版社,2001年,第71页。

③ 《东文选》的研究成果,主要有陈彝秋《朝鲜〈东文选〉诗体分类与编排溯源》(《南京师范大学文学院学报》2008年第4期)、《论中国选本对朝鲜〈东文选〉文体分类与编排的影响》(《南京师大学报(社会科学版)》2010年第3期)、《论中国赋学的东传——以〈东文选〉辞赋的分类与编排为中心》(《南京社会科学》2010年第3期),褚大庆《〈东文选〉文体研究》(延边大学博士学位论文2013年)等;《箕雅》的研究成果,主要有赵季《〈箕雅〉引经考》(《文学遗产》2009年第4期)、王哲《朝鲜汉诗集〈箕雅〉中的〈诗经〉典故研究》(中南大学硕士学位论文2013年)、姚诗聪《朝鲜王朝时期高灵申氏文学世家考——以〈箕雅〉为中心》(《黑龙江史志》2016年第2期)、高航《〈箕雅〉高丽汉诗用韵研究》(《南开语言学刊》2017年第1期)等。

带来的这种缺憾。选本序跋因选本的严重散佚使其文献价值弥足珍贵，它能够在一定程度上还原散佚选本的历史原貌，提供了解选本编纂宗旨、编选内容、体例安排等方面的信息。

朝鲜朝著名文人许筠编纂各类选本数十部，可惜绝大多数都已散佚。其别集所存《古诗选序》、《唐诗选序》、《题四体盛唐序》、《题温李艳体后》、《宋五家诗钞序》、《欧苏文略跋》、《明四家诗选序》、《明诗删补跋》、《明尺牍跋》、《四家宫词跋》等序跋，为了解许筠的编选动机、选本体例、选本内容等提供了绝佳窗口。仅以《唐诗选序》为例论述序跋的文献价值。许筠编选《唐诗选》的动机是意识到明代高棅《唐诗品汇》、李攀龙《唐诗删》、元代杨士弘《唐音》三部唐诗选本存在各种不同程度的问题，"杨氏虽务精，而正音遗响之分，无甚蹊径。其声俊古鲁之音，亦或不采，使知者有遗珠之慨焉。廷礼所裒，虽极其富，而以代累人、以人累篇，俾妍蚩并进、韶濮毕御，识者以鱼目混玑诮之，似或近焉。至于于鳞氏所拣，只择劲悍奇杰者、合于己度则登之，否则尺璧经寸之珠，弃掷之不惜。英雄欺人，不可尽信也"（《唐诗选序》）①。许筠编选时采取的方式是："取高氏所汇，先芟其芜，存十之五。而参之以杨氏，继之以李氏。所湔拔者合为一书，分以各体，而代以隶人。"（《唐诗选序》）②《唐诗选序》清晰地交代了许筠编选是书的动机、心态以及编选方式等，对了解这部选本具有重要的绍介意义。另外，这些序跋也成为研究许筠生平经历、文学思想的重要材料，如孙德彪《许筠对唐宋明及朝鲜诗歌的批评》（《东疆学刊》2005年第4期）、王红梅《许筠论略》（中央民族大学博士学位论文 2007年）、左江《"此子生中国"——朝鲜文人许筠研究》（中华书局，2018年）等论文、著作就充分利用这些选本序跋，细致地勾勒出许筠生平行实、文学思想等重要内容。

朝鲜朝文人、学者洪奭周别集卷首载有韩章锡所作《散书目录》，该

---

①② 许筠《惺所覆瓿稿》，《韩国文集丛刊》第74辑，韩国民族文化推进会，1998年，第175页。

目录对洪奭周的著述情况作了说明，其中既交代了洪奭周撰写的各类诗文集、笔记，如《永嘉三怡集》(三卷)、《鹤冈散笔》(八卷)、《洪氏读书录》(二卷)、《记里经》(一卷)、《易说》(一卷)、《载载录》(十三卷)、《北行录》(二卷)、《拟古诗集》(一卷)等，也提及洪氏所编辑的各类选本：

《续史略翼笺》(二十一卷)

因皇考足睡公所纂《明史略》而广之，起洪武讫于永历，书法一遵左氏《春秋》、朱子《纲目》之义。皇明一代之史，最为精核简正。板在岭营，申公锡愚按藩时所刊也。

《象艺荟粹》(四卷)

选古今骈俪最隽者，属仲氏沆瀣公作序。久已刊行。

《福寿双会》(二卷)

福寿书两本，皆明季人所作。而其意固在劝惩，其指甚浅近，其言多未醇。先生拔其尤者，合以选之，惓惓于福善之理。读之者，可以知所向矣。久已刊行。

《三汉名臣录前集》(十五卷)、《后集》(十八卷)、《续集》(二卷)

先生十三岁，仿朱子所编《宋名臣录》，遍取诸史及杂出于传记注解者，排纂损益之，以为《三汉名臣录》，越十五年而始成。后亡其一卷，属仲氏沆瀣公补其缺而作序。其凡例及赞跋，先生所自述也。书今佚，只存凡例、赞跋。

《诸子精言》(七卷)

选诸子文最粹而不背于道者，各有小跋以系之。今佚不传，只存跋三十四篇。

《明文选》(二十卷)

选皇明文，以甲、乙、丙、丁、戊五集别之，各有小识，属仲氏沆瀣公作序。今佚不传，只存小识六篇。

《大东文隽》(卷数未详)

仿唐宋八大家例，选我东十二家文：牧隐李公、简易崔公、白沙李公、月沙李公、象村申公、清阴金公、谿谷张公、泽堂李公、眉叟许相、息庵金公、农岩金公、江汉黄公也。今佚不传。沆瀣公所作小题，载《沆瀣集》。[①]

韩章锡《散书目录》虽然指出《续史略翼笺》、《象艺荟粹》、《福寿双会》久已刊行，但现在已经难觅三部著述的踪迹。韩章锡明确指出《三汉名臣录》(前集、后集、续集)、《诸子精言》、《明文选》、《大东文隽》等均已散佚不传，洪奭周别集保留的《三汉名臣录跋》、《诸子精言跋》、《选皇明文小识》等序跋提供了探知《三汉名臣录》、《诸子精言》、《明文选》等选本原始面貌的鲜活材料。

据《三汉名臣录跋》交代，洪奭周少时读朱熹所编《宋名臣言行录》，心生钦慕，于是"遍求《史记》、前后汉书、《三国志》及其杂出于传记注解者，排纂损益之，以为《三汉名臣言行录》"[②]，其后又作了一系列工作，才最终完成此书，"既又弁之以序、系之以赞、揭之以凡例，越十有五年，书始成而亡其序。又七年，始克缮写为定本，而又亡其一卷。属吾弟宪仲补其缺，而宪仲又为之序，然后书始完"[③]，编纂过程何等艰难。洪奭周也介绍了编纂此书的原因、用意："余尝谓三古以后，治天下之规模法度，莫尚于汉。风俗淳厚、论议近实，而人才之杰然特出者，亦莫盛于汉。是故，士君子之出而济时、处而求志者，欲学三代，亦必自汉始。此余所以必欲成就是书。"[④]由《诸子精言跋》一文可知如下信息：洪奭周从先秦两汉诸子中选三十四家文章编辑《诸子精言》(共七卷)，三十四篇跋文保留于别集的只有《管子精言跋》、《荀子精言跋》、《墨子精言跋》、《韩子精言跋》、《吕览精言跋》、《淮南子精言跋》、《商子精言跋》、《杨子精言跋》、《司马法精言跋》、《孙子精言跋》、《三略精言跋》、《大戴精言跋》、《繁露精言跋》、《白虎通精言跋》、《新序精言跋》、《新语精言跋》、《塩铁论精言跋》、《贾子精言跋》、《潜夫论精言跋》、《申鉴精言跋》、《中论精言跋》等二十一篇，另有十

---

① 洪奭周《渊泉先生文集》，《韩国文集丛刊》第 293 辑，韩国民族文化推进会，2005 年，第 5 页。

②③④ 洪奭周《渊泉先生文集》，《韩国文集丛刊》第 293 辑，韩国民族文化推进会，2005 年，第 462 页。

三篇今已不存，无从知晓所选为哪家。跋文不仅透露出洪奭周选录诸子精言的标准、规模，同时更有对原典籍的考辨、赏读。如辨析《管子》非夷吾所作时指出："朱夫子尝言管子书非夷吾自著。今考其书，或说夷吾死后事，又载夷吾见桓公事，自相异同。其非自著，固明矣。"(《管子精言跋》)①分析《吕览》也有独到见解，《吕览精言跋》曰："吕氏书世称春秋，非也。春秋者，记事之称尔。吕氏有十二纪、八览、六论，其特称览，盖从史迁云。秦汉诸子书，精粗醇疵固不壹，然皆有所深思独得，以自为一家者，唯吕览与鸿烈解。成于宾客，不名一人，故其说杂出于诸家而无所统，其文辞亦支离散漫，而神与气不相属。……书又言韩、魏、赵氏之亡，皆不韦死后事也，岂后人又有所附益欤。"②对于典籍的赏读也颇见功力，《申鉴精言跋》云："王充《论衡》，芜而畔经；崔寔《政论》，激而伤德。桓谭《新论》、仲长统《昌言》，又皆散佚而不全。其有裨治道、可称述者，唯王符《潜夫论》、荀悦《申鉴》而已。激切痛快，荀不如王；精核简当，王不如荀。王之书直抒胸臆，不暇为文；而荀则颇琢炼模拟。"③这段话采用了比较批评方式，使所述典籍各自的特点在对比之中得以彰显。《选皇明文小识》由《选甲集小识》、《选乙集小识》、《选丙集小识》、《选丁集小识》、《选戊集小识》五篇文章组成，通过这些文章可获知如下重要信息：《明文选》共分甲、乙、丙、丁、戊五个小集，其中甲集十卷，选录宋濂、唐顺之、归有光、刘基、方孝孺、王守仁、解缙、杨士奇、李东阳、王慎中等十人的诗文作品；乙集三卷，选录范围"自弘治、正德以前，皆编为乙集三卷"④；丙集三卷，选录李梦阳、李攀龙的诗文作品，"自北地、济南两

① 洪奭周《渊泉先生文集》，《韩国文集丛刊》第293辑，韩国民族文化推进会，2005年，第471页。

② 洪奭周《渊泉先生文集》，《韩国文集丛刊》第293辑，韩国民族文化推进会，2005年，第473页。

③ 洪奭周《渊泉先生文集》，《韩国文集丛刊》第293辑，韩国民族文化推进会，2005年，第479页。

④ 洪奭周《渊泉先生文集》，《韩国文集丛刊》第293辑，韩国民族文化推进会，2005年，第547页。

李氏者作，而文之变，不可胜言矣。……今为之择其未离者若干篇存之”[①]；丁集二卷，选录的范围，“抑之于丙、丁之间者有之矣，则劝戒亦昭矣，丁集凡二卷”[②]。洪奭周的文章随处可以感知到强烈的尊明意识，戊集二卷就选录了体现明代亡国之音的诗文作品，“呜呼悲夫！自永历以后，天下不复有明矣。……于是乎别为戊集二卷。呜呼！读是书而至于丁戊二集者，亦可以慨然于亡国之故矣”[③]。虽然洪奭周编辑的《明文选》正文本今已散佚，但是作为副文本的序跋揭示出选本的选录范围、编纂宗旨等，并反映出作者对于明、清两朝不同的态度，选本序跋突出的文献价值由此可见一斑。

选本序跋在文献价值方面具有正文本选本，标题、插图等其他副文本无可替代的优势，朝鲜文人别集中类似《唐诗选序》、《三汉名臣录跋》、《诸子精言跋》、《选皇明文小识》这样具有突出文献价值的选本序跋不在少数。限于篇幅，不再一一论述。无论正文本选本是散佚不存还是流传至今，相关序跋都能使读者对选本的编选宗旨、选录范围、编排体例等获得不同程度的认知。选本序跋也为学者进行相关文献的考证或辑佚提供了可靠的线索，为文学研究、文献研究提供了原生态的史料与现场。

二、选本序跋与朝鲜文坛生态

热拉尔·热奈特认为副文本是进入正文本“阐释的门槛”(《副文本：阐释的门槛》)，序跋作为选本的重要副文本，承担着导读的功能。弗兰克·埃夫拉尔指出：“副文本能够激发读者的一种期待。所以对于作家而言，它则形成了一方能够引导阅读的战略性空间。”[④]序跋不仅为理解、阐释选本提供了鲜活的历史现场，是快速、有针对性获取选本内容的一把钥匙，更对文坛发展生态作了立体、多维度的

①②③　洪奭周《渊泉先生文集》，《韩国文集丛刊》第293辑，韩国民族文化推进会，2005年，第547页。

④　弗兰克·埃夫拉尔《杂闻与文学》，谈佳译，天津人民出版社，2003年，第51页。

呈现。

朝鲜文坛存在一种较为普遍的现象，即文人士子希望以规范或符合自己审美的诗文读本作为日常阅读、研习之用，因此或亲自编辑或请求他人代劳编选。如许筠取欧阳修六十八篇古文、苏轼七十二篇古文编成《欧苏文略》，目的是自己可以“时读之以取法焉”(《欧苏文略跋》)①。崔锡鼎编选《欧苏手简》，目的是“以为居闲消遣之资”(《欧苏手简跋》)②。崔岦选择唐代李白、杜甫、韩愈、柳宗元、孟浩然、韦应物、杜牧，宋代黄庭坚、陈与义、陈师道等十人诗歌编成《十家近体诗》，目的是“以自便披吟，且与同衰同喜者共焉”(《十家近体诗跋》)③。李宜显选择朝鲜八位诗人律诗编成《八家律选》，其中“于毕于容于翠，俱得四十七首；芝加一首，讷得卅八首，湖得百廿八首，稣得卅二首，简得二百卅五首”(《题八家律选卷首》)④，为的是“用作闲中流览之资”，等等。这些选本都是典型的自编自用。金锡胄应他人之求而编选《古文百选》，“吾同宗子文氏兄弟顷自湖南俱来，从学于京师间，要余抄古今文，以便服习”(《古文百选序》)⑤，于是他“尽取秦汉以下至南宋诸家文，掇其菁华，拔其腴隽，满百而止，分为三篇”⑥；金锡胄编辑《海东辞赋》是“为诸从辈所要”，遂“遍阅东人古今诸家辞赋，就拣其声调谐雅、能不诡于作者之旨者，为一帙”(《海东辞赋序》)⑦。任埅受后辈所求编选《唐诗五言古体》与《歌行六选》，“今者侄士元犹

① 许筠《惺所覆瓿稿》，《韩国文集丛刊》第 74 辑，韩国民族文化推进会，1998 年，第 247 页。

② 崔锡鼎《明谷集》，《韩国文集丛刊》第 154 辑，韩国民族文化推进会，2002 年，第 74 页。

③ 崔岦《简易文集》，《韩国文集丛刊》第 49 辑，韩国民族文化推进会，1996 年，第 304 页。

④ 李宜显《陶谷集》，《韩国文集丛刊》第 181 辑，韩国民族文化推进会，1995 年，第 404 页。

⑤⑥ 金锡胄《息庵先生遗稿》，《韩国文集丛刊》第 145 辑，韩国民族文化推进会，1998 年，第 243 页。

⑦ 金锡胄《息庵先生遗稿》，《韩国文集丛刊》第 145 辑，韩国民族文化推进会，1998 年，第 244 页

以为多，携此卷来，俾余更抄其尤警者，以资吟诵”(《题唐诗五言后》)[①]，“子侄辈以其书(按：指杨士弘《唐音》、高棅《唐诗品汇》)博而不精，请加裁选，余乃取而细绎之”(《歌行六选序》)[②]，等等。这是典型的受人之托而进行的二次创作。上述材料表明，无论是自编还是代人选编，编辑方便阅读、研习的诗文选本已经成为朝鲜文坛的普遍诉求，这一文学活动也从不同程度上促进了朝鲜文人文学素养的提高。

朝鲜古代诗文选本的编选具有鲜明的现实针对性，主要是为初学者提供蒙学教材与创作的轨范、指南。这一点从部分选本的命名就可看出。书名往往对书籍内容、主旨等有着明确的提示、指涉，是读者进入正文本之前的一道“阐释的门槛”。如金正国编《文范》、金履万编《律范》、申大羽编《古文程楷》、申暻编《文章宗选》、成大中编《古文规范》、成伣编《风骚轨范》等，这类书名带有“宗”、“范”(“规范”、“轨范”)、“程楷”等字样的选本，宗法、指南意识是非常明显的。金正国编《文范》是因为看到文坛的弊端，“余病学文者急于取科第、嗜俗文，未有学两汉文以矫其弊”(《文范序》)[③]，因此他“拈出迁史、两汉书各篇序文，手写一帙曰《文范》”[④]，目的是给初学者提供范本，“以劝初学后生”[⑤]。金履万选择唐代律诗中“体格俱完，词致并孅，卓然为万世法程者”(《律范序》)[⑥]，编成《律范》一书，目的也非常明确，是为后学提供“为万世法程”的读本。成大中“择其闳深而衍厚者，于庄取《齐物》、《养生》，于骚取《离骚》、《卜居》，于汉取《治安策》、《鵩赋》、《伯夷传》、《谏山陵疏》，于魏取《绝交书》”，名

---

① 任埅《水村集》，《韩国文集丛刊》第149辑，韩国民族文化推进会，2000年，第193页。

② 任埅《水村集》，《韩国文集丛刊》第149辑，韩国民族文化推进会，2000年，第181页。

③④⑤ 金正国《思斋集》，《韩国文集丛刊》第23辑，韩国民族文化推进会，2004年，第43页。

⑥ 金履万《鹤皋先生文集》，《韩国文集丛刊》第65辑，韩国民族文化推进会，2004年，第160页。

曰《古文规范》，目的是“以为古文者倡进于此”（《古文轨范序》）[①]。成俔所编《风骚轨范》是一部古诗选本，选录范围自汉魏至元代，“择其可为楷范者若干首，分为前后集”（《风骚轨范序》）[②]，其中“前集十六卷，以体编之，欲使人知其体制；后集二十九卷，以类分之，欲使人从其类而用之”[③]。前后集不同的体制安排，目的是为了更好地服务读者，以便学以致用，“鼓其气，养其咏，昌其辞，以造乎渊弘博大之域，然后始可与论古之风矣”[④]。另外，很多选本虽从书名无法直接看出规范意义，但实际上编者编选的目的也是为了指导后学。如成汝信编辑《联珠诗》，是希望后辈通过阅读此书能有所收获，“学之者苟能寻章而得其格，逐句而中其调，思出性情而参造化自然之机，吟形物理而模万变无穷之趣，兴于之训，学夫之戒，遵而勿失，则学者之初，庶有益矣”（《联珠诗跋》）[⑤]。洪奭周选择韩愈、柳宗元、欧阳修、苏轼“明畅易晓，而不诡于道”（《题四家文钞》）[⑥]若干文章篇编成《四家文钞》；他认为李白、杜甫、韩愈、白居易、王维、孟浩然、韦应物、柳宗元的诗歌各具特点，“太白放逸而不淫，子美怨诽而不乱，退之直而不倨，乐天近而不俚；王、孟、韦、柳之闲澹，亦风人之遗也”（《题八家诗钞》）[⑦]，于是选择八人若干首诗歌编成《八家诗钞》。洪奭周编选这两部诗文选本目的都是为子孙后辈提供阅读的范本，“俾小子读之，小子勉之，由是而进焉”（《题四家文钞》）[⑧]，“授祐喆诵之”（《题八家诗钞》）[⑨]。类似事例甚多，不再赘述。

布鲁姆提出“影响的焦虑”[⑩]原则，他认为前驱诗人对后代诗人造

---

① 成大中《青城集》，《韩国文集丛刊》第248辑，韩国民族文化推进会，2002年，第433页。

②③④ 成俔《虚白堂文集》，《韩国文集丛刊》第14辑，韩国民族文化推进会，2002年，第463页。

⑤ 成汝信《浮查先生文集》，《韩国文集丛刊》第56辑，韩国民族文化推进会，1999年，第98页。

⑥⑦⑧⑨ 洪奭周《渊泉先生文集》，《韩国文集丛刊》第293辑，韩国民族文化推进会，2005年，第486页。

⑩ 哈罗德·布鲁姆《影响的焦虑——一种诗歌理论》，徐文博译，江苏教育出版社，2006年。

成某种影响、压力，后来者在步入诗坛的一瞬间就开始承担“第一压抑感”(primal repression)。他们为了摆脱前驱诗人的影响，往往迸发出“修正”的动力，竭尽全力争取在诗歌史上拥有一席之地。朝鲜文人时刻承受来自中国作家作品的“第一压抑感”，同时又笼罩在本国前贤的阴影当中，于是他们试图重新编辑选本进行文学“修正”活动，从而摆脱前代的影响。作为副文本的选本序跋是“作品影响读者方面的优越区域之一”①，是揭橥文人复杂心态的绝佳窗口。

不满前代选本存在这样那样的问题是“影响的焦虑”下朝鲜文人编辑选本的普遍动机。这种不满主要体现在不满前代选本收录的范围、标准方面，要么是不满前代选本编选过于宽泛，不便于阅读，难以学精学透；要么是不满前代选本编选过于狭窄，未能将优秀作品悉数囊括，存遗珠之憾；要么是不满前代选本编选不够精纯，存在鱼目混珠、以次充好的情况，等等。南龙翼编选《箕雅》即有感于前代诗文选本的弊病，“《东文选》博而不精，续则所载无多；《青丘风雅》精而不博，续则所取不明；近代《国朝诗删》颇似详核，而起自国初迄于宣庙朝，首尾亦欠完备。余皆病之”(《箕雅序》)②。在南龙翼看来，徐居正《东文选》、金宗直《青丘风雅》、许筠《国朝诗删》三部朝鲜著名诗文选本各有突出的优势，但也存在不同层面的问题，于是他编选《箕雅》以弥补前代选本的缺憾。这非常切合布鲁姆“影响的焦虑”法则。但随着南龙翼《箕雅》成为前驱、成立历史，后世文人依然会迸发出“修正”《箕雅》的动力。柳得恭认为徐居正《东文选》、南龙翼《箕雅》等诗文选本存在很多问题，“国朝以还，选辑家有《东文选》、《箕雅》诸篇，而仅录崔、朴数子，三国以上则存而不论，又何所见”(《东诗萌序》)③，柳得恭指出徐居正《东文选》、南龙翼《箕雅》存在收录时间不够久远的

① 热拉尔·热奈特《热奈特论文集》，史忠义译，百花文艺出版社，2001年，第71页。

② 南龙翼《壶谷集》，《韩国文集丛刊》第131辑，韩国民族文化推进会，1998年，第333页。

③ 柳得恭《泠斋集》，《韩国文集丛刊》第260辑，韩国民族文化推进会，2005年，第110页。

问题，未能涵盖朝鲜三国时期的作家作品，这使他产生编选一部反映百济、新罗、高句丽三国诗选的想法，以形成完整的朝鲜古代诗歌史，他“以麦秀歌为首，终于后百济为一卷，取汉兴诗萌芽之语，名之曰《东诗萌》”①。朴泰淳认为朱鹤龄对李商隐诗歌所作笺注，“往往繁复冗长，使读者怠倦，反遗其要领，犹之乎南面而行，不见冥山。多傅会牵强，失作者之本旨者”（《玉溪生集纂解序》）②，于是他“就其中颇加删正，又取家藏别本及宿昔所记录者，证补其一二”③，编成十卷本《玉溪生集纂解》。朴泰淳洞察到杜甫歌行、七言律诗、五言律诗等笺注甚多，“虞邵庵注七言，赵东山注五言，近又有合注五七言，称辟彊园注者，并行于世”（《杜诗排律集解序》）④，但是“独于排律，无别为表章之者”，于是他选择杜甫若干首排律，“取诸家注解，删其繁复，正其讹谬，亦颇参考前代书籍，兼采先辈箚记，添补阙略”（《杜诗排律集解序》）⑤，编纂成四册本《杜诗排律集解》。

朝鲜文人往往具有读者、编者的双重身份，他们认识到文坛发展的弊病，根据已有选本进行再编选，试图通过实践操作来解决面临的现实问题，这是朝鲜文人在“影响的焦虑”下的主动自觉、有意识的反映，一定程度上存进了朝鲜文学的健康发展。

三、选本序跋与朝鲜文学批评

选本序跋比选本更能承担起文学批评的功能，是作者阐发文学思想、评骘诗文作品、反馈文学思潮等的重要载体。“读古书应先读序跋，盖可先理解作品之内容、著书之宗旨，以及当世及后代对作品、

① 柳得恭《泠斋集》，《韩国文集丛刊》第260辑，韩国民族文化推进会，2005年，第110页。

②③ 朴泰淳《东溪集》，《韩国文集丛刊》第51辑，韩国民族文化推进会，2011年，第205页。

④⑤ 朴泰淳《东溪集》，《韩国文集丛刊》第51辑，韩国民族文化推进会，1997年，第204页。

作家之评价。”[①]朝鲜文人积极在选本序跋中探讨诗学理论命题、文学现象，叙述中国文学、朝鲜文学发展嬗变历程等，体现出建构朝鲜文学批评体系的自觉意识与主观努力。

首先，重视诗文的性情、推崇温柔敦厚的诗教，努力构建具有朝鲜本民族特色的文学批评话语体系。无论是带有官方色彩的选本还是文人编辑的大众选本，重视诗文的教化功能、推尊温柔敦厚的诗教，成为朝鲜古代诗文选本的编选标准与价值诉求。朝鲜君王亲自编集诗文选本，其“御选”、“御定”渗透着强烈的政治色彩。正祖李祘积极参与“选”、“定”活动，前后编选了二十余部诗文选本，选录的诗文均与教化相关，以温柔敦厚为宗旨，思想上追求中正和平、健康醇正。他希望通过温柔敦厚的诗歌来教化民众、规范学林士子的精神世界，以期达到维护统治的目的。李祘编选《杜陆千选》，其《题手编杜陆千选卷首》明确指出编选的目的是为了诗教：“养之，所以教之也；教之，所以化之也。闳博敦厚，长士气廉耻节礼，淑人心，非仁勿居，非义勿践，孝悌为缨弁，忠信为履綦，则莫不由于人主之本原也。……则当今之时，等古之世，教其民而化其俗，舍杜陆，奚以哉？”李祘编选大型诗歌选集《诗观》，收录诗歌七万七千二百十八首、合计五百六十卷，其《诗观序》指出选编此书的目的也是为了诗教：“诗之有关于风俗，非文之比也。其移易之方，有非言语赏罚所能尽者，则是书也岂直为博一己之观，而取裁于诗体也。”[②]李祘将《诗经》再次编辑成《诗略》一书，其《诗略跋》曰：“诗者，性情之发而天机之动也。故《书》曰：诗言志。诗之邪正，而人之情性见矣。正者，感人之善心；而邪者，惩人之逸志，为教也大矣。”[③]李祘借助选本及选本序跋标示

---

① 言无文《钱仲联主编〈历代别集序跋综录〉出版》，《苏州大学学报（哲学社会科学版）》2006年第1期，第82页。

② 李祘《弘斋全书》，《韩国文集丛刊》第262辑，韩国民族文化推进会，1978年，第149—150页。

③ 李祘《弘斋全书》，《韩国文集丛刊》第262辑，韩国民族文化推进会，1978年，第65页。

立场，其一系列编选活动鲜明地体现出强调诗歌政治教化作用的意图。他希望通过温柔敦厚、具有教化功能的诗歌，使世人达到“长士气廉耻节礼，淑人心，非仁勿居，非义勿践，孝悌为缨弁，忠信为履綦”的境地，从而在思想上控制文臣士子，维护统治。

朝鲜编选、刊行了二十多部与明朝使臣交游酬唱的诗文集《皇华集》，围绕《皇华集》的众多序跋突出的特点即重视性情，鼓吹诗教。如：

> 况诗者，本乎性情之真，发于咨嗟咏叹之余，间有上劳下、下颂上，关于世教、合乎风雅之正者，则大雅君子，尤有所取之。（徐居正《皇华集序》）①
>
> 夫理性情、达风教，非诗而何赖焉。变而不失其正，乃所以为贵也。窃惟两先生……至其为诗，亦皆纯粹平澹，无非出乎性情之正、发其风教之醇。（卢守慎《皇华集序》）②
>
> 夫所谓诗者，根于性情，着乎歌咏，可以感善心，可以惩逸志。人心之邪正，于是焉征之；世道之污隆，于是焉卜之。（洪暹《皇华集序》）③
>
> 今两先生之诗，本于性情之至正，而能精深敦厚。（李石亨《皇华集序》）④

由上述材料可见，《皇华集》相关序跋均体现出以性情作为评判诗歌标准的审美倾向。杜慧月指出：“朝鲜文臣的序文论证了《皇华集》‘颂世’的依据，他们极力赞颂这种出于‘性情之正’的‘情深而文明者’‘气盛而化神者’。在他们的观念里，《皇华集》这些颂世文本之所

---

① 徐居正《四佳文集》，《韩国文集丛刊》第 11 辑，韩国民族文化推进会，1998 年，第 247 页。

② 卢守慎《稣斋先生文集》，《韩国文集丛刊》第 35 辑，韩国民族文化推进会，2004 年，第 211 页。

③ 洪暹《忍斋先生文集》，《韩国文集丛刊》第 32 辑，韩国民族文化推进会，2003 年，第 382 页。

④ 李石亨《樗轩集》，《韩国文集丛刊》第 9 辑，韩国民族文化推进会，2003 年，第 428 页。

以产生，归根结底，乃因‘皇朝政治敦厚’，而从这些颂世文本，恰可见出‘盛代泰和之隆’。”[①]围绕《皇华集》产生的诸多序跋既是一种文学创作，有着突出的审美意蕴，更是朝鲜事大尊明观念的鲜明体现，具有文学与政治的双重意义。

朝鲜文人编纂的诗文选本也体现出以性情为编选宗旨、期待发挥诗歌教化功能的倾向。许筠认为《诗经》中《国风》“优游敦厚足以感发惩创”，《雅》、《颂》则“涉于理路，去性情为稍远”（《题唐绝选删序》）[②]；汉魏以下之诗，“失之于详至宛缛，是特《雅》、《颂》之流滥耳，何足与于情性之道欤”[③]；唐代五言、七言绝句，“其言短而旨远，其辞藻而不靡，正言若反，危言若率，不犯正位，不落言筌，含讽托兴，刺讥得中，读之令人三叹咨嗟，真得国风之余音，其去三百篇为最近”[④]。于是他“取沧溟诗删、徐子充百家选、杨伯谦唐音、高氏品汇等书，拔其绝句之妙者若干首，分为十卷”[⑤]，编成《唐绝选删》一书。许筠对《诗经》、汉魏以降之诗、唐代绝句等的论述始终以性情作为核心要素，这也是他编选《唐绝选删》的重要原因。金允植为周采滢所编《古今诗钞》作序时指出：“夫诗出乎性情，非假借模仿而能工者也。虽然好自用而不知师古，贵率尔而无刻意深求之功，则无以达乎性情之旨。”（《古今诗钞序》）[⑥]他重视诗文的性情，因此高度评价周采滢所编《古今诗钞》“博而能约，率性而不悖，苟恃性之本善而径情直行”[⑦]。成三问《八家诗选》将是否发于性情、有关诗教作为选录标准：“其所作苟非发于性情而关于风教，其善恶不足以劝惩人，则皆在所不取。”（《八家诗选序》）[⑧]崔淑精《青丘风雅跋》开篇指出《诗经》编选的原则：“非发于性情、关于风教，善与恶又不能劝惩人者，则皆在所不

① 杜慧月《明代文臣出使与朝鲜〈皇华集〉》，人民出版社，2010 年，第 195 页。

②③④⑤ 许筠《惺所覆瓿稿》《韩国文集丛刊》第 74 辑，韩国民族文化推进会，1998 年，第 185 页。

⑥⑦ 金允植《云养集》，《韩国文集丛刊》第 328 辑，韩国民族文化推进会，2006 年，第 386 页。

⑧ 成三问《成谨甫先生集》，《韩国文集丛刊》第 10 辑，韩国民族文化推进会，2002 年，第 193 页。

取也。”[1]他认为金宗直所编《青丘风雅》与《诗经》编选原则相同，“诸不出性情之正、无所感发而惩创者，亦无取焉”[2]。此类事例甚多，不再赘述。

选本序跋与选本形成“互文本”关系，序跋反映出的重视性情、推尊温柔敦厚的诗学思想实则是选本的外化。选本一旦传播开去，会比单独的序跋影响范围更大、受益群体更广，选家欲借助选本来弘扬、传递诗歌教化意义无疑是明智的选择。

其次，结合中国文学、朝鲜文学的嬗变历程，努力揭示文学发展的内在审美特质及与社会、政治、文化、学术思潮等之间的复杂关系。“选本一方面能够影响文风的变化，一方面能够体现文学的转换。研究域外汉文学选本的重要性是不言而喻的。”[3]不仅正文本选本如是，作为副文本的选本序跋更能直接反映文学风貌、文学嬗变历程，以及文学发展与社会、政治、文化等之间的复杂关系。

朝鲜文人非常重视时运、气运、世运等变化于文学创作的影响，他们在选本序跋中有着深入的探讨。徐居正《东文选序》指出“时运有盛衰之殊，故文章有高下之异”[4]，他结合中国文学、朝鲜文学发展嬗变历程阐释时运与文章变化的关系：“六经之后，惟汉、唐、宋、元、皇朝之文，为近古，由其天地气盛、大音自完，无异时南北分裂之患故也。吾东方之文，始于三国，盛于高丽，极于圣朝，其关于天地气运之盛衰者，因亦可考矣。”[5]中国汉、唐、宋、元、明几代文学近于古者，以及朝鲜新罗、百济、高句丽、高丽、朝鲜朝时期的文学发展，都与时运盛衰有着密切关系。李廷龟《皇华集序》讨论了文章与气运的关系：

文章之盛衰，关于气化之醇漓；而诗之美恶，本于性情

①② 崔淑精《逍遥斋集》，《韩国文集丛刊》第13辑，韩国民族文化推进会，2002年，第42页。

③ 张伯伟《选本与域外汉文学》，《南京大学学报(哲学·人文科学·社会科学版)》2002年第4期，第85页。

④⑤ 徐居正《四佳文集》，《韩国文集丛刊》第11辑，韩国民族文化推进会，1998年，第248页。

之邪正。盖自三百篇变而为《骚》、《选》，降而为晋、魏。其间号为作者，孰不欲左袒斯文、高视词场，而其能禀气化之醇、得性情之正者有几人哉？逶迤历代，气象日卑，浮靡之习，至于秽元而极矣。钦惟皇明鼎新华风，奎开文运，三光五岳之气，钟为人物之秀，道德才艺之士，彬彬辈出。文章之体，焕然一变，直可规姚、姒而轶秦、汉，观于使乎诸贤，亦可验矣。①

李廷龟开宗明义地指出文章盛衰与气化醇漓的关系，他认为从《诗经》到魏晋的作家都希望文史留名，但没有几人能够真正做到“禀气化之醇、得性情之正”，且呈现出越演越历的趋向。直到明代“鼎新华风，奎开文运”，杰出之士辈出，文风焕然一新，取得了较高的艺术成就，“直可规姚姒而轶秦汉”。

李器之在编选骈俪文选本时提出“文章之变，当责之世运，不当责之作者”（《俪文选序》）②的观念。他认为文章随时代变迁而发生变化，世变与文变呈相辅相成的关系，“古文之甚变者为俪文。盖自三代以降至于今，天下之变屡矣，而文章随之”（《俪文选序》）③。每一时代都会出现优秀的作家顺应社会发展，“然当其变也，必有瑰奇伟丽，为一代之杰”④，创作出反映时代特色的文学作品，引领一代文学风气，“是以文则各变，为一代一时之文，诗则变而为骚，骚变而为赋”⑤。骈俪文就是顺应文体变化而产生的文学样式，“文与赋，参会而变，俪文于是乎作矣”⑥。骈俪文体自身并非一成不变，随着时代的发展，其内部也发生着变化：

俪文，兆于魏晋，成于齐梁，袭于唐，盛于宋。而俪之中，又有变焉。子山之《哀江南》，赋而俪也；子安之《夫子碑》，俪而赋也。彼则《离骚》之变体，而并悬乎《离骚》；此则

① 李廷龟《月沙先生集》，《韩国文集丛刊》第69辑，韩国民族文化推进会，1998年，第141页。

②③④⑤⑥ 李器之《一庵集》，《韩国文集丛刊》第70辑，韩国民族文化推进会，1998年，第281页。

《两都》之变调，而方驾乎《两都》。其经纬之淹博、格律之宏丽，皆可凌厉万古矣。庐陵之委曲婉切，有古雍容君子之风；眉山之淋漓激昂，读之慨然，若与燕赵之士，击筑而悲歌。其他汪、真、刘、李、陆、吕、文、谢，各臻其妙。虽其变不一，要在因时而达辞，又安在其非古也。后之有天下国家者诏策制诰，凡所以鼓号令风四方者，与夫青词檄书、章奏碑版，莫不用俪文。而时王之制亦随而变。俪之为用，又曷可少哉？我朝复以俪文试士，而俪文又变为时文。[①]

李器之关于骈俪文文体嬗变的论述颇具识见，也符合文学自身发展的规律。尽管各类文体有着相当的稳定性，但同时又始终处于变动不居的过程之中。李器之论述庾信《哀江南赋》“赋而俪”、王勃《益州夫子庙碑》“俪而赋”、《离骚》变体、《两都赋》变调就是文体互动的表现，有学者指出：“中国文学的发展史，就是中国文学的文体系统发展变化、吐故纳新的历史。当一种新的具有影响力的文体以旺盛的生机楔入固有的文体系统时，必然会使原有的文体及整个文体系统的生态环境相应地发生变化。”[②]骈俪文经过魏晋、齐梁、唐宋等不同历史时期，为了适应人们的审美追求以及时代、社会变迁，其自身的文体特征也在不断发生着变化。宋代欧阳修、苏轼、汪元量、真德秀、刘克庄等的骈俪文，“虽其变不一，要在因时而达辞”。随着国家“鼓号令风四方”的诏策制诰、青词檄书、章奏碑版等文体均采用骈俪文，骈俪文于是发挥了巨大作用。朝鲜朝以骈俪文作为科考取士的必考科目，使骈俪文又变成了时文。

从文学发展嬗变历程来看，每一个时期文风的形成或转变，选本于其中往往起到推波助澜的作用。选本序跋为拓宽朝鲜古代文学批评体系提供了丰富的文献史料、鲜活的历史现场，可以触发诸多更为

---

① 李器之《一庵集》，《韩国文集丛刊》第 70 辑，韩国民族文化推进会，1998 年，第 281 页。

② 张仲谋《论文体互动及其文学史意义》，《文艺理论研究》2014 年第 3 期，第 133 页。

深入、细致的研究。

结语

序跋作为选本重要的副文本，通过保留流传于世或已散佚选本的有效信息，成为正文本选本的“周围的旁注或补充资料”。选本序跋具有“辨章学术，考镜源流”[①]的意义，以及“知其为何人所著，其平生之行事若何，所处之时代若何”[②]的功能，是了解选本编选宗旨、文本形态、生成过程等的重要载体；同时揭橥文学思想、展示文坛生态，呈现出多重艺术面相。序跋是选本的“互文本”，二者共同构成文本释义场，热拉尔·热奈特作了形象的比喻：“没有副文本的文本有时候像没有赶象人的大象，失去了力量；那么，没有文本的副文本则是没有大象的赶象人。”[③]这段话道出了文本与副文本二者互为依存、互为指涉、互为印证的密切关系。以副文本理论研究朝鲜古代选本序跋，不但可以为作家作品的深入研究提供生动、鲜活的文学场域，深化朝鲜古代文学研究、古典文献研究领域，更可以为中国文学的域外影响研究提供广阔的言语空间与表达张力。

（黑龙江大学文学院）

① 章学诚《文史通义校注·校雠通义》，中华书局，1985 年，第 945 页。

② 余嘉锡《目录学发微》，巴蜀书社，1991 年，第 38 页。

③ 转引自金宏宇《文本周边——中国现代文学副文本研究》，武汉大学出版社，2014 年，第 6—7 页。

《宝贤庵词话》*

狄葆贤 著　和希林 辑校

内容摘要：近人狄葆贤所撰《宝贤庵词话》分52期连载于1919年至1921年之《时报》副刊《文艺周刊》。词话所载词人如朱祖谋、郑文焯、赵熙、冯煦、夏敬观、张祥龄、汪东、袁思亮等大多为晚清民国时期著名词人，并传递了当时词坛的重要讯息，故具有较为重要的词学史料价值。

关键词：狄葆贤；宝贤庵词话；词学

The Notes on Ci-poetry of Baoxian'an

Written by Di Baoxian　Edited by He Xilin

Abstract: *The Notes on Ci-poetry of Bao Xian'an* written by Di Baoxian in the late Qing Dynasty is divided into 52 issues, which is published in *Literature & Art Weekly*, the supplement of the *Times* from 1919 to 1921. Most of the poets commented in *The Notes*, such as Zhu zumou,

---

* 基金项目：河南省哲学社会科学规划项目“明代戏曲文体文法范畴术语考释研究”（2018CWX030）；河南省教育厅2019年度人文社会科学研究一般项目资助性计划“罗瘿公著作整理与研究”（2019－ZZJH－698）。

Zheng Wenzhuo, Zhao Xi, Feng Xu, Xia Jingguan, Zhang Xiangling, Wang Dong, Yuan siliang, etc., were famous poets in the late Qing Dynasty and the Republic of China. It also conveyed the important message of the stage of Ci-poetry study at that time. Therefore, it has a relatively important historical value of the Ci-poetry study.

Keywords: Di Baoxian; *The Notes on Ci-poetry of Bao Xian'an*; Ci-poetry study

狄葆贤(1875—1921),江苏溧阳人。字楚青,号平子,别号平情居士、平情客、平等阁主人等,室名平等阁、宝贤庵等。早年游学日本,康有为弟子。1904年在上海创办《时报》,1911年又在京发刊《时报》京津版,并办《民报》及有正书局。著有《平等阁笔记》、《平等阁诗话》等。《宝贤庵词话》原连载于《文艺周刊》(《时报》附录)1919年4月6日、4月13日、4月27日、5月4日、5月18日、5月25日、6月1日、6月15日、6月22日、6月29日、7月6日、7月13日、7月27日、8月3日、8月24日、8月31日、9月7日、9月21日、9月28日、10月5日、10月19日、10月26日、11月4日、11月11日、12月16日、12月23日,1920年2月24日、3月16日、4月20日、4月27日、5月18日、6月1日、7月6日、8月17日、8月24日、9月7日、9月14日、9月21日、9月28日、10月12日、10月19日、11月9日、11月23日、12月21日,1921年2月22日、3月1日、3月8日、3月15日、3月22日、3月29日、5月10日、5月17日。该词话所载词人多为晚清时期词人,具有重要的词学史料价值。今加新式标点,以飨词学爱好者。

1. 翁常熟晚年自号松禅老人,著有《瓶庐词》一卷,仅十数阕,清丽处有《六一琴趣》意致。余最爱其题《白石词》后,调寄《金缕曲》并序云:"此予儿童时,依仿鲍叔野先生点本,亡妻爱诵唐宋长调,因以界之，病中犹咿唔不辍也。顷来秦中，携以自随。除夕客去，官斋如水，取案头画行笔点读一过，俯仰旧事，慨然而叹。是日购一铜镜，背铭三十二字，有'曾双比目，经舞孤鸾'之语，因题一词，以抒予悲。戊午除夕漏三下，识于陕西学使者署后堂。"词云："历历珠玑冷。是何人、清词细楷，者般遒紧。费尽剡藤摹不出，却似薄云横岭。又新月、娟娟弄景。玉碎香销千古恨，想泪痕暗与苔花并。曾照见，夜妆靓。

潘郎伤逝空悲哽。最难禁、烛花如豆，夜寒人静。玉镜台前明月里，博得团圞俄顷。偏客梦、无端又醒。三十年华明日是，剩天涯漂泊孤鸾影。铭镜语，问谁省。"戊子除夕用黄小松韵，调寄《风入松》云："春风万户浩无边。爆竹破寒烟。儿嬉忍忆当年事，拜年盘、压岁甘鲜。豆秸骑来竹马，蜡珠缀出金莲。　　老来画笔剧清圆。懒与斗婵娟。银毫不画春城景，画江南、乌榜红船。却笑门前帖子，鸡鸣束带年年。"按末句盖常熟自谓京邸所书春联"盍簪喧枥马，束带候鸣鸡"也，余尝闻之亡友吴彦复驾步云。

（以上 1919 年 4 月 6 日）

2. 宋芝田先生善导引之术，年垂古稀，色如婴儿。丙午尝作新疆游，跋涉天山瀚海，炎风朔雪，歌咏忘疲。录其平番道中所赋《八声甘州》一阕云："骤辚辚尘起展双轮，风烟黯西羌。莽边城巀嶪，群山巃嵸，一片苍茫。处处颓垣断甃，拉杂野花香。惟有青坡上，数点牛羊。　　黑槊将军老矣，已短蓬枯骨，堆遍疆场。更千村荆杞，一味助荒凉。待招徕、三千雁户，洗腥风、重为劝农桑。空搔首，几行边树，冷日昏黄。"又天山道中所赋《凤皇台上忆吹箫》一阕云："绣毂冰天，雕鞍雪海，个中多少伤心。正北风怒吼，冻结嵚崟。万古阳和不到，剩只有、惨凛萧森。山程邈，封蹄没踝，路曲峰深。　　侵寻岁华暮也，问何事、龙沙万里骎骎。任瘃肤龟手，儿女呻吟。纸薄胖裘似水，欺瘦骨、肩玉难禁。催人老，荒鸡破牖，冷铁寒衾。"写荒寒景物，豪健苍凉，于于湖、洺水为近。

（以上 1919 年 4 月 13 日）

3. 郑叔问中翰（文焯）为汉军旗人，家世缨绂，学先哲李铁君之栖遁。善词，远挹清真，浑成凄丽，饮水而后，一人而已。君乐南土，久羁吴门，词凡三刻，初集曰《瘦碧》，续集曰《冷红》，三集曰《比竹余音》。沧桑而后，自删定为《樵风乐府》九卷。戊午二月以贫病卒，年五十许。兹录其《满江红》，词序云："乙巳之秋，诛茅吴小城东，新营所住，激流植援，旷若江村，岁晚凄寒，流离世故，有感老杜《卜居》之作，聊复劳者歌其事云。"词云："竹隔桥南，有竹里、人家小葺。依约似、浣花门径，数椽幽僻。居近梅家西市隐，补吟桂树东城植。念岁寒何意老江村，今非昔。　　怀旧隐，三高宅。空遐慕，五噫客。叹百年枯苑，一般陈迹。归燕犹寻斜日垒，闲鸥且占沧波席。待到门春涨棹歌来，渔榔集。"又《西子妆慢》咏吴小城并序云："《越绝书》：'城周十二里，高四丈七尺，门三，皆有楼。'《吴地记》引《虞览冢记》云：'吴小城，白门，阖闾所作，秦始皇守宫吏烛燕窟，失火烧宫，而门楼尚存。'是知小城即吴宫之禁门，又谓之'旧子城'也。历汉唐宋，以为郡治，旧有'齐云'、'观风'二楼，并在子城上，为郡僚宾燕之所，见之唐贤歌咏独多。明初，惟余南门颓垣，上置官鼓司更，郡志载：今自乘鱼桥至金姆桥而东，高冈迤逦，是其遗址。城四面旧皆水道，即子城壕，所谓锦帆泾也。其东尚有故迹，号为'濠股'。今余之所经构，证以图经，此间乃兼有其胜。五亩之居，刻意林谷，既拥小城，聊当一丘，泾之水又资园挽，可以钓游不出户庭。而山泽之性以适，岂必登姑苏、望五湖，始足发思古之幽情耶。"词云："山送月来，水漂花出，一片吴墟焦土。坡陀衰草下牛羊，镇苍凉废谯沉鼓。青芜漫赋。叹残霸、都倾一顾。话遗尘，有故宫归燕，伤心高处。　　登临阻。玉槛瑶梯，梦断香屧步。只余秋色过墙来，做愁颦、岫眉当户。霜笳暗度。恁吹彻、舡棱无主。剩荒丘，夜夜啼乌更苦。"读此二词，如见柴桑幽栖，水木明瑟矣。

（以上 1919 年 4 月 27 日）

4. 阳湖刘语石先生，词坛名宿，歌咏江关，著有《梦痕》、《焦尾》诸词集。兹录其咏新莽宜子孙镜，调寄《念奴娇》并序云："祥符周季贶旧藏新莽始建国二年宜子孙镜，径莽尺七寸二分强，铭文五十一字，其子云将释文云：'惟始建国新家尊，诏书颁下大多恩。价事和乐躬啬田，更作辟雍治校官。五谷成孰天下安，有知之士得蒙恩，宜官秩葆子子孙。'中央七乳，间以'宜子孙'三字，季贶同寓金阊，拓本索题，为赋此解。"词云："圆冰一片，有亡新建国，二年题字。吉语中央周四角，安冀长宜孙子。贡媚文辞，蒙恩官秩，愧杀当时士。问奇相过，一般遗臭如此。　遥溯炎祚中微，黄皇室主，镜破朝慵起。为问菱花知也未，羞对汉宫梳洗。劫火频经，岁华牢记，枉铸相思泪。旧时明月，阅人今世何世。""西马塍访句曲外史菌阁遗址不得，赋此志感"调寄《台城路》云："马塍花落风流歇，高人昔年曾驻。杂卉纷披，长松掩映，阁与西山遥峙。鸥波已去。说金菌留题，一般佳处。（注：外史旧有菌阁在金菌山，赵文敏为作篆榜，后建此阁，复移摹之。）学道华阳，泛舟来往此销暑。　湖滨吟棹徙倚，止堂安在也，谁访荒邬。（注：止堂为外史故人朱明宇所居，阁在其侧，外史岁时来归，暑退乃去，明宇名希晦。）史稿无存，词篇待锲，剩有微名何补。伤今吊古。我欲结芳邻，世无明宇。月夜招魂，玉钩桥畔路。（注：外史墓在灵石山玉钩桥侧，桥为外史卖玉钩所建，故名。）"苍凉感慨，似放翁、后村，盖自道也。语翁年逾古稀，以道光丁未元日生，其前德配赖宜人以元夕生，可谓佳话。

（以上 1919 年 5 月 4 日）

5. 赵尧生居士，沧桑后伏处蜀中，著有《香宋词》二卷，亦犹元亮《斜川》、放翁《家祭》，有不能已于言者。录其"题唐写金光明最胜王经坚牢地神品第十八卷子"调寄《兰陵王》云："李唐笔。千岁香岩手迹。何人考、年月姓名，惟有坚牢字千百。宣南四立壁。收得。禅心一箧。是杨云、宣统二年，手割敦煌万山色。（按：谓杨曼陀。）　秋风满京国。叹谏草无功，天黯南北。伤心马角乌头白。便水远山远，一声去也，燕云如梦万里隔。剩身外经册。　荣德。故山碧。准白发头陀，身傍诸佛。梵天花雨峨眉宅。只甚日携手，卷中词客。金光明字，月一片、照净室。""元日"调寄《宣清》云："天在山中，六换流光，依然千门送喜。似儿时、还祝岁丰，愿人间普消兵气。燕子生涯，桃花世界，钧天梦里。领全家、贺新春，尊前心事提起。　　念正朔随人，衣冠易代，不才今老矣。自紫陌朝天，乌台削草，历定哀间，一一中华麟史。到余生、斜川无地。舍陶潜、义熙谁记。一杯酹长命，问此后东风，过丁年、是谁丁巳。”“哭宁河高文通公”调寄《三姝媚》云：“千山啼杜宇。北风萧萧兮，报公归去。记别凉秋，正六飞西幸，玉京无主。二十年华，全换了、地维天柱。半世咸阳，清泪铜仙，灞陵秋雨。　　春到梅花红处。问鬓雪三生，夏峰年谱。运厄龙蛇，竟一笺如谶，玉棺天路。马鬣新封，干净是、先朝黄土。谥取江淹名字，燕山万古。”“清明用王晋卿韵”调寄《踏青游》云：“明日花朝，今朝百花晴晓。纸钱飞、秧水霁，山山啼鸟。爱俊游，新裁凤皇绫子，溪上夹衣齐照。　　一碧烽烟，茫茫十洲三岛。事万种、愁肠先绕。上河图、春社醉，新亭人少。梦未稳，明年海棠红候，惟有杜鹃知道。”“秋荷”调寄《齐天乐》云：“水窗无避秋声处，田田半宵凉雨。翡翠无家，玻璃浸月，欲逼西风何路。生涯恁苦。记小叠青钱，一群沤鹭。转眼铜仙，玉盘圆贮泪如许。　　托根曾隶太液，翠华三海地，都化南浦。暗绿摇天，枯香换世，叶叶洪荒一度。情天漫补。便战地黄花，也愁霜露。老付禅心，妙莲华万古。”数词感物抒情，洵得白石意、竹山韵矣。

（以上 1919 年 5 月 18 日）

6. 冯梦华先生夙耽倚声，尝取汲古阁《宋六十一家词》本，选录刊行，为世楷模。自著《蒿庵词》，清健处似北宋诸贤。录其“沔县谒诸葛武侯祠”调寄《百字令》云：“阵云似墨，掩丛祠、常与军山终古。废垒萧萧依沔土，万壑松涛犹怒。鹤下层霄，猿吟邃谷，仿佛灵旗驻。宗臣遗像，望中犹想纶羽。　　记否古驿沙黄，风斜雨骤，迟我西征赋。世事如棋经几劫，不数三分割据。起陆龙蛇，处堂燕雀，争得南阳顾。倚天舒啸，石琴烟际重抚。”又前调序云：“丙午七月二日，菱湖观残荷。臞庵前辈用白石老仙韵成此阕，余亦继声，兼忆东华旧游。玉堂天上，不知其词之怨抑也。”词云：“尘缨乍濯，溯晴湖一角，与鸥为侣。湖外龙山青万叠，江草江花无数。药苦房空，苹疏盖掩，才过廉纤雨。翠尊易竭，倚舷还赋愁句。　　迟暮极目天端，琼楼无恙，我欲凌风去。记否昆明清露晓，坠粉尚零前浦。乱蕊争荣，孤根自转，曾共蓬瀛住。梦回青琐，与君重问烟路。”又前调断句“雁户延秋，鱼天弄暝”，《卖花声》咏梧桐句“一枝一叶总秋声”，皆绝妙好词也。

（以上 1919 年 5 月 25 日）

7. 蜀中山川奇丽，香宋屏迹，扁舟江上，多以新词写之。如“过中岩”调寄《斗百草》云：“笑问青神，寄居黄叶君应可。下潩无田，上洄赊酒，何事与天尽左。好中岩，称笠影鸦锄，僧农双课。便瀑径寻碑，经坛采药，世谁知我。　　年少青衿如昨。来往嘉州，长向此间摇一舵。几杵钟声，两朝山色，消尽江楼佛火。如今老，何计能陪应真坐。寺门锁。夕阳烟、鹭鸶飞破。”“下平羌峡”调寄《三姝媚》云：“凉烟秋满灞。出平羌、山光水光如画。近绿遥青，衬小滩蓑笠，夕阳桑柘。雁路高寒，闲动了、江湖情话。半世天涯，无福移家，海棠香社。　　前渡嘉州来也。指竹里龙泓，酒乡鸥榭。一段天西，想万苍千翠，定通邛雅。断塔林梢，诗思在、乌尤山下。淡淡青衣渔火，寒钟正打。”清蔚处，读之使人意消。其自释“香宋”曰：“汉邹君有言：宋，居也。《离骚草木疏》中：‘其芳菲菲，树之维宜。’故云。”

8. 尧生又有词，覼缕蜀中品物，可入食单，兹摘录于此。“蒙山茶为汉僧吴理真手植”调寄《露华》云：“露芽翠滴。是汉代高僧，挈自西域。夏禹旧山，青染川南天色。仲春渐渐枪旗，日照一团仙碧。灵气孕、莲花半空，万古苍石。　　生株细数凡七。过四月黄梅，香嫩堪摘。历尽岁华无算，短柯盈尺。祖洲当采神芝，叶叶远传京国。风味损，如今碎包饷客。”“银耳，用草窗韵”调寄《瑶花》云：“苔枝断节。芳意丛丛，倩瑶姬分别。苍华千朵亲摘处，认取玉肌笼雪。浓浇米泔，化秋气、露盘清洁。生不逢、四皓商山，负了采芝人杰。　　木鸡还玷佳名，想一种仙香，传自仙阙。冰瓯浸水花乳放，一一冰蚕成蝶。素娥咽否，好风味、银河边说。误镜中、粉捻针窠，戏弄小珰明月。”“虫草，吴季愚大令夐见寄”调寄《塞垣春》云：“酿雪魂蠕动。到九夏，新苗耸。孤根太素，一茎生翠，驼背微肿。是药根、又是春蚕蛹。究物化，区何种。沍寒天，阳和性，一锄身世如梦。　　芳宴锦筵开，华樽畔、今作清供。故国指西番，凑山路无缝。笑官园、菜把成例，劳千里、寄来青丝笼。别族待秋影，露萤飞碧垄。”虫草，一名冬虫夏草，产于嘉定府。此草冬化为虫，状类老蚕有毛，蛰土中，能蠕动。夏则毛长出土，连身俱化为草。厥性甘平，可取以疗瘵疾，已痰咳，亦可作蔬。若不取则至冬复化为虫矣。盖形兼动植，实异物也。

（以上 1919 年 6 月 1 日）

9. 赵尧生居处蜀中，丁巳夏适遘兵厄，赋《婆罗门令》以写哀，其序云：“两月来蜀中化为战场，又日夜雨声不绝，楚人云：后土何时而得干也。山中无歌哭之所，黯此言愁。”词云：“一番雨滴心儿醉。番番雨、便滴心儿碎。雨滴声声，都妆在、心儿里。心上雨，干甚些儿事。　　今宵滴，声又起。自端阳已变重阳味。重阳尚许花将息，将睡也、者天气怎睡。问天老矣，花也知未。雨自声声未已，流一汪儿水。是一汪儿泪。”夏吷庵居沪得尧生荣德山中音讯，亦填此调寄之云：“一江水送岷峨外。千江水、尽送吴天外。换谷移陵，黄农世、而今坏。波底泪，流与枯桑海。　　东风雨，吹大块。信茫茫后土无真宰。荒歌野哭如何所，人未到、有啼鴂先在。梦程柳扫，絮雪如洒，似我萍踪更怪。拚了伤春债。那盼天相贷。”二词凄黯真挚，亦如柳屯田词，有井水处皆知歌咏已。

（以上 1919 年 6 月 15 日）

10. 朱彊村先生尝持文衡岭峤，咏木棉花，调寄《齐天乐》云：“烛龙飞上珊瑚岸，殷空万灯成蕾。干掩斑鳞，香衔绛嘴，凝作连溪朝采。烟滋露溉。就中著温茸，岁寒能耐。老尽春丛，可怜朱凤故巢在。

越王台畔丽质，照人风雨夜，天半无晦。茧蝶移家，蓉砂变景，谁睇孤根岭外。交柯未改。好[1]留驻年年，祝融幢盖。梦结扶桑，日华擎

---

[1] “好”，原作“良”。《文艺周刊》1919 年 6 月 29 日：“十二号词话《齐天乐》词‘好留驻年年，祝融幢盖’句，‘好’字误作‘良’，特更正于此。”据此改正。

翠海。""珠兰"调寄《天香》云:"分畹青瓷。通帘翠押,酥怀晚艳多丽。匐叶无尘,宫黄初麝,小馥度人疑醉。素纤细摘,清露湿、珠娘秋佩。钗串新装钿粟,衣络旧融檀泚。　　一瓯点将春焙,话恹恹、瘴乡身世。谁省旧香消黯,渐凝鲛泪,孤醒阑宵似水。怕零乱、流苏梦难理。自剪南沉,芳心倦矣。"二词绵丽隽永,令人如读《南荒草木记》。又咏钦州天涯亭梅,调寄《祝英台近》云:"掩峰屏,喧石濑,沙外晚阳敛。出意疏香,还斗岁华艳。暄禽啼破清愁,东风不到,早无数、繁枝吹淡。　　已凄感。和酒飘上征衣,莓鬓泪千点。老去难攀,黄昏瘴云黯。故山不是无春,荒波哀角,却来凭、天涯阑槛。"天涯亭名极雅,孤峙瘴乡,不逢强叟以佳词写之,畴复知耶。

(以上 1919 年 6 月 22 日)

11. 彊村先生有"辛亥秋晚送陈伯弢还武陵"调寄《祭天神》云:"望楚天长短黄昏雨。断行人戍鼓声中啼雁苦。悲秋佩,委衰兰,梦醒吴灯语。背西风一卧,迢迢沧江暮。莫漫触、蛟龙怒。　　更凄绝斜日新亭路。山河异,风景是,举目成今古。问何堪、沧桑危涕,兵火浮家,庾信生平,竟写江南赋。"甲寅赋《金缕曲》,序云:"井上新桐,植七年矣。周无觉抚之而叹曰:此手种前朝树也。斯语极可悲,拈以发端。"词云:"手种前朝树。带虚廊、斜阳一角,阅人无语。乞向西邻斤斧底,曾共簶龙赦取。看玉立、亭苕如许。今日离披银床畔,问孤根肯傍龙门否。一叶叶,战风雨。　　蟪蛄三两啼相诉。说年来、红凄翠惨,好秋谁主。划地霜芜连天白,栖凤长迷处所。算干净、犹余吾土。眠坐清阴浑闲事,要岁寒根干牢培护。盟此意,酹清醑。"生生物外孤游,自摅襟抱,语似吴梦窗,境真张玉田矣。新桐似在吴门吴退谷听枫园,先生戊申僦居处也。

(以上 1919 年 6 月 29 日)

12. 己未长夏,偶于友人处阅潘若庵《木兰花》词"秋千院宇昼沉沉,落尽百花风始定"句,三复吟讽,弥有感于予心。吾国共和频年,战争不息,君不事生产,负随何之才,荷庵(汤觉顿别号)精白乃心,擅刘晏之学,皆遭时摧折,困蹶以死。而世局益非,政在私门,万民柴立，国境日蹙，弥可伤也。昔人所谓“锄芳兰于当门，纵鸱鸮而毁室”，斯殆近之。兹录其全词如下，词云：“画帘隔断游丝影。宝鸭香微偎易冷。秋千院宇昼沉沉，落尽百花风始定。　　绿阴一桁斜阳暝。小雨疏疏妆晚景。残莺强啭两三声，愁欲来时偏酒醒。”

（以上 1919 年 7 月 6 日）

13. 邓尉梅花，冠绝海内，惊蛰始开，点缀水光山色中，弥增佳趣。已未早春，夏映庵偕张菊生、陈叔通、周印昆、姚崇光邓尉山探梅，次韵白石道人梅花八咏，调寄《卜算子》，其一云：“旧是探春人，肠断吴波路。梦锁山中万树花，鬓雪天教与。　　鸣笛泪沾裳，一棹夷犹处。水驿垂灯仔细思，空为江南赋。（注：木渎镇在灵岩山下，忆辛亥与朋好探梅，亦泊舟一宿，时叔问未赴，独和白石八咏，今葬邓尉，墓草已青矣。恪士顷亦物化，恍散零星，凄其怀旧。）”其二云：“衣缟水村寒，冒絮遥峰迴。渐见双流跨一桥，桥[①]落湖光静。　　往事试追还，去后饶清景。缓步循流觅落英，中有青山影。（注：虎山桥跨湖通东西二崦。）”其三云：“古寺两三枝，夭矫苍云覆。小小珍禽耐岁寒，玉貌空山瘦。　　寂寞地安排，因果天成就。行雨行烟梦总非，俄倾仙衣透。（注：柏因社在五峰西，邓司徒庙四古柏郁然苍翠，各尽其致。）”其四云：“冥临四山花，历乱稠冈雪。雨后峰腰一看来，云海天光彻。　　玉辇旧经过，亭柱何年折。觅得桑田学种伊，定自伤心绝。（注：香雪海有御诗碑亭，下视梅雪且十数里。）”其五云：“山下筑花村，溪畔安篱落。删取苔根贮瓦盆，生计浑闲却。　　认是杜鹃啼，血染枝头恶。刻骨相思没处消，暗被东风觉。（注：近弹山道中有梅圃，临小溪皆作盆供，俗呼透骨红者，嫣然独绝。）”其六云：“坐石看螺鬟，点额添宫样。夜半天风落漆琴，鹤驾潜来赏。
密雨断岩阴，未陟空攀想。旧踏斜阳倒接罗，下谷惊樵唱。（注：弹山万峰台，明赵宧光书“石楼”二字刻其上，地近湖阴，岩石耸秀。）”其

① 原作“潮”。《文艺周刊》1919 年 7 月 27 日：“第十五号词话，夏映庵邓尉探梅词‘桥落湖光静’，‘桥’误作‘潮’，兹特更正。”据此改正。

七云："峭壁背疏花，竹底檐淙咽。著个蒲团坐此中，春与红尘别。　七十二峰烟，水镜输澄洁。便到晴时一一明，几许名能说。（注：石壁精舍在蟠螭山，面壁一轩，修竹深邃。寺外俯视全湖，烟雨中无涯涘之可寻也。）"其八云："一水隔渔洋，松竹笙簧细。须作羚羊挂角看，妙语耽诗味。　题与四宜堂，法酒花前醉。换尽青阴下满山，无复承平意。（注：圣恩寺在元墓山，寺有四宜堂、还元阁，面湖一隅，渔洋诸峰如列几案。）"词意幽微，写景逼肖。录之以为游侣前导。至注语所云，叔问词人卜葬邓尉山中，直可与昆山马鞍山刘改之墓，并峙千祀矣。

（以上 1919 年 7 月 13 日）

14. 杨留垞先生有"辛亥守岁"调寄《六州歌头》云："一年将尽，万里未归人。朔风紧，斜阳没，野烟昏。黯燕云。试问今何夕，家山破，朱颜改，梦华录，岁时记，总酸辛。赢得拨灰书闷，添商陆，彻夜香薰。算千金一刻，两岁已平分。电掣雷轰，去无垠。　念瑶池上，进岁轴，簪华胜，帖宜春。铜史漏，金徒箭，促寒更，守重门。荼垒都无意，随桃梗，亦更新。朝正会，慈宁宴，断今晨。剩有孤臣泣血，空牢记德佑庚申。恼比邻爆竹，守夜各欢欣。酒果迎神。"又"壬子中秋前一日过逊斋见示，与节庵倡和近词，归赋此阕"调寄《贺新凉》云："容易秋声听。笑吾曹、初无远志，清谈差胜。越陌相寻时缓步，巷口青杨遥认。忽遥曳、空林哀磬。故国浮名都一瞥，剩新词百琲尼珠净。归鹤晚，栖鸦暝。　疏衾自向江头醒。近中秋、琼楼月满，破窗风劲。云外山河余旧影，藻荇纵横满径。试把捉、羊亡猿定。窈窕西邻多苦调，恐湘灵一鼓无人应。元龙老，原思病。"抚序述哀，音节凄越，玉田、竹山之逸响也。

（以上 1919 年 7 月 27 日）

15. 元和汪旭初（东宝），衮甫星使之弟也，为词喜学清真，遍和其集，可谓勤矣。兹录其"泛舟西湖至清行宫故址，追忆旧游十五年矣，用清真韵"调寄《瑞龙吟》云："西泠路。依旧暗水漂花，乱云低树。沉沉寒食新阴，画船骢马，嬉游处处。　慢延伫。追念少时吟赏，醉窥宫户。衔泥稳宿雕梁，唤雏燕燕，差池对语。　　空遣繁华如梦，锦香围绕，湖山歌舞。谁道旧家风流，弹指非故。斜阳燕麦，重赋玄都句。还留恋平台纵览，芳园微步。胜赏随波去。鬓丝自鉴，牵愁万绪。衰柳飘残缕。归棹远，冥冥长堤烟雨。半生浪迹，恰怜飞絮。”造语哀艳，真善言愁者。

（以上1919年8月3日）

16. 张子馥大令（祥龄），蜀之汉州人也，为王湘绮高足。光绪中叶，北游京师，南羁吴门，与王半唐、郑叔问诸人为友，而词学益进。后官陕西大荔令。癸卯春卒，年五十有一。著有《半箧秋词》。其为词植干梦窗，而撷芬酒边、竹屋、草窗诸家，自成标格。词中多伤逝语，盖悼其德配曾季硕夫人之作也。尤善论词，尝曰：“周清真，犹诗家之李东川也。姜尧章，杜少陵也。吴梦窗，李玉溪也。张玉田，白香山也。”“南唐二主，冯延巳之属，固为词家宗主，然是勾萌，枝叶未备。小山、耆卿，而春矣。清真、白石，而夏矣。梦窗、碧山，已秋矣。至白云，万宝告成，无可推徙，元故以曲继之。”又曰：“凡人才质囿于天，善疏宕者不能密丽，能密丽者不能疏宕。”“词至白石，疏宕极矣。梦窗起，以密丽争之。至梦窗而密丽又尽矣，白云以疏宕争之。三王之道若循环，然文人自树之方亦若是。”又曰：“片玉善言羁旅，白云善言隐逸，终身由之，而不知其道者，天也。”综其所论，可谓深得个中三昧矣。录其次《片玉》调寄《点绛唇》云：“蛩院萤阶，旧时都是寻诗地。柳条谁寄。江燕空归里。　　休矣今生，未卜来生意。分携际。粉沾罗袂。千点灵均泪。”大令邃于律吕，谨于上去，自注：“‘旧’字去，‘柳’、‘粉’亦应去，上亦可，作平则误。”次小山调寄《踏莎行》云：“雨点浇愁，烟丝做暝。寻巢燕语商量定。峭寒勒住柳摇金，秋千闲搭春阴静。　　身世枯棋，年华半镜。蛮笺莫惹双鱼信，冻醪一盏酹渊明。仙源几见桃花醒。”次小山调寄《清商怨》云：“愁深无奈醉浅。负风衾春暖。费尽思量，妆台人自远。　　杨丝休付燕剪。怕剪断玉郎归晚。十幅蛮笺。书来犹恨短。”自注：“‘醉浅’、‘燕剪’、‘自远’、‘恨短’，皆去上，《片玉》同。”次《珠玉》调寄《蝶恋花》云：“过尽清明无一燕。谷雨来朝，柳外鸠呼乱。墙角碧桃才一见。今朝一雨成空院。　　翠藓弓弯曾踏遍。静闭房栊，绣幄遮三面。人散夕阳归棹晚。湖边夜市春灯远。”

（以上1919年8月24日）

17. 子馥大令又有“和《片玉》，再呈讼斋”调寄《一落索》云：“燕子定知人苦。未秋先去。翠藤幽锁一壶云，紧闭着、风和雨。　　孤雀欲栖无树。月波流素。白云淡处是银河，想定有、仙居处。”次延巳韵调寄《蝶恋花》云：“雨点梧梢和泪坠。不肯饶人，假我些时睡。已到残阳犹未起。光阴不惜如流水。　　搅夜灯前惊络纬。忒小杯儿，那解愁肠闭。雨打风吹平白地。教人怎替花憔悴。”次《片玉》调寄《瑞鹤仙》云：“漏微阳半郭。收夕暝、做弄轻寒漠漠。灯前怨花落。忍和烟和雨，抛残篱角。春娇柳弱。似向人、寻问旧约。叹阴晴未准，芳侣踏青，漫费斟酌。　　几度桃花不见，一面帘垂，暗尘生阁。银蟾觑幕。嫦娥悔，误灵药。自分携、好梦难逢单枕，晨钟偏送梦恶。莫金尊谢却，还算醉乡最乐。”自注：“‘问、旧、觑、送、梦、醉、最’七字，去声。‘柳’字可去可上，‘却’字非韵，偶用之。”次《片玉》调寄《绕佛阁》云：“试灯夜近，梅弄小萼，香散吴馆。寒沁花短。凤钗时引，兰熏度罗幔。素期渐满。珠泪梦冷，楼外人远。芳意凄婉。绣鞍酒醒，垂鞭绕堤岸。　　画阁忆如昨，乍剪愁丝劳理线。犹念去年，桃花逢半面。奈白露光阴，流似催箭。水杨羞见。叹伴侣殊乡，霜鬓蓬乱。写蛮笺、既封重展。”自注：“四声均依旧谱。”“次少谷，寄胥门舟中”调寄《浣花溪》云：“坐对闲花晓日趖。百年无计奈愁何。错将心事蹙双蛾。　　报答好春惟有泪，抛残良夜厌闻歌。芭蕉微雨两三窠。”次小山调寄《蝶恋花》云：“柳热抛绵花事晚。春透眉尖，偏弄蛾弯浅。数尺屏山天样远。珠帘娇月团团满。　　一炷沉檀风剪断。暗卜灯钗，怪得花开短。剩枕闲衾诗梦乱。池塘秀句秋云换。”次《珠玉》调寄《玉楼春》云：“飞红带得残春去。酌酒听歌无意绪。自从抛别玉真来，下九初三无过处。　　本来天上瑶台侣。委曲人家曾小住。持杯不用祝东风，花落花开原有数。”《千秋岁》词序云：“丁亥偕季硕游惠山，今六年矣。春仲重来，用涪翁哭少游韵哭之。予与季硕文字之交，更胜于黄、陆也。”词云：“恨弥天外，白日惊风退。金钗断，瑶环碎。荷摇含泪镜，柳亸销魂带。青草遍，荒园蝴蝶飞成对。　　约待瑶台会。珠玉黄沙盖。帘影底，无人在。彩云楼阁换，冷雾山川改。年未老，桃花几见尘扬海。”大令遍和宋诸家词，洞窥其奥，遂成隽品。季硕夫人亦湘绮老人女弟子，能诗词，有《桐凤楼稿》。

（以上 1919 年 8 月 31 日）

18. 袁君薆庵己未闰七夕赋《卜算子》词四阕，其一云：“不见却寻思，见了还无语。阑角盈盈一笑逢，此是魂消处。　　相守过黄昏，歌罢匆匆去。陌上飘灯独自归，愁绝凌波步。”其二云：“心性忒憨生，那识愁滋味。怪底朝来气力慵，新损昨宵睡。　　娇重不胜歌，妆淡偏宜媚。第一撩人是袜罗，红映肤圆腻。”其三云：“巧笑万黄金，百琲酬歌贱。裁剪罗衫稳称身，娇映桃花面。　　杯酒与从容，油壁将迎惯。赚得虚名也自豪，刚被旁人羡。”其四云：“低语口脂香，接坐花光暖。影事从头说与伊，一霎春灯幻。　　风雨阻斜河，前度黄姑怨。重约星桥驾鹊来，天与佳期展。”俊语婵嫣，中有本事，极似周美成汴京诸作。

（以上 1919 年 9 月 7 日）

19. 子馥又有次小山寄仲由海上兼示仲蓝，调寄《生查子》三阕，其一云：“红楼夹道旁，认熟黄衫马。翠幄各留人，闲却千灯夜。　　宝髻拥花梁，偷试花开谢。明月有谁看，背落寒潮下。”其二云：“绣幕惯温存，乍别荒江浦。明日海涛头，新月知人苦。　　携手倚梯阑，欲下还留语。心事万千重，说得三分否。”其三云：“抛却自家心，占却他人住。江岸寂无人，灯火摇烟浦。　　枕泪湿云鬟，酝造丝丝雨。耳畔尚娇啼，乍换殊方语。”运思邈绵，造语健秀，置之唐人绝句中，几不可辨。

20. 薆庵有《蝶恋花》词，序云：“易中实丈以灵鹣师所赠尊甫布政公唐六如《仙山楼阁图》属题，相传布政公为六如后身也，率赋此解。”词云：“画阁朱楼帘卷雨。帘外青山，山下桃千树。一夜天风吹堕处。梦中犹识游仙路。　　前度刘郎今又去。辽鹤归来，无地悲离黍。纸上一抔干净土。中间合有骚魂住。”又《高阳台》词，序云：“月夜泛湖至彭公祠，光景奇丽，杏丈高吟宋人‘买得渔舟度岁华’之句，余亦有浮家意，感赋此解。”词云：“鬓影吹凉，眉痕替月，烟绡卷尽宫罗。露脚斜飞，点尘不到鸥波。水天共色秋无价，似泛槎、人在银河。动清吟，惊起双鸳，好梦梨窝。　　彭郎祠宇新题换，自神州劫后，未忍重过。曲曲朱阑，苹飔微飐残荷。湖山不负清游兴，占词人、心上秋多。更何时，一棹莼丝，一笛渔歌。”前作沉郁近于湖，后作清婉似竹山。

（以上 1919 年 9 月 21 日）

21. 薆庵近赋《清平乐》词云：“脸霞红玉。眉语欺山绿。一握柔丝亲结束。斜倚阑干娇足。　　独眠楼上花枝。起来窗日迟迟。金斗无心熨贴。任教揉损罗衣。”又“示呋庵”调寄《浣溪沙》云：“天遣多情不自持。廿年愁病负芳时。东风赢得鬓丝丝。　　未必好花能解语，惯拈幽恨与填词。断肠原不要春知。”二词中寓本事，温丽似小山。昔宋玉《高唐》，侈言神女；陈思《洛浦》，怅望宓妃，固文人游戏之常，亦豳风好色之遗也。呋庵有答薆庵词，集义山诗云：“若比阳春意未多。村砧坞笛隔风萝。细腰宫里北人过。　　巧啭岂能无本意，离情终日思风波。卧来无睡欲如何。”运古若己出，固自佳，汇纪之，亦歇浦看花之韵事也。

（以上 1919 年 9 月 28 日）

22. 薆庵近又赋《卜算子》一阕云：“玉骨怯西风，枕簟凉初透。寂寞空床易感秋，小酒非关酒。　　引领一声歌，如雪蛸蛴瘦。细掐猩猩一桁红，错认新妆斗。”妍丽远方周美成，近媲张子馥。

（以上 1919 年 10 月 5 日）

23. 易中实居士早标颖异，时号神童。有友扶乩，乩谓中实为张孟晋后身。按孟晋名灵，明代吴中诸生。与唐六如才相若，而极相得。躬际承平，享年不长。今中实遭际乱离，践履锋镝，而年则过之，可谓得天独厚矣。薆庵有“为中实丈再题张孟晋《岁寒三友图》”调寄《兰陵王》云：“倚修竹。凉沁新蟾罢浴。横枝上、三两翠禽，悄与红妆伴幽独。沉沉睡未足。愁人。春人醉目。重来后，依约岁寒，赢得沧波恨堪掬。　　游仙路。应熟记，控鹤调笙，天袂吹绿。多情萦惹成歌哭。看故绢尘涴，旧题香冷，当时陈迹不忍触。似人在空谷。　　弦促。怨难赎。念出骨龙飞，鞶黛蛾蹙。清才丽质都无福。纵买笑花底，贮娇金屋。兰因谁证，对画本、泪断续。"语极幽峭有致。

（以上1919年10月19日）

24. 偶检旧簏，得梁任公甲午乙未词数阕，录存于此。"效清真体，寄蕙仙计时尚在道中"调寄《兰陵王》云："暝烟直。织就一天愁色。阑干外、无限庭芜，付与斜阳尽狼藉。佳期渺难得。遮莫。年华虚掷。迢迢夜，梦去愁来，还似年时倦游客。　　天涯数行迹。念衾冷舟蓬，灯暗亭壁。篮舆扶下正无力。又月店鸡声，霜桥马影，催人晨起趁晚驿。夜凉怎将息。　　凄寂。共今夕。共目断行云，江树南北。芳痕触处情无极。有织锦留题，唾茸凝碧。思量无寐，又淡月、照帘隙。""寿梅夏"调寄《湘月》云："吾乡奇士，数邓梁以后，几人健者。雨打风吹余子尽，似汝此才今寡。铁骨酣霜，绣肠织月，箫剑双无价。酒阑对我，二豪情态如画。　　只恨荦荦头颅，颟颟髀肉，不了山灵诧。趁着湖山残照在，尽汝秋魂游冶。丛社鬼媒，原祠天问，莫管兴亡话。一尊寿汝，先生扶醉归也。"《浪淘沙》云："燕子旧人家。枨触年华。锦城春尽又飞花。不是浔阳江上客，休听琵琶。

轻梦怕愁遮。云袅窗纱。一天农浓絮太亏他。镇日飘零何处也，依旧天涯。"数词绵丽刚健，皆极其胜。蕙仙女士，乃任公夫人，为贵州李侍郎（端棻）之妹，时甲午初冬赴黔中省亲云。

（以上1919年10月26日）

25. 任渭长尝为周云将大令画团扇，一面为折枝桃花，一面为李香君小象，文芸阁学士为题《虞美人》词一阕云："南朝一段伤心事。楚怨思公子。幽兰泣露悄无言。不是桃根桃叶镇相怜。　　若为留得花枝在。莫问沧桑改。鸳鸯鸂鶒一双双。欲采芙蓉憔悴隔秋江。"云将名绍寅，山阴人，为季贶先生哲嗣。少承家学，才不偶时，卒年甫四十。云将既亡，扇存姬人沈栗娘所。栗娘，吴人，归周二年而寡，又五年逝，今之关盼盼也。冒鹤亭为云将甥，有《栗娘夫人传》纪其事。

（以上1919年11月4日）

26. 淳安邵次公（瑞彭）[①]有《喜迁莺》词云："沉云芳路。小阑外、夜傍翠禽凉语。灯影飘衣，炉薰侵幌，回首梦痕来处。碧淡女墙山色，红碎危楼枫树。峭寒起，又南花憔悴，玉京风露。　江浒。秋渐老、残叶多情，不逐回潮去。何事天涯，蛮箫声里，还唱前溪哀句。拌得锦衾一醉，忘却楚腰前度。旧门户。怕重帘悄卷，人归偏误。"

27. 郢云居士羁旅京华，独弹锦瑟，近传其"春暮感事"调寄《浣溪纱》云："半镜流光怨杜鹃。双栖无分女床鸾。当时惆怅况今年。

西月照人莹似镜，东风摇梦软于烟。只成幽忆不成欢。"音节凄越，真善言愁者。

（以上1919年11月11日）

28. 蘐庵近作汉皋游，得词二首。《一落索》词序云："荒江风雪，寒不成眠，有怀彼姝，赋此却寄。"词云："一夜大江风，千里孤舟雪。重衾如铁梦难温。冰不了、离肠热。　遥想翠楼寒怯。怨歌谁答，歌声莫道似涛声。还怕比、涛声咽。"《浣溪沙》词云："云外迢迢一雁飞。为传双泪到江湄。断肠心事有谁知。　独抱吟魂温旧梦，更拈醉笔写新词。黄昏长是忆人时。"婉约似片玉、屯田。

29. 无锡王莼农有《减兰》词云："霜浓马滑，绰约风鬟才十八。醉写乌丝，难忘潇潇暮雨时。　筝楼银独，只有梅娇歌片玉。酒醒明朝，感梦轻云墨镜潮。"妍冶得淮海意。

（以上1919年12月16日）

30. 十发道人卖石于汉皋，蘐庵于己未冬看梅遇之，班荆道故，赋"十发丈画石词"赠之，调寄《水龙吟》云："泛槎曾见支机，罗胸灿烂皆星斗。吟边醉墨，兴酣摇岳，六丁奔走。松骨鳞枯，云根发腻，苔皴烟皱。笑郁林一舸，仇池片玉，凭携取、君衫袖。　攻错他山为友。

---

① "淳安邵次公（瑞彭）"，原作"闽中曾次公（念圣）以骈文名，词亦清丽"。《文艺周刊》1920年10月12日："《正误》：去岁词话所登曾次公《喜迁莺》词及前期《菩萨蛮》、《踏莎行》词皆淳安邵次公（瑞彭）所作，兹得邵君来函，谓为同字之误，特更正。"据此改正。

仗刚肠、容伊坚瘦。高歌雪浪，心存故国，可堪回首。荆璞终完，秦鞭不到，白头相守。问平生块垒，此中都尽，更须浇否。”激昂处雅近辛、刘。

（以上1919年12月23日）

31. 江夏张次珊通政（仲炘）为林欧斋先生婿，善词，造语密丽，能兼清真、梦窗二家之长。庚子春放归，流转江湖二十年，郁郁不得意。已未十月卒于鄂垣，年六十四。未几，德配林恭人亦逝。有子善都，弱冠秀俊有文，早卒，以族孙为嗣。著有《瞻园词》二卷。录其《好事近》词，序云：“春夜乘紫骝巡行陌巷间，过城东夕照寺侧，梅花一树，香溢春衢，适见似人，不觉狂喜，偶忆韩淲探梅词，即用其韵。”词云：“粉瓣细团香，寒玉是谁镌刻。人在小桥红处，浸一身明月。孤山应是夜寒多，缟袂忍重忆。天外数声归鹤，伴片云栖息。”《氐州第一》词云：“银烛光圆，笙凤劝酒，浓姿宝镜重展。旧约帘边，新妆扇底，凄绝年来望眼。春锁桃红，几伴取、天台仙眷。小袖调鹦，横茵睡蝶，艳怀非浅。　　客路车尘催梦短。素襟涴泪香愁浣。倚笛羌城，磨刀陇水，咽枕屏清怨。又争知、今夜里，花狂舞霓裳叠遍。莫问他生，寸情丝西风早剪。”《双双燕》词序云：“王幼霞侍御招集四印斋，依梦窗韵赋本意。”词云：“一双玉剪，想依傍谁家，画檐朱户。东风闲倚，又掠夕阳斜度。帘幕深知几许，是当日、曾窥人处。不应忘了天涯，却盼香巢同住。　　翩举。参差弄羽。频织就新愁，一梭丝雨。拚随春散，且学楚腰狂舞。零乱花间意绪，只愁是、啼鹃偷诉。明朝又是清明，满径落红无语。”数词字字拗折，堪为词家矩矱。

（以上1920年2月24日）

32. 周梦坡藏宋徽宗松风琴，朱彊村先生填《高山流水》一阕赋之，云：“故宫法曲冷朱弦。倚笼吟、风雨潸然。开宴记芳时，南薰韵入流泉。河清慢徵角重翻。宸游处、仙籁层霄遍彻，仗合苍官。和春雷别殿，笃耨御炉前。　　无端。青城几千里，黄鹄谱、应指秋寒。零乱杏花词，梦落万水千山。问霓裳、几度飘烟。知音少、怅触孤臣老泪，断拨哀弹。恨宫声不返，凄绝陇禽言。”是词言中有物固自佳。

（以上 1920 年 3 月 16 日）

33. 薆庵近赋《踏莎行》云："倦不成眠，醒还似醉。轻寒薄暝恹恹地。东风吹老有情天，和天也学人憔悴。　　影妒花肥，歌嫌莺碎。一春尝遍愁滋味。小楼昨夜卷珠帘，杏梢偷傅胭支泪。"沉绵婉约，似延巳、美成。

（以上 1920 年 4 月 20 日）

34. 抱碧词人有"浮湘偶吟，和梅溪韵"调寄《秋霁》云："湘水迢迢，泛画舸晴烟，慢剪秋色。枫咽红干，蓼披霜细，雁程惯禁风力。倦飞未息。数行影写寥天碧。念故国。谁问瘴江，闲卧钓倦鳌。　　客年事向晚，鬓雪欺人，短歌长吟，都付凄寂。洞庭阴、灵均夜泣。千年枯泪照斑白。归路片鸥应记得。趁早凉后，还又换酒青衫，采莼幽渚，买鲈荒驿。"语意凄清，暮年庾信，萧瑟江关，古今同慨。

（以上 1920 年 4 月 27 日）

35. 王壬秋先生著有《湘绮楼词》一卷，有"赋得惜花春起早"调寄《南乡子》一阕云："春恨压屏山。细雨欺花困牡丹。雨若再晴花再艳，应难。唤起双鬟摘下看。　　凭软曲阑干。晓逗微光似不寒。忽地玉阶风过觉，衣单。重入罗帏又懒眠。"又《琵琶仙》词，序云："孔东塘所藏韩滉小忽雷叶东卿拓本，今在陶斋，乙巳上元日感题。"词云："马上胡笳，更安史乱后，琵琶凄切。谁道经画江淮，繁华未销歇。檀槽手制，几回看、柳花如雪。（自注：用韩晦日诗意。）元相徵歌，李谟擪笛，长自呜咽。　　想秦蜀、流落千年，又新染、桃花扇边血。多少玉颜漂泊，叹腥膻宫阙。只一曲、逖逻沙尘，把古今、积恨弹彻。说甚叶氏韩家，那时喧热。"湘绮自谓，前词似北宋人。余谓此二词温馨凄厉，各擅其胜，实湘绮本色语，皆绝妙好辞也。

（以上 1920 年 5 月 18 日）

36. 张遁堪居士（尔田），近有"春仲将北游，留别海上知旧"调寄《木兰花慢》一阕云："素弦尘挂壁，又弹指、作离声。笑海燕春来，江南塞北，两地逢迎。兴亡事，天不管，便铜人无泪也堪倾。黯黯衰兰古道，离离芳草长汀。　神京。回首暮云平。慷慨重行行。问结客幽并，高生鞍马，可抵浮名。多情。渭城休唱，只吴山西笑眼还青。竹叶于人落寞，杨花似我飘零。”凄婉清丽，弥近玉田。

（以上1920年6月1日）

37. 冒鹤亭居士庚申春游焦山自然庵，见汤雨生为黄树斋所绘《如此江山图》，题《永遇乐》词一首，用稼轩韵云：“如此江山，行人空说，刘寄奴处。草草兴亡，半篙春水，断送前朝去。梅花一树，自然庵里，词客英灵曾住。想登临、当歌慷慨，停杯气狎龙虎。　惊心胡马，窥边去后。又报红巾北顾，七十多年，丹青重认，劫火南徐路。孤城铁瓮，怒潮夜打，犹似当时战鼓。凭谁吊、将军碧血，年来化否。”述往伤今，增人遐感。

（以上1920年7月6日）

38. 尝见陈彦通赋《满庭芳》词，绵邈似周、秦，兹录之。词云：“楼傍春阴。山衔小苑，醒来人似秋云。石城西去，修竹翠栊深。窗下袷罗试了，余香减、篆袅沉沉。朱门闭，杏花风急，零落燕泥馨。　牵情。何处是、青楼刻烛，绮陌遗簪。渐病羞团扇，愁怯空尊。漫道那时别后，多少事、说与无凭。销凝久，年光暗换，江柳又摇青。”

（以上1920年8月17日）

39. 薆庵近有《清平乐》词二阕云：“绮筵高会。薄酒翻成醉。未肯豫言今日事。料得柔肠先碎。　悲秋暗蹙双蛾。玉人心上秋多。只道当时小别。谁知已是离歌。”“薰香小像，长向屏山傍。愁病自怜无好状。从此人间天上。　知音见说周郎。承恩不在兰房。付与秋江双蒜。替侬流向潇湘。”又《临江仙》词云：“寂寂金铺深掩，沉沉银蒜低垂。小园花径独来时。骄人双蝶舞，背景一萤飞。　遥想天涯芳侣，嫩寒初上罗衣。关山寸寸有相思。风城今夜月，应照玉人归。”又“重过西新有忆”调寄《浣溪纱》二阕云：“叶叶梧桐露未干。水晶帘外有轻寒。旧时台榭旧阑干。　归去定知空冀北，梦回应更忆江南。青鸾消息几时还。”“歌籍犹题碧玉名。几回曾误听歌人。坠欢如影不分明。　已自怕着行坐处，那堪重辨管弦声。不如归去梦倾城。”数词皆中有本事。宗法片玉，造语凄丽，可谓善言情者。

（以上 1920 年 8 月 24 日）

40. 薆庵有《菩萨蛮》词，集长吉句四阕云：“锦堆花密藏春睡。玉钗落处无声腻。无物结同心。洞房思不禁。　秋罗难著色。香出鸳鸯热。羞问陌头人。谁知泥忆云。”又：“花蹊密影成花洞。鸾裾凤带行烟重。暂得见何郎。江头楂树香。　夜天如玉砌。凉旷吹浮媚。露折一枝兰。稍知花簟寒。”又“冷红泣露啼娇色。桂花几度圆还缺。人在石莲中。似悲团扇风。　犀株防胆怯。画鼓余清节。拂镜扫浓眉。镜中双泪姿。”又“无情有恨何人见。梨花落尽成秋苑。彩絮扑鞍来。亦须生绿苔。　沉香薰小像。细管吟朝幌。瑶席卷香葱。洛阳生别风。”运古入化，妙极自然。樵风而后，复得见此。虽春华秋实，各有异同。而南渡姜、吴，差足相拟已。

（以上 1920 年 9 月 7 日）

41. 乙卯沪渎耆旧有逸社之集。缪艺风出示余澹心《巾箱图》，杨留垞先生为题《水龙吟》一阕云：“秦淮依样春潮，旧家帘幕无留影。渡江龙种，圜桥鱼肚（澹心与杜于皇、白仲词在南雍，有‘鱼肚白’之目），梦尘吹醒。蓬头儿子，泼茶伴侣，绿窗人静。剩鹿车同挽，楹书堪付，都不管、兴亡恨。　味外高风谁省（澹心有《味外轩集》）。展芳辰、临河觞咏。花阴隅坐，雷门醉击，泪痕偷揾。（澹心诗：无端醉击雷门鼓，潜向花阴哭海潮。）辽鹤无归，桃墟空望，天涯萍梗。对横图竹树，便娟全输，与山居稳。”词中述秦淮旧游，抚今追昔，弥增凄感。

（以上 1920 年 9 月 14 日）

42. 薆庵近有“宿雨新霁，偕天放、天随两丈人重过西兴鼓场，枨触前游，感而有作”调寄《烛影摇红》一阕云：“无主斜阳，为谁红到凭阑处。长廊回合曲廊斜，尽是愁来路。指点莺帘燕户。换年时、听歌伴侣。彩云归后，明月来时，断肠知否。　唤起秋慵，无心重听花奴鼓。天风吹恨下楼台，满院梨花雨。料得婵娟更苦。倚高梧、哀弦自抚。飞鸿过也，说与相思，万千言语。”隽婉似周、秦，得诗人温厚之旨。

（以上 1920 年 9 月 21 日）

43. 邵次公[①]有《菩萨蛮》词云："连钱宝勒长安道。流苏一夜春风老。华月背人斜。闲庭无数花。　　云窗垂手地。转眼成回避。缄札玉为珰。明河千里长。"又《踏莎行》云："疑雨疑云，非烟非雾。江南江北山无数。故宫回首见杨花，春潮寒咽西陵渡。　　网结千丝，钗留一股。当时悔被朱颜误。不辞双泪为君垂。啼鸟声里闻歌舞。"二词凄丽似南唐。

（以上 1920 年 9 月 28 日）

44. 左笏卿先生有和忍庵春尽书怀之作，调寄《长亭怨慢》云："最怜是、好春空度。一霎飞红，艳阳何许。恻恻单衣，倚阑心事只酸楚。绿阴如梦，还又听、潇潇雨。柳外几斜阳，认历历、新愁来处。　　莺语。正江南、草长个个，娇吟争树。青梅老矣，也应念、东园风絮。但怪得、烂锦年华，容易把、流潮分付。怕恁日相逢，无复当时眉妩。"是词语意凄清，乃辛丑岁京师作也。

（以上 1920 年 10 月 12 日）

45. 张丹斧"咏荷叶粥"调寄《水龙吟》云："昨宵风露无多，炊香未许些些散。石床梦醒，玉瓯擎出，绿波谁染。雪藕丝长，采莲心苦，加餐须劝。似青精饭熟，仙乡滋味，元不藉、糖霜点。　　只怕凉云乍展。戏东西、游鱼应怨。食单添录，焚琴风景，也还不管。翠盖裁衣，碧筒载酒，嫩凉庭院。向吟朋自诧，分将秋意，贮诗肠满。"君善诗，酷似飞卿，此词亦萧森隽秀，似蒋竹山也。

（以上 1920 年 10 月 19 日）

46. 庚申秋暮，见杨留垞先生所谱《白苎》词一阕，序云："宋牧仲尚书手绘《红树秋鸦图》，旧为济宁孙文恪（毓汶）所藏，今归贵筑陈庸庵制府花近楼。逸社第五集，庸庵出以见示，为赋此解。"词云："黯秋

---

① "邵次公"，原作"曾次公"。《文艺周刊》1920 年 10 月 12 日："《正误》：去岁词话所登曾次公《喜迁莺》词及前期《菩萨蛮》、《踏莎行》词皆淳安邵次公（瑞彭）所作，兹得邵君来函，谓为同字之误，特更正。"据此改正。

光、闪残照，故山何处。归飞倦翼，犹识旧时池树。一行行，霜红错认童颜驻。哑哑自呼名，浑不似、禁城春曙。昭阳日影，换了平林寒雾。抱茵于、倚筇闲数江天暮。　　凝伫。跃马桑干，朝回染翰，想见筠廊晚步。更甲第任城，承平槐府。如新触手，百年来经过，烟云几度。鸥侣闲评，绀鬓都星，孤根未蠹。渔火愁眠，梦绕芯题路。”遒丽凄清，似玉田、白石。

（以上1920年11月9日）

47. 郑叔问《瘦碧词》，语多凄丽，逼肖美成。兹录其涩韵三阕于此。“题姑苏女子陈慰之眠琴绿阴小影”调寄《如梦令》云：“帘额绿尘吹皱。花落春如人瘦。无绪理湘弦，睡起水沉沾袖。僝僽。僝僽。风打小窗梅豆。”“瘦月窥愁，俊侣悭约，凄然弦语，用片玉词涩韵度之”调寄《绕佛阁》云：“酒襟翠敛。残叶绣地，秋醉溪馆。芳侣期短。夜娥怯照，孤栖下云幔。镜波纵满。长恨素约，裙草天远。吴弄幽婉。唤人一霎，霜魂冷巾岸。　　小梦绿窗寂，麝袅衣篝飘旧线。无限暮愁，珠尘消酒面。怪射影风花，春似流箭。断魂谁见。奈送老湖山，鸿雪零乱。剩诗痕、故笺重展。”《大酺》词序云：“予与吴社诸子，既联句和石帚词八十四阕，吟赏所至，复杂连五十余解。中和片玉词最夥，歌弦醉墨，陵轹一时，其豪逸不逊陈允平、方千里、杨泽民辈也。今仲实远官夷门，次香方自秣陵于役京国，叔由又将归楚。期年之间，胜流雨绝，独予与子复留滞兹邦，浊酒岁阑，风烟披薄，缀目新眺，荡魂旧游，以清真韵赋此，他日诸子见之，甚为予凄异也。”词云：“念五湖游，风流尽，空数琵琶场屋。幽幽春事浅，奈无肠狂客，旧怀重触。雪老梁园，云迟蒋阜，愁入西楼横竹。吴笺经年赋，早离襟恨墨，味谙都熟。又沅芷汀兰，者番骚怨，顿成凄独。　　天教欢会速。酒边送、奔影如飞毂。漫自惜、钗行零燕，屧印残鸳，镇销凝、暗尘盈目。剩有相如在，和泪写、蜀弦清曲。感萍泊、沧波国。归计轻误，谁念中原无菽。梦花更看转烛。”（按：此词乃丁亥岁暮作。）

（以上1920年11月23日）

48. 闽县李佛客先生（宗祎），一字次玉，为沈文肃公外孙，拔可大令（宣龚）之尊人也。先世饶于资，治园于城中光禄坊，曰玉尺山房，陂池台榭，饶有胜趣。先生以舍人里居，工词章，喜宾客，恒为文酒之会。虽处豪贵，有高寒疏俊之行。布袍芒履，放浪山水。光绪初年家骤替，乃走依其舅沈爱苍中丞淮南鹾廨。乙未夏病卒，年卅有六。生平善为词，风致婉约，善于言愁，亦间有雄豪之作。论者谓似济南海宁，有《双辛夷楼词》。其兄畲曾太守（宗言）为梓之，岁久曼漶。拔可复刊行，以一编贶予。兹摘录十数阕于此。《海棠春》云："殊乡作客谁能惯。算赢得、食眠平善。只是十分寒。夜夜霜如练。　天涯几处逢来雁。偏恨汝、尺书不见。若说不多情，彼此将心换。"《钗头凤》云："雕檐鸟。啼声小。未春掇送春期了。春风虐，春寒峭。轻罗新著，冰肌羸弱。薄。薄。薄。　窗开早。临清晓。伤心人傍同心草。棠花落，归来莫。相思休歇，双鱼堪托。诺。诺。诺。"《春光好》云："人渺渺，梦沉沉。杳难寻。又是杏花开了，叫春禽。　打叠十尖银指，起来料理孤琴。不敢向人弹别调，写初心。"《青玉案》云："卷帘一瞥无青草。又却是西风到。闷杀黄昏人去早。萧萧黄叶，一丝残照。擘个伤秋稿。　多情那似无情好。无情还把多情恼。门外天涯天浩浩。重来甚日，六街尘土，准备青衫老。"《丑奴儿令》云："潇潇万木湘江路，伊在秋边。秋在伊边。昨夜相思渺化烟。　这回便算肠空断，肯怕明年。又个今年。天上人间月自圆。""泊星村桥候周辛仲"调寄《误佳期》云："桥上杨花无数。桥下行人正苦。离愁飘泊似杨花，天又清明雨。　相见忒相怜，花笑人无句。明朝画舸复南来，好句容伊补。"《百媚娘》云："忘却那人分付。个里乱愁难数。过尽千鸿浑不认，说甚柳边曾遇。莫又声声呼且住。乌桕西家树。　惆怅自寻归路。别有最伤心处。九十风光都草草，拚得蝶儿闲妒。留下江淹肠断句。随处成南浦。"《谒金门》云："闲无事，莫把眉儿偷聚。长寿等应天乞与。与花长作主。　今日琼楼玉宇。同住鸾交鸳侣。珍属明年齐记取。更酣歌醉舞。"《浪淘沙》云："疏雨过幽窗。损尽容光。桂花影底迟斜阳。拟遣闲愁相睡去，未许思量。　睡著也凄凉。秋满空床。莫言无地诉衷肠。身被锦衾重叠压，梦出回廊。”又前调咏芭蕉云：“翠影甚离披。留住斜晖。生憎入夜北风吹。片片是愁还是泪，未雨先疑。　　心事未全非。不展因谁。摘来和露写相思。要等一行秋雁过，寄与天涯。”《菩萨蛮》四首云：“阑干西角伤心处。东风一瞥飞花坠。病骨不能支。恹恹春起迟。　　许多肠断事。独自低头记。记与寸心知。与郎无是非。”又：“一春只是成慵倦。啼痕点缀胭脂面。月不下西楼。怕人楼上愁。　　鸳鸯伤独宿。池水添新绿。白袷悄嫌单。猜知明日寒。”又：“一年十二团圞月。团圞往往当人别。叉手忆年时。如何鬓不丝。　　自家归未得。不道关河隔。眼泪几时消。朝朝暮暮潮。”又“西风掠地秋将半。客程惟见昏鸦乱。天入大江流。苍茫一片愁。　　倚栏成独望。涕泗危楼上。早晚到长安。犹歌行路难。”《浣溪纱》云：“破碎墙东一角蕉。西风新度小红桥。夜阑银烛不禁烧。　　华发近来添几许，人人水远与山遥。重门深锁自今朝。”《水调歌头》云：“三百六十日，旋转荷天工。四时供我行乐，何事泥春风。我有一枝玉笛，吹散梅花十万，零落月明中。燕燕渺何处，河汉度冥鸿。　　告余子，吾与汝，不相容。人间合我长住，太华第三峰。妾必邯郸之女，马必大宛之产，饮酒必新丰。醉喝长江水，终古不流东。”又《如梦令》断句云：“嫩水解流香，不管一江如织。”真绝妙好词也。

49. 佛客先生尝以词学授其长女樨清女士（名慎溶，拔可之妹），女士为词，神韵邈绵，克绍前轨，适里人孙君翊南，癸卯病卒，年二十六，有《花影吹笙室词遗稿》。兹录数阕。“咏萤”调寄《蝶恋花》云：“旧苑秋芜兴废警。怯小愁单，短梦何时醒。明月不来天又暝。竹边水面光无定。　　庭院沉沉街鼓静。三两斜飞，做就凉宵景。携扇兜裙风露冷。几回踏碎梧桐影。”“春日感旧，并示江右诸妹”调寄《踏莎行》云：“乳鸭池塘，初莺院落。回头往事全如昨。人生那得似东风，东风依旧穿帘幕。　　万里迢迢，尺书空托。一春但见离恨恶。胜游别后负南园，花间闲煞秋千索。”“春雨缠绵，偶以遣闷”调寄《一落索》云：“晓雾溟濛庭树。弄晴无据。深垂帘幕护轻寒，却约得炉香住。　　燕燕莺莺无语。恼将春去。只多落絮与飞花，还未到听秋雨。”“菊影”调寄《疏影》云：“黄昏院宇。有秋魂一片，消瘦如许。载酒篱根，醉眼模糊，误得几回惊顾。夜阑徙倚犹相对，纸槛外、疑烟疑雾。但萧然、澹影难描，不上画家新谱。　　绕砌鸣蛩旧识，凉宵厌寂寞，来伴低语。隔岁园亭，约略吟秋，曾采幽芳题句。重逢却讶分明甚，正冷月、无声窥户。更谁怜、立尽霜华，又度小庭寒曙。”“小西湖（湖在福州）秋泛”调寄《齐天乐》云：“浮岚不散繁华影，层峰尚含秋妩。已老蘋根，全欹藕叶，过了晶宫佳处。桥阴静伫。爱漠漠罗衣，水花香聚。瘦柳枯蝉，向人蕉萃看人去。　　平漪遥望似镜，忽橙烟裂碧，篷响惊度。野吹无声，残阳弄影，猛见霜红翻树。沉吟渐苦。甚一样江山，顿伤心素。脉脉回桡，破蟾窥暗渚。”“春阴”调寄《壶中天》云：“帘衣深下，但溟濛一片，频飞轻雾。十里红楼都似水，唯有莺声低度。杨柳多情，和春共瘦，还替春凄苦。揉昏搓暝，粉香犹未成絮。　　生怕燕子归来，沉沉绿暗，换了门前路。见说钿车南陌少，几日芳游轻误。山枕余薰，云屏萦梦，绊得清寒住。无聊人起，洒窗时响疏雨。”又《蝶恋花》词，有“飒飒墙蕉，恐是秋来路”句，当时传诵，人称为“李墙蕉”。

（以上1920年12月21日）

50. 朱彊村先生于光绪丙午游湖上，赋《木兰花慢》词，序云：“重宿西湖退省庵，时湖上人家杂居，楼阁突起，与十年前风物又异矣。”词云：“赐明湖一曲，认乔木、中兴年。算小队郊垧，中原壁垒，天放身闲。颓阑。旧吟拍处，问月明元鹤几时还。战舰东风梦断，画奁西子妆寒。　　无端。金碧拥檀栾。唐突此湖山。念吴峰立马，荷花桂子，休唱屯田。延缘。钓竿未买，怕鱼龙风恶搅鸥眠。醉拭西城残泪，衰杨鬓影鬖然。”又赋《二郎神》词，序云：“西溪茭芦庵为樊榭老人及其姬人月上祠栗主处。”词云：“镜流换眼，避旧约、弗湖叠舸。听水乐空岩，烟禽深竹，如唤缘流客坐。往日词仙寻秋地，有顾影、惊鸿来坠。曾梵夹写名，唐诗摘句，等闲功课。　　无那。维摩病侣，松根长卧。问丈室飞花，匆匆何事，收拾人天净果。拥髻因依，倚声幽款，嬴得定中香火。残雁外、瑟瑟芦风渐起，送神弦和。”二词雄劲庄严，融姜、吴于一冶，自非词坛尊宿不能有此杰构。今则退省、茭芦二庵荒凉萧瑟，又异于前。读此词不胜今昔之感矣。

（以上 1921 年 2 月 22 日）

51. 山阴周昀叔都转（星誉），本贯河南祥符，寄籍山阴，登科第与李莼客为友，以词章名世，诗酒自豪。同治季年，官广西右江道。光绪初年，棹两广盐运使，适粤西有边警，合肥张靖达公（树声）来为粤督，以练兵筹饷，首劾都转，衰老罢去，都转时年七十犹一。寒儒既归里，穷愁弥年而卒，闻者伤之。著有《东鸥草堂词》。兹录数阕。“月夜闻箫”调寄《虞美人》云：“苔阴露气濛濛地。人影和花腻。久抛旧事不思量。为甚今宵心上恁凄凉。　红箫一曲风帘底。吹得春魂起。莫教容易说回肠。月也被他愁作酒般黄。”又“九月十六日夜泊双桥（自注：桥去嘉兴六十里）”谱前调云：“扁舟秋入嘉兴路。梦逐回波去。断肠名字说双桥。消受单衾孤烛又今宵。　松阴暗转蓬窗悄。霜重溪风晓。乱虫声紧冻丝丝。刚是酒醒人睡月黄时。”“正月十八日舟中对月有怀”调寄《清平乐》云：“蓬窗人悄。寒意生如草。月与离人同一稿。都比前宵瘦了。　拥衾懒炙银灯。自家和影温存。容易黄昏挨过，明朝还有黄昏。”“春夜宿贻经书屋有怀”调寄《青玉案》云：“花梢细雨愔愔过。早夜静重门锁。才上灯时人已卧。凄凉天气，凄凉庭院，著个凄凉我。　一帘苔雾莺啼破。兀悄地偎衾坐。晓月上墙桐影矬。今宵莫说，已经无梦，便有如何作。”“九月初二夜雨过垂虹桥书感同梦西”调寄《蝶恋花》云：“细雨愔愔蓬背滴。蓬底羁人，自展单衾裼。梦又不成灯又黑。乱鸦声里天如墨。

似酒浓愁无处说。待倩双鸿，远向天涯觅。桥外杨花桥下客。可怜一样伤漂泊。”“舟夜寄闺人”调寄《南乡子》云：“客榜又天涯。翠被乡愁一倍赊。生怕东风拦梦住，瞒他。侵晓偷随燕到家。　愁忆小窗纱。宝幔沉沉玉篆斜。月又无聊人又睡，寒些。门掩红梨一树花。”数词绵丽，善学后主、小山者。又断句“衣食一身犹未办，何况文章千古”，又“山榭叶围词老宅，水荭花瘦女郎祠，吹笛雨丝丝”，又

“蠡窗半拓湖风里”，摹写情景俱佳妙。

（以上1921年3月1日）

52. 归安朱甘孺刑部（方饴），古微少宗伯之哲嗣也，亦善词，豪放类稼轩。中岁遽卒，遗有《槃庵词》。录其《八六子》云：“晓朦胧。恼人心事，回环欲说还慵。念把袂飘花狭路，卷帘新燕高楼，断魂个中。　　无情休怨天公。乱掷榆钱满地，横飞柳絮随风。又取次黄昏，比邻灯火，漫提一字，竟输一著，但教后会不孤酒绿，前期重展笺红。两眉峰，和伊细商淡浓。”

（以上1921年3月8日）

53. 唐人诗“晴川历历汉阳树，芳草萋萋鹦鹉洲”，后人遂误谓鹦鹉洲在汉阳。道光中，武康徐芸岘孝廉（金镜）游鄂渚，谱《洞仙歌》词，正其讹误。序云：“武昌郡南门外鲇鱼套，古鹦鹉洲也。正平祠墓在其上，由来久矣。自前汉阳守裘公修郡志时，毅然以东门外荒洲当之。数十年来遂沿误成俗。戊戌闰四月蒋村丈导游古鹦鹉寺，拜祢公祠，观明人旧碑，为述本末，倚此正之。”词云：“文章太守，漫耽奇成癖。移去嘉名一江隔。怪平沙浅渚，寂寞荒郊，谁与证、往日图经传刻。闲寻来此地，断碣依然，独有前朝旧遗迹。　　古墓易沉湮，三十年来，问沿误、几人能识。但认取、洲边祢公祠。笑安石新墩，不须争得。”

54. 江浙中秋，特制斗香祀月，形类浮图，层累而上，爇之通宵不烬，佳制为他省所无。乌程董谦甫茂才（恂）有“咏斗香”调寄《天香》云：“小院凉生，闲庭秋好，又逢斗柄西指。剪纸为炉，碾檀作屑，爇向木樨花底。瑶光掩映，愿瓣瓣、都成心字。怕被清辉照见，低揎袖罗斜倚。　　夜凉真语如水。检薰笼、苎衣初试。竟体芳兰，融和满庭香气。更向星前细步，看敛衽、深深拜初起。要趁团圆，教郎睡未个。”殊绵丽有致。董著有《紫藤花馆词》。

（以上1921年3月15日）

55. 袁蕿庵近谱《踏莎行》云：“烘日帘栊，锁苔庭院。东风青入垂杨眼。恹恹睡起不开门，昼长犹怯余寒酽。　　镜掩孤鸾，炉消残篆。思量总是闲恩怨。断肠春梦觉来时，定巢新有归飞燕。”意境温丽，神韵渺绵，似小山、片玉。

（以上1921年3月22日）

56. 太湖之莼，柔滑如荇，春秋作羹，世称珍馔。乌程陆箫士明经（长春）有“题《采莼图》”调寄《买陂塘》云：“闹汀洲、白蘋花满，西风吹皱微浪。橛头艇子才三尺，短桨渔娃轻荡。沿绿涨。任掬遍千丝，雪腕分明攘。鲈鱼休网。怕网得西施，别无人赠，愁杀五湖长。
画图里，只有鸥凫相傍。前溪歇了菱唱。江干风味连番忆，乡梦随潮来往。移小榜。喜石鳜刚肥，归换茅柴酿。老□难忘。配笋蕨芦芽，吴盐楚豉，晚饭乞分饷。”词话清新，写物惟肖。陆乃道咸时人，著有《眉月楼箫谱》。

（以上1921年3月29日）

57. 冒鹤亭有“为幼轩题顾弢庵画美人袖”调寄《摸鱼子》一阕云：“是谁家、新妆巧样，风流直恁如许。寻常顾绣都嫌俗，不似丹青千古。还认取。认月底灯前，珠泪曾揩处。玉台人去。付年少周郎，装池挂壁，闲谱断肠句。　　待细把、画里风光重觑。柳丝踠地无数。绿荷万柄烟波外，打桨有人侬汝。天肯否。肯借个茅庵，容我移家住。更携佳侣。拚折尽浮名，添香捧砚，长袖教歌舞。”是词风神摇曳，令人思张绪当年。顾弢庵名鹤庆，嘉庆中丹徒画师也。

58. 桐城姚秋士（斌桐），其先世于明末出关，隶汉军正白旗，遂去氏称名，从旗俗也。秋士生际嘉道承平日，周历南服，雅善词章。于道光丙申登进士第，年甫三十，授兵部职方司主事。倦怀龙眠故里，欲归不得，悒悒以终，时丙午岁也。其知友潘曾玮谓其为人冷隽孤洁，为词沉微悱恻。徐懿甫谓其诗慷慨任气，多燕赵之声。江龙门谓其状貌通眉长爪似李长吉，喜为幽秀之句，穷居京师日，视友朋如骨肉，笃推解之谊。其诗罕传，著有《还初堂词》一卷，兹录其“怀旧词”调寄《洞仙歌》八阕之五并序云：“当前景物，未必留连。境后寻思，皆堪惆怅。桑下三宿，出世者尚尔移情；柳大十围，感时者览之流涕。哀乐所极，愚智同怀。而况饱仙饵于天台，又归尘世；阻长风于弱水，更历崎岖者哉！桐派本皖城，支分燕市。悬弧越国，负笈楚黔。名胜之区，一身遍历。行李所逮，万里而遥。凡所经过，尽留梦寐。架珊瑚于孝穆，亦解吟诗；舞锦段于丘迟，因而作赋。人非楚产，实同庄舄之吟；境等穷途，辄效阮公之哭。”词云：“西湖六月，道风光难再。谁信秋容更堪爱。有橘奴沾雨，鸦舅迎霜，蜀国锦、张向清波门外。　无端抛撇去，十二年中，歌笑酸辛几回改。闻道总宜船，锦缆牙樯，和药树花栏齐坏。问眼底、何人识游踪，只落拓、青衫酒痕犹在。”（西湖）“船头两桨，打秋江寒绿。来往潇湘路才熟。记暗风生浪，小雨催凉，系船处、岸上几丛丛竹。　鹧鸪啼不住，劝我南飞，京洛风尘那堪触。梦里待重游，欸乃惊回，听犹是、六街车轴。剩筠管、斑斑泪痕深，好写作、愁人断肠新曲。”（湘江）“端阳近也，买吴船六柱。教拨轻桡虎山去。看裙镶百蝶，鬓约双蝉，将进酒、先唱杜韦娘句。　纤纤花外月，移向前山，尚讶清辉隔烟雾。一派凤箫声，吹破凉云，才认得、横塘归路。算几日、繁华梦中经，留药臼绳床[1]，伴人朝暮。”（苏州）“双江合处，是东山楼阁。一面晴岚当城郭。喜年头先占，几日春光，试灯后、赏遍牡丹红萼。　新来开倦眼，拟去看花，但有高槐拥墙角。谁道瘴乡深，箐雨茅烟，也未似、雪饕风虐。悔误我、驰驱逐浮名，把酒阵诗场，等闲抛却。”（铜仁）“风吹五两，送轻船如箭。千雉高城压春岸。正沿街荻笋，扑袖杨花，河豚价、略比钱塘江贱。　大观亭上望，山色青青，知是侬家旧乡县。绝爱李龙眠，小幅描成，许今日、京华频见。倘如愿、他年赋归来，又何用黄金，买田阳羡。”（安庆）“偕方齐生、伊漪君，访万柳堂故址，今易为佛寺矣”调寄《台城路》云：“昔年觞咏流连地，豪情尚余词翰。骤雨翻荷，暗风织柳，已恨流年偷换。芳堤去缓。向坏碣颓垣，参差寻遍。一角残红，蹇驴遥趁夕阳岸。　山僧闲共煮茗，话年时旧事，无限凄婉。压径苍苔，临窗佛火，改尽舞裙歌扇。繁华梦短。只眼底韶光，莫教游倦。归路萧

[1] “留药臼绳床”，原作“卫药臼绳床”，《文艺周刊》1921年5月17日：“《正误》：前期词话姚秋士词‘留药臼绳床’句、‘醒还起舞’句，均排有误字，特更正于此。”据此改正。

条，榆钱飘霰满。”“月下放歌”调寄《琵琶仙》云：“何事西风，早吹出、万里秋空一碧。蟾影低压帘栊，良宵总轻掷。惟爱把、深杯自酌。看泛入、金波同色。醉即高眠，醒还起舞[1]，又过今夕。　　问何处、翠袖华灯，让北里、朱楼夜吹笛。窗外绿阴如绣，伴高歌鲸吸。休更有、青衫泪染，算十年、狂兴消得。只恨枯叶寒螀，夜吟声涩。”《齐天乐》云：“销魂试向莲塘问，吟怀顿添凄楚。冷露犹凝，枯香欲断，禁得秋风如许。鸳鸯最苦。怕凉到天心，欲栖无处。比似春蚕，乱丝抽尽万千缕。　　当时翠盘醉舞。有划船越女，妆罢还妒。瘦怯罗衣，愁抛玉镜，一样销凝迟暮。空房细数。叹流水年华，半随伊去。甚得心情，夜窗留听雨。”

（以上 1921 年 5 月 10 日）

59. 姚秋士又有“新柳”调寄《江城子》云：“一湾流水蹙鱼鳞。正青春，柳枝新。可惜鹅黄，一半未搓匀。行到销魂桥上望，先已有、别离人。　　踏青时节向河津。郁金裙，惹轻尘。折得柔条，争学两眉颦。忽忆个侬憔悴损，还约略、小腰身。”《更漏子》云：“碧池莲，金井树。总是清秋来路。风瑟瑟，月纤纤。新凉昨夜添。　　玉绳低，银烛短。莫放鹅儿酒暖。寻旧梦，遣新愁。醉乡归去休。”《青玉案》云：“秋来怕照潘郎镜。繁华梦，无留影。百罚深杯拚酩酊。糟丘台畔，华胥国里，换个清凉境。　　秋深门掩人初定。银箭丁丁暗中听。浊酒无情还易醒。炉烟消炷，残灯生晕，檐雨丝丝冷。”《浣溪纱》云：“二月春寒不肯销。傍帘闲煞海棠娇。红妆银烛两无聊。　　漏浅已斜窗外月，杯深仍褪颊边潮。闷恹恹地过花朝。”“秋夜闻笛”调寄《蝶恋花》云：“裂纸清寒回断梦。邻院何人，与我闲愁共。笛里心情风里送。声声听彻江南弄。　　点点轻尘吹欲动。一曲将阑，月辨凉云缝。徙倚空庭拚忍冻。悲秋更比伤春重。”皆思乡之作，语极凄婉。

---

① “醒还起舞”，原作“醒向起舞”，《文艺周刊》1921 年 5 月 17 日：“《正误》：前期词话姚秋士词‘留药臼绳床’句、‘醒还起舞’句，均排有误字，特更正于此。”据此改正。

60. 瓯隐有《菩萨蛮》词云:“官河小小安妆阁。颇黎对面文窗拓。窗下泊灯船。窗前明月圆。　　茶香浓胜酒。心上温馨久。灯月两迷离。梦随流水西。”以绵丽之笔,写秦淮之胜,极似清真。

（以上 1921 年 5 月 17 日）

（河南大学文学院）

稀见清代稿本《文竹山人诗话》辑录

苏鹏飞 辑录

内容摘要：《文竹山人诗话》是清代乾隆时期叶昉升所著，该诗话以稿本形式附于《文竹山房杂著》之后，故未被学界所知。《文竹山人诗话》推崇唐诗，是乾隆时期格调之风在诗话中的具体反映；虽篇幅较短，但隐含着丰富的诗学思想，对诗歌体裁特征、时代特色、时人诗风等亦有卓越的见解，从中亦可窥探清乾隆时期诗学理论建构概况。

关键词：《文竹山人诗话》；叶昉升；诗学

The Collection of *The Notes on Poetry of Wenzhu Shanren* in Qing Dynasty

Edited by Su Pengfei

Abstract: *The Notes on Poetry of Wenzhu Shanren* was written by Ye Fangsheng in the Qianlong Period of Qing Dynasty. As it was attached in manuscript form to *The Miscellany of Wenzhu Shanfang*, it has not been known by the academic circle. *The Notes on Poetry of Wenzhu Shanren* praised Tang Poetry, which was a concrete reflection of the style in Qianlong Period poetry. Although *The Notes* is short in length, it is

rich in poetic thoughts, and it also has outstanding views on the poetic genre, the characteristics and the poetic style of the people in the times, etc., from which the general situation of poetic theory construction in Qianlong Period of Qing Dynasty can be explored.
Keywords: *The Notes on Poetry of Wenzhu Shanren*; Ye Fangsheng; comments on poetry

叶昉升(1747—1773),字华川,号莲山,江苏吴江人。工诗,力追清初诸老,颇擅风骨,年未三十而卒,著有《文竹山房诗稿》。吴宏一先生《清代诗话考述》、蔡镇楚先生《清代诗话考略》、张寅彭先生《新订清人诗学书目》及所主编之《清诗话全编·乾隆期》、蒋寅先生《清诗话考》等均未收录《文竹山人诗话》。《诗话》现藏上海图书馆,红格红口,四周单边;系以稿本形式附录于《文竹山房杂著》,故未被学界所知。

《文竹山人诗话》虽篇幅相对较短,但体现的诗学思想却颇有时代特色。目前学界的清诗话研究均未涉及该诗话,故对此加以辑录,以期对清诗话文献和清诗学深入研究有所裨益。本文依据上图藏本,将诗话全部录入,整理如下。

自《昭明文选》以来,历唐宋元明以迄于昭代,操选政者不下数百家。古人传世行远诸书,余不敢轩轾,而近有网利市井之徒亦不足挂齿,其间商榷成书者虽各有其地,亦常有不惬意处。惟沈宫傅《古诗源》、重订诸《别裁集》,其立意正、削录当,评点确具有鲸鱼碧海、长江大河之概,自是大观,固当万世奉为典则也。

余尝谓古今载籍不可不尽读,天下山水不可不遍游,人间豪俊不可不历交,天家秘府不可不博观,如此则作为诗文,其庶几矣。抚时荏苒,慨焉内疚。

五言古要如朱弦疏越，太古声希。当以右丞、襄阳、苏州、太祝、柳州为宗，类此者可推至于李、杜，则人未易企及。

七古要如长风鼓浪，声如洪钟，以青莲、少陵、昌黎三家为宗。

五律要如浑金璞玉，掷地有声。三唐诸家未暇，逐一数出，如太白之飘逸，摩诘之淡远，则又不可一概论。而摩诘又具两体，一则高浑，一则淡远，贵能自取耳。

七言律要如剑佩锵鸣，黼黻岩廊，以老杜为法。

诗有情至，神来一笔，挥霍不可更移一字者，否则当细改。要知天地间自有至当不易之理之情之语，第人思不到耳。吟成五字，拈断数须，不朽之作，自是千炼百锤，秃鬓呕心而出之。古称香山诗老妪能解，张文潜以五百金购得草本，其点窜涂改，几不存一字。盖古人苦心类如此，老杜云"新诗改罢又长吟，语不惊人死不休"也。

家已畦先生于古今诗人独以老杜、韩、苏三家为宗，最是卓识。

余弟旸谷、肇旸问余："南施北宋久已论定，究竟何似？"曰："宋则快如骏马，施则穆如清风，俱是风雅正宗。而荔裳犹才雄学瞻者可及，至于愚山如明月中天、青峰江上，未易扳跻。"又问："王、朱孰优？"余举饴山老人语答之。

北溪先生取渔洋《感旧集》、迦陵《箧衍集》、归愚《别裁集》汇选一书，其卷帙视王、沈为少，视陈为多，庶几精华悉备。

克家兄云："徐霁堂先生《咏菊》云：'深院月明影亦好，疏篱风满叶皆香。'"继迟叔《咏兰》云："翛然空谷里，邈与众芳殊。"华川弟《咏梅》云："孤根似托江山老，独立能开天地春。"皆小小咏物，而一则举止风流，一则戛然傲人，一则隐隐自负，三人品地自见，世有知者当不以余为阿好也。

王北溪《狮子林》诗"千峰万峰"一联，最能尽其曲折崎岖之妙，而犹推余"撮土卷石耳，盘旋穷晨昏"之句，以为简而愈妙。

白莲诗自"无情有恨"外，如"半江残月欲无影，一岸冷云何处香"，如"香来月白风清里，花放丛祠水驿前"，"行人系缆月初坠，门外野风开白莲"，白桃花诗如"流水有情空醮影，春风无色最销魂"，其佳处全在羚羊挂角，无迹可求，不着一字，尽得风流。若使其再作一两语，谅不可得。

泰兴桂月田(礼顺)“绿梅”句云：“苍崖影坠春苔冷，翠羽啼空晓梦残。”余亦有句云：“金谷园荒春寂寂，苍苔寒月一枝开。”

潘雪巢(鹤)有《美人风筝》诗，甚工。诗云：“美人学轻举，缥缈那能亲。薄命原同紝，贞心本是筠。霓裳卷霄汉，罗韈渡天津。奔月宜从夜，行云趁及晨。有情怜绰约，无力乍横陈。吹去仙鸟国，飘还飞燕身。足丝才一系，掌舞过三春。若遇阳台雨，方知梦里人。”

金山诗题咏甚多，本难措词。曹习庵有句云：“水连铁甕无边白，山到金陵不断青。”一时传诵。

沈宗伯归愚五言如“众芳齐让品，国色岂求工”，如“蚕种从知幻，山形未许凭”，如“有风偏助暑，近水不生凉”，将人所形容难尽，俱包孕于十字中。可知雕镂刻画，终失家数。

题咏诗有确切不可移易者，如“七里水围花市绿，一楼山向酒人青”，如“东路云垂辽海阔，北条山勒太行收”，如“宫临白帝三峰出，城绕黄河九折来”，如“水连铁甕无边白，山到金陵不断青”。余亦有句“浪拥风云杯底合，山围天地镜中看”，又“一镜清悬千嶂碧，六桥环映万花红”。

张兰度家居莺湖，弱即能诗，语有寄托，惜未冠而卒。余略其七言四首，《客秋》云：“霜风满鬓说归家，明月窗中自煮茶。最是客怀消未得，秋来何处不黄花。”“去年已自不禁秋，今夕何堪月满楼。同此秋光同此月，可怜消尽旧风流。”《晓起》云：“欹斜杨柳散轻烟，美色依依态极妍。归梦欲随飞絮去，只愁无力到君边。”《送春》云：“送春聊以当春游，无酒何妨典敝裘。犹是夕阳春尚在，莫教红到最高楼。”

张复斋(日华)家居莺湖，年七十，流落不遇，画品苍劲，作诗工雕刻，故集中咏物诗十得六七，如《泥美人》云：“入掌偶然成舞态，坠楼依旧是香尘。”《茶炉》云：“春泥上筑三峰顶，玉斧傍通小洞天。”此等句殆如盆花片石，亦自工巧。

家天杓叔天才超轶，落托忘机，善饮酒，解音律，画宗元人笔意，诗有晚唐风格，如“危峰送雨千层浪，幽谷埋烟一迳云”，“梅根冶里春逢信，兰叶舟中晚趁潮”，“芦洲月渡横渔棹，枫岕灯移导犬声”，“鬓秃尚留春女怨，囊空犹费买书钱”，“情缘爱静偏成懒，技不投时便让能”。

朱云帆（钧）风流潇洒，轻财好客，《移居》诗云：“闲居自理名山业，入世须交天下才。”深有味乎言之也。

宋兰城（景和）自少能诗，所居介吴越间，地名闻川，因里中旧迹，为棹歌百首。其中阃魏唐内史亦能诗，相与唱和。暇日挟双鬟彩云、瑞云，放舟烟云深处，望者疑以为仙。苕溪沈芥舟为作《闻川泛棹图》，流传吴下，题咏甚众，一时有宋玉风流之目。

诗之有集句始于宋石曼卿，余谓有识者必不肯为此。今归愚沈宫傅《别裁集》中载有数首，大可捡出。

余向时有《庐山歌》，沈北溪见之，许为希踪太白，诚属过奖。后二年丁亥于华墅观剧，问人中一友。“时北溪寻君良久。”余问何在？“已去，约明日再来，必叙一见。”君面熟，竟不遇。又二年，仍于华墅观剧，因同寄亭叔相寻于翠溪沧浪僧舍，一见欢甚，如旧识。以余之冷淡，菰芦无所短长，而相爱如此。因叹前辈爱才，片长必拾，文人相轻，未尽然也。

余赠杜参云（世柏）长歌极为繁冗，而外间谬以为泛，赋中化出，不啻一篇印篆考也。

清隐庵秋色甚佳，泛棹往观，适潘雪巢先生、陈唫香筠溪诸同人暨葆光上人皆至，作长歌，书方丈壁上。

（上海大学文学院）

闻一多讲《庄子》

萧望卿 记录　李玲玲 整理

内容摘要：本文是闻一多先生讲授《庄子》的学生课堂笔记，主要由《逍遥游》等五部分组成。从中既可以感受到闻先生才华横溢的诗性课堂氛围，也能学习到先生对《庄子》深入的研究。

关键词：闻一多；《庄子》；笔记

Mr. Wen Yiduo's Lecture on *Chuang-tzu*

Recorded by Xiao Wangqing　Edited by Li Lingling

Abstract: This article is a student's class notes from Mr. Wen Yiduo's lecture on *Chuang-tzu*, which is mainly composed of five parts including *Wandering in Absolute Freedom* and so on. From it, we can not only feel the poetic classroom atmosphere of Mr. Wen's talented teaching. but also learn from his in-depth research on *Chuang-tzu*.

Keywords: Wen Yiduo; *Chuang-tzu*; class notes

整理前言：这册笔记是萧望卿先生在西南联大读书时所记，受萧先生夫人彭琳教授委托，整理面世。萧先生为了跟上闻先生讲课语速，常以行草书之。整理起来，难度增加了不少，虽多方核对，讹误亦恐难免，责任全在整理者。笔记整理过程中，惊悉彭琳教授辞世，谨以此文纪念萧望卿、彭琳二位令人尊敬的先生。

萧望卿(1917—2006)，又名肖望卿，字成资，湖南宁远县人。1940 年考入西南联大学习，1945 年进入清华大学文科研究所师从朱自清和闻一多两位先生深造，是他们指导的最后一位研究生。受沈从文先生影响，萧先生勤于文学创作和国外优秀作品翻译，是当时平津文坛“新写作”作家群的重要成员。曾任教于东北师范大学、河北师范学院(今河北师范大学)等高校，有《陶渊明批评》等著作行世。

郭象《庄子注》有它的价值，但有许多是解错了的。所以两者合之则两伤，分之则两全。前人之嘉言懿行大家公认值得保存的，就是著述之开始。古代人皆人家替他记述，不自己著书。后来自己著书了，而假托别人，庄子用老子、楚狂接舆的话，个人要露面而不露，还打着公众的招牌。如《管子》今为伪书，实则作者不过记名管子，原无心用自己出名，不过藉名古人而已。

公羊高说《春秋》有微言大义，表面是发挥《春秋》，实则在发挥自己那一套，毛公传《诗经》亦如此，还有种体裁就是《韩诗外传》，先说自己的话，再引《诗经》证明它。这个人就渐渐有了自信，态度渐渐大方。“传”训传达之“传”，引古人说自己的话。内传经在前，就变成后来之“注”，如郭象之注《庄子》。外传后来就发展成“论”。内传先是古人的话，后是自己的。外传则先是自己的话，后引古人证明。

郭象注《庄子》是藉庄子说自己的话，读《庄子》能摆脱郭象，就不为它拘束了。中国文化从汉以来无多改变，郭象到王先谦是取相同的态度。我是要求真的《庄子》，不藉庄子说自己的话，比较客观地求《庄子》之真象。至少我们所了解的是中世纪的《庄子》，不是魏晋时代的《庄子》。

我们读《庄子》是用语言学的方法，这分校勘、训诂、名物三项。校勘方面孙诒让、马叙伦有贡献，训诂方面比校勘差，倒是清朝人孙诒让、王引之、王念孙有贡献些。近人马叙伦、章炳麟太拘泥了。《庄子》校勘大家是马先生，叔雅先生不过补充点而已。古器物、古声韵之研究是近代的，郭象、王先谦时没有。

《逍遥游》

《庄子》内篇题名是后人替题上去的。王先谦的毛病则在解《逍遥游》整篇讲逍遥，而且《逍遥游》也不是成篇的，像《老子》、《论语》样一段一段，我现在讲就取消篇名，一段一段。

古代语文比较一致，愈到后来愈分歧，《庄子》的文章接近语言。

“鲲”，大鱼，一作小鱼，称“鹏”就是“凤”。鲲化为凤有神话根据，非胡扯。“怒而飞”，马叙伦就是“努”，努力之意，不甚好，我才想到“弩”字，“怒而飞”即张翅而飞。“垂天之云”，垂，缀之意，缀在天上。“海运”，即海中起飓风，“运”此处不应训动，应读“浑”，浑古音滚，起飓风时，海水如开时在滚一样，大鸟趁此时方能飞。（“鹏”、“凤”是一个字）[“南冥者，天池也。”]是后人加进去的注子，不要更有条理。今之《庄子》非一个人作，经一传写，往往又被加上一点，像滚雪球似的。“齐谐”叠韵，是连绵字，两字一义，都是“合”，本是说话很便利之意，齐谐即是捷机，是会说笑话之小丑，《庄子》之人名往往是性格之拟人化。（捷机，杂剧中人物角色。）“水激”，激溅声。“抟”一作“搏”，应作“搏”。“扶摇”，盘旋之意，搏亦盘旋之意，与扶摇同，此亦可证为口语。

“六月息”因其为候鸟，半年在南，半年在北，我想将“天之苍苍，……亦犹是而已矣”，挪至“去以六月息者也”之下。“正色”，本来之色。“其视下也”，“其”接鹏说，“其正色邪，其远而无所至极邪”，此两“其”字是疑问词，犹“岂”、“将”。“亦犹是而已矣”分章。

“野马也”为另一段。“生物之以息相吹者也”增“者”字，野马尘埃是生物之以息相吹的，生物吹，野马尘埃被吹，“野马”也就是尘埃，一当水气，清钱坫谓“马”为“麻”之假借，“麻”又转为“漠”（又作“莫”），沙土之细者，又作“幕”，古音与马更近，皆沙土之意。“幕”沙如幕。“野马”就是“野幕”、“野漠”，皆尘土也，大抵野外之尘土叫“野马”，家中之尘土叫尘埃。鹏极大，野马尘埃极小，野马尘埃只要生物吐气就飞起来，而鹏则非海运乃能飞。鹏之体大，故所待者亦多；野马尘埃体小，故所待者亦小。可能此下有脱文，发挥此层之意。

“夫之积也”用水浮舟比鹏之藉风而动。芥，小草。胶，粘着也。《北堂书钞》引《庄子》有“今以木为舟，则弥卫舟太白”，弥，称也。太白，古舟名也。“白”实即“柏”，大柏是大柏树，挖以为舟。此两句为异文，我想是在“水浅而舟大也”之下。“大翼”又回到鹏。

“乃今”，而今也。“而后而今”足见《庄子》为白话，很啰嗦，“培”读如“憑”，凭也。“背青天”背向着青天。“而后乃今将”，“将”又重覆。“图”假借为“度”，去也，就也。蜩音条，“抢榆枋”下补“而止”两字，见江南古藏[本]、文如海本（宋朝陈景元引），“抢”即抢前之抢，急速如争夺。“时则不至”，则，即也。“而控于地”，而，则也；控，投也。“奚以之九万里而南为适莽苍者”，以，用也；之，其也；南，望南也；“莽苍”即草莽，郊外长草之地。“飡”，一碗也，三餐，盛三次，不管用什么器皿，《礼》经“三飡告饱”，果然犹有腹。

“冥灵”树名，“八千岁为秋”之下应有“此大年也”四字。

【二章】“汤之问棘也是已”上下疑有脱文，唐僧人神清《北山录》：“汤问革曰：‘上下四方有极乎？’革曰：‘无极之外，复无极也。’”慧宝注：“语在《庄子》。”可能《庄子》有此一段话，唐人《庄子》熟，不一定会错，此句上下意义不连贯。

《列子》“终发北之北”，前“北”字我疑心是“北”（），即“邱”字。终发，山名，童山也，无草木也，犹云不毛之地。天池，星名。“有冥海，……且适南冥也。”即前面说到之意，当时有两种本子，后两边搞乱了，所以《逍遥游》是乱七八糟的东西。“抟”、“扶摇”、“羊角”皆旋转之意，此重覆，“羊角”用作副词，多么 vivid，多么 picture，此种修词后少了，古书中有“鱼鳞下”、“犬牙错”，如用今日，则曰“像鱼鳞一般下来”、“犬牙一般交错”，就是明喻，不如前面隐喻好。“羊角”副词，“绝云气”，隔绝也。鴳，音燕。“腾跃而下”，而，乃也。

“度其知行，足以居一乡之官。验其德能，足以为一国之君。”“故夫知效”四句可作以上之解，“故夫”所以那些。“犹然笑之”，犹然，悠然也。“彼其于世”，其，读“记”，彼也，《诗》“彼其之子”，庄子相传列子能御风，他认为是真的，如云寓言，假的如何能证明真的？庄子在《逍遥游》中即在证明大，小的要不得，要大，郭象云大小均可，是弄熟了。儒家实际，小。庄子能开拓我们胸襟，以此。

古有御风而行故事，古“风”与“凤”不分。古大风起以为凤凰等来，故以为有超人可驭风而行。以文学是场，《逍遥游》应放在第一篇；以哲学是场，《齐物论》更重要。《逍遥游》是诗之境界，当时生活行为不自由，如是思想意志，想象要自由，《庄子》文章很美，要出他那时代最难，庄子用想象意志反抗当时，有“人心绝对自由”理论，痛骂当时。他要反攻，所以先退后一步。汉以后之黄老则只望后退，后之道家退。庄子脾气太倔了，他确乎有为，后来不曾跟着他做。他要绝对的自由，后来儒家思想统制厉害，如无《庄子》，我们早逼死了，幸好我们可以在《庄子》放荡一下。中国十分之七八从庄子来，整个文学境界从庄子来。

《周礼》说到“致福”，《周礼》(整理者按：当为《礼记》)：“为人祭曰致福。”可见“致福”与祭祀有密切关系，我疑心古代称巫祝为“致福者”。《仪礼》“皇尸命工祝，承致多福无疆于女孝孙”，工祝即巫祝，巫祝致福，是人与神之中间人。列子大概就是巫。《应帝王》见巫之高明而心醉，巫在古代地位相当高，但庄子已经超过他。

《天下篇》不说到列子，魏晋人造《列子》，到唐朝才称为真经，列子在当时地位不能与庄子比，只是比较高明之巫而已。

庄子说人之能力无限，可以做许多事情，庄子确相信此等寓言。“若夫乘天地”二句，即御乘天地六气之正辩，六气即谓天生气有风雨晦明阴阳。“正”，谓正常。辩六，犹大风大雨。此云“六气”是抽象的，我疑心前面列子是御风，风是具体的东西。

“至人”、“神人”、“圣人”，在此无高低之分，无已无功，无功是最高境界。

六气实由人而言天，连阴阳风雨晦明都是后来话，六气即是人之六气,喜怒好恶哀乐,由人以说天。

【三章】皋陶(音尧)一作咎繇(咎音高),尧让天下给他,有说许由就是皋陶,巢父大约就是许由变出来的,不是另一人。“爝火”,火把。“夫子立”是谓立为诸仪,“尸”谓为天子位。“名”谓吾名,与实相对。“实之宾”,宾,实之反,名之宾客。“吾将为宾乎!”有本作“实”,不如“宾”字好。“归休乎”,回家休息,[许]由自谓。“吾无所用天下为”,为,虚字。“尸祝”恐是指祝,念祭文之官,管祷告。

“大而无当”,当,底也,止也。念单,言无限制。“往而不返”,言无边。“河汉无极”亦犹“大而无当,往而不返”。《尔雅·释水》“直波为径”,注言:径,涏,《集韵》:“泾涏,直流也。”《秋水》“泾流之大”(径流河面),适庭即泾涏,“大有泾涏”言犹河之很宽,承“河汉无极”来,“大有径庭”亦大而无当之意。“姑射”,射,音夜,麻姑为藐姑射之神变的。“冰雪”,“冰”即“凝”,绰约、柔美。藐姑射之山之神司寒气、管雪,“神凝”即下冻,下大雪,明年丰收,今犹称“瑞雪”。“狂”即“诳”。

“是其言也”,其言指“瞽者无以与乎文章之观”四句,庄子要打破人我之见,荣辱之见,回到宇宙混然之大。用大的东西引人创新观念。“孰弊弊焉以天下为事”,把政治一笔勾销,庄子之虚无主义是对宇宙整个不满,否定一切、毁掉一切。此思想在外、杂篇中尤显,背景是现实生活(实际问题)不满。

【六章】伏羲传说兄妹两人同载葫芦之中,“掊”,音剖,弄破也。“龟”、“皲”对转。洴澼絖,音骈皮圹,絖,丝棉;“洴澼”,水漂也。“樽”形如下图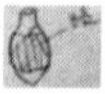,用葫芦做的,尊又叫罍,纍也,络也。虑,络也。尊上之物(如图),《管子·形势篇》:“飞蓬之问,不在所宾。”注:“蓬飞因风,动摇不定。”“蓬之心”即谓犹蓬心动摇不定。《九歌》:“心飞扬兮浩荡。”浩荡,志放貌。“怨灵修之浩荡兮”,浩荡,骄傲放荡无有思虑。“蓬之心”即谓糊涂不用思想。

【七章】“狸”即野猫,“狌”即黄鼠狼。“梁”假为“踉”,亦跳也。“机辟”,弓弩也,“辟”假为“臂”,弩有两臂,故云。

《齐物论》

《齐物论》这个题目是后人(或为汉人)加上去的,《应帝王》、《德充符》皆非庄子思想,我们不能从文章中找此种思想。《庄子》之题目大抵是汉人加上去的。我赞成“论”即是“伦”,即是“类”,把物之类皆齐一,此合庄子思想。

《齐物论》是庄子之思想最重要文章,分析很仔细。

【九章】“似丧其耦”,司马彪注:耦,偶也。精神与躯壳相互为偶,“丧其耦”,谓丧其身体。依庄子看,智慧情感皆属于物质的,故云“离形去智”,偶,即是寓,从禺得声。(俞[樾]解。此句甚好,然太拘泥。)抟土为像,所以寓神之精气也,偶像即神之寓所,亦即神之 pair,故“偶”有“二”之意,人亦然有精神有形骸,形为栖神之所,庄子即不变形,精神能满天飞。子綦是全于神者。“形固”二句解释“丧耦”,形与心皆物质的,惟神须全,庄子即要精神脱离形体,海阔天空,乃(心如槁木)如死人。“人籁”箫也,古箫列管,天籁谓精神。“天籁乎”,“乎”古读“籲”,即是籲意,非疑问,非惊叹。大块,地也。噫气,犹今打呃。畏佳,山陵窪下处。枅,音基,读如鉼,长颈瓶。圈,即椀也。洼(音蛙),大窟。污,小窟。譹,哭也。宎,笑也。

“自已”,已,止也。取,趣也。咸,读缄。怒,即闹。“夫吹,万不同……其谁邪?”此言自然法则,谓天籁。庄子想象其间必有东西做主,谓真君、天君、真宰,即是灵魂。中国道地思想没有灵魂,庄子有一点,不清楚,《淮南子》也有一点,庄子神秘的浪漫的接近西洋,古代宗教皆自小亚细亚来,灵魂观念庄子亦由该处辗转吸收来,是外来影响。老庄、韩非、邹衍不像中国味,我们直觉感觉它不同,它的来源,却未找出。

“闲闲”、“间间”,皆“间隙”引申出来。缝透光,故有开朗意。明白,了解。炎炎,犹喷火爓也。“与接为构”,“与”、“为”古通用,即相绕相构。接,接触也。此言人钩心斗角。“缦”、“密”同意,双声,古书中声母相近,意思也就相近,“缦”、“密”皆密之意。古书文字多对称,

“密”下疑有“×者”二字，与“窖者”同义。惴惴，音仝，发抖貌。缦缦，神志昏昏也。“其溺之所为，之不可使复之也”前“之”字训为“诸”（之于），第二个“之”字训为“而”，第三个“之”作“之”。古人之虚字不可太拘泥，或联或分（reposition conjunction），在说话中不甚用，而写文章时，用的不甚精密，后方分的仔细。先秦书，虚字用法还是混的。“其溺诸所为，而不可复之也。”

“虑叹变慹”，世德堂本“慹”作“熱”。熱，读如热。熱，假借字。“姚”就是轻佻之“佻”，“佚”与跌荡之“跌”相近，眺眣，《说文》“目不正也”。“姚佚”是轻佻之状貌，目不正，举动不庄。我们解释古书，要取古书上所有之意，而融和成综和之印象，如只取一意，则是拘泥古书了。启态，启发也，有表现之意。“态”古书上有娇态、媚态之意，此句即以轻佻的样子表现娇媚之态。“乐成虚”两句总结前面喜怒哀乐等变化莫测之心理状态。“小知间间”到“其所萌”是一个句子。

“非我无所取”，非我万物无所附托。“真宰”（真，空也）犹灵魂之观念，“可形已信”二句解为有灵魂支配我们之活动，而不可见。古人认为生物界能变化，如腐草化萤，庄子以为人亦可以“化”，不过人不知道，化人能不死。庄子谓灵魂不死，一派人则求长生不死。化之可贵即在不死。《列子》中“化人”即仙人，“化”的观念系古人对自然界之错觉，此观念在《庄子》中非常重要。“化”与“死”相对。“相靡”，靡，磨也。刃，辗也。庄子所谓“物化”即赵简子所谓“物化”，是更高之表现，以 night dream 证明 day dream，是一种精神之集中作用。

【九章】“成心”谓天生完整之心，未经斫丧者，庄子尚自然。“三子之知几乎？皆其盛者也。”知盛等于知成，“成”与“盛”古通。庄子似乎以“多知”比“心”低一等，犹 heart 与 mind。庄子的思想反对惠施，似乎是为反对他而作的书。

第八章由天籁说到真宰，证明灵魂说。第九章攻击惠施，要证明灵魂说，非攻倒惠施发于理智之说不能成立。

“隐”我们想到“讔”，隐，犹昧。“迷”、“昧”古同字，“迷”加言旁，则成“谜”，谜，隐语（惠子一派之思想由简单之隐语变化来）。庄子说

"莫若以明","明"是直觉之说法,"明"对于"隐"而言。庄子是个神秘主义者,他的内篇不及外、杂篇思想之深刻。

"方生方死"一段对惠施说。《天下》篇"日方中方睨,物方生方死",当日中时已偏西。"以指喻指之非指",第一个"指"是"指"字;第二个"指"是抽象之意,指明也;第三个"指",具体的手指也? 抽象的非具体的? "不若以非指喻指之非指也",非"指"字,说明抽象非具体。"以马喻马之非马",第一个"马"字,第二个"筹码"之马,第三个"牛马"之马,若以"马"字说明"筹码"之马、说明"牛马"之马(以"马"字说明具体与抽象之分别)。天才也需要有当时的物质与环境才会长成,故我读古书都以最低处找其根源,如庄子说出巫,惠施出灯谜。

【十章】"天地一指也","地"我疑心是"下"字;一,皆也。天下所有之物都是名词。"万物一马也",万物皆可命之一个名称,就说是马吧。天下与万物对说。庄子是愤世的,他看到宇宙与人生之合谐,而目前一团混乱,故想取消一切,这精神仍是积极的。

"名实未亏",名实则实,此为偏义复词。

"钧",陶钧,可以转,以制陶器,古人以为天也在转,故云"天钧"。钧转则泥空而成陶器,故云陶乎钧之上。

【十一章】"昭氏鼓琴",一调成则众调亏,故若无成亏,莫若不鼓。故鼓琴则有成亏。"昭氏鼓琴"一段今不甚懂。"枝策",我疑心"枝"是"支"字,支,计也;策,数也(策,小木棍,为算数之工具)。"枝策",计算数目也,计算律吕也,作乐谱要算。"倚树而吟","吟"即闻乐后在捉摹音乐调子,在沉吟。"倚树而吟,据槁梧而瞑。"此是互文,即据槁梧而吟瞑,梧就是树,不是别的。

我想琴最初本是敲的(最初是敲的乐器,后才有弦器官),古时说鼓琴,鼓即是敲,故可能是琴起初是梧桐做(后才加弦),故听乐也就倚梧桐,藉梧桐传音更响,这或许太远了。"据梧"的另一个解释:柷敔,柷就是断,敔即是梧,柷敔就是一段梧桐,古时节乐之用(板眼以取节奏),听乐的人入神乃敲它,柷敔是一段梧桐,不像后来的成虎形,所以古人可能是听音乐带了一段梧桐打板,捉摸涵泳。此不过落实在记载，不过根据《庄子》，去听音乐与梧桐有关。为什么由音乐说到坚白，也许是音乐能助人神思，有神秘力量，可感召万物。作□惠子思索哲学问题前，听音乐以助神思。“非所明而明之”，从音乐之声与数不足以明道，明于所不当明（此言惠子），——庄子是凭直觉明道，任乎自然——故以坚白之谜终。

【十二章】“今且有言于此”，此，是也，彼，非也。

【十三章】“天下莫大于秋毫之末”，末，杪也。

【二十章】“昔者庄周……”，形变而物不变，则物类本齐，其不齐者幻。依庄子看，人可变田鸡。此大胆假设。我们说它是错的。

《逍遥游》是逍遥的意义居多，《齐物论》亦齐物意居多，但不能太拘泥。我们说过《庄子》篇名是后人加上去的。

《养生主》

“可以养亲”，庄子不讲孝，《容斋随笔》、《记纂渊海》引《庄子》皆无此句，此两书皆是宋人书，“可以养亲”大约是后人眉注。

“奏刀”——鸾刀，刀柄中空，有石子，动则鸣，故曰“奏”。宗教祭祀宰牛时用之，《离骚》之“鼓刀”亦同。“技经”——读为跂胫，即脚。“肯綮”——筋结骨处（两骨相接）。庄子思想非常深刻，文章非常犀利，此段文章以后就没有了，他是“尖锐深刻”，以后即有好文章如司马迁、韩柳，但是另一种味。

古用脂涂于薪以作烛，“指穷”句，脂完则火灭（古烛与薪不分），故云“指穷于为薪”。“秉烛”，古以两烛交叉，以人持之，一燃一否，一尽则燃另一枝。

《人间世》

【二六章】颜回见仲尼

“死者以国量乎泽若蕉”，国，据章太炎，“国”假为“馘”（音获），斩首也。蕉，麻也（章太炎说），谓杀人如麻。泽，平地，谓战场，以战场计算死人多少。“蕉”读为“樵”，柴火也。“民其无如矣”，如，读为拏

(子也),后嗣也。“医门多疾”,“医”喻人主,人主治人,即为医家,特多病,而就治于人。此句谓人君毛病多,须人治。“思其则”,思,读为伺;则,读为侧(马叙伦)。

“忧忧而不救”,《抽思》“伤余心之忧忧”,忧忧,病也。

“寡不道以懽成”,懽,即是患(患难也)。《外物》:“惠以懽为鷔。”惠,即唯,虚字。“懽”即“患”,古时无所谓本字、假借,只音相同相近就可以随便写,后才确定。

我们感觉诗像女性似的,用字漂亮,扭扭捏捏。我以为《九辩》比《离骚》更美,但它就比《离骚》更坏,把男性变成女性,西洋也如此,是艺术的自然发展。宫体诗变为温、李诗,后来就到词里去了,现在诗是雌性的,但它也可能是男性的,这是诗之遗毒。

我以屈原比梅兰芳,他是从奴隶解放出来的,不过能发点议论,皇帝不听,就自杀了。《离骚》意是女性的,如“谣诼谓余以善淫”,如有事实,这风气宋玉继承,曹子建还有这种味。

【三九章】“知为孽”,智慧夸大事以加罪,而生媒孽。“约为胶”,礼却强将两者合一,违反自然,如臣之忠于君,是硬加胶以粘上。孝是自然,忠则不自然。“德为接”,接,劫也。又“猎也,军获得也”,亦“劫”之意,有德之得,乃劫取也。“工为商”,工代日常所需皆自己做,无专工,而贵族所需讲究,工居于贵族家;而商则为贵族采贸东西,工为他做用品。庄子时贵族以工艺品有余者拿出卖,以牟利,庄子所恨。庄子常说“天府”、“天池”、“天仪”、“天粥”,与天文有关,庄子本与史祝、巫卜有关,“天池”、“天府”尚见于今之天文书,“天池”、“天粥”今不传。

庄子认为天地社会全要不得,须改造,一切全错,整个抹煞,整个否定,思想大了不得,如《逍遥游》所说(以具体之大说明其大之观念)。庄子之思想,犹俄日革命前之虚无主义,要有破坏之气魄,破坏旧的,才会产生新的。李太白也有虚无主义,“一拳打破黄鹤楼,一脚踢翻鹦鹉洲”。《庄子》里有革命之成分,他确是了不得,文章他写的好,是由想透了、理直气壮,非做出来的。

【四十章】"道与之貌，天与之形。"两句同义，归于自然，庄子是自然主义。

"倚树而吟"，赏音乐而想到坚白之哲理，则音乐与坚白之理，也有关系，今不可解。

庄子思想到此更清楚，《逍遥游》、《齐物论》、《养生主》是表面的，要了解庄子，须注重以后几篇如《应帝王》等篇。

《大宗师》

我们不讳言庄子本源有较低级的思想，士大夫却不肯提起的，不过庄子将它提炼升华，成为高的东西。我们也应从此估定其价值。

"胎息法"见《抱朴子·释滞篇》，养生家之言，神仙家之思想，胎息法即丹田运气之法，庄子"其息深深"即此种方法，古注谓呼吸自踵起，故深。

【四一章】"嗌"，喉也。"言"，作"音"者较好，从马叙伦说。"受而喜之，忘而复之。"思想相反，是受而不喜，忘而不复。"喜怒通四时"，心随自然变化，自己被动不自觉。"乐穷非圣人"，庄子无所谓穷通，故乐穷，非圣人。"胥余"一云即楚狂接舆，此说通，"胥余"两字即奴隶之意，接舆亦如此。古代人名往往是公共之名字，后变为私名。"纪他"事不详。"義"读为峩，"朋"读为崩。"不足而不承"，承，增也。"邴邴"疑即"㓒"字，丙，沾也。"㓒"即丙，"沾沾自喜"，沾沾，转注也。"厉"读为呖，说话也，"世"读为泄，多言也。

文字语言当初充满 metaphor，后演变，就失掉了。汉人解《诗经》往往将《诗经》中之 metaphor 解成无形象、无色彩之字。"连乎其似好闭"，连，连蹇，口吃也，《集韵》："连连，语乱也。"此"闭"谓不说了。"觚而不固"，"坚"改"固"，从刘师培说，此下四句押韵。《庄子》原无篇名，大约是汉人加上去的，《德充符》承《大宗师》来，"以刑为体"承《大宗师》，写缺腿那样的人，"以礼为翼"，以礼之知识可以飞行，如巫祝之类。"至于丘"谓登高，亦说社会地位之高，但并未使动，无意于为。儒家尽扫除巫祝等迷信，但不能代表当时一般人看法，能代表者是庄子。

《大宗师》中言三月七日能如何，此是巫卜等短期内所做到，庄子是个狂人，大胆，想象大，以为可用理智可造成此种境界，而永远活在那里面，可像鱼之相忘于江湖，此是但求于已，而不改造外界，当然只有死路一条。

庄子以为生是手段，死是目的，死后之天堂乃为人之终极目的，生不过一过程，此观念于庄子思想中最重要，与其他国宗教相近，另一架子灵魂不死，此相信有第二个世界，此思想不是中国的，与地道中国之儒家思想相反。此由生活太艰难，下意识地骗自己。“兮”字古读阿或 à，古有作“我”者。

【P. 78】“附赘悬疣”，中国古时以病是一种气，“附赘悬疣”则为气之症结。“坚白”非言石之有坚与白之两种性质，实意义甚广，就是“自然科学”，庄子不讲君臣父子之道，而说宇宙、天人之关系。

（河北师范大学文学院，河北工业职业技术学院）

读闻一多讲《庄子》笔记

杜志勇

内容摘要：闻一多先生讲授《庄子》的笔记，透露出一位学者融讲课、板书、绘画为一体的才华和谦虚谨慎的治学风格。笔记以《庄子内篇校释》为基础，阐发了闻先生对《庄子》哲学及文学的认识，更加完整，也更加深刻。

关键词：闻一多；《庄子》；笔记；治学；《庄子内篇校释》

The Thoughts on Reading the Notes of Mr. Wen Yiduo's Lecture on *Chuang-tzu*

Du Zhiyong

Abstract: The notes of Mr. Wen Yiduo's lecture on *Chuang-tzu* reveal a scholar's talent in lecturing, writing on the blackboard and painting, as well as his modest and prudent academic style. Based on *The Explanation of the Inner Texts of Chuang-tzu*, the notes elucidate Mr. Wen's understanding of the philosophy and literature of Chuang-tzu, which is more complete and profound.

Keywords: Wen Yiduo; *Chuang-tzu*; lecture notes; scholarly research;

2013年，北京出版集团把萧望卿先生的《陶渊明批评》纳入“大家小书”系列，我在重新整理此书时，萧先生的夫人彭琳教授出示先生当年在西南联大中文系读书时的课堂笔记一册，希望能够整理出版。笔记开篇，萧先生以极为端正秀美的毛笔小字注明“闻一多先生讲”，内中包含闻一多先生讲授唐诗和《庄子》两门课程的内容，李玲玲老师整理出来的是《庄子》课堂笔记。

萧先生虽然没有明确记录闻一多先生此次讲授《庄子》的时间，但依据笔记内容亦能做出大致的推断。1943年9月，西南联合大学开学，闻一多先生“给中文系文学组、语言组三、四年级讲授‘历代诗选’(唐诗)”[①]，并在课上极力赞扬“鼓的声音”——田间的诗，正在中文系读四年级的萧望卿先生把这些内容都记录下来，就是此册笔记第一部分闻一多讲唐诗。鉴于萧望卿于1944年6月毕业，那么紧挨着唐诗部分的《庄子》笔记，记录时间应该就在1943年下半年或1944年的上半年。从闻一多先生发表《庄子》研究成果的时间节点来看，1943年9月发表《庄子内篇校释》(《学术季刊(文哲号)》第一卷第三期，以下简称《内篇校释》)，1944年3月在昆明《中央日报》上发表《庄子外篇校释——骈拇》，虽然之后未见校释外篇的其他成果发表，仍可表明闻先生在1944年上半年把自己的《庄子》研究推进到了外篇。反观萧先生记录的《庄子》笔记只涉及内篇部分，我们或可推测闻一多先生此次讲授《庄子》的时间在1943年下半年。

结合闻一多先生的《内篇校释》、萧望卿先生记录《庄子》笔记的图片和笔记的整理稿，通读几过，就如端坐于闻先生满怀激情的诗人气质与严谨踏实的学者风貌交织而成的立体课堂，听其对《庄子》文本的疏解阐发，娓娓道来，如沐春风之感油然而生。

---

① 闻黎明、侯菊坤编著，闻立雕审定《闻一多年谱长编(增订本)》，上海交通大学出版社，2014年，第590页。

一、笔记里的课堂

西南联大诸多名教授讲课各具风采，好学求知者接踵而来，往往有盛况出现。如罗庸的杜诗课堂，“听讲的挤不上座位，窗上和窗外树杈上，都坐满了学生”[①]。关于闻先生课堂的记录更是不胜枚举，“站在讲台的旁边，穿着深蓝色的旧了的长袍，很宽大。左手拿着毛边纸的本子，上面是他亲自用墨笔抄的一行行的诗”[②]，“上课铃一响，就立刻放下烟斗，从袋里取出讲稿，开始妙语连珠的课堂教学。那美髯飘拂的丰姿，恰似一座神采奕奕的绝妙的诗人艺术塑像，尤其是在讲到得意处而捋髯大笑的时候，光景就更动人了”[③]。这些描写虽然都能衬托闻一多先生的形象，但与真实的课堂讲授还是距离甚远。在没有录音、录像的前提下，详实的学生笔记能够最大限度的用闻一多先生自己的语言还原自己的课堂，在这一点上，笔记具有得天独厚的优越性。萧望卿先生书法功底极好，在潇洒的行草书的快速记录下，闻先生的《庄子》课堂跃然纸上。

口语化的表达，声情并茂。闻一多先生讲课永远充满激情，气势沛然，在为大学生讲授的课堂上，多以通俗语言表达深刻见解。再加上“庄子的文章接近语言”，“《庄子》为白话”[④]，使得闻先生自己就化为庄子，讲授如鱼得水，活灵活现。讲到《逍遥游》文本可能存在排序问题，“当时有两种本子，后两边搞乱了，所以《逍遥游》是乱七八糟的东西”，以至于“我现在讲就取消篇名，一段一段”。讲到庄子崇尚自由：“庄子脾气太倔了，他确乎有为，后来不曾跟着他做。他要绝对的自由，后来儒家思想统制厉害，如无《庄子》，我们早逼死了，幸好我们可以在《庄子》放荡一下。”把庄子思想的价值表达得无以复加。闻先

---

① 公孙季《罗膺中讲学盛况》，收入罗庸《中国文学史导论》，北京出版社，2016年，第7页。

② 孔党伯，袁謇正主编《闻一多全集》第12册，湖北人民出版社，1994年，第506页。

③ 郑临川《永恒的怀念(代序)》，《闻一多论古典文学》，重庆出版社，1984年，第5页。

④ 本文中引用萧望卿先生记录、李玲玲老师整理的闻一多先生讲《庄子》笔记内容，不再注释。

生讲到有心得处，英文经常随口而出，或把问题讲得更形象，或展示中西方在同一问题上的异同。这既是教师宽博知识背景的反映，也无形中提高了对听众的要求。笔记的记录者萧望卿先生考入西南联大前两年在师范学院英语系，后才转入中文系，闻先生的这一特点，被他原原本本地记录下来：“‘羊角’用作副词，多么 vivid，多么 picture。”如此画面感十足的表达，感情充沛，毫无窒碍，听起来、看到后真是享受。

艺术化的书写，图文并用。闻一多先生授课在讲的方面是行云流水的天才，在板书写的方面更是个中翘楚。闻先生是集书法家、篆刻家、画家于一身的艺术家。“他写的毛笔字都整整齐齐，绝少行草，即有行草，也一笔不苟。上课时的板书也是这样。”[①]课上的闻先生认真书写，各种古文字体，信手拈来。讲到“《列子》‘终发北之北’，前‘北’字我疑心是‘丠’”，随即把“丠”之古文字形书于板上。遇到文献中的古器物，学生不知其详，闻先生则用粉笔几下就勾勒地惟妙惟肖。“‘樽’形如下图，用葫芦做的，尊又叫罍，櫐也，络也。‘虑’，络也。尊上之物(如图)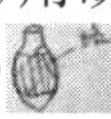……”萧先生难免“照虎画猫”，但亦足以说明问题。从中亦可想见闻先生的画家风采。当然，有些一时难以画成的图案，闻先生则提前画好，上课展示给学生看。“闻先生讲课‘图文并茂’。他用整张的毛边纸墨画出伏羲、女娲的各种画像，用按钉钉在黑板上，口讲指画，有声有色，条理严密，文采斐然，高低抑扬，引人入胜。”[②]在西南联大艰苦的办学条件下，闻先生将自己的全部才华奉献给了学生。

而闻一多先生自己下结论，每每是谦虚谨慎的。闻先生此次给联大高年级学生讲授《庄子》，是在其最新成果《内篇校释》基础上的通俗化推进。在课堂上，闻先生讲到自己研究《庄子》的结论时，总是以“我想”、“可能”的语气提出，如：

---

① 赵仲邑《闻一多先生最认真》，收入《精庐小札》，广东人民出版社，1983 年，第 207 页。

② 汪曾祺《山河入梦》，宁波出版社，2019 年，第 144—145 页。

我想将"天之苍苍，……亦犹是而已矣"，挪至"去以六月息者也"之下。

并未指明原因，乍一看上去，似乎是闻先生的简单推测，实际上先生早已在其《内篇校释》中详述论证过程：

案"天之苍苍"三句本在下文，义当移此。上文曰"抟扶摇而上者九万里"，此曰"视下"，即鹏自九万里之上俯视于下也。下视苍苍，不辨正色，一如人之仰而视天，正以见鹏飞之高而离地绝远。此一意也。至"野马也，尘埃也，生物之以息相吹者也"十五字，乃借物之极细者，乘息而游，以反醒鹏之大，非大风海运不足以举其体。此又一意。今本十五字错置在"去以六月息者也"与"天之苍苍"间，则两段文意皆不显豁，今以意移正。

如此详细推演，并不适合课堂讲解，闻先生隐其过程，以谦和语气贡献结论，值得注意的是，先生此次讲解《庄子》全程采用这种方式。并非闻先生对自己的研究没有底气，而是其一贯谦虚的品质在课堂上的自然流露。

闻一多先生授课的方式和态度，带有着强烈的个性光辉。在多媒体广泛应用于课堂讲授的今天，板书少了，更不用画了，但如何提升讲授者主体的价值与魅力，闻一多先生无疑是值得学习的楷模。

二、课堂上的研究与倡导

闻一多先生此次讲授《庄子》，主要内容为内篇的《逍遥游》、《齐物论》、《养生主》、《人间世》、《大宗师》五篇，《德充符》与《应帝王》则在行文中亦偶有涉及。这些讲授是以《内篇校释》中的字词注解为依托，"我们读《庄子》是用语言学的方法，这分校勘、训诂、名物三项"，所列《庄子》原文，则依据清人郭庆藩《庄子集释》。

闻一多先生不仅依托《内篇校释》，还增补新知，以期构建更完整的《庄子》内篇研究。《内篇校释》将需要校释的条目罗列出来进行研究，是以研究为目的的成果。而在课堂上讲授《庄子》，目的则转移到了教学上。闻先生一方面将《内篇校释》原有条目中繁复的文献征引和论证过程略掉，直接把字词释义拿出，然后补足其他需要学生掌握的字词释义，这当中又实现了对于《内篇校释》的补充，出现了新的研究成果。另一方面，在充分疏通文意的基础上，对《庄子》的文学价值和哲学价值也进行了阐发。

如在讲"野马也"一句时，增加"清钱坫谓'马'为'麻'之假借，'麻'又转为'漠'(又作'莫')"；讲"抢榆枋"时，增补"'抢榆枋'下补'而止'两字，见江南古藏[本]、文如海本(宋朝陈景元引)"，等等，这些看似零碎的内容，实则对增补《内篇校释》非常重要。闻先生在讲课时特意拿来讲解，实际上是为了学生把《内篇校释》和课堂笔记对读后，得到一个完满的《庄子》认知。另外，《内篇校释》中所使用的文献简称，在讲课时也都换成了全称。笔记中把《书钞》称为《北堂书钞》就体现了这一点，其照顾学生，亦可见一斑。

闻先生在课上指出庄子的弱点，更推崇《庄子》的价值。

他讲《养生主》，推出庄子文章的独特价值："文章他写的好，是由想透了、理直气壮，非做出来的。""庄子思想非常深刻，文章非常犀利，此段文章以后就没有了，他是'尖锐深刻'，以后即有好文章如司马迁、韩、柳，但是另一种味。"既点明了《庄子》文章的特点，又通过对比引导学生课后再去阅读文献，引而不发，循循善诱。庄子讲"大"，影响了国人和文学。"庄子要打破人我之见，荣辱之见，回到宇宙混然之大。用大的东西引人创新观念。""庄子在《逍遥游》中即在证明大，小的要不得，要大，郭象云大小均可，是弄熟了。儒家实际，小。庄子能开拓我们胸襟，以此。"体现在文学上就是："中国十分之七八，从《庄子》来；整个文学境界，从《庄子》来。"

闻一多先生在这一时期大力推崇鼓手田间的诗歌，在"历代诗选(唐诗)"课上讲授"鼓手的时代"，在讲《庄子》时，也压抑不住这股激情，把学生从先秦拉回到战火纷仍的现实：

> 我们感觉诗像女性似的，用字漂亮，扭扭捏捏。我以为《九辩》比《离骚》更美。但它就比《离骚》更坏，把男性变成

女性，西洋也如此，是艺术的自然发展。宫体诗变为温、李诗，后来就到词里去了，现在诗是雌性的，但它也可能是男性的，这是诗之遗毒。

此时的闻一多是愤怒的斗士，指出现实不需要“雌性”的诗，倡导鼓的声音。甚至调动出了庄子的革命因素：

庄子认为天地社会全要不得，须改造，一切全错，整个抹煞，整个否定，思想大了不得，……犹俄日革命前之虚无主义，要有破坏之气魄，破坏旧的，才会产生新的。李太白也有虚无主义，“一拳打破黄鹤楼，一脚踢翻鹦鹉洲”。《庄子》里有革命之成分，他确是了不得。

这都是闻一多先生积极关注现实的反映，他也要把这种革命的基因传递给他的学生。另外，闻一多先生对古书认知的基本态度值得我们认真学习，“我们解释古书，要取古书上所有之意，而融和或综和之印象，如只取一意，则是拘泥古书了”。

当然，所谓笔记，是历次上课讲授的累积，中间免不了略显重复的内容，例如闻先生就“《庄子》内篇题名是后人替题上去的”等类似表达，多次重复，但我们也更愿意把这看作是闻先生对于重要问题的多次提示、提醒。

读闻一多先生讲授《庄子》的笔记，可见其声情并茂、慷慨激昂以及其谆谆教诲，若隐若现地体会到其诗、书、画的多维统一。“他讲的课，作的报告，都条理清晰，材料翔实，胜义纷披，富于创见。他讲课时不是照本宣科，而是自由阐述，生动有趣，富有启发性，使人听了印象深刻。”[①]总结归纳起来，那体现出的正是闻先生对于课程的认真准备、对于学生的关切照顾，还有他对于《庄子》的热爱、对于庄子精神的热爱，乃至对国家的热爱。

（河北师范大学文学院）

---

① 赵仲邑《闻一多先生最认真》，收入《精庐小札》，广东人民出版社，1983年，第207页。

Contents

《古代文学理论研究》稿约

一、本刊欢迎中国古代文学理论、批评及相关问题的稿件。希望来稿具有一定理论水平、学术水平和问题意识，观点新颖，重点突出，言之有物。

二、请寄电子文本一份。电子文本投稿地址：gudaiwenlun1979@126.com。

三、本刊采取匿名评审制度。稿件务必注明全部作者的姓名、工作单位、通讯地址、邮编。在篇首页地脚处作者简介中，注明作者的出生年月，性别，工作单位，职称，学历，研究方向，代表性著作（论文）。寄稿时，请附上手机号码、电子邮箱地址，以便通知结果。

四、来稿请附内容摘要、关键词，摘要用第三人称撰写，不要进行自我评价。字数在300字左右。并附题目、作者姓名、内容摘要、关键词的英译。

五、引用文献请用脚注，其格式为：(1) 作者，书名，出版社，出版时间，页码；(2) 作者，篇名，期刊名与期号。

六、对采用的稿件，本刊可作技术处理和编辑加工。如不同意，请在投稿时声明。

七、请勿抄袭，文责自负。请勿一稿多投，对因其造成的不良后果，本刊概不负责。

八、来稿一经采用，略付薄酬，请作者提供银行卡相关信息。